CW00820715

EL LIBRO DE AZRAEL

AMBER V. NICOLE

EL LIBRO DE AZRAEL

DIOSES Y MONSTRUOS I

Traducción de
Cristina Macía

MOLINO

Penguin
Random House
Grupo Editorial

Título original: *The Book of Azrael*

Primera edición: abril de 2024
Tercera reimpresión: noviembre de 2024

Publicado originalmente en inglés por Rose and Star Publishing, LLC
4144 Commonwealth Ave, La Cañada, California 91011, USA

Printed in Spain — Impreso en España

ISBN: 978-84-272-4086-5
Depósito legal: B-1.781-2024

Compuesto en Aura Digit
Impreso en Rodesa
Villatuerta (Navarra)

MO 40865

ONUNA

ECANUS

Parnyel

Ciudad de Plata
de Hadramielz

Boel

ISLAS
SOL Y
ARENA

Jacoul

AARIN

Ornael

Adonael

Valoel

Charoum

Conah

Tadheil

MAR NAIMER

MAR BANISL

NOCHARI

San Paulao

Eelcon

OCÉANO MUERTO

ISLA DE NOVAS

Kashventa

Hayyel

IPIUQUIN

Naaririel

Arariel

Ruuman

Ofanium

Eoria

FOSA DESCONOCIDA

MAR DE NAIMER

El Donuma

EL DONUMA

Morael

Chasin

ZARALL

Tirin

OCÉANO MUERTO

I

DIANNA

—¿**E**n serio? ¿No sois esos antiguos guerreros a quienes todo el mundo teme? ¿Y te acobardas? Si lo peor aún está por llegar...

Alcé el puño de nuevo, y esta vez lo golpeé en la mejilla. Los huesos crujieron bajo el impacto de los nudillos, y la cabeza se le torció a un lado. La sangre color azul cobalto salpicó la madera noble del suelo. El celestial, atado en el centro de la oficina del primer piso de aquella mansión hipertrofiada, sacudió la cabeza otra vez, y luego se controló. Clavó en mí la mirada, con el rostro ensangrentado y el entrecejo fruncido de dolor.

—Esos ojos... —dejó escapar por los labios hinchados; se detuvo para escupir a mis pies—. Sé lo que eres.

Había peleado con ganas. Tenía el pelo pegajoso de sangre y sudor, y las manos atadas a la espalda. Tras los jirones de un traje de cierta calidad asomaban músculos agarrotados. Se hundió en la silla del centro de aquella habitación, antes lujosa.

—Pero es imposible —siguió—. No existes. Los ig'morruthens murieron en la Guerra de los Dioses.

Yo no siempre había sido una ig'morruthen, pero en eso me había convertido, y los ojos siempre me iban a delatar. Cuando estaba enojada, hambrienta, o en cualquier estado no humano, me brillaban como dos ascuas ardientes... Ese era uno de los muchos indicios que demostraban que ya no era mortal.

—Ah, sí, la Guerra de los Dioses. —Incliné la cabeza a un lado y lo observé—. ¿Cómo iba eso? Ya me acuerdo: hace miles de años, vuestro mundo se destruyó, ardió y cayó sobre el nuestro, perturbando nuestras vidas y nuestra tecnología. Y ahora tú y los tuyos imponéis vuestras reglas, ¿correcto? Ahora sabemos a ciencia cierta que existen los dioses y los monstruos, y vosotros sois los grandes bienhechores que mantienen a los monstruos bajo llave.

Me acerqué y agarré el respaldo de la silla. Intentó apartar la cabeza para alejarla de mí.

—¿Sabes cómo afectó a mi mundo vuestra caída? Mientras lo reconstruíais, una peste asoló mi hogar, en los desiertos de Eoria. ¿Te haces idea de cuánta gente murió? ¿Te importa lo más mínimo?

No respondió. Empujé la silla y levanté la mano manchada con su sangre.

—Ya, me lo imaginaba. Bueno, tu sangre es azul, así que supongo que las cosas no son siempre lo que parecen.

Me acuclillé frente a él. Los fragmentos de vidrio crujieron bajo mis zapatos. No había más luz que la procedente del pasillo, que se colaba por la puerta e iluminaba el desastre en el que se había convertido su oficina. El suelo estaba cubierto de páginas de libros y otros desechos, además de los restos del escritorio sobre el que lo había tirado.

El celestial era la razón de nuestra presencia, y era mucho esperar que el artefacto que buscaba Kaden estuviese allí; aun así, me aseguré. Mi prisionero, atado y maltrecho, guardó silencio mientras yo rebuscaba por el despacho en ruinas. Su apariencia estoica era una fachada que ocultaba sus auténticos sentimientos.

De los pisos inferiores se filtraron los gritos postreros de sus ocupantes. Sonaron disparos, seguidos de una risa amenazadora. Le brillaron los ojos de rabia. Me acerqué de nuevo a él, le apoyé las manos en los hombros y, con un movimiento fluido, le pasé una pierna por el regazo y me senté a horcajadas encima de él. Volvió la cabeza hacia mí.

—¿Vas a matarme? —preguntó, con un gesto en el que se dibujaban la confusión y el asco.

—No, todavía no —respondí, al tiempo que negaba con la cabeza; intentó zafarse, pero le sujeté el mentón y lo obligué a mirarme—. No te preocupes; no te va a doler. Solo quiero asegurarme de que eres la persona a quien buscamos. Ten paciencia. Para esto necesito concentrarme.

Tenía varios cortes en la cara, que aún sangraban. Lo agarré por la barbilla y lo obligué a inclinar la cabeza. Luego pasé la lengua por uno de los cortes. De pronto, entre un latido y el siguiente, salí despedida de la oficina y aterricé en sus recuerdos.

Una luz azul parpadeaba en mi subconsciente. Habitaciones que jamás había pisado aparecían y desaparecían. En mis oídos resonó la risa de una mujer mayor que él, que llevaba una bandeja de comida a un pequeño salón. Era su madre. Las imágenes convergieron, y vi a dos caballeros que hablaban de deportes y gritaban en un bar abarrotado. Los vasos tintineaban y la gente reía, tratando de hacerse oír sobre el ruido de enormes televisores de pantalla plana colgados de las paredes. Profundicé más, y el esfuerzo hizo que me palpitase la cabeza. La escena cambió; ahora estaba en una sala a oscuras. Una mata de pelo castaño dorado coronaba la silueta del cuerpo menudo de una mujer. Sus gemidos subieron de intensidad, y arqueó la espalda mientras se agarraba las tetas.

«Me alegro por ti, pero esto no es lo que necesito».

Cerré los ojos con fuerza, intentando concentrarme. Necesitaba más.

Viajaba sobre las calles adoquinadas de Arariel en un vehículo grande de cristales tintados. Los rayos de sol se asomaban entre los edificios; el resplandor dorado realzaba la belleza del paisaje. Los peatones recorrían las aceras con paso presuroso y los ciclistas serpenteaban entre el tráfico. Al volver la cabeza para mirar a mis compañeros, las gafas de sol se me deslizaron sobre el puente de la nariz. Había tres hombres conmigo en el asiento trasero. El interior del vehículo era más amplio de lo que me esperaba. Otros dos hombres iban sentados en los asientos delanteros; uno conducía y el otro hablaba por teléfono. Eran jóvenes, bien afeitados, enfundados en los mismos trajes negros hechos a medida que el celestial cuya mente ocupaba yo en ese momento.

—¿Han sabido algo más? —pregunté, con una voz que ya no era femenina, sino la suya.

—No —respondió el hombre que se sentaba frente a mí. Tenía el pelo echado a un lado y tan engominado que notaba el olor incluso en el ensueño de sangre. En comparación con el tipo que había a su lado parecía delgado, pero yo sabía que era igual de poderoso—. Vincent es muy reservado. Creo que saben que los ataques no solo son frecuentes, sino que además tienen un objetivo. Pero no sabemos cuál es.

—Hemos perdido muchos celestiales. Demasiados, y demasiado rápido. Está pasando de nuevo lo que nos enseñaron, ¿no? —dijo el hombre sentado junto a mí. Hablaba con voz queda, que no disimulaba del todo su preocupación. Era grande como una montaña, pero el temblor que lo estremeció al hacerme la pregunta denotaba que, pese a todo ese músculo, estaba asustado. Cruzó y descruzó los dedos en numerosas ocasiones—. Si es eso... —dijo al tiempo que se volvía hacia mí—, si es así, él volverá.

Una carcajada me pilló por sorpresa antes de que pudiese responderle. Me volví para mirar al hombre que había frente a mí. Tenía los brazos cruzados y miraba por la ventana.

—La sola idea de que él vuelva me acojona más que enfrentarme a ellos.

Otro que también parecía demasiado joven. Por los dioses, ¿por qué había tantos celestiales con pinta de recién salidos del instituto? ¿A eso nos enfrentábamos?

—¿Por qué? —quise saber—. Es una leyenda, poco más que un mito. Ya tenemos aquí tres de la Mano de Rashearim. Todo lo que podía matarlos murió en la guerra o lleva siglos a buen recaudo. No es más que otro monstruo normal y corriente que se cree que tiene el poder. —Me callé y los miré a los ojos, uno tras otro—. Estamos a salvo.

El tipo que tenía frente a mí se dispuso a decir algo, pero se calló cuando el coche se detuvo de repente. Salimos bajo un sol deslumbrante y cerramos la puerta. El camino estaba lleno de vehículos aparcados, y no paraban de llegar más. Los celestiales se agolpaban en la entrada; algunos lo hacían en pequeños grupos; otros se movían de aquí para allá a toda prisa.

Me ajusté la chaqueta y la alisé, y luego la volví a alisar, un síntoma de los nervios que me invadían a medida que me acercaba a la entrada. Frente a mí había un gran edificio de mármol y piedra caliza cuyos tonos dorados, blancos y cremosos resultaban casi demasiado chillones. A ambos lados se extendían grandes alas abovedadas con ventanas de arco en cada piso. Había gente cruzando por los puentes de piedra que conectaban entre sí las construcciones. Todos vestían de manera muy parecida, con ropa formal, y llevaban carpetas y maletines. Varias personas abandonaron el edificio, hablando y riendo. Se fueron calle abajo, como si una fortaleza en medio de la ciudad fuese lo más normal del mundo.

La ciudad de Arariel.

Al salir del recuerdo se me nubló la vista. Las preciosas calles de Arariel se desvanecieron, y me encontré de vuelta en la oficina destrozada y en penumbra. Ya tenía todo lo que necesitaba. Me volví hacia él con una leve sonrisa dibujada en los labios.

—¿Ves?, ya te dije que no dolería… Aunque lo que viene ahora, sí.

Tragó saliva, y el olor del miedo llenó la habitación.

—¿Qué has visto?

La voz, ronca y grave, sonó a mis espaldas, seguida de un ruido sordo; había dejado caer en el suelo algo carnoso. Entró en la sala. Su presencia era casi tan imponente como la mía.

—Todo lo que necesitamos —murmuré, y me levanté de la silla.

La giré sin problemas para que Peter quedase mirando en dirección a Alistair.

—¿Es un celestial? Hemos visto ya muchos, Dianna —dijo Alistair, mientras se pasaba la mano por el rostro.

La sangre que le manchaba la piel y la ropa daba testimonio de la destrucción que había provocado en el piso de abajo. Su cabello plateado, que por lo general peinaba de forma impecable, tenía varios mechones fuera de sitio, y algunas vetas carmesíes.

—He visto Arariel. Estuvo allí. Hablaban de Vincent, lo que significa que este... —Sacudí la silla con nuestro amigo atado— trabaja con la Mano.

—Mientes. —Una sonrisa afilada y mortífera le retorció los rasgos.

—Es cierto —dije al tiempo que negaba con la cabeza y empujaba la silla hacia él—. Lo he saboreado. Este es Peter McBridge, veintisiete años, celestial de segundo nivel. Sus padres están retirados, y no tiene otras conexiones con el mundo mortal. La fortaleza está en Arariel. Sus compañeros hablaron de nosotros y de lo que hemos hecho hasta ahora. Se refirieron a la Mano de Rashearim, e incluso mencionaron a Vincent.

—¿Cómo has podido ver eso? —balbuceó el tipo de la silla. Estiró el cuello para mirarnos a Alistair y a mí—. ¿Cómo lo has sabido?

Nos lo quedamos mirando en silencio. Los ojos se le iban frenéticos del uno al otro. Me agaché y me incliné hacia él.

—Verás, Peter —le contesté, y le di unas palmaditas en la cara—, cada ig'morruthen tiene alguna pequeña peculiaridad, y esta es una de las mías.

Busqué de nuevo la mirada de Alistair, que me respondió con una sonrisa lenta y maliciosa.

—Si lo que dices es cierto —dijo—, Kaden se va a poner muy, muy contento.

Asentí.

—He encontrado la forma de entrar. El resto es cosa tuya. —Me aparté de la silla, y Alistair se acercó a ella—. Y ahora, Peter, ¿quieres ver de lo que es capaz Alistair?

El celestial forcejeó, trató de liberarse de las ataduras, pero estaba demasiado débil y magullado y le fallaron las fuerzas. Se me escapó un bufido burlón. ¡Menudos guerreros! Conquistar este mundo iba a ser pan comido para Kaden.

—¿Qué me vais a hacer?

Alistair dio un paso al frente y se detuvo frente a Peter. Levantó las manos y puso las palmas a unos centímetros de cada lado de la cabeza del celestial.

—Relájate —murmuró—. Cuanto más te resistas, más dolerá.

Los ojos de Alistair brillaron con el mismo color rojo sangriento que los míos. Entre sus manos se condensó una niebla negra que conectaba sus palmas y ondulaba y danzaba alrededor de los dedos, atravesando la cabeza del celestial. Los gritos eran la parte que menos me gustaba. Siempre eran muy fuertes, lo que no es de extrañar cuando te desgarran el cerebro y te lo reconstruyen. Alistair tenía unos cuantos celestiales bajo control, pero ninguno de rango tan alto como este, o que hubiese estado tan cerca de la maldita ciudad. Por una vez, Kaden iba a estar contento.

Los gritos cesaron de repente y alcé la mirada.

—Siempre apartas la vista —dijo Alistair, con una mueca burlona.

—No me gusta.

Se me había escapado. Kaden no aceptaba debilidades, pero yo había sido mortal antes de renunciar a mi vida. Humana, con sentimientos humanos, puntos de vista humanos y una vida humana. Daba igual lo lejos que me quedase aquello, o todo lo que hubiese hecho desde entonces; a veces, mi humanidad volvía para entrometerse. Muchos dirían que era un defecto de mi corazón mortal. Para mí, se trataba de otra razón para ser más fuerte, más rápida, más dura. Para sobrevivir hay que cruzar ciertas líneas, y yo las había cruzado siglos atrás.

—¿Con todo lo que has hecho...? —Señaló al celestial, que ahora guardaba silencio—. ¿Esto te perturba?

—Me resulta irritante. —Puse los brazos en jarras y dejé escapar un suspiro de hastío—. ¿Hemos terminado?

—Depende —respondió, y se encogió de hombros—. ¿Has visto algo sobre el libro?

Ah, sí. El libro. La razón de que estuviésemos pateándonos Onuna de punta a punta. Negué con la cabeza.

—No. Pero si podemos acercarnos a la Mano, ya es algo. Un comienzo.

Alistair apretó los dientes y negó a su vez con la cabeza.

—No será suficiente.

—Lo sé. —Alcé la mano para cortar cualquier posible respuesta—. Termina y ya.

Una sonrisa fría y letal le iluminó el rostro. Alistair era como el hielo: los pómulos duros y afilados, la mirada vacía. Nunca había sido mortal, nunca había conocido otra cosa que una vida de servidumbre a Kaden. Hizo un gesto imperioso y el celestial se levantó. No hacían falta palabras. Alistair era dueño de su cuerpo y su mente.

—No recordarás nada de lo que ha ocurrido hoy aquí. Ahora me perteneces. Serás mis ojos y mis oídos. Lo que ves tú, lo veo yo. Lo que oyes tú, lo oigo yo. Lo que dices tú, lo digo yo.

Peter repitió al pie de la letra las palabras de Alistair. La única diferencia era el tono de voz.

—Ahora, arregla todo este desastre antes de que venga alguien.

Sin decir nada, Peter pasó de largo junto a Alistair y empezó a poner orden en el despacho. Nos hicimos a un lado mientras lo observábamos. Para él, ya ni siquiera estábamos allí: era una marioneta inconsciente, controlada por Alistair. Me costó reprimir un gesto de incomodidad; sabía demasiado bien que para Kaden yo era exactamente eso, con la única diferencia de que yo lo sabía. Alistair le controlaba la mente, Peter ya no estaba ahí, y no había poder en toda Onuna capaz de romper ese enlace. Cuando dejase de ser útil, Alistair lo desecharía, como había hecho con sus predecesores. Y yo lo había ayudado, como llevaba siglos haciendo. Al ver a Peter enfrascado en tareas que escapaban a su control, una parte de mí sintió remordimientos.

Maldito corazón humano.

Alistair se volvió hacia mí y me sacó de mi ensimismamiento con una palmada.

—Ayúdame a sacar los cadáveres de abajo. —Pasó a mi lado y se dirigió a la puerta—. Peter, dime dónde tienes las bolsas de basura grandes.

—En la cocina, en el estante inferior del tercer armario.

—¿Qué vamos a hacer con ellos? —pregunté, mientras me volvía para seguirlo escaleras abajo.

Me lanzó una mirada maliciosa.

—En casa hay muchos ig'morruthens muertos de hambre.

II
DIANNA

as sombras ondularon y se separaron para dejarnos paso a
Alistair y a mí cuando nos teleportamos a casa, a Novas. Una
cálida brisa salada y un silencio inquietante nos dieron la
bienvenida. Novas era una isla en la costa de Kashvenia, pero no una
isla cualquiera. Brotaba del vasto océano como una bestia feroz que
pretendiera hacerse con el control de los mares circundantes. Debía de ser otro fragmento que cayó en nuestro mundo durante la
Guerra de los Dioses. Kaden la había reclamado para sí, la había mol-
deado y hecho suya. Supongo que era nuestro hogar, aunque «hogar»
era un término ambiguo. A mí nunca me lo pareció. Para mí, el hogar era mi hermana; cuánto la echaba de menos.

Me eché al hombro varias bolsas negras de basura muy pesadas y
seguí a Alistair. Teníamos los zapatos empapados de sangre y esta se nos
pegaba en la arena, lo que hacía el trayecto aún más engorroso. El paisaje estaba bordeado de árboles entre cuyas ramas se filtraba el sol,
transformado en un resplandor suave y apacible. Era engañoso. La
suavidad y la paz eran conceptos desconocidos allí. La propia playa
parecía darnos la bienvenida. El aroma de la sal perfumaba el aire, y las
olas lamían la orilla con delicadeza. El agua cristalina era una invitación…, si no te parabas a pensar en lo que acechaba bajo la superficie.

—Está todo en silencio —comenté mientras recorríamos el sendero de guijarros volcánicos—. Nunca hay tanto silencio.

—Tomar el control de Peter nos ha debido de llevar más tiempo del que pensábamos —dijo Alistair, y miró a su alrededor como si se acabara de dar cuenta.

Suspiré y asentí, de acuerdo con él. Si llegábamos tarde, Kaden se enfadaría por buena que fuese la información que traíamos. Por desgracia, el silencio antinatural de la isla no era un buen presagio de su estado de ánimo.

Apareció ante nosotros una gran construcción, y seguimos caminando con ritmo más pausado. Una corta escalinata conducía a una puerta doble. La entrada estaba rodeada por una verja de hierro que le daba un toque moderno a aquel espacio; Kaden había excavado su hogar en el volcán activo que aún hacía crecer la isla de Novas. Empujamos la puerta y entramos. El calor nos envolvió nada más cruzar el umbral. Dentro de la casa, el ambiente era cálido y seco, pero no inaguantable. El dominio original de Kaden quedaba muy lejos en el tiempo, sellado tras la Guerra de los Dioses. Procedía de un sitio muchísimo más caliente que Onuna, y aquella isla volcánica era lo más parecido que había encontrado a sentirse como en casa.

Solté las bolsas en el suelo y puse los brazos en jarras.

—¡Cariño, ya estoy en casa! —grité. Mi voz resonó por la inmensa entrada.

Alistair hizo una mueca y puso los ojos en blanco. Luego dejó caer junto a las mías las grandes bolsas que había cargado.

—Qué infantil.

Las palabras resonaron sobre nuestras cabezas. Alcé la vista. Tobias nos contemplaba desde el amplio balcón que bordeaba la segunda planta. La luz del sol se colaba por los tragaluces y arrancaba reflejos broncíneos de su piel de ébano. Se ajustaba los gemelos de la camisa azul marino. Alistair dejó escapar un silbido.

—Nos hemos puesto elegantes, ¿eh? ¿Ya ha empezado?

Tobias le lanzó a Alistair una breve sonrisa, más sincera que cualquiera que el tercero al mando de Kaden me hubiese dedicado jamás.

—Llegas tarde. —Su mirada se desplazó hacia mí, rápida como la de una víbora e igual de venenosa—. Los dos llegáis tarde.

Le lancé un beso.

—¿Me has echado de menos?

Estaba acostumbrada a la actitud tan poco amistosa de Tobias. Nunca había entrado en detalles, pero suponía que la antipatía que me profesaba se debía a que, cuando me transformaron, me convertí en la segunda al mando de Kaden. Eso relegaba a Tobias al tercer puesto, y a Alistair, al cuarto, aunque a este le daba igual. Mientras tuviese cobijo y comida, las preferencias de Kaden no le preocupaban.

—Ah, pero ya verás cuando sepas por qué —dijo Alistair—. Además, hemos traído cena para las bestias.

«Las bestias».

Tobias lanzó una mirada en dirección a las bolsas y esbozó una sonrisa.

—Os estarán muy agradecidos, pero ahora tenéis que prepararos. Que alguien se lo lleve. No tenemos tiempo.

Como en respuesta a una señal, los seres empezaron a cantar, y la mirada se me fue hacia el suelo. El coro de risas me provocó un escalofrío. Siempre me hacía pensar en unas hienas; era inquietante. Sabía que estaban muy abajo, y siempre me sorprendía el fenómeno acústico que me permitía oírlas. La montaña estaba perforada por kilómetros de túneles serpenteantes que conectaban entre sí habitaciones, salones y mazmorras a múltiples niveles.

—¿Los tiene encerrados porque hay visitantes? —pregunté con una ceja arqueada.

Ambos sonrieron al mismo tiempo. Alistair negó con la cabeza y se dirigió al fondo de la casa. Tobias se apartó de la baranda y desapareció en el piso de arriba. Me quedé allí plantada. Me crucé de brazos y me quedé mirando el suelo como si pudiese taladrarlo con la mirada.

—Me imagino que eso responde a la pregunta —suspiré.

No es que me diesen miedo. Desde que llegó, Kaden había creado muchos ig'morruthens, pero no eran como Alistair, Tobias y yo. Se parecían más a las gárgolas que los mortales ponían en sus edificios. A menudo me preguntaba si habían visto a las bestias ig'morruthen y las habían copiado en sus obras de arte para desterrar el miedo instintivo a aquellos monstruos. Eran bestias perversas y poderosas, hambrientas de carne y de sangre. Eran capaces de comunicarse, pero decir que hablaban sería excesivo. Podían comunicarse con gestos, pero su capacidad de expresión oral era limitada.

Oí unos pasos que se acercaban desde el vestíbulo exterior. Varios lacayos de Kaden se me acercaron y se detuvieron junto a mí.

—Llevadlas abajo —ordené, y di una patada a la bolsa más cercana—, y aseguraos de que comen. Tengo que prepararme para una reunión con la flor y nata del Altermundo.

El sonido de mis tacones resonó en la serpenteante escalera de obsidiana que descendía hacia el salón principal de Kaden; el «alimento para su ego», como lo describía yo. De los tapices a los muebles extravagantes, todo él era una oda a la megalomanía.

Las luces parpadeaban sobre los muros de piedra y las voces llenaban el vestíbulo. Apreté el paso mientras me alisaba el elegante traje negro que me había enfundado. Sabía que iba a llegar tarde, pero me había tomado el tiempo necesario para quitarme la sangre de encima. Cuanto más me acercaba, más altas resonaban las voces. Mierda, sonaba a lleno total.

Otros dos lacayos de Kaden montaban guardia junto a las puertas dobles del salón de actos. Llevaban trajes que no se podían permitir, y que esa noche eran parte de su uniforme. Kaden había prometido la vida eterna a quienes lo complaciesen y se doblegasen a su voluntad, pero yo sabía que era más probable que acabasen convertidos en bestias sin mente que transformados en algo como Alistair, Tobias o yo. Cuando me acerqué, hicieron una reverencia. Tragué saliva para calmarme y, sin cambiar el paso, adopté la apariencia de la Reina Sanguinaria. Era a quien esperaban y a quien temían... y con razón. Se había labrado su reputación a lo largo de los siglos.

En cuanto crucé el umbral y me adentré en el inmenso salón, las voces se acallaron. Había muchísimos más seres del Altermundo de los que me esperaba.

«Mierda, mierda».

Alcé el mentón; las ondas de cabello negro me caían sobre los hombros y por la espalda. Me dirigí hacia la gran mesa de obsidiana que presidía la sala. Estaba rodeada de sillas talladas con la misma roca puntiaguda que formaba aquella caverna volcánica. Junto a los muros había altos pebeteros, cada uno con una llamita en la parte superior.

Las miradas recayeron sobre cada centímetro de mi cuerpo, pero la única que me preocupaba era la que ardía con un reflejo carmesí: la de Kaden. Mi creador, mi amante, el único responsable de que mi hermana siguiera con vida. Mi hermana, la razón por la que yo haría cualquier cosa que él me pidiese.

Kaden presidía la mesa, con las manos a la espalda. Nuestras miradas se cruzaron una fracción de segundo. Estaba magnífico. El traje blanco y bronce contrastaba de forma maravillosa con su piel de color ébano. Pero solo un ignorante sería incapaz de ver el monstruo que se agazapaba tras aquel porte tan atractivo.

Oí unos pasos a mis espaldas. No era la última en llegar. Mejor. Ocupé mi lugar a la derecha de Kaden mientras entraban los demás asistentes. Kaden no me habló ni me dio la bienvenida, ni yo lo esperaba. No, centró la atención en saber quién había llegado y quién no se había presentado. Los murmullos y los susurros se apagaron a medida que la gente ocupaba su lugar. Permanecieron todos de pie; nadie se atrevía a sentarse antes que Kaden.

Tobias, con una camisa de vestir abotonada azul marino y pantalones oscuros, se detuvo a la izquierda de Kaden. Mientras inspeccionaba la sala, retorcía entre los dedos la cadena de plata que le colgaba del cuello. Siempre estaba atento y vigilante. Alistair se encontraba junto a él, ya sin manchas de sangre, con una camisa blanca y pantalones de vestir. Ambos eran mortíferos y se habían ganado el puesto como generales de Kaden.

Me fijé en que Alistair inclinaba la cabeza hacia la de Tobias.

—Los vampiros han enviado a un segundón —le susurró—. Ni él ni su hermano han aparecido.

Miré hacia donde siempre se sentaba el rey de los vampiros. Alistair tenía razón. El espacio reservado para Ethan y los suyos estaba ocupado por cuatro miembros menores.

«Mierda, mierda, mierda».

Tobias asintió, soltó la cadena y miró a Kaden, que no dijo nada; solo la dilatación de las aletas de la nariz dejaba traslucir su furia.

A la derecha de la mesa estaba el Aquelarre de Habrick. Habían acudido al menos diez brujos y brujas, todos ellos perfectamente ubicados alrededor de su líder, Santiago, que iba tan engominado que el olor me quemaba la nariz. Vestía un traje italiano más ajustado que mi vestido, y eso era decir mucho. Nuestras miradas se cruzaron. Me sonrió muy despacio, como si me hubiese pillado admirándolo. Dejó vagar los ojos por mi cuerpo, como hacía siempre, y el estómago me dio un vuelco. Era tan atractivo que daba por supuesto que ninguna mujer podía resistírsele. Se equivocaba, lección que había aprendido en los últimos años, tras sus repetidos y fallidos intentos de quitarme las bragas.

Me volví hacia la sala. Aunque se habían presentado muchos seres del Altermundo, seguro que a Kaden no le parecían suficientes. Era su rey, el rey de reyes, y quería lo que le correspondía por derecho.

Como si me hubiese leído la mente, se volvió hacia mí y se ajustó la chaqueta del traje. Luego me saludó con una regia inclinación de cabeza.

Empezaba el espectáculo.

Levanté las manos e invoqué el poder que me había dado. De las palmas me brotó un fuego que giró y bailó juguetón. Lancé una bola de energía hacia cada antorcha. Las llamas crecieron e iluminaron la sala, y proyectaron sombras en los rincones más alejados. Se hizo el silencio.

Kaden se sentó y reduje las llamas a una danza apagada y vibrante. Uno tras otro, los clanes, los aquelarres y sus líderes se sentaron a su vez. La mirada de Kaden recorrió la sala. Tamborileó con los dedos sobre la mesa a ritmo regular. Nadie dijo nada. No se oía ni una palabra.

—Estoy complacido por todos aquellos que habéis asistido. —La voz de Kaden llenó la sala. Habría a quien le parecería tranquila y serena. Yo solo oía cólera.

—Santiago. Tu aquelarre es tan encantador como siempre. —Kaden lo saludó con una inclinación de cabeza. Los brujos, poderosos y henchidos de orgullo, le devolvieron la mirada. Yo los admiraba, aunque odiase a su líder.

—Los devoradores de sueños.

Kaden señaló al clan de baku, que estaba sentado junto al aquelarre de Santiago. Sus ojos dejaban traslucir una sonrisa que les era físicamente imposible mostrar. En lugar de boca, tenían apenas una rendija sobre la que se entrecruzaban tiras diagonales de piel. Eran unos cabrones espeluznantes a los que evitaba siempre que podía. Durante siglos había oído decir que algunos clanes eran pacíficos, y que los llamaban para expulsar y devorar las pesadillas. Quizá. Los únicos que yo conocía eran los que infundían terror en los sueños por un buen precio.

—Aquellas cuyos gritos destruyen las mentes.

La voz de Kaden me devolvió a la realidad. Se refería a las banshees, que ocupaban los asientos situados a la izquierda. Eran un grupo variado, solo de mujeres, como todo su clan. Al parecer, el gen requería ambos cromosomas X. Todas las presentes tenían el cabello o bien muy claro, o bien muy oscuro, y vestían ropa hecha a medida que olía a dinero. Pregonaban su riqueza a gritos. Perdón por el chiste.

Su jefa, Sasha, llevaba el pelo, largo y casi azulado, mitad recogido y mitad suelto, y vestía unos pantalones de seda y una chaqueta abierta. Tenía casi cien años, pero aparentaba estar en la flor de la vida.

Desde luego, estilo no les faltaba, pero había visto a Sasha usar sus gritos letales contra una víctima; la cabeza le reventó en pedazos. Tardé semanas en limpiar las manchas de sesos de mis zapatos favoritos.

—Veo a los poderosos.

Kaden se volvió hacia los espectros, que se limitaron a asentir a modo de respuesta. Sus cuerpos no parecían sólidos, sino que ondulaban como el humo. Eran, por naturaleza, un clan de asesinos y seres engañosos. Los controlaba un único líder, y si alguien fuese capaz de hacer desaparecer a Kash... Buenas noches y hasta la vista, asesinos. El problema era llegar hasta él. Su familia, como casi todas, había llegado al poder derramando ríos de sangre para cualquiera que pagase bien. Su lealtad hacia Kaden era digna de admiración. No me cabía duda de que varias facciones habían pagado a Kash y a su familia para que asesinasen a mi temible jefe, o al menos lo intentasen, pero los espectros jamás lo habían traicionado.

—Veo a las feroces bestias de la leyenda.

Los ojos carmesíes de Kaden se centraron en los hombres lobo. En nuestro mundo, aquella manada era tenida en muy alta estima. La dirigía Caleb, un tipo que guardaba silencio salvo que le hablasen, pero el poder que dejaba entrever me ponía el vello de punta. Tenía el pelo oscuro, y muy corto; la barba, arreglada, apenas una sombra sobre el mentón. Le podría dar lecciones a Santiago para que se peinara sin chorrear gomina. Se me escapó una risita, y Alistair me fulminó con la mirada. Intenté disimularla con una tos. Caleb me caía bien.

Aquellos hombres lobo no eran como los de las películas de terror. Su forma lupina era semejante a un lobo, pero su tamaño asustaría a cualquiera, humano o no. Los machos solían ser un poco más corpulentos, pero las hembras eran más salvajes. Caleb y su familia procuraban no mezclarse con nadie, pero acudían siempre que Kaden los convocaba. Eran esquivos y reservados, y preferían mantenerse al margen de la política tanto como les era posible. Pero no faltaba ni uno.

—¡Incluso el consejo mortal se ha presentado!

Kaden hizo una leve inclinación de la cabeza en dirección a Elijah y su grupo. Elijah era de mediana edad, con un toque de gris en las sienes. Se ajustó el traje, como si eso tuviese importancia en una sala llena de monstruos. Kaden lo había ayudado a ascender por el escalafón político con lo que había ganado un gran confidente y una fuente de lavado de dinero aún más valiosa.

Kaden se volvió hacia los tres vampiros sentados, y en sus ojos brilló un destello de fuego carmesí.

—Y, sin embargo, solo ha venido un puñado de los robasangre.

Su voz destilaba veneno. La energía de la sala cambió; todo el mundo estaba tenso. Los dedos de Kaden dejaron de tamborilear la mesa. El silencio retumbaba por todos mis sentidos.

—¿Dónde está vuestro rey? —Era una pregunta con trampa; no había respuesta buena.

Un vampiro carraspeó y se arregló la corbata y la chaqueta.

—El señor Vanderkai no ha podido asistir y envía sus más sentidas disculpas —dijo—. Cierta gente ha cuestionado su liderazgo, y está tomando cartas en el asunto en estos momentos.

Kaden se acomodó en la silla y cruzó los brazos sin apartar la vista del vampiro. El silencio pareció durar una eternidad. El hombre se removió, inquieto, y cambió el peso de un pie a otro. Si los vampiros pudieran sudar, habría sudado a chorros.

—Al parecer, tiene muchos problemas de un tiempo a esta parte —dijo Kaden por fin como restándole importancia al tema mientras volvía a tamborilear sobre la mesa—. ¿Cuándo fue la última vez que vino? —preguntó, mientras se giraba hacia Tobias.

Los labios de este se curvaron en una mueca burlona y taladró al vampiro con la mirada.

—Ha pasado ya cierto tiempo, mi señor. Meses.

—Meses —repitió Kaden, pensativo.

—Sí. —El caballero carraspeó—. Pero, en las últimas reuniones, el príncipe ha ocupado su lugar.

—Sí, su hermano. ¿Y dónde está?

—No ha podido venir. Te aseguro que ambos querían acudir, pero necesitan mostrar mano dura para resolver los asuntos a los que nos estamos enfrentando. —Sonaba forzado, como si supiese lo que ocurriría en caso de mentir.

—Lo entiendo —dijo Kaden. Hubo un suspiro colectivo, como si los que se sentaban a la mesa hubiesen contenido el aliento hasta entonces, y por fin lo dejasen escapar, aliviados. Pero nadie que lo conociese bien se habría sentido aliviado; yo no lo estaba—. Es difícil mantener el equilibrio en tiempos como estos; sobre todo, ante los demás. Comparados con lo que antaño fuimos, lo que era el mundo entonces, nuestro número ahora es muy reducido; nuestra importancia en el panorama general de las cosas va a menos. Hay amenazas por todas partes, y la ansiedad y el temor se apoderan de nosotros. Por eso lo más importante, más que ninguna otra cosa, es que permanezcamos unidos. —Se inclinó hacia delante; por un momento, dejó de tamborilear—. ¿Entiendes lo que quiero decir?

—Sí —convino el vampiro, con un único asentimiento de cabeza—. Estoy de acuerdo.

Mentira.

Kaden sonrió muy despacio, con una sonrisa que era un destello blanco de pura amenaza. Golpeó la mesa con la palma de la mano, y el salón se estremeció. Las puertas se cerraron, y nos atraparon a todos en el salón. La mesa se dividió en dos mitades que se separaron y empujaron a todo el mundo hacia los lados. Un vapor espeso y abrasador invadió la sala. Nadie se sobresaltó ni se movió; todos permanecieron en sus asientos. Si sentían miedo, no lo demostraron. Sabían lo que se avecinaba, y también que lo que más odiaba Kaden era la debilidad. Se levantó como un rey frente al foso, porque de eso se trataba: de un foso amplio y retumbante.

Tragué saliva con esfuerzo mientras observaba la escena con las manos recogidas sobre el regazo, inmóviles. Tobias y Alistair sonreían con mal disimulada satisfacción. La temperatura iba en aumento. La lava fundida se arremolinaba en el pozo; la superficie burbujeaba y liberaba nubes de humo.

—Adelante —dijo Kaden, mientras les señalaba el foso a los vampiros—. Saltad.

—Tú estás loco —escupió una vampira.

Uno de sus compañeros miró en todas direcciones buscando alguna escapatoria.

Los demás seres presentes no movieron un dedo por ayudar. La ira de Kaden no se dirigía hacia ellos, y no iban a hacer nada que la atrajese.

—¿Tú crees? —Kaden se puso una mano en el pecho y su risa resonó en el salón lleno de humo—. ¿O será que no me gusta la insubordinación? Dianna. —Volví la mirada hacia él—. ¿Serías tan amable de ayudar a nuestros amigos?

Me giré hacia los vampiros y, sin quitarles ojo, me puse en pie. Caminé hacia donde estaban mientras abría y cerraba los puños. Los seres del Altermundo se tensaban cuando pasaba a su lado, pero sus rostros no traicionaban ninguna emoción. Yo era el arma de Kaden. Era poderosa. Lo sabían, y yo también lo sabía. Era una espada forjada en fuego y carne.

—Puede que me falte confianza. —La voz de Kaden resonó de nuevo—. Es que no es la primera vez que vuestro rey ha tenido esos «inconvenientes». Dados los plazos y los objetivos... —Me detuve junto a una vampira, que me dirigió una mirada atemorizada—. No puedo permitirme ningún eslabón débil.

La sujeté por los brazos y la arrastré hacia el pozo. Gritó, y trató de liberarse; sus tacones de aguja me arañaron los tobillos. La lucha fue breve. La lancé por el borde del pozo. Los gritos y la caída apenas duraron unos segundos. Se hundió en el estanque de lava y las llamas la envolvieron y la consumieron.

Otro vampiro pasó corriendo junto a mí, presa del pánico, tratando de escapar. Extendí el brazo con velocidad cegadora. De mis dedos brotaron unas garras que le perforaron las entrañas. Jadeó, doblado sobre mi brazo. Se me aferró a la muñeca y me sostuvo la mirada. El temor y el pánico le llenaron los ojos. Lo alcé por el aire y lo lancé al fuego.

El tercero fue similar al segundo. Intentó escapar, intentó pelear, pero al final lo tiré a la lava mientras sus gritos retumbaban en las paredes de obsidiana. Me limpié la garra en la mejilla salpicada de sangre y me dirigí al único vampiro que quedaba vivo. Había claudicado; comprendía que no había escapatoria, ni sitio al que huir. Estaba tirado en el suelo de piedra, hecho un ovillo. Lo levanté por las solapas de la chaqueta y lo sostuve más allá del borde del foso.

Las lágrimas le brillaban en los ojos amarillos.

—Por favor —rogó—. Tengo familia.

«Familia».

La palabra reverberó en mi mente; noté que se me retraían los caninos. La sed de sangre me llamaba, me pedía que sucumbiera, que diese rienda suelta a la bestia.

«Familia».

La palabra era como un repiqueteo rítmico que me recordaba que esa no era yo. Cada latido de mi corazón estaba dedicado a ella, y acordarme de su existencia me trajo de vuelta, me alejó de la locura.

«Familia».

La palabra iba envuelta en el sonido de la risa de mi hermana; y, con ella, volvió el recuerdo.

Tiré una palomita de maíz al aire y traté de cazarla al vuelo, sin éxito. Gabby sacudió la cabeza con incredulidad y se burló de mí.

—Para ser un ente superior, tienes una puntería pésima. —Soltó una risita y me tiró un puñado de palomitas. Estiré el pie y le di una patadita en la pierna.

—¡Eh, que aquí la asesina entrenada soy yo!

—¡Venga! —dijo ella, muerta de risa—. Pero si lloraste con el final de Medallón.

—Era una película muy triste, y el final, más todavía. Escoges unas películas muy malas.

Nos pasamos horas riéndonos de aquella absurda película. Nos sentamos en el sofá excesivamente caro que le compré como regalo de graduación y dejamos hecho un desastre aquel apartamento que tanto le gustaba. Se había graduado hacía ya meses, y no la había visto desde entonces.

El dolor me arrancó de los recuerdos. Parpadeé unas cuantas veces para enfocar la vista de nuevo y miré al vampiro que sostenía sobre el vacío. «Familia». Dirigí la mirada hacia las rojas llamas gemelas de los ojos de Kaden, más allá del humo. El mensaje, sin palabras, me llegó alto y claro. No dudes, no pienses, termina lo que has empezado... Porque si detecta debilidad en ti, también te la quitará a ella. Sin apartar la mirada de Kaden, retracté las garras que sujetaban el cuello del vampiro, abrí la mano y lo dejé caer en el foso.

Desapareció, y Kaden sonrió. Luego cerró el portal con la mente. La mesa, con los ocupantes aún sentados, se movió y se recompuso en su lugar. El crujido de la puerta que teníamos detrás resonó en el salón sumido en el silencio; el humo se filtró hacia el vestíbulo. Unos cuantos asistentes tosieron y movieron las sillas, con lo que hicieron chirriar la piedra sobre el suelo.

Me miré los nudillos y las uñas manchados de carmesí, y dejé caer los brazos. Levanté la mirada y, casi sin darme cuenta de lo que hacía, los pies me llevaron de vuelta junto a Kaden. Alistair y Tobias me estudiaron como evaluándome, pero tuve buen cuidado de no mostrar el asco que sentía al estar cubierta de sangre y vísceras. Me detuve con la mirada al frente y las manos cruzadas delante de mí.

No mostrar debilidad. Jamás.

—Ahora que ya te has ocupado de ese asunto —preguntó Kash, el líder de los espectros, con un fuerte acento—, ¿para qué nos has hecho venir? —Los espectros se arremolinaban tras su titiritero.

—Muy sencillo. Tengo noticias sobre el Libro de Azrael.

El salón se llenó de susurros y gritos ahogados. Kaden se sentó por fin. Alistair, Tobias y yo permanecimos de pie. Siempre preparados, impávidos y amenazantes.

—Imposible —siseó el jefe de los baku.

Se produjo un instante de silencio y luego todos empezaron a hablar a la vez para apoyar lo que había dicho baku y argumentar que el libro no era más que un mito. El retumbar de tantas voces nerviosas en el salón de piedra resultó abrumador. Los únicos que no dijeron nada fueron los hombres lobo; permanecieron en silencio, mirando y escuchando.

No me sorprendió que el político mortal, Elijah, fuese capaz de hacerse oír sobre las otras voces.

—Incluso si aparece el texto —dijo—, han pasado miles de años desde la Guerra de los Dioses. ¿Cómo lo vamos a leer?

—¿Leerlo? —se mofó Santiago—. Si existe de verdad, ya sabes lo que trae consigo.

Se hizo el silencio, y todas las miradas se volvieron hacia Kaden.

—El Destructor de Mundos —dijo una suave voz femenina procedente de un rincón a la izquierda.

Todo el mundo se volvió hacia Sasha y sus hermanas. Las banshees habían estado muy calladas desde el principio. Casi tanto como los hombres lobo. Sasha tenía la mirada perdida; parecía sumida en sus pensamientos. No pareció darse cuenta de que había hablado en voz alta hasta que alguien le tocó el hombro. Carraspeó y se estiró el traje chaqueta blanco, movió la cabeza y sacudió la mata de largo pelo azul.

—Ah, sí —intervino Kaden; se frotó el mentón y apoyó las manos en la mesa—. El mítico Destructor de Mundos. La leyenda. El Hijo de Unir. El Portador de la Espada del Olvido. ¿Y dónde está?

Nadie respondió.

—Exacto. No se ha sabido nada de él desde la explosión de su mundo natal, Rashearim. Cuya destrucción provocó él mismo, ¿correcto? ¿No es así como lo cuentan las historias? Es el hombre del saco del Altermundo. Un cuento para teneros a todos asustados.

—No son cuentos. Es cierto. El propio Altermundo está fuera de nuestro alcance por su culpa. Por culpa de él y de ellos —objetó Santiago. Los brujos que lo acompañaban asintieron sin apartarse de él. Nos miraron fijamente, como esperando que los atacásemos porque Santiago se había atrevido a hablar sin permiso—. Los celestiales aún recorren este plano. La Mano aún recorre este plano, y si la Mano todavía existe, entonces tiene un cuerpo, y una cabeza. Esa cabeza es el Destructor de Mundos.

—Y las cabezas se pueden cortar. —Las palabras de Kaden supuraban veneno.

El silencio se extendió de nuevo, a medida que las palabras calaban en las mentes. Lo olí antes que nadie: miedo. No llevaba tanto tiempo como la mayoría de ellos en el mundo de Kaden, pero el que temiesen más al Destructor de Mundos que al propio Kaden era un hecho harto elocuente.

—Lo entiendo. Lo teméis. Pero, incluso si vive, no es lo que creéis que es. Hace siglos que nadie lo ve. No prestéis atención a las fábulas que han creado otros en su nombre. Si es tan fuerte y hábil como dicen, ¿dónde está? He acabado con cientos de los suyos, pero no aparece. Es cobarde, y débil, y está maltrecho. Este «Destructor de Mundos» no es un dios como los que lo precedieron. No tiene auténtico poder... Pero nosotros, sí. Os cuentan mentiras para que os las traguéis. Quieren que os sometáis a su voluntad. Una vez me haya hecho con el libro, nosotros, todos nosotros, gobernaremos. Ya no estaremos atados a las sombras, ni sometidos por aquellos que nos consideran indignos e inferiores. El cambio ocurrió en el momento en que derramaron su sangre en su propio mundo. ¿Y qué pasa ahora? —Se puso de pie y se reclinó sobre la mesa, apoyándose en las manos. Miró a los líderes a los ojos, uno tras otro, y unos pocos se agitaron en sus sillas, incómodos—. Es hora de recuperar lo que nos pertenece, lo que nos robaron. Cuando sellaron los dominios no tuvimos elección. Ninguna. ¿Cuántos de los vuestros quedaron tras esas puertas? ¿Eh? —Señaló a Santiago, y luego a otros—. ¿Y de los vuestros? ¿No os preguntáis si aún viven?

Las palabras dieron en el blanco.

—¿Y qué hay de ese libro? ¿Lo tienes? —quiso saber el líder de los espectros.

—A eso vamos —respondió Kaden, con un chasquido de la lengua—. Todavía no lo tengo, pero no tardaré. Elijah —señaló al humano y su consejo— ha tenido la amabilidad de darnos información sobre los celestiales. Nos hemos infiltrado en sus filas, y ese es el motivo por el que os he llamado. Tenemos que permanecer unidos. Cuando yo empiece el proceso de apertura de los dominios, no podemos dar imagen de debilidad. —Señaló con la mirada el asiento vacío de los vampiros—. Ni por un segundo. Os necesito a todos conmigo, y si no lo estáis… —Miró de reojo el centro de la mesa, la amenaza implícita pero clara para todos.

Uno por uno, todos aceptaron, diciendo «sí» en su propia lengua. Los hombres lobo fueron los últimos en hablar, y supe que no era la única que se había dado cuenta.

Me limpié la sangre de la cara y luego de las manos. El agua del lavamanos de obsidiana estaba teñida de marrón. Desde que Kaden me convirtió, me había tenido que lavar sangre del cuerpo día sí y día también. Me había convertido en un ser capaz de arrancar recuerdos mediante la sangre, de invocar llamas y de transformarme en la bestia que desease. Cada vez que me alimentaba, me sentía menos y menos humana. Ese era el precio que debía pagar por la vida de mi hermana. Lo triste era que, comparado con la alternativa, ni siquiera me parecía tan mal. Por primera vez en muchísimo tiempo, había vacilado, había perdido el control, y él lo había visto.

Cerré el grifo y cogí una toalla del estante para quitarme las gotas de sangre que aún tenía en la cara. El reflejo me mostró una sombra de la persona que fui. Ahora tenía un rostro más duro, con la mandíbula y los pómulos más marcados. Esos rasgos afilados les resultaban atractivos a todos excepto a mí. Yo recordaba un rostro más suave, más amable quizá. El borde de la toalla me rozó los labios, suaves y carnosos; tras ellos, cuando el monstruo de mi interior se abría paso hasta la superficie, se ocultaban unos caninos más afilados que el acero.

La gente me describía como «hermosa» y «exótica». Esas palabras me hacían estremecer por dentro como si me hubiesen dado una bofetada. Sabía que era mortífera, despiadada y letal. Por ella, por nosotras, había dejado que Kaden me atase con correa. Había creado para ella un espacio de paz con garras y huesos rotos; había pagado su seguridad con ríos de sangre.

«Por favor. Tengo familia».

Aquella voz desesperada me resonaba en la mente. Cerré los ojos con fuerza para apagarla. Tiré la toalla a un lado y me aferré al lavamanos. Mis dedos se clavaron en el granito y arrancaron trozos. ¿No eran las mismas palabras que había susurrado yo aquella noche, tantos siglos atrás? Tirada en el suelo, aferrada a la mano de mi hermana. Mientras el frío de la muerte se extendía por su piel, rogué que alguien, quien fuera, la ayudase, la salvase. Estaba dispuesta a ofrecer mi cuerpo, mi vida, mi alma, cualquier cosa, a quien me respondiera.

—¿Va todo bien?

Abrí los ojos al instante, y el espejo me devolvió la mirada de Kaden, unos iris que eran ahora castaños y no las ascuas iridiscentes de antes. Se apoyó en la puerta del baño. Su presencia lo llenaba todo. Era más alto que yo, que no era poco, porque yo estaba bastante por encima de la media femenina. No era una cosita pequeña y mona, como suelen reflejar las películas o las novelas. No tenía mucho pecho, pero lo compensaba con las caderas, la única parte de mí que estaba llena de curvas. Era delgada, de músculos fuertes y flexibles, una luchadora en todos los sentidos de la palabra. Después de mi transformación, me había entrenado a diario con Alistair, Tobias e incluso Kaden. Muy a menudo, había recibido palizas que me dejaron inconsciente. Tardé años en aprender a valerme por mí misma. Kaden quería guerreros, y pronto supe por qué.

Me miró con los brazos cruzados y gesto intrigado. No era preocupación, en el sentido en el que lo entendería una persona normal. Sabía que no le importaba mi bienestar, solo si aún estaba dispuesta, si aún era obediente.

—Estoy bien. Solo un poco cansada —respondí, adoptando una postura más firme.

—Hummm. —Entrecerró los ojos.

—Quiero ver a mi hermana.

Frunció un poco el ceño y se apartó de la puerta.

—Ahora no.

Sabía que iba a responder así. Hacía meses que no veía a Gabby y la echaba de menos. Él la usaba como cebo. Si hacía lo que me ordenaba, me premiaba con visitas, aunque estas eran cada vez menos frecuentes.

«Recuerda que te quiero».

Esas fueron sus palabras justo antes de colgar el teléfono, la última vez que hablé con ella. Maldición, ni siquiera recordaba cuándo había sido. Durante las últimas semanas había sentido que su voz me inundaba la mente y me anclaba al mundo; y más importante aún, me mantenía humana.

Kaden se acercó a mí por detrás con paso silencioso. Lo vi acercarse en el espejo. Se detuvo a pocos centímetros, con la barbilla apoyada en mi cabeza. Apartó los mechones que me caían sobre la cara y me los echó hacia atrás con suavidad. Deslizó los dedos entre el pelo sedoso como si disfrutase de la sensación. Su mirada atrapaba la mía en el espejo.

—Has dudado.

Lo sabía.

Deslizó de nuevo la mano derecha por mi cabello, y al llegar al final dejó que me resbalara por la espalda.

—¿Tienes algo que decirme?

—No ha sido por las razones que crees.

Mantuve la mirada fija en el reflejo de la suya, negándome a desviarla. Era como un animal salvaje: si apartabas la mirada de la presa por un segundo, se acabó.

—Hummm —murmuró mientras me bajaba la mano por la espalda. Sus dedos se abrieron paso bajo las ajustadas costuras de mi vestido y me estremecí, sin dejar de mirarlo. Un atisbo de sonrisa le suavizó la curva de los labios. Bajó la cabeza hacia mi cuello—. Eres tan hermosa...

Al hablar, la respiración acelerada era como un pulso que palpitase tras los labios, como un cosquilleo sobre mi piel. Me acarició con la lengua y me hizo estremecer de nuevo. Subió la mano por mi cuerpo para acariciarme el pecho. Me rozó lentamente el pezón con el pulgar, y me arrancó un gemido. Me apreté contra él y moví las caderas para notar la dureza de su miembro contra el culo.

Deslizó los labios del cuello a la línea de la mandíbula, dejando un rastro abrasador.

—Me perteneces. Eres mía en todos los sentidos. —Besaba y mordisqueaba todo lo que tocaba—. ¿Lo entiendes?

Asentí y dejé caer la cabeza atrás, sobre su hombro, para darle mejor acceso. La delgada línea entre el placer y el dolor siempre me provocaba una respuesta, y él lo sabía. Levantó la mano libre y me agarró por el pelo, me hizo girar la cabeza. Luego se inclinó sobre mí y me empujó con fuerza contra el lavamanos, sin dejarme espacio para escapar. Abrí los ojos de par en par al notar las garras en la curva de las tetas. Abrió los ojos y me besó la oreja. Las garras afiladas se arrastraron hasta el centro de mi pecho. Su mirada, roja y ardiente, me taladró.

—Pero no puedo permitir ninguna debilidad, ni siquiera tuya. Y menos ahora que estamos tan cerca. ¿Lo entiendes?

Asentí. Sus uñas me arañaron la piel. Los ig'morruthens eran fuertes, y casi imposibles de matar. Casi. Todos teníamos alguna debilidad, algo que nos podía destruir. Pero lo malo es tener que averiguar cuál es antes de que te despedacemos. Me habían decapitado, amputado miembros que habían vuelto a crecer, e incluso me rompieron el cuello, pero nada de eso me había matado. Lo único que no me habían destruido nunca era el corazón. Así que, por un proceso de eliminación, habíamos deducido que moriría si alguien me arrancaba el corazón. Mi estúpido corazón mortal era mi debilidad.

—Sí —dejé escapar entre los dientes apretados—, lo sé.

Me apretó con los dedos más fuerte, me los clavó en el pecho. No grité. No iba a darle esa satisfacción.

—Entonces ¿por qué dudaste? —Su voz era un susurro jadeante en mi oído.

«Miente».

No podía contarle cuál era la auténtica razón. Si creía, aunque fuese un instante, que ponía a alguien por delante de él o de su causa, acabaría conmigo al momento.

—Porque tenía familia —siseé—. Al matarlo te has granjeado más enemigos. —Jadeé, intentando respirar pese al dolor—. Y, tan cerca de tu objetivo, esa es una complicación innecesaria.

Me sostuvo la mirada durante un momento interminable, pero al fin sus ojos recuperaron el color castaño y me soltó el pelo. Noté cómo me quitaba los dedos del pecho y me sacó la mano de debajo del vestido. Me agarró por las caderas y me dio la vuelta tan rápido que estuve a punto de caerme.

Se inclinó hacia mí y apretó su cuerpo contra el mío.

—¿Te importo?

—Sí. —Me froté el pecho. La piel se había curado, pero la sangre me manchó los dedos.

No era del todo mentira. Al principio, Kaden me había importado, pero varios siglos después me harté de justificar su comportamiento. Jamás había compartido conmigo sus secretos, pero yo sabía que había partes de su ser hechas pedazos, y me daba pena. Kaden no había sido siempre tan cruel. Había momentos, fugaces quizá, en los que alcanzaba a ver algo más profundo en su interior. Algo en su pasado lo había vuelto frío, perverso, desconfiado. De modo que sí, me importaba, pero no era amor. Nada parecido a las estúpidas películas que me obligaba a ver Gabby. No era la emoción sobre la que los poetas escribían sonetos, o como se contaba en la literatura, pero me preocupaba por él. Jamás podría librarme de Kaden, y al menos, aunque fuese de un modo tan limitado, ese sentimiento me hacía más fácil permanecer junto a él.

—Bien —dijo; sus labios me rozaron la mejilla—. No vuelvas a dudar.

Asentí, aferrada aún al tejido de mi traje. Kaden me mantenía atrapada entre el lavamanos y su cuerpo.

—Déjame ir —susurré.

Era una petición y una demanda silenciosa, y no se refería solo a la situación actual. Significaba mucho más, algo con lo que solía soñar cuando la lucha y la naturaleza violenta de mi vida se volvían insoportables. Algo que era consciente de que jamás me concedería. Me moría por tener otra vida, con mi hermana. Una vida en la que pudiese amar y ser amada. Una vida normal. Pero sabía lo que me iba a responder antes de que lo hiciese, y no tenía ni la más mínima duda de que lo decía en serio.

Kaden se echó atrás, y sus ojos se pasearon por mi rostro. Me levantó la barbilla y me obligó a mirarlo.

—Jamás.

III
DIANNA

Surqué el fresco aire nocturno, por encima de las nubes, de la civilización, de todo. Unas esbeltas alas negras batían contra el viento y me impulsaban hacia delante. Una de las cosas que más me gustaban de ser una ig'morruthen era la habilidad de transformarme en lo que quisiera, en quien quisiera. Kaden me había contado que esa habilidad procedía de los antiguos, que podían transformar su cuerpo a voluntad. Algunos eran capaces de convertirse en seres terribles y magníficos, tan inmensos que tapaban el sol. No tenían la preciada sangre real, pero eran dioses por derecho propio. Eran temidos y respetados. Bueno, lo eran hasta que llegó la Guerra de los Dioses y acabó con todos ellos.

Las estrellas parecían bailar sobre mí y en todas direcciones. Batí las alas con más fuerza, para ascender hacia ellas. Rodeada por tanta belleza, me pregunté qué pasaría si siguiese volando, si no me detuviese jamás. En ese momento me sentía realmente libre, y me deleitaba en ello, deseaba que aquello no acabase.

La forma que había adoptado me la había mostrado Kaden siglos antes y se había convertido en una de mis favoritas. Los mortales la reconocerían como un guiverno, similar al mítico dragón, aunque yo era bípeda, a diferencia de aquellos cuadrúpedos escupefuego. Las manos y los brazos se habían estirado para formar unas alas enormes. Sobre la cabeza se unían escamas y cuernos de punta afilada. La piel era más gruesa, y estaba cubierta de escamas blindadas. Mientras maniobraba y me zambullía entre las nubes, una larga cola de punta afilada se agitaba detrás de mí.

Las estrellas eran mi única compañía, y disfrutaba de la soledad. Cerré los ojos y extendí las alas todo lo posible, cabalgando el viento. La ventaja de los contactos humanos de Kaden era que no dispararían a una bestia voladora que escupía fuego. Así que, por el momento, me sentía en paz. No era Dianna, la reina de la muerte domadora del fuego, ni Dianna, la hermana amantísima y responsable. Solo era yo.

«Tráeme la cabeza del hermano».

La voz de Kaden resonó en mi subconsciente como una intrusión de la realidad; el recuerdo de la noche anterior se proyectaba en mis párpados cerrados como una película.

Kaden se levantó del lecho, cogió su ropa y se vistió a toda prisa. Nunca se quedaba, jamás me había abrazado… Ni una sola vez.

Se detuvo en el umbral, con la mano en el picaporte, y se volvió a mirarme.

—Y, Dianna…, no te andes con miramientos. Quiero enviar un mensaje.

—Como desees —respondí.

Me incorporé y me tapé con las sábanas. Kaden abandonó la habitación sin una palabra más. El portazo resonó por todo su hogar volcánico. Me cubrí el rostro con las manos y me quedé unos minutos allí, sentada.

No solo me había pedido que le trajese la cabeza de un príncipe. No, además me pedía que matara a un amigo. Drake era uno de los pocos en quienes yo confiaba por completo. Pero sabía, sin lugar a dudas, que no tenía elección.

Abrí los ojos de repente y me concentré en propulsar el cuerpo a mayor velocidad a través del cielo nocturno. Con cada poderoso aleteo arrinconaba mis sentimientos y los volvía a encerrar bajo llave.

Percibí el olor del agua salada del mar de Naimer mucho antes de verlo. La música y los sonidos de una ciudad vibrante no tardaron en llenarme los oídos, señal de que ya estaba cerca. Tirin era una ciudad hermosa, situada en el corazón de Zarall, y actualmente propiedad del Rey Vampiro. En realidad, todo el continente pertenecía a Ethan Vanderkai, Rey Vampiro y sexto hijo de la estirpe real. Cada vampiro que aparecía, del hemisferio oriental al occidental, estaba sometido a su mandato; pero no era a él a quien yo buscaba esa noche. No, quien me llevaba allí era su hermano, el Príncipe de la Noche, Drake Vanderkai.

Kaden me había presentado a muchos seres a lo largo de los siglos, y a muy pocos los había llegado a considerar amigos, pero Drake era diferente. Éramos amigos de verdad, al menos desde mi punto de vista. Su familia había colaborado estrechamente con Kaden durante años. Estaban metidos en casi todo, y con frecuencia sabían cómo obtener los artículos y artefactos que Kaden buscaba. Por eso estaba tan furioso. Quería ese libro, y los vampiros ayudarían a encontrarlo, pero habían dejado de asistir a las reuniones.

Al principio, Ethan enviaba a Drake en su lugar. No me importaba. Era agradable tener a alguien con quien hablar y reír, sin necesidad de estar en guardia todo el puto rato. Pero luego Drake también había dejado de acudir, y esa última vez había sido el colmo para Kaden. Quería sangre, y lo que Kaden quería, yo se lo conseguía.

Era otra forma de poner a prueba mi determinación, sin duda. Cuando dudé en presencia de Kaden, su mente paranoica supuso que estaba escapando a su control. Tenía que demostrarle que no era así, pese a mi amistad con Drake. No podía poner en peligro mi reputación ni mi posición. Si alguna de ellas quedaba en entredicho, mi hermana correría peligro. Y eso era inaceptable, así que demostraría mi lealtad, empezando con Drake.

Me zambullí bajo las nubes y me concentré en el valle que había abajo. Por todas partes relucían luces multicolores, como un reflejo de las estrellas. La gente estaba en la calle, disfrutando de la noche, y el aire cálido me traía los sonidos de las voces, las bocinas de los coches y la música. Los focos brillantes de luz blanca eran como balizas que atraían al centro de la ciudad a cualquiera que quisiera acudir. Había una fiesta esa noche, como todas las noches, y yo me dirigía al corazón de esta.

Volé sobre las montañas y dejé que el océano se desvaneciese a mi izquierda. Las olas lamían la costa. Planeé en torno a una colina cercana y retraje poco a poco las alas, batiéndolas despacio para frenar el descenso. La música ahogaba todo posible ruido por mi parte, y los mortales estaban demasiado borrachos u ocupados como para fijarse en mí.

Me transformé aún en el aire, en medio de una nube de humo negro, y me dejé caer al suelo. Aterricé en cuclillas. Varias personas se apartaron de un salto; derramaron las bebidas y me gritaron que mirase por dónde iba. Sin hacerles caso, me ajusté las gruesas trenzas para que me cayeran sobre los hombros.

Según me dirigía al centro de Tirin, conocido como Logoes, el color de las luces cambiaba: plateado, luego rojo y, por último, dorado. Era un barrio muy popular, famoso por su belleza y sus monumentos históricos, pero sobre todo por la vida nocturna. Buscases lo que buscases, en Logoes lo encontrarías en alguno de sus numerosos bares, pubs, y locales más refinados. Los turistas y los nativos acudían en tropel para desconectar y relajarse, ignorantes de lo que despertaba cuando la luna crecía en el cielo.

Me abrí paso entre el gentío sin dificultad. Mi apariencia era la de una mujer humana en busca de diversión: camiseta negra de tirantes, pantalones de cuero, y tacones. Apenas tardé unos minutos en llegar a mi destino. El club estaba ubicado en el corazón de Logoes; había una larga cola de gente que esperaba para cruzar la enorme entrada. El cartel de neón rojo encima de la puerta proyectaba un reflejo carmesí sobre los alrededores. Era uno de los sitios favoritos de Drake: le pertenecía a él, no a su hermano.

Empujé a los humanos para abrirme camino hasta la entrada, lo que desató un coro de gritos y maldiciones. Dos matones se cruzaron de brazos y se adelantaron para formar una barrera delante de mí. Eran de esos tipos demasiado musculosos, como hechos a medida para intimidar a la gente, sobre todo a los borrachos y a los idiotas. Uno tenía la cabeza afeitada y tatuajes que le decoraban la nuca, y el otro llevaba una larga cola de caballo con rastas. Al reconocerme, sus ojos brillaron con un reflejo dorado, pero no les di oportunidad de reaccionar.

—Lo siento, de verdad, pero es culpa suya. Tendría que haber ido.

Los golpeé en el pecho con las palmas para empujarlos hacia atrás. De los puntos de contacto brotaron llamas. Los cuerpos quedaron reducidos a cenizas antes de tocar el suelo.

La puerta se abrió de par en par, y estalló en un millar de fragmentos diminutos. Las personas que se habían quedado atrás gritaron y corrieron para ponerse a salvo. La muchedumbre que había dentro ni siquiera se enteró; todo el mundo siguió bailando, girando.

El interior del club era mayor de lo que parecía desde fuera. Unas luces amarillas, azules, rosas y rojas bailaban en las paredes. La pista de baile separaba la cabina del DJ del amplio bar circular que ocupaba el centro de la sala. La gente gritaba a los camareros, tratando de hacerse oír sobre el estruendo de la música.

Apenas había dado un paso hacia el débil resplandor rojizo del fondo del club cuando un objeto duro me golpeó la cabeza por atrás. Me sobresalté, pero mi cuerpo no se movió. Otra ventaja de ser una ig'morruthen era que nuestros huesos eran más gruesos, por lo que resultaba más difícil dejarnos inconscientes. Me volví a mirar: era un vampiro con una pistola, y un gesto de completa estupefacción. Lancé el brazo hacia él, lo atravesé e incineré los restos.

Eso hizo que, por fin, me prestasen atención. Una mujer gritó. Los vampiros que había entre el gentío se volvieron hacia mí, sacaron los colmillos, con los ojos brillantes como fluorescentes amarillos.

La noche iba a ser muy larga.

Subí las escaleras con los zapatos tan empapados de sangre que hacían un ruido húmedo. Estaba cubierta de ceniza, los fluidos y las vísceras de más de un ser. Me detuve al llegar a lo alto de las escaleras y estudié la amplia sala. Había varios sofás negros apoyados contra la pared del fondo, sillas a juego y mesitas repartidas aquí y allá. La iluminación era escasa, apenas unos pilotos rojos en las esquinas. También había un pequeño bar, pero solo servía el tipo de bebidas que les gustaban a los seres del Altermundo. La sala estaba vacía, con la única salvedad de la persona a la que había ido a buscar.

La realeza vampírica siempre me ponía la piel de gallina. Su poder venía de tan antiguo que mis facultades no lograban encontrarle sentido. Solo cuatro familias vampíricas habían tenido poder suficiente para heredar el trono, y una había quedado reducida a polvo antes de que me creasen. Las otras tres se odiaban y se habían disputado el poder de manera encarnizada. Los Vanderkai ganaron, y llevaban ya un tiempo en el trono. Su victoria se debía en gran parte a Kaden, pero eso no significaba que fuesen sus vasallos. Cuanto más envejecían, más poder acumulaban, y eso es lo único que yo sentía allí, en aquella sala: poder.

Avancé hacia la fuente de aquel poder; cuando nuestras miradas se cruzaron, me detuve y me apoyé en el extremo de la barra semicircular. Me taladró con sus ojos dorados, pero ninguno de los dos dijo nada. Me pasé el brazo por la frente, pero solo conseguí extender aún más fluidos por mi cara. Le dio una lenta calada a un puro, que hizo brillar la brasa roja de la punta. Estaba reclinado en uno de los grandes sofás, con un brazo apoyado en el respaldo. Se habría dicho que no tenía ningún problema, y que la carnicería del piso de abajo no le preocupaba lo más mínimo.

Otra calada le iluminó el rostro. El brillo hizo resaltar los rizos cortos y oscuros. Drake era un depredador magnífico, y el marrón intenso de su piel brillaba como si tentara a los incautos para tocarlo. Otra ventaja del vampirismo. En ellos, todo estaba diseñado para atraer a las presas.

—No tienes buen aspecto. —Dio una nueva calada y luego cruzó las piernas.

—¿Por qué no acudiste? —respondí, apretando los puños—. Y no me vengas con mierdas sobre problemas ni enemigos que os tienen muy ocupados.

Drake no respondió, lo que me cabreó aún más. Di un paso al frente, y luego otro. Él golpeó con delicadeza el cigarro contra la bandeja de plata de la mesita que había a su lado.

—Kaden intenta abrir los dominios, Drake. Eso supondría la libertad para todos nosotros, para los nuestros. Ya no tendríamos que preocuparnos de los celestiales, ni de la Mano. ¿Por qué de repente Ethan y tú estáis en contra?

Clavó los ojos en los míos por un segundo, en busca de alguna señal de que bromeaba, pero en mi voz solo había dolor.

—En eso tiene razón. Estaría bien que no nos cazasen, ni a mí ni a mi familia; pero sus convicciones no están claras. —Se levantó, se desabotonó la chaqueta y se la quitó con esmero—. Ethan no lo seguirá, ni yo tampoco. Es un tirano, Dianna, por muy bonita que sea la imagen que nos está pintando.

Cerré los ojos con fuerza para intentar contener las lágrimas.

—Sabes que no puedes hablar así. Sabes lo que eso significa.

—Lo sé. —Su voz era un susurro repentinamente muy cercano.

Abrí los ojos, y no me sorprendió encontrármelo a pocos centímetros de mí. Me apartó de la cara los mechones sueltos que se habían escapado de las trenzas.

—¿Y vas a ser tú, su preciosa arma, quien me ejecute a mí, o a mi hermano? ¿También a mi familia?

Cuando lo agarré del cuello, la parte de mí que aún contenía algo de bondad me gritó que me detuviese, pero no tenía elección. No se resistió. Lo alcé del suelo y lo lancé hacia la pared del fondo. Su cuerpo hizo un agujero del que brotó una nube de chispas. El edificio retembló por el impacto, y varios cuadros se cayeron. Parte de la pared se derrumbó levantando una nube de polvo.

—Ya sabes lo que va a ocurrir ahora. Cuando enviasteis a otros a las reuniones de Kaden, sabíais lo que haría y cómo reaccionaría. ¡No iba a pasar por alto la desobediencia, Drake! —le grité.

Dos cuchillos atravesaron el hueco de la pared, directos a mí. Aparté uno de un manotazo, y el otro me pasó zumbando junto a la cabeza. Pero su objetivo no era matarme, sino distraerme. Drake me placó y me derribó, me dejó sin aliento. Chocamos con la barra, que reventó proyectando astillas de vidrio y de madera.

—Cuando él vuelva, hay que estar en el bando correcto. ¿Crees que el libro que quiere Kaden no va a provocar otra gran guerra? —preguntó. Me sujetaba los brazos en el pecho con una rodilla, clavándome al suelo.

—¡Venga, no lo dirás en serio! ¿Tú también? No es más que una leyenda, ¿y vas a condenar a toda tu familia por eso? Son cuentos, Drake, historias para tenernos controlados. Murieron todos. Los viejos dioses están muertos. La Guerra de los Dioses, ¿recuerdas? Solo quedan los celestiales y la Mano. Nada más.

—¡Dioses! ¡Te tiene dominada por completo, joder! —Me dio un puñetazo que me sacudió la cabeza de lado a lado.

Fingí que perdía el conocimiento y, cuando noté que se relajaba, le di un rodillazo en la entrepierna. Se tambaleó y aproveché para liberar los brazos y lanzarlo lejos de mí. Rodé y me aparté, pero cuando me puse de pie ya se había recuperado. Me esperaba con los puños en el aire y una sonrisa satisfecha.

Se me encogió el corazón. Drake fue el que me hizo sonreír cuando me convertí y trataba de hacerme a la idea de que ya no tenía libertad, ni humanidad. No era solo mi amigo, sino también el de Gabby. Siempre que lo había necesitado, estuvo a mi lado, y ahora tenía que matarlo porque Ethan y él habían decidido cambiar de bando. No tenía elección, y eso aún me cabreaba más. Levanté las manos yo también y cerré los puños. Luego las dejé caer a los costados.

—No quiero hacerlo. —Se me quebró la voz, pero no me importó. Me daba igual que lo viese como una señal de debilidad.

Bajó los puños, y su expresión se suavizó.

—Entonces, no lo hagas. Eres una de mis mejores amigas, Dianna. No quiero pelear contigo. Eres tan fuerte como él, si no más. Quédate conmigo, con nosotros. Podemos ayudarnos y protegernos.

Sonreí, porque sabía que hablaba en serio. Y un instante después estaba junto a él. Abrió mucho los ojos, y boqueó una, dos veces. Bajó la vista hasta mi puño, que tenía incrustado en el pecho. Le cogí el corazón en la mano, lo sentí palpitar. Tenía su vida en la palma de mi mano.

—He dicho que no quiero hacerlo. No que no vaya a hacerlo.

Me tocó la muñeca con las manos, y sonrió.

—Mejor morir por lo que consideras correcto que vivir en una mentira.

Le sostuve la mirada e invoqué las llamas de la mano. El cuerpo de Drake se incendió desde dentro, pero su sonrisa no vaciló. Era la misma sonrisa que me había reconfortado cuando las pesadillas se volvieron insoportables. La misma sonrisa que asomaba a sus labios cuando me contaba chistes y me hacía reír aunque tuviera ganas de morirme. Reprimí la sensación de horror, mientras aquella sonrisa capaz de iluminar una habitación desaparecía para siempre.

Me quedé allí no sé cuánto tiempo, con el brazo extendido y los restos del corazón de mi amigo en la mano. Un sonido alto y alegre llenó la habitación, y pensé que era raro que pusieran música con el club destrozado. Luego noté la vibración en la cadera y salí de mi ensimismamiento. Me limpié las manos en los pantalones de cuero y saqué el móvil del bolsillo.

—Ya puedes ir a ver a tu hermana.

Paseé la vista por lo que quedaba de la habitación, hasta localizar la cámara montada en lo alto de una pared. Kaden lo había visto todo. Asentí en dirección a la cámara, colgué el teléfono, y abandoné el local en ruinas.

IV
DIANNA

Me reintegré en medio del apartamento de Gabby, entre el humo negro de la teleportación. Antes de que se disipase, ya había dejado caer las bolsas en el suelo con un golpe sordo. En esta parte del mundo eran las ocho de la mañana. Lo había comprobado antes de salir para asegurarme de que estuviese en casa.

—¡Gabby! —grité, alzando los brazos—. ¡Tu hermana favorita, y única, ha llegado!

Lo habitual era que mis apariciones repentinas provocasen gritos y abrazos, pero esta vez solo me recibió el silencio. Eché un vistazo a mi alrededor. Había un nuevo sofá blanco modular, y una mesa de vidrio cubierta de revistas. Varias fotografías artísticas colgaban de las paredes blancas. Gabby había renovado su estilo, pero eso no era insólito. Le encantaba la decoración. Las flores de la isla de la cocina me llamaron la atención. Entrecerré los ojos y me acerqué a la docena de lirios variados. Eran las flores favoritas de Gabby, y no me hizo falta leer la tarjeta para saber quién se las había dado.

Esbocé una sonrisa y me encaminé a su dormitorio. Abrí la puerta y encendí las luces. Había ropa por el suelo. Unos pantalones de hombre colgaban de una silla, y un par de mis zapatos de tacón yacían tirados sobre la alfombra de piel sintética que había junto a la cama.

—Vaya, vaya, vaya. ¡Esto explica que no contestaras a mis mensajes de texto! —exclamé en voz muy alta, con los brazos en jarras.

Eso consiguió atraer su atención.

Gabby se incorporó de un salto, y se tapó el pecho con la sábana. Su amante me miró de soslayo, amodorrado. El pelo desgreñado me confirmó la identidad del hombre que compartía la cama de mi hermana.

—¡No me lo puedo creer! —Una sonrisa de alegría se me dibujó en los labios—. ¿Por fin le has dado una oportunidad a Rick el Hombretón?

—¡Dianna! —Gabby me lanzó una almohada—. ¡Sal de aquí!

La aparté de un manotazo y cerré la puerta de la habitación entre risas.

Diplomas. Había muchos diplomas en el salón, los títulos que había obtenido Gabby en la Universidad de Valoel. Ahora tenía una vida, y nada me podría hacer más feliz. Se había graduado con los máximos honores en atención sanitaria. Gabby siempre había querido ayudar a la gente, al igual que nuestra madre. Era la luz y la esperanza de nuestra familia, de la misma manera que yo era la oscuridad y la destrucción.

La puerta del dormitorio se abrió y Gabby salió al pasillo, seguida de cerca por Rick. Verla tan feliz hacía que mereciese la pena todo lo que me había tocado sufrir y aguantar. Soltó una risita como respuesta a algo que Rick le había murmurado al oído, y miró hacia atrás para hacerle un guiño pícaro. Llevaba una bata azul ceñida con un cinturón y el pelo un poco enmarañado.

—Me alegro de verte de nuevo, Dianna —me saludó Rick, con las mejillas algo sonrosadas.

Rick Evergreen. El médico recién graduado había ido detrás de mi hermana desde que ella se mudó al soleado Valoel, hacía unos años. Nos habíamos visto unas cuantas veces, cuando visitaba a Gabby en el hospital. Mis visitas eran cada vez menos frecuentes, y eso me dolía. ¿Qué partes de su vida me habría perdido esta vez?

—Rick, ¿cuánto tiempo ha pasado? Te veo bien. —Lo dije con intención, sin quitarle la vista de encima. Su olor cambió al instante. Me temía. Sus primitivos instintos humanos le avisaban del peligro, aunque ignorase de qué se trataba.

—Unos cuantos meses, como mínimo. —Esbozó una sonrisa y tragó saliva.

Gabby, acostumbrada a mis modales prepotentes, hizo un gesto de exasperación. Agarró a Rick por el brazo y lo guio hasta la puerta.

—Vas a llegar tarde al trabajo.

Se sonreían como si no importase nada más en el mundo. Rick se inclinó y la besó con dulzura una última vez antes de que ella abriese la puerta. La expresión de Gabby al verlo salir rezumaba amor y alegría. Lo despidió con un gesto de la mano y, antes de cerrar la puerta, prometió llamarlo más tarde.

Un dolor sordo me atenazó el pecho, y aparté la vista, con un nudo en la garganta. Anhelaba experimentar aunque fuese una versión reducida de esa sensación, pero hacía eones que había renunciado a cualquier posibilidad de tener una vida normal. Se había desvanecido cuando cambié una vida por otra.

El gritito de felicidad de Gabby me sacó de esos recuerdos sombríos. Vino corriendo y me envolvió en un abrazo.

—¡Oh, Dios mío! ¡Di! ¡Cómo te he echado de menos! —murmuró, mientras yo me reía.

—Yo también te he echado de menos. —Le devolví el abrazo con ganas. Era agradable hacerlo sin preocuparme de que me arrancasen el corazón.

Se apartó con una sonrisa y los ojos brillantes.

—¿Cuánto tiempo vas a quedarte esta vez?

Esa era la verdad incómoda de mis visitas. Me quedaba lo que Kaden permitía.

—No lo sé —dije, y me encogí de hombros—, pero vamos a sacarle todo el partido que podamos.

—Me parece bien. ¿Empezamos por un desayuno?

Sonreí de buena gana y asentí. Gabby se dirigió a la cocina. La seguí y me senté en un taburete junto a la isla. Abrió la nevera y sacó unas cuantas cosas. Luego fue a poner la cafetera. Apoyé la barbilla en la mano, y la vi afanarse. Se puso de puntillas para sacar dos tazas de la estantería.

—Me gusta el estilo blanco y marrón que le has dado al piso. La cocina es increíble.

—Gracias, es nueva. A Rick le gustaba el acabado en mármol, aunque le dije que no hacía falta cambiar la que tenía.

Alcé las cejas y me apoyé en la encimera.

—Oh, ¿así que ahora compra cosas para tu apartamento? —dije, pinchándola.

Puso el café molido en la cafetera y la encendió.

—Bueno —dijo, y me miró de reojo—, últimamente se ha estado quedando aquí.

—¡¿Qué?! —jadeé—. ¿Y no me lo habías contado?

—No es tan fácil localizarte.

Sentí una punzada en el pecho, que apagó la emoción del momento. Me recliné en la silla y jugueteé con los dedos. Gabby reparó en mi cambio de ánimo súbito.

—Rick y yo no llevamos tanto tiempo juntos. —Se acercó a la cocina y sacó una sartén del armario—. Tuvimos unas pocas citas, y luego empezó a quedarse de vez en cuando.

Me obligué a sonreír.

—Me alegro por ti —le dije mientras ella seguía con el desayuno—. Lo que pasa es que la última vez que hablamos, todavía estabais jugando a eso de «no nos gustamos». —Dibujé unas comillas en el aire.

Cascó un huevo en la sartén y subió un poco el fuego.

—Di, hacía meses que no venías de visita. Las cosas cambian.

Meses en los que Kaden nos había tenido a todos buscando ese libro con el que estaba obsesionado. Meses desde que me había permitido pasar tiempo con la única persona en el mundo que me quería.

Meses. La palabra quedó flotando en el aire. Luego la aparté de mis pensamientos.

—Bueno, me alegro de saber que no solo te manda flores para acostarse contigo. —Lo dije con tono burlón, pero Gabby esbozó una sonrisa e hizo un ademán con la cabeza. Me conocía demasiado bien, y sabía que recurría al humor y los chistes cuando mis sentimientos se hacían demasiado reales.

—¿Sabes, Di?, los hombres a veces hacen cosas buenas por ti por el mero hecho de que les gustas. No todo tiene que ser por sexo. —Se volvió con la espátula contra el pecho, fingió un suspiro y se llevó el dorso de la otra mano a la frente; se estaba burlando de mí—. Incluso flores.

—¿Y cómo lo voy a saber yo? —se me escapó. No me gustaba que Gabby se preocupase por mí, y sabía que ese comentario la iba a cabrear.

Siguió preparando los huevos revueltos y empezó a tostar el pan. No dijo nada, pero se le hundieron los hombros; la rabia era palpable.

—Gabby.

—Es que... lo detesto.

—Lo sé —dije. Me levanté para sacar el beicon de la nevera—. Pero no tiene por qué gustarte. Es la razón por la que todavía te tengo conmigo.

Se quedó quieta. Apoyó las manos en la encimera más cercana y luego se volvió hacia mí.

—Estoy aquí porque diste tu vida por la mía.

—Y no podría haberlo hecho sin él.

—Odio que lo use contra ti. Que por mi culpa tengas que hacer todo lo que te dice.

La giré para que me mirase a la cara. La sostuve con firmeza por los hombros y sonreí.

—No lo he lamentado jamás, y jamás lo haré. Sabía cuál era el precio cuando lo pedí, y prefiero responder a sus llamadas como un perro con correa antes que perderte.

—Lo sé —respondió, con una tímida sonrisa—. Pero me preocupo por ti. ¿Qué has hecho todo este tiempo? ¿Dónde has estado?

—¿De verdad quieres saberlo? —pregunté, y me aparté de ella—. En todas partes. Kaden cree que está a punto de encontrar el Libro de Azrael.

—¿Qué? —Casi se le salieron los ojos de las órbitas—. ¿El libro? ¿El que busca desde ni se sabe cuándo?

—Exacto. Pero a estas alturas yo no creo que exista. Porque, de lo contrario, ¿cómo es que no lo ha encontrado aún? Kaden es antiguo, por decir algo, y la guerra no es que ocurriese anteayer.

Gabby dio un paso atrás y negó con la cabeza.

—Es de suponer que un libro así estará a buen recaudo.

—Hablando de eso…

Puso el horno a precalentar.

—Diana… —dijo, y se volvió a mirarme.

Saqué una sartén y papel de horno; luego puse las lonchas de beicon en la bandeja.

—¿Te acuerdas de que te dije que los celestiales tienen un escalafón?

—Dianna. ¿Qué has hecho?

—No fui yo, en realidad, sino Alistair.

—Oh, dioses —dijo Gabby. Se llevó una mano a la cadera y con la otra se frotó la cara.

—Creo que quizá hayamos encontrado una entrada a Arariel, lo que significa que podremos acercarnos a la Mano, y estaremos más cerca de ese libro que Kaden cree que existe.

—¿Y si es así? ¿Para qué sirve el libro?

Cogí las tazas que había sacado Gabby y nos serví café.

—La verdad, no lo sé. Kaden dice que es la llave para abrir los dominios. Quiere que tengamos una vida normal. Que vivamos en un mundo en el que ya no estemos sometidos a los celestiales, ni atemorizados por la Mano.

—¿«Sometidos»? —Me volví y vi su expresión afligida—. ¿Va a haber daños personales?

—Gabby, ya sabes que no dejaré que te pase nada.

—Sí, lo sé, pero ¿y los demás, Di? Si ese libro crea una vida normal para él y los de su clase…

—Nuestra clase. —Arqueé una ceja—. Somos de los suyos, tanto tú como yo.

—No. Yo no necesito sangre, y no tengo que comer gente para ganar poder.

Sus palabras quedaron flotando en el aire. Gabby tenía razón. Ella no necesitaba alimentarse como lo hacíamos los demás, aunque de un tiempo a esa parte mi dieta tampoco había consistido en carne humana. Gabby era diferente; lo más parecido a un mortal con una vida inmortal. Después de la transformación, le pregunté a Kaden por qué Gabby no era como Tobias, Alistair o yo misma. Me respondió que había estado tan cerca de la muerte que las cosas que nos hacían ser como éramos estaban muy debilitadas en ella. Viviría mucho más que un ser humano, pero no podía transformarse en nada y no sentía nuestros impulsos.

Gabby era diferente, muchísimo mejor que cualquiera de nosotros. Su único poder era, al parecer, una especie de empatía. No se me ocurre otra forma de describirlo. Podía calmar a la gente; curarla, en cierto modo. Su voz era tranquilizadora, su tacto ofrecía consuelo, y su mera presencia era capaz de calmar incluso al paciente más furioso. No era un monstruo, como nosotros. No, era un ángel nacido de la más brutal oscuridad.

—No hay de qué preocuparse, Gabby. El libro no existe. Han pasado siglos desde la Guerra de los Dioses y la caída de Rashearim. Por mucho que Kaden se empeñe, no queda nada.

La mirada de preocupación no abandonó los ojos ambarinos de Gabby.

—Ojalá tengas razón, Di. De verdad.

—Eh, recuerda que soy la hermana mayor —dije, con una sonrisa—. Siempre me he ocupado de que estemos bien, y siempre lo haré. Además, no me equivoco nunca.

Soltó un bufido, puso los ojos en blanco y bebió un sorbo de café.

—Entonces, hablando de Rick... —dije. Bebí un trago a mi vez y la miré a través del vapor que subía de la taza.

—Oh, dioses, ya empezamos...

—Estoy muy a favor de la diversión pura y dura, pero ya sabes que no puede durar, ¿verdad? En serio, me alegro de que por fin eches unos polvos, pero no quiero que pase como con aquel cachorrillo que adoptaste hace tiempo. Tuvo una vida larga y feliz y murió de viejo, pero lo estuviste llorando casi seis años.

Sonó la alarma del horno, para avisarnos de que estaba listo para el delicioso desayuno que Gabby había planeado. Se volvió y empezó a sacar cosas de la nevera.

—Para empezar, quería mucho a aquel perro. —Me lanzó una mirada fulminante de reojo—. Y para seguir, ¿por qué tiene que ser temporal?

—Ya lo hemos hablado. Si quieres tener una relación en serio, tiene que ser con alguien del Altermundo. Rick es humano. Se hará viejo, y tú seguirás siendo guapa e irritante para siempre. ¿Cómo va a reaccionar cuando vea que no te salen arrugas, ni manchas de la edad, ni canas?

Abrió otra vez la nevera y sacó algo que parecían panecillos. Luego se volvió hacia mí.

—Bueno, ¿y si le pido a Drake que lo convierta?

Al oír el nombre casi escupo el café. Cogí una toalla de papel y me limpié la boca. Gabby se movía por la cocina, y evitaba mirarme a los ojos. Sacó una bandeja de horno de la alacena.

—Espera... ¿Qué? ¿Quieres que Rick se transforme en un ser del Altermundo? ¡Gabby, el cambio es permanente! No puedes decidir por tu cuenta que el tipo que te gusta se convierta en vampiro.

—Bueno... —Se detuvo y se ajustó unos mechones tras la oreja—. La idea es que Rick forme parte permanente de mi vida. Quizá incluso podríamos casarnos.

Se me debió de notar la sorpresa, porque se mordió el labio, señal inequívoca de que estaba nerviosa e insegura de cómo iba a reaccionar yo. No dije nada, porque no sabía qué decir. Coqueteaban desde hacía tiempo, pero lo que estaba diciendo Gabby era que quería que formase parte de su vida para siempre. Desde la Guerra de los Dioses, las reglas y las costumbres habían cambiado. Joder, hasta la tecnología era distinta. El matrimonio ya no era un trozo de papel que decía que había un vínculo entre dos personas. Era más que permanente, y significaba que ambas personas eran una en casi todos los sentidos de la palabra. Al casarse, se convertían en auténticos compañeros, en almas gemelas.

—Gabby… —intenté decir.

Estaba metiendo los panecillos en el horno, pero se volvió hacia mí y levantó la mano para interrumpirme antes de que pudiese continuar.

—Ya sé que, desde tu punto de vista, esto es muy repentino, Dianna, pero llevas meses fuera. Rick y yo nos hemos conocido a fondo, y las cosas han cambiado. Siempre ha estado a mi lado cuando me ha hecho falta, incluso antes de convertirse en algo más que un amigo. Está presente los días en los que me cuesta salir de la cama porque el trabajo es agotador. Cuando estoy triste, o estresada. Creo que me he enamorado de él. —Sus propias palabras la hicieron sonreír—. Sé que a ti te sonará estúpido…

—En absoluto —dije, apenada de haberme perdido todo eso. A veces me sentía como una intrusa. Llegaba de repente, y veía partes de su vida, pero no estaba ahí cuando me necesitaba. Ahora mi hermana estaba enamorada, y no me lo había podido contar. No había habido llamadas telefónicas en las que me hablara incesantemente de él, porque apenas hablábamos. Ni sesiones de tele o charlas nocturnas en las que me contase las alegrías y las complicaciones del día, porque yo no estaba ahí—. Si es lo que quieres, me alegro de verdad. Me encanta que haya alguien contigo, ya que no puedo ser yo. Ya sabes que lo único que quiero es que seas feliz.

Soltó un gritito y me abrazó y bailoteó conmigo.

—Te prometo que es genial, y muy divertido, y tú también lo vas a querer.

—Vale, vale. —La aparté un poco, sonriendo—. Si te rompe el corazón, yo me comeré el suyo.

—Okey, puaj… —dijo, con la nariz arrugada, pero sin soltarme.

—Solo aviso.

Su expresión decía claramente «lo que hay que aguantar…».

—Vale, destripamientos aparte…, ¿crees que Drake se prestaría a transformarlo?

Esbocé una sonrisa inocente, no sin cierto esfuerzo.

—Ja, qué gracia, ahora que lo dices…

Solo me sentía humana cuando estaba con Gabby. El primer día lo pasamos casi entero en la playa. Por la noche nos fuimos de copas y luego volvimos al apartamento. El día siguiente estuvo dedicado a holgazanear, cantar karaoke y saltar de sofá en sofá. Nos hicimos coletas ladeadas, y llevábamos la cara cubierta con una mascarilla facial en la que Gabby se había gastado demasiado dinero.

—¿Por qué solo tienes helado de menta? —grité desde la cocina, con el congelador abierto.

—¿Y tú por qué odias las cosas deliciosas?

Resoplé y saqué el envase del congelador.

—Tenemos que ir a comprar esos doce nuevos sabores que han anunciado, porque esto es una pena —dije. Rebusqué dos cucharas en un cajón, me senté en el sofá junto a Gabby y le di una.

—Cierra el pico y pasa el helado.

Soltó una risita, abrió la manta que la cubría y nos tapó a ambas. Saqué una buena porción de helado, le pasé el recipiente y encendí la tele.

—¿Qué quieres ver? —dije, zapeando al tuntún.

—Prueba con el canal treinta y uno. Hay una película muy tierna que me apetece.

Me volví a mirarla. Se metía una cucharada de helado en la boca.

—¿Otra romántica?

—Puede —dijo, y se encogió de hombros con una sonrisa angelical.

Suspiré, exasperada, y me comí el helado. Seguí zapeando, en busca del canal que me había pedido Gabby. De repente, me detuve; un texto en la parte inferior de la pantalla me había llamado la atención. El presentador de las noticias hablaba de un terremoto reciente cerca de Ecanus.

—Lo más sorprendente es que ni siquiera ha sido un terremoto muy intenso. Solo se han producido daños en tres templos antiguos.

En la pantalla aparecieron imágenes de las ruinas. Eran muy parecidas a muchas otras que habían aparecido en todo Onuna al final de la Guerra de los Dioses. El estómago me dio un vuelco, y me puse de pie de un salto; casi tiro la mesita de café. Mi teléfono... ¿Dónde estaba mi teléfono?

—¿Dianna? ¿Pasa algo? —oí preguntar a Gabby desde el salón mientras corría hacia el dormitorio.

¡Joder, tenía que encontrar el teléfono! ¿Y si me había llamado Kaden y no me había enterado? ¿Un terremoto en Ecanus? Era extraño, por decirlo de alguna manera, y lo de los templos no podía ser una casualidad.

Abrí la puerta del dormitorio de un empujón y me paré en el umbral, buscando con la mirada. La cama estaba hecha, y la puerta del baño, entreabierta. Mi móvil estaba en el vestidor. Suspiré de alivio y lo cogí.

El corazón recuperó su ritmo habitual en cuanto comprobé que no había mensajes nuevos. De acuerdo, no me había perdido ninguna llamada, pero el terremoto no podía ser solo un suceso natural aleatorio. Lo presentía. Salí de la habitación, con el teléfono en la mano.

Cuando volví al salón, Gabby se levantó del sofá y dejó el recipiente de helado en la mesa.

—¿Va todo bien?

Asentí y me volví a sentar. Gabby se acurrucó contra mí. Esperaba una respuesta. Sus ojos denotaban confusión y preocupación.

—Sí, perdona. Me pareció que me estaba sonando el móvil. —Entrecerró los ojos, sin creerme del todo, y miró alternativamente mi teléfono y la pantalla del televisor. No le di oportunidad de hacer más preguntas—. Entonces —dije, al tiempo que cogía el mando a distancia para cambiar de canal— ¿qué película has dicho que querías ver?

Mientras estuve de visita, Gabby no invitó a Rick a casa. Quería pasar tiempo conmigo, cosa que agradecí. Los días que trabajaba, yo me quedaba en casa, asaltando los armarios en busca de comida, y relajándome. Era muy agradable no estar de guardia para variar, aunque no paraba de mirar el teléfono ante el temor de perderme una llamada o un mensaje de texto. El terremoto inesperado me tenía en estado de máxima alerta. Sabía que Kaden no se iba a quedar cruzado de brazos en mi ausencia, pero me inquietaba pensar en qué estaría metido. Me aterrorizaba la idea de que apareciese Kaden y me hiciese volver, pero a medida que los días se alargaban a una semana, empecé a sentirme más cómoda, menos en vilo. Gabby tenía ese efecto sobre mí: me estabilizaba. La bestia que yacía en mi interior nunca desaparecía del todo, pero la presencia de Gabby la mantenía a raya.

Cuando Gabby volvió a tener un día libre, nos subimos al coche para que me enseñase los alrededores. Mientras ella conducía, yo dejaba colgar una mano por la ventanilla, creando olas en el viento, y contemplaba las onduladas colinas que dejábamos atrás. El aire veraniego tenía un punto de frescor; el otoño empezaba a dejarse sentir.

—Quiero llevarte a un par de tiendas. Te van a encantar, ya lo verás —dijo Gabby; había bajado la radio para hacerse oír.

Asentí, distraída. Gabby redujo la velocidad; el tráfico era más intenso cuanto más nos acercábamos al centro. Los coches eran elegantes, de líneas afiladas. Era el estilo de moda, en todos los aspectos. Un recuerdo más de los seres caídos del cielo siglos atrás. Habían cambiado el tejido mismo de nuestro mundo.

—¿Cómo crees que será el mundo dentro de diez años?

—¿Eh? —Me miró de soslayo—. ¿A qué te refieres?

Me volví en el asiento y la miré, con los brazos cruzados.

—A los celestiales. Han cambiado tanto Onuna... Me pregunto qué otros cambios vendrán después.

—Los odias, ¿verdad?

—¿Y tú no? —resoplé—. Por su culpa murieron papá y mamá, y nuestro hogar desapareció casi por completo.

—Ellos no mataron a papá y a mamá, Di. Fue la peste.

—La peste provocada por alguna bacteria que trajeron consigo.

—Fue una casualidad. —Suspiró—. No hay ninguna prueba de que la provocase su llegada. Además, trabajo con varios celestiales. Son muy agradables.

—¿Qué? —Me incorporé tan deprisa que por poco me ahorco con el cinturón de seguridad; lo ajusté para que me apretase menos—. Gabby, no te puedes hacer amiga suya. Si descubren lo que eres, te harán daño.

Gabby me lanzó una mirada y se encogió de hombros.

—No soy su amiga —dijo—, y no lo harán. Solo he hablado con ellos un par de veces, de pasada. Parecen gente muy normal.

—No tienen nada de normal, y no son amistosos. Por favor, prométeme que te mantendrás alejada de ellos. Si descubren lo que eres, o si se entera Kaden...

—¿Qué hará? ¿Los matará? —Lo dijo mirándome de reojo, con una risita de incredulidad.

No contesté.

—Oh, dioses. Sí que lo hará, ¿verdad?

—Ya sabes que sí. —Apoyé la cabeza en el puño y me concentré en el paisaje. Ninguna de las dos dijo nada más.

Aparcamos y vagamos por la zona de mercado que tanto le interesaba. Tras varias horas de compras innecesarias se nos abrió el apetito y nos detuvimos en un pequeño restaurante. Estaba abarrotado, pero no nos importaba. Pedimos una mesa al fondo porque quería tener controladas todas las salidas. Un hábito debido a mi estilo de vida: en los sitios cerrados no me gustaba tener la espalda expuesta. Comimos y reímos y peleamos por el último trozo de postre.

—Esto ha estado muy bien. Te echaba de menos —me dijo.

—Sí que ha estado bien. —Sonreí con franqueza—. Yo también te echaba de menos. Qué, ¿los abrimos a la de tres?

Cogió un caramelo de la fortuna, rojo y rosado, para ver qué le deparaba el año venidero. No predecían el futuro de verdad, claro, pero a Gabby le encantaba el misterio.

—Sabes que lo vas a abrir antes de llegar a tres. Eres incapaz de controlar tus impulsos.

—Bah. —Me acomodé en la silla—. Me sobra control. —Hizo un gesto de incredulidad y esperó a que yo contase en voz alta. Al llegar a tres, les quitamos el envoltorio y los partimos por la mitad. Saqué el papelito que contenía el mío y lo leí: «Se avecina un gran cambio para ti»—. Menuda estupidez. —Suspiré y me metí el caramelo en la boca; luego miré a Gabby—. ¿Qué dice el tuyo?

Se encogió de hombros y me lo pasó.

—Pues qué putada: parece que no me voy a hacer millonaria.

Solté una risita y leí el papelito en voz alta: «Un único acto puede cambiar el mundo». Se lo devolví con un encogimiento de hombros.

—O me he vuelto vieja, o esas cosas no tienen ni pies ni cabeza.

—Ahora que lo dices, te están empezando a salir patas de gallo. —Me tocó las comisuras de los ojos—. Sobre todo, aquí.

Hice una bola con la servilleta y se la tiré.

—Cierra el pico.

Se rio de mí y dio otro bocado al caramelo.

Aquella noche no me apetecía quedarme en casa, así que convencí a Gabby para que saliéramos. Le sugerí que invitase a Rick, pero me dijo que trabajaba hasta tarde. Nuestro plan era visitar tantos antros como fuese posible antes de que saliese el sol.

El pelo rizado de Gabby variaba del rubio al castaño, y le caía en ondas que se agitaban sobre la espalda de su vestido blanco ajustado. El vestido terminaba a medio muslo. Casi le había tenido que rogar para que se lo pusiera. Le dije que, si Rick hacía acto de presencia, le encantaría. Hasta la convencí para que se hiciera unos cuantos selfis sexis y se los enviase mientras íbamos de camino al club. Mi vestido, corto y verde, tenía un top de tirantes que se anudaban en el cuello, y me dejaba al aire brazos, hombros y espalda. Gabby me había rizado el pelo y me había hecho un peinado mitad recogido y mitad suelto.

El club tenía tres niveles, y todos ellos estaban abarrotados de gente que bailaba, reía y flirteaba. El recuerdo de la destrucción que había desatado sobre Drake y su club casi me abrumó de dolor. Apreté los ojos con fuerza, para tratar de apartar aquella imagen.

—¿Estás bien? —gritó Gabby.

Abrí los ojos y asentí, con una sonrisa forzada. No estaba en aquel club. Estaba aquí, con ella, y me sentía bien. Nos adentramos en las instalaciones, e hice a un lado cualquier pensamiento relacionado con Drake.

Bailamos durante horas; solo paramos para tomar un trago y enseguida volver a la pista. Era imposible moverse sin chocar con alguien. Un gran candelabro recorría el techo, desde la entrada del club hasta la puerta de atrás. Las luces de colores trazaban dibujos sobre la muchedumbre. Todo el mundo se reía y cantaba al compás de la música. Hacía mucho tiempo que no me sentía tan libre. Había olvidado lo que era soltarse por una noche y dejarse llevar. Bailábamos con cualquiera que se acercase, hombre o mujer, daba igual. Nos estábamos divirtiendo.

Al final de una canción, Gabby me cogió del brazo y señaló hacia el fondo, donde estaban los aseos. Un letrero de neón parpadeante señalaba nuestro objetivo. Nos abrimos camino, chocando con la gente y pidiendo perdón entre carcajadas, como locas, pero, al ver la cola, se nos pasó la diversión. Suspiramos, sabiendo que no había mucho que hacer. Mientras esperábamos, Gabby se apoyó en la pared y se agachó para masajearse los tobillos.

—Llevaba tanto tiempo sin bailar que ya me había olvidado de lo mucho que me duelen los pies al día siguiente. —Se rio entre dientes y se incorporó—. Pero tú prácticamente vives sobre tacones altos.

Le devolví la sonrisa. La música era un repiqueteo amortiguado a nuestras espaldas.

—Sí —dije—. Pero eso también se debe a que soy masoquista.

Me dio una palmada en el brazo y soltó una risita.

—Qué bestia —dijo.

—Es broma, es broma —respondí, y sonreí a mi vez—. Más o menos...

Me dedicó una mueca de resignación.

—Sea como sea, me lo estoy pasando muy bien. Deberíamos hacerlo más a menudo. —Hizo una pausa—. Bueno, cuando podamos.

Asentí. Una vez me marchara, probablemente no volveríamos a estar juntas en muchos meses.

La cola avanzó unos pasos, y nosotras con ella. Gabby se reclinó contra la pared. Yo me mecí sobre los tacones. Varias mujeres que salían del baño pasaron a nuestro lado, pero solo una me llamó la atención. Dejé de mecerme y me quedé inmóvil, con todos los sentidos en estado de alerta. Era alta, con la piel más oscura que la mía, de un tono marrón más profundo. El cabello negro azabache le caía por la espalda en una cascada de rizos gruesos. El vestido púrpura brillante acentuaba unas curvas que llamarían la atención de cualquiera que tuviese sangre en las venas.

Me trajo a la mente a una diosa que se hubiese encarnado en mortal. Todas las mujeres de la cola la observaban entre comentarios y susurros de envidia. Al pasar a mi lado, intercambiamos una mirada; sonrió e hizo un gesto de saludo. Los anillos de plata que llevaba en ambas manos reflejaban las luces parpadeantes, como si tuviesen brillo propio. Siguió caminando hacia el vestíbulo, de vuelta a la pista. La seguí con los ojos hasta que desapareció entre la ola de gente que bailaba. Me volví hacia Gabby. Notaba una extraña sensación por todo el cuerpo. Se me puso el vello de punta, y sentí un escalofrío. ¿Una celestial? Me aparté un poco de la pared y traté de detectar ese hormigueo como de estática que los delataba, pero no capté nada.

—Es tan hermosa que no parece de verdad —dijo Gabby. Señaló con la barbilla en la dirección que había seguido la mujer—. ¿Quieres ir a hablar con ella?

Negué con la cabeza y sonreí, pero el nudo en el estómago me decía que algo iba mal.

—No, no pasa nada. Además, me estoy meando. —Avanzamos un poco. Aún tenía el vello de punta y me latía con fuerza el corazón, como un aviso de que había una amenaza cerca.

¿Habría llamado Kaden y no me habría enterado? ¿Estaría allí?

—Gabby, necesito mi móvil —dije, mientras extendía la palma de la mano.

Lo sacó de su pequeño bolso y me lo entregó. Lo comprobé y solté un silencioso suspiro de alivio. No había llamadas, ni mensajes perdidos.

—¿Va todo bien? —me preguntó Gabby. La cola había avanzado un poco más, pero yo me había girado para mirar el punto donde la mujer se había fundido con el gentío que bailaba. Asentí.

—Sí, todo perfecto.

Cuando salimos del baño, volvimos a la pista de baile. Reímos y dimos vueltas durante varias canciones, pero yo no dejaba de notar una sensación de inquietud que me subía por la columna y que no lograba explicar. Era como si mi cerebro intentase decirme algo, pero no encontrase las palabras adecuadas.

A mitad de canción, Gabby se apartó de mí y soltó un chillido. Me volví a ver qué había provocado tal reacción, y vi que Rick se abría camino entre la gente a duras penas. Gabby me esquivó y se lanzó a sus brazos. Era obvio que estaba encantada de que hubiera venido.

No había más que verle la sonrisa, y la forma de besarle la cara en cuanto estuvo entre sus brazos. Sonreí y señalé la barra con un gesto, y los dejé que bailasen mientras yo iba a por más bebidas.

Me incliné sobre la barra para llamar la atención del camarero. Me miró, pero siguió preparando unas bebidas. Cuando las terminó, fue hacia mí.

—Dos tequilas —casi grité para hacerme oír. Asintió y se echó un trapo de cocina sobre el hombro. Se giró para buscar las bebidas. En cuanto las tuve delante, me bebí una de un trago. No llegué ni a notar la quemazón del alcohol en la garganta. Suspiré y me volví hacia la pista. Gabby miraba a Rick, embelesada. Sonreía. La ternura me llenó el corazón. Me encantaba verla tan feliz.

—Tu amiga parece muy feliz.

Las palabras me pillaron por sorpresa. Estaba tan embelesada mirando a Gabby que no había notado que alguien se me acercaba. Me giré, a la vez que adoptaba una postura más defensiva. El desconocido tenía el pelo corto en las sienes y ondulado en la parte superior. Se reclinó sobre la barra, cerca de mí; era bastante grande y de constitución musculosa. ¿Cuánto tiempo llevaba ahí sin que me hubiese dado cuenta? Miraba hacia el punto donde habían desaparecido Gabby y Rick, tragados por muchedumbre, pero me miró de reojo, y luego se volvió hacia la barra y le dio un trago a su bebida.

—No es mi amiga —respondí con frialdad—. Es mi hermana.

Sonrió. El brillo de sus dientes perfectos me puso el vello de punta.

—¿Hermana? Vaya, perdona.

Le devolví la sonrisa, al tiempo que lo estudiaba con atención. Todos mis instintos estaban en alerta. Era guapo al estilo chico malote. Llevaba la barba perfectamente arreglada. Los tatuajes que le cubrían el brazo izquierdo y el dorso de la mano estaban trazados con precisión y contrastaban con la piel oscura de forma muy hermosa; luego desaparecían debajo de las mangas arremangadas de la camisa, y le daban una apariencia aún más sexy y misteriosa. Me fijé en los gruesos anillos de plata que llevaba en varios dedos. Se retorcían de formas extrañas; el metal era sólido y parecía brillar, como si radiase un poder desconocido.

—Recuerdos de familia —dijo, agitando los dedos.

Al darme cuenta de que me había quedado mirando fijamente, levanté la vista y esbocé una sonrisa.

—Qué bien.

Sentía que había algo extraño en él, algo fuera de lugar. Seguía con el vello de punta. Me concentré para filtrar la música a todo volumen y los olores de los humanos. El sudor, la lujuria, el vómito y el alcohol se desvanecieron. Podía oír el ritmo lento y estable de sus latidos. Olía como un mortal, colonia y un toque cítrico, pero nada del Altermundo.

La música volvió, y su voz me resonó de nuevo en los oídos.

—¿Estás bien? —preguntó, con las cejas arqueadas. Cogió otra bebida.

—Sí, perfecta —respondí con un atisbo de sonrisa.

—Entonces... —Levantó el vaso y dio otro sorbo—. ¿Solo estás aquí acompañando a tu hermana, o...?

Dejó la frase sin terminar; era evidente lo que insinuaba. Por lo general, habría estado más que dispuesta a darle una oportunidad. En cualquier otro momento, me habría sentido tentada; pero estaba allí con Gabby, y no tenía muchas oportunidades de verla.

Apuré la bebida de un solo trago y dejé el vaso en la barra. Di un paso adelante, y él se estiró del todo al ver que invadía su espacio personal. Me cabreó comprobar que, en efecto, era más alto que yo. No muchos hombres podían decir lo mismo.

—Mira, lo pillo. Tienes pinta de chico malo, y eres muy atractivo; estoy segura de que hay un montón de mujeres por aquí a las que les encantaría que las empotraras sobre esta misma barra. Pero a mí no. Confía en mí: te estoy haciendo un favor, porque no exagero al decir que... —Hice una pausa, con una sonrisa en los labios— te comería vivo.

Le di una palmadita en el brazo y me marché; él se quedó en la barra. Avancé a trompicones entre la gente, buscando la forma de llegar hasta Gabby. Rick y ella bailaban y reían. Al verme la cara, Gabby se detuvo, lo que hizo que Rick tropezase con ella.

—¿Qué ocurre? —me gritó, para hacerse oír sobre la música.

—Nada —respondí, haciendo bocina con las manos—. Solo estoy un poco cansada. Dame mi móvil, y nos vemos en el apartamento.

Los ojos de Gabby estudiaron los míos con atención, pero al fin asintió y me dio el teléfono. Le di un beso en la mejilla y le dije adiós a Rick con la mano.

Me abrí paso a empujones entre la creciente multitud de recién llegados, hasta llegar a la puerta, donde me recibió el aire fresco de la noche. La gente se arremolinaba en el paseo marítimo, riendo y bromeando, bajo los charcos de luz de las farolas. Comprobé que no hubiese llamadas ni mensajes perdidos, pero la pantalla del móvil estaba vacía. Mi sensación de malestar no disminuyó. Bajé el brazo y convertí mi cuerpo en una neblina negra.

V
DIANNA

acía dos semanas que no sabía nada de Kaden ni de los demás. Dos semanas enteras con mi hermana. Estaba encantada, pero una inquietud persistente me obligaba a mirar el móvil cada poco. Sentía que algo iba mal, aunque no lograba concretar de qué se trataba.

Gabby y yo acabábamos de salir del cine, y caminábamos por el soleado paseo hacia un restaurante al aire libre. Los pájaros piaban en los árboles que bordeaban el camino, y las personas con las que nos cruzábamos reían y eran felices. Todo el mundo había salido a la calle a disfrutar del sol de la tarde. Gabby llevaba un gran sombrero marrón y unas gafas de sol negras que no podrían ser más grandes. No había parado de hacerle bromas al respecto todo el día. Su piel bronceada contrastaba con la camiseta blanca sin mangas y los andrajosos pantalones cortos azules. Era una belleza sencilla y discreta que atraía miradas y comentarios de muchos paseantes.

Yo había optado por una camiseta de tirantes finos, cuyo borde revoloteaba sobre una falda de cuero blanca. No podíamos ser más diferentes, aunque ambas llevábamos sandalias blancas a juego, que a Gabby le encantaban porque dejaban a la vista la pedicura que nos habíamos hecho por la mañana.

—Este es uno de mis locales favoritos —dijo Gabby.

Tuvo que sujetarse el sombrero, porque el viento arreciaba. Me guio hasta la entrada, cuyo cartel anunciaba LA PARRILLA MODER-NA. Las mesas y las sillas rodeaban la barra, y del techo colgaba un televisor. El sitio estaba atestado, y al acercarnos el ruido fue como un choque físico.

—Parece lleno. Tendríamos que haber reservado.

—No te preocupes —dijo, con tono confiado—. Conozco al dueño.

—¿Cuántas veces has estado aquí? —pregunté con una mueca burlona.

Sonrió con picardía.

—No tantas —respondió con suavidad—, pero a su esposa la operaron del corazón el mes pasado, y yo era su enfermera. Son un auténtico encanto. Me dijo que, pasara lo que pasase, siempre tendría mesa aquí.

—Ah, mi hermana, la dulce cuidadora —bromeé mientras la seguía al interior.

Gabby me dio un manotazo juguetón, y luego se volvió para saludar a un caballero de edad madura, que pareció encantado de verla. Gabby hizo las presentaciones. Supuse que comeríamos dentro, pero la camarera nos llevó a una terraza situada en la parte de atrás del restaurante. Las mesas estaban más espaciadas, y la vista al océano era magnífica.

La cálida brisa me revolvía el pelo sobre la cara. Me aparté varios mechones rebeldes. Mientras la camarera tomaba nota del pedido, Gabby se quitó el sombrero y lo dejó en el borde de la mesa. Desde allí podíamos ver a unos niños que jugaban con las olas que rompían contra la orilla. Sus risas flotaban en el aire como una canción.

—Esto es el paraíso. Creo que jamás podría cansarme del océano —dijo Gabby; sus palabras me sacaron de mi ensimismamiento.

—Y que lo digas. Desde luego, es mucho mejor que los océanos de arena en los que crecimos —convine, observándola. Contemplaba a los niños de la playa con una sonrisa apenas sugerida. El sol formaba un halo sobre las ondas del cabello y le confería un aspecto casi angelical.

—¿Sabes? Me recuerdas a mamá. —Crucé las manos bajo la barbilla—. Te pareces a ella, sobre todo en lo de ayudar a los demás. Seguro que estaría orgullosa.

Se le iluminaron los ojos de placer.

—Eso espero. Y, ya puestos... Si yo me parezco a mama, tú eres clavada a papá. Testaruda, siempre empeñada en cuidar de todo el mundo excepto de ti misma, y ese carácter... —Silbó—. Claramente has salido a papá.

No pude evitar reírme.

—Los echo de menos. A veces me pregunto cómo habría sido nuestra vida si no hubieran enfermado.

—Yo también. —Suspiró—. Pero necesito creer que todo pasa por alguna razón, incluso eso. No podemos vivir en el pasado, Di. Es un lugar estéril.

—Oh, tú y tu insoportable optimismo.

Se rio entre dientes.

—Una de las dos tiene que ser la optimista. ¿Te acuerdas de aquella ruta de senderismo que hicimos en Ecanus? Creías que nos íbamos a perder porque eras incapaz de interpretar la brújula. Una de mis vacaciones favoritas, aunque me metiese en líos por dar de comer a los animales. —El recuerdo la hizo reír, al tiempo que se tapaba la boca—. Adoro la libertad que me diste.

Bajó la mano y me dedicó una sonrisa, pero sentí que la mía se desdibujaba poco a poco. Nunca hablábamos de mi sacrificio, de lo que yo había dado para que ella viviese. No queríamos pensar en el precio, y cada vez que salía el tema terminábamos discutiendo. No le gustaban Kaden, ni Tobias ni Alistair. No comprendía el poder que Kaden ejercía sobre mí, y yo no quería que sintiese que era culpa suya. Me quedaba por ella, sufría por ella, y lo haría de nuevo sin dudarlo un instante.

—Y fíjate, lo único que tuviste que hacer fue casi morirte —repuse bromeando.

La camarera volvió con el agua y los entrantes.

Gabby removió la ensalada y la aliñó.

—Hablo en serio. Soy feliz aquí, con mi trabajo y mi vida. Y quiero lo mismo para ti.

Se me revolvió el estómago. Sabía cómo iba a terminar la conversación.

—Gabby...

—¿Qué? —preguntó con tono inocente, concentrada en pinchar ensalada con el tenedor—. Solo digo que...

—No puedo irme, y no quiero que discutamos por ese tema —la corté, con tono serio—. Lo sabes, y sabes que no soporto hablar del tema.

Dejó el tenedor sobre la mesa y meneó la cabeza con tristeza.

—¿Lo has intentado alguna vez?

—Gabby. De verdad, no puedo. ¿Te has parado a pensar en lo que significaría? A todos los efectos, Kaden es mi dueño. ¿Recuerdas lo que hablábamos sobre la vida que tienes? Pues esa vida tiene un precio, y a ninguna de las dos nos gusta hablar de ese precio.

—Ya lo sé. —Aunque hablaba con voz suave, se traslucía un asomo de ese temperamento que ambas compartíamos. No tenía mis poderes, pero mi hermana era muy tenaz, sobre todo en lo tocante a quienes consideraba los suyos. El fuego que ardía bajo mi piel también vivía en ella, solo que el mío era literal—. Pero... —siguió.

Solté el tenedor y apoyé la cabeza en las manos.

—No hay pero que valga, Gabs. —Mi voz estaba teñida de frustración—. Es mi dueño. No sé cómo decirlo más claro.

—Nadie es tu dueño.

Noté como despertaba la ig'morruthen que se ocultaba bajo mi piel. Bajé las manos. Me brillaron los ojos; las ascuas se reflejaron en las gafas de sol que llevaba Gabby a modo de diadema.

—Kaden lo es, en todos los sentidos. Podemos fingir que estas dos últimas semanas son reales, y que somos las hermanas perfectas que se peinan la una a la otra, salen a tomar copas y se pintan las uñas. Pero lo cierto, la verdad absoluta, es que no lo somos. Ambas morimos hace siglos en aquel maldito desierto. Lo admitas o no, somos diferentes. Yo soy diferente.

Mi hermana no se sobresaltó. No me tenía miedo y sabía que jamás le haría daño.

—No puedes culparme porque quiera que seas feliz. Quiero que tengas una vida normal, y no solo esas miguitas que él te da para mantenerte controlada.

—Esto no es un telefilme, Gabby, en el que todo el mundo vive feliz para siempre. El mundo en el que vivo no es así, y nunca lo ha sido. No hay flores, palabras bonitas ni promesas dulces. Mi mundo es real, y violento, y permanente.

Negó con la cabeza, y el cabello ondeó.

—¿Crees que no sé lo que pasa, aunque no me lo digas? —respondió—. Cuando llegaste me fijé en los moratones que traías. No duermes, te pasas las noches dando vueltas y vueltas. Siempre estás tensa. Veo cómo vigilas puertas y ventanas, cómo actúas cuando salimos. Cómo te sobresaltas cada vez que alguien te roza. ¿Por qué no te defiendes? Tienes la capacidad, y eres fuerte. ¿Por qué le dejas…?

—¡Basta!

Golpeé la mesa con las manos y la hice temblar y crujir. Se había rajado por la fuerza del golpe, pero el mantel ocultaba las hendiduras. Varias personas dejaron de comer y nos miraron. El ruido del local impidió que los de dentro notasen la conmoción. Cerré los ojos con fuerza y obligué a las llamas a retroceder.

—Mira… —Abrí los párpados y la miré, con las manos sobre las de ella—. Tengo todo lo que podría desear. Dinero, ropa de sobra que me robas siempre que puedes, y puedo ir a cualquier lugar del mundo. Literalmente. Tú misma has dicho que te encantan las vacaciones que hacemos.

—Todo eso son cosas materiales, Di. No te llenan.

—Me llenan lo suficiente.

Gabby sacó las manos de debajo de las mías y se enjugó una lágrima de la mejilla.

—Lo diste todo por mí, y ahora estás atada para siempre a alguien que no te ama, y a quien no le importas, excepto para saber qué puedes hacer por él.

—Lo sé, pero lo que dices no es realista. Para mí, no.

Me dolía el corazón. No hacía falta decir que Kaden no me amaba, ni yo a él. Gabby quería lo mejor para mí, como yo lo quería para ella, y eso me rompía por dentro.

—Oye, mírame —dije, y cuando lo hizo continué—: Sabes que no me arrepiento, ¿verdad? Ni por un segundo. Daría mil veces la vida por ti.

—No debería ser necesario.

Le temblaban los labios. Comprendí que era algo que la reconcomía desde que llegué. Había mantenido sus sentimientos ocultos tras una barrera parecida a la que yo había construido para bloquear mis emociones. Odiaba verla triste, aunque fuera un instante, así que hice lo de siempre: traté de animar el ambiente.

—Eh —dije—, que yo sepa aún soy la hermana mayor, ¿de acuerdo? Te cuido. En eso consiste mi trabajo, pero las condiciones son terribles. La asistencia sanitaria es una mierda, y ni siquiera voy a mencionar la pasta que me gasto en llamadas a cobro revertido cuando no estoy en la ciudad...

Gabby soltó una risa amarga y se secó las lágrimas con cuidado.

La camarera volvió con la comida y nos llenó los vasos. Gabby, sonriente, cogió el tenedor y enrolló la pasta. Se llevó el tenedor a la boca, pero se detuvo, y abrió los ojos de par en par, con la mirada fija detrás de mí. Y, entonces, sentí un escalofrío que me recorrió la espalda, y supe que a mis espaldas acechaba la oscuridad. Los pájaros habían desaparecido, y los niños ya no reían. Hasta las olas sonaban como con sordina. Era como si la vida tratase de huir de lo que acababa de llegar. Me puse de pie tan rápido que tiré la silla, y me volví y agarré a Tobias por el cuello.

—Ya sabes lo que pasa cuando alguien se me acerca por sorpresa, sobre todo si estoy con ella —siseé. Se me habían alargado las uñas y se le clavaban en la garganta.

La amenaza lo hizo sonreír. Sus ojos eran un reflejo de los míos. No se resistió a mi presa; sabía que no les iba a hacer daño ni a él ni a

Alistair. No podía matarlos, porque sería una sentencia de muerte para Gabby y para mí.

Se mordió el labio y me rodeó la muñeca con la mano.

—Aprieta más. Casi siento algo.

Suspiré, exasperada, y lo dejé ir con un ligero empujón. Luego enderecé la silla y me senté.

—Alguien está muy tenso por aquí. —La risa de Alistair llenó el patio—. ¿Nos has echado de menos?

No le respondí. Gabby estaba paralizada. Alistair se volvió hacia ella.

—Bonito día, ¿no te parece?

Cogió una silla de la mesa de al lado y la arrastró con un chirrido metálico. Le dio la vuelta y pasó las largas piernas por encima para sentarse a horcajadas junto a mí.

Se me hizo un nudo en el estómago. Saqué el móvil; temía haberme perdido alguna llamada de Kaden. Pero, al encenderse la pantalla, no había mensajes. Apreté los dientes, cabreada por no haberlos detectado antes. ¿Cuánto tiempo llevaban rondando? ¿Habrían oído lo que hablábamos Gabby y yo?

Tobias acechaba al borde de mi campo de visión, así que me obligué a controlar el enfado. Él sabía lo mucho que odiaba que lo hiciese.

—¿Qué hacéis aquí? —pregunté, encarándome a ambos—. Kaden no ha llamado.

Alistair se inclinó, robó una albóndiga del plato de Gabby, y se la metió en la boca. Miró de reojo a Tobias y tragó.

—Está ocupado —respondió, por fin.

Se rieron entre dientes, como si compartiesen una broma privada. No me importaba. Siempre habían tenido sus secretos. Con el paso del tiempo me había acostumbrado.

Me llegó una ráfaga de viento, y se me hizo la boca agua. Me forcé a aguantar el hambre.

—Apestáis a sangre, con cierto aroma extranjero —dije—. ¿Qué está pasando? ¿Por qué no ha llamado?

Alistair sonrió y agitó la cabeza.

—¿No te estás quejando siempre de que no tienes tiempo de ver a tu adorable hermana? —dijo. Miraba a Gabby con un brillo predatorio en los ojos. Gabby estaba sentada, inmóvil, y no apartaba la vista de ellos.

—Además —añadió Tobias—, no hacías falta.

Alistair se rio de nuevo.

—El eufemismo del siglo.

Eso hizo reír a Tobias. Gabby dejó el tenedor en la mesa de un golpe.

—¡No le hables así! —estalló. Ambos, serios de repente, se volvieron hacia ella, veloces como víboras.

—Ah, ¿sí? Y cómo quieres que le hable, ¿eh? ¿O prefieres que te hable a ti? —Alistair se inclinó hacia ella, con una fría sonrisa—. ¿Sabes? No me costaría mucho meterme en esa linda cabecita tuya. Podría obligarte a hacer lo que yo quisiera, cuando y donde yo quisiera. —Paseó la vista sobre ella—. En cualquier sitio.

—Alistair. —Era un aviso. Podían hablarme como les diese la gana, o amenazarme, pero nadie le faltaba al respeto a Gabby.

Se dio la vuelta. Sabía perfectamente que me había cabreado. Gabby no dijo nada, pero se acomodó en la silla, apartándose de él.

—No te preocupes, Dianna. Conocemos las reglas. Nadie toca a tu preciosa hermana —dijo. Se lo veía molesto, pero perdió el interés al ver pasar a una guapa camarera.

—Basta de charla. —Tobias suspiró y se cruzó de brazos—. Kaden está muy atareado ahora mismo, así que hemos venido a recogerte. Se acabó la visita.

La mirada de Gabby se cruzó con la mía, y se me rompió el corazón. Dos semanas… Al menos habíamos tenido dos semanas.

Alistair se puso de pie, y yo lo imité. Me acerqué a Gabby, que se levantó para darme un fuerte abrazo. Me quemaban los ojos.

—Volveré tan pronto como sea posible. Lo prometo —le susurré al oído; luego la aparté y la retuve por los brazos—. No te olvides de que te quiero.

Asintió, y la dejé ir. Pasé de largo junto a ella y me aparté de la mesa. Alistair y Tobias me siguieron. Los quería tan lejos de Gabby como fuese posible.

—¿Dónde nos necesitan?

—Oh, te va a encantar —dijo Alistair, frotándose las manos lentamente—. Volvemos a El Donuma.

Se me cayó el alma a los pies.

—A Ofanium, para ser precisos. Nuestro pequeño amigo celestial, Peter, por fin va a servir para algo.

—¿El Donuma? Pero eso es territorio de Camilla. Ya sabes que me detesta.

—No tanto como teme a Kaden —replicó Alistair al tiempo que se encogía de hombros.

—Dejaos de cháchara —saltó Tobias, y me volví a mirarlo. No estaba atento a mí, sino a algo o alguien dentro del restaurante. El rojo que rodeaba sus iris empezó a arder, así que le seguí la mirada. No vi ninguna amenaza. No había seres del Altermundo cerca.

—¿Aquí? —preguntó Alistair. Cruzó la mirada con Tobias y luego movió los ojos para señalar hacia el restaurante.

Tobias asintió, y Alistair maldijo.

—¿De qué se trata?

—De nada —me respondió Tobias.

Le lanzó a Alistair una mirada harto elocuente. Exploré de nuevo los alrededores con la vista, para tratar de averiguar qué les había llamado la atención, pero no detecté nada preocupante. Me encogí de hombros, porque sabía que los irritaría, y me volví hacia Gabby.

—Volveré tan pronto como pueda —me despedí, con un esbozo de sonrisa.

Gabby asintió, y la saludé con la mano. Luego, nos marchamos, y dejamos atrás a mi hermana, el restaurante, y lo que fuera que hubiera asustado a dos de los monstruos más terroríficos que conocía.

VI
DIANNA

Me estaba moviendo entre los grandes arbustos y matorrales que bordeaban la parte inferior de la ladera. Pisé el suelo del bosque con las patas. La elegante forma felina que había adoptado me permitía deslizarme con facilidad entre la densa vegetación. La suave piel negra tachonada de manchas de color ocre se camuflaba a la perfección entre las sombras de los árboles.

Hacía unas horas que habíamos llegado a Ofanium. Kaden no nos esperaba y, cuando pregunté por él, Tobias y Alistair solo me respondieron que nos había enviado como avanzadilla para explorar la zona. Los celestiales habían encontrado una gran tumba en un lugar remoto del bosque. Lo interesante era que no salía en ningún mapa, y los residentes de la zona desconocían su existencia. Alistair había obtenido la información de la mente de Peter. Al parecer, había oído algo acerca de llevar las reliquias más cerca de Arariel. Pensaban dejar aquello limpio en los siguientes días, así que nos aseguramos de llegar antes.

Un profundo rugido resonó entre los árboles y asustó a los pájaros, que emprendieron el vuelo. Orienté las orejas hacia delante y corté camino hacia la derecha, en dirección a la fuente del sonido. Corrí pendiente arriba y dejé atrás una pequeña quebrada. Cada vez había menos árboles. Al captar el olor de Tobias frené el paso. Estaba sentado sobre las ancas, con las orejas atentas y un zarandeo nervioso de la cola. Me paré a su lado, pero no reaccionó. Tenía la vista fija en la pista de tierra cubierta de maleza que ascendía hacia la cima de la colina. El chasquido de las ramitas que se quebraban a nuestras espaldas anunció la llegada de Alistair.

—Una pasada más —sonó con claridad la voz telepática de Alistair en mi mente. Tobias bajó la cabeza en señal de asentimiento.

—¿Por qué? Está abandonado. Hace siglos que nadie usa esa carretera. Es una vieja tumba. Vámonos —les transmití a ambos.

—Joder, ¿por qué nunca haces lo que te dicen? —La voz de Tobias resonó entre nosotros.

—Porque no tengo por qué escucharte. Que yo sepa, aún soy la segunda al mando.

Eso lo cabreó; de haberme podido matar allí mismo, estoy segura de que lo habría hecho.

—Chicas, chicas, ambas sois muy guapas. —El sarcasmo de Alistair, y la ligera irritación, eran perceptibles incluso en su voz mental—. Una última pasada y llamamos a Kaden. Esas fueron sus órdenes. —Eso último iba dirigido a mí.

—De acuerdo.

Sin más palabras, se dirigieron hacia la espesa maleza. Tobias fue a la izquierda, y Alistair, a la derecha. El suave golpeteo de las patas se adentró en el bosque. Me disponía a seguirlos, pero me detuve. Un escalofrío me recorrió la espalda, como si algo enorme hubiese pasado volando por encima de mí. Aplasté las orejas contra el cráneo y dirigí la vista al cielo, pero no vi nada. Miré de soslayo a las ruinas, y luego al punto por donde habían desaparecido Alistair y Tobias.

Si lo que había sentido era un celestial, teníamos que adelantarnos y llegar antes a lo que fuese que venían a buscar. Podíamos encargarnos de ellos, por supuesto, pero tampoco queríamos que apareciese por allí un miembro de la Mano. No podíamos perder el tiempo enfrentándonos a ellos. Eso solo le daría más tiempo a quien fuese a venir. Una vez tomada la decisión, me dirigí a las ruinas, y troté por la carretera de tierra, colina arriba.

La ladera estaba desierta. Lo único que quedaba era una vieja población derruida; la naturaleza reclamaba la tierra. Varias casas se habían hundido, y no había ni un centímetro cuadrado libre de enredaderas. Salté del techo de un edificio en ruinas a otro; lo único que alumbraba mis pasos era la brillante luz de la luna creciente, y las estrellas. Busqué a mi alrededor, pero no vi ningún templo ni monumento, solo más y más escombros de aquel pueblo antaño lleno de vida. ¿Se habría equivocado Kaden? O quizá Alistair había cometido por fin un error. Pero, de ser así, ¿qué era aquella energía que había percibido antes? Habría jurado que era uno de ellos, pero no veía a nadie y no captaba nada.

Salté de mi puesto de observación elevado. Aterricé en silencio; las patas, al chocar con el suelo, levantaron una nube de polvo. Solo había recorrido unos pasos hacia la carretera cuando se me erizó el pelo del lomo, como si hubiese alguien detrás de mí. Me volví de un salto con las fauces abiertas y las garras extendidas; esperaba pelea, pero frente a mí no había más que edificios en ruinas. La cola se me sacudía de lado a lado por el nerviosismo. Como no veía nada extraño, reanudé mi camino, pero otra vez se me puso el pelo de punta. «¿Qué cojones…?». A mi alrededor no había nada. Olfateé el aire, una y otra vez, pero no captaba nada raro y no había nadie cerca. Entonces me detuve en seco. No había nada a mi alrededor… Pero ¿y debajo de mí?

Avancé, de nuevo en dirección al camino. El cosquilleo se aplacó, y el pelaje del lomo ya no estaba encrespado. Torcí hacia un edificio abandonado a mi izquierda, y la sensación siguió disminuyendo. Si alguien me hubiese visto dando vueltas alrededor de aquel pueblo solitario habría pensado que estaba loca, pero sabía que lo que había sentido era real.

Casi me di por vencida, pero lo noté de nuevo en la última pasada por el mismo edificio. Me dirigí hacia donde lo percibía con más fuerza, y la sensación de estática en el pelaje se hizo más intensa. Clavé la vista en el suelo. Mis instintos animales me decían que la presa estaba cerca. Aceleré; mis pasos aún eran silenciosos. Me golpeé la cabeza contra algo de hormigón. Había chocado con la pared de una estructura derruida. Bufé y me puse en cuclillas. Sacudí la cabeza para despejarla.

Un humo negro se me enroscó alrededor de los pies y me envolvió por completo. Luego un soplo de aire jugueteó con mi piel y despejó la niebla negra. Regresé a mi forma natural. Los vaqueros negros y la camiseta cruzada roja estaban tan limpios como cuando me los puse… Una ventaja de la sangre de Kaden. La magia que usábamos para transformarnos solo alteraba nuestro aspecto exterior. No teníamos que preocuparnos por estar desnudos cuando volvíamos a nuestra forma original. Yo prefería reaparecer vestida, muchas gracias. Llevaba el pelo arreglado en dos trenzas gruesas, fáciles de apartar de la cara durante una pelea. Y una pelea era justo lo que estaba esperando.

Me adentré en las ruinas del edificio de piedra; la arena crujió bajo mis tacones. La construcción no parecía tener nada de especial, pero era la fuente de aquella energía. Mi entrada levantó algo de polvo que revoloteó en el aire. La luz de la luna se colaba por los agujeros y mostraba a las claras el estado de abandono. En el centro de la sala había una mesa partida por la mitad. A la derecha había otros fragmentos de mobiliario, a la espera de que la vegetación los reclamase.

Seguí explorando la casa tras el rastro de aquel zumbido. La piel me picaba como si estuviese cargada de electricidad estática. Exploré lo que debían de haber sido un dormitorio y una cocina, y luego volví al salón. No había nada extraño. El lugar estaba derruido y abandonado. ¿Qué estaba pasando por alto? Puse los brazos en jarras y di unos golpecitos con el pie. Al oír el eco me envaré. El animal tenía razón: había un piso inferior.

Me agaché y rebusqué con las manos entre las losas; cada pocos pasos presionaba fuerte, en busca de algún punto débil. Ya casi me había metido a rastras bajo la mesa rota cuando una piedra finalmente cedió, y un silbido agudo llenó la sala. Me incorporé de un salto. Varias losas talladas se movieron. La mesa se dividió en dos, y bajo ella apareció una estrecha abertura. Me asomé a mirar, y una profunda hendidura negra me devolvió la mirada.

—Menuda pinta más espeluznante —dije en voz alta.

Bueno, en peores me las había visto. Eso no era nada. Me encogí de hombros y salté al hueco.

Caí varios segundos, hasta que por fin mis pies chocaron con un suelo sólido. Aterricé en cuclillas, y amortigüé el impacto con las rodillas. El polvo me picaba en la nariz, lo que sugería que el suelo de abajo era de arena gruesa, como el de arriba. Extendí la mano e invoqué una pequeña bola de fuego que se quedó danzando en la palma. Los muros relucían y las sombras me lamían la piel. La linterna portátil de llamas me permitió ver que había una pared detrás de mí, de modo que tocaba avanzar.

En las paredes no había pinturas ni grabados que sugiriesen el origen de los túneles, ni a dónde llevaban. Me desplacé tan silenciosamente como pude. Frente a mí no había nada excepto oscuridad. Avancé con cuidado por si había pozos o trampas. Cuando ya me planteaba retroceder para buscar a Tobias y Alistair, el pasillo se abrió a una sala que parecía una biblioteca antigua y desierta. De los muros colgaban tapices devorados por el tiempo, los rojos y dorados tan desvaídos que parecía que se fuesen a desintegrar con solo tocarlos. Entorné los ojos y distinguí, en el centro de uno de los tapices, un león de tres cabezas. Lo reconocí como una enseña de los celestiales.

Sobre la enorme mesa que ocupaba el centro de la sala había candelabros rotos, y de las paredes colgaban diversos estantes en precario equilibrio. Del techo, muy alto, pendía otro tapiz raído con la figura del león de tres cabezas. Se agitaba y se ondulaba como si soplase el viento, pero no había ninguna corriente de aire.

Junto a la pared del fondo había una hilera de estatuas desgastadas e informes. Me acerqué más, e hice crecer la llama de la palma para tener más luz. Las figuras de piedra adoptaban diferentes poses; sostenían espadas, lanzas y arcos rotos. Las caras se hallaban en mal estado y les faltaban la mitad de los rasgos, pero adiviné quiénes eran. Los viejos dioses.

«Mierda». Las fuentes de Alistair no se equivocaban. Peter no había mentido. La sala era uno de sus templos y, además, muy antiguo.

—Una biblioteca antigua enterrada. Me alegro por ti, Peter —le susurré a la habitación vacía.

No me sorprendía que Kaden nos hubiese hecho venir. Si el libro existía, ¿qué mejor sitio para esconderlo? Se me revolvieron las tripas. ¿Sería real, después de todo?

Sacudí la cabeza y giré sobre mí misma para estudiar la sala.

—Estanterías, claro. Si yo fuese un libro antiguo con la capacidad de abrir los dominios, probablemente querría vivir aquí.

Hablaba conmigo misma para calmar los nervios. La sensación de que me observaban era abrumadora. Me desplacé entre estanterías decrépitas. Algunas aguantaban, mientras que otras se habían roto y no eran más que montones de leña. Pasé el dedo por una capa de polvo, y luego me limpié las manos en los vaqueros. Aparte de la suciedad, las estanterías estaban casi vacías.

El silencio era casi insoportable. Doblé una esquina y vi lo que parecían viejos pergaminos. Me acerqué; lo único que se oía era el crujido de escombros bajo los zapatos. Cogí un pergamino. Tenía una textura rugosa; estaba hecho de algún material que no era de este mundo.

Al hojear los textos antiguos me fijé en que muchos se remontaban centenares de años en el tiempo, si no más. Hablaban de los mortales y de sus interacciones, de sus lenguajes y sus enclaves. No encontré nada de particular relevancia, pero me los llevaría de todos modos. A Kaden le interesaba todo lo relativo a los celestiales. Empecé a reunir mis hallazgos sobre la mesa de madera. Decidí que recogería todo lo que pudiese y lo sacaría al exterior. De todos modos, Alistair y Tobias llegarían pronto. En cuanto reparasen en que no los había seguido, me vendrían a buscar.

Me quedé inmóvil. El aire de la habitación se había movido. Quizá hubiesen llegado ya. Me volví hacia la puerta. Esperaba verlos allí, pero la puerta de arco tallada estaba vacía. Me encogí de hombros y seguí con mi búsqueda. No había ninguna razón para que mis instintos se rebelasen, pero no lograba quitarme de encima la sensación de incomodidad. Volví a las estanterías a buscar cosas que pudiesen interesarle a Kaden, pero sin bajar la guardia. Algunos textos eran tan antiguos y frágiles que se deshacían al tocarlos. Las baldas de la última estantería estaban vacías. Otro callejón sin salida, otra misión inútil.

Apagué la llama de la mano. Cerré los ojos, suspiré y apoyé la frente contra la vieja madera de la estantería. Estaba tan harta. Tan…

El vello se me puso de punta y un escalofrío me recorrió la columna vertebral. Abrí los ojos y levanté la cabeza muy despacio. Una vibrante luz azul llenaba la habitación y proyectaba sombras inquietantes en las esquinas. La silueta oscura de un hombre me observaba; tras sus ojos brillaban unas líneas de azul cobalto.

«No es un hombre», fue lo único que me dio tiempo a pensar antes de que un cuchillo cortase la estantería frente a mí y la partiese en dos como si no fuese tan gruesa como un árbol. La madera chisporroteó y estalló como si el cuchillo estuviese al rojo vivo. Salté hacia atrás para evitar que me cortara en dos pedazos y caí de culo. Me arrastré sobre las manos para alejarme de aquella resplandeciente aparición azul.

Se me acercaba poco a poco, haciendo girar la hoja de plata. La piel expuesta de manos, brazos y cuello estaba decorada con diseños tribales azules que parecían palpitar.

—¿Qué eres? —preguntó, con desprecio—. Ningún ser vivo debería tener el poder de manejar las llamas.

Así que no estaba loca; me espiaba desde hacía un buen rato. ¿Cómo? ¿Por qué no lo había visto?

—Ah, ¿te ha gustado? ¿Quieres ver algo aún mejor?

No dudé. Me incorporé para lanzar los brazos hacia delante y disparar dos llamas gemelas en dirección a… lo que coño fuese el tipo aquel. Abrió los ojos de par en par, y al instante se lanzó a un lado para esquivarlos. Las llamas les prendieron fuego a los estantes, escalaron las paredes y lo devoraron todo a su paso. El tapiz que colgaba del techo ardió; la enseña de los celestiales se convirtió en unas cenizas que nos llovieron encima.

Me incorporé de un salto. El tipo azul se levantó también. Su piel marfileña casi brillaba a la luz de las llamas. Parecía humano, pero a la vez no. Le brillaba el cuerpo con aquella luz peculiar, y era de una belleza cautivadora. Llevaba el pelo azabache atado en una larga cola de caballo que se mecía detrás de él, y los lados de la cabeza recortados con arreglo a unos patrones en zigzag que dejaban a la vista los pendientes de plata en ambas orejas. Era espléndido, si dejábamos aparte el detalle de que quería matarme, claro. Me sacaba treinta centímetros de altura, pero lo que me intimidaba no era su estatura, sino la luz que emitía, y la hoja de plata que volteaba en las manos. Ambas cosas me ponían la carne de gallina.

Nos estudiamos mutuamente, dimos vueltas el uno en torno al otro con precaución, sin romper el contacto visual. Yo imitaba cada uno de sus movimientos; procuraba mantener la distancia que me separaba de él y de esa espada de plata. Era un luchador nato, que controlaba sus emociones; su rostro no denotaba ninguna rabia. Me evaluaba en busca de armas, sin saber que yo misma era el arma.

Posé la mirada sobre los anillos de plata de su mano derecha. Tuve un *déjà vu*. La mujer que nos había saludado a Gabby y a mí en el club tenía unos anillos idénticos, y también el tipo guapo del bar. Había dicho que eran recuerdos de familia.

—¿Qué eres? —casi escupí, devolviéndole la pregunta.

Esbozó una lenta sonrisa, al tiempo que las luces latían por un instante bajo su piel.

—Soy un Guardián del Etermundo y del Inframundo. La Mano de Samkiel.

Me quedé paralizada. Solo fue un segundo, pero bastó para que se diese cuenta.

La Mano.

«Mierda». Tenía la esperanza de no tropezarme jamás con uno de ellos, y ahí estaba. «Mierda, mierda». Dos miembros de la Mano se nos habían acercado a mi hermana y a mí, y ni me había enterado. Su presencia significaba que el libro tenía muchos visos de existir en realidad, y que Kaden estaba más cerca de encontrarlo de lo que él mismo sospechaba. Tan cerca que había pateado un avispero y ahora estaba en el radar de la Mano.

—Esos ojos. —Volteó la espada otra vez—. Ya sé lo que eres. Una de esas bestias legendarias cuyos ojos son tan rojos como la sangre que consumen. Solo una raza podría tener tanta fuerza y manejar un poder tan oscuro. Los ig'morruthens.

Estaba a un par de metros de distancia. Parpadeé y, cuando volví a abrir los ojos, estaba a mi lado y su espada se abatía sobre mí. Me tiré al suelo y rodé para evitar el golpe. Me puse en pie de un salto, pero ya se me echaba encima. ¡Joder, qué rápido era! Le intenté dar un puñetazo, pero lo esquivó y me lanzó un espadazo a la cabeza. Me eché hacia atrás y me aparté de él, pero la punta del arma me arañó el costado. La herida quemaba, y me la toqué por instinto. Se me mancharon las manos de sangre. Miré, y el top tenía un corte perfecto.

—¡Eh, que es una de mis camisetas favoritas!

Me miró como si estuviese chalada, pero, por un momento, bajó la guardia. Salté y lo empujé con ambos pies en el pecho; salió disparado y chocó con las estanterías.

Caí de espaldas, pero de inmediato apoyé las manos a los lados de la cabeza y me levanté de un salto. El tipo estaba muy equivocado si pensaba que un poco de dolor me iba a frenar. Se recuperó enseguida; se levantó de entre los escombros y se lanzó a por mí. Lo oí volar por el aire, y al hacerlo arrastró detrás de sí una ola de papeles y restos. Se precipitó sobre mí y levanté el puño, preparada para contratacar. Esperaba alcanzarlo, y que mi puño diera en hueso y le doliese, pero solo había aire. Estaba a mis espaldas.

«Pero ¿qué cojones…?».

Me tiré para rodar hacia delante. La espada pasó muy cerca. Si hubiese titubeado tan solo un instante, me habría cortado la cabeza. Se lanzó de nuevo al ataque, más rápido aún, y bajó la espada contra mí. Rodé hacia un lado y la espada no se clavó en mi cuerpo, sino en la piedra. La adrenalina fluía por mis venas, así que decidí arriesgarme. Me puse en pie de un salto y le lancé un rodillazo a la cara; el golpe fue claramente audible. Cayó de espaldas, y la espada quedó atrás, clavada en el suelo. Se enderezó. La sangre que se limpió de la nariz era del mismo color que la luz que le brillaba bajo la piel.

—Eres muy rápida, pero yo soy más rápido. —Se sacudió la sangre de las manos.

—¡Sí, estoy aprendiendo! —le grité. El fuego de mi incendio aún crepitaba a nuestro alrededor.

—¿Cómo es posible que existas? —Sus palabras eran tan afiladas como la espada que agitaba en dirección a mí—. Tú y los de tu especie os extinguisteis cuando cayó Rashearim.

Esquivé otros dos mandobles poderosos. No me alcanzó, pero la sola proximidad de la hoja me provocaba un hormigueo en la piel.

—Yo podría preguntarte lo mismo.

Salté sobre la mesa central a la vez que él se lanzaba hacia delante. Aterricé en el suelo y me giré para darle una patada a la mesa. El macizo objeto salió volando hacia él.

Se volvió y cortó la mesa en dos con facilidad; las luces de su cuerpo parecieron bailar. Las dos mitades cayeron al suelo con estrépito y levantaron otra nube de polvo.

—¿Cuántos habéis sobrevivido durante todo ese tiempo?

Si me concentraba, podía predecir sus movimientos. Cada vez que se lanzaba a por mí, era una finta. Estaba jugando, con el objetivo de sonsacarme información hasta obtener lo que quería. Yo no iba a caer en la trampa; tenía que mantener la concentración. Me había fijado en un detalle inconsciente: desplazaba la punta del pie justo antes de lanzarse en la dirección opuesta.

—¿Sabes? ¡He oído muchas historias de la Mano! —le grité desde detrás de unos estantes caídos; si él buscaba información, yo, también—. Unos guerreros de fábula elegidos por algún dios capullo en persona. Cada uno de ellos especial a su manera, todopoderosos y, aun así, solo unos pocos sobrevivieron a la Guerra de los Dioses. —Me reí lo bastante alto para que supiera que era un insulto—. Pues menudos guerreros.

La estantería que tenía a mis espaldas se desplomó. Dos brazos me agarraron por la cintura y tiraron de mí con tanta fuerza que salí volando por la habitación.

—No sabes nada de nosotros, monstruo. Nadie de la Mano ha caído. Somos los mismos que cuando Samkiel nos eligió. Y cuando sepa de tu existencia, volverá.

Me apoyé sobre los brazos, mientras sus palabras se abrían paso a través de mi consciencia: ¿estaba hablando del dios Samkiel?

—¿Volver? Mentira. Todos los viejos dioses murieron.

—¿Eso crees?

Se lanzó de nuevo a velocidad cegadora, pero ahora estaba preparada. Esperé, contando los segundos que solía tardar en aparecer y desaparecer, y me aparté. Un fuerte impacto me hizo saber que había golpeado en el sitio que yo ocupaba un momento antes. Le pateé la tripa y lo hice salir volando. No perdí ni un instante; me incorporé de un salto y sujeté la empuñadura de la espada de plata. Tiré con fuerza, y con un movimiento fluido la arranqué del suelo. La hoja vibraba bajo mi mano, y un dolor agudo y lacerante me recomía la palma. No le presté atención. Moví la espada para comprobar su peso y su equilibrio. No tenía ninguna runa, ni otras marcas. Era una espada sencilla, y a la vez, no lo era. El filo era cortante como una navaja, y la hoja se curvaba ligeramente en la punta. Nunca había visto un metal igual. Parecía plata, pero la superficie rielaba como si estuviese hecha de estrellas.

Al percibir movimiento, me volví hacia los escombros. Apunté con la espada a mi nuevo amigo.

—¿Sabes?, te estás volviendo predecible.

Se levantó del montón de madera rota, papeles y piedras, y se sacudió el polvo con toda tranquilidad. Se detuvo y me vio con la espada en la mano. Una expresión fugaz cruzó aquellos rasgos amenazadores; diría que fue sorpresa, si es que era capaz de sorprenderse.

—No podrás sostenerla mucho rato, o te convertirás en ceniza.

—Hummm. Me alegro de saberlo. —Me encogí de hombros y fruncí el ceño—. Pero creo que puedo sostenerla el tiempo suficiente para cortarte la cabeza.

No se abalanzó sobre mí, solo inclinó un poco la cabeza, con una leve sonrisa mordaz en los labios.

—Te enfrentas cara a cara con la muerte definitiva, ¿y te dedicas a hacer suposiciones sarcásticas y absurdas? A Cameron le habrías caído muy bien.

—No sé quién es —dije, con una mueca. Volteé la espada como había hecho él.

Flexionó la mano derecha, y uno de los anillos de plata se iluminó por un segundo. Y de repente sostenía en la mano otra espada, una réplica casi idéntica de la que yo empuñaba.

—Venga, ¿en serio? —dije, lo que le arrancó una sonrisa.

Avanzó, y el sonido de metal contra metal resonó en la vieja biblioteca. Yo no era una espadachina experta, ni mucho menos. Casi nunca usaba espada, solo me entrenaba con una de madera de vez en cuando. Eso no se me daba bien, y él lo sabía. Esquivé un golpe de su hoja y, al levantarme de nuevo, alcé a mi vez la mía. La esquivó, y le apunté al torso, la cabeza, a cualquier sitio que pudiese golpear, pero era demasiado ágil, demasiado rápido, demasiado hábil. Cada vez que yo fallaba, él me alcanzaba. Tenía cortes en los brazos y en las piernas, y uno nuevo en la mejilla. Me ardía la mano que sostenía la empuñadura de la espada, así que tiré el arma a un lado. No me servía de nada y solo me estaba haciendo más daño.

Me alcanzó en el tórax con el pie y me lanzó volando. Me apoyé en una rodilla, con el otro pie sobre el suelo, lista para levantarme.

—Lo admito, has durado más de lo que esperaba. Sobre todo, porque no sabes usar un arma así. Sería muy impresionante si no fueses lo que eres.

—¿Sois todos igual de gilipollas? —le pregunté, mientras me limpiaba la sangre de la mejilla.

Se rio con sorna. El sonido lo habría hecho parecer humano, de no ser por los tatuajes raros que brillaban. Tenía que acabar con ese asunto a la mayor brevedad. Me levanté y di un paso al frente, y fingí un resbalón, como si estuviese demasiado cansada para sostenerme de pie. Caí de rodillas con un fuerte golpe; me apoyé en las manos, con la respiración entrecortada.

—No puedo pelear más. No puedo enfrentarme a ti. Eres demasiado fuerte.

Cambió la espada de una mano a la otra y se acercó. Era un compendio ambulante de arrogancia y ego.

Perfecto.

Se detuvo frente a mí, y levantó la espada para tocarme la barbilla con la punta y obligarme a levantar la cabeza. Estaba listo para terminar conmigo.

—Has luchado bien. Hacía tiempo que no tenía un oponente digno.

—Por favor —supliqué, levantando la mirada.

Dejé que se me llenaran los ojos de lágrimas e incliné la cabeza. Necesitaba que se acercase más.

—Que sea rápido —pedí.

—No voy a matarte. Samkiel y el Consejo de Hadramiel emitirán el juicio definitivo.

Las puntas de sus botas abarcaban todo mi campo de visión. Levanté la cabeza muy despacio, con una sonrisa maligna en los labios. Había caído en la trampa. Antes de que pudiera comprender lo que pasaba, mi cuerpo se disipó y se reintegró detrás de él. No tuvo tiempo de reaccionar. Le di una patada en la corva y lo hice caer. Lo sujeté por debajo de la barbilla, y con la otra mano le agarré la nuca.

Me incliné para hablarle al oído.

—Los hombres, incluso los sobrenaturales, son tan tontos que siempre pican con el truco de la damisela en apuros.

Le empujé la cabeza hacia delante y se la giré rápidamente, con fuerza. El sonido de los huesos rotos resonó en la biblioteca vacía.

Se desplomó, con el cuello torcido en un ángulo imposible. Cayó al suelo con un golpe seco. Pasé por encima y reuní tan rápido como pude los libros y los pergaminos que se habían desperdigado cuando tiré la mesa. Tenía que darme prisa. Si había venido uno, seguro que pronto habría más, y ni Alistair, ni Tobias, ni Kaden se habían presentado aún. Cogí lo que pude y me dirigí a la puerta.

—Eso ha sido un error —sonó su voz a mis espaldas.

Me paré. Los huesos de su cuello chasquearon al volver a su lugar.

—¿Qué hace falta para matarte? —escupí. Dejé caer la pila de papeles y pergaminos y me volví hacia él.

—Más que eso.

Se lanzó al ataque con la espada en alto. La sujeté con la mano libre. Me había hartado de jueguecitos. Intentó zafarse de ella, y al ver que no podía, se le dilataron las pupilas por el asombro. Me crecieron las garras, que reemplazaron a mis uñas, y apreté el arma con más fuerza. Me ardía la piel que sujetaba el extraño metal, pero ya estaba harta de nuestra danza de violencia.

—De acuerdo —contesté—. En ese caso, me esforzaré más.

Tiró de la espada, pero mantuve el agarre. La hoja me cortaba la mano, pero hice caso omiso del dolor y la estrujé con todas mis fuerzas. La espada se partió en dos con un estampido atronador que resonó por toda la sala, y los fragmentos cayeron al suelo.

Le lancé una sonrisa sardónica, y esa vez fue él quien retrocedió.

—Vaya. Te he roto el juguetito.

—Imposible —susurró.

Flexioné la mano. El corte de la palma se estaba curando lentamente…, demasiado lentamente.

—En realidad, no. —Torcí la cabeza—. Si se aplica la presión suficiente, todo se rompe. Incluso tú.

Había llegado mi turno para pasar a la ofensiva, y me lancé sobre él. Las sombras y el acero bailaron entre nosotros durante unos minutos que parecieron horas. Terminamos como habíamos empezado, dando vueltas el uno alrededor del otro. Ambos jadeábamos y sangrábamos, pero ninguno bajaba la guardia. Por mucho daño que le hiciese, seguía luchando. Era un auténtico guerrero.

—Se te ve un poco cansado, campeón. ¿Se te están acabando las pilas?

—No seas tan fanfarrona —se burló, e hizo girar la espada—. He peleado con bestias mucho más grandes y peligrosas que tú.

—Ah, ¿sí? ¿Y sangrabas tanto? —Le señalé la pierna con una mueca sarcástica—. ¿Y qué tal la cojera?

Se paró y tuvo las narices de esbozar una mueca burlona. Cerró los ojos y respiró hondo. El brillo que le corría bajo la piel se hizo más intenso. El hueso de la pierna volvió a su lugar con un chasquido. Abrió los ojos de nuevo y me dedicó un gesto despectivo.

—Realmente no sabes con quién estás tratando, ¿ver...?

Sus palabras se cortaron en seco. Una mano con garras le había atravesado el tórax. Gritó y se llevó las manos al pecho. Los tatuajes azules de su piel parpadearon.

—Yo sí lo sé —susurró la voz profunda y animal de Kaden a sus espaldas.

VII
DIANNA

aden, con una mirada torva en los ojos rojos, arrojó al celestial al centro de la sala; el cuerpo se deslizó hasta pararse. Volvió la cabeza hacia mí como un latigazo.

—Tenías órdenes de esperar —me soltó, pleno de furia y colmillos.

—Creía que este sitio estaba abandonado.

Me taladró unos instantes más con la mirada, hasta que sonaron pasos a mis espaldas. No necesité volverme para saber que habían entrado Alistair y Tobias. Kaden no dijo nada más, solo volvió poco a poco a su apariencia humana, doblando y absorbiendo las púas bajo la piel. Se acercó al miembro de la Mano, que intentaba levantarse del suelo; sus tatuajes no paraban de parpadear. Al acercarse Kaden, se agarró el pecho y levantó la cabeza en señal de desafío. Tobias, que llevaba dos dagas espinosas, lo tumbó de una patada. Alistair se colocó al lado de Kaden, con un cuchillo en la mano.

El guerrero levantó la vista hacia Kaden, y luego miró a Tobias y a Alistair. A continuación, habló en una lengua que yo no había oído jamás. Lanzó un escupitajo de sangre azulada junto al pie de Kaden, y trató de incorporarse.

—Ah, la antigua lengua de Rashearim. —La sonrisa de Kaden estaba preñada de amenazas—. Admito que hacía mucho que no oía esas palabras. —Tomó la hoja espinosa que le ofrecía Tobias, y la sostuvo frente al hombre que yacía en el suelo—. ¿Sabes lo que es esto?

El guerrero se apartó, con miedo en los ojos.

—Una hoja desolada. —Lo dijo casi en un susurro—. Fabricada a partir de los huesos de antiguos ig'morruthens.

Kaden rio y les lanzó a Alistair y Tobias una sonrisa triunfal.

—Bien, bien. Y sabes lo que os hace a ti y a los tuyos, ¿no?

Era obvio que lo sabía, pero el guerrero no respondió, y el olor del miedo no invadió la sala. No me quedó más remedio que devolverle el cumplido: al enfrentarse a la muerte definitiva, no sentía temor.

—No te preocupes, no la voy a usar contigo. Se me ocurre algo mejor. —Kaden sostuvo la hoja por la empuñadura y siguió—: Alistair tiene la desagradable costumbre de abrirse camino dentro de las mentes y arrancar la información que necesito; el proceso las deja hechas un montón de basura temblorosa. Así que… —Kaden apoyó la mano en el hombre de Alistair—. Voy a dejar que te convierta en un esclavo sin mente, como ha hecho antes con varios hermanos tuyos.

El guerrero respondió a las palabras de Kaden con una mueca. Aún se sujetaba el pecho. Miró a Alistair, que le devolvió una sonrisa sádica.

—No os tengo miedo a ninguno —dijo con tono despectivo.

—Qué engreídos. Qué arrogantes. —Kaden esbozó una sonrisa torcida—. Muy propio de él creer que sois la única fuerza poderosa en este dominio o en cualquier otro. ¿No es así, Zekiel?

El guerrero frunció el ceño y, por primera vez, asomó a su mirada un atisbo de miedo.

—¿Sabes mi nombre?

Mi corazón se saltó un latido. ¿Cuánto sabía Kaden, y cuánto de ello no me había contado? Me estaba empezando a cabrear, pero sus siguientes palabras me calmaron en parte.

—La Mano de Rashearim. La guardia de Samkiel. ¿O se hace llamar Liam ahora? Cuando tenga lo que busco, voy a disfrutar haciéndote pedazos y enviando los trozos a tus hermanos. Espero que vea lo que ha quedado de ti.

Las pupilas de Zekiel se dilataron. Su expresión sugería miedo, pero no era esa la emoción que yo detectaba en él. Era algo distinto. ¿Determinación? Se estaba preparando para luchar. Por la inclinación de cabeza de Kaden, y por su sonrisa, supe que él también lo había olido.

—Y hablando de manos…

Kaden volteó su espada y le cortó la mano a Zekiel, que se agarró el muñón con un grito que helaba la sangre y que despertó ecos en la sala aún en llamas. Kaden limpió la hoja y se la devolvió a Tobias. Estaba acostumbrada al temperamento colérico e impulsivo de Kaden, pero no por ello me parecía menos espantoso.

Kaden apartó la mano amputada de una patada, y Zekiel siseó con los dientes apretados. Nos taladró con la mirada.

—No me gustaría que invocases una de esas molestas espadas. Y ahora… —Kaden bajó la mirada hacia Zekiel—. ¿Por dónde íbamos? Ah, sí. Quiero el Libro de Azrael. ¿Dónde puede estar?

—¡No voy a decirte nada! —escupió Zekiel, que se sostenía el muñón. Le rezumaba sangre entre los dedos, del mismo tono de azul que la luz que le parpadeaba bajo la piel.

—Eso dicen todos —respondió Kaden con una mueca.

Miró de reojo a Alistair, cuyos ojos empezaron a brillar. Se concentró en Zekiel y dio un paso al frente. Levantó las manos, y el humo negro fluyó de sus palmas y entró en la cabeza de Zekiel. El guerrero arqueó la espalda y puso los ojos en blanco. Dejó escapar otro grito de sufrimiento mientras Alistair le desgarraba la mente. El sonido me taladró los oídos, y me estremecí. Después de tantos años debería estar acostumbrada, pero siempre era un espectáculo horrible. Tras unos segundos que se me hicieron eternos, Alistair se detuvo. Zekiel apoyó la mano en el suelo y jadeó, levantando la cabeza. Sonrió con dientes manchados de sangre; el sudor se le acumulaba en la frente.

—¿Y bien? —quiso saber Kaden, sin apartar los ojos de Zekiel.

Alistair parecía asombrado. Su mirada saltó de Kaden a Zekiel.

—Nada. He tropezado con una barrera. Su mente es fuerte, pero no impenetrable. Necesitaré más tiempo.

—No importa —dijo Kaden, con gesto de indiferencia—. Tenemos todo el tiempo del mundo.

Zekiel miraba a Kaden como si pudiese matarlo solo con desearlo.

—No, no lo tenéis —dijo, con tono burlón.

Sin dejar de mirar a Kaden, empezó a hablar en aquella lengua antigua. Kaden gruñó, pero no alcanzó a dar más de un paso antes de que Zekiel golpease el suelo con la mano. En torno a cada uno de nosotros se formó un círculo de plata pura. Al bajar la mirada vi aparecer varios símbolos incandescentes en el que me rodeaba. Oí gritar a Alistair y a Tobias. Una descarga eléctrica me atravesó.

Caí de rodillas, cegada de dolor. Sentí los miembros débiles, agarrotados, pero logré levantar la cabeza. Con los dientes apretados, luché contra la agonía que me recorría el cuerpo. Un manto de luz envolvía mi prisión como una niebla opaca. Miré a la izquierda, donde estaba Tobias, encerrado en otro círculo plateado. Gritaba como si lo hubieran sometido a un dolor insoportable, y se transformaba sin cesar, pasando de una forma a otra. Dio zarpazos y golpes al aire para tratar de liberarse; el humo negro se arremolinaba en torno a su cuerpo. No me hacía falta mirar a Alistair para saber que le estaba pasando lo mismo; podía oírlo.

Otra descarga de energía me atravesó y me dobló de dolor. Apreté los dientes. ¿Qué había hecho Zekiel? Empapada de sudor, intenté ponerme de pie, pero fracasé. Kaden bramaba, un rugido de pura rabia y maldad. Al mirar hacia el centro de la habitación vi que Zekiel había logrado levantarse.

Nuestros ojos se cruzaron por un momento, y luego pasó a nuestro lado sin dedicarnos ni una mirada. Cojeaba y llevaba el muñón apretado contra el vientre. Con un esfuerzo logré volverme y lo vi traspasar la puerta. ¡Joder, lo íbamos a perder! Algo estalló en mi interior. Nunca habíamos estado tan cerca de encontrar el libro y obtener respuestas. Habíamos capturado a un miembro de la Mano. No podía dejarlo escapar, y no lo haría.

Me dolían los huesos, pero empujé con todas mis fuerzas contra el poder que me retenía. La masa informe que se arremolinaba a mi alrededor se deformó. Golpeé un pie contra el suelo y me tembló la rodilla. Seguí empujando con toda mi energía. Me caía el sudor a chorros. Apreté tanto las mandíbulas que me dolieron los dientes. Presioné hacia arriba, y logré impulsarme hasta estar de pie. Apoyé la mano en la barrera que me rodeaba, y la piel se cubrió de ampollas. Se me escapó un gemido. Iba a doler, pero tenía que escapar.

Hice acopio de toda mi fuerza de voluntad, cerré los ojos y me concentré en bloquear el dolor y los gritos. Mi cuerpo sufrió una sacudida, y las escamas sustituyeron a la piel, y se formaron alas, garras y una cola; me convertí en la bestia legendaria. No me paré a pensar, sino que salí disparada de la prisión circular y atravesé el techo. La bestia lanzó un grito de dolor y de cólera; me sentía como si me hubiesen restregado el cuerpo con fuego y astillas de vidrio.

Me abrí camino a través del techo de la caverna, lo que levantó una nube de polvo y tierra. Batí las gruesas alas una vez, dos, y alcé el vuelo. Me sacudí para asentar mi nueva piel y quitarme el recuerdo del dolor. Localicé a Zekiel, que cojeaba en dirección a la entrada de la ciudad en ruinas, y me dejé caer en el suelo frente a él. Un humo negro como la tinta me cubrió todo el cuerpo, y recuperé la forma humana.

—¡No! No deberías poder escapar de ahí. A menos que seas uno de los… —Zekiel se calló, con los ojos abiertos de par en par y una expresión de temor—. No puede ser. Samkiel debe saberlo.

Di un paso al frente, y él a su vez retrocedió dos.

—No puedo dejar que te vayas.

—No tienes ni la menor idea, ¿no es cierto? De tu poder, de tus dones…

Me detuve y negué con la cabeza. Todavía le sangraban el pecho y la muñeca; era el efecto de las heridas que le había infligido Kaden.

Aparte de las armas hechas por las divinidades, solo nosotros podíamos matar de verdad a un celestial. Éramos enemigos mortales en todos los sentidos de la palabra, y al mirarlo resultaba evidente. Parecía mortal. Tenía aspecto de irse a morir en cualquier momento, pero yo no podía permitirlo. No hasta que le extrajésemos la información que necesitábamos.

—Mira, te estás desangrando; cuando te arrastre de nuevo abajo, Alistair te va a volver del revés por lo que has hecho. No hay escapatoria. No puedes huir. Jamás. —La última palabra se me escapó como un susurro que delataba mi situación, mis propios temores.

Se llevó la mano a la oreja, agarró un pendiente y se lo arrancó. Brilló unos instantes, y se transformó en un cuchillo de plata.

—¡Venga, joder! —dije. Alcé los brazos, frustrada—. ¿Cuántas cosas de esas llevas?

Sin responder, le dio la vuelta al cuchillo y se lo apoyó directamente sobre el corazón. Por puro instinto, le sujeté la mano con las mías para impedir que el cuchillo le perforase el pecho. Me miró con una expresión de asombro y tristeza. Sabía que no tenía escapatoria, y que esa había sido su última opción. Me resultó inevitable sentir lástima por él. Gabby tenía la misma mirada cuando el desierto había querido reclamarnos, la de alguien que ha perdido toda esperanza, toda razón, y ha aceptado su destino.

—No debe hacerse con ese libro —dijo Zekiel, con un hilo de voz—. Ni siquiera sabéis quién fue Azrael. Si creó un libro y lo escondió, eso es que no está destinado a que lo encuentren los tuyos.

Traté de apartarle el cuchillo del pecho, pero incluso con una sola mano lo sujetaba con firmeza.

—¿Y matarte lo va a impedir? ¿Sabes dónde está?

—No —dijo, y negó con la cabeza—, pero mi muerte tendrá un propósito. Traerá de vuelta a Samkiel.

—¿Te refieres a Samkiel..., Samkiel?

El corazón me retumbaba en el pecho. ¿Era real? Joder. Zekiel no me respondió.

—¿No es el Destructor de Mundos? —insistí.

Zekiel levantó bruscamente la rodilla hacia arriba y me alcanzó en el vientre. Me doblé, y entonces aprovechó para liberarse de mi presa. Me atizó un puñetazo tan fuerte que me hizo salir volando. Caí de culo y de inmediato levanté la cabeza para no perderlo de vista.

—Athos, Dhihsin, Kryella, Nismera, Pharthar, Xeohr, Unir, Samkiel, concededme paso de aquí a Asteraoth —gritó Zekiel.

¿Asteraoth? ¡No! Esa era la dimensión divina, más allá del tiempo y el espacio. ¡Mierda!

Me lanzó una última mirada de soslayo; tenía lágrimas en los ojos. Echó la cabeza hacia atrás para mirar el cielo y se hundió la daga en el pecho.

Tardé una fracción de segundo en ponerme de pie, pero ya era tarde. Apenas llegué a rozar el puño de plata antes de que torciera la hoja. Se quedó rígido, y se le iluminaron los tatuajes de la piel. La luz fluyó hacia el centro del pecho y estalló en un rayo azul, vibrante y cegador, disparado directamente hacia el cielo. Me volví de espaldas y me cubrí los ojos con la mano.

Cuando me arriesgué a mirar esperaba ver aún el rayo, pero lo único que había era oscuridad. Me miré la mano, y la hoja de plata que aún sostenía, ambas cubiertas de la sangre del hombre que ya no estaba allí.

—¿Qué has hecho?

Al girar la cabeza vi que Kaden me miraba fijamente desde el edificio en ruinas. Se apoyaba con una mano en la pared de la casa, y tenía la ropa revuelta por el forcejeo en la trampa mortal del círculo de plata. Lo que vi en sus ojos me hizo cuestionármelo todo, y me llenó de terror. Por primera vez en siglos, había miedo en ellos.

VIII
LIAM

O curría casi todos los días. Cada noche, mi cuerpo se empeñaba en dormir pese a que yo me rebelaba y, cada noche, los sueños me asaltaban la mente. Al despertar, la sala vibraba a causa de la energía que me brotaba del cuerpo. Los muebles de madera tallada se doblaban hasta quebrarse. El suelo de la destrozada habitación estaba cubierto de astillas. No tenía control suficiente de mi poder, y llevaba ya tiempo así. Me perseguían los terrores nocturnos de las batallas del pasado, peleadas y resueltas hacía mucho tiempo. Sin embargo, esa noche era diferente. Lo que había comenzado como el campo de batalla cubierto de sangre que veía todas las noches se había transformado en algo distinto.

La armadura me cubría de los pies a la cabeza. Era lo bastante sólida para resistir los golpes colosales de las bestias que combatíamos, pero tan ligera que nos permitía movernos con facilidad. El terreno que pisaba se sacudió violentamente, y las bestias inmensas a las que me enfrentaba titubearon. Solo fue un momento, pero para ellas fue demasiado tiempo.

Lancé un golpe alto con la espada de doble filo y decapité a dos ig'morruthens serpentinos que avanzaban hacia mí. Cayeron al suelo; los cadáveres rezumaron sangre verdosa, y de las heridas infligidas por el arma brotó un vapor ondulante. Los dioses traidores habían pedido ayuda en su rebelión a nuestros mortales enemigos, los ig'morruthens, y eso nos había costado tantas y tantas vidas.

El paisaje estaba cubierto de llamas que limitaban el campo de visión. El fuego consumía todo lo que encontraba. Me dolía el corazón ante la visión de las ruinas de nuestro mundo. Se oyó un fuerte estampido, acompañado de la vibración de algo que había tomado tierra a mis espaldas. Alcé la espada y me volví sin pensar, esperando otro enemigo.

La diosa Kryella detuvo mi ataque con su espada ancha.

—Descansa, Samkiel.

Bajó el acero y lo limpió en la armadura beis. Los rizos largos de pelo rojizo le asomaban bajo el yelmo abollado. Kryella era una de las diosas más feroces de Rashearim.

Bajé el arma. A nuestro alrededor arreciaba la batalla. Tenía la piel morena manchada de plata y azul, de dioses y celestiales, y las salpicaduras de sangre bajo los ojos eran como pinturas de guerra primitivas. Estaba cubierta de la sangre de los nuestros.

—¿Cuántos?

Kryella se levantó la visera, lo que dejó su rostro a la vista. Me miró fijamente con ojos plateados y penetrantes. Sacudió la cabeza.

—Demasiados. Ve con tu padre. Si él cae, nuestro mundo cae con él.

No dijo nada más. Las partes expuestas de su armadura se iluminaron con un resplandor plateado, y se lanzó de nuevo al corazón de la batalla.

Los dominios temblaron. Trastabillé y conseguí no caerme. Los dioses morían, y sus cuerpos estallaban como estrellas en miniatura. Rashearim estaba en llamas hasta donde alcanzaba la vista. Las montañas y los valles, antaño fértiles, eran ahora yermos desolados. Las estructuras de oro, nuestros hogares y nuestra ciudad, se habían transformado en cráteres de devastación.

Un grito resonó en el cielo. El monstruoso ig'morruthen responsable de las llamas que consumían nuestro mundo nos sobrevolaba. De su boca brotaba fuego que quemaba lo que aún quedaba de Rashearim. Era la muerte alada. Y lo bastante grande como para usarlo para prácticas de tiro.

Cogí la lanza para cargarla con mi poder, y las líneas de plata de mi piel brillaron aún más. Al levantarla por los aires, el asta vibró. La bestia, con un poderoso aleteo, se zambulló tras una ondulante nube negra. Con calma, esperé a que diese la vuelta. Buscaba infraestructura para destruir, con el objetivo de acabar con nuestro pueblo. Pero los ig'morruthens y los dioses traidores ignoraban que mi padre y yo habíamos sacado a tantos como había sido posible para que se refugiasen en el planeta habitable más cercano.

Brotó otra ráfaga de llamas, cuyas ascuas refulgieron entre el humo. Oí el golpeteo delator de unas alas. Seguí el sonido, y, en cuanto vi la punta de un ala y una cola asomar tras la densa nube oscura, arrojé la lanza. Aguanté la respiración mientras el proyectil plateado atravesaba el aire y desaparecía. Resonó un grito fuerte y ensordecedor. Mi arma había alcanzado su objetivo, y la bestia cayó. El cuerpo aterrizó entre sus hermanos y aplastó a varios de ellos.

Los monstruos incólumes volvieron sus ardientes ojos rojos hacia mis hombres. Irradiaban furia. Se prepararon para cargar. Dos rayos de plata fueron a dar junto a la enorme bestia. Los dioses traidores no dudaban en unirse a la matanza de celestiales. En aquel momento, me vieron. Materialicé una espada en cada mano y corrí hacia ellos. El suelo que pisaba vibró, y un resplandor me rodeó. Todo se volvió borroso, y de repente estaba en otro sitio.

Ya no había ruinas en llamas. Las estrellas y galaxias que un momento antes cubrían el horizonte habían desaparecido. De pronto estaba en una gran sala de bronce. Las columnas se elevaban hasta el alto techo circular, y una orquesta llenaba el espacio con su música. Mi mente me había enviado mucho más lejos en el pasado.

Antes de la Guerra de los Dioses.

Mi padre estaba frente a mí, ataviado con una mezcla de armadura pesada e incrustada de oro, y unos ropajes rojos y dorados que se agitaban a su alrededor como sábanas. En los espesos rizos de su cabello había joyas entrelazadas, algunas con escudos de oro, otras con emblemas de batallas, y una que yo conocía muy bien, un regalo de mi madre. Sobre la cabeza descansaba una gran corona de seis puntas, negra y plateada. Cada punta representaba una gran guerra peleada y ganada durante su reinado, todas ellas anteriores a mi existencia. Los bordes eran grandes formas diamantinas con una única joya de plata en el centro. Solo se ponía la corona cuando lo exigían el deber o el decoro. Era un día de celebración, y yo quizá lo había celebrado un poco de más...

Se volvió a mirarme. Llevaba el pelo incluso más largo que yo. Bajo su piel morena relucían venas de plata. Las líneas gemelas que le recorrían los brazos, la garganta y la cara eran del mismo color plateado que los ojos que perforaban los míos. Estaba enfadado y el peso de su cólera era una fuerza aplastante. El bastón de mando dorado que sostenía golpeó el suelo y abrió grietas bajo sus pies.

—Ya hemos hablado de esto varias veces, pero no me escuchas. ¡Si no fueses mi hijo, creería que eres sordo! —bramó.

Me mecí sobre los pies. Quizá había consumido demasiado savaí.

—Padre, estás alterado.

Otro golpe del bastón de mando hizo vibrar el suelo. Se me acercó.

—¿Alterado? Estaría menos alterado si no te pavonearas de esa forma. Los dominios están cayendo lentamente en el caos. Necesito que estés más centrado que nunca. Los ig'morruthens tratan de apoderarse de cualquier dominio que puedan reclamar, y si su número sigue creciendo, ni siquiera nosotros estaremos en condiciones de frenarlos. Necesito que te centres.

Se me escapó un suspiro; sabía muy bien lo que venía a continuación.

—Estoy centrado. —Me mecí sobre los pies, hasta que me di cuenta de que lo estaba haciendo y paré—. ¿No detuve Namur? En los dominios que hemos recuperado me he ganado el nombre de Destructor de Mundos. Me merezco un momento de paz, sin sangre ni política. ¿No debemos descansar y disfrutar, después de tanta batalla victoriosa? ¿Estar entre los nuestros?

Negó con la cabeza, irritado.

—Nuestro pueblo puede descansar y disfrutar. Tú, no. Tú vas a ser rey. ¿Acaso no lo entiendes? Tienes que dar la cara, no mecerte sobre los pies ni empotrar a cada celestial y a cada diosa que te preste la más mínima atención. —Se detuvo y se frotó la frente con una mano—. Tienes mucho potencial, hijo mío, pero lo desperdicias.

Me di la vuelta, enfadado, y tiré el cáliz con tanta fuerza que lo incrusté en la piedra de una columna cercana.

—No puedo gobernarlos. No lo permitirán. Yo no soy tú, y nunca lo seré. En teoría, el título tenía que recaer en uno de ellos. Lo saben, y yo también lo sé. Para ellos, yo no soy nada…, nada, excepto un bastardo mestizo. ¿O no son esas las palabras que murmuran cuando creen que no los oigo? Y las miradas… Me exigen que pruebe mi valía una y otra vez y, aun así, nunca les parece que esté a la altura.

Cerró los ojos un instante, como si sufriese un dolor repentino, pero enseguida los abrió y me miró. Se pasó una mano por la espesa barba. Me atravesó con la mirada. Sacudió la cabeza.

—Lo eres de sobra, Samkiel. Ya conoces mis visiones, que van mucho más allá de este tiempo y lugar. Eres el mejor de nosotros, aunque tú no lo veas ahora mismo.

Me burlé para mis adentros, al tiempo que me frotaba la frente.

—Nunca me van a aceptar, por muchos ig'morruthens que mate o por muchos mundos que destruya para salvar otros. Mi sangre no es pura, como la tuya o la de ellos.

—Eres perfecto tal y como eres. No te preocupes por ellos. No tendrán otra opción. Eres mi heredero. Mi hijo. —Se me acercó y me puso una mano en el hombro—. Mi único hijo —dijo, y mi cólera se desvaneció.

—Si los obligas, tomarán represalias —apunté.

Sabía que lo harían, como también sabía que no me iban a aceptar. Yo no quería gobernar, pero, por desgracia, mi padre y mi sangre no me dejaban elección.

—Tus palabras presagian guerra, padre.

Se encogió de hombros con gesto despreocupado, y frunció los labios en una mueca burlona, como si la idea no fuese más que un sueño febril.

—He hecho enemigos por menos. Enemigos antiguos y poderosos. No temo a las guerras.

Por un momento, lo miré a los ojos. Se me estaban pasando los efectos del savaí y la realidad se abría paso en mi cerebro.

—Nunca seré un líder como tú.

—Excelente. Sé mejor.

Su voz era apenas un murmullo, ahogado por un fuerte golpe que me re-

tumbó en los oídos. Grité, pero la cara y la silueta de mi padre se disolvieron como polvo de estrellas.

Abrí los ojos de golpe. De ellos salió una energía luminosa y vibrante que golpeó el techo y arrancó grandes pedazos de mármol que llovieron a mi alrededor. El agujero que había sobre la cama estaba allí desde el primer día, y crecía cada vez que me iba a dormir. Era la manifestación física de las emociones que ya no lograba contener. Me senté y me sequé la humedad que me mojaba las mejillas. Odiaba verlo, odiaba revivir todo aquello que tuviese que ver con él o con mi pasado. Las batallas, la guerra, lo bueno y lo malo... Lo odiaba todo. El pelo se me pegaba a los músculos de los hombros y de la espalda, empapados de sudor. Lo llevaba demasiado largo, pero me daba igual.

Las tazas, las mesas y las sillas levitaban sobre el suelo de mármol a causa de la energía que había expulsado. Pese a los siglos transcurridos, aún no había logrado controlar ese poder. Me froté las sienes e intenté recobrar la concentración. Los muebles y enseres cayeron al suelo, y el intenso dolor de cabeza se aplacó. Día tras día, los dolores iban a más. Eran como un tambor incesante que me atormentaba cada vez con mayor frecuencia. La culpa y el remordimiento se estaban volviendo abrumadores.

Enterré el rostro entre las manos. Los rizos cayeron como una cortina y me taparon la luz. Tenía los músculos tensos y doloridos. Mantenía la misma rutina de entrenamiento que había aprendido antes de la guerra. Era lo único que me ayudaba. Cuanto más me entrenaba, levantaba pesos o corría, más fácil era mantener a raya los pensamientos que amenazaban con devorarme.

Los días en que la cosa se ponía mal y no era capaz de forzarme a salir del palacio, me quedaba dentro. Y entonces la dolorosa sensación de vacío empeoraba. Me consumía, como una niebla oscura que saliese reptando de cada esquina de mi conciencia y devorase mi voluntad de vivir. Esos días no quería moverme ni comer, solo quedarme allí, tumbado, mirando las salidas y puestas de sol, ajeno al paso del tiempo. Dando vueltas en la cama, sin fuerzas ni para levantarme. Esos días eran los peores.

¿Cuántos años habían pasado desde que me aislé de manera voluntaria? Había perdido la cuenta.

Puse los pies en el suelo, con las sábanas gastadas alrededor de las caderas. Las cicatrices me dibujaban patrones zigzagueantes en los muslos y las rodillas. Tenía el cuerpo cubierto de ellas. La que más odiaba era la cicatriz profunda de la barbilla. Su recuerdo siempre me traía terrores nocturnos. Si hubiese sido un poco más rápido... Cerré los ojos otra vez, y no los abrí hasta que se acallaron los gritos.

Me moví por la habitación y me detuve frente al vidrio reflectante enmarcado de oro de la pared más lejana. Las líneas plateadas me decoraban los pies, las piernas, el estómago, la espalda y el cuello, y también bajo los ojos. Al instante me arrepentí de mirar mi reflejo. La espesa mata de pelo negro me llegaba a la mitad de la espalda, y la barba, crecida y desaliñada, me tapaba casi toda la cara.

El brillo de mis ojos se reflejaba en el espejo y proyectaba un resplandor plateado por toda la habitación, que me recordaba quién era, dónde estaba, y que era un fracasado. Y me llamaban protector. Con un bufido de desprecio, abrí el puño y lancé un rayo de poder cegador contra el reflejo, que redujo el espejo a partículas de arena. Contemplé el nuevo agujero que acababa de sumar a este edificio inmenso y destartalado. Perfecto. Mi casa reflejaba cada vez mejor el completo desastre que era el mundo que había construido.

Lo había improvisado con los restos de Rashearim que habían flotado más allá del velo del Inframundo antes de que se cerrasen los dominios. Una vez asentado, el Consejo de Hadramiel se volvió a reunir y se estableció a medio mundo de distancia de mí. Quería estar solo, y ellos no cuestionaron a su rey. Había instituido los procedimientos adecuados para que tanto ellos como los celestiales pudiesen dirigir las cosas sin mí. ¿Con qué finalidad? Los dominios estaban sellados para toda la eternidad, y toda posible amenaza había muerto con Rashearim.

La luz clara y nítida del sol que se abría camino sobre el horizonte se colaba por el espacio abierto del techo. Me levanté y arrastré los pies hasta el rincón donde guardaba la ropa. Estaba hecho un caos, con tejidos amontonados por el suelo y tirados en las baldas. Tan desastroso como el resto de mí. Necesitaba salir, correr… Cualquier cosa que redujese la creciente tensión que sentía en la cabeza.

Me puse unos pantalones color crema y salí del cuarto. Bajé los escalones tallados y llegué al vestíbulo principal. Se abría a un amplio espacio ocupado tan solo por una pequeña zona para comer, a la derecha, con una mesa y una silla que había fabricado yo mismo. No sabía por qué las había construido. Ni quería ni permitía compañía, y lo único que hacían era acumular polvo como los demás muebles de la casa.

La naturaleza trataba de reclamar mi hogar. Las enredaderas buscaban refugio; se colaban por la ventana de la pared más alejada. No me había molestado en limpiarlas o moverlas. Ya no me molestaba en hacer nada.

Un zumbido eléctrico llenó la habitación; mi respuesta consistió en suspirar y cerrar los ojos. Me llevé de inmediato la mano a la frente y me la froté, porque el eterno latido iba en aumento. Sabía lo que era, y nunca le hacía caso. Bajé la mano y me volví hacia la repisa que cubría la chimenea que había esculpido. Lo que pitaba era un pequeño dispositivo incoloro, con una diminuta luz parpadeante en el costado. Era una forma de mantenerme en contacto con los otros, si me necesitaban. En teoría solo tenían que usarlo en caso de auténtica crisis, pero no se les daba muy bien seguir esa orden.

Sonó otro pitido, y una silueta imperfecta y brillante se formó frente a mí.

—Solicitud de mensaje del Consejo de Hadramiel —dijo la monótona voz robótica.

—Permitir. —De lo contrario, no me iban a dejar en paz.

—Samkiel.

Apreté los puños y la energía me fluyó por los nudillos. Aborrecía ese nombre.

La silueta informe se desenfocó y luego se reformó como la personificación de una mujer alta y curvilínea. Llevaba el largo pelo rubio sujeto en trenzas sueltas que le caían sobre los hombros. Imogen. Se parecía a la diosa Athos, que la había creado. La única diferencia era que Imogen era celestial pura y miembro de la Mano… mi Mano.

Una capucha dorada le cubría casi todo el cabello, y el vestido le llegaba hasta el suelo. Juntó las manos y me miró… o más exactamente, miró a través de mí. Podían enviar un mensaje, pero no tenían imagen hasta que yo respondiese y diese permiso.

—Ha pasado mucho tiempo desde que se envió el último mensaje y, por desgracia, no recibimos respuesta en ese caso, como tampoco en los anteriores. Me preocupa que…. —Paró para reformular lo que decía—. Estamos inquietos por ti, mi señor.

El tamborileo de mi cabeza se hizo más fuerte. También despreciaba esa palabra. Era un título que me impusieron al nacer, como todos los otros.

—A petición de Vincent, Zekiel se ha aventurado en Onuna. Hay una situación potencialmente preocupante allí. Los otros buscan tu consejo y esperan tus palabras.

Onuna. El Etermundo, el mundo intermedio que habitaban los mortales y los seres inferiores. Si había alguna situación preocupante, Zekiel podría manejarla. Todos podían. No me necesitaban. Ni nadie, en realidad, y estaban mejor sin mí. Se habían entrenado desde el minuto que fueron creados, y habían servido bajo los dioses que los crearon hasta que había llegado el momento de que yo tuviese mis propios celestiales a mis órdenes.

A diferencia de los otros dioses, yo no podía crear celestiales. Mi madre era una celestial, y mi sangre, impura. Así que, en vez de eso, seleccioné los que sabía que eran fuertes, inteligentes y, en aquel momento, mis amigos. La Mano era todo aquello que contaban las leyendas, porque yo los había hecho así. Eran asesinos entrenados, a los que enseñé todo lo que había aprendido. Cualquier cosa que pudiera representar una amenaza para ellos había muerto con nuestro mundo. Nada podía tocarlos.

Volví a concentrarme en Imogen. Se había callado, quizá para elegir con cuidado las siguientes palabras. Miró a su alrededor antes de hablar.

—Tengo ganas de verte una vez más. Por favor, vuelve al hogar.

El hogar. Se refería a la ciudad más allá de las colinas. Nuestro hogar se había convertido en polvo entre las estrellas, y ahora vivíamos entre sus restos. Yo no tenía hogar. En realidad, ninguno de nosotros tenía hogar.

La imagen se desvaneció, y volvió la silueta informe.

—¿Hay respuesta, señor?

Apreté los puños otra vez. El sordo dolor de cabeza no remitía.

—Ignorar.

La silueta volvió al interior del irritante dispositivo sin una palabra más. La sala volvía a estar vacía y silenciosa. Tenía que salir. Crucé el vestíbulo y entré al salón principal. A mi paso brotaban llamas plateadas que llenaban de luz el espacio vacío. Me bullía la energía bajo la piel, ansiosa por escapar.

Empujé la puerta oval y me detuve en las sombras, justo fuera del alcance de la luz del sol. La vista era sobrecogedora. Las aves de colores volaban en bandadas, piando. Los arbustos y los árboles de hoja perenne se mecían al viento; sus matices de verde, amarillo y rosa eran casi iridiscentes. Era un mundo lleno de vida… Y, sin embargo, no sentí nada. Estaba tan desconectado de todo… Al bajar la vista se me hizo un nudo en la garganta. Los dedos de mis pies estaban a pocos centímetros de la luz del exterior. Decidí dar un paso adelante, pero, en vez de eso, retrocedí dos.

Al día siguiente lo volvería a intentar.

Llegó el nuevo día y, con él, también los terrores nocturnos, que fueron peores que los de la víspera. Salté de la cama y me agarré el pecho con las manos; eso fue lo que me despertó. No podía detener las crecientes olas de tensión. Me había puesto de pie y recorría la habitación a zancadas, antes incluso de que mi cuerpo llegase a registrar lo que estaba haciendo. El corazón me golpeaba el pecho con tanta fuerza que estaba seguro de que me lo iba a atravesar. Me concentré en inspirar y espirar, pero no me ayudó. No podía controlar los temblores que me sacudían el cuerpo, ni la embestida de los recuerdos que me hacían estremecer.

Me avergüenzo de ti. Había puesto muchas esperanzas, y ahora me toca arreglar tus desastres. Otra vez.

Me tapé los oídos y presioné como si de ese modo pudiese ahogar el ruido.

Eres idiota si crees que alguna vez dejaremos que nos lideres.

Se me doblaron las rodillas y caí al suelo. Mis gritos reverberaron por la sala.

—*Qué desperdicio* —*siseó por encima de mí una voz femenina cargada de ponzoña.*

La diosa Nismera. El pelo plateado, los rasgos afilados y la armadura estaban manchados por la muerte de nuestros amigos, nuestras familias y nuestro hogar. Era una traidora, en todos los sentidos. Me clavó el tacón en el peto para mantenerme inmóvil. Los sonidos de la carne desgarrada y del metal contra metal llenaban el aire. Sostuvo el filo de la espada contra mi cuello. Agarré la hoja. Me sangraban los dedos y hacían que se me resbalase. El metal me perforó la garganta. No sabía cuánto tiempo podría resistirme, impedir que clavase más profundamente el arma.

—*Obtendrás la fama que deseas de manera tan desesperada, Samkiel. Ese título que tanto ansías. Te conocerán por lo que realmente eres: el Destructor de Mundos.*

El poder, caliente y luminoso, se derramó de mis ojos y lo arrasó todo a su paso. La pared que había frente a mí estalló.

Había corrido y me había entrenado dos soles seguidos. Me dolía el cuerpo debido al sobreesfuerzo. No paré hasta que la pierna derecha me falló; ya que yo no estaba dispuesto a hacerlo, los músculos cedieron. Rodé por una pequeña cuesta y me adentré en unos arbustos. Las ramas se quebraron y se me clavaron en la piel. Caí de espaldas, entre el follaje, cerca de una pequeña quebrada. Los pájaros saltaron de los árboles, asustados por el ruido. El silencio volvió a adueñarse del bosque una vez se apagaron sus graznidos de despedida. La luz se colaba entre las copas de los árboles. Me quedé tumbado unos instantes, recuperando el aliento.

El sonido de agua corriente me llamó la atención, y al volver la cabeza vi dos cascadas gemelas que caían por el costado de un escarpado precipicio. Rocas y piedras de varios tamaños delimitaban el borde del pequeño lago en el que vertían sus aguas.

Me recliné sobre un codo y miré el agua del arroyo. ¿Cuándo me había bañado por última vez? Ni idea. ¿Y comido? Tampoco lo sabía. Me levanté del suelo pétreo con paso tembloroso y me desnudé. Dejé a un lado los pantalones empapados de sudor. Me adentré en el agua clara y cristalina y me preparé para el aguijonazo del frío. Estaba gélida, debería estar helándome, pero no sentía nada. Con un gesto de resignación, me dirigí hacia el lago; me resistía a pensar qué significaba para mí esa falta de sensaciones.

Una vez hube arrancado de mi cuerpo los malos olores, me puse los pantalones. No estaban muy limpios, pero era lo único que tenía. Me había olvidado la camiseta y los zapatos cuando salí de casa tras el último terror nocturno, pero no quería volver allí. No pertenecía a aquel lugar… Claro que, en realidad, no pertenecía a ninguno.

Como no tenía otro sitio a donde ir, me quedé cerca del lago. Cayó la noche, y un millón de estrellas o más iluminaron el cielo y se reflejaron en las aguas. Me senté con las rodillas dobladas y los brazos sobre ellas. Había arrancado una rama baja cargada de bayas woodson. De un tiempo a esa parte no es que tuviese mucho apetito, pero me obligué a comer, y la fruta rica en nutrientes mitigó en parte el dolor de cabeza. Cuando la luna quebrada se alzó, los seres que habitaban el bosque empezaron su concierto de aullidos y llamadas.

Me comí otra baya y escupí a un lado la semilla tóxica. Los restos de Rashearim flotaban en el cielo y formaban un anillo alrededor del planeta. La luna, otra baja de la Guerra de los Dioses, tenía el aspecto de haber recibido el mordisco de un gigante. Tras ella giraba una galaxia en la que se arremolinaba toda una gama de colores iridiscentes. Las estrellas se movían dejando a su paso regueros de polvo. Antes, ese espectáculo me parecía atractivo, incluso cautivador, pero ya no. Cuando has flotado entre todos esos cuerpos y suplicado una muerte que jamás recibirás, aprendes a odiarlos. Varios meteoros trazaron estelas en el cielo mientras yo, con la cabeza gacha, me comía otra baya.

—Aún tengo los mismos terrores nocturnos. De un siglo a esta parte se han hecho cada vez más frecuentes. Es como si una oscuridad sobrecogedora colgase sobre mi cabeza para asfixiarme. —Me detuve para meterme unas cuantas bayas más en la boca—. Si aquel día hubiese sido más rápido… Ojalá hubiese sido más rápido. —Le susurré las palabras a la noche. Quizá, si no las tenía atrapadas en la cabeza, me concederían algo de paz—. Espero que sepas que he dejado todo aquello por lo que discutíamos: el sexo, las fiestas, la bebida. Ya no necesito ni anhelo las cosas que abrieron una brecha entre nosotros, y me hago cargo de lo irresponsable que fui. Y lo poco que me preocupé de lo que realmente importaba… Y cuando intenté ser mejor, ya fue demasiado tarde. Necesitaban un líder, y yo no soy tú —dije, consciente de que me lo decía a mí mismo, y no a mi padre.

Hacía mucho que no estaba en ningún dominio al que yo pudiera acceder jamás. Aun así, decirlo me aliviaba, me quitaba un peso de encima.

—No hace falta que te escondas —le dije al animal que se escondía cerca—. Te oigo. No tienes nada que temer de mí.

Arranqué otra baya de la rama. El ciervo de Lorveg entró en el claro e hizo crujir las hojas bajo sus poderosas pezuñas. Tenía seis astas a cada lado, y con ellas se abrió camino entre los arbustos. Era viejo. Tenía una piel de color blanco puro, moteada por delante; que casi brillaba a la luz de la luna. Estaba flaco, pero a la vez era enorme.

Era uno de los animales que habíamos podido salvar. Los habíamos trasladado aquí y luego, como todos los seres, había evolucionado. El ciervo tenía cuatro ojos, y su mirada limpia no se apartaba de la mía mientras se acercaba paso a paso. Se detuvo en la orilla, y me imaginé que vendrían más. Solían ir en grupos.

—¿Dónde está tu familia?

No hubo respuesta, ni tampoco la esperaba. Bajó la cabeza para beber y yo volví a mis bayas. Tenía el pulgar manchado de púrpura.

—¿Tú también estás solo? —Lo miré y asentí—. Supongo que no es por elección propia, y por ello te pido disculpas.

Se detuvo al oírme hablar, levantó la enorme cabeza y me miró fijamente. Escogí otra baya, la mastiqué y escupí las semillas una vez más. Pero había obtenido una respuesta, así que continué.

—Ella aún trata de llegar hasta mí. Sé que se preocupa por mí, todos ellos lo hacen, pero les dije que solo contactasen conmigo en caso de máxima emergencia. Y no la hay, porque son la Mano, los mejores de los mejores. Así que me envían mensajes en los que preguntan cómo estoy y si me encuentro bien. —Callé y exhalé un suspiro; luego seguí—. El hombre a quien ella conocía, a quien todos conocían, ya no existe. Desapareció hace ya mucho. Ya no sé quién soy.

Las hojas crujieron de nuevo, y levanté la mirada. El ciervo se acercó un poco más y bajó la cabeza. Se paró cerca de mí y alargó el cuello, estirando el hocico, para oler las bayas.

—Las semillas son venenosas para ti.

Dejé las ramas en el suelo y cogí una única baya. La sostuve en la palma de la mano y me concentré. La luz plateada me corrió por el brazo, haciendo que brillasen los dibujos y que se reflejasen en su pelaje blanco. No se movió, ni intentó huir; solo me miró atentamente la mano. Me concentré, y la baya vibró una fracción de segundo. Las semillas desaparecieron una a una, dejando intacta la piel púrpura traslúcida.

Extendí la mano hacia él. Las luces de mi piel se atenuaron.

—Aquí tienes.

Me miró a mí, luego la mano y de nuevo a mí. Por último, me puso el hocico en la palma y cogió la baya. Levantó la cabeza y la masticó sin dejar de mirarme. Me encogí de hombros.

—Es fácil —dije—. Si me concentro lo suficiente, puedo borrar las moléculas que mantienen la integridad de las semillas. —Torció la cabeza como si me entendiera, lo cual era una locura—. Pero eso no te interesa.

Sonreí sin ganas y apoyé las manos en las rodillas otra vez.

—Tanto poder, y no pude salvarlo. —Solté una risotada—. Salvarlos. A todo el mundo. Contaban conmigo, y ahora ya no están, mientras su rey se sienta en un bosque inexplorado, hablando contigo como si mis problemas te interesaran.

Se acercó más y me dio golpecitos en el brazo con el hocico. Cogí unas cuantas bayas más y les quité las semillas. Se las ofrecí y él las tomó de mi mano con delicadeza y las masticó poco a poco.

—Se han acabado. Será mejor que te vayas. Cuanto más oscurezca...

Un susurro atravesó el tiempo y el espacio e interrumpió mis palabras. Era ensordecedor, como si su voz estuviese amplificada.

—«... Samkiel, concededme paso de aquí a Asteraoth».

Las antiguas palabras, el canto, solo podían significar una cosa. Significaban muerte.

Me levanté de inmediato. El cielo se iluminó con un vibrante resplandor azul, y una estrella que no era una estrella cruzó a toda velocidad en dirección al más allá.

No.

Los restos de Rashearim temblaron bajo mis pies; el suelo amenazó con partirse en dos. El poder radió de mí en ondas, azotó los árboles y los partió por la mitad. En la superficie del lago se formaron oleadas, y el ciervo huyó para escapar a la fuerza de mi ira.

Imogen había dicho el Etermundo, de modo que allí me dirigí.

Atravesé la atmósfera. Mi entrada se vio acompaña de un *crescendo* de sonido. Unas nubes inmensas me rodearon, los truenos sacudieron el cielo como un presagio ominoso de mi llegada, los relámpagos estallaron a mi alrededor como si el planeta desafiase mi poder. No hice caso, y me lancé en picado hacia mi destino.

Los nubarrones se aligeraron al hacerse visible la Cofradía. La habían establecido allí hacía mucho tiempo como base de operaciones y zona segura. Había emplazamientos como ese en cada continente. Eran instituciones donde se educaba a los celestiales en prácticas, y servían de enlace con nuestra gente, la antigua y la nueva. Tras sus muros se alojaban archivos de información y armas antiguas.

Me dejé caer en tierra. Las luces, sirenas y gritos abrumaron mis sentidos. En el exterior del palacio había varias docenas de humanos y celestiales. Algunos me apuntaron con pequeños dispositivos que sostenían con ambas manos. Otros blandieron las armas ardientes que había creado mi familia eones atrás. Gritaban sin cesar y repetían palabras que yo no entendía, mientras las luces, deslumbrantes y cegadoras, brillaban detrás de ellos.

Levanté la mano para protegerme los ojos del resplandor. Al atisbar entre los dedos vi numerosas cajas de metal con apéndices circulares que bordeaban la zona. La estática me llenó los oídos, mezclada con los gritos y el parloteo. Demasiado ruido, y demasiado alto. El latido del interior de mi cráneo alcanzó un nivel agónico. Apreté los dientes.

Cerré el puño, y mi piel se encendió. Las luces estallaron entre una lluvia de chispas y trozos de vidrio. Levanté ambas manos y extraje la energía de las cajas, y los malditos ruidos cesaron. Los gritos y exigencias subieron de nivel, cargados de tensión, y me dispuse a neutralizar también esa amenaza. Entonces oí una voz tan familiar como la mía propia.

—Liam.

Me volví hacia él y bajé los brazos al instante. Mis aliados más antiguos y fiables estaban frente a mí, con expresiones que conjugaban la consternación y la tristeza.

—¿Quién? —pregunté en nuestra lengua. Hablé con un tono exigente e insensible que recordaba más al de mi padre que al mío.

El miembro más fuerte de la Mano, Logan, bajó la cabeza con rostro afligido.

—Zekiel.

La palabra fue como un puñetazo, y comprendí que eso no iba a ser una simple visita a Onuna, el Etermundo. Logan era uno de los celestiales más antiguos, y el único superviviente de la guardia celestial que había creado mi padre. Habíamos crecido juntos, y era lo más parecido a un hermano que había tenido jamás. Era tan alto como yo, y tenía fuerza de sobra para no temer a nada que respirase, así que, cuando se le quebró la voz, supe que era el momento de prestar atención.

—Me temo que no es solo eso. —Vincent pasó junto a él. Sus rasgos, por lo general estoicos, reflejaban cansancio.

—¿Qué ha pasado?

Y entonces pronunció la última palabra que yo quería oír otra vez.

—Guerra.

IX
LIAM

El primer día lo perdí entre humanos y celestiales desconocidos que querían saludarme, asombrados por mi llegada. Suspiré y apagué el ordenador que me había dado Logan. Cerré los ojos mientras mi cerebro se esforzaba por procesar los vídeos educativos que me había pasado. Lenguajes, zonas horarias, política, y todos los acontecimientos importantes que habían ocurrido desde que dejé Onuna, siglos atrás. Me froté las sienes para aplacar el dolor. Oí unos pasos que se acercaban. Todos se mostraban ansiosos, insistentes, empeñados en saludarme y adularme. Me preparé para la acometida de más desconocidos, pero por suerte era solo Logan.

—Te traigo ropa. Debería servirte, al menos hasta que te consiga algo de tu talla —me dijo. Reconocí el idioma como uno de los que se hablaban por la zona. En ese plano existían más de seis mil lenguajes, y en las últimas veinticuatro horas yo no había aprendido más que la mitad.

Le respondí con un gruñido de asentimiento, sin dejar de frotarme la frente y los ojos.

—Sé que hay mucho que asimilar, pero estoy aquí para ayudarte, como siempre.

Asentí de nuevo.

—¿Qué tal estás? Han pasado siglos. Te he echado de menos, hermano.

Abrí los ojos y bajé las manos. Otra vez esa palabra. Imogen también había dicho que me echaba de menos, solo que en otro idioma. Eran sinceros, pero yo no sentía nada. Llevaba años sin sentir nada, y lo sabía, entendía lo que me estaba pasando. Lo peor era que a una parte de mí le daba absolutamente igual.

Asentí una vez más y me puse de pie. Los colores de Onuna eran una versión más apagada de los de Rashearim. Los dorados y rojos tenían un aspecto rústico, y la sala era un pobre intento de recrear lo que habíamos dejado atrás cuando abandonamos nuestro hogar. Me acerqué a la enorme cama en la que Logan había dispuesto ropas en tonos negros, blancos y grises. Se mantuvo en silencio.

Elegí un conjunto y me empecé a vestir. Logan lo había llamado «un traje». Era demasiado ajustado. La chaqueta se me clavaba en los bíceps, y los pantalones en los muslos. Logan pesaba unos cuantos kilos menos que yo, nada exagerado, pero sí lo bastante para que su ropa me resultase incómoda. Al inclinar la cabeza para atarme los zapatos, me cayó el pelo sobre la cara.

—¿Quieres afeitarte, o quizá cortarte el pelo? —preguntó, mientras se señalaba la cabeza. Luego se rascó.

—No.

—Lo digo porque vas a reunirte con un montón de gente y…

—No me importa mi apariencia, y no me voy a quedar aquí.

Me salió más brusco de lo que pretendía. La cara que puso Logan me trajo a la mente todas las veces que mi padre había levantado la voz.

—Discúlpame. Lo único que quiero es encargarme de la amenaza que terminó con la vida de Zekiel, y luego volver a los restos de Rashearim. No planeo quedarme mucho tiempo.

La preocupación le hizo fruncir el entrecejo, pero logró controlarse. Apartó la mirada de la mía, bajó la cabeza y asintió.

—Comprendido.

Pasé los dedos por la ropa que me había dado Logan. No se ajustaba bien y me producía picores; era un material áspero, no como los suaves tejidos de Rashearim.

—Lo siento, mi señor. De haber sabido que venías, te habría conseguido algo que te sentase bien —dijo Vincent al tiempo que le lanzaba a Logan una mirada penetrante. Como si Logan hubiese sabido de mi retorno antes que él.

—No me llames así —repuse, con un gruñido casi imperceptible.

Detrás de mí, Logan soltó una risita. Vincent nos guio hasta una gran sala de un piso superior. Casi al lado de la puerta, una estantería de caoba mostraba un surtido de estatuillas variadas. Había cuadros en las paredes, y un poco a la derecha, un escritorio con diversos objetos dispersos sobre la superficie.

—Siempre podemos conseguirte otra cosa. Necesitarás un lugar donde quedarte…

—No hará falta. —Me aparté de la gran ventana oval—. No voy a estar aquí mucho tiempo.

Se miraron entre sí. No era difícil ver que estaban preocupados y decepcionados. Sabía que debería sentir al menos un poco de culpa. Se preocupaban por mí y querían que me quedase. Pero no sentía nada. Solo quería volver al fragmento de hogar que había abandonado. Los ruidos y las luces se estaban volviendo insoportables. Me sentía atrapado, y el que todo fuese tan ruidoso no ayudaba. Los humanos hablaban continuamente; los oía incluso a través de las paredes.

Logan y Vincent permanecieron en silencio durante un buen rato, esperando mis órdenes. No comprendían lo duro que era el mero hecho de estar allí, con ellos, tras lo que había sucedido. Lo odiaba.

—¿Qué información habéis reunido sobre la muerte de Zekiel?

La pregunta los hizo sentir incómodos y la tristeza se adueñó de sus ojos, pero era un asunto que había que discutir.

Vincent fue el primero en reaccionar. Se acercó al escritorio a toda prisa, cogió una carpeta y la abrió.

—Alguien ha visitado las ruinas y templos que se formaron con los fragmentos de Rashearim caídos sobre Onuna. Sean quienes sean, parecen interesados en textos y objetos antiguos. No sabemos qué buscan, pero están decididos a encontrarlo.

Vincent me pasó una pila de fotos, imágenes de lugares medio derruidos.

—Le envié la información a Imogen. ¿Ha sido incapaz de contactar contigo? —preguntó Logan, con una mirada inquisitiva.

¿A eso se refería Imogen con lo de «creciente preocupación»? No le devolví la mirada a Logan, pero respondí a Vicent, que me pasaba otra fotografía.

—Me informó de que había una situación preocupante, pero yo no era consciente de la gravedad.

Era una respuesta más amable que la verdad: que lo sabía, y no me importaba. Así de espantoso me había vuelto.

Vincent deslizó varias imágenes más hacia mí. Alguien llamó con los nudillos a la puerta. Neverra, cuarta en el orden de mando, entró e hizo una reverencia.

—Perdona la interrupción, mi señor.

—Cariño, eso no le gusta —dijo Logan, y lo acompañó con un gesto rápido de pasar la mano sobre la garganta. Neverra abrió mucho los ojos y se irguió.

—Perdón —se disculpó.

Se acercó a Logan y le dio un rápido abrazo. Me vino a la mente el recuerdo de cómo se conocieron. Fue mucho antes de que yo crease la Mano, cuando Rashearim era un sitio más alegre y jovial. Mucho antes de las guerras, antes de la muerte, antes de la caída. Se cruzó de brazos.

—Solo quería informarte de que el consejo humano ha comenzado a llegar.

Asentí. Vincent comprobó el dispositivo de oro que llevaba en la muñeca. Tenía experiencia con los mortales; durante mi ausencia se encargaba de la política y de los problemas mundiales. Hacía años que era parte de la embajada. Logan lo definía como «mantenerlos al corriente». A lo largo de los siglos había crecido la confianza entre humanos y celestiales, lo que nos permitía entablar relaciones profesionales. El vínculo con los mortales era, en general, una ventaja significativa. Ellos mantenían la paz, lo que facilitaba la unión de mundos y culturas. La transición había sido más fácil desde que los onunianos fueron conscientes de su relativa insignificancia en el gran esquema universal.

Delegué ese rol en Vincent porque sabía que, de todos los miembros de la Mano, él era quien lo deseaba. Le daba poder y control, cosas que jamás había experimentado bajo Nismera. Vincent era un gran líder. Lo conocía desde Rashearim. Era una de las razones por las que lo había seleccionado para ese puesto; la otra era que yo no lo quería. Me había apartado del mundo por propia voluntad, y estaba dispuesto a que las cosas siguieran así.

Vincent carraspeó para llamar mi atención.

—He preparado un encuentro, mi señ… —Se interrumpió—. Liam. Quieren hablar contigo, y que les contemos lo que ha ocurrido durante estos últimos meses.

—Yo también quiero un breve resumen de eso. Dijiste algo de enviar a Zekiel a una de nuestras bibliothecas. ¿Por qué no volvió? —pregunté, al tiempo que estudiaba con suma atención las imágenes de más edificios en ruinas—. El Etermundo —seguí, con la mirada puesta en Logan— es uno de los más fáciles de dirigir. Aquí vagan muy pocos seres del Altermundo. Las bestias de las que proceden están atrapadas en otras dimensiones, selladas con mi sangre y con la sangre de mi padre. —Hice una pausa; percibía de nuevo la agobiante sensación de que algo me presionaba la cabeza y el estómago—. Así pues, repito la pregunta: ¿Qué puede haber matado a un miembro de la Mano? ¿Habéis dejado de entrenaros? ¿Holgazaneáis mientras disfrutáis de las comodidades derivadas de vuestros deberes? —pregunté, y señalé la habitación que ocupábamos.

Las luces parpadearon unas cuantas veces mientras la presión de la cabeza iba a más.

—Ningún ser vivo debería ser capaz de venceros —continué—, pero aún me parece oír el canto de la muerte y ver la luz de la vida que se derrama por el cielo. Decidme cómo es posible.

Sabía que aquello era cruel, pero las palabras se me escaparon de la boca como si fuesen veneno. Hablaba igual que mi padre, y lo sabía.

—Creo que tengo respuesta para eso —dijo Vincent; se acercó y abrió la carpeta que llevaba en la mano—. Hemos seguido algunas pistas. Una en particular: una mujer y sus dos compañeros varones. La hemos pillado de refilón en varias cámaras de seguridad. Pasamos las imágenes por el reconocimiento facial, pero no obtuvimos nada. Es decir, hasta Ruuman. —Me pasó otra foto.

Estudié la imagen de una mujer alta y delgada de pelo negro, largo y ondulado. Salía de un edificio y llevaba en la cara una especie de reflectores.

—¿Por qué es relevante?

—Apareció por primera vez en una excavación. Yo había enviado allí guardias celestiales, pero no fueron rivales para ella. Destruyó el emplazamiento, y con él a varios celestiales. Aquello quedó como si hubiese explotado una bomba. —Me froté la barba demasiado crecida, a la vez que trataba de procesar las palabras de Vincent—. Investigué un poco más —siguió—, a ver si podía averiguar algún nombre, o una ubicación, pero no encontré nada. Hasta esto.

Me pasó otra fotografía. Era una imagen más nítida de la misma mujer. Le sonreía de buena gana a otra mujer cuyo rostro con forma de corazón estaba enmarcado en una cabellera abundante y espesa. No se distinguían muchos detalles, pero sí que llevaban bolsas traslúcidas llenas de artículos de alimentación. No parecía una amenaza, sino más bien una humana feliz y contenta, que iba de compras.

—No comprendo —dije, paseando la mirada entre Vincent y Logan. Me latía la cabeza. Logan miró de reojo a Vincent.

—La rastreamos hasta Valoel. Hice que Logan y Neverra la vigilasen unos días para decidir cómo abordarla. Una noche la detectamos en un club.

—¿Un club? —Frunciendo el ceño, repasé la montaña de información que había obtenido en las últimas horas; encontré varias referencias en una de las lenguas que había aprendido—. ¿Una sociedad fundada por un grupo de personas con intereses comunes? ¿O un grupo de individuos que practican un deporte de esos que les gustan a los mortales?

Neverra ahogó una risilla, y Logan carraspeó.

—No, esos son otros sentidos —dijo—. En este caso, es algo similar a las festividades como Gari-ishamere, pero con más ropa y menos orgías. —Hizo una pausa e inclinó la cabeza, pensativo—. A veces.

—Ese último dato era innecesario —objetó Vincent mientras se frotaba las sienes.

—Pues tú no estás ayudando mucho —se burló Logan.

—En cualquier caso —siguió Vincent tras fulminar a Logan con la mirada—, gracias a Logan descubrimos que la mujer que la acompañaba es su hermana, Gabriella Martinez. —Me pasó una nueva foto. Era una imagen perfectamente nítida de una mujer con una sonrisa de oreja a oreja. Vestía ropas de un azul apagado, y llevaba una especie de tarjeta sujeta a la camisa—. Neverra descubrió que trabaja en un hospital. Por lo que podemos ver, es una mujer humana normal de veintiocho años. Se graduó en la universidad y vive en un apartamento en la parte alta de la ciudad.

—¿Y la otra?

—Nada. No hemos podido averiguar ni un dato sobre ella. Es como si no existiera.

—¿Cómo es posible? —le pregunté a Vincent.

—Al principio no lo sabíamos, pero luego vimos esto —me respondió.

Me entregó otra fotografía. Las mismas dos mujeres, sentadas en lo que parecía un vestíbulo al aire libre. La luz del sol bañaba el lugar, y al fondo resplandecía el océano. Había otros humanos sentados a varias mesas; algunos comían y otros estaban enfrascados en sus conversaciones. Pero lo que me llamó la atención fueron las dos figuras de pie, junto a la mujer de pelo negro. Fruncí el ceño y entrecerré los ojos, y me acerqué más la foto para verla mejor.

Me quedé inmóvil, sin decir una palabra, pero apreté la foto con fuerza y la arrugué por los bordes. A juzgar por la postura de la mujer, parecían estar en medio de una discusión, y el brillo carmesí de sus ojos no dejaba lugar a dudas. Por primera vez en un milenio, me dio un vuelco el corazón.

Sentí una dolorosa opresión en el pecho; me entró un sudor frío, y me invadieron las náuseas. El entrechocar de metal contra metal me resonó en los oídos. Los olores de sangre y sudor de las batallas de antaño me asaltaron la nariz. Oí el rugido de las bestias fabulosas que destruían a mis amigos, mi familia y mi hogar. El sonido me taladró los oídos como una espada, y me trajo el recuerdo de alas poderosas que batían contra el cielo. Las llamas se derramaron en torrentes; el calor era tan intenso que a su paso solo dejaba cenizas. Los rugidos hacían temblar el mundo, y a nuestro alrededor, cientos de dioses y celestiales eran incinerados. Susurré la palabra que creía que había muerto con Rashearim.

—ig'morruthens.

Me dirigí a la planta principal seguido de cerca por Logan, Vincent y Neverra. No dejaba de repasar de manera compulsiva las imágenes que me había mostrado Vincent. Ig'morruthens, vivos y en Onuna. ¿Cómo? Debería ser imposible. Los que no habían muerto en Rashearim estaban encerrados en los dominios. Y, con todo, tres de esas bestias me miraban con tres pares de ojos de color rojo sangre. Había tres monstruos del Altermundo en Onuna.

Las voces llenaban el salón principal. Los auxiliares y el personal de apoyo acompañaban a sus jefes; los mortales deambulaban por aquella sala cavernosa, pero yo apenas era consciente. Cerré la carpeta y se la devolví a Vincent.

Un fuego me chisporroteaba por la espina dorsal y me quemaba el sistema nervioso. Me detuve tan de repente que Logan casi chocó conmigo. Volví la cabeza a un lado y estudié la sala, en busca de la fuente de mi incomodidad.

—¿Va todo bien? —preguntó Neverra, y me posó la mano en el brazo con delicadeza.

El contacto me sacó de mi ensimismamiento, y la sensación ardiente disminuyó. No dije nada, pero sentí algo. Rebusqué entre la multitud, pero solo detecté las caras y los latidos de los mortales.

—Sí —respondí.

Me aparté del contacto de Neverra y cerré los ojos. Era lo único que podía responder. ¿Qué otra cosa podía decirles? Su preocupación se agravaría si supiesen que la mera visión de aquellas imágenes me había devuelto de lleno a la guerra. Tras una sola mirada a aquellos ojos que eran como ascuas ardientes veía morir a todo el mundo a mi alrededor y sentía las manos resbaladizas de sangre por muchas veces que las lavase.

—Estoy bien —continué; abrí los ojos y señalé—. ¿Seguimos?

Los tres se miraron, preocupados. Vincent asintió y tomó la delantera. La cámara era un gran círculo con gradas escalonadas para sentarse que rodeaban un espacio abierto en el centro. El líder humano de cada país estaba allí. Aquello estaba atestado.

Los mortales me saludaron mientras bajábamos las escaleras. Todos querían darme la mano o hacerme una reverencia. Por el modo en que Logan no paraba de disculparse y explicar que yo apenas conocía sus idiomas, deduje que mis rasgos faciales no ocultaban la repugnancia que sentía en mi fuero interno. Me miraban como a un salvador, como si fuese la respuesta a sus plegarias. Debería darme vergüenza el que su situación me importase tan poco. Los ecos de esa idea hicieron que mi mente se retrajese al pasado remoto.

—*Samkiel es rey ahora, al margen de qué puesto ocupe yo. Cosa que ya sabríais si tú y los de tu calaña hubieseis aceptado la invitación a la ceremonia real —dijo mi padre, Unir. Las antiguas palabras grabadas en el bastón de mando que sostenía brillaron un poco, señal inequívoca de que estaba irritado. Me detuve junto a él, enfundado de pies a cabeza en una armadura. Lo único visible eran los ojos.*

El feildreen hizo una reverencia. Sus cuerpo, menudo y compacto, y las orejas puntiagudas recodaban a un niño de piel verde, pero los feildreen eran mucho más maliciosos.

—Discúlpanos, mi rey. —Me miró un instante antes de enderezarse—. Enviamos una baliza de socorro hace unos días. Los ig'morruthens avanzaron, y perdimos varios...

—Os evacuaré a ti, a tu familia, y a tantos como pueda de este planeta —le cortó Unir—. Tenéis un día para prepararos.

Un día era todo lo que les había concedido, y el tiempo había pasado. Esperábamos al borde de un acantilado con vistas a un páramo desolado. El valle, antaño próspero, estaba ocupado por un campamento de ig'morruthens. Todavía brillaba el sol, pero cada vez más cerca del horizonte. En cuanto se pusiera, las bestias despertarían y continuarían su destrucción del planeta. Lo conquistarían y lo reclamarían para sus ejércitos.

Suspiré y me crucé de brazos todo lo que me permitía la armadura.

—Tienes que enseñarme eso algún día —dije, y señalé con la cabeza el rayo de luz clara que desaparecía a lo lejos.

Mi padre se había llevado a todos los feildreen del planeta. Los había trasladado fuera de aquel sistema solar, a la seguridad de un nuevo mundo donde podrían vivir sin tener que preocuparse de que ningún monstruo los matase. Me miró de reojo mientras cortaba con la daga rodajas de una fruta redonda y amarilla. Su yelmo reposaba en el suelo.

—Espero que no tengas que usarlo nunca. No deseo más guerras, ni más evacuaciones, ni más sufrimiento.

Cortó un trozo grueso de fruta y me lo ofreció. Me quité el yelmo y lo sostuve bajo el brazo, antes de aceptar la fruta y morderla.

—Samkiel, ¿recuerdas lo que te enseñé sobre los ig'morruthens, y a quiénes siguen desde la caída de los Primigenios?

Tragué antes de responder. Mi padre aún cortaba fruta.

—Sí, los Cuatro Reyes de Yejedin: Ittshare, Haldnunen, Gewyrnon y Afaeleon. Los Primigenios los crearon para gobernar los dominios.

—Sí. —*Hizo un gesto de asentimiento*—. *Haldnunen murió a manos de tu abuelo durante la Primera Guerra, aunque se aseguró de llevárselo por delante. Afaeleon cayó en la batalla de Namur, lo que deja a los otros dos.*

—Y ahora buscan venganza.

Mi padre asintió mientras se comía los últimos trozos de fruta y tiraba al suelo el corazón tóxico. Recogió el yelmo y se lo puso. De las trenzas que sobresalían por debajo se escapaban mechones rizados; los pasadores incrustados de oro refulgían bajo la menguante luz del sol.

—Venganza, sí. Pero me temo que pueda ser algo mucho peor. Si hay una pareja reproductora, podríamos acabar en inferioridad numérica antes de que empezase ninguna guerra.

—¿Reproductora? Por lo que me has contado de ellos, he dado por hecho que son seres creados, como los celestiales, y no nacidos.

—A diferencia de la mayoría de los dioses, se reproducen. —*Se cruzó de brazos, y siguió hablando sin mirarme, pero adiviné hacia dónde se encaminaba la conversación*—. *Y hablando de reproducirse...*

—No.

—Samkiel, ahora eres rey. Pronto tendrás que elegir una reina. —*Se detuvo*—. *U otro rey, lo que prefieras.*

Dejé escapar un gemido. Odiaba hablar del tema.

—Lo que deseo es no estar atado con correa a nadie por toda la eternidad. No elijo ninguna de esas opciones.

—No puedes seguir picoteando para siempre.

—Vaya si puedo.

La luz que menguaba lentamente me dio la excusa para cambiar de tema, loados sean los dioses.

—¿Cuántos calculas que hay ahí abajo? —*Señalé con la punta de la espada.*

—Varios cientos. —*No hizo ademán de moverse, pero siguió hablando con tono quedo*—. *Si te concentras, puedes sentirlos. Están hechos del mismo caos flotante que todas las cosas. Lo que significa que hay parte de nosotros en ellos. Todo está conectado. —Se volvió a mirarme—. Adelante, inténtalo.*

Cerré los ojos y amortigüé el roce de las hojas bajo el viento del sur, y los movimientos de las bestezuelas que correteaban por el suelo. Noté cómo me concentraba y era consciente de... algo. Era punzante, como un hormigueo, y me provocaba un temblor por todo el cuerpo. Sentí docenas..., no, centenares de seres. Di un paso atrás y abrí los ojos para mirar a mi padre. No se había movido; aún observaba el campo que se extendía bajo nosotros.

—¿Lo has sentido?

—Sí, son cientos. ¿Por eso has dicho que no hacía falta llamar a los demás? Lo sabías.

Asintió.

—Con tu fuerza y tu poder, no deberías necesitar un ejército para enfrentarte a unos cientos.

Tenía razón. Con el transcurso de los años, les había arrebatado varios mundos a los ig'morruthens. Unos pocos centenares no serían un problema.

—No seas presuntuoso —dijo, como si pudiese leerme la mente—. Los ig'morruthens son una especie engreída, pero no son ignorantes. Son inteligentes y calculadores, lo que los hace más peligrosos de lo normal. Y pese a todo lo que han perdido, no se doblegarán de buen grado.

Oí el estrépito antes de notar el planeta temblar bajo nuestros pies. El sol se había puesto, y la noche hacía acto de presencia, igual que los monstruos que aguardaban abajo. Me volví para ver la caverna y el terreno desolado alrededor de su campamento.

A medida que los ig'morruthens empezaban a despertar se encendían las llamas, una a una. Recordaban a animales de grandes cornamentas. Algunos caminaban sobre dos pies; otros, sobre múltiples patas. Llevaban armas cruzadas a la espalda, pero lo que me interesaba era la bestia encadenada en la gruta. Era un monstruo inmenso, cuyo objetivo era avanzar perforando el suelo, y salir a la superficie cuando se lo ordenaran para destruir ciudades. Lo usaban para terraformar planetas, y yo había sido varias veces testigo de su efectividad. Matarlo era una tarea difícil, pero no imposible.

Me coloqué el yelmo e invoqué otra arma ardiente.

—Se doblegarán, o se romperán.

A mi padre se le escapó una risa.

—Solo hace unos días que llevas la corona y te has convertido en rey —dijo, y me puso una mano en el hombro al tiempo que sacudía la cabeza—, pero ya hablas como si lo fueras desde siempre.

Retiró la mano. Al contemplar el campamento y los seres que pululaban por él, su humor se desvaneció. El temible Rey de los Dioses sustituyó a mi padre. El título había recaído en mí, pero, a mis ojos, él siempre sería venerado y respetado como tal.

—¿Qué quieres que haga, Padre?

—Es fácil. Usa el título que te has ganado —dijo Unir—. Destruye mundos, hijo mío.

—¿Y qué hacemos mientras esas bestias acaban con nuestras ciudades y nuestros hogares?

Me senté más erguido, y el mundo real volvió a mí. Sacudí la cabeza para desterrar otro recuerdo del pasado. Logan me clavó la mirada, con el ceño fruncido de preocupación. Le hice un ademán para tranquilizarlo y, tras sostenerme la mirada unos segundos más, volvió a centrar la atención en la sala.

Varias voces hablaban a la vez para respaldar la pregunta que alguien había formulado y exigir respuestas. Al parecer, mientras yo vagaba por los recuerdos del pasado, el respeto que me tenían los humanos se había transformado en rabia y frustración.

—Mantenemos bajo observación a los seres del Altermundo. Sean quienes sean, parece que ha estallado una guerra civil entre ellos. Un príncipe vampiro ha sido asesinado. Se han producido múltiples desapariciones, por no mencionar la destrucción de bienes.

El siguiente turno de palabra le correspondía al embajador de Ecanus.

—Tenemos informes de ataques y personas desaparecidas por todo el mundo. Algo se está cociendo entre los seres del Altermundo. Tengo ciudades enteras asustadas ante la sola idea de salir de noche, por temor a que los secuestren unos monstruos de ojos rojos.

Vincent saludó a los presentes antes de intervenir.

—Sí, y he enviado celestiales a esas zonas —respondió con calma—. No han visto ni encontrado nada.

Una mujer se levantó y dio un golpetazo sobre la mesa. Llevaba un traje muy parecido al de sus colegas.

—¿Como la destrucción de Ofanium, de la que culparon a otro terremoto, quiere decir?

—Si el Dios Rey hubiese venido antes, las cosas no habrían llegado tan lejos —se quejó otro embajador humano.

Dirigió la mirada a Vincent, y luego a mí. El dolor de cabeza iba a más. Me tembló un músculo de la mandíbula. Logan carraspeó sin darme tiempo a responder.

—Vuestro mundo vive —dijo— gracias a lo que sacrificó Liam. No lo olvidéis. Estamos aquí, y hacemos todo lo que está en nuestra mano para ayudaros a vosotros y al resto de humanos.

—No es suficiente. Algo se avecina y, aunque no tengamos vuestros poderes, lo percibimos. ¿Cuántas cosas más vamos a achacar a los desastres naturales?

Los mortales volvían a hablar todos a la vez; unos discutían, otros se mostraban de acuerdo. Me apreté el entrecejo con los dedos. El dolor de cabeza aumentaba con cada latido del corazón. Era mucho peor que antes, una presión insoportable que empezaba en la nuca e irradiaba a través del cráneo. Un millar de voces resonaban en el interior de mi mente; me exigían respuestas y ayuda.

—¡Silencio! —ordené. Los barrí con la mirada. Logan y Vincent se levantaron de un salto, preparados para un peligro inexistente, y reparé en que había hablado más alto de lo que pretendía. Alcé la mano para pasármela por el pelo, y vi que la plata me iluminaba la piel.

Me puse de pie. La silla crujió al liberarla de mi peso. Consciente de que me brillaban los ojos, los cerré e inspiré con dificultad, en un esfuerzo por contener la energía. Cuando los volví a abrir, mi piel volvía a ser lo que un humano consideraría normal. Todas las miradas, atentas y recelosas, caían sobre mí mientras esperaban a ver qué hacía a continuación.

Lo que sucedía en Onuna no era nada comparado con los horrores de los que yo había sido testigo a lo largo de los siglos, y aun así los humanos necesitaban que los tranquilizasen, como si fueran niños. Apestaban a miedo, y el miedo era un impulso poderoso.

—Estáis asustados. Lo entiendo. Sois mortales. Nosotros, no. Hace eones que murieron los monstruos y las bestias legendarias. Los sellos que sostienen las barreras de los dominios están intactos. Vuestro mundo está a salvo, y seguirá así mientras yo tenga aliento.

Dadas las fotografías que había visto, era solo una verdad a medias, pero esperaba que los tranquilizase. Me había aislado, convencido de que las amenazas habían muerto junto con todo lo demás. No me había esforzado por conocer ese mundo o a esa gente. La verdad era que no me importaban mucho sus preocupaciones insignificantes, aunque las comprendiese. Pero no había estado presente, y no tenía derecho a declarar que era su protector.

Vincent se puso de pie y alzó una sola mano, como si quisiera serenar un mar cada vez más embravecido.

—Sí. Aquí no hay nada que no podamos manejar.

La embajadora de Ipiuquin alzó la voz por encima de las otras para hacerse oír.

—No pretendo faltar al respeto a Su Majestad, pero estamos preocupados. Nuestros antepasados nos han transmitido las historias de la caída de Rashearim. Tenéis que comprender nuestra inquietud. ¿Es esto el principio de lo que temían nuestros ancestros? ¿Habéis traído la guerra a Onuna?

Su mirada era inquebrantable, llena de ira, y de acusación. Su actitud, y la misma pregunta, me hicieron hervir la sangre.

—No lo es —respondí—. Los que desencadenaron la Guerra de los Dioses se convirtieron en cenizas hace mucho tiempo.

—Tendréis entre manos una guerra civil —dijo ella, y señaló al resto de la sala— si la población de Onuna cree que las bestias legendarias han regresado. No perderemos nuestro mundo como vosotros perdisteis el vuestro.

Un coro de voces se alzó al unísono. Todos los allí reunidos se mostraron de acuerdo. Aquellas palabras me escocieron, golpearon con fuerza una parte de mí que odiaba. Debería contraatacar, corregirlos, pero la voz se me heló en la garganta. Comprendía perfectamente que quisieran mantener a su pueblo a salvo. Por esa misma razón habíamos peleado y muerto en Rashearim. Temían que se produjese otro evento cósmico.

—Ha muerto uno de los vuestros, ¿y nos prometéis mantenernos a salvo? Dime, Rey Dios, ¿por qué deberíamos confiar en tu palabra? —exigió saber otro mortal.

Ante la mención de la muerte de Zekiel, los rasgos de Vincent se tensaron, y Logan bajó la vista. Y una vez más, los humanos alzaron la voz, atropellándose unos a otros en sus intentos de hacerse oír.

Rebusqué en mi mente las palabras correctas, pero aún no había terminado de procesar los idiomas y las imágenes que había absorbido en las últimas horas. Volví a levantar la mano, y al cabo de unos instantes la multitud se calló.

—Os entiendo, de verdad, y…

—Me aburro —me cortó una voz masculina. Todas las cabezas se volvieron a mirar a un joven recostado en uno de los bancos. Vestía con el mismo estilo y colores que sus colegas, pero no logré ubicar a qué región representaba. Lo único que lo distinguía de los demás era la expresión despreocupada. Tenía las piernas estiradas frente a él y un vaso en la mano. La agitó y luego sorbió ruidosamente por el tubo de plástico unido a él.

—¿Cómo dices? —intervino Vincent, alzando una ceja—. ¿Tienes idea de con quién estás hablando?

—Y tanto. —Cogió otra bebida, y se encogió de hombros—. Y, como he dicho…, me aburro. ¿Cuándo llegamos a la parte donde matáis a millones de personas? —Hizo una pausa para dar otro trago y luego apuntó con un solo dedo—. O…, ya sé… ¿Cómo se convirtió en rey, exactamente? ¿Y qué tal si hablamos de la catástrofe que fue para nuestro mundo la destrucción del vuestro? Hacéis como si fueseis un regalo para Onuna, pero en realidad sois una maldición.

Vincent miró a la gente sentada cerca del retador.

—Pido disculpas por el comportamiento de Henry —intervino el embajador principal, rojo como un tomate—. Es nuevo y aún está aprendiendo. Sus puntos de vista radicales...

El embajador se calló al ver que Henry se levantaba y se abría camino a empujones, sin dejar de beber del vaso. La gente se apartó a su paso.

—Así que es aquí donde os reunís a discutir los acontecimientos mundiales. Pues me esperaba algo más —dijo, mientras bajaba por las escaleras—. Desde fuera parece una fortaleza, pero es fácil acceder. La verdad, pensaba que sería más difícil colarse, pero... —Se rio y se encogió de hombros, con la frase inconclusa.

Dejó el vaso en las manos de una mujer junto a la que pasó. Se metió una mano en el bolsillo y luego bajó los escalones poco a poco, de manera deliberada. Volví a sentir una picazón en la nuca. Algo relacionado con ese humano iba mal. ¿Estaría infectado? ¿Enfermo?

—Así que eres tú.

Un paso.

—El rey temible. Menudo título. Debes de tener las manos llenas de sangre.

Otro paso.

—La leyenda. El más rápido y el más fuerte de su pueblo, el hijo más hermoso de Unir. —Me miró varias veces de arriba abajo—. No lo veo. Llevas el pelo mal cortado y la barba sin arreglar, tienes una pinta desaliñada. Eres más alto de lo que me imaginaba, y esa musculatura de luchador es un punto a tu favor, pero supongo que esperaba más de alguien a quien llaman el Destructor de Mundos.

—¿Quién eres? —La voz que brotó de mi garganta no era la mía. Sonó más profunda, y el tono dejó entrever una emoción que había enterrado mucho tiempo atrás. Y ese nombre... Odiaba ese nombre.

Otro paso más.

—Vaya, qué tontería la mía, ya no recordaba que llevo puesto esto.

Henry se tironeó del traje. Bajó la mirada y luego me miró directamente. A sus pies se formó una niebla negra que le envolvió el cuerpo. Los zapatos se transformaron lentamente en tacones de color negro medianoche. La oscuridad ascendió por las piernas del hombre, y las sustituyó por otras finas y femeninas; se arremolinó y se enroscó alrededor de su silueta, hasta que se disolvió y desveló la treta.

Imposible.

Varias personas gritaron; los mortales se escabulleron hacia las salidas. No me di cuenta de que me había movido hasta que Vincent y Logan aparecieron a mi lado. Henry había desaparecido, y en su lugar estaba la mujer de las fotos. No le habían hecho justicia. Las imágenes de baja resolución no captaban lo extraordinaria que era.

Era seductora. El cabello que yo creía oscuro era tan negro como el abismo. La cara con forma de corazón era más angulosa en la realidad, y las cejas oscuras se curvaban sobre los ojos y enmarcaban un brillo amenazador. Tenía los labios carnosos y pintados de un rojo algo más oscuro que la sangre. Me recordó a las fieras riztur de nuestro hogar, llamativas y hermosas, pero peligrosas. Extremadamente peligrosas. Vestía un atuendo mucho más revelador que los trajes de los otros: unos pantalones de combate amarillos y un top, creo que lo llaman así, del mismo color, con líneas bien definidas y un escote pronunciado. Las olas de oscuridad que había invocado hacían ondular una chaqueta larga a juego.

Puso los brazos en jarras y miró más allá de mí.

—Hola, guapo —dijo, dirigiéndose a Logan—. Volvemos a encontrarnos. He conocido a tu encantadora esposa hace unos minutos. Neverra, ¿verdad?

Logan dio un paso al frente, pero extendí el brazo y lo detuve.

—¿Qué has hecho con ella?

—Nada que no se mereciese.

Otro paso.

—Si le has tocado un solo pelo…

Levanté el brazo para hacer callar a Logan. Necesitaba saber más de esa mujer misteriosa, y si Logan se dejaba arrastrar por las emociones y se enzarzaba en una pelea, podía perder la nueva pista.

—Bien hecho, chaval, mantén a raya a tus zorras. —Nos dirigió a ambos una sonrisa malévola—. Entonces, Samkiel, ¿esta es tu Mano? No intimidan mucho, la verdad. Basta con que les cortes una mano, y pierden todo su poder.

Noté que Vincent se movía a mi lado, pero no avanzó.

—¿Fue usted quien mató a Zekiel? —Mi voz era dura como el granito.

—Me dicen que eres un dios, difícil de matar y prácticamente invencible. Hacen falta armas forjadas a propósito para apagar esa preciosa luz. —Se adelantó un paso más y se detuvo, con la cabeza ligeramente inclinada, para evaluarnos a mi gente y a mí—. ¿También eres invulnerable al fuego?

Se le curvaron los labios en una sonrisa perversa. Puso las palmas hacia arriba, y de ellas brotaron dos llamas gemelas. Los ojos eran dos ascuas rojas. Traté de detenerla, pero llegué una fracción de segundo demasiado tarde, y la sala estalló en llamas.

X

LIAM

El fuego se extendió en todas direcciones. Un ruido como un pitido muy fuerte resonó por todas partes. Las nubes de humo negro se acumularon cerca del techo. Me zumbaron los oídos mientras rebuscaba entre los restos. La estancia estaba en ruinas. Del techo habían caído grandes vigas, y los cables rotos soltaban nubes de chispas. Muchos humanos habían muerto, aplastados bajo los escombros. El olor de la sangre lo impregnaba todo. Me quité de encima el trozo de hormigón que me sujetaba para liberar la presión sobre las piernas y el abdomen.

El sonido de una tos a mi derecha me hizo volver la cabeza. Era Logan, que le estaba quitando un gran objeto metálico de encima a Vincent y lo ayudaba a ponerse de pie. Ambos estaban cubiertos de una fina capa de polvo. Rebuscaron entre los restos, tratando de localizarme. Cuando nos miramos, en los ojos de Logan había desesperación.

—Neverra —dijo. El tono de preocupación era casi lastimero.

—Ve. —Le di permiso con un gesto.

No dijo nada más. Se volvió y salió de la sala a toda prisa. Vincent avanzó con dificultad hacia mí.

—¿Estás bien? —me preguntó.

—Sí. Necesito que despejes el edificio. Lleva a sitio seguro a tanta gente como puedas.

Tosió.

—¿Y tú?

Me arranqué la chaqueta quemada y me subí las mangas. Flexioné la mano, y uno de los anillos de plata vibró en el dedo. Invoqué el arma ardiente, la ancha espada de plata más afilada que el mejor acero.

—Voy a buscar a esa mujer.

Un humo denso flotaba en el aire y proyectaba un resplandor difuso. Varias personas pasaron a mi lado en dirección a la salida, entre toses. El edificio se estremeció de nuevo, lo que me permitió saber que la mujer seguía allí, aún en pie de guerra. Aparté a una desconocida a tiempo de evitar que le cayeran encima unos grandes cascotes.

—Busca la salida —dije.

Me miró fijamente con ojos grandes y vidriosos.

—¡Vete! —ordené.

No esperó más. Murmuró «gracias» y echó a correr por el pasillo. Otra explosión sacudió el edificio y me hizo trastabillar. Los recuerdos de Rashearim intentaban abrirse paso en mi mente. Pero esto era distinto. No era una guerra. No había millares de enemigos. Solo uno… Solo ella. Esta vez sería diferente.

El ruido fuerte e insistente de la sirena se apagó poco a poco. El espacio, que hacía unos minutos estaba bien iluminado, era ahora una sala oscura y llena de humo, con luces que parpadeaban y se resistían a morir. Unos pequeños dispositivos metálicos del techo salpicaban agua en el vestíbulo para tratar de ahogar las llamas que había dejado la mujer a su paso. Se oían murmullos y gritos, y las pisadas húmedas de la gente que se apresuraba a escapar. Cerré los ojos, sacudí los hombros para desentumecerlos, y me concentré en controlar la respiración y tratar de localizarla. Las palabras de mi padre me resonaban en la mente.

«Si te concentras, puedes sentirlos. Están hechos del mismo caos flotante que todas las cosas».

Los gritos de los humanos heridos y asustados se desvanecieron. Proyecté mis sentidos hacia fuera como una red y escuché el sonido de unos tacones. Un escalofrío sacudió todo mi ser, y se me revolvió el estómago. Aborrecía ese sonido, me recordaba los horrores de la guerra y la destrucción. Dejé a un lado los recuerdos y me concentré en la mujer. Su presencia me inundó. Abrí los ojos al instante y eché la cabeza hacia atrás para dirigir la vista hacia el techo.

«Te pillé».

El resplandor plateado de mis ojos brilló con fuerza en aquel espacio oscuro y encharcado. Enfoqué la vista en el techo y me agaché. Con un impulso poderoso de las piernas, salí disparado hacia arriba a velocidad cegadora. Atravesé diversas capas de piedra y mármol, hasta detenerme varios pisos más arriba. Ante mí se extendía un pasillo, y a derecha e izquierda había grandes arcos calcinados. La escalera estaba rota y los escalones se interrumpían en medio del aire. No cabía duda de que esa mujer era la destrucción en persona.

Recorrí el pasillo a paso vivo. Los sentidos tiraron de mí hacia la izquierda. La percibí antes de verla. Me acerqué con sigilo y la espié desde detrás de un muro medio derruido. Estaba tirando cosas fuera de la habitación. Pero ¿qué hacía? Sujeté con más fuerza el puño de la espada ardiente y me acerqué, al acecho. Los zapatos rechinaban a cada paso. No tenía sentido ocultarme. No había otra salida en la sala.

Algo pesado chocó con la pared e hizo temblar los cuadros. Se oyó un rugido atronador y otra pieza del mobiliario salió volando por la puerta y reventó en un millar de astillas. Avancé deprisa ante el temor de que escapase de la habitación y continuase su reinado de destrucción. No podía permitirlo.

Me detuve en la entrada. Los fragmentos de madera y cristal crujieron bajo mis pies. La puerta yacía en el suelo, arrancada de cuajo y arrojada a un lado.

—Parece que está en apuros.

Giró la cabeza hacia mí de inmediato. Se agarró a la gran mesa del centro de la sala y frunció el ceño con frustración. Las enormes estanterías que recubrían las paredes estaban abarrotadas de libros y otros objetos sagrados. Vincent había dicho que almacenaban las reliquias que habían traído de las otras cofradías. Crucé el umbral con un pie, luego el otro. Se irguió y cuadró los hombros, pero no hizo ningún intento de escapar. Un punto a su favor. Los seres que me conocían de oídas solían huir en cuanto me veían blandir una espada.

Las luces parpadeantes iluminaban la habitación, pero no había llamas, ni tampoco estaba inundada. Eso quería decir que, fuese lo que fuese lo que rastreaba, creía que estaba aquí.

—¿Busca algo? —pregunté. Señalé con la espada los montones de libros, pergaminos y documentos tirados por el suelo.

No apartó la mirada de la mía, y tampoco se movió.

Interesante.

—Vaya, qué resistente que eres —dijo, con el ceño fruncido—. Creía que tirarte encima tres pisos me daría un poco más de tiempo, la verdad.

Avancé otro paso, y por fin ella dio un paso atrás.

—¿Tiempo para qué? ¿Qué está buscando?

Sus ojos lanzaron un destello rojo. Cambió de postura, descontenta por haber cedido terreno.

—Me encantan el conjunto nuevo y el pelo. Así que el fuego te quema, pero no te afecta. Bueno es saberlo.

El comentario me pilló desprevenido. Tenía el pelo chamuscado, pero no fue eso lo que me detuvo. Me estaba poniendo a prueba, igual que yo a ella.

«Los ig'morruthens son una especie arrogante, pero no son ignorantes. Son inteligentes y calculadores, y eso los convierte en más peligrosos de lo normal».

Quería seguir con nuestro jueguecito y averiguar exactamente qué sabía de mí. Con suerte, me daría alguna pista de quiénes eran los dos hombres de las fotografías.

—Es cierto. El fuego es una molestia, pero no puede matarme. Nada puede.

Una mueca burlona fue el único indicio de que mis palabras le hubiesen causado algún efecto. Se apartó de la mesa. Apenas un leve movimiento, pero me fijé en que apoyaba un pie detrás del otro. Para el ojo inexperto, eso no significaba nada, pero yo sabía que se disponía a atacar.

—Eso he oído. Dicen que no se te puede matar, pero no creo que sea verdad. Todo tiene un punto débil, incluso tú. Si lo que dices es cierto, ¿dónde están los otros dioses?

Recuperó esa sonrisa suya que me daba ganas de apretar los dientes. Lanzaba las palabras como armas, ácidas y venenosas. Era una forma de distraer al enemigo, una táctica inteligente. Si tu adversario deja que las emociones se sobrepongan a sus sentidos, eso te da una ventaja inmensa.

Pero mentiría si dijera que no me escocían. Para mí ese tema era una herida abierta y supurante, que se negaba a curarse. El único problema era que solo servía para alimentar mi cólera y determinación. Lo que ella creía que me debilitaba, en realidad me hacía más fuerte.

La sonrisa no se borró de aquel rostro arrogante. Se dio unos golpecitos en la mejilla con una uña pintada, y luego me señaló.

—¿Sabes? Yo creo que se te puede matar. Solo tengo que esforzarme un poco más.

Sujeté con más fuerza la empuñadura de la espada.

—Muchos lo han creído —dije—. Y han muerto.

Cargó sin dejar de sonreír, con una daga oscura en la mano. Era más rápida de lo que pensaba. Eché el cuerpo a un lado para esquivar la hoja que me apuntaba al cuello. Se detuvo, y sus ojos dejaron traslucir ira y frustración al comprobar que ya no estaba allí. Me atacó de nuevo; los iris le palpitaron con un brillo carmesí. Levanté la hoja y bloqueé la daga. La mantuve así y miré el cuchillo con atención.

—Una hoja desolada —siseé—. ¿Cómo la ha conseguido?

Los Primigenios habían forjado esas hojas y se las habían entregado a los cuatro reyes hacía ya muchísimo tiempo. Eran armas de hueso y sangre, creadas para destruir dioses. Su sonrisa se volvió mortífera; intentó forzar la daga hacia mí, pero fue en vano. ¿De verdad pretendía luchar contra mí? ¿Matarme? ¿Con todo lo que sabía de mí? Y más en aquel sitio, consciente de que Vincent o Logan podían aparecer en cualquier momento.

—No acabo de entender si sus decisiones de hoy han sido producto de la ignorancia o de la estupidez.

Saltó hacia atrás, se pasó la daga a la otra mano y trató de alcanzarme con ella. Suspiré y la bloqueé. Me lanzó una patada, pero le aparté el pie de un golpe y por un instante perdió el equilibrio. Corrigió la postura y se apartó el pelo de la cara, con la daga firme frente a ella.

—No finjas que quieres entenderme. No nos parecemos en nada —escupió.

Se lanzó otra vez a por mí. No se detenía por muchas veces que la bloqueara o que la lanzase volando por los aires. Era feroz, y usaba a su favor cualquier objeto que tuviese a mano. Perdí la cuenta de cuántas mesas y sillas tuve que partir en dos cuando le sirvieron a la vez de arma y de escudo.

Cruzamos las hojas una y otra vez, pero no dio tregua. Era muy rápida, y al final comprendí que reconocía su estilo de lucha.

—Pelea como un miembro de la Mano.

Había caído, pero dio una voltereta hacia atrás para corregir su posición y levantarse, y volvió a alzar la hoja para atacarme de nuevo.

—¿Te gusta? Aprendo rápido, y Zekiel tuvo la amabilidad de enseñarme unas cuantas cosas antes de convertirse en ceniza.

—No me impresiona. Es usted lenta e ineficaz. Una torpe imitación.

La sala se cargó de energía; los papeles y los restos esparcidos por todas partes flotaron sobre el suelo. Noté como me cambiaban los ojos, y supe que ardía en ellos la plata.

—Además —seguí—, yo les enseñé todo lo que saben.

Se encogió de hombros con aire despectivo, con una mueca burlona y sin mostrar ni pizca de miedo.

—Pues a Zekiel no le sirvió de mucho. Me imagino que estás acostumbrado a fracasar.

Me moví sin ser consciente de ello. La emoción se sobrepuso a la lógica, lo que fue un error por mi parte y un triunfo por la suya.

Mi espada cortó el espacio que ocupaba..., excepto que ya no estaba allí. Solo dispuse de un instante para comprender que me había engañado antes de sentir cómo se me incrustaba su arma en la espalda. Si se suponía que tenía que doler, lo cierto es que no noté nada.

Me agarró el bíceps con las uñas pintadas y se puso de puntillas para susurrarme al oído.

—Yo ni siquiera creía que existieras, ¿sabes? Hasta que Zekiel no se convirtió en luz y cenizas, no comprendí que tenía razón. Que su muerte te traería de vuelta. —Mientras hablaba, retorció la daga con fuerza—. ¿Tú también te conviertes en un estallido de luz cuando mueres? —Liberó la hoja de un tirón.

Miré hacia atrás. Tenía los ojos dilatados, llenos de confusión. La rabia se asomó a sus facciones y se le escapó un gruñido.

—No puedo morir —dije. La piel de mi espalda se estaba curando.

Tragó saliva y sujetó con más fuerza la daga.

—Es imposible.

—También el poder que posee es imposible. —Me terminé de dar la vuelta, y ella dio un paso atrás, pero al darse cuenta se detuvo—. Supongo que es consciente de que no va a escapar de este edificio.

—Ya veremos.

Frunció el ceño y atacó de nuevo. La arrogancia y la furia se habían sobrepuesto a la cordura. Tenía que inmovilizarla y me había dado la oportunidad perfecta para dañarla sin matarla. Era lo más parecido a una pista que teníamos y no iba a permitir que se escapara.

Cuando pasó junto a mí, lancé un golpe ascendente con la espada. Dio un paso, luego otro, y se detuvo. Me volví hacia ella y sacudí la hoja para limpiarla de sangre. Su brazo había caído al suelo con un sonido apagado. Siseó y se agarró el muñón.

—¡Gilipollas! ¡Esa chaqueta cuesta cien dólares! —escupió; parecía más preocupada por la ropa arruinada que por el miembro amputado.

—¿Cómo dice?

Con una mueca despectiva, se quitó la chaqueta destrozada y la tiró a un lado. Apretó los labios y los ojos carmesíes se tornaron más brillantes. El esfuerzo hizo que se le hinchasen las venas del cuello, y un chasquido reverberó por toda la habitación. Asombrado, vi que del muñón amputado surgían tejidos y músculos que formaban un nuevo miembro.

—Regeneración —susurré, incrédulo; pero los ojos no me engañaban—. Ningún ser vivo debería tener ese poder.

—Qué gracia. —Otra mueca, mientras flexionaba la mano—. Eso es justo lo que dijo tu chaval. En realidad, fue… —Se interrumpió al oír un silbido agudo. Me miró, y se me revolvió el estómago. Ella había sido una distracción, y no estaba sola—. Lo siento, cariño, se acabó el recreo.

Lo último que vi, antes de que el humo negro la rodease por completo, fue el brillo de sus dientes al sonreírme. Su silueta creció y de la nube brotaron unas enormes alas negras. No eran apéndices frágiles, sino gruesos y poderosos, con puntas tan afiladas y mortíferas como cualquier espada. Las estampó contra el suelo y se aferró a la piedra para sostenerse. Retrocedí un paso para evitar el latigazo de una cola larga y erizada de púas que lanzó papeles y artefactos incunables en todas direcciones. Un pie enorme, con garras, brotó de la oscuridad, y el humo se desvaneció del todo y reveló la bestia de mis terrores nocturnos.

Mi corazón dejó de latir. No podía negarlo, o cuestionarlo. Las fotografías eran auténticas. El mensaje de Imogen, los informes, la urgencia, todo lo que sospechaban Logan y Vincent. Los ig'morruthens estaban vivos, y habían entrado en el Etermundo. En Onuna.

Me miró, y juraría que sonrió, si es que los monstruos pueden sonreír. Luego me guiñó un ojo inmenso y se elevó en el aire. El techo reventó ante su enorme fuerza, y del agujero que había abierto llovieron cascotes. Batió las alas negras una sola vez; la corriente de aire hizo volar los objetos por toda la sala en ruinas. Se elevó hacia el cielo y desapareció.

No. No me iba a dejar derrotar. Otra vez, no.

Respiré hondo e invoqué el poder que me había transmitido mi padre. Lo había mantenido encerrado a cal y canto; la sensación era demasiado dolorosa, me recordaba demasiado a él. Los libros, las mesas y sillas rotas, y los fragmentos de cristal, todos los objetos que me rodeaban, empezaron a levitar. Levanté una mano y traté de asir la fuerza invisible que me permitía conectar con cualquier ser vivo u objeto inanimado. Mis dedos encontraron agarre y, con la boca torcida en una sonrisa salvaje, dejé escapar un silbido de victoria mientras mostraba los dientes. Hice acopio de toda la fuerza de voluntad y resistencia bruta de que disponía, recoloqué los pies en busca de apoyo y tiré.

Se detuvo en mitad del vuelo. Su grito casi hizo añicos el cielo. Volvió la cabeza, rápida como un látigo. La obligué a descender. La expresión de sus rasgos reptilianos era casi cómica. Me hice a un lado, sin dejar de tirar de su enorme masa. Batió las alas y cerró las garras en el aire, como si buscase algo a lo que aferrarse, pero yo seguí tirando hasta que la obligué a atravesar varios niveles del edificio.

Liberé el poder, y los objetos que me rodeaban cayeron al suelo. Los gritos de indignación de la bestia ahogaron el ruido de las cosas que caían. Me quedé inmóvil un instante para tomar aliento. El dolor de cabeza había vuelto, multiplicado por diez. Una oleada de vértigo me invadió, pero logré sobreponerme. Había gastado demasiada energía y demasiado rápido, y llevaba tiempo sin entrenar ni comer en condiciones. Tembloroso, respiré hondo y salté por el enorme hueco. Atravesé varios pisos. Cuando tomé tierra, el impacto reverberó por todos mis nervios y me estalló en la cabeza. Estaba rodeado de cascotes; había hormigón, piedra y cables por todas partes.

La mujer yacía en el suelo, hecha un ovillo. El cuerpo tembló y recuperó la forma humana. Las ropas seguían presentes, pero sucias. Así que no era una transformación completa, como las de las bestias legendarias. Interesante. Me agaché para recogerla. Abrió los ojos de repente, y me miró con odio. Retrajo los labios, y de la nariz se le escapó un hilo de humo. Un brillo anaranjado empezó a tomar forma detrás de los dientes. Me iba a escupir fuego.

Le tapé la boca con la palma y agarré la mandíbula con los dedos para obligarla a mantenerla cerrada. Con ojos desorbitados, me agarró la muñeca y me clavó las garras en la piel. Una luz plateada me recorrió el brazo, y le lancé una descarga de energía. Su cuerpo se estremeció. Puso los ojos en blanco y enseguida se quedó inmóvil.

Me incliné sobre ella para verla más de cerca. Los mechones de pelo, negros y relucientes, le cubrían medio rostro. Dormida tenía una apariencia normal, y no parecía la fuerza destructiva que había sido apenas una hora antes. Pero el poder del que había sido testigo y la fuerza que poseía no eran normales. En absoluto. Solo conocía a cuatro ig'morruthens capaces de adoptar la forma en la que ella se había transformado. Eso la convertía en un factor relevante de lo que había ocurrido durante mi ausencia. Le pasé las manos bajo el cuerpo y me levanté con ella en brazos. La acuné contra el pecho y salí caminando por el pasillo. Varios celestiales habían formado un pequeño círculo cerca de la entrada principal. Algunos estaban cubiertos de polvo y escombros, y otros tenían la ropa medio quemada, mientras que unos cuantos parecían recién llegados. Vincent fue el primero en verme y se abrió camino entre el grupo, con Logan a su lado.

—La has capturado —dijo Vicent. Con una sacudida de muñeca devolvió la espada a su anillo.

Asentí.

—¿Y Neverra?

—Algo aturdida, pero bien —respondió Logan, tragando saliva—. Cuando apareció... —señaló a la mujer que yo sostenía en brazos— la dejó inconsciente.

—¿Y qué hay de los humanos? ¿Y los celestiales? ¿Muchas bajas?

Ambos me miraron y asintieron.

—Lo suponía.

Había varias cajas de metal con ruedas aparcadas cerca, con luces parpadeantes y sirenas que taladraban el aire. Los celestiales formaban una hilera, para ayudar a quienes podían, y luego volvían al interior del edificio a buscar más supervivientes.

—¿Qué vamos a hacer con ella? —preguntó Logan. Señalaba con la barbilla a la mujer que dormía en mis brazos.

—Obtener respuestas.

XI

LIAM

—Lleva un día inconsciente, al menos. ¿Y si se ha muerto y aún no se ha desintegrado?

Vincent, apoyado en un gran lavamanos, suspiró.

—¿No se desintegran los antiguos? Hace tanto que no vemos un ig'morruthen que me he olvidado.

Sin decir nada, limpié los restos de goma de borrar del cuaderno que me había dado Logan. Luego seguí dibujando.

—No te muevas —dijo Logan. Me torció la cabeza a un lado otra vez; lo miré con ojos entrecerrados—. Oye, estoy tratando de salvar lo que se pueda; la mitad se ha quemado —añadió, y alzó las manos en un gesto de rendición. No dije nada, y él siguió con su intento de arreglar el desaguisado. Me pasó la ruidosa maquinilla por la nuca y la dejó desnuda.

—No está muerta. Se regenerará y se curará de cualquier daño que haya sufrido.

Sabía que seguía viva porque si me concentraba aún podía sentir su poder. Incluso a varios pisos de distancia, me revolvía las tripas. Pero no les dije nada. No hacía falta, y teníamos asuntos más urgentes.

—Regeneración. No me lo puedo creer. ¿Y dices que es capaz de controlar la oscuridad? La metamorfosis tiene sentido. Ni siquiera me di cuenta hasta que fue demasiado tarde; parecía una humana normal —dijo Neverra.

Estaba reclinada en el borde del lavamanos, cerca de Logan, que dejó de cortarme el pelo por un segundo y la miró. El cuello roto se le había curado, pero Logan no le había quitado la vista de encima ni un instante. No me sorprendía. Eran inseparables desde Rashearim.

—Sí —dije, al tiempo que Logan me agarraba de la barbilla y me obligaba a mirar en otra dirección; aquello se parecía cada vez más a la tortura—. Sus poderes son peculiares, como poco. Las únicas leyendas que recuerdo son las de los Cuatro Reyes de Yejedin. Los crearon los Primigenios, y podían adoptar el aspecto de cualquier persona o bestia. Pero hace mucho que murieron. El único modo de que aún puedan existir es que una pareja reproductora haya sobrevivido y escapado a la caída. Es un misterio, y quiero respuestas, así que la interrogaremos y guardaremos la información para usarla en el futuro.

La voz de Vincent cortó el incómodo silencio.

—Ya no recordaba que solías hacer de escriba en el bestiario.

Alcé la vista y el dolor me estalló en la cabeza. Un recuerdo se escapó de mi subconsciente. Cerré los ojos y apreté los dedos sobre las páginas. Solo fue un instante, pero cuando los volví a abrir ya no estaba en Onuna. Me había transportado a una época en la que mi madre seguía viva, y yo era demasiado joven para preocuparme por batallas o bestias de leyenda llenas de colmillos.

Estaba sentado en el suelo de piedra, con las piernas cruzadas, y mi madar tarareaba por lo bajo, contenta, mientras cortaba flores. El jardín la hacía feliz, y creo que por eso mi padre aún traía cada vez más para su colección. De vez en cuando levantaba la vista para asegurarme de que no se hubiese ido demasiado lejos, y cuando lo hizo, la seguí. Todas aquellas filas de plantas variadas conformaban un pequeño laberinto.

Al adentrarnos más en el jardín, varios celestiales nos saludaron. Había guardias en la puerta, que inclinaban la cabeza cada vez que pasábamos. Pensé que nunca me iba a cansar de eso. Tras caminar un rato a buen ritmo, se detuvo y se puso a recoger más flores. Me senté en el borde de una fuente y mecí las piernas adelante y atrás.

—Madar, ¿para qué tengo que aprender esto?

Dejé caer el pequeño estilo; tenía la mano manchada de tinta ónice, así que me la limpié en la ropa, lo que me granjeó una mirada reprobatoria de mi madre.

Ella, que estaba de rodillas, se levantó y cortó unas cuantas flores más. Las colocó en la cesta de mimbre que llevaba.

—Porque quiero que tengas otras habilidades además de pelear, Samkiel.

—Sí, pero me gusta pelear. Esto... —Levanté el papel y se lo enseñé—. No se me da bien.

Se acercó y su sonrisa se hizo más amplia. Al moverse arrastraba por el suelo el ribete blanco y dorado de su vestido. Nunca llevaba corona, como mi padre, solo una fina diadema de oro que le apartaba el pelo del rostro. Yo había pedido una como la suya, o como la de mi padre, pero siempre me decían que no había llegado el momento.

—Solo hace falta práctica, pequeño.

Con un bufido, me crucé de piernas y seguí con mi aprendizaje. Sabía que no iba a servir de nada discutir. Nos íbamos a quedar allí sentados hasta que ella quisiese. No me importaba. Tampoco es que tuviese amigos en Rashearim. Yo era el único hijo que había nacido en los últimos tiempos, y el único cuyos padres eran un dios y una celestial. Todos los demás habían sido creados a partir de la luz que ahora corría por mis venas. Mi madre decía que me habían concebido por amor, y que los otros dioses tenían envidia.

—¿Puedo hacerte una pregunta, madar? —dije, sin levantar la vista del dibujo.

—Me da un poco de miedo que tengas que pedir permiso. —Se rio—. Pero sí, adelante.

—¿Soy yo la razón de que ya no participes en batallas? El otro día oí hablar a padre.

—Samkiel, ¿qué te he dicho sobre escuchar a hurtadillas?

—Solo pasaba por allí y lo oí. —Me miró y arqueó una ceja—. Dijo que habías enfermado por mi culpa, y que por eso ya no peleabas.

Se acercó. Se había levantado viento y los arbustos de colores que nos rodeaban parecían bailar. Se detuvo y se arrodilló junto a mí con el vestido recogido en torno a las rodillas. Me pasó la mano por el pelo y luego me levantó la barbilla para que la mirase a los ojos.

—Me temo que a veces tu padre habla demasiado, pero no te voy a mentir. Ya no me siento como antes, pero no es culpa tuya en absoluto. Tu padre está preocupado, eso es todo. Además, dejaría la lucha y las batallas para pasar mil días contigo.

Me besó la nariz y sonrió.

—Venga, dime, ¿qué has dibujado hoy?

Volví el papel para que lo viera.

—Monstruos. Este me lo enseñó padre el otro día, cuando regresó.

Contempló el enorme monstruo que había dibujado. Había intentado reproducir los tonos y las marcas lo mejor que había sabido. Alzó las cejas de nuevo.

—Ah —dijo, sonriendo—, otra conversación pendiente con tu padre.

Volví el dibujo de nuevo hacia mí y lo observé con atención. No era la respuesta que me esperaba.

—¿No te ha gustado, madar?

Me miró con la mano en la barbilla.

—¿Por qué dices que es un monstruo?

Abrí la boca para responder, pero me detuve. ¿Acaso no lo veía?

—Porque lo es. —Se lo enseñé de nuevo, y le señalé las formas que había dibujado—. ¿Ves los dientes, y las garras?

—Ya veo. —Metió la mano en la cesta y sacó una flor amarilla, con los pétalos bordeados de puntos negros—. ¿Y qué piensas de esto?

—Es una flor —respondí con indiferencia.

—Sí, pero ¿te parece bonita?

—Sí.

—¿Sabías que un solo pétalo puede ser tóxico? Incluso un dios enfermaría si come demasiados. Así que también se podría considerar un monstruo. No necesita dientes, ni garras, ni nada aterrador para ser peligrosa.

Hizo girar la flor por el tallo. El sol se reflejaba en sus pétalos coloridos. Era bonita, pero parecía inofensiva.

—¿Así que puede dañar a alguien, o matarlo?

Asintió y devolvió la flor al cesto.

—*En las manos adecuadas, sí. Pero si le das un buen hogar, un poco de cuidado, también sirve para curar.* —*Se limpió las manos en el vestido y se levantó con un movimiento grácil. Me sonrió*—. *Como ves, las apariencias pueden ser engañosas.*

El sonido de unos pasos que se aproximaban atrajo nuestra atención. Era mi padre, flanqueado por varios guardias. El tintineo metálico de las armaduras era una nota discordante en la quietud del jardín.

—*Adelfia, ¿qué le estás enseñando a mi hijo en este jardín hecho para ti?*

La sonrisa de mi madre se volvió luminosa ante el sonido de la voz atronadora de mi padre.

—*¿Tú hijo? Supongo que algo tuve que ver yo también.*

Mi padre se adelantó, cogió a mi madre en brazos y la hizo girar. Los guardias se quedaron atrás.

—*Apestas a sudor y campo de batalla* —*se quejó mi madre con alegría.*

Se rio cuando él no le hizo ni caso y la besó en los labios, las mejillas y la frente. Luego la depositó en el suelo y se volvió a mirarme.

—*Aquí está mi pequeño guerrero.* —*Me levantó y me apoyó sobre la cadera. Después me plantó un beso en la mejilla. Se me escapó una risita. Me limpié con el dorso de la mano*—. *¿Y esto qué es?* —*Me dejó en el suelo y cogió mi dibujo*—. *Samkiel, ¡estoy impresionado! Dibujas las bestias como un escriba.*

—*Sí* —*dijo mi madre. Sacó de nuevo la flor de la cesta*—. *Hablábamos de monstruos, y de que las apariencias pueden ser engañosas.*

—*Ah, desde luego. Pero un monstruo es un monstruo, por bonito que sea.*

La mirada que intercambiaron fue como una conversación que yo fuese incapaz de oír. Solo duró un segundo; enseguida el rostro de mi padre recuperó la sonrisa, y mi madre curvó los labios. Estiró el brazo y me tocó la mejilla con suavidad.

—*Ven* —*dijo*—. *Vamos a casa. Es hora de cenar.*

Se volvió para irse, y padre ajustó el paso al de ella. Yo me apresuré tras los dos para no quedarme atrás.

Logan apagó la maquinilla, y el silencio me devolvió a la realidad. Se apartó para que pudiera verme en el espejo. Tardé unos segundos en despejar la mente. Los recuerdos de ella siempre eran dolorosos; por suerte, eran escasos y poco frecuentes.

—¿Qué te parece? Al menos tiene mejor aspecto que los restos chamuscados que tenías antes.

—No es terrible.

A través del espejo vi la mueca de Vincent, y que Logan se volvía para fulminarlo con la mirada.

Por una vez, mi apariencia no me produjo una intensa repugnancia. Ya no me parecía a mis padres. La mata ondulada que me recordaba el pelo castaño de mi madre había desaparecido, y también la barba frondosa que solía hacerme pensar en mi padre. Era una nueva apariencia, un cambio que me hacía mucha falta.

Me toqué la mejilla y me froté el rastro de barba que era como una sombra en la mandíbula. Me pasé los dedos por el pelo. El contraste con mi antiguo yo era alarmante, pero necesario. Sentía el cuello y la cabeza más ligeros, y el corte se correspondía más con el estilo que se llevaba entre los mortales de este mundo.

—Sé que es muy distinto, y no tan perfecto como un corte profesional, pero… —Logan me sacudió de encima los pelillos que me habían caído sobre la camisa.

—No, tienes un aspecto fantástico, Liam. Nunca te había imaginado con el pelo corto, pero te queda estupendo —dijo Neverra—. Habríamos tenido muchos más problemas en Rashearim si le hubieses cortado el pelo entonces, cariño.

El comentario de Neverra hizo reír a Logan. Pronto se les unió Vincent y empezaron a bromear sobre nuestro pasado. Asomaron a mi mente los recuerdos de los días pasados, de antes del título, antes de la corona, antes de la caída. Cuánto anhelaba que las cosas volviesen a ser como antes. No habían cambiado tanto, pero yo, sí. Los miraba, y sabía que una parte de mí había desaparecido mucho tiempo atrás. Hacía tanto que no sentía la punzada del humor, o de la alegría.

Quería reír, y recordar la belleza que podía contener la vida. Quería sentir, solo eso.

—Ya es suficiente. —Mi voz sonó áspera y demasiado alta. Callaron de inmediato. Al levantarme, casi volqué la silla. El baño me resultaba asfixiante, y necesitaba salir de allí. Agarré el paño que Logan había usado como toalla y lo arranqué.

—Tenemos pendiente un interrogatorio —seguí—. Necesito toda la información de que dispongamos sobre ella y los que vinieron con ella.

Asintieron, y la energía de la sala cambió. Era una sensación familiar, pero no reconfortante. Era lo que pasaba cada vez que entraba mi padre.

—¿Estás seguro de que había otros? —preguntó Logan. Soltó la maquinilla y se cruzó de brazos.

—Sí. Sonó un silbido para convocarlos. Yo lo oí, y ella también. Tendría que haber prestado más atención. Quizá los habría sentido antes.

—No es culpa tuya —dijo Neverra—. Todos somos...

—Sí, lo es. Todo es culpa mía. Es mi reino. Cualquier muerte recae sobre mí, y cualquier forma de destrucción es una señal de fracaso. Debería estar mejor preparado. No lo estoy, pero eso no es asunto vuestro. Lo que necesito de vosotros ya lo he pedido.

Neverra asintió con una inclinación. Logan y Vincent bajaron la mirada, y los tres se pusieron firmes. El humor de unos instantes antes se había desvanecido.

—Sí, mi señor —dijeron los tres al unísono, y salieron del baño.

Cogí el cuaderno y se lo entregué a Neverra cuando pasó a mi lado.

—Añade esto al bestiario. He anotado los detalles del ataque, la apariencia que adoptó, y las habilidades que observé. Necesito que esté actualizado. Todo lo que averigüemos sobre sus colegas irá también ahí.

Neverra bajó la vista hacia el dibujo.

—Para ser una bruja mortífera y pirómana que intentó matarnos a todos, es guapa.

—Recuerda que los ig'morruthens son inteligentes, calculadores y, sobre todo, monstruos. Un monstruo no deja de serlo por muy bonito que sea el envoltorio.

Asintió y se fue. Las palabras que yo mismo había pronunciado me resonaban en la mente. ¿Me había transformado por completo en mi padre? Estudié mi reflejo en el amplio espejo del baño. Mientras lo miraba, la imagen de mi padre, con armadura y todo, me pasó como un borrón delante de los ojos. Daba igual la apariencia; yo siempre sería Samkiel.

Yo era la razón por la que él había muerto, y Rashearim había caído.

Yo era el Destructor de Mundos.

XII
DIANNA

A brí los ojos y los entrecerré de inmediato. Las paredes eran tan blancas que casi resultaban cegadoras. Estaba en una habitación. Un momento... ¿Una habitación? Me incorporé de sopetón, y lo lamenté al instante. Me latía la cabeza y me dolía hasta el último músculo del cuerpo. Gemí. Habría sido menos doloroso que me atropellase un tren a toda máquina. Me agarré la cabeza para intentar aliviar el dolor agónico que sentía.

Me volvió a la mente el recuerdo de aquellos ojos plateados. Samkiel me había agarrado y había tirado de mí, pero ¿cómo? Apenas tuve tiempo de entender lo que sucedía antes de estrellarme contra el suelo. Luego lo vi de pie a mi lado. El agua de los aspersores caía sobre su enorme figura y le pegaba al cuerpo aquella ropa mal ajustada. Recordaba haber invocado las llamas para apartarlo de mí. Sentí el cosquilleo en la garganta, pero me tapó la boca con la mano. Sus ojos se volvieron más brillantes y una luz plateada le descendió por el brazo y encendió los extraños tatuajes. Luego saboreé su poder y supe que estaba muerta.

Eché un vistazo a la sala. Si estaba en Iassulyn, era una versión de mierda. Parecía un manicomio. Mis pantalones y el top a juego habían desaparecido, y en su lugar llevaba una camiseta holgada y unos pantalones negros. Inspiré para relajarme y me puse de pie. Me temblaban las rodillas. Dioses, ¿qué me había hecho?

Enrollé la cintura del pantalón para que no se me escurriese de las caderas. Miré a mi alrededor. La celda era una caja blanca de tres por tres metros con una pared hecha de barrotes. Me acerqué a una esquina y pasé los dedos por la pared. Era suave, fría al tacto, y dura como la piedra. No había muebles, ni baño, nada. Así que no era una prisión, sino una celda de detención, indicio de que no planeaban tenerme allí mucho tiempo. Cada vez estaba más cabreada. Si creían que podían tenerme prisionera, se equivocaban por completo.

Respiré hondo y luego lancé un rugido atronador de fuego letal. La celda se cubrió de brillantes llamas anaranjadas y amarillas que chamuscaron todo lo que tocaron. Las dejé arder varios minutos.

Cuando permití que el fuego se apagase, esperaba ver un espacio abierto y humeante. En vez de eso, unos rayos de luz azul brillaban donde antes estaban los barrotes. En el suelo había un charco de metal fundido, pero, aparte de eso, la celda seguía intacta. Era otro recordatorio de que ya no estaba tratando con humanos. Solté una maldición y le di una patada a la pared. Lo único que había conseguido era convertir el blanco de la celda en un color sucio y ceniciento. Entrecerré los ojos y, con los brazos en jarras, contemplé con odio la abertura. Los haces de luz brillaron alegres, como burlándose de mí.

De acuerdo. Tendría que esforzarme un poco más.

Dos días. Dos días tratando de quemar la celda, y nada. Incluso probé a cambiar de forma para deslizarme entre los rayos, pero recibí una descarga eléctrica que me lanzó contra la pared del fondo.

Estaba sentada en el suelo, cruzada de piernas, con la mejilla apoyada en el puño. Contemplé los rayos durante mucho rato, y al final me levanté. Quizá, si fuera capaz de aguantar el dolor el tiempo suficiente, podría escaparme. Había pasado por cosas peores. No podía ser tan terrible. Me detuve frente a los rayos. Al acercarme, el zumbido eléctrico me llenó los oídos. Estiré la mano y la detuve a pocos centímetros.

«"Athos, Dhihsin, Kryella, Nismera, Pharthar, Xeohr, Unir, Samkiel, concededme paso de aquí a Asteraoth". Vi que tenía lágrimas en los ojos. Echó la cabeza hacia atrás para mirar el cielo y se hundió la daga en el pecho».

Al recordar aquella noche, aparté la mano de un tirón. Todos creían que lo había matado yo, y yo les había dejado que lo creyeran. Eso me garantizaba la inmunidad con Kaden y su horda. Me veían como una amenaza, y ahora también Samkiel y los suyos. Poco se imaginaban que aquel recuerdo me perseguía.

Conocía de primera mano la expresión de Zekiel al hundirse el cuchillo en el pecho. La había visto en el rostro de Gabby y en el mío cuando luchaba por salvarle la vida. Era el rostro de alguien que ha perdido toda esperanza. Jamás olvidaría el sonido del puñal al clavársele en el cuerpo. La lágrima solitaria que se le escapó antes de que la luz azul brotase de él y estallase en el cielo me iba a atormentar para siempre.

—Le recomiendo que no los toque.

Su voz precedió a las tres siluetas que brillaron y se solidificaron frente a mí. Me brotaron llamas en las palmas de las manos, y sin dudarlo le lancé una bola de fuego directa a la cabeza.

Samkiel esquivó la bola de llamas y la detuvo en el aire con un gesto. La hizo rotar unos instantes bajo la palma y, sin quitarme de encima aquellos malditos ojos grises, la extinguió con solo cerrar el puño.

No pude ocultar el asombro. Di un paso atrás.

—¿Cómo lo has hecho? —Mi voz era poco más que un susurro.

Samkiel… No, Liam. Kaden dijo que ahora lo llamaban Liam. Me miró, bajó la mano y dejó la otra en el bolsillo.

—Ahora que soy consciente de sus poderes estoy más preparado.

Tenía un acento muy marcado, otra señal de que venía de fuera.

Tragué saliva y admiré su nuevo aspecto. Se veía muy distinto. ¿Quién lo había vuelto tan atractivo? ¿Por qué era atractivo ahora? El pelo corto era más moderno de lo que me había imaginado. Lo llevaba muy corto y peinado con gel. La barba era apenas un recuerdo de la de antes, más bien una sombra que rodeaba aquella mandíbula asquerosamente perfecta.

No importaba lo ideal que fuera su apariencia. No dejaba de ser el Destructor de Mundos. Aún era el dios odiado y temido que nos destruiría de buena gana a mí y a aquellos que me importaban. Podía disfrazarse todo lo que quisiera, y aun así no escondería la verdad de lo que era. No tenía colmillos, pero yo percibía al depredador agazapado tras aquellos ojos grises.

—Y si se refiere a cómo hemos aparecido delante de usted justo cuando estaba a punto de tener otra pataleta... —Hizo una pausa, y se dirigió al hombre a quien conocí en el bar—. ¿Cómo era la palabra, Logan?

—Los mortales lo llaman teleportarse, señor, o cruzar un portal —respondió Logan. Sus manos agarraban la pechera del equipo táctico que llevaban todos excepto Liam.

Este vestía una camisa blanca informal remangada, y pantalones negros. Le iban demasiado justos, igual que el traje. Con cada movimiento que hacía, se le tensaban los músculos. Era de constitución fuerte pero delgada; estaba diseñado para la velocidad, para el poder y para matar.

No era difícil entender por qué lo llamaban «el hijo más hermoso de Unir», y por qué hasta una diosa caería de rodillas ante él. Era tan magnífico como lo describían los libros. Era consciente de su poder, y lo demostraba en su forma de comportarse. Los ojos grises brillaban con una mirada llena de inteligencia, y la piel, de tono bronceado, tenía un brillo saludable. Pero bajo esa nueva y mejorada máscara, el odio hacia sí mismo aún era una pesada carga que lo envolvía como un manto. Ya lo había notado durante la reunión, por la forma en que hablaba y respondía. En un par de ocasiones incluso lo había visto desconectar, como si ya no estuviese en este plano. Quizá acabar con él iba a ser más fácil de lo que pensaba.

—Ah, eso, teleportarse —siguió—. Es como una refracción de la luz, o un desplazamiento. Convertir las moléculas en su esencia más pura y reconstituirlas en otro lugar, por así decirlo.

Mantuve la mirada fija en él, sin hacer caso de los otros. Tras probar su poder, no tenía el menor deseo de experimentarlo de nuevo. Estaba preparada para pelear a la menor señal de activación.

—Genial. No me importa un carajo.

El hombre situado a su izquierda soltó un bufido y meneó la cabeza.

—¿Sabes con quién estás hablando? —gruñó.

Una sonrisa maliciosa se me dibujó en el rostro, pero no aparté la vista de Liam. Las sombras se arremolinaban a mi alrededor, perezosas.

—Claro que sí. El Hijo de Unir, Guardián de los Dominios, Líder de la Mano de Rashearim. —La sonrisa se tiñó de oscuro—. El Destructor de Mundos.

La mirada de Liam no se apartó de la mía.

—Me conoce usted —dijo—, y aun así atacó la embajada. ¿Qué sentido tenía luchar?

Me encogí de hombros.

—Digamos que es un defecto personal.

—Qué idea tan arrogante. —Sacudió la cabeza con incredulidad—. Sabe lo que puedo hacer, y que la muerte es inmediata. Y, a pesar de todo, corrió el riesgo.

Fruncí los labios en una leve sonrisa para dejar a la vista los caninos que aumentaban de tamaño.

—¿Arrogante? Por lo que tengo entendido, la arrogancia es más bien cosa tuya, y no mía. —Me acerqué; las sombras se arremolinaban detrás de mí—. Pero siento curiosidad, Destructor de Mundos. ¿Qué temes tú? —Cambié de forma, y mi voz se hizo más grave, densa y oscura—. La mayoría de los hombres temen los bosques nocturnos y las alimañas que cazan. —Las sombras danzaron de nuevo, y me transformé en una inmensa bestia canina que recorría la sala entre chasquidos de mandíbulas—. ¿O lo que te pone los pelos de punta son las bestias legendarias? —Adopté mi forma favorita, la del guiverno de alas negras, y mi presencia llenó aquel espacio—. O ¿quizá… —me detuve frente a él, ahora con forma de hombre; la misma altura, la misma apariencia, la misma postura— es lo que ves en el espejo?

Me sostuvo la mirada solo un momento y enseguida apartó los ojos; y supe que había dado en el clavo. Mi sonrisa fue cruel, pero efímera. El celestial que estaba a su izquierda dio un paso al frente. Tenía las orejas cuajadas de pendientes, como Zekiel, y no me cabía duda de que cada uno de ellos se podía transformar en un arma. Tenía los ojos del mismo tono azul que la bola de luz que me disparó con la mano y que me mandó al otro lado de la habitación.

—Vincent. —Liam levantó la mano—. No pasa nada.

Vale, así que ese era Vincent. Me levanté y, entre risas, me estiré los feos pantalones. Su poder no era ninguna tontería, pero no quemaba como el de Liam. Aunque era más delgado, Vincent era casi tan alto como Liam, con el pelo tan negro como el mío que llevaba hacia atrás, mitad suelto y mitad recogido. Vislumbré un tatuaje en la clavícula; las líneas tribales oscuras y atrevidas contrastaban con la piel ligeramente bronceada. Me recordaron el tatuaje que le había visto a Logan en el bar. Quizá todos tenían uno.

Vincent se cruzó de brazos y me miró con los ojos entrecerrados. Le tembló la comisura de los labios; me entraron muchas ganas de darle un puñetazo en esa mandíbula perfecta y angulosa. Su postura dejaba a las claras que habría represalias si osaba insultar de nuevo a su precioso líder.

El sonido de una puerta y de pasos que se acercaban nos hizo volvernos a todos. Reconocí a la mujer; era la misma que había visto en el club. La que había dejado inconsciente cuando me colé en la reunión. Se detuvo junto a Liam, y los celestiales que la seguían se desplegaron en abanico tras ella. También vestían equipo táctico, como los demás, y me miraban con el ceño fruncido y ojos que resplandecían con el mismo azul iridiscente. Joder, menudo cabreo que llevaban.

La mujer me lanzó una mirada que era una promesa de muerte, y luego me dio la espalda para hablarle a Liam. Di por sentado que no íbamos a ser buenas amigas.

—Estamos listos, señor.

¿Listos? ¿Listos para qué?

—Gracias, Neverra —dijo Liam.

No tuve tiempo de preguntar en voz alta. El suelo de la celda se iluminó, y a mi alrededor se formó un círculo. Reconocí el mismo patrón que había usado Zekiel en Ofanium. Los símbolos que lo rodeaban empezaron a brillar y me obligaron a agacharme. Caí sobre las manos y las rodillas, entre bufidos de rabia. Apreté los dientes; el poder que tenía a mi alrededor me quemaba la piel. No era tan intenso como en Ofanium. Querían inmovilizarme, no distraerme con el dolor. Al levantar la cabeza vi que lo barrotes de la celda habían desaparecido, y que Liam, Logan y Vincent estaban entrando.

—Si me querías a cuatro patas, solo tenías que pedirlo —le dije a Liam con sorna, con los dientes aún apretados.

Presioné para tratar de ponerme de pie, y el sudor se me acumuló en la frente. Logré levantar las manos unos centímetros, pero el círculo latió en color índigo, y los lazos invisibles se apretaron. Las palmas golpearon de nuevo contra el suelo, y yo gruñí.

Los ojos de Logan centellearon de sorpresa y precaución. Estupendo. Estaban asustados. Y hacían bien en estarlo, porque si yo…

—¡Ay! —se me escapó.

Me habían cerrado una fría esposa de metal en la muñeca. Al mirar atrás, vi que Vincent me ponía otra en el tobillo. Antes de que pudiese reaccionar para darle una patada en la cara, Logan me encadenó la otra muñeca. En cuanto me pusieron la última en el otro tobillo, me sentí como si me hubiesen extraído el aire de los pulmones. Caí al suelo, con la respiración entrecortada.

—Mientras lleve puestas las Cadenas de Abareath estará debilitada —explicó Liam—. Una medida de precaución durante su interrogatorio.

El círculo desapareció, y Liam me miró desde arriba con las manos a la espalda. Hizo un gesto en dirección a Logan y Vincent. Me sujetaron de los sobacos y me levantaron. Se me escapó un gruñido. No era capaz de luchar; estaba débil y mareada. Me sacaron de la celda con los pies a rastras. Por primera vez en siglos, no sentía el fuego en mi interior, y eso me aterrorizaba.

Neverra indicó a los celestiales que se pusieran en marcha, y ellos avanzaron mientras abrían camino. Giramos por un gran vestíbulo, seguidos por ruido de pasos. Dejamos atrás otras celdas idénticas a la mía y por último cruzamos una puerta doble. Me arrastraron por varios corredores y subimos un pequeño tramo de escaleras. Traté de orientarme. El interior del edificio no era tan regio como el de Arariel. ¿Seguíamos en la ciudad? Buena parte del espacio estaba ocupado con bancos de madera y sillas, pero no habíamos visto a nadie más.

El sonido de voces iba en aumento a medida que nos acercábamos a una gran puerta de madera oscura. Los celestiales que nos precedían se detuvieron y se apartaron lo justo para dejarnos pasar. Neverra entró primero y luego me arrastraron al interior. Había algo que parecía una gran silla marrón de cuatro postes. La pesada madera estaba tallada con símbolos extraños, y el asiento había visto días mejores. Cuando Logan y Vicent me depositaron en la silla, las esposas de mis muñecas y tobillos se cerraron sobre los brazos y patas de la silla y me retuvieron allí.

Sacudí la cabeza para quitarme el pelo de la cara, y estudié la sala. Una mujer con falda de tubo y blusa a juego estaba sentada a un extremo de una larga mesa de metal. Frente a ella había un portátil, y a su lado, una pila de cuadernos. Ni siquiera me miró; estaba concentrada en Liam. Giré el cuello para mirar, y vi varios celestiales de ojos azules que me lanzaban miradas torvas; también reconocí algunos humanos de Arariel. Las filas de asientos estaban dispuestas en círculo alrededor de la silla para que todos pudiesen ver al prisionero en el centro. O sea, que así era como llevaban a cabo los interrogatorios.

—Creí haberte matado —interpelé con voz débil a un humano

con un brazo en cabestrillo. Tenía magulladuras y varias quemaduras, pero lo reconocí como uno de los embajadores.

Me miró con los párpados hinchados y cara de pocos amigos, pero retrocedió.

—No temáis a la ig'morruthen. Está incapacitada —dijo Liam desde el centro de la sala.

Logan, Neverra y Vincent lo flanqueaban, estoicos y prestos a defenderlo, aunque no necesitaba que lo defendieran. Tironeé de las ataduras para probar su resistencia, pero estaba bien sujeta.

Me reí. Me reí de veras. Empezó como una risita y creció y creció hasta convertirse en un ataque de risa. Tardé unos instantes en recuperar el control. Me miraron y luego se miraron entre ellos, y no pude evitar otra tanda de carcajadas. Liam volvió la cabeza y arqueó una ceja.

—¿Esta situación tiene algo que le resulte gracioso?

—Sí. —Traté de acomodarme en la silla—. Tú. Ellos. —Señalé a los presentes con la barbilla—. Todo esto. En serio, ¿qué me vais a hacer? ¿Torturarme? Pensaba que erais los elegidos que creían en la paz y en todo lo bueno que hay en el mundo. O…, espera… ¿Me vas a pegar? ¿Me darás unas cuantas bofetadas? Si lo haces con fuerza suficiente, igual hasta me gusta. —Me incliné hacia delante con toda la fuerza que pude reunir; se oyeron algunos jadeos, pero Liam no movió ni un músculo—. ¿No lo pillas? ¿No ves que no puedes hacerme nada que no me hayan hecho ya? No puedes romperme, Destructor de Mundos.

Una expresión indefinible y fugaz se asomó a su rostro. Era sombría, y agitó algo en mi interior que no supe explicar. Fue tan breve que me la habría perdido de no haberlo mirado a la cara.

—Empezaremos con una serie de preguntas. La silla que ocupa está imbuida de… —Hizo una pausa, y se dirigió a Logan en lo que imaginé que sería su lengua nativa; Logan respondió, y Liam asintió antes de continuar—: cierto poder. Si no dice la verdad, emitirá un sonido que me avisará. Las runas se iluminarán, y cuanto más se resista, más se quemará. Si no responde, se quemará. Si intenta escapar…

Puse los ojos en blanco, ya harta.

—Lo pillo. Me quemaré.

—Muy bien, pues. Empecemos.

Liam se dirigió a la larga mesa de metal. La mujer abrió el portátil y me miró, pero sin dejar de lanzar miradas de reojo a Liam. Este rebuscó entre los papeles y por fin se volvió hacia mí.

—El poder que sentí cuando llegó usted no era solo suyo. Y está la señal que sonó antes de que tratase de huir... ¿Cuántos son?

—Noventa y nueve.

Sonó un pitido estridente; los símbolos de la silla y del suelo se iluminaron, y una energía blanca y ardiente me atravesó y le prendió fuego a cada nervio de mi cuerpo. Me retorcí en un espasmo de agonía, y se me escapó un gruñido. La mujer, que había comenzado a teclear, pareció asombrarse y lanzó una mirada de soslayo en dirección a Liam.

—¿Puede darme una estimación precisa?

Me encogí de hombros, y traté de recuperar el aliento.

—Hummm..., ¿cuatrocientos?

La agonía me desgarró por dentro y me lanzó contra el respaldo de la silla. Siseé, con los dientes apretados, hasta que el dolor pasó. Incliné la barbilla y exhalé. El corazón me palpitaba con fuerza.

—Joder, no lo decías en broma.

Liam miró a Logan, que le tradujo de nuevo mis palabras.

—No, me temo que no estaba... —Hizo una pausa, rebuscando entre el vocabulario de un idioma ajeno— «Bromeando», como dicen ustedes. Vamos a intentarlo de nuevo. ¿El ataque en la embajada de Arariel fue premeditado?

—¿Qué es una embajada?

Otra descarga. Me agarré con fuerza a los brazos de la silla.

—Dicen que eres un dios —lo pinché—, pero no del todo. Parte dios, parte celestial. Se dice que eres débil y cobarde, y que te has escondido durante siglos. —Estaba más que cabreada. Al juego de la tortura pueden jugar dos, y yo sabía exactamente qué teclas pulsar.

—La información que tiene no es novedad. Todo el mundo está al tanto.

—Entonces ¿no se equivocaban? —pregunté. La sorpresa me estremeció.

Todo lo que Kaden nos había contado era mentira, y encima, Zekiel decía la verdad. Una auténtica deidad aún vivía, y yo la había traído de vuelta. Creía que había hablado en voz baja, pero cuando se inclinó sobre mí, supe que me había oído.

—¿Quién no se equivocaba? —preguntó, con calma fingida.

Carraspeé y, sin hacer caso de la pregunta, y me moví para tratar de alejarme de él.

—Entonces ¿por qué te llaman Liam si tu nombre es Samkiel? ¿Te da vergüenza el nombre que te pusieron? ¿Los otros niños se burlaban de ti?

Se le dilataron las aletas de la nariz; debía de ser un asunto delicado.

—Aquí el sujeto del interrogatorio es usted, no yo. Mientras estaba indispuesta hemos descubierto su nombre. Se llama Dianna Martinez, ¿correcto? —preguntó. Volvió a coger los papeles de la mesa y rebuscó entre ellos con gesto sereno.

Fruncí los labios y me encogí de hombros con indiferencia.

—Ah, así que has oído hablar de mí. Felicidades. Ya sabes cómo me llamo. He vivido una larga vida, y he tenido muchos nombres.

Asintió y se reclinó, con la mano en el mentón.

—¿Ha vivido una larga vida? ¿Cómo de larga, diría?

Maldición. Con la fanfarronería le estaba dando demasiada información. Tenía que concentrarme en escapar de esas malditas cadenas, salir del edificio e irme muy, muy lejos. Me moví sin pensar, y el aguijonazo en los brazos me arrancó un quejido.

—¿Ha terminado? —preguntó Liam, mientras yo trataba de recuperarme del dolor.

—Ni de coña —respondí, pero iba de farol. Las descargas dolían demasiado como para no tomármelas en serio.

Calibró mi expresión y se acomodó en la silla, mientras volvía la carpeta hacia mí. Se lamió el pulgar y comenzó a pasar páginas. No me daba tiempo de leerlas, así que perdí el interés, hasta que llegó a las fotografías. Al ver las imágenes de Gabby, Tobias, Alistair y yo misma, la rabia me retorció las tripas. Se me cortó la respiración al reconocer dónde las habían tomado. En el restaurante, durante la comida con Gabby. Joder. Eso era lo que habían percibido Tobias y Alistair. Uno de ellos había estado cerca de nosotros y no me había enterado. Tenía el corazón a mil por hora.

—Como puedes ver, tenemos en el radar a sus camaradas y a usted desde hace tiempo. —Posó otra vez los penetrantes ojos azules sobre mí—. Así pues, dígame, ¿para quién trabaja?

Le devolví la mirada y siseé de rabia.

—No te diré nada.

Cualquier información me condenaría, pero, peor aún, condenaría a Gabby. Ya conocía su aspecto y sabía cómo se llamaba. Prefería arder mil veces en la puñetera silla antes que permitir que le pasara algo a ella.

Apretó los labios con fuerza.

—Ya me lo imaginaba —replicó—. Pero esperaba un resultado diferente. Más agradable.

¿De qué me hablaba?

Apenas había formulado el pensamiento en mi mente cuando el dolor me consumió el cuerpo. Me lanzó la cabeza hacia atrás, y el cuerpo se me arqueó y se separó de la silla todo lo que permitía la magia. La descarga repentina de electricidad había sido mucho más intensa. Me sentía como si me abrasase desde el interior. No pude contener un aullido estremecedor que hizo temblar la sala. Y de repente el dolor cesó, tan rápido como había llegado. Dejé caer la cabeza sobre el pecho, y el cabello me tapó los ojos. En el silencio súbito solo se oían mis estertores.

Sacudí la cabeza para quitarme el pelo sudoroso de la cara; varias hebras se quedaron pegadas a las mejillas. La multitud lanzó un grito ahogado. De los ojos se me derramaba un resplandor rojo, y la cólera iba en aumento. Era como una pequeña llama humeante que podía sentir incluso con esas malditas cadenas, y eso me reconfortaba.

—¿A esto lo llamas tortura? —dije, con la respiración entrecortada—. Para mí esto es como irme de fiesta, cariño. Vas a tener que esforzarte más.

Su expresión era inescrutable. Meneó la cabeza.

—No quiero torturarla, pero tengo preguntas que necesitan respuestas. Muchos miembros de mi pueblo están heridos o han muerto por su culpa y la de los suyos. Necesito averiguar por qué.

—Oh, venga, pero si te hice un favor. A la mitad de los humanos ni siquiera les gustáis tu pueblo y tú. Aquella reunión era una paja en grupo para decidir quién estaba al mando y quién no. ¿Y qué piensan ahora? —Recorrí la sala con la mirada—. ¿Que eres un gran héroe que puede salvarlos?

—¿A eso lo llama un favor? ¿A las muertes sin sentido?

Me reí en su cara.

—Ah, claro, que tú sabes mucho sobre muertes sin sentido, ¿no es cierto? ¿A cuántos has enterrado? ¿A cuántos has asesinado, convencido de que no somos más que monstruos? Si no nos parecemos a vosotros, si no comemos lo que coméis y no nos comportamos como vosotros os comportáis, entonces somos inferiores a vosotros, no somos nada, ¿verdad? Oh, cuánto lo siento. Permíteme que finja que me importa una mierda. Los tuyos han cazado y perseguido a los míos durante eones.

—Qué curioso. ¿Cree que me entiende? No es más que un monstruo creado para matar. No finja que sabe nada de mí —respondió de inmediato—. Pero en algo tiene razón. Es inferior a mí. Inferior incluso a la mísera lombriz que engulle el pajarillo para desayunar.

—Cada palabra supuraba odio; estaba claro que hablaba en serio. Lo veía en su rostro, y en las expresiones de quienes lo rodeaban.

Escupí y me incliné hacia delante; las esposas me mordieron las muñecas.

—Qué boca tan sucia para un hombre tan noble. ¿Te funciona? ¿Las mujeres se excitan cuando les hablas así? —Tiré de nuevo de las esposas, sin preocuparme del dolor en las muñecas—. Puede que te vean como a un salvador, pero yo sé la verdad que se esconde tras esos bonitos ojos. Tus manos están tan manchadas de sangre como las mías, Samkiel. No eres un salvador, sino un cobarde que corrió a esconderse. Al menos, yo lucho por algo. Puedes pintarme como la mala todo lo que quieras, pero no es a mí a quien llaman Destructor de Mundos.

Aguardé su estallido. Esperaba que me gritase, que hiciese temblar las paredes, y que usase ese maldito poder que ya conocía. La sala entera contuvo el aliento. Pero solo me miró.

—Voy a preguntárselo una vez más. ¿Para quién trabaja?

Me aparté otro mechón de pelo con un soplido y me acomodé en la silla.

—¿Eres tan ignorante que crees que una mujer no podría estar al mando? ¿No lo hacían en Rashearim?

—Las mujeres de Rashearim son muy diferentes de usted. Son respetuosas, fuertes e inteligentes. He conocido diosas que dirigían ejércitos y luchaban con dignidad, sin trucos baratos. No se puede comparar con ellas, y no podría ni tocarlas. Ya he visto a otras mujeres como usted. ¿Sabe dónde están ahora esas mujeres viles, despiadadas y vengativas que se parecían a usted? Muertas.

—Oh, cariño, jamás has conocido a una mujer como yo.

Liam asintió con un gesto y volvió la atención a las páginas que tenía frente a él. No sentí ninguna descarga, y eso me hizo creer que tendría un breve respiro. Por desgracia, el alivio me duró poco. El poder me atravesó otra vez. Mi cuerpo se arqueó y apreté los puños; las esposas se me clavaron en la carne. Percibí a la bestia de mi interior que luchaba por liberarse, el poder oscuro agazapado bajo la piel. Tras lo que me pareció una eternidad, el dolor cesó y me hundí de nuevo en la silla.

—Se lo preguntaré de nuevo...

No tenía fuerzas para moverme. El sudor me empapaba cada centímetro del cuerpo, y temblaba sin poderme controlar.

—Por mucho que me preguntes una y otra vez, no te diré nada. Quémame todo lo que quieras, Samkiel, pero no me sacarás nada. Así que adelante. No te cortes. No temo a los reyes, ni a los dioses. —Esto último lo dije con desprecio, mientras lo miraba fijamente.

Liam no se movió, pero el fastidio asomó a sus ojos. Se estaba aburriendo de mí, y yo de él.

—¿Está segura? —me preguntó.

Le dediqué una peineta con ambas manos, aunque las malditas esposas se resistieron. Me miró largo rato. Aflojé la presión y las muñecas golpearon contra los brazos de la silla y lanzaron ondas de dolor por los brazos. Rebuscó otra vez entre los papeles hasta que encontró lo que buscaba y lo sostuvo frente a mí.

—Como bien dijo usted antes, todo el mundo tiene una debilidad. —Hablaba con voz queda, casi un susurro—. Y creo que usted también tiene la suya. No recuerdo que los ig'morruthens se sienten a la mesa a cenar con simples humanos, pero diría que ella tampoco es como tú.

Parpadeé varias veces. Hice un esfuerzo por mantener la calma y disimular el terror que se abría paso en mi interior.

—Entonces —dijo, al tiempo que apartaba varias fotos más—, ¿va a decirme para quién trabaja, o lo que representa esa mujer para usted? Y, por favor, no me mienta.

—Que te follen —dije, sin apartar la vista de él.

Su rostro denotó confusión. Me volví hacia Logan con exasperación.

—Tradúceselo.

Cuando lo hizo, las aletas de la nariz de Liam se dilataron por un instante, como si nadie se hubiese atrevido a hablarle así jamás.

—Si no me responde —dijo—, tendré que preguntarle a ella.

—Acércate a ella, y te prometo que será lo último que hagas en tu vida —gruñí. Tiré de mis ataduras. Noté que me crecían los caninos y la visión se tornaba roja.

Una presión inmensa y agobiante llenó la habitación como si hubiese ocupado el lugar del aire. Una tormenta hecha carne: eso era lo que Liam me recordaba.

—¿Me está amenazando? —dijo, con los ojos de puro color plata. Estaba empezando a odiar ese color, y sabía que me iba a perseguir en mis pesadillas.

—Por lo general soy muy fan de las muertes rápidas, ¿sabes? Mis métodos favoritos son romper el cuello, o hacer una barbacoa —escupí—. Pero contigo… Me voy a tomar mi tiempo. Te voy a hacer sufrir de formas que ni te imaginas, y me reiré cuando vea morir la plata de tus ojos.

Me sostuvo la mirada. En la sala no se oía ni un suspiro. Volvió a la mesa y se sentó. La tensión tardó unos momentos en disiparse. El fulgor plateado de sus ojos se desvaneció y volvieron a ser de su habitual color gris. Casi me reí ante la idea; no había nada de «habitual» en él.

—Han atacado sin éxito nuestros templos una y otra vez. Se diría que buscan una de nuestras reliquias. Por favor, explíqueme eso.

No lo hice.

No hablé cuando me preguntaron qué buscábamos, ni cuando quiso saber de dónde venía yo, o para quién trabajaba. Me hizo una pregunta tras otra, hora tras hora, y ardí con cada una de ellas. No recuerdo cuál fue la que al fin pudo conmigo y me dejó inconsciente. Solo que, en aquel momento, sentí paz.

Qué raro.

XIII
DIANNA

No sabía cuántos días habían pasado, ni siquiera si habían sido días. Lo único que tenía claro era el dolor. Me hacía las mismas preguntas, yo no respondía, y llegaba la quemazón. Era como electricidad que me corría por las venas y llegaba hasta el último rincón de mi cuerpo, mientras sus ojos me taladraban. Cada momento de agonía hacía crecer en mi interior un odio puro y simple.

A veces no gritaba. Me distraía imaginando que me liberaba y le arrancaba la cabeza. O que su sangre teñía las paredes de la habitación y dibujaba una obra maestra más exquisita de lo que pudiese imaginar cualquier pintor famoso. Soñaba con huir de ese lugar maldito y volver con ella, mi única familia. Ella era lo único que me mantenía humana, aunque en ese momento me odiase. Era entonces cuando gritaba, porque sabía que no podía revelar la verdad que él quería saber. Quería saberlo todo de ella. Quería tener un modo de controlarme.

Kaden llevaba los últimos cien años haciendo lo mismo. No iba a cambiar a un amo por otro. Así que dejé que Liam me torturase, y lo oí repetir las mismas preguntas sin darle ninguna respuesta. La sala siempre terminaba por fundirse en negro. Mi cuerpo amenazaba con rendirse. No sabía cuánto tiempo me quedaba antes de que una de esas descargas me matase. No me importaba, mientras ella estuviese a salvo. Ese era siempre mi último pensamiento antes de que aquel calor sofocante se filtrase por todos los poros, y la oscuridad me reclamase. Allí, en aquel espacio vacío, mi mente vagaba a la deriva y revivía los días previos a la situación actual.

Aterricé fuera del apartamento y agrieté el pavimento con los pies, pero no me importó. Varios transeúntes me miraron con la boca abierta, conmocionados, y luego echaron a correr. No eran más de las siete de la mañana, pero aquello no podía esperar. Hice a un lado al portero y me dirigí al ascensor más cercano. Había mucho trajín de mortales, sin duda de camino al trabajo, y no tenía tiempo de pararme a esperar, así que corrí hacia las escaleras y subí los escalones de dos en dos. Me podría haber teleportado a su piso, pero necesitaba correr y sentir algo en los pulmones además del polvo y la destrucción que había soportado. No me molesté en llamar; entré y casi arranqué la puerta de los goznes. Gabby y Rick estaban en la cocina. Estaban… ocupados, y luego me iba a tener que lavar los ojos con lejía para borrar la imagen, pero no me importó. No tenía tiempo.

—Vístete —le solté. Arranqué la manta del respaldo del sofá y se la tiré.

—¡Dianna! ¿Qué haces aquí? —gritó Gabby. Cogió la manta y se envolvió en ella.

—¿Qué cojones te ha pasado? —jadeó Rick. Me miró la ropa—. ¿Eso es sangre?

Estaba cubierta de una mezcla de sangres, la mía y la de Zekiel. Mis ojos se iluminaron, y los suyos se abrieron de par en par.

—Sal de aquí. Lárgate. Vete a trabajar y olvida que has estado aquí. Olvida lo que has visto.

Asintió, con la mirada vidriosa. Cogió su ropa y se marchó sin importarle ir desnudo.

—Dianna, ¿qué coño está pasando? ¿Por qué te metes así en mi casa a estas horas? ¿Y por qué estás cubierta de…?

No le respondí. Salí al pasillo, en dirección a su dormitorio. Empujé la puerta sin que mis pies tocasen apenas el suelo. Ella me siguió sin dejar de gritar, pero lo único que yo oía era la voz de Kaden que me reverberaba en la cabeza.

Salí tras él, casi corriendo para no quedarme atrás.

—¡Lo sabías! —le grité.

Agarré el objeto más cercano, un pequeño jarrón antiguo, y se lo tiré a la espalda. Fallé. Mi puntería empeoraba a medida que mi cólera iba en aumento. Se hizo pedazos cerca de sus pies, y por fin él se detuvo.

—Sabías que seguía vivo —insistí.

Se volvió hacia mí, despacio. La bestia reptó bajo su piel y me recordó cuán inhumano era en realidad. Se abalanzó sobre mí con los ojos llenos de ascuas y me apuntó con el índice. Di un paso atrás, y luego me detuve y cuadré los hombros. Conocía bien su temperamento; aun así estaba dispuesta a jugar con fuego.

—Mataste a un miembro de la Mano —escupió—. Querrá resarcirse. Todos querrán resarcirse. Yo tenía un plan, y tú lo has jodido otra vez por no saber escuchar. —Se detuvo frente a mí, tan cerca que tuve que alzar la vista para poderlo mirar a la cara.

—Me has tenido a oscuras. Lo sabías desde el principio, y yo iba por ahí convencida de que eran cuentos de hadas. ¿Lo sabe Alistair? ¿Y Tobias? —No me respondió, solo miró de reojo, y supe que sí, que lo sabían; levanté los brazos, frustrada—. ¡Dioses, Kaden! No me cuentas nada. ¿Cuánto hace que la Mano está al tanto de nuestra existencia? ¿Eh? ¿Cuánto tiempo hace que nos siguen? ¿Sabías que dos de ellos me encontraron mientras tú hacías los dioses sabrán qué? Ladras órdenes y exiges que te obedezca.

Me miraba desde arriba y al momento siguiente me apretaba la mandíbula con fuerza. Se movió tan rápido que apenas lo vi. Se inclinó sobre mí.

—Y me obedecerás —me siseó con los dientes apretados—. No pienses ni por un instante que tienes voz y voto, o poder sobre mí. Yo te hice. De no ser por mí, no serías más que un montón de huesos resecos.

Me liberé de un tirón, consciente de que me iban a salir moratones.

—Sí. —Me picaban los ojos—. Y bien que te gusta recordármelo cada vez

174

que tienes oportunidad. Nos has puesto en peligro, Kaden. A todos, incluso a mi hermana. ¿Qué hago ahora con mi hermana?

Resopló ante la mera mención de Gabby.

—Me da igual. Ella no es importante.

—¡Para mí, sí! —Le di un empujón en el pecho.

No se movió, pero algo le cambió en los ojos. Inclinó ligeramente la cabeza y me estudió unos instantes, antes de asentir.

—Sí, lo es. ¿Hasta dónde estás dispuesta a llegar para mantenerla a salvo, ahora que ha muerto uno de ellos? Porque él va a acudir en busca de venganza.

Ese pensamiento hizo que me hirviera la sangre. Nadie iba a tocar a Gabby. Me aseguraría de ello.

—Hasta donde haga falta.

—¿Te enfrentarías a un dios?

—No —respondí, sin dudarlo—. Lo mataría.

Abrí de un tirón la puerta del armario. La ropa de Gabby colgaba en perfecto orden por colores. Los zapatos contra la pared, y las maletas en un espacio a la izquierda. Cogí una maleta y la tiré sobre la cama, junto con dos más pequeñas. Descolgué la ropa con tanta fuerza que rompí las perchas, y la tiré dentro de una bolsa.

—¡Dianna! —Me sujetó la mano, sin dejarme terminar—. ¿Qué ha pasado?

—La he cagado. —Me aparté de ella y volví al armario, me arrodillé, agarré un puñado de zapatos y los llevé hasta la cama—. La he cagado hasta el fondo, Gabs.

—¿Todo esto tiene que ver con el terremoto en Ofanium de hace unos días, y aquella extraña tormenta en Arariel?

Me quedé inmóvil, apoyé las manos sobre la maleta, y levanté la vista para mirarla. Se tapaba la boca con la mano.

—No fue una tormenta, sino la llegada de algo… La llegada de alguien, y ahora necesito que te vayas a un piso franco como habíamos planeado.

Terminé de preparar las maletas y las cerré. Luego la miré y vi que no se había movido.

—Gabby, vístete.

No decía nada, solo me miraba fijamente y se agarraba más fuerte a la manta.

—¿Por qué el piso franco? —preguntó, por último—. ¿Quién ha venido?

Nunca le había mentido a Gabby, ni le había ocultado nada. Nuestro vínculo era demasiado fuerte. Desde que murieron nuestros padres estábamos solas. Nos habíamos cuidado la una a la otra durante muchísimo tiempo. Era mi hermana, mi mejor amiga… Y ahora iba a hacer que me odiase.

—Maté a alguien muy poderoso. Bueno, técnicamente no lo maté, pero mis manos están manchadas con su sangre. Kaden y los demás creen que fui yo, y con eso basta. Si lo que ha dicho Kaden es cierto, el último dios vivo ha vuelto y quiere mi cabeza. Así que vístete.

—¿Di…? —Bajó la mano, con la boca entreabierta.

—Lo sé. Ahora, por favor, vístete. En el lugar del que hablamos estarás a salvo. Es el único sitio del que Kaden no sabe nada. Recuerda lo que te dije. Tendrás que cambiar de corte de pelo, de estilo, no uses tu nombre, y nada de pasaportes. Allí tengo varias tarjetas de crédito. Espera hasta que yo vaya a por ti. Tal y como lo practicamos.

La única diferencia era que lo habíamos practicado para el día en el que yo abandonase a Kaden, y no para el caso de que me estuviese dando caza un antiguo dios. Gabby no dijo nada, pero vi que el pánico se abría camino en sus ojos. Por fin se dirigió al vestidor, dejó caer la manta y se vistió.

Agarré las maletas, me puse las pequeñas bajo los brazos.

—No te olvides de coger las fotos en las que salgamos nosotras —le grité al salir de la habitación—. Tenemos que…

—Dianna, ¿y qué pasa con Rick? —me cortó mientras me seguía al salón, con pantalones de chándal y una camiseta a medio poner. Se sentó en el sofá y tironeó de los zapatos.

Sabía que llegaríamos a eso. También, por su expresión, que aún estaba procesando lo que le acababa de decir.

—Ya sabías que no sería para siempre —le dije, manteniendo la calma.

—¿Por qué? ¿Por qué no puede serlo?

—¡Ya sabes por qué! —salté; sin querer, pero me salió así.

—¡No me grites! —saltó ella a su vez. Levantó las manos, exasperada—. Otra vez me dejas sin opciones.

Me volví hacia ella con los brazos en jarras.

—¿Perdona? Hago lo que tengo que hacer. Y lo que intento es que tengas opciones, ya que a mí no me queda ninguna.

Se cabreó y me apuntó con el dedo.

—Podrías tener opciones, si lo quisieras de verdad.

—¿Cómo, Gabby? ¿Te haces a la idea de lo fuerte que es? ¿Sabes el poder que tiene sobre el Altermundo, y sobre mí? Sé que hemos hablado de que yo me vaya, pero no es más que una fantasía. ¿Cómo podría hacerlo? Lamento que tengas que mudarte, ¿vale? Intento darte una vida normal.

—Nunca tendré una vida normal a causa de lo que hiciste.

Sus palabras fueron como un bofetón. Me señalé el pecho, y luego a ella.

—¿Por lo que yo hice? —dije, alzando la voz—. ¿Te refieres a todo aquello a lo que renuncié para salvarte? ¿Cómo te atreves?

Se apartó y se llevó una mano a la frente.

—Me salvaste la vida. Lo sé, y no es que no te lo agradezca. ¿Pero a qué precio, Di? No paro de mudarme. Los secretos, las ropas manchadas de sangre, los monstruos, ¿y qué hay de tu vida? ¿Y de tu felicidad? —Se detuvo y señaló las maletas—. Eso no es vida, ni para mí ni para ti.

Esta vez fui yo quien levantó los brazos. Sus palabras me rompían el corazón, me abrían en canal y me dejaban en carne viva.

—¿Qué quieres que haga entonces, Gabby? ¿Se puede saber qué quieres que haga?

—¡Márchate! Lo creas o no, eres tan fuerte como él. Él te creó, y en tu interior hay una parte de él. Tienes que defenderte, o al menos luchar por algo.

—¡No puedo!

—¡¿Por qué?!

—¡Porque si me equivoco, si meto la pata, vendrá a por ti! —Se me quebró la voz y las emociones me rebosaron; se me nubló la visión, pero era la verdad, la absoluta verdad—. Y no puedo perderte. No sobreviviría.

—Ya no puedo seguir así —dijo, con los ojos llenos de lágrimas—. Sé que me quieres, y yo también te quiero a ti. Pero Dianna, yo no puedo ser la razón de que sufras. Me duele saber que tienes que seguir con él por mí. Lo único que quiero es que ambas seamos felices. No puedes protegerme para siempre. No tiene sentido que me salves si luego no puedo vivir. —Calló un momento y agitó la cabeza—. Iré al piso franco, pero, después de eso, se acabó. Llevamos siglos así, y estoy harta. Ya no puedo hacerlo más. Si el precio de mi libertad es ver cómo mi hermana se convierte en un…

Se detuvo, y a mí se me rompió el corazón un poco más. Apreté los puños. Eran de hierro, como mi corazón.

—Dilo. Ver cómo me convierto ¿en qué?

Me aguantó la mirada. Vi el dolor en sus ojos, y supe que ella lo veía en los míos. Apretó los labios con fuerza, pero cuando habló lo hizo con voz firme.

—Ver cómo te conviertes un monstruo.

Asentí muy despacio y bajé la vista.

—Ahora ya sabes por qué no suelo contarte lo que hago.

Se me llenaron los ojos de lágrimas y la habitación se tornó borrosa.

«Un monstruo».

Tenía razón, pero si yo tenía que ser un monstruo, que así fuese. Me sequé unas cuantas lágrimas de las mejillas y caminé hasta ella. Saqué una hoja desolada de la funda que llevaba a la espalda y me detuve frente a Gabby. Paseó la vista entre la espada y yo. Le cogí la mano, y le puse la empuñadura del arma sobre la palma.

—Si la cosa se pone fea y no he vuelto a buscarte, usa esto. Recuerda lo que practicamos: entrepierna, muslo, garganta u ojos. Llévatela, y si tienes que usarla, no vaciles.

La miré una vez más, para grabarme su rostro y recordarla sana y feliz. Lo que iba a hacer nos liberaría o terminaría conmigo, y quería preservar esa imagen. La atraje hacia mí y la besé en la frente.

—Siento haberte condenado a esta vida horrible —susurré, con los labios aún pegados a su cabello—. No te olvides de que te quiero.

Me di la vuelta sin una palabra más y me marché del apartamento. Casi ni había pisado la calle cuando me sonó el móvil.

—¿Qué? —dije, tan fuerte que dos paseantes se sobresaltaron.

—Hemos encontrado una forma de entrar. Vuelve a Novas. —Tobias hablaba con voz entrecortada.

No me molesté en responder. La llamada se cortó. Miré atrás, una última mirada, como si pudiese ver a través de las paredes. La niebla negra se arremolinó alrededor de mis pies y acarició mi cuerpo. Desaparecí.

Entre la pelea con Zekiel, la discusión con Kaden y luego la bronca con Gabby, menudo día llevaba. Y la cosa no aflojaba. Estábamos en una suite de un hotel de Arariel, en la que se alojaban los embajadores a los que íbamos a reemplazar. Tenían la información que necesitábamos y eran nuestra vía de entrada para colarnos en la reunión.

Tobias había asumido la apariencia de una mujer celestial, y hacía estiramientos en medio de la habitación ensangrentada. Por el rabillo del ojo vi que Alistair lo imitaba. Me limpié la sangre de la cara con el dorso de la mano. Los recuerdos del mortal que había devorado me inundaban el subconsciente. No había matado un humano en años ni, de hecho, lo había consumido, y sentía el cuerpo funcionar a toda máquina. A una parte de mí le encantaba esa sensación. La parte que no era humana.

—No pongas esa cara —me dijo Tobias, mirándome—. Para sobrevivir más de un segundo contra él, necesitarás todas tus fuerzas.

—Lo sé.

—La Dianna sanguinaria es mi favorita.

Hice caso omiso de Alistair y me acabé el humano en el que me iba a convertir. Repasé cada dato de información de sus recuerdos. Al acabar, abandoné mi elegante forma femenina y me transformé en un hombre corriente llamado Henry.

Me ajusté el traje y me aseguré de que no tuviese manchas de sangre.

—La reunión es dentro de treinta minutos. Debería venir un coche a recogernos en cinco o así. Estarán presentes todos los miembros humanos del Consejo, de la Mano, y él.

—Bien. —La sonrisa de Tobias era letal incluso con ese aspecto mucho más atractivo.

Alistair pasó por encima de varios cuerpos y se detuvo frente a mí.

—Acuérdate del plan. Tú te encargas de la distracción. Mantenlo ocupado mientras buscamos el libro.

—Por supuesto —asentí, de acuerdo con el plan, y me froté, pensativa, la hoja desolada que llevaba atada al muslo.

El sueño se desvaneció y me desperté en la celda reluciente. Estaba medio recostada en el suelo y mi cuerpo se quejaba. Levanté la cabeza. Me limpié unas lágrimas que no se debían al dolor que sentía, sino al recuerdo. Ojalá Gabby estuviese a salvo, aunque me odiase. Tenía las ropas empapadas de sudor, pero me negaba a cambiarme y le prendía fuego a cada muda limpia que me traían. Esperaba oler mal, resultarles repugnante, asquerosa.

Me apoyé en las manos para levantarme y los brazos me fallaron. La tortura y las cadenas me habían dejado con una fracción de la fuerza habitual. Me moví hacia atrás. Con cada movimiento que hacía, el cuerpo me protestaba y me arrancaba una mueca de dolor. La espalda chocó con la fría pared que tenía detrás. Apreté los dientes. Entre las esposas y las continuas descargas eléctricas que me atravesaban el cuerpo, me sentía inútil. Pero todo iba bien. Mientras estuviese allí y no me hiciesen hablar, ella estaría a salvo.

Oí unos pasos que bajaban por la escalera y me volví hacia la entrada de la celda. Era toda la energía que me sentía capaz de reunir.

Oí un aplauso lento, y a continuación apareció Peter, enfundado en aquel incómodo equipo de combate.

—Vaya, vaya, vaya, parece que te han dado una buena paliza estas últimas semanas.

Le hice una peineta, e incluso ese pequeño movimiento me provocó un respingo de dolor. Los músculos de los brazos me ardían.

—Que te jodan, Alistair.

Peter inclinó la cabeza; el brillo de sus ojos demostraba que Alistair tenía el control absoluto. Chasqueó la lengua y se paró frente a mí con las manos en los bolsillos.

—Vaya pinta tienes. ¿No te dan de comer? —ironizó, consciente de que me habían traído comida y yo la había rechazado. Prefería morirme de hambre que aceptar lo que me ofrecían.

—¿Habéis encontrado el libro? —Tenía la voz quebrada y me ardía la garganta de tanto gritar.

Suspiró y se agachó junto a mí.

—Por desgracia, no. Tu maniobra distracción funcionó, aunque Kaden habría preferido algo menos destructivo. En todo caso, hiciste un gran trabajo. Kaden está muy contento.

Traté de sentarme. Forcé una sonrisa que me dolió en los labios resecos y partidos.

—Tan contento —dije— que ni siquiera ha intentado sacarme de aquí.

El cuerpo de Peter sufrió una leve sacudida. Los ojos le cambiaron y la voz se hizo más profunda. Ya no hablaba con Alistair.

—Me faltan dos cuchillos, Dianna. Te dije que nada podía matarlo, y aun así peleaste con él. Por eso estás ahí, y no por mi culpa.

—También me dijiste que no estaba vivo. —Entrecerré los ojos—. Me mentiste. ¿Cómo puedo fiarme de nada que me digas?

—Teníamos un plan, y no lo seguiste. Tu misión era distraerlo para darles a Tobias y a Alistair tiempo de buscar. Y luego tenías que escapar, y no dejarte atrapar. ¿Por qué voy a rescatarte si te capturaron a causa de tus propios errores?

Eso me también me dolió. La parte humana que habitaba en mí aún creía que le importaba a alguien. Llevaba semanas cautiva, y nadie había movido un dedo para ayudarme. Como siempre, estaba sola.

—Admito que tus esfuerzos han empujado a Elijah a los primeros puestos del poder. Ahora tengo un mortal que trabaja codo con codo con el Destructor de Mundos. Solo es cuestión de tiempo que encontremos el libro.

—Qué maravilla.

—No voy a ir a por ti y arriesgarme a que me descubran. Es una fortaleza diseñada para resistir lo que le echen, Dianna. Además, ahora estamos demasiado cerca. Lo que importa es el libro, no tú. —Yo estaba de cara a la pared, con la cabeza entre los brazos—. A ver si esto te enseña a obedecer. Te has metido tú sola en esto, y tú sola tendrás que salir.

XIV
DIANNA

Pasaron unos cuantos días más, pero ya había perdido la cuenta. Sin ventanas, lo único que me indicaba la llegada de la noche era que la luz se atenuaba. Peter, o quizá debería decir la marioneta de Alistair, no volvió, ni tampoco lo esperaba. Liam y la Mano tampoco hicieron acto de presencia. Solo los guardias celestiales se detenían frente a la celda para asegurarse de que no había muerto y para ver si había comido algo. Prefería morir de hambre antes que aceptar nada de ellos, así que me quedaba en un rincón y dormía. Soñaba acerca de tiempos más sencillos, antes de la caída, cuando tenía hogar, y familia, y el mundo tenía sentido.

Las luces de la celda se encendieron y me despertaron con un sobresalto. Me tapé los ojos. Un grupo de celestiales entró en el cubículo con paso firme. Iban enfundados de los pies a la cabeza en lo que parecía su equipo táctico normal, pero cuando se acercaron más me fijé en que el acolchado era ignífugo. Muy inteligente por su parte.

Supuse que iban a probar con una nueva ronda de interrogatorios. Carecía de fuerzas para resistirme. Me cogieron de los brazos y me levantaron. Entonces me di cuenta de que todos los que habían entrado eran guardias normales; Liam y los miembros de la Mano no estaban presentes. Quizá habían dado mi interrogatorio por terminado e iban a ejecutarme. Sería un descanso más que bienvenido.

No me quedaban fuerzas para caminar. Me arrastraron por la prisión subterránea; al cruzar una puerta tras otra me llegaba el parloteo de las conversaciones. Tal vez había decidido quemarme por última vez y convertirlo en un espectáculo público. Confundida, parpadeé para enfocar la vista; para mi sorpresa, torcimos por un pequeño pasillo. Se abrió una puerta corredera doble de cristal y, al cruzar el umbral, el ruido fue a más.

Estaba en un garaje subterráneo; por la puerta, abierta de par en par, se derramaba la luz del sol, que me hizo daño en los ojos. Los mantuve abiertos para darles tiempo a ajustarse y luego miré a mi alrededor, hambrienta de luz natural. Sobre el suelo de cemento había aparcados varios vehículos grandes y pesados, con las puertas abiertas. ¿Me iban a transportar? ¿A dónde?

Los celestiales me llevaron a la parte trasera de un gran furgón blindado. Uno de ellos hizo girar un cierre que se iluminó en color azul y luego se abrió. Joder, sí que iban en serio. Me izaron y me depositaron en un largo banco. El frío del metal me mordió la piel expuesta. Con dos fuertes chasquidos, las cadenas impregnadas de magia me sujetaron brazos y piernas.

Mientras el guardia se agachaba para asegurarme los pies, estudié el interior del vehículo. Era como una jaula de hierro con ruedas. Los dos que iban detrás eran similares, y apostaría a que los dos de delante también sería iguales. Era una táctica común para ocultar la ubicación de la carga, y así hacer más difícil el rescate. Muy listo, Liam, pero era un esfuerzo inútil. Nadie iba a venir a buscarme.

«Lo que importa es el libro, no tú».

Mentiría si dijera que aquel comentario no me escoció. Percibí el roce ya familiar del poder que precedía a un miembro de la Mano y agaché la cabeza. Traté de vislumbrar algo a través de la maraña de cabello que me cubría la cara. Sentí un escalofrío. El furgón se acomodó al peso súbito de Logan, que hablaba en una lengua desconocida. Los otros celestiales pasearon la vista entre nosotros. Asintieron y enseguida cerraron la puerta y se fueron. No dejarme escuchar qué se traían entre manos había sido otra decisión inteligente.

—¿Me vas a llevar a una cita, guapo? —pregunté con voz áspera y ronca.

Logan se sentó frente a mí. Su equipo era más estilizado y menos voluminoso que el de los otros. Se cruzó de brazos y apoyó una pierna sobre la otra rodilla. No llevaba armas a la vista; tampoco las necesitaba. Logan era un miembro de la Mano. Él era el arma.

—Ya ni recuerdo cuándo fue la última vez que maté a un ig'morruthen, así que, por favor, comete algún error. Liam ha dicho que, si intentas escapar o hacer cualquier cosa que nos ponga en peligro al equipo o a mí, tengo permiso para convertirte en una nota a pie de página en los libros de historia.

—Oh —repliqué, con un mohín forzado que hizo que me dolieran los labios—, ¿siempre haces lo que dice papaíto?

No tuve tiempo de saborear la pulla. Me pegó con tanta fuerza que di con la cabeza en la pared de metal y me desmayé.

Los baches me hicieron rebotar de lado a lado. La sensación ardiente me pellizcó las muñecas y los tobillos y me arrancó de los sueños. El movimiento se detuvo, y enseguida se repitió. Contuve un gruñido y levanté la cabeza, con los ojos entrecerrados. Tenía tortícolis de llevar la cabeza colgando. La apoyé en la pared tras el banco; la nariz me latía de dolor. Alguien hablaba. Poco a poco, abrí los ojos. Esperaba encontrar las paredes blancas de mi pequeña celda, pero vi a Logan, y los recuerdos volvieron a mí. Otro bache me sacudió, y el dolor fue prueba suficiente de que los recuerdos eran ciertos. Logan, sentado frente a mí, sostenía el móvil pegado a la oreja y hablaba con la bestia que tenía por esposa.

—Mira, es muy sencillo. La dejamos, y luego vamos a la reunión en la Ciudad de Plata de Hadramiel. Allí nos encontraremos, cariño —dijo.

Su respuesta fue dulce y sencilla.

—Por favor, ten cuidado. Creíamos que estaban extintos, y ahora sabemos que hay al menos tres. Me preocupa que haya más sorpresas.

Puse los ojos en blanco. Si tenía que escuchar esas cursiladas durante todo el viaje, iba a vomitar.

Logan se volvió hacia mí al darse cuenta de que estaba despierta. Entornó los ojos con desdén y terminó la llamada con la promesa de verse pronto. Me lanzó una mirada de puro desprecio. Creía que habían ganado y que el problema estaba solucionado. Era un idiota, y no solo en lo relativo al amor, sino también porque era incapaz de reconocer la amenaza que se cernía sobre él y sus queridos amigos. Si creía que no se iban a enfrentar a nada peor que yo, estaban muy, pero que muy equivocados. Comparada con Kaden, yo era un puñetero angelito.

—¿Qué pasa? Supongo que te resulta extraño oír a personas que se quieren. —Una mueca burlona—. Dudo mucho que nadie te ame a ti —dijo, cruzándose de brazos.

«Ay».

Logan tenía razón. Kaden no me amaba. Me sorprendería que hubiese usado esa palabra jamás. ¿Cómo sería que te amasen de verdad? Me pregunté qué sentiría si me quisieran por mí misma, y no por mis poderes de destrucción. Me burlaba de Gabby porque le encantaban esas películas tan tontas, pero, en el fondo, una parte de mí anhelaba sentirlo.

En el poco tiempo que llevaba cautiva había visto señales de que los miembros de la Cofradía se tenían afecto los unos de los otros. No sabía por qué, pero una parte de mí ansiaba ese tipo de conexión, y me daba miedo que Kaden lo supiese. A los míos no se les daban bien los sentimientos y las emociones. La culpa, creía yo, era de nuestra intensa necesidad de sangre y sexo. Cuanto más me alimentaba, menos humana me sentía. Cuanta más sangre bebía y cuanto más mataba, más feliz era Kaden. Eran los únicos momentos en los que yo parecía importarle.

—¿Nada de réplicas insolentes? Vamos, ¿dónde ha quedado la mujer descarada que hizo saltar por los aires un edificio entero y luego amenazó al rey de dos dominios?

Le lancé una mirada cargada de odio y me incliné hacia él tanto como me permitían las ataduras.

—Ábrete una arteria y enseguida te la vuelvo a presentar.

Hice acopio de toda la energía que me quedaba, dadas las circunstancias. Los ojos se me iluminaron de rojo. La energía del furgón cambió; la tensión me pellizcaba los nervios. Logan era encantador con aquellos a los que amaba, pero era un miembro de la Mano por buenas razones. Casi esperaba que me volviese a golpear, o que me matase y luego alegase que había sido un accidente.

No sabía por qué siempre me metía en situaciones que podían desembocar en mi muerte. Quizá estaba loca, y era salvaje, o impulsiva, o todo lo anterior, pero una cosa tenía muy clara: fuesen cuales fuesen las circunstancias, era una luchadora.

Estaba débil, y famélica, pero no dejaría que se diese cuenta. Mantendría las apariencias en la medida de lo posible. Si se me acercaba, sabía que podría hacer acopio de mis últimas fuerzas y estrangularlo con las cadenas, pero si él se las arreglaba para sacar un arma, estaba acabada. O bien se imaginó lo que yo estaba pensando, o bien llegó a la misma conclusión, porque su única respuesta fue una risa sardónica. La verdad, me sentí aliviada. No me apetecía mucho pelear en ese momento. El poder de Liam que me había atravesado esas pasadas semanas me había dejado el cuerpo en carne viva, y la huelga de hambre me impedía curarme en condiciones.

Pasó el tiempo. Logan respondió más llamadas, pero las contestaba en aquella lengua tan hermosa. Cuando no estaba al teléfono, el viaje transcurría en silencio. Ninguno de los dos estábamos interesados en seguir hablando. ¿Para qué? Nuestras especies habían sido enemigas mortales desde el amanecer de los tiempos, o al menos eso nos contaban. Sí, los buenos eran siempre rectos y honorables, se sacrificaban por aquellos a quienes amaban y salvaban la situación en el último instante. Los míos, por el contrario, eran villanos y acababan subyugados. La historia nos retrataba como engendros despiadados, crueles e inmundos; algunos hasta supurábamos babas. No conocía a nadie que supurase babas, la verdad, aunque había oído historias de ig'morruthens del pasado que sí lo hacían.

Gabby tenía razón. Yo era un monstruo.

—Entonces —sondeé— ¿a dónde me lleváis, exactamente?

No respondió.

—¿De qué sirve mantenerme viva? —Suspiré—. Ya sabéis que no voy a hablar.

—Yo diría que ahora mismo estás hablando.

Asentí y recliné la cabeza contra la pared del vehículo.

—Ah, así que lo ha decidido el jefazo, entonces. Porque tengo la sensación de que a los demás os encantaría convertirme en una barbacoa.

—Oh, eso desde luego. —Sonrió—. Después de lo que le hiciste a Zekiel, serás muy afortunada si recuperas la libertad.

Aparté la vista. Oír ese nombre siempre me traía un torrente de recuerdos. La forma de luchar con todas sus fuerzas para hacerse con el control del puñal. La expresión de su rostro. ¡Maldita expresión! Había comprendido que estaba todo…

—Perdido.

—¿Qué? —Logan alzó las cejas.

Había hablado en voz alta sin querer, así que cambié de tema a toda prisa y me volví a centrar en Logan.

—Entonces, si el grandullón me quiere viva, ¿puedo suponer que no es con la intención de pedirme una cita?

—Si por «cita» te refieres a mantenerte viva por todos los medios necesarios, ya que eres nuestra única pista, entonces sí, una cita. Llegados a este punto, estoy seguro de que no descarta alimentarte a la fuerza.

—Me pongo cachonda solo de pensarlo.

Frunció los labios.

—No entiendo a qué vienen los chistes y la grosería. Sabes que no tienes escapatoria. No hay final feliz, y sin embargo te niegas a hablar. ¿Quién puede ejercer tanto poder sobre ti?

No tenía la menor intención de revelar esa información. Si se enteraban de lo que usaba Kaden para controlarme, ellos lo usarían también. Lo único que me mantenía a raya era Gabby. Me fijé en el símbolo de su dedo, y lo señalé con el mentón.

—Hace mucho que renuncié a un final feliz. Hablando de lo cual, ¿cómo os conocisteis un par de tortolitos asesinos como vosotros?

No respondió.

—Desde luego, es hermosa. Entiendo lo que ves en ella, y seguro que otros también. Debe de significar mucho para ti, ya que celebrasteis el Ritual de Dhihsin.

El Ritual se había originado con la diosa Dhihsin. Era una ceremonia que unía a las almas gemelas para siempre. Les dejaba un símbolo, una runa estilizada con hermosas florituras, en el dedo corazón de la mano izquierda del hombre, y de la derecha de la mujer. Cuando apretaban las palmas uno contra otro, los símbolos se tocaban. Las marcas eran diferentes para cada pareja y, una vez completado el ritual, no había divorcio ni abandono posibles. El vínculo era eterno, y una de las muestras de amor más preciadas que se le podía dar a otra persona. Era un rasgo de la cultura celestial que Gabby adoraba. Quería celebrar el ritual con Rick... y yo se lo había quitado.

Los ojos de Logan centellearon con un fogonazo de azul.

—Tengo órdenes estrictas de asegurarme de que llegues a la Ciudad de Plata, pero si vuelves a mencionar a mi esposa haré que tu muerte parezca un terrible accidente.

Una sonrisa fría me asomó a los labios. «Te pillé».

—La Ciudad de Plata, ¿eh? Vaya, sí que soy especial. Está en Ecanus, así que es allí a donde vamos.

La Ciudad de Plata era exactamente lo que describía su nombre y, comparado con ella, el resto del mundo era patético. Se decía que era uno de los lugares más afamados de los celestiales; aunque no es que yo lo hubiese visitado, ni nadie que conociese. Según la leyenda, quienes entraban no volvían a salir.

Comprendió lo que había dicho, y sus pupilas se dilataron ligeramente.

—Como digas una palabra más, te vuelvo a dejar inconsciente. No me importa repetirlo tantas veces como haga falta. —Se cruzó de brazos y se acomodó en el asiento; sus ojos se habían convertido en rendijas.

—No te preocupes. Prefiero dormir la siesta por voluntad propia.

El furgón no tenía ventanas, pero ambos miramos en direcciones opuestas para evitar el contacto visual. Decidí reclinarme y tratar de dormir. Me había dicho que el viaje duraría varias horas, y hablar con él no me iba a servir de nada. Llevaba semanas durmiendo en el suelo de una celda, que no era muy cómodo; en comparación, el banco de metal era una mejora. Cerré los ojos y me quedé dormida.

La violenta sacudida del vehículo me sacó con brusquedad de mi sueño. Abrí los ojos, y la tensión de la voz de Logan puso todos mis sentidos en alerta.

—Convoy Dos, ¿me oís? —gritaba Logan—. Convoy Uno, repita lo que ha dicho. ¡Vamos, vamos!

Logan me sacudió con una mano; en la otra sostenía un transmisor de radio negro.

—¡Dianna, no es momento para que te eches una puñetera siesta reparadora!

—Estoy despierta, idiota. ¡Cálmate!

Encogí el hombro para apartarle la mano, pero ni se dio cuenta. Tenía los ojos encendidos. Bajó el transmisor y lo sacudió. Del altavoz brotó un chorro de estática, seguido de gritos y un largo sonido sibilante. Me miró, con los rasgos retorcidos por el miedo.

—¿Qué está pa…?

No pude terminar. El furgón cayó con violencia hacia la derecha y dio varias vueltas de campana. El impacto nos sacudió y rebotamos uno contra otro. Intenté agarrarme a algo para estabilizarme, pero las cadenas limitaban mis movimientos. De repente el furgón dejó de rodar y se detuvo en seco con un chirrido. Me levanté con esfuerzo y miré a Logan. Ambos estábamos magullados y ensangrentados.

El vehículo saltó hacia delante como una pelota a la que un niño le hubiese dado una patada. El furgón dio dos vueltas más y se paró de repente con un fuerte chasquido; había chocado con algo. El cuerpo de Logan cayó sobre mí. Su peso me atrapó contra el suelo metálico. Los bordes de mi campo visual se oscurecieron. Jadeé y parpadeé para tratar de apartar la neblina gris.

Algo arrancó la puerta de cuajo; el acero reforzado se desgarró como si fuese papel. Una silueta negra se recortó contra la entrada. Sentí tensarse el cuerpo de Logan, pero ya era demasiado tarde. El monstruo lo agarró y lo arrastró fuera. Lo último que oí antes de desmayarme fue su grito.

XV
LIAM

Unas horas antes

—El convoy está listo para el transporte —dijo Peter.

Era uno de los muchos celestiales que habían ascendido tras la explosión. Vincent hablaba muy bien de él. Además, Peter y un par de graduados recientes tenían muchas ganas de ayudar en todo lo posible. Incluso ofrecían consejo cuando era necesario, cosa que encantaba a Vincent. Durante el reinado de mi padre, solo el consejo o los oficiales de más alto rango gozaban de la atención de sus superiores.

Me aparté de la ventana para volverme hacia él y asentí. Peter y otros tres hombres estaban en posición de firmes, con las manos a la espalda y la mirada al frente. Todo parecía normal, aunque había algo extraño en Peter y varios otros con los que había tratado. Pero no lograba determinar qué era, así que lo achaqué a llevar varios siglos sin relacionarme con nadie. Todos tenían potencial de superación, lo que era una ventaja si nos encaminábamos a una guerra.

—Podéis retiraros —dije, y uno tras otro asintieron y abandonaron la sala.

Lancé una última mirada a la niebla que bajaba de las montañas. Arariel era magnífico, pero no podía compararse con Rashearim. Las montañas, aunque hermosas, eran pequeñas; el follaje, mucho más apagado. Quería terminar con todo aquello y volver a casa. Cuanto más tiempo permanecía, más intensos eran los dolores de cabeza. Tampoco ayudaba el que no hubiese dormido, ni tuviese intención de hacerlo.

Algo que sí apreciaba eran los diversos modos que habían encontrado los mortales y los celestiales para quemar el exceso de energía. Logan me había mostrado el gimnasio, y allí era donde pasaba la mayor parte del tiempo. Mientras me entrenaba, trataba de averiguar qué buscaba el enemigo y cuál sería su siguiente movimiento. Eso me mantenía despierto, y el miedo también. No temía que se colasen los ig'morruthens en los niveles inferiores, pero sí a lo que pasaría si me dormía. Necesitaba terminar con este asunto para poder marcharme.

Le había dado la espalda a la vista del paisaje cuando entró Logan, seguido de Vincent y Neverra. Iban plagados de armas y vestían los nuevos trajes acorazados que había pedido. Yo era invulnerable al fuego, al menos hasta cierto punto, pero ellos, no. Si la mujer podía manejar tal poder, ¿quién me aseguraba que los otros no pudieran también? Trasladarla era una precaución necesaria, pero me aseguraría de que estuviesen tan a salvo como fuese posible.

—Estamos listos —dijo Logan.

Asentí y salí de la habitación, y los tres me siguieron. Recorrimos medio pasillo antes de que nadie se decidiese a hablar.

—Has sido demasiado amable —dijo Vincent.

Se puso a mi izquierda, mientras Logan y Neverra lo hacían a mi derecha. Por la manera en que se tensaron, supuse que ya habían discutido ese tema entre ellos. Vincent y yo siempre nos exigíamos el máximo el uno al otro. Nos habíamos hecho amigos en Rashearim, cuando yo no era más que el hijo de Unir. No tenía reparos en cuestionar mis decisiones. A veces me gustaba, pero en otras ocasiones me molestaba a más no poder.

—Ah, ¿lo he sido? ¿No he torturado lo suficiente a la bestia?

—¿Y las ropas y la comida que le has enviado? ¿Para qué? Con todo el mal que han provocado ella y los suyos, déjala que se muera de hambre —replicó. Le temblaba la mandíbula. Había madurado su odio y su ira durante siglos—. Sabía que no funcionaría —siguió—. No hay bondad en su interior. Unir nos lo enseñó. Todos los dioses lo hicieron. Esa mujer es un monstruo.

Al pasar, varios celestiales nos hicieron una reverencia y yo esbocé una mueca de desagrado. Lo detestaba. Logan, Vincent y Neverra se dirigieron hacia el ascensor, pero negué con la cabeza y se detuvieron. El control de mis poderes aún era errático, pero no quería compartir esa información con ellos. Los guie hacia las escaleras y descendimos por ellas hasta el vestíbulo principal. Era un espacio abierto que llevaba a la parte delantera del edificio.

—Sí, es correcto, pero no es solo eso. Creo que hay algo más en ella, aparte de maldad y destrucción. Solo trato de apelar a esas partes ocultas. Además, no puedo interrogar a un cascarón reseco, que es en lo que se va a convertir si no come.

—Sí, pero no debemos olvidar que asesinó a casi todo el consejo humano. Los que han sobrevivido tienen quemaduras por todo el cuerpo. Además, es el motivo de que Zekiel no esté aquí.

Me detuve en seco y me encaré a Vincent.

—¿Cómo podría olvidarlo? ¿Acaso no estaba yo allí? La vi levantar las manos, vi bailar las llamas, y reaccioné una fracción de segundo demasiado tarde.

—¿Y qué hay de Zekiel?

—Vincent...

—Zekiel ha muerto y tú te portas como si volver aquí fuese un trabajo aburrido. ¡Le importabas, como nos importas a todos, y no das ninguna muestra de duelo!

Cerré los ojos. El latido de la cabeza había vuelto diez veces más fuerte. El poder se arremolinó a nuestro alrededor e hizo huir a varios celestiales de bajo nivel. Las luces parpadearon y luego volvieron con mayor intensidad.

—¿Duelo? ¿Cuándo tengo tiempo para llorarlo? Me alegro de que te puedas permitir ese lujo. Sí, Zekiel ha muerto. Y muchos otros, y estamos otra vez al borde de la guerra. Siempre hay bajas, ¿o se te ha olvidado?

Los ojos de Vincent se entrecerraron.

—He hecho lo que era necesario. Tú me dejaste a cargo, ¿recuerdas? Sé que Logan no lo va a decir porque no quiere herir tus sentimientos.

—Eh, vale, vale. —Logan se acercó y levantó la mano para interrumpirnos.

—Pero ahora eres diferente —continuó Vincent—, más frío. Liam, has estado fuera durante siglos, lo entiendo. Has perdido muchas cosas, pero nosotros también. Has estado todo ese tiempo en los restos de Rashearim, encerrado muy lejos del consejo. Imogen nos dijo que no lograba contactar contigo por mucho que lo intentase. No eres el mismo que me liberó de aquella diosa miserable, Nismera. Ni el que reía y bromeaba y bebía con nosotros como si fuésemos hermanos. Tampoco eres el que forjó la Mano mucho antes de la guerra. ¿Qué ha sido de aquel hombre que soñaba con crear un mundo en el que a los celestiales se los tratase como iguales, en vez de ser las putas marionetas descerebradas en que los habían convertido los dioses?

—Te estás excediendo.

Di un paso al frente e invadí su espacio personal. Varias luces del pasillo estallaron. Neverra sacó de allí a toda prisa a los celestiales que quedaban.

—Alguien tiene que hacerlo —replicó—. ¿Somos hermanos? ¿Somos familia, o ahora nos hemos convertido en bajas prescindibles? Siempre temiste convertirte en alguien tan carente de emociones como tu padre. Mírate ahora. Ya no veo a Samkiel. Solo veo a Unir. No eres mejor que él.

—¿No lo soy? —La sala tembló; las emociones y la cólera que con tanto esfuerzo mantenía a raya estaban a punto de liberarse—. No quiero ser juez y verdugo, como lo era él. Alguien tiene que tomar decisiones precisas y concretas, y ese alguien tengo que ser yo. Tienes razón, te dejé al mando. Querías mandar. Ese ha sido siempre tu objetivo. Y cuando vuelvo, ¿qué me encuentro? Medio mundo en crisis, un consejo humano que no te respeta y monstruos legendarios que aterrorizan Onuna. Destruyen nuestras instalaciones, matan a nuestro pueblo, y tú no tienes pistas ni un plan para detenerlos.

Logan se interpuso entre nosotros. Apoyó una mano en el pecho de Vincent y otra en el mío, y empujó para separarnos.

Vincent fue incapaz de sostenerme la mirada: era una táctica de sumisión, que le había visto emplear demasiadas veces.

—Lo estoy intentando —dijo.

—Esfuérzate más. —Tenía razón. Yo era frío, insensible y carente de emociones. El problema era que no sabía cómo arreglarlo. Aparté la mano de Logan y me giré hacia las puertas correderas—. Logan, acompañarás a la prisionera a la Ciudad de Plata. Neverra y Vincent, conmigo. Sin discusiones.

Cruzamos las puertas y nos dirigimos al garaje en silencio. Varios celestiales estaban cargando munición y provisiones en los vehículos blindados. Las precauciones no eran por ella, sino por aquellos que podían seguirnos, los mismos a los que se negaba a identificar. Alguien ejercía tanto control sobre ella que no se había rendido pese a todo lo que yo le había hecho. Una lealtad admirable, de haberse tratado de alguien diferente.

—Señor —dijo un joven celestial al abrir la puerta del vehículo más cercano.

También detestaba eso. En mi juventud quizá habría disfrutado de la atención y de las alabanzas, pero con el tiempo había comprendido que venían acompañadas de sangre y muerte.

Apreté los dientes al entrar en la parte de atrás del lujoso vehículo blindado. Tenía dos filas de asientos, lo que me pareció excesivo, y opté por el sitio más cercano a la ventanilla. Al volverme, vi que Logan y Neverra se despedían. Ella esperó a que se marchase, y luego subió al coche conmigo. Logan me había dado más vídeos del mundo humano, así que al menos ahora sabía cómo se llamaban las cajas mecánicas con ruedas.

Vincent se subió al vehículo que iba a la cabeza, con varios celestiales más que parecían encantados de estar en su presencia. Tenía razón. Se había hecho con el mando mientras yo estaba fuera, y eso lo respetaba. Se lo devolvería de buena gana en cuanto terminase todo eso. Seguía enfadado conmigo. Lo percibía, y no lo culpaba por ello. Yo había vuelto y le había arrebatado el título que tanto quería. Probablemente me odiaba, pero no más de lo que yo me odiaba a mí mismo.

Seis coches irían conmigo a Hayyel, para luego tomar la caravana a la Ciudad de Plata. Cuatro furgones blindados transportarían a la ig'morruthen de la misma forma. Teníamos una reunión con el nuevo embajador de Ecanus. Se iba a hacer cargo de esa región, ya que su predecesor había muerto en el incendio. Se llamaba Elijah, y era la razón de toda esa mudanza. No me sentía cómodo dejando a la mujer allí mientras yo no estaba presente, y no me podía arriesgar a que los otros vinieran a rescatarla.

Habían pasado dos semanas desde el ataque y no veía la hora de irme. No había dormido, y era consciente de que mi cuerpo iba a tomar la decisión por mí tarde o temprano. Cuando llegase ese momento, los terrores nocturnos se harían con el control, y no quería estar en Onuna para entonces. No quería que viesen el cascarón vacío en el que me había convertido.

Hiciera lo que hiciera, decidiese lo que decidiese, me sentía solo y aislado. Toda mi vida me habían dicho quién era, qué era, cómo mandar. Pero ¿quién era, en realidad? No lo sabía. Durante la juventud, me había saltado las lecciones mientras mi padre insistía que prestase atención. Había ahogado los demonios de mi interior con hombres, mujeres, alcohol y entrenamiento, forzándome hasta el límite para ser el más rápido y el más fuerte.

Me esforcé por ser alguien de quien él se sintiese orgulloso, digno del amor que todos me ofrecían. Funcionó durante un tiempo, pero cada cosa que intenté solo pareció provocar más problemas. Cuando recluté miembros para la Mano, para crear mi propia red de contactos me quedé con los generales de otros dioses, porque hasta entonces estaba solo. Fui egoísta, y lo sabía. No tenía hermanos. Mi madre murió cuando yo era joven, y a mi padre solo le preocupaba que yo me convirtiese en rey. Un rey tenía que amar, y el amor no era egoísta, ni cruel. Si era sincero conmigo mismo, no estaba muy seguro de saber amar.

El deber y el honor sí los conocía. Sabía pelear y matar, pero no amar. Como Rey de los Dioses, mi padre amaba a aquellos que gobernaba, y yo había sido testigo de su amor imperecedero por mi madre, que había sobrevivido inquebrantable contra todos los obstáculos e incluso a su muerte. Logan y Neverra llevaban siglos juntos. Nunca se cansaban el uno del otro y no buscaban nada más fuera de su relación. Eran la definición de almas gemelas si es que tal cosa existía, y yo envidiaba lo que tenían.

Nunca había sentido algo así por nadie. Había hecho el amor, pero jamás había querido. Ni siquiera a Imogen, aunque me lo había suplicado. Vincent tenía razón: me había vuelto frío, o quizá lo había sido siempre. Zekiel había muerto y yo no lo lloraba. No había derramado ni una lágrima, aunque era parte de la Mano y había estado conmigo desde el principio, y formaba parte del reducido grupo que yo consideraba mis amigos.

Vincent decía que Dianna era un monstruo, pero el mismo título me correspondía a mí.

El vehículo tomó un desvío para descender de las montañas. Neverra carraspeó. No me había dado cuenta de lo callada que estaba.

—No los culpes. Te echaban de menos. Incluso Vincent, cuando no estaba siendo un completo capullo. —Soltó una risita burlona y luego me sonrió—. Yo también te echaba en falta.

Dejé escapar un largo suspiro. Estiré las piernas y me crucé de brazos.

—Todo el mundo me dice eso.

—Bueno, es agradable que te lo digan tus amigos.

En vez de responder, me limité a asentir.

—Mira, no sé qué pasó durante la caída de Rashearim, pero sé que tú perdiste más que nosotros. Y eso lo lamento. Has hecho mucho por nosotros, Liam. Al crear la Mano, nos diste una vida de la que podíamos sentirnos orgullosos. Salvaste a muchos de los nuestros durante la guerra, y antes de irte nos diste lo que necesitábamos para reconstruir nuestras vidas en Onuna. Nunca hemos olvidado lo que hiciste, ni los sacrificios que te supuso.

—Siempre has sido amable, Neverra. —Contemplé por la ventanilla las montañas nevadas y los bosques que nos rodeaban, mientras la carretera daba vueltas y vueltas—. Por muchas batallas que peleásemos, eso jamás lo perdiste.

—Es mi don. Y gracias a ello engañé a Logan para que nos uniésemos en el vínculo.

—Creía que yo había ayudado con eso —repliqué; fue un intento muy torpe de conjurar alguna emoción.

Me dio una patada con una sonrisa juguetona y sacudió la coleta.

—Ni en sueños. Aunque supongo que, en cierto modo, sí. Echo de menos aquellos días en Rashearim. Las fiestas, y cuando nos reuníamos todos para echar pestes de los dioses. Eran siempre tan estirados... —Se ajustó la manga del traje de combate; tenía la mirada perdida—. Echo de menos a Cameron, aunque a veces sea un coñazo, y a Xavier, que siempre lo estaba corrigiendo. Echo de menos entrenar con Imogen, y bailar como locas, al menos cuando no estaba pegada a ti.

—Sabes que puedes ir de visita.

—Sí, lo sé. —Se encogió de hombros—. Logan va en ocasiones, pero yo no puedo. Todo cambió tras la Guerra de los Dioses. Temo que, si los vuelvo a ver, todos esos recuerdos felices sean solo recuerdos, y nada más. Ahora es todo tan distinto...

—Sí que lo es. —Nos sumimos de nuevo en el silencio. La carretera se ampliaba poco a poco a medida que abandonaba la cadena montañosa, y empezaban a aparecer ciudades y tiendas, esas rutinas diarias en las que se afanaban los humanos—. Estuvo a punto de escapar —dije de repente cuando giramos para entrar en la autopista.

Neverra se sobresaltó, como si no esperase que rompiese el silencio.

—¿Qué?

—Si llego a tardar un segundo más, no la habría pillado. No soy apto para acaudillar a nadie, Neverra.

—Liam… —La expresión de Neverra se dulcificó.

—Esta situación nos supera. La oscuridad y el fuego se doblegan ante su voluntad, lo que la hace enormemente peligrosa. Mortífera, incluso. Lo peor es que no creo que aproveche al máximo su potencial. Ya viste que las cadenas casi no podían retenerla. Incluso bajo tortura, se ha negado a decirme con quién trabajaba, ni quién es su creador. El instinto me dice que todavía no hemos rozado ni la superficie de lo que sucede en realidad.

—Hemos intentado verificar su pasado —convino, con tono pensativo—, pero no encontramos ninguna información relativa al nombre Dianna Martinez. No hay registros, ni documentos públicos, nada. En lo que al sistema atañe, esa mujer no existe; es muy probable que eso signifique que alguien con mucho poder la mantiene oculta.

—¿Y la reliquia que buscan?

Se rascó una ceja.

—No se han llevado nada importante: documentos, algunos pergaminos, y varios libros antiguos, cosas así. Textos que cuentan la historia de Rashearim, pero nada que pueda resultar perjudicial.

—Necesito que todos seáis conscientes de la gravedad de la situación. —Me incliné hacia delante con la mirada firme—. No se trata de ig'morruthens corrientes, y no estamos preparados. Estas no son las bestias del pasado. Si pueden transformarse a voluntad, como hace ella, eso significa que han evolucionado, y en ese caso tenemos problemas. Si pueden matar a un miembro de la Mano, si pueden atacar con libre albedrío y pensamiento consciente, vamos de cabeza a otra guerra.

Tragó saliva, con el miedo marcado en los rasgos.

—¿Qué harás si no habla? ¿Usarás el Olvido?

El Olvido era otro asunto del que no solíamos hablar. Sin ser consciente de ello, toqué el anillo orlado de negro que llevaba en el dedo corazón. Era un arma que había creado durante mi ascensión. Solo la Mano y mi padre sabían de su existencia, y lo habían mantenido en secreto. Se lo habían ocultado a los otros dioses tanto tiempo como había sido posible. Era una espada de obsidiana de las profundidades más sombrías de nuestras leyendas.

La había creado a partir del odio, la desesperación y el dolor, emociones que un dios no debería alimentar. La espada hacía lo que no podía hacer ninguna otra arma, ni ningún ser vivo: causaba una muerte permanente, e impedía el acceso al más allá. La capacidad de crear y empuñar tal arma era lo que me convertía en peligroso y hacía temblar a los otros dioses. Había contribuido a forjarme una reputación, y a que mi nombre se susurrase en voz baja y temerosa en todos los dominios. De pocas cosas me arrepentía tanto, pero a la vez, sabía que soportaría el peso de utilizarla de nuevo si se trataba de salvar este mundo.

—Si es necesario.

XVI
DIANNA

Cuando empecé a recuperar la conciencia, lo primero que oí fue el crepitar del fuego. Luego se me derramó por todo el cuerpo un calor abrasador. Un líquido tibio me corrió garganta abajo. Era puro éxtasis, pero demasiado, y demasiado rápido; entre toses, traté de incorporarme para no atragantarme. De inmediato lamenté el movimiento brusco, porque un dolor agónico me taladró el costado. Abrí los ojos y descubrí a Tobias, que apartaba de mí un cuerpo medio exangüe y lo arrojaba a un lado sin miramientos.

—¿Tobias?

Lo formulé como una pregunta porque no recordaba dónde estaba. Sentía que estaba volviéndome loca. Me miró con desprecio. Se inclinó hacia mí y me arrancó del costado un afilado fragmento de metal. Una calidez carmesí se escapó de la herida, y grité. Sí, sin duda estaba despierta.

—Has pasado demasiado tiempo sin comer. Estabas casi reseca.

Estudié la herida del costado, que se estaba curando por completo hasta que solo quedó un agujero en la sucia camiseta que llevaba. Recliné la cabeza.

—No sabía que te importase. —El agotamiento se traslucía en mi voz.

—Oh, tranquila, te aseguro que no. Pero Kaden se enfadaría si perdiese a su mascota favorita.

Me pasé la mano por la frente. En mi mente se sucedían recuerdos que no eran míos, como fogonazos. Y no de un celestial o dos, sino de varios. ¿Con cuánta gente me había alimentado Tobias? ¿Tan mal estaba? Tras unos minutos de concentración, los ruidos se apagaron. Me había entrenado durante años para compartimentar y encerrar los recuerdos desagradables que había acumulado con el transcurso de los siglos.

Hice varias inspiraciones profundas y luego bajé la mano y miré a mi alrededor. Tobias y yo seguíamos cerca del furgón volcado. La puerta de atrás había desaparecido, y no tenía ni idea de qué había sido de Logan. Me incorporé un poco más y vi los otros dos vehículos despanzurrados cerca, con trozos de metal retorcido que salían en todas direcciones; parecía que les hubiese caído un meteorito. Los árboles que rodeaban la carretera estaban en llamas; las ramas ardían y crujían al romperse. Tobias se puso de pie y, con una mueca de dolor, hice lo mismo, insegura. Aunque me había alimentado, el dolor todavía era debilitante.

—¿Aún tardas en curarte? ¿Qué te han hecho? —No lo preguntaba porque le importase mi estado, sino porque temía que les pudieran hacer lo mismo a Alistair o a él.

Deseché su preocupación con un gesto.

—Ya me habría curado de no ser por estas malditas esposas. Me roban la fuerza y me dejan seca.

Inclinó la cabeza y los ojos le brillaron a juego con las llamas que nos rodeaban.

—Muy bien —dijo.

Me cogió del brazo y se alejó de los restos, arrastrándome con él. Gemí; el abdomen me palpitaba de dolor. Como aún tenía las esposas en las muñecas y los tobillos, me costaba seguirle el paso. La carretera estaba agrietada y quemada, como si algo o alguien hubiese caído del cielo. Hice memoria para reconstruir lo que debía de haber pasado. Tobias no estaba solo. Alistair también andaba por allí.

Dudaba de que hubiesen ido a por mí. Por supuesto que una parte de mí se alegraba de estar libre, pero habría preferido no ir a bordo del puto vehículo cuando se puso a dar vueltas de campana. El zumbido de los oídos disminuyó y me permitió oír un grito borboteante y un crujido. Distinguí una silueta oscura que se movía con pasos lentos y amenazadores hacia uno de los vehículos aplastados. Alistair.

Llevaba una hoja desolada, una daga larga, y la hacía girar en la mano.

—Me alegro un montón de que mi truquito haya funcionado, ¿sabes? —le oí decir—. Dejé caer por ahí que para escoltar a Dianna sobraba con un miembro de la Mano, y mis palabras llegaron a los oídos adecuados. Supuse que Tobias y yo podríamos encargarnos de uno de vosotros. Con todo, no ha sido fácil, pero mejor separar la oveja del rebaño, no sé si me explico.

Alistair miraba a alguien a quien yo no veía; un vehículo destruido me tapaba la línea de visión. Bajó la daga, e incluso con mi audición sobrehumana fuera de juego, oí con perfecta claridad el chasquido del choque con el metal. Se oyó un gruñido de dolor, y supe que era Logan. Se había defendido y seguía vivo. Por eso los alrededores estaban ardiendo y había tanta destrucción. Había aguantado bastante, pero, a juzgar por los jadeos entrecortados, diría que se le agotaba el tiempo.

Alistair le asestó varias puñaladas más. Tenía los ojos teñidos de rojo; a cada gruñido de dolor de Logan, su sonrisa se hacía más amplia.

—No lo mates, imbécil —dijo Tobias una vez nos abrimos paso entre los vehículos.

Alistair se preparó para apuñalar a Logan otra vez. La hoja desolada era larga, y en vez de ser una sola, se dividía en dos. Toda el arma estaba cubierta de la sangre de Logan, incluso la renegrida empuñadura tallada en hueso. Alistair tenía salpicaduras sanguinolentas en la cara, los brazos y las manos. Sacudió la daga para limpiarla de sangre y retrocedió, con la mirada aún perdida en la excitación del combate.

Logan estaba en el suelo, apoyado contra uno de los furgones volcados. Se apretaba el costado con la mano, para tratar de tapar la hemorragia. Joder, Alistair se había cebado en él. Tenía un corte en la frente y le caía sangre por la cara. Tenía un ojo hinchado y casi cerrado. Le había arrancado el traje protector, lo que dejaba a la vista la camiseta ensangrentada. Se le veían cortes profundos y puñaladas por todo el cuerpo. Los ojos y los tatuajes resplandecían con ese azul que yo tanto detestaba, pero el brillo parpadeaba y disminuía con cada jadeo. Cinco minutos más y estaría muerto, como Zekiel.

—¿Te lo has pasado bien? —le pregunté a Alistair.

—Dianna, qué mala pinta tienes —me respondió de inmediato.

—Ah, ¿sí? A lo mejor es por las semanas de tortura, ¡y porque vosotros dos, imbéciles, habéis volcado un vehículo conmigo dentro! —Lo último se lo grité mientras lo fulminaba con la mirada.

—Oh, venga, como si eso te fuese a hacer daño —dijo, pero se interrumpió y me miró—. ¿Por qué cojeas y te agarras el costado? —Y luego, a Tobias—: ¿No la has alimentado?

Tobias me levantó una muñeca; el tirón me hizo daño en la herida.

—Por esto. Tenemos que quitárselas, porque no la voy a llevar a cuestas todo el camino.

—Ya, ni de coña —asintió Alistair, mientras alzaba la ceja—. Yo tampoco la voy a llevar.

—Qué encantadores. En serio, tíos, cuánta amabilidad. ¿Podemos quitárselas, por favor? Miradle los bolsillos.

Alistair se acercó a Logan, que lo miró con gesto desafiante, y se puso a rebuscar en sus bolsillos. Alistair lo insultó, pero Logan se limitó a sonreír y le lanzó una dentellada. A los pocos segundos se incorporó y vino hacia nosotros con varias llaves colgadas de una anilla. Me solté de la mano de Tobias y extendí los brazos, desesperada por que me quitasen las esposas.

—¿No me dijiste que no ibais a rescatarme? —pregunté.

Alistair estaba probando varias llaves. Al oír mis palabras, me lanzó una mirada fugaz y luego miró de reojo a Tobias; acto seguido, se concentró de nuevo en las esposas.

—Pensé que Kaden no iba a mandar a por mí —insistí.

—Bueno, Kaden quiere a su zorra de vuelta —respondió Tobias a mis espaldas—. Cuando Alistair supo que te iban a transportar escoltada por un miembro de la Mano, trazó un plan.

—¿Cómo os enterasteis? —preguntó Logan, entre tos y tos.

—Oh, tenemos espías por todas partes en vuestro pequeño montaje. —Alistair sonrió, enzarzado todavía con las esposas—. Supongo que ya no importa que lo sepas. De todos modos, no tardarás en morir.

—No —saltó Tobias—. Lo quiere vivo. Puede que sepa dónde está el libro.

Sonó un suave chasquido metálico, y el poder volvió a mí como una ola, multiplicado por diez. Las esposas se habían soltado, y al caer sobre el pavimento la maldita luz azul de las runas se apagó. Le quité la llave a Alistair y me solté los grilletes de los tobillos.

Se me escapó un suspiro profundo, como si me hubiese metido en una bañera caliente tras un largo día de trabajo. La oleada de energía fue casi orgásmica. La herida del abdomen se curó al instante y los huesos rotos a los que no había prestado atención se repararon entre chasquidos. Estiré los miembros y el cuello como una atleta que se prepara para una competición. La piel recuperó su color y mi cuerpo volvió a ser el de antes, ahora que las cadenas no bloqueaban la absorción de sangre fresca. Era agradable volver a sentirme yo misma. No había sido consciente de toda la energía que me robaban los encantamientos. Los ojos entrecerrados que se posaron en Alistair y Tobías despedían un fulgor rojo.

—Ya me siento mejor. —Era mi voz de nuevo, no un ronquido áspero.

—Casi vuelves a estar guapa, excepto por la mata de pelo enmarañado —dijo Alistair. Le respondí con un corte de mangas.

Nos volvimos hacia Logan. Vio que me había curado e intentó sentarse, sin éxito.

—Por muchos de nosotros que matéis, no venceréis —nos retó. Habría jurado que vi lágrimas en sus ojos, que reflejaban las llamas parpadeantes.

—La luz se está yendo, y tenemos que actuar rápido si queremos obtener respuestas —dije.

Alistair se acercó para terminar con el asunto, y el pesar suavizó la mirada de Logan. Sabía el destino que lo esperaba. Alistair se agachó junto a él.

—Mira, Dianna, lleva la marca de Dhihsin en el dedo. —Le cogió la mano para enseñármela y Logan soltó un quejido de dolor.

—Sí, lo sé. Su esposa también es miembro de la Mano —expliqué. Enarqué una ceja, y Alistair silbó.

—Es un paso muy serio, mi moribundo amigo. He oído que la marca sella vuestras vidas para siempre. Tu poder se convierte en el suyo, y viceversa. Siempre me he preguntado si, al morir uno, el otro lo seguirá en breve. ¿Qué pinta tiene? ¿Deberíamos hacerle una visita?

Compartió una mueca burlona con Tobias, y se rio al ver los esfuerzos de Logan por moverse para defender a su querida esposa. Gritó de dolor, pero no supe decir si era por el tormento físico o emocional.

—Dime, entonces —insistió Alistair—. ¿La amas?

Era una pregunta estúpida, una burla y nada más. Conocía la respuesta tan bien como yo, pero Alistair era un sádico en estado puro, y con ese tema había encontrado un filón.

—¡Que te jodan! —escupió Logan. Los ojos le ardían de desesperación.

—Espero por su bien que muera contigo —dijo Alistair, con una risa amenazadora—. Porque lo que tiene planeado Kaden va a sacudir este dominio de punta a punta.

¿Planeado? ¿Qué quería decir? ¿Sabía algo que yo ignoraba? ¿Kaden volvía a tener secretos conmigo? La irritación creció en mi interior. Tobias me miró y sonrió burlón, como si me leyera los pensamientos.

—Perderéis —dijo Logan con una mueca, mientras nos contemplaba—. Todos vosotros.

Alistair alzó la daga desolada.

—Con todos los nuestros que habéis matado, voy a disfrutar esto. —Presionó la hoja contra una herida abierta, para que la sangre se acumulase en la punta. Luego vino hacia mí con la hoja goteando.

—Antes de llevarlo, vamos a asegurarnos de que merezca la pena. —Levantó el arma hacia mí—. Vamos, prueba.

Fruncí el ceño ante el juego de palabras, pero lo cogí del puño y me acerqué la daga a la boca. Deslicé la lengua por la hoja, y la suave sangre del celestial me llenó la boca.

La sangre de Logan era como beber azúcar líquido. Apreté la mandíbula y tensé las mejillas; cerré los ojos con tanta fuerza que fruncí la nariz. Varias imágenes me atravesaron la mente a la vez. Logan rodeado por Liam y la Mano. Reconocí a Vicent y Zekiel, pero no a los otros dos. Llevaban el pelo largo y recogido en trenzas. Vestían armaduras de combate plateadas que se aferraban a sus figuras musculosas, y los yelmos descansaban a sus pies.

Estaban de pie junto a tres enormes estatuas doradas en un gran jardín bien cuidado. Reían. Comprendí al instante que aquello no era Onuna. El paisaje que lo rodeaba era sobrecogedor. A lo lejos se alzaban las montañas más altas que hubiese visto jamás, con las cimas coronadas de nubes gruesas y opacas. Unos grandes pájaros de colores diversos y con dos pares de alas nos sobrevolaban y llenaban el aire de cantos melodiosos. Los hombres transmitían la sensación de haberse escabullido de algo importante y de haberse escondido allí.

Liam se veía más joven, más sano, y más feliz. Su sonrisa demostraba que los rumores sobre su belleza no eran exagerados. Bromeaban y se metían unos con otros. Liam soltó una risotada y le dio una palmada en el brazo a un hombre rubio por algo que había dicho. En ese recuerdo, no era el torturador frío y despiadado que yo había conocido en las últimas semanas.

Un fogonazo, y otra imagen me invadió la mente: un campo de batalla. A mi alrededor los hombres luchaban espada contra espada. El suelo temblaba y los rayos azules y plateados entrecruzaban el cielo. Gritos horripilantes rasgaban el aire, y el sonido era como si abriesen de par en par las fosas del Altermundo. Alguien gritó, y al volverme vi a varios guerreros en armadura que empuñaban espadas y lanzas doradas y avanzaban a la carrera.

Por puro instinto me aparté para esquivarlos y golpeé el suelo con fuerza. Pero no era un campo de batalla rocoso, sino un suelo de frías baldosas. Al levantar la mirada me encontré en una cocina blanca y negra. Se oyó una voz femenina, y me puse de pie de un salto. Era ella, su esposa, Neverra.

—Si aprendieses a usar un horno, no tendríamos que pedir comida —dijo, en dirección al salón. La respuesta de Logan llegó acompañada de una carcajada, y la cocina se desvaneció.

La música retumbó en mis oídos. Estaba en medio de una gran ceremonia. Miré a mi alrededor; las parejas reían y bailaban. Dos lámparas de araña colgaban del techo, y las luces parecían parpadear siguiendo sus propias reglas. Me volví al oír la voz de Logan, y lo vi levantarla y hacerla girar. Era el día de su enlace. Cuando la depositó en el suelo la multitud vitoreó, pero ambos, perdidos en su felicidad, eran completamente ajenos a lo que los rodeaba.

Los recuerdos llegaban demasiado rápido y hacían que me latiese la cabeza. Se estaba muriendo, y yo tenía que darme prisa. Cerré los ojos y me concentré hasta que el recuerdo se tornó más íntimo. Volvía a estar en su hogar, pero ahora en el dormitorio. Neverra entró corriendo y riendo como una niña, y saltó a la cama, y Logan tras ella. Juguetearon y rodaron; entre beso y beso, él le susurraba palabras de amor. Ella reía de felicidad, con los ojos rebosantes de un amor imposible de describir, mientras lo rodeaba con sus miembros y lo atraía hacia ella.

Neverra. ¿Ese era su último pensamiento? Se enfrentaba a una muerte segura y aun así su mente volvía a ella, a sus amigos, a su familia.

—¿Algo interesante?

La pregunta de Alistair me sacó del recuerdo y me devolvió a una realidad llena de sangre. Las llamas seguían ardiendo, y un árbol cercano se quebró con un crujido y lanzó entre el humo espeso una nube de chispas. Tobias alzó una ceja, a la espera de mi respuesta.

Salí de mi estado de fuga y negué con la cabeza.

—Nada de libros. Ni la más mínima referencia.

Alistair se encogió de hombros con resignación y se volvió hacia Logan. Se arrodilló ante él y le agitó la daga delante de la cara.

—Malas noticias, colega. Te vamos a llevar con nosotros, y entonces me voy a meter en tu cerebro y voy a recorrer hasta el último rincón de tu mente. Voy a estudiar cada recuerdo que tengas, incluso los de tus amigos y esa esposa a la que tanto quieres. Y luego te voy a convertir en mi marioneta. Siempre he querido tener de mascota a un miembro de la Mano.

—No te ayudaré a destruir a mi familia —respondió Logan con desprecio.

En su mano se materializó una hoja plateada. Era más pequeña que las otras, apenas una daga, y supe lo que iba a hacer.

—Perdóname, Neverra —dijo—. Te amo.

Algo se quebró en mi interior. Nunca había experimentado el tipo de amor que Neverra y él se profesaban, pero sabía que, si yo estuviese muriendo, mi último pensamiento estaría dedicado a Gabby. Era la única constante en mi vida, y renunciaría a todo por ella.

Los recuerdos del desierto, cálido y ardiente, me inundaron. El dolor sordo y vacío del hambre y la frialdad de una enfermedad incurable me retorcieron las tripas. Jamás podría olvidar que la sostenía entre mis brazos, y la veía irse con cada penosa inspiración. Su cuerpo se rendía, aunque yo le suplicaba que se quedase conmigo; sabía que no podía hacer nada por ella.

Y ahora, esas palabras. Tan parecidas a las que yo había pronunciado. ¿Qué sentimiento era ese? ¿Me sentía triste por él, por la amada que nunca volvería a ver? ¿O dolor, por la mujer a la que dejaba atrás? ¿Se sentiría sola y abandonada, como me había sentido yo ante la simple idea de perder a mi hermana?

«¡Tienes que defenderte! ¡Luchar por algo!», resonó la voz de Gabby en mi cabeza.

No tuve tiempo de procesar las emociones que sentía, y tampoco me paré a pensar. Agarré la daga de Logan antes de que pudiese clavársela en el corazón. Abrió los ojos con desesperación al comprender que no obtendría la muerte que buscaba.

Alistair rio entre dientes.

—Buen trabajo… —dijo.

Sus palabras terminaron con un suspiro, porque arranqué la daga de la mano de Logan y, volviéndome, se la clavé a Alistair bajo la barbilla y le asomó por la coronilla. Puso los ojos en blanco y los miembros se le quedaron flácidos. El cuerpo se sostuvo de pie un momento y luego estalló en llamas ardientes y cegadoras. El fuego que ardía en su interior se volvió contra él como una mascota maltratada que se liberase de su correa, y en pocos segundos quedó reducido a cenizas.

Mientras el polvo se asentaba, giré la hoja y me interpuse entre Tobias y Logan. La empuñadura de la daga me quemaba la palma. Me preparé para pelear con Tobias. La sorpresa y la rabia le desfiguraban las facciones, y los ojos le ardían de odio.

—¡Zorra traidora! —Me estudió con la mirada mientras se acercaba con precaución. Alcé la ardiente hoja de plata frente a mí y adopté una postura defensiva.

Una ráfaga azul pasó a mi lado y golpeó a Tobias con tanta fuerza que lo lanzó entre el follaje en llamas. Aulló; no fue un grito de muerte, sino de ira y odio. Se transformó, y el golpeteo de las alas al ascender hacia el negro cielo nocturno sacudió los árboles.

Me volví hacia Logan. Me miró fijamente y dejó caer la mano. La luz que le corría por el brazo se desvanecía poco a poco. Solté el arma de plata. El corazón, desbocado, me golpeaba el pecho con fuerza. Me quedé callada e inmóvil. Me zumbaban los oídos.

¿Qué había hecho?

Se me fue la vista al cielo, hacia donde Tobias había desaparecido. Se lo contaría a Kaden, y este vendría a por mí. Joder. ¡Iría a por Gabby! Nunca estaríamos a salvo, ni ella ni yo.

Teníamos que actuar deprisa. Corrí hacia Logan. Mis pasos levantaron los restos polvorientos de Alistair. El celestial tenía la cabeza contra el vehículo destrozado, y el brillo de sus tatuajes se iba apagando. Le colgaba la mano, carente de fuerzas. Las heridas seguían abiertas.

—Te estás desangrando, Logan —dije al acuclillarme junto a él. Me limpié los restos de Alistair de las manos. Pese al pánico que sentía, mantuve un tono de voz firme.

—Tengo que cauterizarte las heridas antes de que sea demasiado tarde —expliqué.

—¿Qué... qué has hecho? —tartamudeó.

Miró incrédulo las cenizas que nos cubrían. Parte de mí tampoco acababa de creerlo. No solo había matado a Alistair, sino que además iba a salvar a un miembro de la Mano.

Estaba bien jodida.

—¿Quieres volver a verla? —le pregunté, e incliné la cabeza a un lado.

Respondió con un breve asentimiento, e incluso ese movimiento tan ligero le arrancó una mueca de dolor.

—Pues entonces, cállate y procura no gritar demasiado.

Levanté la mano y me concentré; necesitaba el calor suficiente para cauterizar. Las venas de las palmas y de los dedos adoptaron un color anaranjado. Puse las manos sobre las heridas más graves para detener las hemorragias. Aulló de dolor y apretó los dientes hasta casi rompérselos.

—Con esto debería bastar hasta que te consigamos ayuda.

Me levanté y me limpié las manos en los pantalones. Se me fue la vista al punto de la carretera donde había ardido Alistair. Con esa única decisión había sellado mi destino.

Logan gruñó por el esfuerzo de ponerse de pie y le tendí la mano para ayudarlo. Se apartó por instinto; luego comprendió lo que estaba haciendo y se detuvo. No lo culpaba por tenerme miedo. No confiábamos el uno en el otro, pero quizá pudiésemos encontrar la manera de entendernos.

—Deja que te ayude.

Apretó los labios, pero al final asintió. Le cogí el brazo y me lo pasé por los hombros. Hizo una mueca. No dejaba de apretarse el costado con la mano derecha. Le rodeé la cintura con el brazo, para darle el apoyo que necesitaba para levantarse. Al ponerse de pie soltó una maldición. Se movía a saltitos para aliviar la presión sobre la pierna derecha, que tenía rota.

—Entonces…, la Ciudad de Plata…, ¿correcto? —dije, como si los últimos minutos no hubieran existido.

—Sí, la Gran Hacienda en Boel —confirmó con los dientes apretados—. Pero estará llena hasta los topes.

—¿Gran Hacienda? —Suspiré para mí misma—. Qué elegante. Menos mal que hemos traído las ropas de gala.

Soltó una especie de bufido, y de inmediato lamentó incluso ese pequeño gesto. Lo sujeté contra mí con más fuerza y me concentré. El poder de los celestiales con los que me había alimentado Tobias, y de lo poco que había probado de Logan, me atravesó. Sentí un calor familiar y abandoné el lugar de mi traición.

XVII
DIANNA

Las llamas bailaron a nuestros pies y el humo negro se nos pegó al cuerpo. Nos teleporté directamente a la Gran Hacienda. Pese a la confusa descripción que me había dado Logan, vi que estábamos en el sitio correcto. El edificio parecía un castillo de verdad. Los muros eran de piedra oscura, y en las esquinas de aquella bestia inmensa se alzaban múltiples torres con ventanas saeteras. Las luces bordeaban el camino empedrado y escapaban por las ventanas del edificio. El terreno estaba cubierto de jardines, con senderos que serpenteaban entre los hermosos parterres. Había tantos vehículos aparcados delante que incluso yo me puse nerviosa.

Me moví para repartir el peso y sostener mejor a Logan, que se apoyó más en mí.

—¿Dónde es más probable que estén, Logan?

—Tercer piso —dijo con dificultad. Así que fuimos al tercer piso.

Cuando nuestros cuerpos se solidificaron se oyó un coro de gritos y exclamaciones. El humo se disipó. Parte del suelo de caoba se había astillado bajo mis pies. En algún lugar de la sala se oyó el ruido de vasos que caían al suelo y se rompían en pedazos. Los que estaban cerca de las mesas abarrotadas de comida dejaron lo que hacían y se volvieron a mirarnos a Logan y a mí. Reconocí a algunos de los que habían asistido a mi humilde interrogatorio. Estaban muy arreglados, con vestidos y esmóquines en vez del equipo táctico con el que estaba acostumbrada a verlos.

—Perdón, ¿he interrumpido una fiesta?

Había humanos entre el gentío, pero la energía de la habitación dejaba ver a las claras que había más celestiales presentes de los que me habría gustado. Al oír mis palabras, se volvieron a mirarme con los ojos iluminados. De inmediato aparecieron pistolas, les quitaron el seguro, apuntaron los cañones en dirección a mí. A medida que se fijaban en mi ropa ensangrentada, y en la figura aún más ensangrentada que me acompañaba, los murmullos y los susurros llenaron la habitación. Tardaron unos instantes en comprender que mi acompañante era uno de los suyos.

Libre de aquellas malditas cadenas, había recuperado los sentidos por completo, así que me volví en dirección a la única persona que buscaba. Percibí su llegada mucho antes de verlo; su cuerpo despedía energía como un cable pelado. La Mano formaba detrás de él, y entre todos ellos había tanto poder que me daba náuseas.

—He vivido varios milenios —atronó su voz profunda desde el fondo del gentío— y es difícil sorprenderme. Pero tú sigues haciéndolo.

—Hola, cariño. Yo también te he echado de menos —ronroneé.

La muchedumbre le abrió paso.

—Tengo algo para ti —dije, mientras sostenía a Logan por el cuello de la ropa.

Una expresión le surcó la cara, casi demasiado fugaz para notarla. ¿Temor? ¿Alivio? ¿O curiosidad?

Una voz aguda brotó de entre el gentío y llamó la atención de todos.

—¡Logan! —gritó Neverra, al tiempo que se abría paso entre el grupo de mortales. Liam levantó de inmediato la mano y cortó en seco su precipitada carrera. El vestido de plata de Neverra le onduló alrededor de los tobillos. Sujeté a Logan más cerca de mí, lo que le arrancó un quejido de dolor. Lo sostuve con una mano y negué con la cabeza.

—No tan deprisa. Apartad las pistolas y las espadas. Lo he salvado, y con la misma facilidad puedo acabar con él.

—No podrías —dijo el que recordé que se llamaba Vincent; blandía un arma ardiente—. Caeríamos sobre ti en cuestión de segundos.

—¿Qué te apuestas? —Sonreí para asegurarme de que me viesen bien los caninos. Apreté más fuerte a Logan, que soltó otro quejido de dolor.

—Por favor, por favor, no —llegó la voz sollozante de Neverra.

—¿Se puede saber qué quiere? —La voz de Liam era poderosa y autoritaria, y todos callaron.

—Muy sencillo. —Me encogí de hombros—. Quiero una tregua.

Vincent se rio, pero fue el único.

La mandíbula de Liam estaba agarrotada, como si la idea le diese asco.

—No tienes poder sobre mí, y no tengo por qué hacer ningún trato contigo. Podría matarte aquí y ahora, y me daría igual.

—Menudo hijo de puta arrogante y fanfarrón estás hecho. ¿Tanta fuerza, y aun así tu mundo cayó?

—Tenga cuidado con lo que dice. —Había una amenaza implícita en sus palabras que yo sabía que podía cumplir.

Agarré a Logan por los brazos y lo puse delante de mí como un escudo.

—De acuerdo, nada de tratos. De todas formas, tu chico se está desangrando. ¿Por qué no termino ya con su sufrimiento? —Lo agarré del pelo y tiré de la cabeza hacia atrás, dejando la garganta expuesta. Le rocé el cuello con los colmillos, y oí jadear a Neverra.

—¡No! ¡Deténgase!

Los contemplé, sin apartar los labios de la arteria de Logan. Liam dio un pequeño paso al frente. Neverra le sujetaba el brazo con todas sus fuerzas, sin mirarlo, como si tuviese miedo de apartar la vista de Logan y de mí.

—Samkiel. ¡Liam, por favor! Por favor —suplicó; respiró hondo para contener las lágrimas y susurró—: No puedo existir sin él.

Los ojos de Liam se llenaron de furia; tenía un tic en la mandíbula. Les dediqué una sonrisa burlona y deslicé la lengua sobre el cuello de

Logan, y por fin alcé la cabeza. Retraje los colmillos. Sabía que había ganado esa ronda. Su unión era absoluta y, si se negaba, no perdería solo a Logan, sino también a Neverra. Si moría su alma gemela, ella jamás lo perdonaría.

Liam me clavó la mirada sin cambiar de expresión.

—A ver si lo adivino. ¿Quiere protección?

Asentí. Vincent dejó escapar un suspiro audible.

—Pero no para mí —añadí.

Liam cruzó los poderosos brazos sobre el pecho y me miró con interés.

—¿Para quién?

—Para mi hermana.

El gentío empezó a murmurar de nuevo; todas las miradas estaban fijas en el retablo que formábamos. Hasta Neverra apartó la mirada de Logan por un instante y me miró.

—¿Por qué va a necesitar protección una ig'morruthen?

Antes de que pudiese responder, Vicent me apuntó con la espada e interpeló a Liam.

—No te estarás planteando…

—Ella no es una ig'morruthen como yo —interrumpí; la cabeza de Liam se volvió hacia mí—. Os ayudaré a averiguar lo que están buscando, y os ayudaré a matar a vuestro enemigo. Después podréis hacer conmigo lo que queráis. Seré toda vuestra, de modo que me matéis o me encerréis para toda la eternidad. No me importa. Pero para mi hermana exijo inmunidad. Ella es inocente en todo esto, y siempre lo ha sido.

Liam se mantuvo inmóvil y en silencio. Por un momento, me aterrorizó pensar que se iba a negar, después de que yo hubiese revelado tanta información.

—Si acepto, no quedará usted en libertad —dijo por fin—. Pagará por los crímenes que ha cometido. ¿Lo entiende? Por mucha ayuda que nos preste.

Sabía a lo que se refería, pero me daba igual. Yo iba a morir de todos modos, pero Gabby estaría segura allí, y quizá encontrase la vida que siempre había anhelado. Podían mantenerla a salvo y, si Kaden moría, sería libre.

Las palabras de Gabby me resonaron en la cabeza: «No tiene sentido que me salves si luego no puedo vivir».

Asentí.

—Acepto, pero voy a necesitar algo más que tu palabra.

Entrecerró los ojos, asombrado de que alguien dudase de él.

—Mi palabra es ley. Nadie se opondrá.

—Lo siento, colega, pero me cuesta confiar en la gente. Voy a necesitar algo más permanente, y de mi mundo. —Mi sonrisa se ensanchó poco a poco—. Una firma con sangre, la mía y la tuya, sellada e intacta. Ahora mismo.

—Liam —interrumpió Vincent otra vez—. No.

—Silencio —ordenó Liam sin quitarme ojo de encima. Vincent se retiró como si hubiese recordado de repente quién estaba al mando.

Aquella demostración de dominio masculino me produjo vergüenza ajena.

—Tu amigo pierde fuerzas por momentos —dije, por si habían olvidado a quién tenía entre mis brazos—. Solo he cauterizado las heridas, no las he curado.

—Liam, por favor, te lo ruego. —Neverra, que no había soltado el brazo de Liam, se acercó más a él.

—¡No puedes! —insistió Vincent. Neverra le lanzó una mirada tan letal que me hizo replantearme su poder.

—¡Tic, tac! —grité—. Su corazón pierde fuerza.

Liam respiró hondo y cuadró los hombros.

—Muy bien —aceptó.

Flexionó el puño. Los anillos brillaron, e invocó una hoja de plata iridiscente. Se liberó suavemente de la mano de Neverra y se hizo un corte en la palma. Vincent dejó escapar una exclamación de descontento, y los murmullos recorrieron la muchedumbre. Neverra, con las manos en la cara, esperaba la oportunidad para salvar a Logan. Liam se acercó. Tenía en la palma un charco de sangre plateada.

—Así que sangra.

Sin responder, Liam se detuvo delante de Logan y de mí. Sus rasgos eran pétreos, pero se suavizaron al contemplar a su amigo. No aparté la vista, pero moví a Logan para que estuviese más recto. En parte porque se me estaba escurriendo, pero también para que me sirviese de escudo si Liam cambiaba de idea y decidía matarme. Desenfundé los caninos, me llevé la mano a la boca y me di un profundo mordisco en la palma.

Extendí la mano, que goteaba sangre sobre el suelo.

—Repite conmigo. Sangre de mi sangre, mi vida y la tuya están selladas hasta que se complete el acuerdo. Te entrego la vida de mi creador a cambio de la vida de mi hermana. Ella permanecerá libre, viva e indemne, o el acuerdo se romperá. Después, mi vida será tuya para que hagas lo que debas.

Respiró hondo y yo contuve la respiración. Tenía miedo de que se echase atrás, pero extendió una mano grande y callosa que abarcó la mía. Su poder me atravesó como una descarga eléctrica al rojo vivo. No me quemó, como la otra vez, pero sobrecargó todo mi sistema nervioso.

En ese momento supe que había cometido un error, inmenso y terrible. Al mirar los ojos de Liam, me pasó por la mente una sucesión de imágenes rápidas y mortales. Él no conocía mi poder, no sabía lo que yo veía, pero... vaya lo que vi.

Estaba cubierto de los pies a la cabeza con la armadura de combate plateada, pero esta vez la veía con mucha mayor claridad. En el centro del peto había un escudo con un león de tres cabezas. Pese a los músculos pronunciados, se movía con el sigilo de un depredador. A juzgar por la sangre y las vísceras que cubrían su armadura, era sin duda el temible rey guerrero que contaban las leyendas.

«Tiene muchos nombres, y todos ellos significan destrucción». Kaden estaba en lo cierto.

El campo de batalla estaba cubierto de cuerpos gruesos y pequeños, seres cuya naturaleza no reconocí. Era una matanza, pero no había ejércitos, nadie excepto Liam y la carcasa de una enorme bestia con dientes de sierra. Estaba de pie sobre el cuerpo escamoso, que tenía la piel desgarrada y las poderosas fauces entreabiertas. Lo observé caminar sobre la inmensa cabeza y luego saltar al suelo. Sacudió las dos espadas ardientes hacia el suelo para limpiarlas de aquella sangre espesa. Se paró, y giró bruscamente la cabeza hacia mí como si me hubiese visto. Me estremecí.

El mundo real se abalanzó sobre mí. Las luces de la sala parpadearon; tenían dificultades para mantenerse encendidas. El aire era denso, pero ninguno de nosotros se apartó del otro. Oí a Vincent gritar desde la esquina; le pidió a Liam que reconsiderase lo que hacía. La gente retrocedió; algunos se aferraban a las mangas de otros mientras se retiraban. Liam miró a Logan con los dientes apretados, y luego me atravesó con la mirada.

—Sangre de mi sangre, mi vida y la tuya están selladas hasta que se complete el acuerdo. Te entrego la vida de tu hermana, libre, viva e indemne, a cambio de la vida de tu creador, o el acuerdo se romperá. A cambio, tu vida es mía... —Hizo una pausa, y sus siguientes palabras me hicieron desear que hubiese otras opciones—: Para hacer con ella lo que deba.

Me ardió la palma como si me hubiesen marcado al fuego, pero Liam no hizo el más mínimo gesto de incomodidad. En cuanto terminó de pronunciar las palabras, las luces volvieron, un poco más brillantes que antes. Neverra se acercó a toda prisa y solté a Logan. Lo atrapó antes de que cayese al suelo y estrechó su torso maltrecho contra ella. La sangre le manchó el vestido de seda, pero él, sin pronunciar palabra, sacó fuerzas de flaqueza para rodearla con los brazos y abrazarla. Varios celestiales la ayudaron a sostenerlo.

—Tenemos que llevarlo a un curador —pidió Neverra, mientras lo acunaba.

Un celestial desarmado se abrió camino entre la gente y, al llegar junto a Neverra, se arrodilló a su lado.

—Sígueme. Le prepararemos una habitación.

Los ojos de Neverra me estudiaron, como si no supiese si darme las gracias o matarme. En cualquier caso, daba igual. No dije nada, y al volverme, me encontré a Liam con la mirada clavada en mí.

La palma aún me ardía, aunque se estaba curando, y me pregunté si no habría cambiado un monstruo por otro.

XVIII
LIAM

—**A**sí que envió una petición de socorro y, cuando vinieron a por usted, mató a uno de los suyos. ¿Es correcto? Estaba muy atento a lo que transmitía de forma no verbal; quería evaluar cuán fiables eran las respuestas. Nos hallábamos en uno de los niveles inferiores de la Cofradía. En los superiores, el personal se afanaba en reparar los daños que había provocado la entrada de la señorita Martinez.

Vincent se había negado a dejarme solo y se había hecho acompañar por varios celestiales de su unidad. Nuestra invitada se sentaba a la otra punta de la mesa, lo más alejada posible, pero la tensión flotaba en el aire como una pesada carga. La cólera era una emoción tan intensa... Y tampoco ayudaba el que aún vistiese aquellas ropas ensangrentadas y tuviese la piel y el pelo cubiertos de ceniza y polvo.

El nivel de energía estaba al máximo; le salía por los poros a cada celestial del edificio y, tras su apariencia tranquila, Martinez escondía un manantial de poder en ebullición, de una intensidad tal que ni ella era consciente.

Dejó caer los hombros y suspiró. Juntó las manos y las puso sobre la mesa.

—Sí, más o menos. ¿Cuántas veces voy a tener que explicarlo?

—Su explicación no tiene sentido —dije, mientras hacía girar el bolígrafo entre los dedos—. Es imposible que se haya comunicado con nadie desde la celda. Todos sus movimientos estaban vigilados.

Se cruzó de brazos y se reclinó en la silla.

—Así que me habéis visto mear. Genial. Supongo que ahora ya somos amigos para siempre. Y, como ya os he dicho, el que maté, Alistair, sabía que yo estaba aquí. Tenía muchos espías entre vosotros, y Peter era una marioneta bajo su control.

La tensión aumentó; varias personas se movieron en los asientos y murmuraron. Hice un gesto, y el silencio se volvió a adueñar de la sala. Quizá no fuera buena idea que hubiese tanta gente allí.

—¿Espías? —El dolor de cabeza iba en aumento, como una pulsación detrás de los ojos. El esfuerzo para adaptarme a este nuevo mundo había sido más difícil de lo que me esperaba. Habían cambiado muchas cosas, y necesitaba a Logan para que me hiciese de intérprete. Me froté las sienes. Iba a estar de baja por un tiempo y no quería ponerlo en peligro mientras se curaba.

Logan había luchado a mi lado en muchas batallas, grandes y pequeñas. Lo había visto maltrecho y malherido tras enfrentarse a los seres más poderosos del Altermundo. Esa noche, cuando lo vi tan cercano a la muerte, su poder poco más que un parpadeo irregular, creí que me despertaría algún sentimiento. Pero no hubo miedo ni tristeza, y esa completa carencia de emociones hacia alguien tan cercano a mí era en sí misma aterradora. Tal vez no sintiese amor y amistad hacia Logan, pero las recodaba, y también las promesas que le había hecho.

—Esos espías trabajan para nosotros, pero tienen el mismo aspecto de siempre —dijo la señorita Martinez. Me la quedé mirando, al darme cuenta de que, por primera vez, había ofrecido información por propia voluntad, en vez de obligarme a sonsacársela.

—Eso es imposible —objetó Vincent—. Si alguno de los vuestros estuviese cerca, nos daríamos cuenta.

Ella lo miró de reojo y negó con la cabeza.

—Ni de coña. Pero ahora, sí. Al morir Alistair, cualquier títere que estuviese bajo su control habrá muerto también. Enrique, de Tecnología; Melissa, de Armamento; Richard, de Medicina Forense, y, por supuesto, Peter, de Planificación Táctica. Ahora que el titiritero es un montón de cenizas, vais a tener entre manos unos cuantos cadáveres.

La sala quedó en silencio mientras todos trataban de procesar esa información.

—Vincent. Llévatelos a todos y comprueba la veracidad de lo que dice la señorita Martinez.

—Con todo respeto, señor, no voy a dejarte solo.

Me volví a mirarlo, y mis ojos no dejaron espacio para la discusión.

—Es una orden —dije, y Vincent apretó la mandíbula para no responder—. No me pasará nada.

Vincent asintió y le lanzó una mirada asesina a la mujer sonriente. Dejó escapar un gruñido ronco y luego se giró sobre los talones y abandonó la sala, seguido de sus hombres. La señorita Martinez y yo nos quedamos solos.

—Creo que no les caigo bien a tus amigos —dijo al verlos salir.

—A lo largo del tiempo, usted y los suyos han asesinado a muchos de los míos. Si a eso le sumamos los ataques recientes y la enorme pérdida de vidas inocentes que teníamos la obligación de proteger…, ¿por qué iba a caerles bien?

—Vaya, eso me ha dolido, Samkiel.

—¿Y por qué los ha traicionado ahora? —seguí, sin hacer caso de sus pullas. Sabía que no me contaba algo, y me disponía a averiguar de qué se trataba.

—Es lo que hacen los monstruos malvados y terribles. ¿No es así como nos describís ante la tropa?

Desviar la atención era una habilidad interesante, en la que ella tenía una experiencia más que obvia.

—Quiere inmunidad para su hermana; eso lo entiendo. Pero se arriesgó sin tener garantías de que yo fuera a aceptar el trato. Parece un acto impulsivo y errático, y a estas alturas ya sé que no es su estilo. Lo que me lleva a pensar que tiene auténtica necesidad de mi ayuda, y que aquel a quien ha traicionado le asusta más de lo que está dispuesta a admitir.

—Nada me da miedo —respondió, con los ojos entrecerrados.

—Si eso fuera cierto, no estaría aquí —insistí.

No respondió; supuse que su orgullo le impedía decir nada más. Permanecimos en silencio. No había más sonido que el de las pisadas en los pisos superiores e inferiores. Al cabo de unos instantes, suspiró.

—Me has preguntado para quién trabajo. Se llama Kaden.

El nombre no me decía nada. Jamás lo había oído mencionar en Rashearim. Dados los objetivos que había elegido, daba por supuesto que se trataría de alguien de mi pasado.

—Es la primera vez que oigo ese nombre. —Lo anoté y la miré de reojo—. ¿Puede describírmelo? Altura, masa corporal, poderes… Ese tipo de cosas.

Asintió y respondió con detalle. Cuando terminó, yo había compilado una pequeña lista, pero sin que nada en particular me llamase la atención.

—Ese último poder… ¿Ha dicho que puede transformar el terreno? ¿Cómo?

Se encogió de hombros, con la barbilla apoyada en la mano.

—Tiene una especie de portal flamígero. No sé dónde desemboca, pero quien entra en él no vuelve a salir.

—Y los otros monstruos que ha mencionado, ¿por qué lo siguen a ciegas? ¿Tiene poder sobre ellos, como hace en su caso con su hermana?

Se irguió de repente; su energía era como un chisporroteo. Ya había notado antes que reaccionaba visceralmente ante cualquier mención a su hermana. Ella también lo sabía y desvió la mirada para disimular su punto débil. Carraspeó y, de manera por completo deliberada, plantó las palmas de las manos sobre la mesa.

—Para ellos, él es el Rey del Altermundo.

Tomé nota de la información.

—No hay ningún Rey del Altermundo —respondí, sin levantar la

225

vista—, porque no hay Altermundo. Ese dominio, y todas las bestias que contiene, llevan sellados…

—Sí, ya lo sé. Mil años o más.

Levanté los ojos del cuaderno y crucé las manos.

—Estupendo, veo que sabe algo de historia. Entonces ¿por eso trabajaba para él?

Aunque escogía las palabras con todo cuidado, seguía respondiendo a mis preguntas.

—Trabajaba, sí… y algo más.

—¿Más?

—Bueno —se encogió de hombros—, me lo estaba follando.

—¿«Follando»? —La palabra me resultaba desconocida.

Se rio de buena gana.

—Oh, dioses —respondió con tono burlón—, eso dice tanto de ti... Me refiero al sexo. Ya sabes, contacto íntimo, eso que hacen dos o más personas, por lo general sin ropa, pero a veces vestidos —Acompañó la respuesta con un gesto muy gráfico.

Me froté el puente de la nariz y bajé la mano con un suspiro. Estaba perdiendo la paciencia. No entendía cómo podía ser una bestia sanguinaria y a la vez tomarse tan a la ligera la grave situación en la que nos encontrábamos.

—Sí, soy consciente de lo que es, y resulta irrelevante. Necesito algo que pueda utilizar, y no las interacciones pasadas. No me interesa su vida pasada, solo algo que me pueda resultar útil.

Se le escapó una risita. Se cruzó de brazos y se apoyó en la mesa.

—Ya que nos sinceramos, no me importa una mierda que él gane o pierda, o que os mate a ti y a esa preciosa familia que te has montado. Como he dicho, te ayudaré, pero solo si Gabby se beneficia de nuestro acuerdo. En el momento en el que se te ocurra echarte atrás o traicionarme, estás muerto.

Sus amenazas me dejaban indiferente. Me había enfrentado y había matado bestias muchísimo peores que ella. Además, no podía morir, aunque muchas noches no deseara otra cosa. Se me había impuesto la inmortalidad auténtica por la salvación de todos. Era una carga incómoda y solitaria.

—Hemos sellado el pacto con sangre, así que tiene mi palabra.

—He visto a hombres mejores traicionar por menos —respondió con tono desdeñoso.

—¿Quiénes eran los otros dos que le acompañaban? Dada su relación con Kaden, ¿eran sus hijos?

—¿Qué?

La respuesta fue casi un chillido que me dolió en los oídos y me hizo dar un respingo. Negó con la cabeza, con expresión de profunda repugnancia.

—Kaden y yo no tenemos una «relación», o comoquiera que lo describáis vosotros —siguió—, y no tengo hijos. Sabes que la gente practica el sexo por diversión, ¿verdad?

—Soy plenamente consciente, pero, en mi mundo, una pareja reproductora de ig'morruthens tuvo descendencia mucho más poderosa que ellos mismos. Es poco habitual, pero no imposible. Por eso supuse…

—Por favor —me cortó, con la palma de la mano hacia mí—, no vuelvas a suponer. Como mucho, seríamos hermanos. Yo soy obra de Kaden, pero ellos lo siguieron desde la dimensión de la que procede.

—¿Dimensión? —Fruncí el ceño—. ¿Quiere decir un dominio?

Asintió.

Impensable.

O ella lo había entendido mal, o el tal Kaden mentía. Muchas eras atrás, mi padre y los viejos dioses habían peleado para cerrar esas dimensiones. No había escapado nada, y mucho menos algo tan antiguo y poderoso; pero tampoco podía negar lo que había visto hasta el momento.

—¿Cuántos de ellos poseen tanto poder como usted? —pregunté.

Por primera vez desde que la conocía, se le suavizó la expresión. Nada de bravuconería fingida, ni de comentarios impropios, solo una tristeza grabada en las profundidades de los ojos.

—Solo yo.

Me dolió el pecho con el eco de un recuerdo que me había esforzado por mantener enterrado. Durante una fracción de segundo, sentí algo. Fue una sensación fugaz, transitoria, pero la forma en que pronunció esas palabras despertó en mí una emoción y, por unos instantes, me deleité con la capacidad de sentir algo. Pero desapareció tan rápido como había llegado, un hálito de esperanza apagado por la realidad de la situación en la que me hallaba.

—Pero... —Carraspeé y me crucé de brazos al tiempo que me erguía en la silla—. Esos «hermanos» también son ig'morruthens, ¿no?

—Sí, pero soy la única creada con el poder de Kaden.

—¿Él la creó? ¿Cómo?

Apartó la vista como si el recuerdo fuese demasiado doloroso y le emponzoñase la mente. Era una sensación que yo conocía muy bien.

—Mi hermana se estaba muriendo. Yo le ofrecí mi vida y él la tomó. No necesitas saber más.

Anoté todo lo que me había dicho.

—Muy bien. Eso significa que antes era mortal. ¿De dónde procede?

—Eoria.

Pronunció la palabra con un tono seco y cortante. Era como si el ambiente se hubiese enfriado de repente. La observé con cautela. El nombre me sonaba, y tardé unos segundos en recordar por qué.

—Eoria fue una antigua civilización que desapareció hace mil años.

—No desapareció. —Los ojos de la mujer, poderosos y llenos de misterio, no se apartaban de los míos—. La arrastrasteis con vuestra caída.

Era mucho más vieja de lo que me había imaginado. Sorprendente, dada su apariencia y su forma de hablar. Pasé una hoja antes de seguir.

—Entonces, en todo este tiempo —seguí—, ¿no ha creado a nadie más?

—Lo ha intentado, pero ha fracasado. Los que han recibido su sangre se han transformado en bestias aladas, carentes de emociones humanas. Solo le son leales a él, y cumplen cada una de sus órdenes. Son los irvikuva.

Lo escribí en la nueva página.

—Nunca había oído hablar de esos «irvikuva». ¿Cuántos tiene?

—Oh, todo un ejército —respondió con aire despreocupado, como si eso no hiciese la situación actual todavía más alarmante.

—Entonces, por lo que entiendo, ocupa un alto rango en sus filas, ¿no es cierto? ¿Lo estoy formulando en los términos correctos?

—En cierto modo, sí —asintió—. Somos para él lo que la Mano es para ti. Tobias, Alistair y yo somos sus generales, y acaba de perder a dos. —Apretó los puños, con rostro inexpresivo—. Excepto que vosotros os tratáis un poco mejor unos a otros. Hay quien dice que se sentía solo, que no tenía ningún igual, o lo que sea, pero digamos que tampoco me ha tratado nunca como a su igual. —Se dio cuenta de lo que había dicho y dejó vagar la vista por la sala; luego se pasó los dedos por el cabello—. Da igual. Lo que he oído es eso, que Alistair y Tobias vinieron con él. Jamás me he cuestionado si era cierto. Solo me he preocupado de mi hermana y de sobrevivir.

La información que me había facilitado hasta el momento era más que suficiente para determinar que se trataba de una amenaza mucho mayor de lo que me había imaginado. Si lo que me contaba era cierto y no estaba equivocada, ya podía olvidarme de volver a corto plazo a las ruinas de mi hogar.

—La última pregunta por hoy, señorita Martinez. ¿Qué están buscando?

Me miró como si acabase de hacer la pregunta más idiota imaginable. Movió las pestañas, largas y oscuras al parpadear con incredulidad. Le cambió el aura y me recordó la primera vez que la vi. Reparé otra vez en lo peligrosa que era en realidad.

—No me puedo creer que no lo sepas. Kaden quiere el Libro de Azrael.

Azrael.

Las puertas de la cámara se abrieron. Entré a zancadas, con el yelmo bajo el brazo; unas largas hebras blancas y doradas flotaban a mi espalda. Logan y Vincent me seguían de cerca, lanza en mano, enfundados en las mismas armaduras plateadas. Otra fuerte sacudida arrancó los antiguos pergaminos de sus soportes en las paredes del estudio de Azrael. El techo se agrietó, y sobre el escritorio cayó una lluvia de fino polvo blanco. Azrael trataba a toda prisa de meter en una bolsa tantos objetos como le resultara posible.

—Se nos acaba el tiempo.

Se volvió de inmediato a mirarme. Llevaba el largo cabello negro recogido en trenzas a ambos lados de la cara. Nuestra intrusión hizo que las líneas de color cobalto de la piel le brillasen con más intensidad.

—No, tu padre quería que me llevase todo lo que pudiese para el nuevo mundo.

—No habrá nuevo mundo. —*Mi voz era firme como una roca*—. Solo podemos evacuar a unos pocos. La guerra está aquí y te necesito en el campo de batalla.

Alzó la bolsa de la mesa y la apretó contra el pecho con los músculos de los brazos en tensión.

—No puedo —*dijo. Se le reflejaba la ira en la voz.*

—Puedes y lo harás.

Le hice un gesto a Logan, que dio un paso al frente e invocó otra lanza. Se detuvo, con el brazo extendido, a la espera de que Azrael la cogiese.

—¡No puedo! —*gritó, con un fuerte manotazo en la mesa*—. Victoria está embarazada. No voy a dejar a mi hijo sin padre.

Noté un espasmo en la mandíbula. Eso explicaba el comportamiento errático de Azrael en los últimos días.

—¿Un hijo?

Vincent y Logan me miraron, pero no dijeron nada.

—Lo siento, majestad. Te sigo, y haré lo que sea mejor para nuestro pueblo, pero debo pensar en mi familia. Si tú caes, si el mundo cae, seré capaz de transcribir un arma lo bastante poderosa para ayudar a los supervivientes. Pero no podré hacerlo si estoy muerto.

Azrael me había ayudado a forjar los anillos que llevaba la Mano, a dar forma a los metales y a los minerales. Era mi amigo, aunque le debiese su lealtad al dios Xeohr.

—Sabes que abandonar tu puesto cuando estamos en guerra se considera traición, sea cual sea el motivo, ¿verdad?

—Lo sé, y estoy preparado para luchar si es necesario.

Asentí y me llevé las manos a la espalda. Azrael se irguió, dejó caer la bolsa e invocó un arma hecha de luz plateada. Logan y Vincent avanzaron y me flanquearon, inmóviles, a la espera de que diese la orden.

Me arranqué tres largas hebras de la espalda y, con un paso al frente, se las deposité en las manos.

—Por tu hijo. Si no puedo salvar este mundo, espero que tú encuentres otro.

Se le humedecieron los ojos. El arma de plata que sostenía desapareció. Cerró el puño sobre las hebras y cogió la bolsa.

—No eres como él —dijo, con una breve sonrisa. Me puso la mano en el hombro—. Lamento de verdad que los otros dioses no lo vean así.

El recuerdo se desvaneció y la cara de la señorita Martinez volvió a materializarse frente a mí.

—Me temo que sus hermanos y usted se equivocan. Ese libro no existe. Azrael está muerto. No es más que una leyenda.

Arqueó una ceja y tamborileó las uñas contra la mesa.

—¿No es justo eso lo que decían de ti?

Me acomodé en la silla y solté un bufido.

—Tenemos información suficiente para empezar. Para ir en busca de su hermana, necesito que me dé su ubicación. Ha matado a uno de los suyos y se ha vuelto contra Kaden. Por lo que me cuenta, es más que probable que vayan a por ella.

Se enderezó tan deprisa que por poco tira la silla. Le brillaban los ojos.

—Sí, por supuesto. Tengo que cambiarme de ropa. Doy asco.

—No lo niego, pero tendrá tiempo de sobra mientras yo esté fuera.

—Pero yo voy contigo —dijo, con el ceño fruncido.

Cerré el cuaderno, lo cogí y me puse de pie.

—No, me temo que no.

—Sí, sí que voy.

Con un gesto de la mano, abrí las puertas que había detrás de ella. Entraron varios celestiales. Volvió la vista hacia ellos y, al ver que traían cadenas de plata cubiertas de runas, torció el gesto en una mueca de odio.

—¿Esposas, otra vez? ¿En serio? ¡Pero si os estoy ayudando!

—No mucho, por ahora. —Crucé las manos tras la espalda, a la espera—. Y lo cierto es que no confío en usted. No descarto que se le ocurra apuñalarme por la espalda una vez hayamos recogido a su hermana. Ya ha demostrado que no le hace ascos a la traición, así que ahora tendrá que aguardar mi regreso en la celda. Espero que su hermana se muestre más predispuesta a colaborar.

Le gruñó al guardia celestial que se le estaba acercando; luego se detuvo y me miró con los ojos encendidos.

—No pienso ir.

Perdí la paciencia. Las luces parpadearon. Avancé hasta invadir su espacio personal, y me detuve a pocos centímetros de ella, lo que la obligó a levantar la vista para poderme mirar a la cara. Pero se mantuvo firme. Su actitud y su forma de comportarse la hacían parecer más alta de lo que era en realidad, pero al verla desde ese ángulo, la diferencia era evidente. Invadir el espacio personal era una táctica intimidatoria que aprendíamos en Rashearim. Lo habitual era que el débil retrocediese, pero, conociendo a la señorita Martinez, sabía que no sería el caso.

—Si no va, tendré que llevarla yo mismo.

Sonrió y me miró, desafiante.

—No te atreverás.

Sus intentos de zafarse no pasaron de eso: intentos. Mi primera impresión de ella había sido correcta. Era una bestia riztur de los pies a la cabeza. Si las arrinconabas, atacaban por todos los medios posibles y eso era lo que estaba haciendo ella. Me arañó, golpeó y mordió todo punto de la espalda y los hombros a los que tuvo acceso. Era una molestia, pero sin mayores consecuencias, lo que aún parecía cabrearla más.

—¡Suéltame! —protestó, y lo acompañó con otro puñetazo.

—Le ofrecí un transporte más pacífico, pero lo rechazó. Cuando uno de mis hombres quiso esposarla, le rompió la nariz. Así que esto es culpa suya, señorita Martinez.

—¿De qué coño te ríes? —saltó.

No me lo dijo a mí, sino a un miembro del equipo que nos seguía. Los celestiales que nos cruzamos nos esquivaban sin decir nada, supongo que para no acercarse demasiado a ella.

Al llegar a la sólida puerta blanca del final del pasillo me la acomodé mejor sobre el hombro. Levanté la mano, y el pequeño recuadro electrónico se activó y deslizó un delgado haz de luz sobre la palma. Los bordes de la puerta se iluminaron. Sobre la superficie corrían líneas paralelas de luz. Se abrió con un silbido. Eso hizo que la señorita Martinez redoblase sus esfuerzos por liberarse.

—Esto es ridículo. —Me volvió a clavar las garras—. ¿De qué estás hecho, de acero?

Entramos. El vestíbulo que había al otro lado de la puerta se iluminó. Había menos celdas que en Arariel, pero yo solo necesitaba una. Me detuve frente a un amplio espacio abierto, la deposité en el suelo y di un rápido paso atrás.

En el momento que sus pies tocaron el suelo, se lanzó contra mí. Se paró en seco al ver varios barrotes cerúleos que descendían entre nosotros y golpeaban el suelo. Estaban cubiertos de runas que giraban en sentido antihorario. La celda se iluminó y dejó a la vista un camastro de metal sujeto a la pared y un pequeño cuarto de baño al fondo de todo.

—¡¿En serio?! —me gritó, y se cruzó de brazos—. ¿Así que traeros a vuestro chaval de una pieza no ha servido de nada?

Junté las manos en la espalda e incliné un poco la cabeza.

—Por favor, no se equivoque. El hecho de responder a unas cuantas preguntas no significa que hayamos establecido una relación de confianza. Por decirlo en términos humanos, es una delincuente. No confío en usted y no voy a arriesgar más vidas. Se quedará hasta que vuelva.

Al oírme, le cambió la cara. Estaba desesperada. Levantó las manos y se abrazó a los barrotes de la celda. Le chisporroteó la piel y de las palmas le salieron pequeñas nubes de humo, pero no mostró ningún signo de dolor.

—Por favor, déjame ir contigo. Gabby no te conoce y si apareces allí sin mí se va a asustar.

—No le pasará nada. —Me volví dispuesto a irme.

—¡Samkiel! —gritó.

Me detuve, con los hombros rígidos. Odiaba ese nombre y un rincón de mi mente se estaba preguntando si esa mujer lo hacía a propósito para molestarme. Respiré hondo para calmarme y la miré.

—Vincent vendrá a vigilarla mientras estoy fuera. Debe de haber ropa limpia en la celda y querrá darse una ducha. Si le da algún tipo de reparo, cámbiese antes de que llegue Vincent, porque tiene órdenes de no apartarse de su lado hasta que yo regrese.

—Por favor, déjame ir contigo —suplicó. Me miró con aquellos grandes ojos castaños y las largas pestañas. ¿Cuántos hombres habrían caído en la trampa?

—No.

—¡Samkiel! —gritó cuando le di la espalda.

Desató su furia contra los barrotes y me llegó el olor nauseabundo de la piel quemada. Salí, seguido por los celestiales, y la gruesa puerta ahogó el ruido de sus protestas.

—¿Tienes la dirección? —le pregunté al celestial más cercano cuando nos detuvimos en el vestíbulo principal.

Buscó en una tableta pequeña y se abrieron varias fotografías en la pantalla. Árboles que bordeaban una playa de arena blanca, con un océano que se extendía hasta el horizonte. Unos edificios abovedados y uno más grande con muchas ventanas. Mortales con poca ropa por todas partes. Cogí la tableta para ver las fotos más de cerca.

—Creemos que está aquí. Parece un complejo turístico.

—Muy bien. —Le devolví la tableta y me volví para irme. Al ver que me seguían, les ordené—: Quedaos con Vincent. Me temo que, hasta que yo vuelva, nuestra invitada se va a mostrar mucho menos predispuesta a colaborar.

Los dejé allí entre quejidos sofocados y ruido de pies que se arrastraban con desgana.

Al tomar tierra se me hundieron los pies en la arena. Por las imágenes de la tableta sabía que estaba en el sitio correcto. Las islas Sol y Arena eran un emplazamiento discutible para un piso franco, pero dado que estaban bastante lejos de otras masas continentales quizá no fuese tan mala elección. Me crucé con varios mortales que hicieron comentarios por lo bajo sobre mi atuendo sin quitarme los ojos de encima. Iba demasiado elegante para aquel lugar.

Las olas azotaban la costa con un rugido constante. Los gritos y carcajadas que atravesaban el aire me hicieron dar un respingo.

«Esto no es la guerra».

«Esto no es la guerra».

Tenía que resolver aquello cuanto antes. Respiré hondo para controlar los latidos del corazón. El rústico sendero de ladrillos que estaba recorriendo serpenteaba, lleno de bucles y giros y desvíos en múltiples direcciones. Uno de ellos llevaba al macizo edificio lleno de ventanas. Alcancé a distinguir por el sonido a cada persona del complejo: risas, ronquidos y gritos de placer. Conté los latidos; había dos mil setecientos cuarenta y cuatro mortales presentes.

No era un gran escondite, pero sí una táctica inteligente. Si Dianna Martinez quería esconder algo que le era muy preciado, integrarlo en un grupo numeroso donde no llamase la atención era buena idea. Árboles de todo tipo arrojaban sombra sobre el camino, que bordeaba dos grandes tanques de agua; había gente bañándose en ellos y sentada alrededor. Me parecía una idiotez, con el océano a pocos metros de distancia, pero no llevaba el tiempo suficiente tratando con mortales para saber si era un comportamiento normal.

Al entrar al edificio me tapé los ojos. Las luces eran casi más brillantes que el sol que orbitaba Onuna. Me detuve, atenazado por la inquietud. Unas cuantas personas se pararon en seco y se me quedaron mirando mientras susurraban entre ellos. No era eso lo que me inquietaba. Había sido objeto de comentarios desde el día en que nací. No, era algo más, pero no lograba precisar qué. Exploré la sala con los sentidos, pero en la zona principal y en los pisos de arriba solo se oían latidos humanos. Entonces ¿de qué se trataba? Rebusqué sin éxito unos momentos más y luego me sacudí de encima la sensación, convencido de que el ruido me afectaba.

La gente se congregaba en torno a una gran estatua que había en el centro de vestíbulo y de la que brotaba agua a borbotones. Grandes macetas con plantas adornaban las esquinas de la sala. Una pared estaba hecha por completo de vidrio y mostraba una impresionante vista del resto de la isla. Había varios humanos cerca o alrededor de dos grandes mostradores blancos, como los de la Cofradía. El personal ayudaba a los invitados y respondía a las preguntas. ¿Y si iba allí? Seguí adelante, en busca de una forma de subir las escaleras. Si no la encontraba, preguntaría.

Dos hombres se interpusieron en mi camino, lo que me obligó a detenerme.

—Discúlpeme, señor. Parece desorientado. ¿Podemos ayudar en algo?

Eran unos cuantos centímetros más bajos que yo, y ambos vestían trajes negros con un símbolo rectangular azul y blanco sobre el pecho. Su actitud los identificaba como poseedores de algún puesto de autoridad.

—Sí. ¿Cómo puedo llegar al piso veintiséis? No sé si he hecho la pregunta correcta.

—Mira, colega. Si tuvieses algo que hacer en el piso veintiséis, sabrías cómo llegar allí arriba —dijo el tipo de la izquierda, y me puso la mano en el hombro. Me volví a mirarla.

—Por favor, no me toque.

Apartó la mano de un tirón y, con un jadeo ahogado, la acunó contra el pecho.

—Será hijo de puta, ¡menuda descarga de electricidad estática!

—Pero ¿qué cojo…?

Detrás de mí repiqueteó una campanilla, y al volverme vi un ascensor abierto, de cuyo interior salían varios humanos. Me dirigí hacia allí, sin prestar atención a los gritos a mis espaldas, ni a los humanos que se apartaban para dejarme paso. Entré justo a tiempo, antes de que las puertas se cerrasen.

En el panel había varios símbolos iluminados, escritos en un alfabeto que me resultaba desconocido. Tenía el cerebro sobrecargado por todos los lenguajes de todos los dominios que había memorizado desde niño. Lo suyo sería que Logan estuviese allí conmigo para ayudarme, como siempre había hecho. Me froté la cara con las manos y las luces se amortiguaron.

Me vino a la mente Logan, su cuerpo ensangrentado y maltratado, exhausto, sostenido apenas por la señorita Martinez. Y lo peor de todo es que lo había visto moribundo, a punto de desangrarse, y no había sentido nada. Ningún dolor en el corazón, como cuando murió mi padre, ni una sobrecarga de poder que me empujase a destruir al ser que lo sujetaba como si fuese un trofeo. Estaba vacío por dentro.

De los viejos dioses se decía, y era cierto, que con el tiempo sus emociones se cristalizaban y se volvían duros como las rocas. Mi padre me había enseñado las estatuas de los dioses cuando era pequeño, para recordarme que lo que nos definía no eran nuestros sentimientos. Si amábamos de verdad y perdíamos aquello que amábamos, si nos rompían el corazón, aquello terminaría por destruirnos. Sabía que estaba a punto de perderme a mí mismo. Lo supe en cuanto murió Zekiel. Era uno de mis amigos más antiguos, y no sentí nada.

Lo único que ansiaba era volver a casa, escapar de las miradas que me suplicaban que fuese la persona que recordaban. Por eso estaba allí. Tenía que encontrar a la hermana de Dianna Martinez y averiguar de qué iba todo aquel asunto; así evitaría la guerra y podría irme a casa. Me aparté las manos de la cara y abrí los ojos. De acuerdo, era hora de concentrarme. Estudié los botones y traté de recordar los idiomas y las imágenes que me enseñó Logan cuando llegué. Había letras, números y signos. Un momento... Números. Necesitaba un veintiséis. Mi mente buscó una correlación entre todas aquellas imágenes borrosas. Parpadeé, y de repente pude leer las cifras.

Pulse el número veintiséis y el botón se iluminó.

El ascensor se abrió a un largo pasillo flanqueado de puertas. Salí y me paré en el suelo de piedra reluciente, inseguro de cómo proceder. Me encogí de hombros, resignado, y empecé a llamar a las puertas, una por una. Tras varias conversaciones incómodas, por fin encontré la que estaba buscando. Capté el zumbido de poder, sutil, apenas perceptible. Aquella mujer era como el parpadeo de una vela, mientras que su hermana era un incendio desbocado. Tenía un olor parecido a la canela especiada de Dianna Martinez, pero con un toque adicional, algo puro. Llamé a la puerta con suavidad y esperé.

—¿Quién es? —me respondió una vocecilla, seguida de algo que sonó a un cachete y luego, en susurros—: Mierda.

Me rasqué la cabeza, al tiempo que sopesaba qué decir para no asustarla.

—La señorita Martinez trabaja para mí, y me ha pedido que venga a recogerla.

Esperaba que fuese lo adecuado. Se oyó el sonido de unos pies que se posaban en el suelo y algo que se movía, seguido de un fuerte golpe y roces diversos. Me quedé mirando la puerta, intrigado por lo que estaría pasando dentro.

—Un momento —la oí decir.

Crucé las manos a la espalda y esperé con paciencia. El sonido de una campanilla me distrajo y miré el otro extremo del pasillo. La puerta del ascensor se abrió y se mantuvo abierta, como si hubiese salido alguien, pero no había nadie. Se me erizaron los pelos de la nuca; respiré hondo con las aletas de la nariz dilatadas. Una ligera corriente de aire atravesó el corredor, pero no percibí olores, ni pasos. Nada.

Extraño.

Un clic casi inaudible me hizo volver la atención a la puerta, que se entreabrió. Tuve tiempo de darme cuenta de que se parecía mucho a la señorita Martinez, pero había algunas diferencias. Tenía el cabello más oscuro por arriba, y se aclaraba hacia las puntas, y también un aura que me sorprendió: era iridiscente, y se mecía a su alrededor, tranquila y llena de paz. Me quedé mirando los colores, y mientras los observaba adquirieron una oscura intensidad. El brazo de la mujer salió disparado hacia fuera.

Una hoja desolada se me clavó en el abdomen. La soltó y se tapó la boca con las manos. El arma me sobresalía del estómago. Puse los brazos en jarras, miré la hoja y luego a ella. Abrió los ojos de par en par y retrocedió unos pasos. Con un suspiro, cogí el puño de la daga y me la arranqué de las tripas.

—Se parece usted a su hermana más de lo que pensaba.

Se le iban a salir los ojos de las órbitas, pero miraba detrás de mí, paralizada por el miedo. Se me erizó el pelo de la nuca, y mis instintos se pusieron en alerta. Me volví de inmediato y me encontré cara a cara con tres figuras. Sus siluetas parecían humanas, pero solo eran vacíos negros que desprendían zarcillos de humo. El espacio que deberían ocupar los ojos y los rasgos faciales no era más que oscuridad.

Volteé la daga desolada y se la clavé en el cráneo informe al ser que tenía más cerca. El grito que emitió fue como un golpe de aire. Se sacudió y estalló en una nube de fragmentos oscurecidos. Los dos que había a su lado torcieron la cabeza como si observasen los restos de su compañero.

Se centraron de nuevo en mí. Retorcieron las manos a la vez y en las palmas se materializaron hojas desoladas similares a la que yo empuñaba, pero de mayor tamaño. Ambos las blandieron y me apuntaron a la cabeza. Me lancé al interior de la habitación y cerré de un portazo.

Luego me volví hacia la mujer aterrorizada, le cogí la mano, deposité la daga en la palma y le cerré los dedos alrededor de la empuñadura.

—Cójala. La puerta no aguantará mucho y va a necesitar protección.

Confundida, paseó la vista de la mano a mí y otra vez a la mano. Una espada atravesó la puerta y lanzó una lluvia de astillas de madera sobre la alfombra. La sujeté por los hombros y la sacudí para sacarla de su estupor.

—¡Gabby, céntrese! Escóndase detrás de algún objeto grande —ordené.

Cerró la boca y se metió a toda prisa detrás de un gran sofá. La puerta saltó de los goznes y voló por la habitación en dirección a mí. La aparté de un golpe y me encaré a las dos figuras de sombra mientras me sacudía el polvo y las astillas de los hombros.

—Eso ha sido una grosería —dije. Las luces de la habitación parpadearon, y supe que mis ojos se habían tornado plata refulgente. Me remangué la camisa blanca de botones—. ¿Es correcto suponer que Kaden os ha enviado a recogerla? —pregunté, mientras se me acercaban poco a poco.

No hablaron, ni respondieron a mi pregunta. Cuando les cayó encima el sol que entraba por la ventana, me fijé en que no eran solo sombras vacías. Tenían forma y llevaban antiguos atuendos de combate.

Mejor.

Hice vibrar un único anillo de la mano derecha e invoqué el arma ardiente. Los rostros informes se volvieron a mirarla. Capté otra ligera brisa, y cuatro siluetas más atravesaron las paredes.

«Interesante».

Giré la espada y di un paso al frente a la vez que avanzaba el más cercano a mí. El metal chocó con el metal. Paré el ataque y le atravesé el cráneo oscuro con la espada. El otro ser espectral se me acercó por el costado. Me volví para enfrentarme a su acero.

Hice girar la hoja, retrocedí y ellos avanzaron. Por el rabillo del ojo vi a uno pasar a mi lado como una exhalación.

Solté una mano de la empuñadura de la espada e invoqué una segunda arma. Con un movimiento fluido, me volví y le lancé la daga al monstruo, empalándolo contra la pared justo cuando extendía los brazos hacia la mujer. Terminé el giro y aproveché el impulso para barrer las piernas del ser con el que me estaba enfrentando. Cayó al suelo y yo posé una rodilla en el suelo y le hundí la espada en el pecho. Chilló e intentó aferrarse a la espada, pero no tuvo tiempo. Se disolvió en una nube de ceniza. Un tercero se lanzó corriendo desde la pared. Atrapé mi espada antes de que golpease el suelo y giré sobre mí mismo para encararlo. Corté el aire y la punta le recorrió el vientre y le hizo un corte por el que escapó un chorro de sombras. Se desintegró.

Dos más se separaron de la pared y avanzaron. Suspiré. ¿Cuántos había? Uno vino corriendo hacia mí; el otro fue a por Gabby. Lanzó la espada hacia mí y yo me deslicé bajo los brazos extendidos y de un solo tajo lo corté a la altura de las rodillas. Se cayó y golpeó el suelo con fuerza. Yo me levanté y le rebané la cabeza, que salió rodando hacia el sofá y por fin desapareció convertida en el mismo humo que los había traído.

Se oyó un grito femenino y la palma de la mano me ardió y envió una oleada de dolor brazo arriba. Volví la cabeza. Uno de aquellos monstruos estaba arrastrando a Gabby por el pelo. Le sobresalía una daga de la pierna, pero aun así seguía caminando hacia la puerta. Me miré la palma de la mano y el brillante símbolo anaranjado que había bajo la piel.

«Sangre de mi sangre, mi vida y la tuya están selladas hasta que se complete el acuerdo. Te entrego la vida de mi creador a cambio de la vida de mi hermana. Ella permanecerá libre, viva e indemne, o el acuerdo se romperá. Después, mi vida será tuya para que hagas lo que debas».

El pacto de sangre. Gabby estaba en peligro, y el pacto amenazaba con romperse.

Me dirigí hacia el ser espectral, que se detuvo. Gabby aún se debatía, tratando de escapar; el terror y la adrenalina le prestaban fuerzas. La soltó y se volvió hacia mí. Levantó la espada para bloquear mi mandoble. La cabeza cayó al suelo y estalló en cenizas. Gabby tosió y me miró, totalmente cubierta con restos de la sombra. Devolví el arma ardiente al anillo y extendí la mano.

—Venga. Nos vamos de aquí.

Me cogió de la mano, y la levanté. Temblaba de los pies a la cabeza, pero aun así se paró a coger una daga desolada. Hummm. Quizá sí era una guerrera, como su hermana.

Apretó la daga contra el pecho, levantó la vista hacia mí y me disparó una ráfaga de preguntas.

—¿Los has matado? Qué rápido eres... ¡Y esos ojos! ¿Eres el que llegó con la tormenta? ¿Eres de los buenos? ¿Dónde está mi hermana? ¿Está bien?

—Si me acompaña, la llevaré con ella.

Asintió de buena gana y la guie hacia la puerta. Me paré en seco al ver el brillo del humo negro en la habitación; se retorcía y giraba. Comprendí que aquellos seres se estaban materializando de nuevo. Sin pedir permiso, la atraje hacia mí y la levanté en volandas. Se le escapó un gritito de sorpresa.

—Disculpe mi brusquedad, pero debemos marcharnos de inmediato y yo me muevo mucho más rápido que usted —dije, al tiempo que me dirigía hacia la puerta.

Asintió y se agarró a mí con la mano libre; en la otra aún aferraba la hoja desolada. La estreché contra mí y corrí por el pasillo. Me volví un instante y disparé una bola de pura energía a las siluetas sombrías que nos seguían. Las dos que recibieron el impacto se desintegraron. Una tercera saltó a un lado y siguió corriendo hacia nosotros.

Había cerrado el puño para invocar mi espada, cuando una palmada en la espalda me detuvo. En un solo movimiento fluido me volví, deposité a Gabby de pie en el suelo y la empujé detrás de mí. Se agarró a la espalda de mi camisa y retrocedió conmigo hacia la pared. Frente a nosotros había un hombre, o algo que se parecía a uno.

—Así que eres tú. El Destructor de Mundos en carne y hueso. Me siento honrado.

Iba embutido en una armadura negra y se tapaba la cabeza con una capucha oscura. Un ojo opaco me miró; el otro estaba oculto, o le faltaba. Tenía las manos levantadas frente a él y se pasaba entre ellas un pequeño orbe negro. Los seres de sombra emergieron de la habitación y se pusieron a su lado.

—¿Eres tú quien los conjura? —pregunté; me moví poco a poco para asegurarme de que la mujer seguía protegida por mi cuerpo. El puño que se aferraba a la camisa me sujetó con más fuerza; noté que se asomaba por encima de mi brazo.

—¿Conjurar? Eres de otra época —Sonrió con una sonrisa era más amplia de lo que debería—. Entrégame a la hermana de la puta. Es a lo que hemos venido.

—Qué término tan peyorativo. Y, por desgracia, no puedo hacerlo.

Torció la cabeza a un lado e hizo girar el orbe en las palmas. Las sombras se arremolinaron a sus pies y, uno por uno, los seres adquirieron forma hasta que lo rodearon por completo.

—¿De verdad quieres arriesgar más vidas por alguien que no significa nada para ti?

—Es inocente. Por tanto, lo significa todo.

Los monstruos que lo rodeaban desenfundaron las armas y dieron un paso al frente al unísono.

—Entonces, eres un insensato. No puedes salvarlos a todos. Pronto, todo este mundo le pertenecerá.

Giré la muñeca y el arma ardiente se materializó en mi mano. La probabilidad de acabar con todos y mantenerla viva era baja, pero no era cero. Solo tenía que ser lo bastante rápido como para abrirme camino entre ellos.

El suelo tembló. Todos nos paramos para asentar los pies y mantener el equilibrio. El mago pareció tan sorprendido como yo.

—¿Son habituales los terremotos por aquí? —le pregunté a Gabby mirándola de reojo.

—Eso no es un terremoto. —Negó con la cabeza—. Es mi hermana.

Casi no había terminado de decirlo cuando las llamas atravesaron el suelo. El fuego consumió al mago y a todos sus monstruos como si tuviese inteligencia propia. Quemaba más que el maldito Altermundo y lo destruía todo a su paso.

Una figura negra salió disparada del agujero del suelo y atravesó el techo. El pasillo quedó sumido en la oscuridad y empezó a sonar una alarma aguda y penetrante. De los aspersores brotó una lluvia de agua. Protegí a Gabby con mi cuerpo para evitar que el fuego la abrasara o la cegara. El ser volvió a aparecer por el agujero del techo y puso pie a tierra. El fuego desapareció de inmediato, como si el cuerpo de la bestia lo hubiese reabsorbido. Miró pasillo arriba y pasillo abajo con cara de pocos amigos y, por fin, se sentó sobre los cuartos traseros y dobló las alas contra los costados. Sacudió la cabeza; un centelleo le recorrió el cuerpo y una mata de pelo húmedo de color cuervo se le derramó sobre los hombros.

Se me desencajó la mandíbula.

—¿Cómo ha logrado escapar?

XX
DIANNA

—¡**H**ijo de puta!

Avancé a zancadas, con los puños apretados. La alarma de incendios seguía sonando y estábamos empapados del agua de los aspersores.

—Te dije que me trajeras contigo. Juro por cualquier dios que aún exista que te arrancaré la cabeza de cuajo si me entero de que le has...

La cabeza de Gabby asomó tras el descomunal cuerpo de Liam. Me callé y el corazón me dio un vuelco de alivio. No se me quitaba de la cabeza la última vez que nos habíamos visto y me dolían las entrañas. Sabía que me odiaba y que probablemente estaría mucho más que enfadada, pero no me importaba. Cuando sentí el pinchazo en la palma de la mano supe que estaba herida, o algo peor, y que la había perdido.

Gabby salió de detrás de Liam y corrió hacia mí. Chocó conmigo y casi me tira de espaldas. Me quedé quieta, sorprendida. Me abrazó con todas sus fuerzas, con la cabeza hundida en el hueco de mi hombro.

—Siento un montón todo lo que dije... —Su voz era en parte susurro y en parte sollozo—. Llevaba semanas sin saber de ti y, de repente, en vez de venir tú, aparece este tipo y estaba tan preocupada de que lo último que recordases de mí fuesen aquellas palabras... Lo siento mucho. —Se apartó de mi lado—. No lo decía en serio. Estaba muy asustada y...

—Gabby. —Le acaricié la cara. Los aspersores se desactivaron.

Con suavidad, le limpié el agua y las lágrimas de las mejillas. Me ardían los ojos y sus palabras significaban para mí más de lo que ella pudiese imaginar, pero no había olvidado que no estábamos solas, ni a salvo—. Lo sé. Tranquila. Te quiero. Y me alegro de que estés bien. Hablaremos de ello más tarde. —Fulminé a Liam con la mirada.

Gabby recordó de repente dónde estábamos y asintió. Se abrazó más fuerte a mí y yo le devolví el abrazo. Luego me aparté. Gabby aún temblaba; se limpió los mocos en la manga empapada y tragó aire con una brusca inspiración.

Nos miró con una expresión realmente extraña. Me puse delante de Gabby mientras mi hermana intentaba serenarse. Miré fijamente a Liam. Se pasó la mano por el pelo y se echó hacia atrás los mechones húmedos y oscuros. Al hacer ese movimiento se le marcaron los bíceps; la camiseta empapada se le pegó al cuerpo y resaltó músculos que yo ni siquiera sabía que tenía. Por los dioses, qué hermoso era. Pero también era un gilipollas de los pies a la cabeza, y para mí los hombres apuestos pero crueles se habían acabado. Así que hice lo que mejor se me daba y aguijoneé a la bestia.

—Pareces una rata ahogada. Ah, Vincent está abajo, muy cabreado. Es un guardaespaldas terrible, por cierto.

Fuese cual fuese la emoción que había provocado aquella mirada anterior, la cólera la sustituyó. Avanzó varios pasos y se paró a unos centímetros de mí. Gabby maniobró para ponerse a mi lado y le lanzó una mirada recelosa.

—¿Cómo has escapado?

—¿Escapar? —se sorprendió Gabby, pero ninguno de los dos le respondimos.

—Ah —dije con indiferencia—, me rompí las muñecas para quitarme esas condenadas esposas. Vincent se preocupó, así que entró corriendo a detenerme y, bueno, aquí estamos.

—Parece que voy a tener que intentar algo distinto.

—¡No! ¡No me vas a encerrar de nuevo! —Le planté las manos a Liam en el fornido pecho y empujé. Ni se movió.

Paseó la vista del pecho a las manos y arrugó los labios.

—¿Acaba de golpearme? —me preguntó.

—¿Encerrarla? —insistió Gabby. Levantó los brazos, exasperada, y nos miró a ambos. Liam no le hizo caso.

—No puedo confiar en ti.

—Pues vas a tener que aprender, y rapidito. No he hecho un pacto de sangre contigo para que me tengas metida en una puta celda mientras lo intentas hacer todo tú solo. Sobre todo, si pones a mi hermana en peligro.

Por fin miró a Gabby y luego otra vez a mí.

—No le ha pasado nada.

—Ah, ¿no? Entonces no os estaban atacando los espectros, ¿verdad? —Liam no respondió—. Exacto. Por tanto, yo creo que me necesitabas, y me vas a necesitar más todavía si buscamos ese libro. No conoces mi mundo.

Puso los brazos en jarras y apretó los labios con fuerza. La camiseta empapada se le pegó al cuerpo y me distrajo por un instante. Un tic le agitó la mandíbula. Suspiró.

—No podemos trabajar juntos si no acata las órdenes.

—No soy tuya, para que me puedas dar órdenes —resoplé.

—¿No fue eso lo que dijo cuando hicimos el trato? Es mía, a cambio de la vida de su hermana.

—¡Y una mierda lo soy! —Su forma de decirlo hacía que me dieran ganas de prenderle fuego. Abrí la boca para ponerlo en su sitio, pero una palmada de Gabby en el brazo me hizo callar.

—¿En serio, Di? ¿Otro trato?

—¡Ay! —Me volví hacia ella al tiempo que me frotaba el brazo—. Esta vez es diferente. Este trato no se parece en nada al de Kaden.

Liam pasó a nuestro lado sin decir nada. Gabby me fulminó con la mirada y sacudió la cabeza; no daba crédito. Ambas nos volvimos para seguirlo. Se paró junto al agujero que yo había hecho en el suelo. Motivo de más para no dejarme escapar. Alzó la mano y el poder le revoloteó en la punta de los dedos. El pasillo se sacudió y los fragmentos de madera, ladrillo y metal salieron volando y taparon el enorme hueco como si nunca hubiera existido.

Gabby ahogó un grito y me dio otra palmada en el brazo.

—¿Cómo puede hacer eso?

—Ni idea. —Puse los ojos en blanco y agité la mano en el aire—. Gabby, este es Liam. O, como lo llamaban en el viejo mundo, Samkiel, gobernante de Rashearim. Bueno, ya sabes, cuando aún existía.

Me lanzó una mirada de plata tan intensa que pensé que me iba a incinerar allí mismo. Pero se limitó a fruncir el ceño, bajar las manos y luego se dirigió al ascensor.

—Nos vamos —dijo con una voz que era un gruñido ronco.

Gabby se me adelantó. Nuestros zapatos mojados rechinaban a cada paso. Se paró junto a Liam y pulsó el botón del ascensor.

—Siento haberte apuñalado.

Eso me llamó la atención.

—¿Lo has apuñalado? ¡Gabby, pero qué orgullosa estoy de ti!

Levanté la mano para chocar los cinco, pero ambos me miraron mal y Gabby negó con la cabeza. Bajé la mano con indiferencia.

—Gracias por salvarme. Dianna me dijo que me protegiese si no venía ella misma a por mí. Como ya habrás notado, la persigue un montón de gente mala que intenta usarme para llegar hasta ella. Así que lo siento. —Le sonrió y a mí se me escapó un bufido exasperado.

Liam le dirigió una mirada carente de desprecio o animosidad.

—No se preocupe. Debería entrenarse para ser capaz de defenderse en condiciones, y con más motivo dada su situación. Y aunque no eran necesarias, aprecio sus disculpas. Quizá pueda enseñarle modales a su hermana. —Me miró, con el ceño aún más fruncido que antes.

Aparté a Liam de un empujón para entrar la primera en el ascensor.

—Perdona, pero tengo modales.

Gabby y Liam me miraron como si hubiese perdido la cabeza. Luego entraron en el ascensor conmigo. Pulsé el botón del vestíbulo y me recliné contra la pared del ascensor. Mi hermana no paraba de sonreírle a Liam.

—Entonces ¿eres ese a quien todos temen? ¿Un dios?

Liam iba a responder, pero lo interrumpí.

—Oh, sí que lo es. Ya verás cómo lo tratan. Si te dijera que es pretencioso me quedaría muy corta.

Me miró otra vez como si quisiera fulminarme y yo le devolví una mueca de burla. Ya me había acostumbrado a la miradita de marras. Gabby tenía la boca abierta de par en par.

—¡Dianna! —dijo—. Sé más respetuosa.

—No, Gabby.

—Me ha salvado.

—Ah, ¿sí? Qué bien. A mí me ha torturado.

—¿Qué? —Lo miró y se acercó más a mí.

—¿Y por qué lo hice, señorita Martinez? —preguntó, inclinando la cabeza y enarcando una ceja—. ¿Cree que podría tener algo que ver con que haya matado a un miembro de la Mano? ¿O será por el asesinato de los embajadores humanos y celestiales? ¿O quizá haya sido porque peleó conmigo e intentó matarme? Mientras le prendía fuego a una de mis Cofradías en Arariel, no lo olvidemos.

—Dianna —exclamó Gabby—, dime que no es verdad.

—Tenías que soltarlo, ¿no? —Me aparté de la pared con un empujón, cada vez más cabreada.

—Lo siento, pero no creo que tenga sentido escudarse en mentiras.

—Eres un cabrón arrogante. —Me acerqué más a él—. Conocía a otro tipo así, ¿sabes? Y lo traicioné.

—¿Eso le gustaría hacer? —Él también se irguió y se apartó de la pared—. ¿Quiere traicionarme? ¿Renegar del pacto de sangre que hemos firmado?

—Ah, ahora te preocupa el pacto. Te rogué que me dejases venir contigo a recogerla. Pero no, tenías que ir en plan macho alfa, soy un tipo duro que no necesita ayuda y lo puede hacer todo por sí solo. Pues, ¿sabes qué? No puedes. Si pudieras, tu mundo seguiría de una pieza, en vez de ser un montón de pedazos incrustados en el nuestro.

Liam estaba dentro de mi espacio personal antes de que hubiese terminado de pronunciar esas palabras, con la cara a escasos centímetros de la mía y los ojos convertidos en plata fundida.

—Si menciona Rashearim una vez más con esa falta de respeto...

El cuerpecito de Gabby se interpuso entre nosotros.

—Vamos a calmarnos todos, por favor. —Se volvió hacia mí. Cogí aire y luego me di la vuelta y me fui al otro extremo del ascensor—. Vale, ahora mismo estamos muy tensos, con la adrenalina a tope y todo eso. ¿Y si nos damos un respiro y no rompemos el ascensor?

Miré a mi alrededor. No me había dado cuenta de que se había parado. Las luces parpadearon; por lo visto, Liam también lo había notado. Se apartó de mí todo lo que pudo y sus ojos recuperaron la normalidad, pero Gabby mantuvo su posición entre ambos.

—Dianna.

La miré, cruzada de brazos.

—Discúlpate.

—Ni muerta.

—Dianna. Has sido muy dura con él, y más si es cierto que has hecho todo eso que ha contado. Además, me ha salvado, no una, sino dos veces. Vamos, no seas mezquina, tú no eres así.

—Si mal no recuerdo, me dijiste que era un monstruo. —No pretendía responderle así, y menos delante de Liam, pero se me escapó.

—Ya sabes que estaba enfadada. Yo nunca te he visto como a un monstruo. No lo eres.

Esas palabras me tranquilizaron, al menos en parte. Relajó un poco los hombros. Miré de reojo a Liam. Tenía los nervios a flor de piel porque estaba muy preocupada por ella. Cuando me empezó a arder la mano, me había temido lo peor.

Al oír a Gabby, la expresión de Liam se suavizó. Bueno, suave en términos relativos. Liam siempre parecía molesto o enfadado.

Un pitido casi imperceptible nos hizo saber que habíamos llegado a la recepción. Las puertas se abrieron, pero no hice ademán de salir.

—Mira, ya lo pillo. Eres el jefazo del universo o algo así, pero para mí eso no significa nada. Nada en absoluto. Ella... —Hice una pausa y señalé a Gabby, que tragó saliva—. Ella sí. Me dan igual el plan de Kaden para acabar con el mundo o el tuyo para salvarlo. Desde mi punto de vista, solo competís por ver quién es más poderoso. —A medida que hablaba, las puertas se abrían y se cerraban—. Pero si me puedes prometer que, pase lo que pase, cuando esto termine, Gabby podrá tener una vida larga y feliz, entonces yo... —Puse los ojos en blanco y dejé escapar un sonoro suspiro—. Soy toda tuya. Tenemos que trabajar juntos y establecer puntos en común. De lo contrario, dará igual quién sea más fuerte, o más duro: perderemos. Así pues, ¿crees que podrías hacer el esfuerzo de escucharme y dejarme ayudar, en vez de pasarte todo el rato ladrándome órdenes?

La puerta se abrió de nuevo. Liam se me quedó mirando. El aire se sentía denso, cargado de energía. Fuera del ascensor se había congregado público. Al cabo de unos largos segundos, exhaló.

—Acepto sus términos.

—De acuerdo —respondí, seca.

—De acuerdo —repitió él. Se apartó de la pared y salió del ascensor.

Gabby y yo salimos al vestíbulo, pero nos detuvimos para dejar paso a varios celestiales. Vincent estaba enviando a algunos a los puntos que habían sufrido más daños y a otros a que comprobasen el estado de los humanos.

Liam había tapado el agujero que atravesaba los pisos y el techo, pero, a juzgar por las luces intermitentes, alguien había llamado a los servicios de emergencia. Los equipos de rescate habían erigido una barrera frente a la puerta principal, y detrás de ella se había reunido una multitud que iba en aumento. Varios celestiales trataban de convencerlos para que se alejasen de allí.

—Vincent, ¿qué parte de mi orden de mantener a la señorita Martinez en la Cofradía te ha costado entender? —Liam escupió las palabras a medida que se acercaba a Vincent. Tenía un nuevo objetivo al cual dirigir su ira. Genial.

—No puedo controlarla —respondió Vincent, con voz tensa. Nos señaló a Gabby y a mí—. Nos trajo aquí con un pensamiento. No tuve tiempo de detenerla.

Me tapé la boca con la mano para disimular la risa. Me di cuenta de que Gabby me miraba con un toque de tristeza en los ojos.

—¿Qué pasa? —dije—. He hecho lo que querías. Me he defendido y ahora tenemos un modo de escapar de todo esto. Por fin llevarás una vida medio normal.

Gabby me apretó el brazo con suavidad.

—Di, cambiar a un hombre poderoso por otro no es escapar.

—Entonces ¿me voy a quedar aquí?

Gabby giró en el sitio para ver la enorme sala de estar al completo. El sol poniente atravesaba los ventanales con vistas a la bulliciosa ciudad de Boel. Los muebles de colores blanco y crema rodeaban una mesa de cristal sobre la que reposaban algunas revistas. Del techo colgaba una lámpara de araña cuajada de pequeñas lágrimas transparentes. En la esquina derecha del apartamento había una cocina, y en el extremo opuesto, dos dormitorios.

—¿Te gusta? —preguntó Neverra. Le estaba enseñando el apartamento a Gabby y yo las seguía.

—Bueno, al menos no es una celda —dije.

La sonrisa de Gabby se desvaneció y Neverra me fulminó con la mirada. Oh, vaya, son todos igualitos que el jefazo. Yupi. A pesar del trato que había hecho, no me acababa de fiar de ella; de ninguno de ellos, en realidad.

Neverra sonrió a Gabby y dejó de prestarme atención.

—El frigorífico está lleno. Si necesitas algo más, solo tienes que pedirlo.

—Gracias —dijo Gabby. Se volvió y me repasó con la vista. Cuando nuestras miradas se cruzaron, le dijo a Neverra—: ¿Te importa que hable a solas con mi hermana, por favor?

Neverra me miró y su sonrisa se apagó.

—Por supuesto. Estaré fuera. —Se marchó con un repiqueteo de tacones.

—¡Estoy en la puñetera Ciudad de Plata! Todo es tan elegante... Es una pasada. Y ella es muy agradable.

—A mí me parece un pedazo de zorra, pero, por otro lado, le traje a su marido medio muerto.

—Eh... ¿Qué?

—Otro día te lo cuento. —Dejé de lado el tema con un gesto. Hojeé una revista y luego me acerqué a la ventana y me encogí de hombros—. De todas formas, todo esto es temporal.

Gabby resopló y se dejó caer en el sofá.

—¿De cuánto tiempo hablamos?

—Hasta que encuentre ese maldito libro, o mate a Kaden. Si pueden ser ambas cosas, mejor.

Me senté junto a ella. Apoyé el codo en el respaldo del sofá y descansé la barbilla en la palma. Gabby echó la cabeza hacia atrás y se quedó mirando el techo.

—No acabo de creerme que lo vayas a hacer de verdad.

—No has parado de decirme que tenía que plantarle cara y supongo que al final te he hecho caso.

Se cruzó de piernas y se volvió hacia mí.

—Pero ¿a qué coste? ¿Qué te va a pasar después?

No tenía respuesta para eso. La cabeza me decía que me encerrarían en la cárcel, o en alguna extraña prisión divina. Pero el corazón opinaba que, una vez resuelta la situación, el castigo por todos mis delitos iba a ser la ejecución. Tenía muy claro que Liam y su séquito celestial me despreciaban, pero me daba igual mientras Gabby estuviese a salvo.

—La verdad es que no lo sé.

—¿Se te ocurrió preguntarlo antes de lanzar otro órdago?

—No.

Puso los ojos en blanco. El gesto era tan familiar que me resultaba tranquilizador.

—Estoy harta de que siempre salgas con esa mierda de la abnegación y el sacrificio. No eres papá, ni mamá, Dianna. Ya no hace falta que cuides de las dos.

Me retorcí un mechón de pelo entre los dedos y evité mirarla a los ojos.

—¿Cuánto tiempo llevamos haciendo esto? —Bajé la mano—. ¿Luchando, protegiéndonos, ocultándonos? Lo único que quiero es que acabe. —Recogí las manos en el regazo y bajé la vista—. He matado a Alistair —confesé.

Gabby se incorporó tan deprisa que casi se cae del sofá.

—¡¿Qué?!

—Me estaban transportando a otro lugar. Tobias y Alistair aparecieron y casi mataron a uno de los hombres de Liam; Logan, el marido de Neverra. El caso es que, gracias a la sangre, pude ver lo que le pasaba por la mente en sus últimos instantes de vida, y solo pensaba en ella. —Al decir eso señalé la puerta por la que había salido Neverra—. Eso era todo. No había maldad, ni crueldad; solo sentía amor y felicidad. Alistair iba a matar a Logan y yo no podía permitirlo, así que lo maté yo a él.

Se me nubló la vista. Eché la cabeza hacia atrás para no dejarme llevar por las emociones y respiré hondo. Pero al cruzar la mirada con Gabby comprendí que mis esfuerzos habían sido en vano y los ojos se me llenaron de lágrimas.

—Tenías razón. Hace mucho tiempo que no soy feliz. No soy feliz con Kaden, aunque lo haya fingido durante tanto tiempo. Estas últimas semanas han sido terribles. —Sollocé. No podía parar de llorar.

Gabby me estrechó entre sus brazos y yo la rodeé con los míos. Me dejó llorar en silencio mientras me acariciaba el cabello. Siempre podía confiar en Gabby. A veces nos peleábamos por cualquier cosa, claro, como les ocurría a todas las hermanas. Pero siempre nos apoyábamos la una a la otra. Ella era la mitad de mí que me mantenía cuerda y humana.

—Di, eres mi hermana y te quiero —dijo, y acompañó las palabras con una palmadita en la espalda—. Lo que te han obligado a hacer está mal. No tenías elección. Pero ahora sí la tienes. Si puedes salvar vidas o hacer las cosas bien sin que te suponga demasiado esfuerzo, inténtalo. ¿De acuerdo?

Me recliné en el sofá y me sequé la cara.

—Lo intentaré.

—Y sé más amable con Liam —añadió, sonriente. Solté un bufido y me aparté de ella.

—Eso ya es pedir demasiado.

—Me salvó la vida. ¡Y fue superguay! Tendrías que ver lo rápido que se movía mientras cortaba a los espectros por la mitad.

—Gabby, no hay nada de «superguay» o agradable en él.

—No lo decía en ese sentido. —Bajó la vista al cojín que tenía entre las manos.

—Siempre intentas ver la parte buena de la gente. Es un defecto espantoso —me burlé. Salté del sofá y me aparté antes de que pudiese responder.

—¡Oye! —me llegó la voz de Gabby en cuanto terminé de cruzar la sala de estar.

Un cojín me dio en la espalda justo cuando abría la puerta; rebotó y cayó al pasillo. Neverra enarcó una ceja.

—No te preocupes, estamos practicando los vínculos fraternales —dije, sin darle importancia. No me costó interpretar su expresión; a esas alturas, ya estaba acostumbrada a que me juzgasen. De repente, algo brilló a mi izquierda. Me volví al instante y Vincent estaba ahí. La descarga de adrenalina me arrancó un gruñido—. Jamás me acostumbraré a eso.

—Con un poco de suerte, no estarás aquí tanto tiempo como para que eso sea relevante —dijo. Me repasó de arriba abajo.

Vale, me lo había buscado.

—¿Ocurre algo? —le preguntó Neverra.

—Liam la ha convocado.

El tono ácido con el que lo dijo me provocó un escalofrío. Apreté los puños junto a los costados y cerré los ojos para captar aquel constante zumbido estático de poder. En cuanto lo encontré abrí los ojos y me permití una mueca burlona.

—Dile a mi hermana que volveré más tarde.

Vincent trató de sujetarme, pero yo ya había desaparecido del pasillo.

—¿Convocarme? ¡No tienes autoridad para convocarme! —le escupí a Liam en cuanto me materialicé frente a él.

—¿Está segura? —Liam, sentado al extremo de una mesa de lo que parecía una sala de reuniones, me observaba con la cabeza inclinada. Cruzó las manos sobre los papeles que había estado leyendo y me miró a los ojos—. Porque, si no me equivoco, ya me ha dicho dos veces que sí la tengo.

Entrecerré los ojos y di un paso al frente. Noté el fuego en la palma de la mano antes incluso de darme cuenta de que lo había invocado. Me miró como si me estuviese retando a intentar algo. La puerta se abrió de golpe y Vincent y Neverra entraron a la carrera. Apagué la llama a toda prisa.

—Vincent me ha dicho que me habías convocado, igual que hacía Kaden. Lo odio.

Liam miró de reojo a Vincent y luego otra vez a los papeles que tenía frente a él. Restó importancia al asunto con un gesto, como si fuese algo trivial.

—Solo he solicitado su presencia. Si no he usado la terminología correcta, le pido disculpas.

—¿Me estás diciendo que lo sientes? —El asombro me dejó boquiabierta.

—Sí, señorita Martinez. No todos nosotros somos bestias —dijo. Pasó una página.

—¡¿Me acabas de llamar «bestia»?! —bramé. Las llamas me cosquilleaban otra vez en las palmas. Liam hizo caso omiso de mi estallido.

—Ahora que estamos todos aquí, tenemos que discutir ciertos asuntos. La señorita Martinez ha dejado muy claro que no acepta quedarse al margen, y por eso está aquí... siempre que tenga la amabilidad de apagar esa bola de fuego. —Me miró la mano y yo puse los ojos en blanco y desactivé el poder—. Perfecto. Entonces ¿alguna pregunta? —quiso saber.

—No, señor —respondieron Vincent y Neverra.

—Excelente. Empecemos.

Nos indicó con un gesto que tomásemos asiento. Me dejé caer en la silla del otro extremo de la mesa, mientras que Vincent y Neverra se sentaron junto a Liam. Como si no me sintiese ya lo bastante excluida. Solo por fastidiar, me levanté y me fui a sentar al lado de Vincent. Me miró con odio, pero no dijo nada. Liam no hizo ni caso de nuestros jueguecitos.

—Como predijo usted, los celestiales que estaban controlados por Alistair han muerto. Les había destruido la mente por completo. Estamos preparando varios funerales y hay parte del equipo de baja por duelo. Gracias a sus esfuerzos, Logan sobrevivirá, pero seguirá en el ala de medicina hasta que termine la semana.

Capté la mirada de Neverra que me taladraba el cráneo. Tragué saliva con dificultad.

—Vincent, las pistas que tenías se han enfriado. Hay un incremento de actividad, pero es escaso. Ya no nos persiguen, al menos de forma activa. Supongo que es porque Kaden ha perdido el poder bruto.

—Oh, qué mono, me ha llamado poder bruto.

Todos me miraron en silencio. Articulé la palabra «perdón» con los labios y me recosté en la silla.

—Durante la extracción de la hermana de la señorita Martinez me atacó un ser con esta apariencia. —Empujó un papel sobre la mesa. Había dibujado varios espectros y el parecido era asombroso.

—¿Sabes dibujar?

Me miraron otra vez.

—Vale, vale, eso ahora no importa. Qué público tan exigente.

Liam frunció el ceño.

—En este mundo no encuentro ningún registro que hable de esos seres. Y no recuerdo haberlos visto en Rashearim. Como decía, no sé cómo se llaman, pero parecen seguir y obedecer a un mago que los conjura. Si puede...

—Se llaman «espectros». —Todos me miraron—. Son un clan muy numeroso, liderado por Hillmun. En sí no son buenos ni malos, desde el punto de vista moral. Los que afrontamos el otro día trabajan para Kaden... Bueno, trabajaban. Ya no tendréis que preocuparos de ellos, o al menos de ese clan. Algo más que sumar a la creciente lista de razones por las que Kaden me quiere muerta. —Se me quedaron mirando, atónitos. Sonreí como si la cosa no fuese para tanto—. Perdón por la interrupción.

—No, esa información es relevante —dijo Liam. Tomó nota de todo y cuando terminó le pasó las páginas a Vincent—. Añádelo al bestiario, por favor. —Volvió la atención hacia mí y entrecruzó los dedos—. ¿Tiene la menor idea de cuándo o dónde podría producirse su siguiente acción?

Me mordisqueé el labio, pensativa.

—No, pero... —Me callé, consciente de pronto de que las siguientes palabras que pronunciase muy bien podrían desembocar en su muerte, o la mía—. Sé de alguien que quizá sí.

—¿Hay otros que estarían dispuestos a traicionar a Kaden?

—No todo el mundo está entusiasmado con su última obsesión. Además, su comportamiento durante la búsqueda ha sido brutal y, como consecuencia, se ha granjeado unos cuantos enemigos que están esperando el momento oportuno.

Liam tamborileó la mesa con los dedos y me estudió con atención.

—¿Y de quiénes se trata?

—Digamos que tengo contactos.

—Supongo que sus contactos son los mismos que los de Kaden. Así que dígame por qué cree que podrían querer ayudarnos después de que usted, su consorte, haya asesinado a uno de sus generales a sangre fría.

No me molesté en corregirlo.

—Muy sencillo. El ego de Kaden es casi tan grande como el tuyo, puede que más. No le va a contar a nadie que he matado a Alistair, porque eso lo haría parecer débil. Ni va a dejar que se sepa que no puede controlar a la mujer que él mismo ha creado. Apuesto a que ya está tejiendo una bonita historia sobre el gran Destructor de Mundos que venció a Alistair y se llevó a su juguete favorito. —Me jodía referirme a mí misma en esos términos, pero lo hice. Me recliné en la silla y me crucé de brazos; ninguno de ellos se había movido—. Así que id pensando qué vais a hacer; yo voy a hacer la maleta y a despedirme de mi hermana. Otra vez.

Empujé la silla para apartarla de la mesa y me puse de pie. Vincent y Neverra saltaron de los asientos, que cayeron rodando, y materializaron cada uno una espada. Acerqué la silla a la mesa con una mueca burlona.

Liam hizo un gesto y ambos formaron a su lado al unísono.

—Discúlpelos. Por mucho que nos ayude, sigue usted representando una amenaza. Tiene una hora para prepararse y despedirse. Luego nos iremos.

No se había levantado.

Vincent y Neverra lo flanqueaban, con las armas en la mano y los ojos azules y refulgentes, listos para matarme en cuanto diese la orden. No eran situaciones idénticas, pero en el fondo Gabby tenía razón. Había cambiado un amo poderoso por otro.

XXI
DIANNA

—Di, ¿qué estás haciendo? —me preguntó Gabby desde la sala de estar.

—Compruebo que no haya cámaras ni dispositivos de escucha —respondí, mientras rebuscaba bajo la mesa. Me puse de pie, con los brazos en jarras, y suspiré—. Tienen que estar en alguna parte.

—¿Para qué lo necesitarían? ¿No tienen superoído? —quiso saber.

Paseé la vista por toda la habitación y me fijé en la estantería de la pared más lejana. Crucé el salón pisando con fuerza y haciendo resonar los tacones contra el ostentoso y reluciente suelo de baldosas.

—No me hagas reír —resoplé—. Kaden tiene cámaras por todas partes, y no solo para los jueguecitos sexuales.

—¡Qué asco! —gritó Gabby.

Se me escapó una risita. Luego le di la vuelta a una silla y miré los bajos. No encontré nada, de modo que la devolví a su sitio y me dirigí hacia las estanterías, que estaban decoradas con muy buen gusto.

—A lo mejor estos no —dijo Gabby. Se encogió de hombros y me estudió con atención.

La miré e hice un mohín.

—¿Lo dices en serio? Acabas de conocerlos. Eres demasiado confiada, Gabs. Eso terminará matándote.

Frunció el ceño y se abrazó a uno de los muchos cojines del sofá.

—Quizá sean diferentes. No todo el mundo es como Kaden y los suyos. Además, dijiste que estos eran los buenos, ¿no es cierto?

Pasé la mano por cada esquina y cada rendija, pero no encontré nada. Frustrada, me acerqué a una planta y me puse a inspeccionar las hojas.

—Nunca he dicho que sean los buenos. Solo he dicho que están en contra de Kaden.

Tras un nuevo fracaso, puse la planta en su lugar y me encaminé a la cocina. Cuando por fin di por terminada la búsqueda, todos los cajones y puertas estaban abiertos y había examinado todos y cada uno de los cazos, sartenes y utensilios de cocina.

—¿Nada? —se interesó Gabby, que me vigilaba con la barbilla apoyada en la mano.

Me recliné en la encimera y soplé una hebra que me caía en la cara.

—Nada. Joder.

—¿Ves? A lo mejor puedes fiarte de ellos. Además, habéis hecho otro trato y estoy segura de que Liam no puede romperlo.

—Supongo —respondí con exasperación.

—Entonces ¿cuál es el plan?

—Encontrar a todos los lacayos de Kaden que no lo aguantan. A lo mejor, si les doy una zurra, consigo que me den la información que necesito. Voy a la caza de un puto libro antiguo con un dios igual de antiguo y que es tan grosero como poderoso.

Gabby le dio unas palmaditas al respaldo del sofá.

—Tengo la sensación de que va a pasar algo malo —dijo.

—Es bastante probable. —Me encogí de hombros—. Y en ese caso haremos lo que siempre hacemos: nos cuidaremos la una a la otra.

—Entonces ¿no te fías de él?

—Por supuesto que no. Tú y yo hemos vivido lo bastante para saber lo crueles y vengativos que pueden ser los hombres poderosos. Por mucho que venga con la cantinela de que quiere el libro para proteger el mundo, en el fondo Kaden y él tienen la misma motivación. Ambos buscan el poder, y eso nunca termina bien.

—Entonces ¿qué quieres que haga?

—Hazte amiga de ellos, a ver qué puedes averiguar y qué buscan en realidad. Consigue toda la información que te sea posible. Quizá encontremos la manera de pasar desapercibidas cuando todo esto haya terminado. Se me ocurre que podríamos disfrutar de la playa esa que tanto te gusta... ¿Cómo se llama?

—Playa Liguniza, en la costa del mar de Naimer. —La idea le arrancó un suspiro nostálgico—. El agua es tan transparente... Y hay un acantilado con vistas al océano. Las puestas de sol son insuperables.

—Vale, hecho. Iremos allí, beberemos, nos reiremos, y nos olvidaremos de los monstruos y de los dioses.

Nuestras sonrisas derivaron en carcajadas tan alegres que a los pocos segundos me dolían las mejillas. Con todo lo que había pasado en los últimos tiempos, era muy agradable volver a verla feliz.

Me deleitaba con la felicidad de Gabby, aunque sabía que todo lo que había dicho era mentira. No iba a haber ninguna playa en mi futuro. Mi destino estaba sellado; pero tal vez ella sí pudiese ir allí y crear con Rick la vida que anhelaba. Y si se hacía amiga de los celestiales, ellos la protegerían y no estaría tan sola cuando yo me hubiese ido. Con eso me bastaba.

Me corrió un escalofrío por la espalda que me congeló la sonrisa y me puso el vello de punta. Sentí aquel poder absoluto cada vez más cerca. Se acabó el recreo; era hora de volver al trabajo. Me aparté de la encimera.

—Prometo que te llamaré siempre que pueda —dije, con un nudo en la garganta.

Asintió. Se levantó y me acompañó a la puerta. La abrí en el momento que Liam levantaba la mano para llamar. Se detuvo y la dejó caer. Neverra se puso a su lado.

—Señorita Martinez —dijo Liam, pero miraba detrás de mí. Se dirigía a Gabby—. Mientras estemos fuera, tendrá dos acompañantes; primero Neverra, y dentro de unos días Logan se unirá a ustedes. Se quedarán aquí haciéndole compañía. Tras el reciente ataque no queremos correr ningún riesgo. Hasta que consigamos el libro, tememos que pueda ser usted un objetivo.

—Suena muy bien —dijo Gabby. Sabía que no le encantaba la idea, pero, fiel a su estilo, se lo tomaba de la mejor manera posible.

La estreché en un fuerte abrazo.

—Me tengo que ir a salvar el mundo de la destrucción. Procura no meterte en líos.

—De nosotras dos —dijo, entre risas y lágrimas—, no soy yo quien se suele meter en líos...

—No te falta razón. —Le di un último apretón y luego me separé de ella. Le sostuve la mirada un instante más; enseguida me di la vuelta y salí por la puerta con paso rápido.

—¿Qué ha pasado aquí? —le oí decir a Neverra mientras entraba en el apartamento. Extendí la mano y cerré la puerta, y el ruido de sus voces se apagó.

XXII
DIANNA

L iam estaba sentado en una tumbona, absorto en sus estudios. Lo rodeaba un montón de ordenadores y reproductores. Desde que subimos a bordo, se había pasado todo el tiempo encorvado sobre ellos.

Yo estaba apoyada en una alta mesa de cristal, cogiendo golosinas de una bandeja de plata. Había sillas de felpa dispuestas en cómodos grupos y un armario para licores arrimado a la pared. Me parecía haberle oído decir a Vincent que la caravana tenía doce habitaciones. Parecían muchas, pero, ya que podían ir a cualquier lugar del mundo, tenía sentido que fuesen espaciosas. Las caravanas habían sustituido a los trenes cuando la magia celestial y la tecnología se unificaron.

—¿Sabes? Siempre me había preguntado si las caravanas de los celestiales eran más cómodas que las públicas que se usan en las ciudades —dije, y me metí otro trozo de chocolate en la boca—. Y ahora puedo decir con conocimiento de causa que sí, lo son. —Liam me fulminó con la mirada, como hacía cada vez que yo decía algo. Después de una hora o así había perdido efectividad y ahora lo pinchaba solo para ver cuánto tiempo aguantaba—. Para trabajar juntos, vamos a tener que comunicarnos, ¿sabes? —Me metí otra golosina en la boca.

—Estoy ocupado —dijo, con la misma cara seria de siempre.

Puse los ojos en blanco, me aparté de la mesa y me dirigí al ventanal. Atravesábamos una cadena montañosa. Aquí y allá, la espuma

265

blanca de las cascadas rompía la uniformidad del tapete de tonos verdes y pardos. Nunca había visitado esta parte de Ecanus y, desde luego, jamás había soñado con verla desde una caravana de lujo.

Me alejé de la ventana y, con un suspiro, me dejé caer en la tumbona que había frente a la de Liam. Eso me granjeó otra mirada desaprobadora, que asomó entre la multitud de pantallas.

—¿Cuánto falta para que lleguemos a Omael?

—Demasiado.

Empezaba a pensar que disfrutaba de mi presencia casi tanto como yo de la suya.

—Solo quiero asegurarme de que lleguemos a tiempo. Nym es una diseñadora de alta costura y no suele quedarse mucho tiempo en un mismo lugar.

Descartó mis palabras con un gesto. La luz de las pantallas de ordenador le proyectaba un brillo azulado sobre los rasgos.

—No sé de qué nos puede servir una diseñadora de moda.

—Ya te lo he explicado. Por decirlo de alguna manera, está al final de... —Hice una pausa mientras buscaba una forma de decirlo— la lista de amigos de Kaden. Puede que tenga información sobre cierta bruja excomulgada que podría ayudarnos.

—¿Excomulgada? —Liam arqueó una ceja.

—Digamos que quería un puesto y hubo una diferencia de opiniones.

—¿Y esa mujer de Omael puede ayudarnos?

—Sí —confirmé—. Y también puede facilitarnos pasaportes, carnets de identidad, tarjetas de crédito, lo que haga falta.

—No necesitamos nada de eso. Puedo ir a donde quiera y hacer lo que me plazca. Nadie puede detenerme. No le tengo miedo a Kaden y no quiero prolongar este viaje más de lo necesario. —Al decir «viaje» me señaló con un gesto vago, que confirmó mis sospechas. No le apetecía estar cerca de mí y, desde luego, yo no tenía ningunas ganas de estar cerca de él.

Me lo quedé mirando, convencida de que bromeaba. Al ver que no era así se me escapó una risotada burlona.

—¿En serio? No puedes utilizar nada que te pertenezca. Kaden puede rastrearlo. Maté a un príncipe heredero en Zarall y Kaden lo vio en vivo y en directo desde la otra punta del mundo. Tiene acceso a tecnologías que ni te imaginas, por no hablar de sus contactos. Quiero que mantengamos un perfil bajo durante tanto tiempo como sea posible. Kaden ya ha enviado a sus espectros asesinos a por mi hermana, y eso solo era el calentamiento. No la voy a poner en peligro solo porque mi presencia te moleste. Tú no lo conoces, pero yo sí, y sé que estará dispuesto a llegar muy, muy lejos para conseguir... —La sola idea me hacía titubear—. Para conseguir lo que quiere.

Creía que iba a seguir discutiendo, ya que por lo visto era la única forma de hablar conmigo que le interesaba, pero en lugar de eso me taladró con la mirada. Tenía un tic en un músculo de la mandíbula. Bajó la vista y siguió pasando páginas en las pantallas que tenía enfrente.

Las horas siguientes transcurrieron, sobre todo, en silencio. A medida que me adaptaba a mi nueva realidad, los nervios se adueñaban de mí. No había tenido elección. Me negaba a permitir que Gabby siguiese sufriendo por mis actos y mis decisiones.

La tumbona era cómoda. Traté de echarme una siesta, pero mi sueño estuvo plagado de pesadillas. Me desperté sobresaltada y me incorporé, con las manos apretadas sobre los costados. Los ojos de Liam se desviaron hacia los míos y se demoraron en ellos. No preguntó cuál era el problema y yo no le ofrecí ninguna explicación. De ningún modo le iba a contar a Liam que había visto en sueños el rostro sonriente de Kaden mientras sus malditas bestias me arrastraban de vuelta con él.

Me pasé una mano por la cara y planté los pies en el suelo. A continuación, me puse de pie y me acerqué a la ventana, tras la cual se deslizaba un paisaje cambiante. Las montañas nevadas quedaban lejos y los árboles que cubrían las colinas estaban llenos del color que anunciaba la llegada del otoño.

—Ya casi hemos llegado —dijo Liam.

Me miró con cautela, como si temiera que le fuese a prender fuego a algo. Asentí, todavía perdida en mis pesadillas. Me estudió unos instantes más y luego volvió a esas malditas pantallas. ¿Cuánto tiempo llevaba con ellas? Antes de salir, Vincent había configurado la estación de trabajo y le había dado más vídeos. Liam aprovechaba el viaje para seguir familiarizándose con Onuna. Su vocabulario ya sonaba más normal, sin tantos formalismos. Me pregunté cuán inteligente era. Aprender idiomas e historia a esa velocidad no debía de ser nada fácil.

—¿Qué tal la cabeza?

—Bien. —No levantó la vista—. ¿Por qué lo pregunta?

—Con todos los vídeos que te han pasado Logan y Vincent, supuse que te dolería la cabeza. Aprender idiomas, historia y cultura tan rápido como lo haces tiene que ser un reto. Además, no has dormido desde que llegué, y de eso hace ya casi un mes —respondí.

Eso le llamó la atención y frunció el ceño todavía más.

—¿Cómo lo sabe? —Se cruzó de brazos y la camisa le marcó el pecho y los bíceps.

—Irradias poder. Puedo captar la energía que liberas, aunque haya paredes de por medio. Incluso en aquel edificio que es casi una fortaleza, durante las últimas semanas percibía cómo dabas vueltas arriba y abajo.

El temor le asomó a los ojos, tan fugaz que no lo habría notado si no estuviésemos intercambiando miradas.

—Mis horarios de sueño no son asunto suyo.

Ah, ¿quería jugar? De acuerdo.

—En realidad, sí lo son. —Ladeé la cabeza—. Si vamos a matar a Kaden y a encontrar ese libro mítico que tú crees que no existe, necesito que estés en las mejores condiciones para luchar. Nivel dios.

—Le aseguro que estoy bien. —Cambió de postura como si la mera conversación le resultase incómoda—. Además, fui más que capaz de encargarme de usted y de los espectros que envió su creador.

Sacudí la cabeza con un gesto de exasperación.

—No entiendo cómo puedo viajar en esta caravana sin que me asfixie tu ego descomunal.

—No se trata de ego, es un hecho. He vivido mucho más tiempo que usted. He afrontado y matado bestias mucho mayores y más poderosas que usted y que los pliegasombras que envió Kaden.

—No son «pliegasombras» y, desde que maté a su líder, ya no tienes que preocuparte por ellos. Era el último clan conocido; los otros murieron hace eones... Otro motivo para que Kaden esté cabreado.

—¿Kaden estará más furioso por perder a unos aliados que por perder a su consorte? —Su expresión denotaba una total perplejidad.

—¿«Consorte»? —Torcí la boca—. ¿Qué coño significa eso?

—Obtienen placer el uno de otro. Eso es lo que dijo usted. Sin embargo, a Kaden no le importa lo suficiente para que la haga su... —Calló y frunció el ceño, como si buscase una palabra—. Creo que el término humano es «esposa».

Los recuerdos de los últimos años me incomodaban y sacudí la cabeza para apartarlos. Si Kaden buscaba pareja algún día, no tenía ni idea de quién sería. Nunca había hablado de amor, ni había demostrado tener la más mínima experiencia con ese sentimiento. Como si fuese algo indigno de él. Desde que lo conocía, lo único que había deseado era el poder.

—Nuestra relación no era así. Kaden y yo no tenemos esa clase de conexión.

—Justo lo que digo. Se preocupa más por quienes le puedan ser leales que por su propia consorte. Lo que no tendría nada de extraño si no fuera por el hecho de que la mantiene siempre muy cerca de él.

—Si me vuelves a llamar «consorte» una vez más, le prendo fuego a la caravana contigo dentro.

—Es perfectamente natural tener consortes. Yo he tenido muchas. Casi todos los dioses tenían, tanto hombres como mujeres, pero no significaban nada. Usted no significa nada.

El corazón me dio un vuelco. Tenía razón. Y era uno de los muchos motivos por los que estaba aquí.

—Dioses, eres el alma de la fiesta.

—No sé qué significa eso.

Levanté la palma para hacerlo callar.

—Mira, no tienes que explicarme lo que significo o dejo de significar para Kaden, ¿de acuerdo? Lo tengo muy claro.

Contestó con un encogimiento de hombros y se reclinó en la tumbona; era la misma imagen del poder y de la arrogancia. En esa postura, muchas mujeres habrían querido trepar por él como si fuese un árbol, pero yo más bien me imaginaba clavándole un puñal.

—No era mi intención ofenderla, señorita Martinez. Si vamos a trabajar juntos, tendremos que empezar por ser sinceros. Comunicarnos, como dijo usted.

—Ah, así que me estabas escuchando.

—Sería casi imposible evitarlo. Cuando habla, tiene un timbre de voz muy agudo.

Fruncí los labios. Dioses, menudo gilipollas. Pero preferí no hacer caso de la pulla.

—Ya que estamos, llámame Dianna. No puedes ir a donde vamos y tratarme de usted y llamarme «señorita Martinez». Todo el mundo va a saber quién eres solo por la formalidad al hablar.

—¿Porque los suyos no se tratan con educación?

—¿Los míos? —resoplé—. Eres justo el gilipollas engreído y pomposo que dijeron que serías. Lo entiendo, de verdad. Eres un niño mimado que se crio en un mundo mágico donde todo el mundo te adoraba. Literalmente.

—Volátil. —Ladeó la cabeza—. Así es usted. Oye una afirmación con la que no está de acuerdo y ya se lanza al ataque. Eso, sin mencionar lo grosera y maleducada que es.

—¿Y tú no? —salté. El viaje acababa de empezar y ya estaba harta.

—He sido cortés. Daré cobijo a su hermana mientras usted trabaje para mí, aunque amenazó la vida de alguien que me importa y me chantajeó para que aceptase el pacto. Así que, por favor, «señorita Martinez». —Pronunció las palabras con énfasis, lo que hizo que me hirviera la sangre. Se incorporó y juntó las manos sobre el regazo—. Dígame de qué modo he sido maleducado.

—De tu boca no salen más que insultos.

—¿Y usted no me ha insultado a mí? ¿Ni ha sacado cosas a colación solo para echármelas en cara? Cosas que se escapan a su comprensión. —Iba a contestar, pero alzó un dedo para hacerme callar—. No he terminado. Antes de que saque el tema de su cautiverio y de los medios que usé para intentar extraerle información, me gustaría recordarle que fue usted quien nos atacó a mí y a mi gente. Intentó matarme. Además, le expliqué las consecuencias a las que se exponía en caso de no decir la verdad y, pese a todo, siguió adelante.

Me incorporé en el asiento, cabreada.

—¡Oh, vamos, no me vengas con el rollo de mártir! No tienes a tu queridísima Mano por aquí. No hace falta que guardes las apariencias. Me habrías matado en cuanto te hubiese dado lo que querías.

De nuevo ese tic en la mandíbula. Luego asintió con brusquedad.

—Tiene razón. Si me hubiese dado la información que necesitaba, habría dejado de serme útil. No olvide, señorita Martinez, que fue usted quien decidió convertirse en una amenaza. Y muy similar a otras que he ejecutado en el pasado.

Me acomodé en la silla.

—¿Eso es lo que vas a hacer conmigo cuando todo esto termine? ¿Ejecutarme?

Liam me respondió con una mueca sardónica.

—Creo que es un poco tarde para preocuparse de lo que haré con usted, ¿no le parece?

Tragué saliva al comprender que tenía razón. No era una sorpresa. Había sopesado la posibilidad, pero cuando propuse el trato no nos pusimos a discutir la letra pequeña. Mi objetivo había sido asegurarme de que Gabby estuviese viva y a salvo. Quizá no hubiese una prisión divina en mi futuro, después de todo. Quizá terminase conmigo. Aparté los ojos para no seguir viendo esa mirada penetrante y los dirigí hacia las montañas y los árboles que pasaban a toda velocidad.

—He cambiado de opinión. Tal vez sea mejor que no hablemos.

«Ping».

—Déjame hablar a mí.

«Ping».

—No será problema, porque es lo único que hace —dijo Liam.

Me volví para clavarle los ojos, pero siguió mirando al frente con las manos entrelazadas delante de él. El ascensor seguía subiendo.

«Ping».

—Hablo en serio. Si llega a sospechar quién eres, dudo mucho que nos ayude.

«Ping».

—¿Y eso por qué?

—Pues no sé por qué será, pero hay gente que te tiene miedo. —Los números ascendían poco a poco y yo marcaba el ritmo con golpecitos del pie en el suelo.

—Excelente. Eso demuestra que algunos de los suyos son inteligentes —dijo Liam, con una mirada cargada de intención.

—¿Me acabas de llamar estúpida? —solté mientras se abrían las puertas del ascensor.

Sacudí la cabeza y me volví hacia el diáfano apartamento. Era una suite grande y luminosa con suelos de madera noble. La pared del fondo era de cristal y ofrecía una panorámica de la ciudad. Los cuadros de las paredes mostraban personas en poses diversas y estaban dispuestos como en una galería, cada uno con su propio foco.

Di un paso al frente.

—¡Nym! —llamé. Me adentré un poco más—. Soy yo, Dianna. Espero que estés presentable.

—Oh, Dianna, «presentable» es para las viejas. —El sonido de los pies desnudos la precedió. Dobló la esquina y se paró, tan de repente que el pelo corto y rubio se agitó. Me miró a los ojos y luego a Liam, que se había detenido a mi lado—. Y has traído compañía. —Se envolvió en el albornoz blanco, que por alguna razón no llegó a tapar del todo la carísima lencería que había debajo.

—¿Interrumpo algo? —pregunté con una mueca burlona.

Nym desechó la idea con un gesto.

—Oh, no, es muy temprano. Solo estaba preparando café. Pasad. —Se encaminó al pasillo de la derecha y nos guio hacia el interior.

—¿Esta es la informadora de Kaden? —La voz de Liam traslucía escepticismo.

—A Kaden le gustan las mujeres bonitas que hacen todo lo que les pida.

—No me diga. —Se había vuelto hacia mí con su habitual ceño fruncido.

Arqueé una ceja, como si lo retara a seguir, pero se dio la vuelta y siguió a Nym.

Sacudí la cabeza y respiré hondo para calmarme. Mientras los seguía murmuré para mí misma: «Esto va a funcionar».

El salón estaba lleno de muebles de diseño muy artístico pero que debían de ser incomodísimos. Encajaba con el estilo de Nym. En el extremo derecho se veía una pequeña cocina y detrás de mí había un dormitorio con la puerta entornada. Nym estaba en la cocina, sirviendo café en tazas que debían de costar tanto como un buen coche.

—¿Kaden te ha buscado un nuevo compañero? —preguntó al tiempo que depositaba una taza en la isla central, antes de ir a por más café.

Liam se erizó y la sala se cargó de energía. Abrió la boca para decir algo, así que le di una patada con el lateral del pie. Miró el pie, luego a mí. Le dije en silencio que se callase y me pasé el borde de la mano dos veces por la garganta. Se le dilataron las aletas de la nariz; supuse que mi falta de respeto lo había ofendido. Seguimos discutiendo en silencio hasta que Nym se dio la vuelta y volvió con dos tazas más. Ambos nos volvimos hacia ella en perfecta sincronía, con expresiones que rebosaban tranquilidad e inocencia, casi como si no estuviésemos a punto de arrancarnos la cabeza el uno al otro.

—Sí. —La sonrisa era tan forzada que más bien parecía que estuviese enseñando los dientes en un gesto amenazador—. Mi función es ayudar a Dianna.

Aunque fue casi un gruñido, el sonido de mi nombre al salir de su boca me dejó sin aliento. La reacción me sorprendió, pero la justifiqué por el alivio de que me siguiese el juego. Nym asintió y, al empujar las tazas hacia nosotros, se le tiñeron las mejillas de rosa. Me senté junto a la isla y Liam hizo lo mismo. El taburete crujió bajo su peso. Tomé mi taza y sorbí el café; Liam hizo una mueca y apartó la suya.

—Entonces ¿a qué viene esta visita por sorpresa? —preguntó Nym. Bebió un trago de café y nos estudió a ambos.

—Kaden me ha... —Me interrumpí—. Nos ha embarcado en otra misión alrededor del mundo. Pero tenemos que movernos con discreción.

—Me parece lógico —concedió Nym. Dejó la taza en la mesa—. ¿Qué necesitáis? ¿Tarjetas? ¿Pasaportes? ¿Ropa...?

—La verdad es que de todo.

—No hay problema. —Se inclinó y, al apoyar la barbilla en la mano, el albornoz se le deslizó hombro abajo. Semejante despliegue de coquetería no iba dirigido a mí, claro—. ¿Y cuál es la misión esta vez? Se dice por ahí que os tiene a todos buscando un artefacto antiguo.

—Sí. Seguimos con eso, pero Kaden quiere que lo haga un poco más de incógnito.

—Tiene sentido. —Asintió y enarcó la ceja—. En estos últimos tiempos hay mucha inquietud en el Altermundo. He oído rumores sobre aquella extraña tormenta en Arariel. Hay quien dice que trajo consigo algo muy antiguo.

Me estremecí y miré a Liam por el rabillo del ojo. No hizo el más mínimo gesto ni se movió; siguió sentado, atento a lo que se decía.

—Parece que tan solo se trató de alguna extraña anomalía atmosférica —dije.

—Ni idea. Lo único que sé es que, de repente, todo el mundo quiere congraciarse con Kaden y está dispuesto a lo que haga falta para conseguirlo. Excepto yo, claro. Si es posible, prefiero quedarme al margen de lo que esté tramando ese hombre. Haré lo que me toque y luego seguiré con mis asuntos.

—Hablando de eso, sé que ayudaste a esconderse a una exmiembro del aquelarre de Santiago. Necesito la ubicación de Sophie.

—Lo que quieras. —Sonrió y alzó un poco la taza—. No querría enfrentarme a la cólera de Kaden por negarte algo a ti.

—Muchas gracias, de verdad. —Sonreí, pero sus palabras hicieron que se me cayera el alma a los pies. A estas alturas ya no era precisamente el ojito derecho de Kaden. Lo único que había sacado en claro de la conversación era que la muerte de Alistair no había trascendido.

—Tengo que hacer unas llamadas, pero los pasaportes no tardarán más de una hora.

Liam se puso otra vez tenso, pero permaneció callado. Sabía que no quería alargar el viajecito conmigo más de lo necesario, pero para que funcionase necesitábamos esos documentos.

Nym se apartó de la isla y se dirigió al dormitorio. Liam me miró con desagrado, molesto por tener que esperar aunque solo fuese una hora.

—¿Y qué tal está Kaden? —llegó la voz de Nym según entraba en el dormitorio—. Hace meses que no lo veo. Tobias se pasó por el Salón de la Moda del Metropolitano de Omael hace un par de semanas, pero solo para pagarme mi último trabajillo. Parecía muy tenso. Vaya, más que de costumbre, quiero decir.

—Sí, él es así. —Me giré en el taburete para responder—. Y Kaden es Kaden, ya sabes.

Nym volvió con su móvil y una bolsa negra brillante.

—Al menos esta vez vas con fuerza bruta de buen ver para alegrarte la vista durante el largo viaje —dijo. Le dedicó una sonrisa a Liam y se detuvo frente a mí.

Tuve que hacer un gran esfuerzo para controlar las expresiones faciales; no quería que viese mi reacción ante tal comentario. Le guiñó un ojo a Liam y me pasó la bolsa.

—Aquí hay unas cuantas tarjetas de crédito imposibles de rastrear y varios móviles desechables, porque ya sé que tienes tendencia a perder cosas. Los pasaportes, hacerlos bien me llevará al menos una hora. En cuanto a ropa, a ti te puedo dar suficiente para una semana o más, pero para él... —Lo miró de arriba abajo como si quisiera lamerlo—. Por suerte estamos en Omael y aquí puedo conseguir lo que quiera, pero como es tan alto se va a retrasar al menos otra hora más. Voy a hacer una llamada rápida a uno de mis contactos, y después ya me puedo poner con ello.

Se alejó mientras tecleaba en el móvil. Las luces parpadearon. Le lancé una mirada fulminante a Liam y señalé las luces.

—¡Para ya con eso! —siseé por lo bajo.

Se le dilataron las aletas de la nariz y le tembló un músculo de la mandíbula.

—¿Otra hora? —gruñó, por suerte lo bastante bajo para que Nym no lo oyese mientras desaparecía por el pasillo.

Levanté las manos e hice la pantomima de estrangularlo. Bufó con desprecio, como retándome con los ojos a ponerle las manos encima. Hubo otro cruce de miradas, otra lucha de voluntades. Nym volvió con un vestido echado sobre el hombro, y en ese momento una lámpara estalló y salpicó fragmentos de vidrio por el suelo. Liam y yo sonreíamos como si yo no acabase de amenazar con estrangularlo. Nym se sobresaltó y se echó a reír.

—Pago demasiado por este sitio, y cuando no es una fuga de agua, son las putas luces —dijo, con gesto de resignación.

No quise corregirla y la dejé creer que era un problema eléctrico transitorio y no el dios malhumorado que se sentaba a mi lado.

—Tengo a alguien de camino con los pasaportes.

—Genial. Gracias de nuevo, Nym —dije.

Sonreía más de lo necesario, pero quería transmitir la sensación de que todo iba de maravilla.

—No hay de qué. —Nym dejó el móvil sobre la encimera y se centró de nuevo en Liam—. Ese acento tuyo... Nunca lo había oído antes, y he estado un poco en todas partes. ¿De dónde eres, guapo?

Liam tensó la mandíbula por un momento y enseguida sus rasgos se dulcificaron. Se relajó y, cuando la miró, el temor de que echase a perder nuestra treta desapareció. Sonrió y la devastadora belleza de esa sonrisa me dejó sin aliento.

—De muy lejos —dijo, lo que lo clasificó automáticamente para el puñetero concurso al mejor eufemismo del año.

Habíamos salido de casa de Nym hacía ya más de seis horas, pertrechados con todo lo necesario para nuestra pequeña aventura. Además, nos había prestado un sedán con los cristales tintados que me hacía muy feliz.

Bostecé y me froté los ojos. ¿Por qué estaba tan cansada? Debía de ser el estrés acumulado de las últimas semanas.

—Es el quinto bostezo en una hora.

El comentario me hizo sentarme más erguida y mirarlo de soslayo. Como de costumbre, me taladraba con la mirada. Me concentré en la carretera.

—¿Los estás contando? ¿Le molestan mis bostezos, majestad?

—No me llame así —estalló.

—¿Por qué no? ¿No eres el amo del universo o algo parecido? —me burlé.

—Porque no lo dice con respeto. —Tenía una mano engarfiada sobre la rodilla—. Solo lo hace para fastidiarme.

—Oh, vaya. —Lo obsequié con una sonrisa falsa—. El chaval está aprendiendo.

Liam no respondió, pero la energía que desprendía desbordó los confines del coche. Por pura testarudez me negaba a admitir que estaba cansada. Después del café de Nym, había pensado que estaría más despierta.

Nos adentramos en el bosque. El haz de los faros saltaba cada vez que había un bache. La carretera de grava estaba bordeada por grandes árboles, pero la oscuridad amortiguaba los colores. Adonael era una pequeña ciudad situada junto a un bosque que amenazaba con devorarla. Los fragmentos de Rashearim que cayeron y se clavaron en la corteza del planeta llevaban consigo minerales que habían hecho que la naturaleza se desbocase. Era uno de los pocos efectos positivos de esa experiencia.

La pequeña cabaña de madera estaba bastante aislada, pero Nym sabía dónde vivía Sophie porque la había ayudado a mantener un perfil bajo. Años atrás habían expulsado a Sophie del aquelarre de Santiago por un asuntillo que había atraído la atención de los celestiales. Desde su excomunión se dedicaba a leer el futuro y preparar hechizos para humanos incautos. En mi opinión, solo quería una cabaña tan escondida por motivos estéticos. Era excéntrica, por decirlo con suavidad.

Metí el coche por el camino de ascenso en curva y lo aparqué. La luz que había junto a la puerta alumbraba un pequeño porche envolvente. De los travesaños colgaban varias macetas con plantas y el banquito cubierto de cojines le daba un toque acogedor.

Por la ventana vi la silueta de Sophie que se ponía de pie, salía de la sala de estar y desaparecía de la vista. Estupendo. Al menos estaba en casa. Abrí la puerta del conductor y salí del coche. Las botas hicieron crujir la grava. La noche estaba cuajada de sonidos animales, otro recordatorio de que la cabaña se hallaba en las profundidades del bosque de Adonael.

—¿Esta es la casa de su amiga?

Me encogí de hombros. Liam rodeó el coche y escudriñó la casa como si tratase de memorizar cada puerta, ventana y centímetro cuadrado.

—Quizá lo de «amiga» sea exagerado —expliqué, y me encaminé a la puerta, seguida de Liam—. Déjame que hable yo, ¿de acuerdo? No creo que sepa que he roto con Kaden, así que vamos a hacer el numerito de que sigo trabajando para él y tú no eres más que un musculitos gigantesco y fastidioso, como dijo Nym.

Suspiró y las luces del porche parpadearon justo cuando llamé a la puerta.

—¡Deja de hacer eso! Relájate. Pero, ya sabes: no hables ni te muevas demasiado.

Se abrió la puerta y apareció Sophie, que sacudió la mata de pelo negro. Nos miró a ambos, primero a mí y luego a Liam, y se quedó inmóvil, con la boca abierta y los ojos de par en par.

—Hola, Sophie, cuánto tiempo sin verte.

Tenía los ojos como platos, clavados en Liam. Estaba paralizada. Le chasqueé los dedos frente a la cara.

—¡Sophie! —Sonreí—. Cariño, que se te cae la baba.

Movió la cabeza como para sacudirse de encima el aturdimiento, pero me di cuenta de que no era atracción, por mucho que forzase una ligera sonrisa. Era miedo y nada más. Podía olerlo.

—Dianna. Sí que ha pasado tiempo. ¿Qué os trae a la ciudad?

Retrocedió para abrir más la puerta y entramos. Parecía aprensiva, cosa que no me sorprendió. Si creía que aún trabajaba para Kaden, pensaría que había venido a saldar una deuda. Si a eso le sumábamos el tipo que me acompañaba, la conclusión era que la deuda se iba a pagar con sangre.

Entramos y Sophie cerró la puerta. La cabaña estaba dotada de comodidades modernas, pero el aspecto era el que se podría esperar de una choza en medio de la nada y habitada por una bruja. Era un espacio despejado; desde la entrada se veía la pequeña zona de comedor en la cocina y las escaleras que llevaban al piso superior. La chimenea del salón estaba apagada, pero las gruesas alfombras de piel aportaban calidez. El esquema de colores marrón y beis le daba un toque hogareño, excepto por las cabezas de animales montadas en las paredes y los tarros transparentes llenos de las cosas más extrañas.

Se acercó a la chimenea y levantó la mano, y de la palma le brotó una diminuta chispa verde de energía. Los troncos estallaron en llamas. Sophie era atractiva, máxime si se tenía en cuenta que pasaba de los cuatrocientos años. La mirada de Liam seguía cada uno de sus movimientos, pero no supe decir si se centraba en ese culo enfundado en pantalones de licra ceñidos o si había algo que le había llamado la atención en aquel pequeño truco de magia.

—Mira, no disponemos de mucho tiempo. Necesitamos tu ayuda.

Eso la sacó de su ensimismamiento. Se volvió hacia mí.

—Ah, ¿sí? Creía que tras mi pequeño contratiempo os habíais olvidado todos de mí.

—¿«Contratiempo»? —resoplé—. Trataste de traicionar a Santiago y él lo descubrió. Suerte tuviste de que Kaden no te tirase al pozo.

La mención de ese nombre la hizo estremecerse. Tironeó de las mangas de la camisa blanca.

—Entonces ¿no habéis venido a por mi cabeza o algo así?

—Por supuesto que no. Necesito que no la pierdas y que me ayudes a buscar un artefacto antiguo.

—¿El mismo que busca Kaden? —Tensó los hombros.

Ladeé un poco la cabeza.

—¿Y cómo te has enterado tú, si estás excomulgada y al margen de todo?

—Las criaturas del Altermundo hablan, Dianna. Tú deberías saberlo mejor que nadie.

—¿Y han hablado mucho de un tiempo a esta parte? —De pronto me puse aprensiva y me costó disimular la sensación de desasosiego. Me paseé por la habitación y deslicé los dedos sobre los frascos de los estantes. Compartían espacio con varios helechos y, a juzgar por la capa de polvo que las cubría, no se usaban mucho. Unos cuantos contenían plumas y en uno reposaba un extraño pie de vete tú a saber qué. También había un tarro de ojos que, con toda probabilidad, habían pertenecido a seres humanos, y en otro se acumulaban los insectos. Cogí ese último y lo sacudí con suavidad.

—¿Por qué? ¿Tienes algo que ocultar? —Recorrió a Liam con la mirada. Gracias a los dioses, seguía calladito—. ¿Tal vez un novio nuevo?

—No —la frené en seco—. Este me acompaña por si decides no jugar limpio. En cuyo caso te hará pedazos.

Nos miró. Por la expresión de sus ojos, pensaba en cómo la iba a desmembrar.

—Paso, gracias. Volviendo al tema, ¿cómo voy a encontrar yo ese artefacto si la mano derecha de Kaden no puede?

Bien. Si Sophie pensaba que aún trabajaba para Kaden, eso significaba que aún no sabía lo de Alistair.

—¿No tienes algún hechizo que pueda ayudar? Se trata de algo antiguo y casi seguro que maldito; vamos, que te encaja como un guante.

Suspiró y asintió.

—Puede que tenga algún que otro hechizo robado del grimorio de Santiago.

Le guiñé un ojo y dejé el frasco de los bichos en la estantería.

—Sabía que podía contar contigo, Sophie.

—De acuerdo, voy arriba a por lo que necesito. Vuelvo enseguida. —Me miró y luego miró las jarras de los estantes—. Y por favor, no toques nada.

—Lo prometo —respondí con una sonrisa burlona.

Lanzó una última mirada a Liam y se dirigió a las escaleras. En cuanto dobló la esquina, me acerqué a Liam.

—Buen trabajo —le susurré—. Estoy impresionada. No has dicho ni una palabra. —No se volvió hacia mí, ni me miró, y tampoco mostró irritación por mi comentario, lo que era un hecho insólito. Seguía con la mirada fija en la escalera como si pudiese ver a través de las paredes—. ¿Qué os pasa a ambos, con tantas miraditas?

No me respondió, ni desvió la vista.

—¿Quieres que os deje un rato a solas? Si encuentra el libro, puedo ir a por él. Para cuando vuelva, ya habréis terminado. Y a lo mejor eso te sirve para sacarte el palo que llevas en el c...

—Su amiga le está mintiendo. —Lo dijo con tanta seguridad que me dejó desconcertada.

—¿Qué?

Su mirada no podía expresar más confusión.

—Pero ¿cómo es posible que no se dé cuenta? Está inquieta, se mueve de aquí para allá y evita el contacto visual. Y por si todo eso no fuese suficiente, en cuanto entramos su olor se disparó.

—Y tanto, pero eso es porque tu presencia la hace sudar, señor Alto, Sombrío y Fastidioso. Sophie no tiene tantas luces como para traicionar a nadie y, si lo hiciera, ¿a quién acudiría? Kaden es dueño del mayor aquelarre y, por si no lo has notado, Santiago la odia. No tiene a nadie.

Me sostuvo la mirada e inclinó la cabeza a un lado.

—Tampoco tenía usted a nadie, y mira dónde estamos.

Se me borró la sonrisa y la inquietud hizo que se me revolvieran las tripas.

—Iré a ver qué hace, para asegurarme de que reúne lo que necesita para el hechizo.

Liam se puso en marcha, pero le planté la mano en el pecho para detenerlo. Incapaz de contenerme, flexioné los dedos para sentir aquella musculatura cálida y fuerte.

—Espérame aquí, por si acaso.

Estudió la mano y después a mí.

—Me estoy empezando a hartar de que me dé instrucciones sobre lo que puedo o no puedo hacer. Soy el rey de este dominio y de todos los dominios intermedios. Usted no me da órdenes. Quite la mano.

Bajé la mano.

—Sí, eres el rey de otro mundo, pero no de este. Espera. Por favor.

Se le dilataron las aletas de la nariz, solo un momento.

—Cinco minutos —dijo, mirándome fijo a los ojos.

—¿Qué?

—Cuatro.

Entonces lo pillé.

—Oh, venga, no ha pasado un minuto —dije. Me dirigí a las escaleras, con tanto sigilo como pude.

El pasillo era pequeño y estaba poco iluminado. Había cuadros en las paredes, pero no eran de Sophie ni de sus amigos. Eran pinturas impersonales de flores y paisajes, como los cuadros de un hotel. Qué raro. Conocía a Sophie lo suficiente como para saber que le encantaba mirarse a sí misma.

Levanté el borde de un marco. Tenía pegada por detrás la etiqueta del precio. Pero ¿qué cojones...? ¿Acababa de comprarlo? Bajé el cuadro y seguí por el pasillo. Pasé junto a una mesita auxiliar con baratijas y cachivaches. Tres puertas daban al pasillo; dos de ellas estaban cerradas. La tercera, la del fondo, estaba entreabierta, y en su interior, sumido en la penumbra, bailaban las sombras.

—Te dije que vendría. —Sophie hablaba en susurros, pero al oírla me detuve en seco. Pegada a la pared, me acerqué sin hacer ruido.

—Si ha traído con ella al Destructor de Mundos, él no vendrá —respondió una voz grave y masculina.

Me asomé con cuidado. Sophie estaba junto a un gran ropero, con las manos recogidas frente a ella, y le suplicaba a alguien a través del espejo. No se veía ningún reflejo, solo un resplandor turbio y tenebroso. No pude distinguir con quién hablaba, pero su energía llenaba la habitación. Tenía que ser uno de los hombres de Kaden.

—Escucha, aún puedo llevarla.

—Esperemos que sí —dijo el hombre. El espejo emitió un destello y volvió a la normalidad.

Empujé la puerta y entré en el dormitorio.

—Parece que le has cogido gusto a eso de traicionar —dije.

Sophie se volvió, sobresaltada. Al verme, se pegó al vestidor que tenía detrás. Vi que movía los brazos y negué con la cabeza.

—Sabes que no tienes ahí nada que pueda matarme, ¿verdad?

Tragó saliva.

—No lo entiendes.

—¿Qué es lo que no entiendo? ¿Que estabas hablando con algún ser espeluznante a través del espejo, o que no estás tan excomulgada como yo creía? O quizá que Kaden me ha mentido sobre muchísimas cosas. —Este último pensamiento hizo que me hirviera la sangre—.

—¿Cuánto te han ofrecido por mi cabeza?

—¿Qué más da? Tú harías lo mismo.

Alzó la mano y la puerta se cerró de un portazo. Miré de reojo. El sonido alertaría a Liam. Cuando volví a mirar al frente, Sophie sostenía en las manos una pequeña ballesta.

—El plan era perfecto. Nym me mandó las instrucciones. Te llevaré ante Kaden. Cuando haya acabado contigo, yo volveré al aquelarre y Nym obtendrá un puesto junto a Kaden.

Apretó el gatillo sin darme tiempo a reaccionar. En vez de una única flecha, varios proyectiles pequeños como agujas perforaron el aire. Me alcanzaron en el pecho y caí de espaldas.

Me incorporé sobre los codos y saqué los colmillos. La iba a hacer pedazos. Se acercó a mis pies con una sonrisa de oreja a oreja.

—Eso no me va a matar, imbécil —le gruñí.

Bajó la ballesta y se apoyó la mano en la cadera.

—No me digas, qué sorpresa. Pero el café que te bebiste en casa de Nym tenía alguna cosilla extra. Seguro que ya empezabas a notar los efectos. Las flechas llevan el mismo veneno. Creo que me encantará ser rica y me muero de ganas de volver al aquelarre. Gobernaré junto a Kaden mientras Onuna arde.

Los brazos comenzaban a flaquearme. Caí otra vez de espaldas. ¿Veneno? ¡Me habían envenenado! Nym me había traicionado. Miré las flechitas que me sobresalían del pecho e intenté asirlas, pero me pesaba demasiado el brazo y la mano se me desplomó al costado antes de que pudiese alcanzarlas. Tosí. La garganta me dolía cada vez más y la oscuridad se adueñaba de la periferia de mi campo visual.

—Por experiencia —dije con voz rota y débil—, no te recomiendo el puesto.

—Dijo la que detenta todo el poder. No lo entiendes. Siempre has sido la favorita de Kaden. —Levantó el pie y pisó las flechas para que se me clavasen más. Apreté los dientes para aguantar el dolor—. Ahora te voy a esconder en el ropero y voy a bajar a entretener al Destructor de Mundos hasta que lleguen refuerzos.

El vértigo se apoderó de mí. Sentía náuseas y sabía que no tardaría en caer inconsciente. Sophie se inclinó sobre mí y me miró con una sonrisa petulante.

—Buenas noches, zorra —se despidió con un ademán.

En ese momento, la puerta reventó con estruendo, el suelo tembló y por toda la habitación volaron astillas de madera. Sophie abrió los ojos de par en par y levantó la ballesta para apuntar a algo. No tuvo tiempo de apretar el gatillo. Una fuerza invisible la lanzó por los aires. Liam cruzó por encima de mí. Me costaba enfocar. Un silbido cortó el aire, seguido por un golpe sordo.

El mundo se oscureció del todo, pero un tirón y un dolor punzante en el pecho me devolvieron a la realidad. La consciencia iba y venía. La irritación de Liam era algo familiar y reconfortante en un mar de agonía.

«Tirón».

—... Mujer exasperante...

«Tirón».

—... desobediente...

«Tirón».

—... e insufrible...

Al salir la última flecha, me sentí como si flotara. Algo me acunaba contra una superficie dura y cálida; brazos y piernas me colgaban inmóviles, carentes de fuerza. Se me nubló la visión por efecto del veneno. Lo último que vi fue la cabeza de Sophie junto al pie de la cama, con la mirada fija e inmóvil.

XXIII
DIANNA

«**P**recio a tu cabeza».

«Déjame ir».

«Eso, nunca».

«Kaden quiere a su zorra de vuelta».

«Un puesto junto a Kaden».

Me incorporé como pude, pero mis ojos se negaban a abrirse. Me invadieron las náuseas y vomité todo lo que tenía en el estómago. Alguien me sostuvo por la nuca. Mi cuerpo quería desplomarse otra vez, pero unos brazos fuertes me incorporaron. Algo cálido me bañó los labios y la cara; luego me volvieron a acostar con suavidad. Me dolía todo y el mundo me daba vueltas incluso con los ojos cerrados.

Un líquido dulce y espeso me corrió por la garganta y el dolor dejó paso a un agradable frescor. Ya no me dolía el estómago, ni sentía mareos; solo había una oscuridad que se derramaba sobre mí y me envolvía otra vez. Me dejé ir.

Abrí los ojos y me quedé paralizada.

—Estoy muerta. Es la única explicación posible.

Frente a mí había una inmensa puerta dorada flanqueada por dos enormes antorchas. Las llamas parpadeaban y bailaban a más altura de cualquier otra que hubiese visto jamás. La superficie de la puerta estaba tallada con antiguos grabados que representaban una batalla con la que no estaba familiarizada. Supuse que tras esa puerta se me sometería a un juicio final antes de enviarme para siempre a Iassulyn.

Al bajar la vista comprobé que aún llevaba la blusa blanca, los vaqueros oscuros y los zapatos de tacón. Tiré de la blusa para mirarme el pecho, pero no había ni rastro del ataque de Sophie. Sorprendente. Bueno, si estaba muerta, al menos cuando fuese a asustar a los vivos lo haría cómoda y elegante.

Espera... ¿Y qué pasaba con Gabby? Me giré para buscar una salida. Tenía que volver con Gabby. Si me moría, ella se quedaría sola; eso la iba a cabrear de lo lindo. Además, ¿y si Liam no cumplía su parte del trato porque no habíamos encontrado el libro?

Los grabados de las paredes me distrajeron. Eran del mismo estilo que el de la puerta. Había muchísimas escenas; algunas plasmaban batallas, otras retrataban a gente embarcada en actividades cotidianas. Las antorchas estaban alineadas en las paredes de la sala hasta donde alcanzaba ver. El viento agitaba las largas cortinas de seda carmesí. El tenue parpadeo de las llamas era el único contrapunto a la oscuridad que cubría la sala.

—¿Hola? —grité. Avancé trazando un círculo—. ¿Hay alguien en casa? ¿Tengo que solicitar un juicio final, o tenemos todos claro que no debería estar aquí? Ja, ja, muy graciosos. Ya lo pillo. ¡Salid de una vez!

Para mi sorpresa, no hubo respuesta. Con lo grande que era aquel sitio, lo suyo sería que estuviese repleto de gente.

En mi frustración, estaba a punto de ponerme a gritar obscenidades para ver si eso provocaba alguna reacción, cuando oí pasos que se acercaban por el pasillo. Sonaba como una única persona que venía bastante rápido.

«Estupendo, Dianna, buen trabajo. Seguro que has cabreado a alguna bestia del pasado». Retrocedí y busqué dónde esconderme. Fuese lo que fuese lo que se acercaba, venía con prisa.

Seguí reculando, temerosa de darle la espalda; busqué a tientas la pared que había detrás de mí. Di otro paso y parpadeé. Al abrir los ojos de nuevo, solo vi una pared cubierta de bajorrelieves.

«¿He atravesado la pared? ¿Se puede saber qué pasa aquí?».

Al volverme y contemplar la espaciosa sala me quedé sin aliento. Avancé paso a paso; los zapatos no hacían ruido sobre el suelo de piedra reluciente. La ausencia de sonido era, en sí, ensordecedora. Me detuve en el centro de la sala para asimilar lo que veía. Lo primero que me llamó la atención fueron las columnas doradas que se alzaban en las esquinas. Telas vaporosas colgaban de las enormes ventanas talladas y danzaban como si las meciese una suave corriente de aire. Eché la cabeza hacia atrás y caminé en pequeños círculos, boquiabierta, mientras admiraba el cielo nocturno.

«¡Mierda!».

De una cosa no había duda: ya no estaba en el plano mortal. La galaxia que contemplaba a través de la abertura del techo estaba constituida por estrellas y planetas que no eran de mi mundo. Iluminaban el gélido cielo con colores que iban del rojo al púrpura y una mezcla de azules diversos. Las nebulosas rotaban y los meteoros cruzaban el espacio vacío. No había visto nada más hermoso en mi vida. Ninguna imagen, ningún cuadro podría compararse.

Un sonido de jadeos y gemidos me sacó de mi asombro ante aquella visión extraordinaria. Comprendí que no estaba en un elegante mausoleo, sino en un dormitorio. ¿A qué gilipollas se le ocurriría tener una habitación con un techo abierto para mostrar una panorámica de la puta galaxia?

Se oyeron más roces. Me acerqué poco a poco a la fuente del sonido. De las sombras emergió una cama con dosel. Los postes entorchados de las cuatro esquinas estaban cubiertos de tela. Clavé la mirada en la pareja y me detuve, reacia a descubrir mi presencia. Unas suaves piernas femeninas se apoyaban en los fuertes hombros masculinos y entrelazaban los tobillos detrás de la cabeza. Él la embistió, lo que provocó un coro de gritos y gemidos en los que se mezclaron las voces de ambos.

Unas uñas se deslizaron por la musculosa espalda y dejaron a su paso una sarta de arañazos rosados. El hombre sujetó las manos de ella por las muñecas y se las levantó por encima de la cabeza. Ver ese cuerpo poderoso penetrarla me encendió de deseo. La mujer gritó un nombre y el calor que amenazaba con sofocarme se extinguió de repente como si me hubiesen tirado por encima un cubo de agua helada.

Debería haberlo comprendido antes, si tenía en cuenta los brillantes tatuajes plateados que le cubrían el cuerpo, pero nunca lo había visto desnudo. Esa escena se me iba a quedar grabada a fuego para siempre. La comprensión vino acompañada de una punzada de desengaño.

«Puñetero Liam».

—No pares, por favor —imploró la mujer, con voz ronca.

El gruñido con el que respondió el hombre me dio ganas de vomitar.

«He muerto y este es mi castigo. Esto es peor que Iassulyn».

Alcé las manos en el aire, exasperada, y aparté la vista del vaivén erótico de las caderas. No sabía cómo había acabado dentro de los recuerdos de Liam. Era imposible, a menos que...

Me quedé inmóvil al comprender lo que sucedía. ¡Estaba en un puto ensueño de sangre! Me tapé los ojos y sacudí la cabeza.

«No, no, no, no...».

Me miré la mano. Había una fina cicatriz paralela a las líneas de la palma. Y Liam tenía otra a juego, como consecuencia de aquel estúpido pacto de sangre. Pero si esa fuese la razón, habría soñado antes. Al fin y al cabo, me había echado una siesta en la caravana. A menos que me hubiese alimentado... Sentí una opresión en el pecho. ¿Había estado tan mal que él había temido que muriese? ¿Me había alimentado para mantenerme con vida?

—¡Idiota! —Le di una patada al lecho en el que la mujer misteriosa y él se intercambiaban posiciones—. ¿Por qué lo has hecho? —dije, con voz ahogada.

Desventajas de ser lo que era. Si bebía demasiado, o me comía a alguien, parte de sus recuerdos se mezclaban con los míos. No podía controlar los ensueños de sangre y detestaba las imágenes y las emociones que los acompañaban. Era una de las razones por las que intentaba no consumir sangre. Por suerte, los sueños rara vez duraban mucho y, a juzgar por los ruidos que llegaban de la cama, tenía bastante claro que iban a terminar enseguida.

Me pregunté qué tenía de especial este recuerdo para él. Ya, lo pillaba: así son los hombres. Pero lo más habitual era que los recuerdos de los ensueños de sangre hubiesen tenido un profundo impacto en la persona en cuestión. Lo normal era encontrarme hechos o sentimientos de tal envergadura emocional que se habían convertido en parte integrante de la personalidad del individuo. Tal vez en este caso se debiese a la mujer misteriosa. ¿Sería un amor añorado, una aventura, o quizá una exesposa? Liam no llevaba en la mano la marca del Ritual de Dhihsin, solo los anillos de plata, así que estaba segura de que no había establecido el vínculo.

La idea de que Liam se hubiese sometido al ritual hizo que el corazón me diese un vuelco, pero, antes de que pudiera procesar esa emoción, las enormes puertas se abrieron de par en par y un hombre alto entró en la habitación dando zancadas. Lo reconocí. Llevaba el largo cabello trenzado decorado con joyas brillantes. Me había acostumbrado a las líneas azules que le recorrían los brazos y el cuello y se juntaban como llamas de color índigo alrededor de los ojos. Todos los miembros de la Mano las tenían. Logan vestía algo a medias entre una túnica y una armadura de combate, y tenía un lado del pecho descubierto.

—¡Samkiel! Te pido disculpas, pero tu padre llegará enseguida —dijo Logan. Cerró la puerta y, al avanzar, pasó a través de mí como si yo fuese un fantasma. Apartó las cortinas de visillos que rodeaban la cama. La intromisión provocó una exclamación de sorpresa de la mujer.

Aparté la mirada de Liam y me centré en las palabras de Logan. El padre de Liam iba hacia allí. Sabía que se trataba de un ensueño de sangre, pero la idea de verlo me llenó de inquietud. Kaden nos había contado muchas historias acerca de lo poderosos y crueles que eran los dioses. Con un toque podían reducir a polvo a cualquier ser y su cólera hacía temblar las mismas estrellas. Tenían armas más poderosas que el sol y ningún reparo a la hora de volverlas contra nosotros.

—Tu misión era distraerlo, Nephry —dijo Liam con tono cortante.

Así que Nephry era el nombre auténtico de Logan...

Liam se bajó de la cama y se envolvió las caderas en una sábana, pero no antes de que Logan y yo le echásemos un buen vistazo a todos sus activos. ¿Por qué no me sorprendía que tampoco tuviera carencias en lo tocante a ese asunto? ¿Por qué no podía tenerla pequeña, en vez de descomunal?

Lo contemplé sin tapujos. Había decidido que aprovecharía la oportunidad para alegrarme la vista. Al fin y al cabo, era espléndido. El Liam del ensueño de sangre era distinto. No era el que yo conocía. Parecía más feliz, menos irritable, aunque conservaba esa actitud altiva. El Liam de Rashearim era más joven, más sano, y tenía un aura que apestaba a arrogancia.

A diferencia de la primera vez que lo vi, solo una sombra le cubría la perfecta línea de la mandíbula; no había ni rastro de aquella horrible barba con la que había llegado. El pelo oscuro le caía en ondas sobre los hombros macizos. Desprendía salud, juventud y vitalidad. Los ojos brillaban con el color del mercurio y, cada vez que se movía, el resplandor plateado le recorría la piel. Era como si el poder buscara una vía de escape. Por fin entendí por qué notaba su presencia siempre que estaba cerca. No solo era poderoso. El poder era suyo.

Liam se dirigió hacia Logan, pero con la vista centrada en la puerta.

—¿Cuánto falta para que llegue?

Tal vez me lo pareció porque llevaba un mes sin tener relaciones sexuales, pero Liam desnudo era una puta obra de arte. No pensaba decírselo por nada del mundo, pero al verlo incluso así, medio desnudo, se me hacía la boca agua, se me endurecían los pezones y se me encogían las entrañas. No podía negar la respuesta física que me provocaba, pero eso no cambiaba nada. No por eso dejaba de ser un gilipollas.

—He hecho todo lo que he podido. Hasta he conseguido que las ninfas canten una cancioncilla —se excusó Logan, al tiempo que señalaba la puerta cerrada.

Liam le dio una palmadita en el hombro al pasar junto a él en dirección a la mesa. Escanció algo en una copa dorada.

—Me he perdido otra coronación, de modo que sin duda va a estar de muy mal humor.

—¿Otra coronación, Samkiel? —preguntó la mujer, con la voz aún ronca de placer. Pasó las piernas sobre el borde de la cama y se levantó. La luz suave le confería un tono dorado a la piel pálida; su belleza femenina era casi resplandeciente. La preciosa mata de cabello rubio se le derramaba sobre los hombros al caminar y los rizos que le caían por delante no llegaban a ocultar la suave redondez de los pechos. Pese a los juegos impetuosos a los que se habían entregado, la mujer no tenía ni un solo mechón fuera de sitio.

Levanté las manos, indignada.

—Venga, ¿estáis de coña? ¿Es que aquí todo el mundo es perfecto?

Aún fue peor cuando se volvió y caminó con paso grácil y elegante hasta una silla para recoger un largo vestido bordado. Cada uno de sus movimientos era poesía en acción. La tenue luz que se filtraba por el techo abierto le acariciaba las curvas femeninas. Las relucientes líneas de color que trazaban su cuerpo delicado eran iguales que las de Logan. Me sorprendió que fuese una celestial, porque era todo lo que podría desear una diosa, deslumbrante de los pies a la cabeza.

—Hola, Imogen. Estás adorable, como siempre —dijo Logan con un guiño.

—No necesito más adoración por ahora, gracias. Samkiel ya me ha dejado más que satisfecha. —Sonrió y se abrochó el vestido en la espalda.

—No me cabe duda —sonrió.

Liam dejó de beber para encogerse de hombros, con una mirada engreída de macho satisfecho. Terminó la bebida y luego le dedicó a Imogen una sonrisa irresistible.

—¿Tienes alguna queja?

Oh, por los dioses. Si tenía que ver coquetear a Liam me iba a dar algo.

Antes de que tuviera oportunidad de buscar una salida o forzarme a despertar, el aire de la habitación cambió. Logan e Imogen se enderezaron y la expresión de Liam se tornó huraña. Incluso en el ensueño de sangre percibí con claridad el poder que se acercaba y tuve que reprimir el impulso de huir. Logan se plantó al lado de Imogen. A juzgar por el sonido, se acercaba un pequeño ejército.

Se abrió la puerta y entraron varios guardias, que se dispersaron y formaron junto a las paredes, en los rincones en sombra. Detrás entró un hombre mucho más alto que Liam, pero de constitución casi idéntica. Llevaba el pelo tan largo como Liam, pero, en vez de ondulado, se enroscaba en una masa de gruesos rizos que le caían por la espalda. Unas cuantas hebras estaban trenzadas con bandas doradas que refulgían bajo la luz de las estrellas que se derramaba en la sala. El brillo de las joyas engastadas formaba un hermoso contraste con la piel morena. La barba oscura que cubría la mandíbula la hacía más fuerte, en vez de ocultarla. Estaba claro de dónde había sacado Liam esa abrumadora belleza.

En la mano derecha empuñaba una gran lanza dorada de asta resplandeciente y con una luz dorada que latía cerca de la punta. El bastón de mando tenía una inscripción en lo que a estas alturas ya sabía que era la lengua de los dioses. Las mismas runas rodeaban el león de tres cabezas del peto de la armadura de combate y latían con un brillo dorado en cada pieza de metal que vestía, incluso la falda de loriga que le llegaba hasta la parte superior de las botas de cuero.

Emanaba un poder muy similar al de Liam, pero en su caso llenaba toda la sala. Incluso en sueños, con los sentidos amortiguados, podía percibirlo. Era como abrir la puerta y bañarse en los rayos del sol.

Retrocedí y se me puso el vello de punta. La ig'morruthen que habitaba en mi interior detectó el peligro y se sacudió y se enroscó con intención de escapar. Todos los instintos me avisaban de que era una amenaza y supe de inmediato quién era.

El dios Unir.

Nada más entrar, Imogen y Logan se postraron e inclinaron la cabeza.

—Padre —se limitó a decir Liam, sin apartar la mirada de la del recién llegado.

—¿Dónde estabas? —preguntó Unir. Las palabras hicieron vibrar la sala.

—Si estás aquí, eso es que ya lo sabes —fue la fría respuesta de Liam. Paseó la vista por la habitación y les indicó a Logan e Imogen que se levantasen—. Dejadnos.

Imogen lanzó una última mirada a Liam. Enseguida una vibrante luz azul los envolvió a ambos. Salieron disparados por el techo abierto, hacia el cielo. Los seguí con la mirada y se me puso el corazón en un puño al recordar que Zekiel había hecho lo mismo al morir. Respiré hondo y me volví hacia el duelo de miradas que enfrentaba a padre e hijo.

—¡Se refiere a todos vosotros! —bramó Unir y al decirlo golpeó el suelo de piedra con el bastón.

El poder que anidaba en su interior lo inundó todo y la sala se estremeció. Retrocedí. Mis instintos me decían que huyese, como si toda la sala fuese a volar por los aires. Liam ni siquiera se inmutó, impertérrito ante la exhibición de ira de su padre.

Los guardias se retiraron a toda prisa y cerraron la puerta al salir. Unir suspiró y sacudió la cabeza. Después se sentó y apoyó el bastón en la pared. Estiró las piernas frente a él y plantó el codo en el brazo de la silla. Se frotó el puente de la nariz. Eso me hizo sonreír; se lo había visto hacer muchas veces a Liam. Estaba claro de dónde había sacado la costumbre.

—¿Te apetece beber algo, padre? —preguntó Liam. Se estaba sirviendo otra copa del líquido dorado.

—No —respondió Unir con brusquedad. Vaya, otra costumbre de Liam que ya sabía de dónde salía. Los ojos de Unir seguían cerrados, como si al dios le doliese la cabeza—. Me vuelves loco, hijo mío. Lo único que te pido es una tarea sencilla y aun así eres incapaz de cumplirla.

—No acabo de verle la importancia, padre. Era un acto de coronación de unos celestiales que sobrevivieron a una batalla que hasta un niño podría haber ganado.

—Lo que tiene gran importancia es que su rey haga acto de presencia. Y, en vez de eso, te escondes entre unos muslos femeninos.

Liam señaló a su padre con un dedo.

—Para ser justos, esa tarea ya la había cumplido mucho antes de que empezase la coronación.

—Samkiel.

—Entrenamos a nuestros guerreros para enfrentarse a una amenaza que tal vez no llegue nunca —dijo Liam, después de tomar otro trago.

Unir buscó la mirada de Liam.

—Mejor prepararse para la guerra que ver cómo llega la guerra y no estás preparado —dijo.

—Lo estoy, como lo están los celestiales. He creado la Mano, cuyos miembros entrenan día tras día. Además, os tenemos a ti y a los otros dioses. Nadie se atrevería a invadir Rashearim. —Dejó el vaso en la mesa con una mueca burlona.

—¿Tú escuchas lo que dices? Cuando hablas, tus palabras supuran soberbia, arrogancia. —Los ojos de Unir centellearon de irritación. He de señalar que, en ese particular, estaba de acuerdo con papi.

—Tal vez. O tal vez es que no le veo la importancia. —Liam se encogió de hombros... y, un instante después, Unir había cruzado la sala y había tirado por los aires el vino y los vasos.

—¡No la ves! ¿Cómo vas a verla? Lo único que ves son tus deseos egoístas. Los amantes, los licores, las reuniones con los amigos. ¡No son tus amigos! No los creamos con ese propósito. ¡Su objetivo es servir, obedecer y luchar cuando vamos a la guerra! —aulló Unir.

La gente normal solía retroceder cuando alguien tan inmenso y poderoso se le echaba encima o levantaba la voz, pero Liam, no. Siguió mirando a su padre, impasible.

—Me hablas como si no fuese tu hijo. Conozco las leyes antiguas. Me las has hecho tragar, me las has metido por el gaznate día tras día desde que era niño. Y sé quiénes son mis amigos. Son seres sentientes con las mismas emociones que yo. Si se les da un propósito en el que puedan creer, lo seguirán. ¿Por qué crees que dejaron a los otros dioses? Porque yo no los veo como objetos que pueda controlar.

Unir se enjugó el rostro y asintió.

—Los otros dioses observan lo que haces. Lo ven y temen una rebelión en nuestras filas.

—¿Una rebelión? ¿De quién?

—Tuya.

—¿Cómo?

—Por el arma del Olvido que llevas contigo. Has destruido mundos y ahora reúnes a sus soldados para que luchen por ti. La idea de que se produzca un alzamiento les corroe la mente.

¿Arma del Olvido? ¿Qué significaba eso?

—Yo jamás haría eso. Ni siquiera deseo ser líder. Ese es tu sueño, no el mío. A mí me ha correspondido por nacimiento y no he tenido elección.

Unir echó la cabeza atrás como si estuviese agotado.

—Ya sabes que siempre tiene que haber un gobernante. De lo contrario, los dominios saltarían en pedazos. Tiene que haber una constante, un rey que deje de lado sus propios deseos egoístas en aras del bien común. Un dios no puede ser egoísta. Esa es la ley suprema.

Liam se sentó en los escalones de la tarima sobre la que estaba la enorme cama. Acarició con el pulgar el borde del cáliz dorado que tenía en la mano.

—¿Y por qué tengo que ser yo? Dale el puesto a Nismera. Es la siguiente en la línea de sucesión.

—Lo era, hasta que tú naciste. Ahora la corona recae sobre ti. Eres mi único hijo varón. —Buscó la mirada de Liam. Una emoción, tan intensa que era casi violenta, le cruzó el rostro—. No tendré más.

—¿Por qué?

—Ya sabes por qué.

—¿Por lo que le pasó a madar? ¿Te da miedo de que le pueda pasar a otra?

—No. —Unir inspiró con lentitud y se frotó la nuca, en un gesto casi humano. Apartó la vista; un atisbo de tristeza afloró a sus rasgos—. Amaba a tu madre y nunca volveré a amar a otra. Ya sabes que al principio mantuvimos en secreto nuestra relación. La verdad terminó por salir a la luz y tuve que defender aquello que quería.

—¿Como haces conmigo?

—Algo parecido, sí —dijo Unir, sonriente—. A los dioses no les gusta compartir sus dones, aunque procedan de aquellos que nos precedieron y los precedieron a ellos. Así que sí, claro que entiendo por qué te importan tus amigos. Ves lo que son y no para qué los hicieron, como me pasaba a mí con tu madre. Es un don, Samkiel, y no quiero que lo pierdas, pero ellos no lo aceptarán jamás. Se han declarado guerras por motivos más triviales que un título. Mis visiones son cada vez peores. Veo mundos en llamas, dominios hechos pedazos y batallas en las que muere demasiada gente. Por tanto, sí, temo que haya una guerra.

Liam levantó la mirada y asintió.

—Muy bien. ¿Qué quieres que haga ahora, padre?

—¿Lo primero? —Paseó la mirada por la sala—. Limpia todo este desorden, vístete y tratemos de aprovechar al menos parte del día. Reúnete conmigo en el salón principal.

Unir recogió el bastón dorado y se encaminó a la puerta.

—¿Por qué no la trajiste de vuelta? —preguntó Liam de repente. Unir se detuvo en seco, pero no se volvió—. Podrías haberlo hecho, es uno de tus dones.

—Cuando murió, habría destrozado el universo para traerla de vuelta. Pero sabía que no era lo correcto. La resurrección está prohibida, sean cuales sean las circunstancias. No se puede ganar algo tan precioso como la vida sin pagar un coste muy elevado. Hay cosas que ni siquiera nosotros nos podemos permitir —dijo.

Abrió las puertas. Los guardias que lo esperaban fuera se pusieron firmes. Cerró las puertas en silencio, sin mirar atrás.

Vi cómo Liam seguía con la mirada a su padre. Había perdido a su madre. Era un dolor con el que me podía sentir identificada, aunque me costase admitirlo. Agachó la cabeza y dejó que la copa se le escurriese de los dedos. Rodó por los escalones y trazó un lento círculo en el suelo. Parte de mí sentía compasión por él, pero otra parte se acordaba del predador escondido bajo esa apariencia tan agradable. El Destructor de Mundos en todos los sentidos del término. Era como ver su auténtica personalidad y no al gilipollas grosero e irascible que yo conocía. ¿Qué más le había ocurrido, para haber cambiado de forma tan drástica?

Avancé hacia él, sin saber muy bien qué pretendía. Pero, antes de que pudiese averiguarlo, la habitación tembló y comenzó a disolverse.

XXIV
DIANNA

Me di la vuelta en la cama para acurrucarme mejor y las sábanas frescas y suaves se me enrollaron al cuerpo.

Un momento, un momento... ¿Por qué estaba en la cama? Abrí los ojos de repente y los cerré con la misma velocidad. Me tapé los ojos con el brazo. La luz de la sala era cegadora.

Abrí los párpados con mucho cuidado, con los ojos entrecerrados, para ver la habitación. A la derecha había una gran ventana. Las gruesas cortinas color crema llegaban hasta el suelo, pero estaban recogidas y permitían que los rayos dorados de la luz del sol se derramasen dentro. Estiré los brazos y las puntas de los dedos casi no llegaron al borde de la cama; era gigantesca. Me incorpore sobre los codos y el edredón relleno se deslizó hacia abajo. Este sitio no era ni de lejos tan elegante o vibrante como el Rashearim de mi sueño, de modo que ¿dónde estaba?

—Ha despertado. Ya era hora.

Di un salto por la sorpresa y me caí de la cama con un sonoro golpetazo. Se me escapó un chillido muy poco digno. Cogí el edredón y me envolví con él, mientras le lanzaba una mirada asesina al hombretón apoltronado en una silla al otro lado de la habitación. Mi enfado dejó paso a la confusión al ver frente a él una pequeña mesa atestada de libros, documentos y un portátil. Vestía unos tejanos beis y un suéter blanco arremangado hasta los codos. Me miró de hito en hito y se cruzó de brazos. Estaba cabreado. Bueno, eso al menos no me sorprendía.

—¿Dónde estamos?

—¿Cómo se encuentra?

—¿Me haces otra pregunta para no responder a la mía? —Entrecerré los ojos y traté de ponerme de pie. Las piernas amenazaron con ceder, así que me agarré al borde de la cama sin soltar el edredón. Perdí el equilibrio y sentí las manos de Liam que me sujetaban por los hombros y me daban estabilidad. Ni siquiera lo había visto moverse, pero ahí estaba, frente a mí, al alcance del brazo.

—La pregunta es irrelevante, ya que nos iremos en breve —dijo. Paseó la vista sobre mí, como si evaluase cada uno de mis movimientos en busca de alguna señal de que me iba a morir de repente—. Y ahora, responda a la pregunta: ¿cómo se encuentra?

Lo miré y, al volverme para sentarme en la cama, me tuve que apoyar en él más de lo estaba dispuesta a admitir.

—Bien, supongo. Un poco cansada, pero bien. Qué... —Iba a decir algo más, pero entonces volvieron los recuerdos de golpe y me quedé sin palabras.

Bajé la vista y tiré de la camiseta para mirarme el pecho. Las perforaciones habían desaparecido y con ellas la telaraña de venas negras que las rodeaban. Estaba limpia y vestida con una camiseta oscura y pantalones de pijama a juego, sin rastro de toda la sangre que sabía que había perdido.

—¿Me has desnudado?

Apretó los labios y las manos se cerraron sobre la curva de mis hombros.

—Le pido disculpas. ¿Es normal que el torso le supure algo que parece alquitrán? ¿Y suele sufrir ataques cuando le disparan? Daba asco, es muy probable que se estuviese muriendo…, ¿y lo que le preocupa es que le haya desvestido?

—No quiero que me toques. —Recordaba muy bien lo que hacían esas manos y cuán doloroso podía ser su contacto. No las quería cerca de mí.

Reculó y se apartó como si se hubiese quemado.

—Por favor, señorita Martinez, no me insulte. El deseo de tocarla está, y siempre estará, muy lejos de mi mente o de mis intenciones. —Puso los brazos en jarras y sacudió la cabeza mientras me miraba—. Una celestial la limpió tras evaluar la gravedad de sus heridas. Estaba cubierta de bilis y apestaba. Ni siquiera yo soy tan cruel como para dejar que se pudra de esa forma.

Señalé con los ojos la silla y las demás cosas.

—¿Cuánto tiempo he estado inconsciente?

—Dos días, seis horas y treinta minutos.

—¿Lo has contado?

—Sí. ¿Por qué se sorprende? Su ausencia ha prolongado lo que supuse que sería una corta aventura.

—Vaya, disculpa —respondí, con tono irónico—. No entraba en mis planes que me disparase una bruja cabreada.

Me froté el pecho y miré de reojo el cubo de basura que había al lado de la cama. Recién despertada y con la mente aún confusa como estaba, me parecía recordar que alguien me había abrazado mientras mi cuerpo trataba de expulsar la toxina. Liam había dicho que me habían ayudado los celestiales, pero yo recordaba su voz, su olor y el tacto de sus brazos. Quizá fuese un sueño febril y nada más.

—Me envenenó. No, me envenenaron. Fueron Sophie y Nym.

El colchón se hundió un poco y al mirar vi que Liam se había sentado.

—Eso deduje. —Se frotó las manos; los anillos de plata entrechocaban unos con otros—. No entiendo por qué el hombre con el que compartía lecho, su creador, querría verla muy enferma solo para forzarla a volver con él.

—Digamos que «compartía» es una forma un poco imprecisa de decirlo —resoplé—. Y, la verdad, no tengo ni idea de por qué Kaden está tan empeñado en tenerme de vuelta. Sophie dijo que no sabía cuánto veneno necesitaría para dejarme fuera de juego, así que tal vez solo querían incapacitarme y se les fue un poco la mano.

Se le escapó un ruido que interpreté como un gruñido de conformidad.

—¿Dónde está Sophie?

Mantuvo el rostro inexpresivo, pero los ojos ardían con furia recordada.

—¿Qué parte de ella?

El recuerdo fue como un fogonazo. La puerta que se abría mientras yo yacía en el suelo y Liam pasaba sobre mí. La cabeza de Sophie que rodaba hacia mí, con la mirada fija y vacía. Había sido Liam. Tragué saliva y me pasé la mano por la garganta. Siguió con los ojos el movimiento de la mano, pero no dijo nada.

—¿Y Nym?

—Detenida, pero viva.

Asentí.

—Por cierto, otra cosa, ya que por lo visto tendremos que seguir juntos por un tiempo. —Rebusqué detrás de mí con la mano, agarré un cojín y le pegue con él—. ¡No puedes darme a beber tu sangre, so idiota! —Cogí otro cojín y le apunté a la cabeza. Lo apartó y me miró—. No solo consumo la sangre. También los recuerdos.

Apartó la cabeza y tiró mi mullida arma al suelo.

—¿Recuerdos? No es posible.

—Oh, ya te digo yo que es posible. —Alcé el último cojín de la cama, lista para atacar—. Gracias a eso he tenido entrada en primera fila a imágenes y sonidos que me gustaría extirparme del cerebro.

—Si eso fuese cierto, habría tenido esos sueños antes. Desde que hicimos el pacto, mi sangre está en su organismo, como la suya en el mío.

Bajé el arma rellena de plumón y reflexioné.

—Supongo que no era cantidad suficiente. No lo sé. No elegí cómo iba a funcionar este poder. Y lo cierto es que no he dormido desde que hicimos el pacto, excepto la siesta en la caravana.

—Y, sin embargo —dijo, con los ojos entrecerrados—, se permite criticar mi horario de sueño.

—No estamos hablando de eso. —Lo miré de malos modos.

—Correcto, no estamos hablando de eso. ¿Qué vio con ese poder?

Sentí una opresión en el pecho al recordar la conversación privada entre Liam y Unir. Y luego empalidecí al recapitular acerca de las imágenes de Imogen y él. Carraspeé para conjurar el malestar. No entendía por qué los recuerdos de sus gritos y jadeos me revolvían las tripas. Desde luego, no era por vergüenza. Había hecho cosas mucho peores..., o mejores, según se viese. La parte lógica de mi cerebro trataba de convencerme de que era porque yo a él no lo veía así. Liam era una leyenda, nuestro hombre del saco, y me había torturado. De acuerdo, yo había intentado matarlo y había tenido que ver con la muerte de uno de los suyos. Era el Destructor de Mundos, y el nombre y el título le sentaban muy bien, a juzgar por lo que había dicho su padre. Pero para mí era Liam: estirado, arrogante y obstinado.

—¿Quién es Imogen? —se me escapó antes de darme cuenta de lo que iba a decir.

Liam pareció sorprendido por primera vez desde que lo conocía.

—¿Cómo sabe ese nombre? —preguntó con un susurro ronco.

La bestia que residía en mi interior tomó el control y expulsó las palabras como vómito. Al menos así es como me lo justifiqué a mí misma.

—¿Es una antigua novia? ¿Está muerta? ¿Por eso eres siempre tan mezquino y miserable?

—Intente alguna vez atemperar su vocabulario cuando se dirige a mí. A veces es tan grosera... —respondió, con ira evidente.

—La verdad es que no. Pero no has respondido a la pregunta. ¿La amabas?

Si ella había muerto, eso explicaría por qué era tan frío. Perder a la familia y a la persona que más amabas destrozaría incluso al más fuerte.

Apretó los dientes y después se frotó la sien unos instantes. Se lo había visto hacer varias veces y no le había dicho nada. Mejor dejar la pregunta para otro momento.

—No es asunto suyo, pero Imogen no ha muerto. No la amaba, ni es mi... —Vaciló e hizo un gesto de la mano como si intentase digerir las palabras—. Nada de lo que ha dicho antes.

—Oh, Liam, no sabía que eras un donjuán, pero tiene todo el sentido. Con tu título, seguro que podrías tener a quien quisieras, fuera diosa o no. Me alegro por ti.

Dejó escapar un largo suspiro de exasperación al tiempo que se pinzaba el puente de la nariz. Vale, estaba clarísimo que lo había irritado.

—Señorita Martinez, céntrese, por favor.

—De acuerdo, total... —Levanté la vista para intentar ordenar los recuerdos—. Pues os vi desnudos a ti y a tu «novia que no es novia». Y estaba en otro mundo. El edificio no se parecía a ningún otro que yo haya visto y eso antes de llegar a tu dormitorio. No había techo y se veían muchísimos planetas y estrellas. Era...

—Rashearim —susurró.

Lo dijo como quien pronuncia el nombre de un familiar muerto. Se puso pálido y su maciza figura pareció replegarse sobre sí misma. Parecía muy triste.

Y en ese instante me di cuenta. Comprendí por qué Liam era como era y por qué no le importaba su apariencia. Supe por qué era tan brusco y estaba tan cerrado a todos, incluso los que aseguraba que eran sus amigos. Lo consumía el pesar y lo abrumaba el dolor. Liam estaba de luto.

Carraspeó.

—¿Siempre ve imágenes así de claras del pasado? —se interesó.

Bajé la vista y jugueteé con una esquina del edredón.

—Cuando son muy fuertes, sí. —Levanté la vista y dejé caer la mano—. Me había imaginado que las tuyas serían aburridas. No te ofendas.

La tristeza atormentada de su mirada dio paso a un ceño fruncido. Por mí, perfecto. Prefería al Liam colérico y decepcionado conmigo que al afligido. Por culpa de mi estúpido corazón humano, ver a Liam angustiado me producía sentimientos que preferiría evitar.

Giró la cabeza, perdido en sus pensamientos, y por fin carraspeó.

—Es fascinante —dijo—. ¿Serviría para hacernos una idea de dónde se esconde Kaden? Supongo que habrán compartido sangre, ¿correcto?

—En realidad, no. —Arrugué la nariz—. Nunca me lo permitió. Siempre decía que sus recuerdos dañarían mi cerebro mortal.

—O tal vez quería ocultarle cosas —aventuró Liam, escéptico.

Asentí, convencida de que se trataba, casi seguro, de la segunda opción; y más ahora, que comprendía hasta qué punto me había mentido Kaden.

—Sí, eso también.

—¿Se puede transmitir el poder?

Solté una risotada ofendida al tiempo que agarraba el cojín y lo volvía a blandir.

—¿Perdona? ¿Quieres decir como una enfermedad?

Miró mi arma poco mortífera y puso la mano sobre el cojín para obligarme a bajarlo.

—Sí, esa es la idea. Usted y yo hemos compartido sangre y necesito saber si podría acabar experimentando algo así.

Me sonrojé al pensar en las cosas que vería Liam si tenía acceso a mi pasado.

—Lo cierto es que no lo sé. Espero que no, pero jamás había compartido mi sangre con nadie.

—Entonces, es posible. —Se detuvo, pensativo—. ¿Cuánto duran el poder y los sueños?

—Por lo general, no mucho. —Me encogí de hombros—. Con los humanos, un día o así, pero tú eres diferente. Así que tampoco tengo respuesta para eso.

—Por lo que sabemos, el alcance de los poderes y las habilidades de los ig'morruthens depende de la especie y del tipo. Pero, dado que usted y su hermandad parecen ser de un tipo que no está clasificado en ninguno de los archivos de Vincent, ¿hay algo más que deba saber sobre sus poderes?

Lo miré unos segundos y sopesé mis opciones. ¿Debería decirle la verdad o dejarlo con la duda? Al final, suspiré y me encogí de hombros.

—Si tienes sueños, verás todos mis poderes. Pero no, ya has visto todo lo que puedo hacer. Me has visto transformarme y me has visto controlar el fuego. Y ahora ya estás al tanto de los ensueños de sangre.

—¿«Ensueños de sangre»? Hummm. —Asintió y se quedó meditabundo, como sopesando mis poderes—. Por favor, comuníqueme si tiene más sueños de esos, ¿de acuerdo?

Me llevé la mano a la sien y lo saludé con sorna.

—Por supuesto, jefe. Si tengo más sueños eróticos en los que Imogen y tú folláis hasta que Logan os interrumpe, te lo haré saber.

Me miró con los ojos entrecerrados, como si supiese exactamente qué día había visto yo. Y mentiría si dijera que no resultaba intimidante, sobre todo después de verlo plantarle cara a su padre sin pestañear.

—Eso no es lo único que pasó ese día. ¿Qué más ha visto y oído, señorita Martínez?

Por el tono de voz supe que le preocupaba que hubiese visto demasiado. Eso me llamó la atención.

—Vi a tu padre, Unir. Es mucho más alto que tú, lo que ya es decir. En tu recuerdo sentí su poder, pero no entendía el idioma que hablabais. Y entonces me desperté.

Era mentira, pero me pareció que la conversación había sido demasiado personal como para repetirla, aunque la hubiese visto y oído. No conocía el idioma, pero estaba en su cabeza, de modo que comprendía todo lo que se decía.

—¿Por qué? —seguí con una mueca burlona, solo para pincharlo—. ¿Hay algo que no quieres que vea?

Se levantó con un movimiento fluido y tan veloz que me recordó que, aunque sintiese emociones humanas como la tristeza y el pesar, no tenía nada de humano.

—Creo que es hora de que nos vayamos —dijo.

Ah, así que tenía secretos. Menuda sorpresa.

—¿Dónde estamos? Y no vuelvas a esquivar la pregunta.

—En un hotel a las afueras de Adonael.

Todo encajó de repente. Salté de la cama a toda prisa, sobrecogida por el pavor.

—¿Qué? Te dije que nada que saliese de lo normal, Liam. De incógnito —estallé, mientras rebuscaba por la habitación. Era de buen tamaño, incluso para ser un hotel. Tenía que encontrar los zapatos y teníamos que largarnos de ahí al instante—. ¿Por qué te resulta tan difícil escuchar lo que te dicen?

—¿Perdón? No he venido aquí por placer. Estaba usted inconsciente y yo no sabía cómo funcionaban los hechizos, ni qué hacer. No estaba seguro de que alimentarla fuese lo correcto. Necesitaba información y no podía conseguirla en esos lugares discretos que me recomendó.

Me tiré al suelo para buscar bajo la cama los zapatos de tacón con los que llegué. Al no encontrarlos, me levanté y lo miré muy seria.

—Sí, pero ¿cómo hemos llegado hasta aquí? No sabes conducir, así que habrás tenido que llamar a alguien. Y eso lo pueden haber rastreado. Si Kaden o sus esbirros fueron a buscarme a la casa de Sophie, es muy probable que sepan dónde estamos.

—No sabe nada de mí, ni de lo que puedo o no puedo hacer. Su falta de fe en mis habilidades es muy ofensiva. Soy un rey, ¿recuerda? Puedo hacer y conseguir lo que quiera.

—Oh, no te preocupes, niño de mamá, no lo he olvidado —dije en voz baja.

Emitió un sonido de desaprobación para que supiese que lo había oído, pero no hizo más comentarios al respecto.

—Después de lo que pasó en la cabaña llamé a Vincent. Este sitio es uno de los muchos establecimientos propiedad de celestiales. Siempre están a mi disposición, si lo solicito.

Y así de fácil, la empatía que sentía por él se evaporó. Menudo gilipollas malcriado. Estuve a punto de comentar que había visto de primera mano cómo se «ponían a su disposición», pero me contuve.

—Ordené que aseguraran la casa de Sophie y que la trajeran a usted. Estaba cerca y aquí podría descansar y yo me podría quedar a su lado para asegurarme de que no muriese.

Liam acababa de confirmar lo que yo había deducido por los documentos y las otras cosas alrededor de la silla: se había quedado de guardia a mi lado.

—Además, no puedo perderla.

—Oh, qué tierno —dije, medio en broma. Sabía que no lo decía en ese sentido, pero fastidiar a Liam se había convertido en mi nuevo pasatiempo favorito.

—Su muerte sería un gran inconveniente, dada la misión que debemos completar. Y a propósito de eso, ya no volverá a estar fuera de mi vista jamás. Eso significa que no me da órdenes ni me dice lo que tengo que hacer.

Puse los ojos en blanco y seguí buscando los zapatos.

—Ufff, menos mal. Por un segundo creí que el terrorífico hombre dios ya no estaba con nosotros.

Me lanzó una mirada reprobadora y se pinzó el puente de la nariz.

—Si muere, ya no tengo más pistas del Altermundo sobre esa ridícula idea de que Azrael dejó un libro. Usted es lo mejor que tengo para predecir y detener los ataques.

Asentí y renuncié a buscar los zapatos. Tendría que ir descalza hasta que consiguiese otro par.

—Qué caballeroso. Ya entiendo por qué las mujeres caen rendidas a tus pies.

Se le dilataron las aletas de la nariz y se le endureció la mandíbula.

—¿Tiene que soltar alguna ocurrencia cada segundo que pasa despierta?

Sonreí. Por fin había conseguido irritarlo.

—¿Por qué te molestan tanto?

—Es usted inaguantable. Se da cuenta, ¿verdad?

—Me encanta que coquetees conmigo. —Le guiñé el ojo. Se le hinchó una vena en la frente y eso me hizo reír. Creo que, si me hubiese podido matar en ese preciso instante, lo habría hecho—. Vale, vale, me lo he ganado.

—Entonces ¿estamos de acuerdo? ¿No me dejará solo para irse a hablar con alguno de sus supuestos amigos o informadores?

Me acerqué a él. Cambió ligeramente de postura, preparado para un posible ataque. Me paré a unos centímetros y le tendí el meñique. Me miró la mano como si le estuviese ofreciendo un animal muerto.

—Alteza, te hago una promesa de meñique: nunca te abandonaré.

Me miró y una emoción fugaz que me resultó desconocida resplandeció detrás de sus ojos grises. Le cogí la mano y lo forcé a enroscar el meñique con el mío. Miró las manos unidas con expresión perpleja; luego clavó los ojos en mí.

—No lo entiendo.

—Es una cosa divertida que hacíamos Gabby y yo cuando éramos pequeñas, y lo hemos seguido haciendo a lo largo de los años. Tras la muerte de nuestros padres, durante un tiempo tuve que robar para sobrevivir. Nos inventamos muchas cosas para asegurarnos de que yo volvía sana y salva y esta era una de ellas. Las promesas de meñique son irrompibles. Es como la ley, pero no una de esas leyes aburridas que tenéis vosotros.

—¿Robaba? —Claro, cómo no. Se tenía que fijar precisamente en eso.

—No todo el mundo nace en cuna de oro, majestad.

Lo dejó pasar en silencio; después asintió, pensativo.

—Muy bien. Promesa de meñique.

Oír esas palabras de sus labios me resultó tan extraño que se me escapó una sonrisa. Liam abrió un poco los ojos; mi reacción pareció turbarlo más que cualquier comentario irritante. Me puse seria y aparté la mano.

—Tendría que haberme imaginado que Sophie no era de fiar —dije, por cambiar de tema.

—¿Todos sus amigos le disparan en el pecho? —preguntó Liam, con las manos en los bolsillos.

Hice una mueca y me encogí de hombros, pensativa.

—Sé que la noticia te va a sorprender, pero no hay mucha gente a la que yo le importe de verdad. A mi hermana, por supuesto. Pero... ¿amigos? Todos aquellos a quienes llamo «amigos» los he conocido a través de Kaden, lo que significa que muy pocos me son leales. —Reí con amargura y me recogí un mechón detrás de la oreja. Esperaba que se mostrase de acuerdo, o que dijese algo desagradable, pero, para variar, no lo hizo.

Una sombra le pasó por el rostro y desapareció a la misma velocidad. ¿Me tenía lástima?

—Habrá que tenerlo en cuenta y trazar un nuevo plan —dijo—. Sus amigos son peligrosos y poco fiables. A menos que tenga otros informadores que puedan ayudarnos y que no quieran enviarla de nuevo con Kaden, creo que deberíamos regresar a la Cofradía de Boel.

Me mordí el labio inferior, con el corazón encogido por la duda. Había alguien, pero no tenía claro que quisiera meterlo en todo esto. Le había hecho una promesa. Pero estábamos en una situación muy comprometida, tipo «fin del mundo». Les había dado, a su familia y a él, una salida, una oportunidad de escapar. Si ahora acudía a él lo estaría metiendo a la fuerza en medio de mi conflicto con Kaden. Lo pondría de nuevo en el punto de mira.

—Tengo otro plan, pero me tendrás que hacer una promesa.

—¿«Tendré»? —preguntó, con la ceja arqueada.

Asentí.

—Se trata de alguien que, en teoría, está muerto. Su ubicación tiene que permanecer en secreto —expliqué, sin el más mínimo rastro de humor.

—No comprendo —dijo, con expresión confundida.

Quería mantener el engaño durante el mayor tiempo posible y que no tuviese ni siquiera un atisbo de mi auténtico yo. Y no quería hundir a nadie conmigo si yo me hundía.

—Prométeme que, si te llevo allí, si te muestro mi mundo, no te comportarás como un todopoderoso agente de la ley.

—Señorita Martinez, no sé si puedo hacerle esa...

Le cogí las manos y las estreché entre las mías. Hasta ese momento no me había dado cuenta de lo grandes que eran. Las palmas estaban cubiertas de callos, sin duda producto de antiguas batallas. Levanté la vista y con una mirada tan suplicante como me fue posible. Implorarle a alguien no era mi estilo, pero haría lo que fuese por mantener seguro a mi amigo.

—Por favor. No te estoy dando una orden, te lo juro. Te lo estoy pidiendo. Son amigos de verdad y odian a Kaden tanto como tú.

—Si algún inocente corre peligro...

—No será así, te lo aseguro. Y si ocurre, entonces descarga sobre ellos todo el peso de la ley.

Guardó silencio tanto rato que temí que no aceptase.

—Muy bien, en ese caso lo prometo. —Bajó la mirada hasta nuestras manos, todavía juntas—. ¿Hace falta otro meñique?

Se me escapó un resoplo, seguido de una carcajada.

—No, no hace falta. —Negué con la cabeza y le solté las manos. Luego me dirigí al baño a darme una ducha.

—Espere. ¿A dónde vamos a ir? —le oí decir a Liam cuando iba a cerrar la puerta.

—A Zarall. Hay un príncipe vampiro al que se supone que maté, pero en realidad no lo hice.

XXV
DIANNA

—¿Otra parada? —se quejó Liam. Se acomodó en el asiento de acompañante.

Lo cierto es que entendía su cansancio. Habíamos llenado el depósito varias veces y volvía a tener hambre. No paraba de picotear, ya que trataba de no comerme a nadie.

—Sí, otra parada. ¿No te apetece salir del coche y estirar las piernas? Llevamos horas aquí dentro.

—No, lo que me gustaría es que no tuviésemos que ir en coche a todas partes cuando hay medios de transporte mucho más rápidos.

—Ya te he dicho cien veces por qué no podemos hacerlo.

Desdeñó mis palabras con un gesto; no estaba muy receptivo.

—Sí, sí, ya sé. Usted, siempre tan obsesionada con la discreción.

Hice un gesto de incredulidad.

—Además, me estoy meando y tengo hambre —añadí.

—Pero si comió hace solo unas horas —remarcó, exasperado.

—No sé si sabes que las personas normales comen más de una vez al día.

—Usted no es normal. Y ya puestos, ni siquiera es una persona.

Me mordí el labio y aparqué el coche.

—Dioses, me sorprende que tengas amigos.

—Mire quién fue a hablar. Sus amigos se pelean por matarla.

—Estás de muy mal humor. —Lo miré con los ojos entrecerrados—. ¿Cuándo fue la última vez que comiste?

Volvió la vista hacia la tienda de la estación de servicio para evitar mi mirada.

—Dese prisa —cortó.

Me volví completamente en el asiento y apoyé el codo en el volante.

—Liam, ¿cuándo fue la última vez que comiste?

Sabía que no había sido en los dos últimos días, porque había pedido comida y había acabado comiéndomela toda yo. Pero de repente caí en la cuenta de que no lo había visto comer ni dormir. No es que yo hubiese dormido mucho, a decir verdad. Mis sueños seguían repletos de imágenes de Rashearim y del pasado de Liam, aunque, por suerte, había muchas más batallas que orgías.

El aire del vehículo era denso, como si su incomodidad fuera palpable. La cerradura de la puerta del conductor emitió un chasquido y la puerta se abrió. Me sobresalté y me volví para mirar hacia atrás. ¿Lo había hecho él? Por supuesto. Me acordé de mi intento de huida tras el ataque de Arariel. Había sentido una fuerza invisible, como una mano que me agarraba de la cola y tiraba de mí.

—Cinco minutos —bufó, cortante. Se apoyó en la puerta del coche y se cruzó de brazos. Imbécil arrogante.

—No puedo mear en cinco minutos. Tendría que cruzar la tienda a la carrera —dije, exasperada.

No dijo nada, se limitó a arquear una ceja como si me desafiara.

Suspiré con fuerza. Eché la cabeza hacia atrás y enseguida lo volví a mirar.

—Muy justo. Dame diez minutos.

—Ocho.

—Liam...

Me miró como si le hubiese hecho la pregunta más tonta del mundo, cuando lo único que había hecho era decir su nombre.

—Cuando dije que no quería tenerla fuera de mi vista, ¿pensó que era un...? ¿Cómo se dice? —Apartó la vista para concentrarse y buscar la palabra adecuada—. ¿Chiste?

—Vale —refunfuñé, harta.

—Siete minutos ahora, puesto que ha preferido perder uno discutiendo.

Entrecerré los ojos. Si hubiese podido estrangularlo, lo habría hecho.

No me molesté en discutir más. No tenía sentido. Lo único que haría Liam sería seguir con la cuenta atrás y no quería arriesgarme a que me siguiera. Sacudí la cabeza y le lancé otra mirada de hastío antes de salir del coche. Quizá cerré la puerta un poquitín demasiado fuerte, pero era un gilipollas y el rollo que se traía de altivo y poderoso me empezaba a poner de los nervios. Era una forma de exhibir su poder y yo ya estaba muy harta de aguantar a los hombres y sus egos.

Al abrir la puerta de cristal se oyó un sonido de campanillas. Los empleados miraron un momento en dirección a mí. La cajera sonrió y le devolvió el cambio a la persona que estaba atendiendo. Los expositores cargados de golosinas y de todo tipo de suministros dividían el pequeño espacio en pasillos. Una niña cogió una bolsa de caramelos y su hermano se decidió por las patatas fritas mientras los padres sonreían, complacientes.

Recorrí la tienda con los ojos para asegurarme de que sabía la ubicación de todos los presentes y dónde había vías de escape. Me fui de cabeza a la máquina de granizados y mezclé tres colores distintos hasta conseguir un brebaje purpúreo. Había suficiente azúcar en aquella pócima como para mantenerme despierta varios días más.

Le di un trago sin quitarle ojo a los cajeros y vagué por la tiendecita. La campana de la puerta sonó varias veces según la gente iba entrando y saliendo. Cogí varias bolsas de patatas fritas y unos cuantos sándwiches y me dirigí hacia el mostrador. Una cajera empezó a leer los códigos de barras de los artículos que yo depositaba en el mostrador mientras me miraba de reojo. La campana sonó una vez más al marcharse el último cliente que quedaba.

—¿Qué haces aquí?

Pasó las patatas fritas por el lector de códigos de barras. Se oyó un pitido.

—Vaya modales, Reissa. ¿No me vas a decir «hola», ni «cómo te va»?

Me miró con los ojos entrecerrados.

—Todo el Altermundo sabe cómo te va. Kaden le ha puesto un precio considerable a esa bonita cabeza tuya.

Otro muchacho salió de la trastienda y me miró de reojo antes de ponerse tras la otra caja registradora. Parecía un adolescente, pero era difícil saberlo con certeza.

—Eso tengo entendido. Y tú ¿piensas cortármela? —dije. Me incliné hacia delante para darle un buen trago de la bebida.

Reissa escaneó el último sándwich y lo metió en la bolsa. Luego se apoyó con ambas manos en el mostrador y me miró a los ojos.

—Lo único que quiero es vivir en paz con mis hijos, Dianna. —Señaló a los dos chavales con la barbilla—. Además, cualquier intento de violencia alertaría a ese hombre que has dejado en el coche. Aunque no es un hombre, ¿verdad?

Miré hacia atrás para asegurarme de que Liam y el coche seguían donde los había dejado y bebí otro trago. Había elegido la plaza de aparcamiento para asegurarme de que Liam no tuviese una línea de visión directa al interior de la tienda.

—En términos anatómicos, sí. En todo lo demás, digamos que no.

Sacudió la cabeza y se incorporó. Luego empezó a cerrar las bolsas.

—¿Por qué debería ayudarte, Dianna? Si Kaden se entera no solo querrá mi cabeza, sino que también irá a por mis hijos. Es demasiado arriesgado.

—Me parece justo. —Estiré la mano libre, la agarré del pelo de la nuca y le estampé la cara en el mostrador. La retuve en esa posición—. Mira, la primera vez que pedí ayuda intenté ser amable y solo conseguí que me disparasen al pecho y me envenenasen. Por lo que sea, ya no me apetece ser amable. —Le levanté la cabeza y la volví a estampar con fuerza contra el mostrador. Oí caer una escoba. Los hijos venían a proteger a la madre. Los miré y les dediqué una sonrisa perversa—. Ay, intentadlo, por favor. Hace más de un mes que no quemo vivo a nadie.

315

—Quietos —gruñó la mujer, todavía sujeta—. No pasa nada.

Los chavales frenaron en seco. Miraron de reojo a su madre y luego me taladraron con la mirada.

—Vamos a jugar a un juego. Tú me dices lo que quiero saber y yo no convierto este sitio en una barbacoa con vosotros dentro.

—No lo harías.

Le volví a estampar la cabeza contra el mostrador y gritó de dolor.

—Espero que mi reputación no esté tan por los suelos. —Reissa dejó escapar un sonido entre dientes, pero no hizo ningún comentario—. Venga, no seas así. —Me incliné más y aumenté la presión sobre el cráneo, lo que le arrancó un gruñido—. ¿Te gustaría ver a tus hijos de rodillas, suplicando que los mate, mientras les licúo los órganos de dentro afuera?

En realidad, no podía hacer eso. Lo había intentado una vez, pero la persona ardía antes de que le diese tiempo a suplicar. Aun así, era una buena amenaza. El olor del miedo me confirmó que había funcionado.

—De acuerdo, de acuerdo.

Aflojé la presión y la solté. Se enderezó, se arregló el pelo y se estiró la pechera de la camisa para quitar las arrugas.

—Además, cuanto menos ruido hagamos, mejor. No queremos que el señor Alto, Sombrío y Fastidioso salga del coche —dije. Removí el líquido con la pajita para deshacer el hielo que se había acumulado en el fondo del vaso.

—Entonces, es verdad. Tienes al Destructor de Mundos comiéndote de la mano. Bueno, si alguien podía corromper a un dios, tenías que ser tú.

Arrugué los labios con gesto de desagrado al oír la insinuación.

—¿Qué? ¿Eso es lo que cree la gente? ¿Que me lo estoy tirando para salir de esta?

—Eres todo lo que odia. ¿Qué otro motivo tendría para no incinerarte a primera vista?

Me salió humo por los orificios nasales y los ojos se me pusieron rojos. El vaso que tenía en la mano chisporroteó y se fundió. Su contenido azul y púrpura se derramó y salpicó el suelo.

—Puede que ya no esté a las órdenes de Kaden, pero no por ello he dejado de ser peligrosa. Si me vuelves a faltar al respeto, serás la última de tu raza de ocho patas.

Contempló el charco pegajoso del suelo y luego, con desgana, me miró a los ojos. Tragó saliva con dificultad.

—Disculpa, es que...

—Corren muchos rumores en el Altermundo, ya, ya, ya. —Sacudí la mano y tiré los restos de la bebida.

Los hijos no se habían movido, pero estaban tensos, con los puños apretados. Los hombros de la camisa se les movían porque estaban sacudiendo las patas que escondían bajo la piel como táctica intimidatoria. Qué monos. Hasta que no me paré y respiré hondo para calmar la ira que ardía en mi interior no oí el movimiento procedente del otro lado de las puertas metálicas. No estaba sola con sus dos hijos.

Le hizo un gesto a uno de los chicos, una orden silenciosa para que limpiase el charco del suelo. Esperó a que cogiese la fregona y luego se volvió hacia mí.

—¿Qué necesitas?

—Paso seguro más allá de El Donuma. Camilla me matará si pongo el pie en esa zona. —Me quedaban cuatro minutos del tiempo asignado. Tenía que darme prisa.

—Ah, sí, la Reina Bruja. Si le hubieses dado lo que quería, no os odiaría tanto a Kaden y a ti.

—Fue Kaden quien convirtió a Santiago en su mejor amigo brujo, no yo. Ya sé que ella es igual de poderosa, pero Santiago tiene pene, lo que le da una ventaja automática. —Me volví hacia los muchachos—. Sin ánimo de ofender.

—Si te ayudo, ¿qué obtengo a cambio?

—Pues no sé. —Me encogí de hombros—. ¿Qué quiere una araña?

El puño de Reissa golpeó el mostrador con tanta fuerza que saltó el cajón de la caja registradora. Se le abrieron varios ojos en la frente y unas espinas finas como agujas atravesaron la espantosa peluca. Estaba perdiendo el control de su disfraz humano.

—¡No somos arañas! Sabes que no soporto esa comparación.

Sonreí con gesto burlón. Me hacía gracia haberla cabreado.

—¿Seguro? Con todas esas patas y esos ojos y, ah, sí, no nos olvidemos de la telaraña que tienes ahí atrás..., a mí sí que me parecéis arañas. ¿Qué tenemos hoy para comer? —Me acerqué a ella y olfateé el aire—. Huelo ciervo y... Oh, autoestopistas.

Retrajo los labios, lista para hacer descender los colmillos.

—¿Acaso tu dieta es mejor?

—Hace mucho que dejé la carne humana. Casi se podría decir que soy una ig'morruthen vegetariana.

Con un cabeceo y una inspiración, los ojos y apéndices adicionales desaparecieron y recuperó la forma humana. Se recolocó la peluca.

—Hay una manera de escabullirte más allá de El Donuma, pero tendrás que preguntarle tú misma. La gente está escogiendo bando, Dianna. Kaden ha perdido dos generales y su facción se tambalea. Ya nadie se fía de nadie.

Me estudié las manos e imaginé la sangre que las manchaba, incluso ahora. Lo veía todo rojo. Después de lo que le había hecho, Kaden jamás dejaría de darme caza; toda su infraestructura debía de estar al borde de una guerra civil. Si la gente creía que no era capaz de mantener a raya ni siquiera a sus más allegados, iba a tener que hacer algo drástico para recuperar el control. Hice a un lado aquellos pensamientos y la miré mientras tamborileaba con los dedos sobre el mostrador.

—¿Dónde está ese hombre que puede ayudarme?

Se agachó y sacó una pequeña caja fuerte gris de debajo del mostrador. Pescó una llave de un bolsillo del delantal y la abrió. Tras rebuscar entre varios móviles, escogió uno pequeño de color negro. Lo abrió con una sacudida y lo encendió.

Miré de reojo el reloj de la pared. Joder, se me acababa el tiempo. Eché un vistazo rápido a través de la puerta de cristal. Esperaba que

Liam no viniera de camino. Reissa tecleó un número en el móvil y me lo pasó.

—Hay una feria nueva en Tadheil. Estará allí. Le diré que espere una llamada de este número. Procura presentarte cuando te diga que estés, porque no esperará.

Suspiré. A Liam le iba a dar un ataque cuando se enterase.

—No tengo tiempo para ferias.

—Pues procura tenerlo, porque, te guste o no, a partir de ahora no va a haber nadie que quiera ayudarte.

No dije nada más. Cogí el móvil y me lo guardé en el bolsillo de atrás. Agarré las bolsas y me dirigí a la salida. Salí, acompañada del sonido de la campana... y me di de bruces con algo tan duro como una pared de ladrillos.

—Hijo de p... —Miré hacia arriba al tiempo que me frotaba la frente—. Liam.

—Me ha mentido. —Me miró con los ojos entrecerrados y los brazos cruzados.

Se me aceleró el corazón. ¿Me había oído hablar con Reissa? ¿Lo había visto todo? Si se enteraba de lo que eran y lo que guardaban en la trastienda, los destruiría, y la tienda con ellos. Yo los había amenazado, pero sin intención de poner en práctica la amenaza. Eran una familia pequeña y no quería ser responsable de que se rompiera.

—Dijo que tenía que usar el baño, pero ¿y esto qué es? —Señaló las bolsas.

Exhalé y la tensión de los hombros disminuyó.

—Ah, ¿esto? Sí, he comprado cosas de comer. —Sonreí y pasé a su lado con la esperanza de que me siguiera. Unos segundos después sentí ese poder estremecedor detrás de mí y suspiré de alivio. Loados fueran los dioses. Me encaminé al coche y abrí la puerta del conductor mientras Liam lo rodeaba. No le dedicó ni una mirada más a la tienda.

—Ha tardado demasiado —me regañó mientras entraba en el coche y cerraba la puerta.

—Ya te lo he dicho, he comprado cosas para picar. Tienes que comer algo.

Se masajeó las sienes, como si la simple idea lo superase.

—¿Podría dejar ese tema, por favor?

—¿A qué vienen esos dolores de cabeza y que cada vez estés más nervioso? ¿Sabes cómo se te pasaría? Si comieras y durmieras.

—No. —El tono decía a las claras que lo dejase correr.

—En serio, puedes echarte una cabezada en el coche. Te prometo que no caeremos por un barranco.

—Arranque de una vez.

—No sé si lo sabes, pero reprimirlo todo tampoco es una solución.

Liam bajó las manos.

—Cuando necesite sus consejos, se los pediré. Ahora, ¿podemos seguir, por favor? Ya me ha hecho perder demasiado tiempo.

Le estrellé la bolsa de comida en el pecho.

—Es la última vez que soy amable contigo. Me estoy hartando de tu ego, y a la próxima me voy a cabrear de verdad. Sabes que yo no te veo como a un rey o a un salvador, ¿no? Por fuera das el pego, pero por dentro no eres más que un gilipollas amargado, feo y mezquino.

No pude evitarlo. Me había cansado de que me hablase como si fuese su ayudante y estaba más que dispuesta a pelear si no cambiaba de tono. Me miró con una expresión de incredulidad, como si nunca le hubiesen hablado así. Cosa que, por lo que me habían mostrado los sueños sobre su pasado, era cierta. Todo el mundo lo adoraba y estaba pendiente de cada palabra que salía de su boca.

Liam no respondió, ni soltó uno de esos gruñidos que usaba cuando estaba disgustado por algo. Cogió la bolsa con la que lo había atacado y me dio la espalda. Sin decir ni una palabra más, metí la marcha atrás y salí de la estación de servicio.

Liam por fin cayó rendido una vez pasado Charoum, cosa por la que di gracias a los dioses muertos del cielo. Había parado varias veces para usar el baño, y además de verdad, y cada vez me había tocado aguantar sus quejas sobre todo el tiempo que estábamos perdiendo. No había tocado los aperitivos y me soltó un grito cuando estiré el brazo para coger una bolsa de patatas fritas mientras conducía. Le dije que tampoco es que fuese a morir si teníamos un accidente, aunque no lo encontró tan divertido como yo. Pero cuando se ponía el sol una vez más, al fin se quedó dormido. Tenía los brazos cruzados y la cabeza sobre la ventanilla. Los ojos se agitaban tras los párpados. Hasta dormido parecía enfadado.

Mientras dormía saqué el móvil que me había dado Reissa. Lo coloqué de forma que pude marcar el número de Gabby sin soltar las manos del volante. Un bache hizo saltar el coche. Miré de reojo para asegurarme de que Liam seguía durmiendo.

—¿Hola? —respondió una voz soñolienta después de unos cuantos timbrazos.

—Gabby, qué vergüenza que respondas a un número desconocido.

—¡Dianna! —Gabby casi gritó mi nombre; la voz ya no sonaba amodorrada.

—¿Te he despertado?

Bostezó. La oí gruñir y estirase.

—No, lo normal es que esté despierta a la una de la madrugada.

—Idiota. —Me reí.

—¿Qué estás haciendo? ¿Estás bien? ¿Cómo va el viaje?

Activé el piloto automático y levanté una pierna para apoyar el brazo en la rodilla. No se veían otros coches. Había tomado una carretera secundaria y la única luz era la de las estrellas.

—Estoy conduciendo, y sí, supongo. Y digamos que está siendo complicado.

—¿Liam sigue igual de coñazo? —Oí una palmadita; se había tapado la boca—. Espera, ¿estás con el manos libres? ¿Me puede oír? ¿Sabes que tienen superoído?

Me reí por lo bajo.

—Sí, pero no te preocupes. Está dormido. De verdad.

—¿Duerme?

—Eso parece. —Lo miré de soslayo. El pecho ascendía y descendía a ritmo regular. Era extraño verlo dormido después de tantos días de malas caras. Tenía que admitir que me gustaban la paz y la tranquilidad que traía consigo su sueño.

—Y parece que tiene el sueño profundo, porque he pisado tres baches y nada.

—Y eso, sin contar con que eres una pésima conductora.

—Oye, que me enseñaste tú.

Se rio a su vez y el sonido fue como un bálsamo. Me habían traicionado, disparado y envenenado, y había tenido que aguantar la hostilidad constante de Liam. El viaje me había cargado los nervios más de lo que quería admitir. Habría dado cualquier cosa por estar de vuelta con ella y atiborrarme de comida basura mientras Gabby lloraba con alguna película sentimentaloide.

Carraspeé y me senté un poco más erguida.

—¿Qué tal por ahí? —seguí—. ¿Te están tratando bien?

—Sí. Neverra y Logan pasan mucho tiempo conmigo. Sé que es sobre todo para tenerme vigilada, pero aun así es agradable. Tienen un pabellón médico y, dada mi experiencia, me han puesto a trabajar.

—Ah, así que Logan ya está curado y se muestra amistoso. Mejor. Y no nos engañemos, tú querrías trabajar aunque no tuvieses que hacerlo.

—Me gusta ayudar a la gente. Incluso a esta gente que se cura a una velocidad asombrosa. —Soltó una risita y la oí moverse—. Pero sí, se portan bien. A Neverra le gustan las películas ñoñas por las que tanto te burlas de mí. Y los convencí a Logan y a ella para que se pusieran una mascarilla facial conmigo.

—¡Ya me has sustituido! Eso me duele.

Nos reímos las dos a la vez. Era muy agradable olvidar, aunque fuese por un ratito, que estaba implicada en una guerra estilo «dioses contra monstruos».

—No, no, ya sabes que jamás podría sustituirte. ¿Quién me robaría la ropa y los zapatos? Y nadie se queja y da el coñazo como tú. O me irrita. O…

—Vale, vale, lo pillo.

—Entonces —preguntó tras unos instantes de silencio—, ¿crees de verdad que encontraréis el libro antes que Kaden?

Me acomodé en el asiento y me senté más erguida. Bajé la pierna, puse ambas manos en el volante y apagué el piloto automático.

—La verdad es que no lo sé. Liam cree que no existe y quién mejor para saberlo que él, digo yo. Pero, al mismo tiempo, el Altermundo está aterrorizado. Kaden planea algo y no hay muchas personas en quien pueda confiar. Tirando a ninguna.

—Bueno —suspiró Gabby—, es un alivio que Liam esté contigo. Al menos, mientras lo tengas cerca nada te hará daño.

Me quedé callada; no quería decirle que me habían envenenado. Era agua pasada y no haría más que causarle preocupación. Pero mi silencio la hizo sospechar. Maldito vínculo fraternal.

—¿Di? ¿Qué pasa? ¡No me digas que te han hecho daño!

—¿Qué? No, estoy bien. Pero me gustaría estar de viaje con cualquiera que no fuera él. A veces es un gilipollas, Gabby. Sé que es el protector de los dominios o lo que sea, pero ¿cómo puede caerle bien a nadie?

Suspiró y supe que me iba a echar una bronca.

—Por lo que me han contado Logan y Neverra, no siempre fue así. A ver, piensa en ello. Es un antiguo rey guerrero de otro mundo. Apuesto a que sufre el equivalente divino del trastorno por estrés postraumático, o depresión, o algo peor.

Miré de reojo al antiguo guerrero en cuestión. Estaba recostado contra la ventanilla, respiraba con regularidad, y las pestañas de longitud absurda le proyectaban sombras sobre las mejillas.

—Así que depresión. Vaya con mi hermanita, que ahora psicoanaliza a dioses.

—Lo digo en serio. Explicaría la conducta errática, los cambios de humor, esos ataques de mal genio. El trauma afecta al cerebro de forma drástica y, ya que él ha vivido muchísimo tiempo, ¿quién sabe qué efectos secundarios sufre? Yo solo te digo que tengas cuidado.

—Sí, mamá.

Gabby resopló.

—Voy a hacer como que no lo he oído. Y oye, ¿quién sabe? A lo mejor el problema es que se siente solo. Logan y Neverra me dijeron que ha estado aislado durante siglos y que no lo habían visto desde que cayó Rashearim.

—Venga, por favor. Ese hombre no ha estado solo desde que llegó a la pubertad. Deberías ver los ensueños de sangre que he tenido. Dioses, diosas, celestiales, lo que sea… Todos se inclinan ante él. Si no está en una batalla o en una fiesta, es que está metiéndola.

—Espera, espera… ¿Qué? —Lo dijo con voy muy alta y estridente. Enseguida bajó el tono—. Dianna, ¿qué has dicho?

—Increíble, ¿verdad? O sea, y yo que me creía muy experimentada…

—Espera. ¿Te alimentó y lo has visto desnudo? —Me lo dijo a gritos.

—Sí. En cualquier otro tío, ese equipamiento me interesaría.

—Dianna, deja de esquivar la pregunta. Eso me da igual. Te alimentó, lo que significa que estabas malherida. ¿Qué te pasó?

Mierda. Podía fingir que había mala cobertura y colgar, pero hacía tiempo que no hablaba con ella y no quería terminar la llamada solo porque me había pillado.

—Vale, verás, es una larga historia. Por resumir: digamos que Sophie y Nym me envenenaron y que Liam me alimentó porque creyó que me estaba muriendo.

Se quedó en silencio unos instantes.

—Pero ¿ahora estás bien? —preguntó por fin.

Al oír el miedo en su voz me sentí culpable. Apreté el volante con fuerza.

—Sí, estoy bien. Promesa de meñique.

Suspiró; por el sonido deduje que se había dejado caer otra vez sobre la cama. Seguro que se había levantado de un salto y se había puesto a dar vueltas por la habitación en cuanto oyó lo de los ensueños de sangre. Mi hermana siempre se estaba preocupando.

—No sé tú, pero yo me muero de ganas de que todo esto termine y podamos volver a llevar una vida medio normal. Kaden ya no estará, así que podrás tener una existencia de verdad. —Guardó silencio por un instante—. ¿Qué te parecería volver a las islas Sol y Arena? Mientras estaba allí escondida descubrí una playa remota y casi virgen. Es preciosa, con acantilados desde los que te puedes zambullir. No vamos juntas a la playa desde hace lo menos treinta años. Ni siquiera invitaré a Rick. Será un viaje de hermanas, agradable, relajante y divertido. Que sean nuestras primeras vacaciones. ¡Porfa, porfa, porfa!

—De acuerdo, de acuerdo, me parece buen plan. Deja de suplicar. —Se me nublaron los ojos y se me dibujó en los labios una sonrisa triste. No le había explicado los términos de mi acuerdo con Liam, y tampoco sabía si acabaría en prisión o me tendría reservado algo peor. Liam no me había dicho lo que iba a hacer conmigo, y lo cierto es que prefería no saberlo.

Se calló unos instantes y el silencio se hizo entre nosotras. Estaba segura de que podía sentir mis emociones incluso a esa distancia. Por fin, Gabby respiró hondo.

—Mira —dijo—, sé que ahora mismo es complicado y que tú, lo admitas o no, estarás frustrada y seguro que también enfadada. Pero yo creo en ti. Has aguantado tanto, Di, tanto… Eres la persona más fuerte que conozco. Si ese estúpido libro existe, lo encontrarás. Eres testadura, pero también tenaz. Puedes sobrevivir a cualquier cosa.

Me sequé la cara y solté una risita para disimular el moqueo.

—Gracias por levantarme la moral.

—De nada. Ahora párate en cualquier sitio y duerme un poco. Diga lo que diga Liam, no deberías conducir a estas horas.

Miré al dios durmiente y bostecé.

—Me parece una buena idea. Creo que hay un motel de mala muerte ahí delante.

—Pues te encaja a la perfección —rio—. Llámame mañana si puedes.

—Sí, señora.

Resopló.

—Recuerda que te quiero —se despidió.

Sonreí y repetí lo que había dicho; luego colgué.

Un gran letrero medio iluminado perforaba la noche más adelante. Gabby tenía razón. Estaba agotada, harta de estar encerrada en el coche.

El cartel parpadeaba de forma errática; casi se oía el zumbido de las bombillas. Giré para entrar y solo vi un camión, aparcado cerca de la parte trasera del edificio. Me detuve junto a la oficina, en la que había a una mujer menuda que veía la televisión detrás de un mostrador. Tenía un cigarrillo en las manos y el humo flotaba en el aire tras el cristal.

Dejé el coche en punto muerto, pero al ralentí. Abrí la puerta con cuidado para no despertar a Liam. Prefería no tener que escuchar sus quejas. Al ver que ni siquiera se movía, salí del coche y cerré la puerta con suavidad.

Cuando entré sonó una campanilla suave, y la mujer, que tenía pinta de rondar los cincuenta y muchos, se volvió hacia mí, apagó el cigarrillo y bajó el volumen al televisor.

—Hola, querida. ¿Buscas una habitación para esta noche?

—Sí, por favor —dije; luego me incliné hacia atrás para mirar y asegurarme de que Liam no había despertado.

—Es guapo —comentó la mujer, tras descolgar una llave de un gran tablero marrón que había tras ella—. Has elegido el hotel perfecto si tu novio y tú queréis hacer un poco de ruido. Aquí, tan lejos de todo, no solemos tener muchos clientes.

Levanté la mano. La expresión de desagrado de mi rostro la hizo callar.

—No es mi novio —corté.

—¿En serio? Qué lástima. —Al acercarse al mostrador para darme la llave, sonrió—. Serán cuarenta dólares, señorita.

—¿Cuarenta pavos por una sola noche?

—Como he dicho… —Se encogió de hombros—. No tenemos muchos clientes por aquí. Son sobre todo camioneros y… —bajó la voz y me miró de arriba abajo y luego le lanzó una mirada a Liam— ya sabes, profesionales.

Tal y como lo dijo se ganó una mirada fulminante.

—No soy una prostituta.

—Como ya te he dicho, aquí no se juzga a nadie. —Levantó las manos a modo de defensa.

No dije nada; me limité a sacar del bolsillo el dinero que había robado. La gente debería aprender a cerrar los coches, sobre todo en las paradas de descanso. No podíamos usar las tarjetas que nos había dado Nym porque las estarían rastreando. Desdoblé los billetes y deposité los cuarenta dólares sobre el mostrador con un golpe seco. Luego cogí la llave y me volví para marcharme. La mujer subió el volumen del televisor y siguió con lo que estaba viendo. Su risa me acompañó hasta la puerta.

XXVI
LIAM

—Extiende las manos, Samkiel.

Mi padre me mostró cómo hacerlo. Nos encontrábamos en un pabellón situado sobre el comedor, en la ribera exterior de Rashearim. Las nubes cercaban las cumbres y una ligera brisa nos traía el delicioso olor de la comida del banquete. Me moría de ganas de asistir.

—No puedo hacerlo —dije, cada vez más frustrado. Alcancé a oír como se reunían mis amigos abajo y lo que quería era ir con ellos.

—Debes aprender a controlar tus poderes, o de lo contrario te devorarán. ¿Es ese el destino que quieres? ¿Arder y quedar reducido a un puñado de cenizas al viento?

Las columnas de oro que nos rodeaban vibraron con el poder de su voz. Mi padre también estaba cada vez más frustrado y, como respuesta, los símbolos tallados en las piedras del pabellón brillaron con intensidad.

Negué con la cabeza.

—No. —Y suspiré, exasperado.

La inmensa ciudad de plata que se extendía más abajo estaba despierta y rebosante de actividad. Llevábamos allí arriba desde el amanecer. Estaba cansado de entrenar, pero él insistía en seguir.

—Ahora, concéntrate. Cada pensamiento que tienes y cada emoción que sientes vienen de tu centro. —Me señaló al estómago—. La cólera te brota de las tripas. —Luego me señaló el pecho—. Los deseos brotan del corazón, y la idiotez... —Me revolvió el pelo e hizo que los mechones me bailaran sobre los hombros— viene de aquí.

Le aparté la mano de un manotazo y luego volví a levantar la palma hacia arriba.

—Está bien.

—Ahora, concéntrate. —Los ojos le refulgían con un brillo de plata pura idéntico al de los míos. La energía se condensó poco a poco sobre la palma. Al principio era solo una chispa, pero pronto empezó a girar trazando un patrón circular del que brotaban zarcillos de energía del mismo color que el poder que corría por nuestras venas—. Una vez has sacado la energía de tu interior, es fácil manipularla. Se le puede dar forma... —Hizo bailar la bola entre los dedos hasta que formó un pequeño cuchillo—. O usarla tal y como es. —La reconvirtió en una esfera—. No obstante, el poder tiene sus límites. Lo que le das, lo toma. Si lo alimentas demasiado, te consumirá. Tenlo siempre en cuenta, sobre todo en la batalla.

Seguí la explicación con atención. Al concentrarme, las palabras me resonaban en la mente: «Núcleo, corazón, cerebro. Centro, concentración, liberación».

Inspiré hondo, volví la palma hacia arriba y repetí las palabras como una letanía.

«Núcleo, corazón, cerebro».

«Centro, concentración, liberación».

La energía me chisporroteó en la palma y envió una oleada de poder que atravesó todo mi ser. Las luces gemelas que había a cada lado de mi cuerpo latieron bajo la piel mientras el poder corría hacia la mano. Levanté la mirada y vi la amplia sonrisa de mi padre. Estaba orgulloso. Orgulloso de mí.

Me concentré más para tratar de obligar al poder a adoptar una configuración. El pequeño orbe adquirió forma, pero no la retuvo mucho tiempo. La frente se me perló de sudor. Podía conseguirlo. Lo sabía.

—Respira, Samkiel.

¿No veía que ya lo estaba haciendo?

Lo dedos se curvaron por el esfuerzo de mantener la energía. Quería formar un cuchillo, como había hecho él. Solo necesitaba hacer un poco más de presión...

La bola creció hasta adquirir un tamaño mayor que el de mi puño. Su luz se volvió cegadora. Se retorcía y giraba sobre sí misma. Mi poder no era integral, ni manso como el suyo, sino una bola de energía, quebrada, que amenazaba con devorar todo lo que tuviese cerca. Salió disparada hacia el cielo y abrió un gran agujero en el techo. La fuerza de la explosión se abatió sobre nosotros. Del techo llovieron fragmentos de piedra; quedamos cubiertos por una fina capa de polvo blanco.

Unir se apartó un largo mechón negro de la cara. Frunció el ceño y puso los brazos en jarras. El orgullo dio paso a la decepción.

Bajé la vista. Sentía un doloroso vacío en mi interior. Nunca sería tan poderoso como él, ni tendría tanto control. Di un paso atrás, con un nudo en la garganta. Contemplé el agujero del techo y un millar de voces resonaron en mi cabeza y me recordaron que nunca sería lo bastante bueno.

No pude contener el mal genio. Los cascotes que nos rodaban vibraron sobre el suelo.

—¡No sé por qué siempre me presionas tanto! ¡No soy como tú!

—Samkiel.

—No soy normal y me da igual no serlo. Eres tú quien tiene algo que demostrar, no yo. —Me volví, con los puños apretados. Las luces de mi cuerpo latían y a mi paso las sillas y las mesas se estrellaban contra las paredes.

Casi ni había llegado a los escalones cuando sentí que una fuerza invisible se cerraba en torno a mi tórax y tiraba de mí. Mis pies casi no tocaron el suelo. Mi padre usó su poder para darme la vuelta y obligarme a mirarlo.

Me depositó en el suelo.

—Mira —dijo. Señaló hacia arriba. No había ira en su rostro.

—No necesito ver mis fallos para saber…

Las palabras murieron en mis labios. Los cascotes que nos rodeaban estaban flotando hacia el techo. Trozo a trozo, el agujero se cerró y quedó reparado. El poder brillaba con luz tenue en la mano extendida de mi padre.

—¿Cómo…?

Volvió a sonreír.

—El mismo poder que corre por mis venas fluye por las tuyas. Sí, dependiendo de la técnica o de la fuerza del que lo ejerza, puede dañar, pero también puede reconstruir y curar. Hasta los más fuertes de entre nosotros han aprendido a usarla para sanar. No eres un fracaso, ni lo serás nunca. —Dio una palmada y se quitó el polvo de la ropa—. Ahora, vamos a intentarlo de nuevo. Extiende la mano.

«No eres un fracaso». Había verdad en esas palabras. Cada día estudiaba y me preparaba para ser rey. No todos los dioses veían bien mi futuro ascenso al trono, y no tenían reparos en hacérmelo saber. Pero las únicas opiniones que me importaban eran las de mi padre y mis amigos. Si no les fallaba a ellos, quizá no fuese un fracaso como gobernante. Asentí con una sonrisa y levanté la vista para mirarlo.

Abrí los ojos de par en par. Un resplandor se asentó sobre la imagen de mi padre y la distorsionó. Di un paso atrás y luego otro. No, eso no había sucedido… Ahí, no. De los ojos le brotó un líquido plateado; después, de la nariz y de la boca. La sala tembló y se oscureció. Nos quedamos clavados en el sitio mientras el edificio volaba por los aires. Los gritos y los rugidos rasgaron el aire. Los relámpagos anaranjados bailaron entre las ondulantes nubes amarillas.

El hedor de la sangre y de la muerte flotaba sobre los restos de Rashearim. Mirase a donde mirase, veía legiones de celestiales que luchaban unos contra otros. Las armas entrechocaban y vibraban emitiendo luz; el metal cantaba. Había muchos muertos; los cuerpos estallaban en haces de luz que se proyectaban hacia el cielo y el mundo se sacudía.

Mi padre me miró, con las ropas ensangrentadas, la cara llena de cicatrices y aquellos ojos… Aquellos ojos muertos y vacíos.

—¿Contento, Samkiel? Esto es lo que tú querías, ¿no? —Era la voz de mi padre, pero las palabras eran crueles.

Me pesaba el cuerpo y al bajar la vista a mirarlo vi la armadura ensangrentada que envolvía mi figura. Tenía en la mano una lanza plateada cubierta de sangre y en la otra un escudo roto.

—Yo nunca he querido esto —contesté. Sacudí la cabeza con tanta fuerza que se me nubló la vista.

—Eres un Destructor de Mundos. Otro de mis errores. Habríamos estado mejor sin ti. Yo habría estado mejor sin ti. —Arrastraba una pierna rota al avanzar.

—Detente. —Dejé caer la lanza, me arranqué el yelmo de la cabeza y lo arrojé a un lado.

—Qué desperdicio.

—No.

Retrocedí otro paso.

—Fui un idiota al creer que podrías guiarnos. Solo nos has llevado a la destrucción.

—No lo dices en serio. —Dejé de retroceder. Me temblaba el cuerpo. Se acercó y, al llegar frente a mí, me sujetó por los hombros. Me clavó las uñas.

—No deberías haber nacido. Tu madre seguiría aquí. Rashearim seguiría aquí.

—¡He dicho que te calles! —Mi poder restalló e hizo temblar la ilusión que me rodeaba, pero no la disipó del todo. Lo agarré por el cuello y lo levanté del suelo.

—¡¿Por qué me persigues?! ¡¿Qué quieres de mí?! ¡No lo entiendo!

Lo sacudí. Me clavó las uñas en las muñecas; las garras negras se deslizaron sobre la piel y me provocaron un dolor mordiente.

—Liam —dijo con un hilo de voz. Me sujetaba los brazos con las manos—. Liam, estás soñando. Despierta.

La voz se quebró y cambió, se volvió más femenina.

—Hice lo que me dijiste, padre. ¡Lo que me rogaste que hiciera! Querías un rey así que me convertí en rey. Entonces ¿por qué? ¿Por qué no me dejas descansar?

Me clavó las uñas con más fuerza.

—Yo —dijo con voz entrecortada— no soy tu puto padre.

Un ámbar brillante le barrió los iris y borró la plata. Los ojos dispararon un fuego fiero y ardiente que me lanzó por los aires y me hizo volar de espaldas. Me golpeé con fuerza contra una superficie dura y me deslicé hasta el suelo. Me incorporé sobre los codos y levanté la mano para protegerme los ojos. Tosí. La cabeza me dolía tanto que parecía que fuese a estallar. Parpadeé varias veces y el mundo que me rodeaba tembló y se dispersó.

Las imágenes de Rashearim desaparecieron, reemplazadas por una habitación a oscuras. Oí el crujido de unos pasos que se aproximaban y me volví a mirar. Había un agujero enorme en la pared. Dos ojos, rojos y ardientes, brillaban entre el polvo. Me senté y una figura alta y delgada avanzó entre los cascotes. La espesa cabellera le flotaba sobre los hombros desnudos como si tuviese vida propia. Llevaba una ajustada camiseta de tirantes finos y unos pantalones sueltos negros a juego. Era asombrosa. Una diosa oscura encarnada. Era…

—¡Liam! —Tenía la voz ronca—. ¿Qué cojones…?

Era Dianna.

Sacudí la cabeza para despejarme y volví a la realidad. El dolor palpitante remitió. Al segundo siguiente me había puesto en pie.

—Señorita Martínez.

—Deja. De. Llamarme. Así. —Escupió las palabras una a una. Mentiría si dijera que no me sobresalté un poco. La furia de los ig'morruthen le ardía en los ojos y la voz era un graznido roto… La voz… ¡No!

Un segundo después estaba frente a ella y le cogí la barbilla con suavidad. Cuando le incliné la cabeza para atrás dio un respingo y me golpeó las manos.

—Eso duele.

Sin pensar, la cogí en brazos, la acuné contra el pecho y crucé el agujero que había hecho cuando me lanzó a través de la pared.

—Bájame —me urgió con una voz grave y rota.

La deposité en la cama medio destrozada. La habitación estaba en ruinas y el techo había desaparecido por completo. Otra muestra de mi naturaleza destructiva. Incliné la cabeza y me froté las sienes. Luego cerré los ojos y me concentré.

Al abrir los ojos, la luz que emitían iluminó la pequeña habitación a oscuras. Todo vibraba a nuestro alrededor. El tejado se reparó con estruendo. Los muebles y los aparatos volvieron a estar enteros, las sillas ya no eran un montón de tablas rotas. La cama en la que Dianna estaba sentada se sacudió al repararse el bastidor roto. Cuando el enorme agujero de la pared estuvo cerrado, me fijé en Dianna. Miraba la habitación restaurada con los ojos muy abiertos. Tenía las manos en la garganta. Se le estaban empezando a formar hematomas negros y purpúreos en la piel delicada.

Me agaché junto a ella. Dio un salto y se echó para atrás, sorprendida por aquel movimiento mío tan rápido. Me miraba con recelo, como esperando otro ataque.

—Déjame ver —dije. Alcé las manos poco a poco, pero no la toqué, a la espera de que me diese permiso—. Por favor.

Me observó en silencio. Desvió varias veces la mirada hacia mis manos. Recordaba el dolor que podía transmitir mi tacto.

—Te prometo que no te haré daño.

—Ya me lo has hecho —repuso, con la voz cada vez más ronca a medida que la garganta se inflamaba.

—Por favor. Déjame arreglarlo.

Me miró a los ojos y, fuera lo que fuese lo que vio en ellos, eso la convenció. Se apartó las manos del cuello. Le separé las rodillas para poderme acercar más. Tragó saliva al verme tan cerca y dio un respingo de dolor, pero no se apartó.

Puse una mano a cada lado del cuello esbelto y cerré los ojos para recordar las palabras que me había enseñado mi padre hacía tanto tiempo. Sentí la descarga de energía que brotaba de mi centro, descendía por los brazos y me llenaba las manos para luego pasar a ella. Oí un leve jadeo y abrí los ojos. Unos filamentos de luz plateada le rodearon la garganta como un collar y proyectaron sobre ella un resplandor etéreo.

Un hueso se puso en su lugar con un chasquido desagradable. Las contusiones desaparecieron y la hermosa piel broncínea volvió a ser tan suave como siempre. Me aparté y permanecí de pie un momento; luego me senté en la cama junto a ella. Nos quedamos callados un buen rato. El silencio era atronador.

—Me has roto la laringe, gilipollas —dijo. La voz aún era ronca y se estaba frotando la garganta.

—Lo siento. —Decir que me sentía avergonzado habría sido subestimar mis sentimientos.

Asintió y volvió la vista a la ventana, como sumida en sus pensamientos.

—¿Dónde estamos? —No reconocí mi propia voz.

—En un hotel, aunque no tan elegante como el tuyo. —Pretendía ser una broma, pero aquello sonó demasiado frío. El humor y la chispa que la caracterizaban habían desaparecido, y me dolió tener la culpa de eso. Suspiré, bajé la cabeza y me froté el puente de la nariz.

—Lo siento.

—Para ser de la realeza, pides muchas disculpas.

—De verdad que no quería hacerte daño. No sabía que eras tú. —No bastaba con decir que no sabía dónde estaba o quién era ella. No había excusa para que el rey de Rashearim no tuviese control de sus poderes.

—¿Tienes arrebatos así cada vez que duermes? ¿Por eso no quieres hacerlo?

Sentí moverse la cama, pero me quedé donde estaba. Asentí. La vergüenza me pegaba la lengua al paladar. Me froté la cara con las manos. Me estaba costando un gran esfuerzo recuperar la voz.

—No debería haber dormido, pero estaba agotado. —Bajé las manos y me volví hacia ella—. ¡Te dije que no quería esperar! ¡Que no quería prolongar todo esto más de lo necesario! Ahora ya sabes por qué. Soy inestable, señorita... —Me interrumpí—. Dianna. No puedo quedarme aquí demasiado tiempo. Mi cuerpo necesita dormir por mucho que yo no quiera.

No era mi intención estallar ni regañarla, pero las emociones que había enterrado lo más hondo posible parecían desbocarse en su presencia. Entre el comportamiento errático e impulsivo del que solía hacer gala y los comentarios sarcásticos, groseros y maleducados, había sacado a la luz una parte de mí que llevaba siglos aletargada.

Me había fijado en cómo actuaba y cómo se iluminaba cuando estaba con su hermana, lo que me decía más sobre ella de lo que ella misma habría querido. El aura de Gabby a veces parecía englobar a Dianna y su luz se extendía y domesticaba a la bestia que se le agazapaba bajo la piel. Ya no era humana, pero parte de ella aún sentía y amaba. Por mucho que uno quisiera rechazarla, era difícil no sentirse atraído por esa parte. Despertaba en mí emociones que me hacían olvidar lo que era ella y de lo que era capaz.

—Disculpa. No quería gritarte. Es solo que no quiero volver a dormir. Jamás.

—¿Por las pesadillas?

Me froté la nuca.

—¿Así las llamáis aquí? Yo las llamo «terrores nocturnos». Recuerdos muy antiguos que provocan... —Abarqué la habitación con un gesto—. Esto.

Dianna permaneció en silencio unos segundos para procesar lo que le había dicho.

—¿Lo sabe alguien más? —preguntó por fin.

—No lo sabe nadie, solo tú. —La miré de reojo. Estaba medio vuelta hacia mí, con las piernas cruzadas y las manos en el regazo—. ¿Cómo me has parado? Siempre he tenido miedo de que hubiera gente cerca cuando me ocurre. Con los daños que provoco, alguien podría sufrir daños.

Dianna se encogió de hombros.

—Te oí murmurar en sueños y de repente los muebles se pusieron a levitar. Todo el edificio se sacudió, en realidad. Traté de despertarte y... —Paró y se tocó la garganta—. Pensé que me ibas a arrancar la cabeza, así que reaccioné por instinto.

Me volví a sentir culpable. Era otro recordatorio de que tenerla cerca me despertaba sentimientos, cuando nada ni nadie había sido capaz de provocarme ese efecto.

—Eres mucho más fuerte de lo que crees. Has sido capaz de desarmarme.

—Gracias —dijo. Y lo acompañó con algo a medio camino entre un bufido y una risa.

Otro silencio. La tensión era incómoda. No se me ocurría nada más que decir, excepto disculparme otra vez.

—Yo también solía tener pesadillas, ¿sabes? En realidad, a veces aún las tengo. —Se miró las manos. Jugueteó con un dedo, luego otro—. Gabby me ayudó muchísimo cuando me convertí, pero seguía soñando con sangre y con peleas. Los gritos que oía de noche eran un recuerdo constante de lo que había hecho por Kaden. De lo que me obligaba a hacer.

Sentí una punzada en el pecho. Comprendía a qué se refería y estaba muy familiarizado con la culpa y el dolor.

—¿Llegaron a desaparecer?

Me miró con ojos sombríos.

—Se hicieron menos frecuentes. Si alguna noche la cosa se ponía muy mal, me escabullía y llamaba a Gabby. Si tenía pesadillas cuando estaba de visita, ella me abrazaba. —Rompió el contacto visual y bajó la cabeza. Se apartó un mechón de la cara—. Ayuda mucho tener alguien que te apoye, alguien que lo entienda. De lo contrario, te lo guardas dentro y al final acabas por estallar. Como te ha pasado esta noche.

—Sí.

—Liam, eres demasiado poderoso para permitir que te pase esto.

Si no te hubiese conseguido despertar, podrías haber arrasado toda la zona. Podrías haber matado…

Me levanté de repente y me puse a dar vueltas por la sala.

—Soy consciente de ello.

—No pretendo ser desagradable y no busco una discusión, pero ¿y tus amigos? ¿No podrías hablarlo con ellos?

Me giré sobre mí mismo y la fulminé con la mirada.

—No. —La palabra sonó seca y agresiva; Dianna se estremeció. Volví a pasear por la habitación—. No, no puedo.

Se hizo un silencio casi atronador.

—Gabby me enseñó a no vivir en el pasado —dijo al fin Dianna—. O, al menos, lo está intentando. Dice que el pasado es estéril porque allí no crece nada. Tú has visto mil mundos o más, has vivido mil vidas o más. A duras penas puedo imaginar lo que habrás hecho y lo que habrás visto. Estoy segura de que ni siquiera los ensueños de sangre podrían mostrarme todo lo que has experimentado. —Me buscó con una mirada llena de intensidad; percibía cosas que yo no quería que supiese. Pero la expresión era dulce y comprensiva—. Tienes que darte permiso para no estar bien, Liam.

Sentí una punzada en el pecho y me quedé callado. Nunca había tenido nadie que me apoyara. No de esa forma, tras desnudar el alma y revelar mis debilidades. Era mi enemiga y, aun así, era la única que parecía entenderme y entender los demonios a los que me enfrentaba. Con todo, sus palabras no podían estar más lejos de la realidad.

«Tienes que darte permiso para no estar bien».

—No, no puedo. —Negué con la cabeza.

—Entonces ¿qué te parece si hacemos otro trato?

Eso me sorprendió. Dejé de dar vueltas y me volví hacia ella. Aún notaba un latido en la cabeza.

—¿Otro trato? ¿No hemos hecho ya suficientes?

—Este no tiene nada que ver con el libro, ni con los monstruos a los que quizá nos enfrentemos y quizá no.

Me mantuve unos segundos en silencio, pero me pudo la curiosidad.

—¿Harán falta los meñiques?

Una sonrisa, leve pero auténtica, le asomó a los labios y me dejó sin aliento.

—Sí. Estamos condenados a seguir juntos mientras dure esta loca misión. Si te equivocas respecto al libro, lo más probable es que el mundo se acabe. Por tanto, ¿por qué no declaramos una tregua? Deberíamos dejar de pelear y ser amigos. —Levantó la mano y me cortó antes de que dijese una palabra—. Solo mientras trabajemos juntos. Nos pasamos el rato enfrentados, y eso no conduce a ninguna parte.

—En eso estoy de acuerdo.

—Por algo se empieza. Y mientras estamos juntos, puedes compartir tus preocupaciones conmigo. Prometo no juzgarte, ni ridiculizarte, ni menospreciarte. Tus problemas son mis problemas.

—¿Tus problemas son mis problemas? —Fruncí el entrecejo.

—Sí.

Fue como lanzar un guijarro en medio de un lago en calma. Irrelevante respecto al gran plan universal, pero inició una onda pequeña, insignificante en apariencia, y algo cambió.

—De acuerdo.

—Entonces, a la luz de nuestra recién estrenada alianza, te ayudaré con las pesadillas. A veces es más fácil hablar con un extraño que con la gente que nos importa. Prometo que no compartiré nada de lo que me digas, ¿de acuerdo?

Negué con la cabeza.

—No es algo que se pueda curar solo con palabras.

—¿Qué acabamos de decir con lo de discutir? —La habitual sonrisa burlona había regresado.

Qué mujer más frustrante. Apreté los labios y suspiré.

—Muy bien. ¿Cómo pretendes ayudarme?

Se deslizó hacia atrás hasta dejar en la cama espacio suficiente para mí y dio una palmadita junto a ella. La curiosidad se convirtió en preocupación.

—Ven aquí y te lo mostraré.

Ya había oído cosas parecidas muchas veces, en boca de celestiales y de diosas. Solía ser una invitación y al poco estaban de rodillas, adorándome con las manos, la boca y la lengua. Se me aceleró el pulso y sentí en los oídos el zumbido de la sangre que amenazaba con irse a otra parte. Intenté decir algo, pero se me había quedado la boca seca. Carraspeé y lo intenté de nuevo.

—Solo hay una cama —logré decir.

—Estupendo, eres muy observador. Me siento orgullosa de ti. Ahora ven aquí.

Encogí los dedos de los pies sobre la alfombra. Seguro que la estaba malinterpretando. No pretendía que practicásemos sexo. Me corrió el sudor por la espalda.

—Pero...

—Te aseguro que me portaré bien, majestad. Tu virtud está a salvo conmigo —dijo, y se llevó la mano al pecho—. Lo prometo.

—No me refería a eso. —Sacudí la cabeza. ¿Por qué me había cruzado por la mente una idea como esa? ¿Qué me estaba pasando? No veía a Dianna, ni la vería nunca, bajo esa óptica—. De acuerdo.

Tragué saliva y avancé, un pie tras otro, hasta que llegué a la cama. Me senté justo en el borde y ella hizo un gesto de exasperación y se apartó más.

—Túmbate, Liam.

La miré otra vez y al fin me tumbé, con el cuerpo en tensión. Se tumbó a mi lado, pero mantuvo la distancia. Se incorporó sobre un codo.

—¿Para qué se supone que sirve esto?

Rio y los dientes blancos destellaron en la habitación en penumbra.

—Pareces muy incómodo. Relájate. Ya has tenido antes en la cama tanto a hombres como mujeres, a veces al mismo tiempo. Lo he visto.

—Eso no es... —¿Por qué no me funcionaba el cerebro?—. Es distinto.

—¿Por qué? ¿Porque no eran ig'morruthens? —preguntó, al borde de la irritación.

—Bueno, no, porque… ¿Por qué estamos hablando de esto? —¿Y por qué se me trababa la lengua?—. Esto no me está ayudando.

Puso los ojos en blanco

—Relájate —pidió.

Respiré hondo y me volví de costado, encarado a ella.

—Si lo he entendido bien, Logan es tu mejor amigo, pero ¿también trabaja para ti? Los llamas «la Mano», pero son celestiales, ¿correcto? ¿Qué significa el nombre?

No entendía en qué iba eso a ayudar, pero respondí a la pregunta.

—Mi padre creó a Logan, pero no lo concibió. A todos los celestiales los creó algún dios. Los celestiales no nacen de mujer y solo tienen una fracción de nuestros poderes.

Asintió. Toda su atención estaba concentrada en mí.

—Mencionaste a tu padre en el terror nocturno. ¿Te gustaría hablar de él?

—No. —Me salió un poco brusco, pero eran recuerdos que no quería compartir con nadie.

Tragó saliva y retomó el tema anterior.

—¿Por qué hicieron algo tan similar? ¿No tenían miedo de que se sublevaran?

—Los celestiales no tienen poder suficiente para rebelarse. Siempre pensé que los habían creado porque se aburrían y querían alguien a quien gobernar, ya que no podían controlarse entre ellos.

—¿Y cómo puedes no saber eso? —Me dedicó una sonrisa burlona. Le brillaban los ojos.

—Sé que resulta difícil de creer, pero en aquel entonces no me importaba demasiado. Tenía lo que quería y a quien quería sin necesidad de mover un dedo. Era la ventaja de ser rey. Así que no me preocupaba la política, lo que fue un error por mi parte. Como has dicho, yo era un hipócrita malcriado.

—No lo decía en serio. —Se rascó la nuca, pensativa.

—Sí que iba en serio. No te disculpes. Agradezco la sinceridad.

—Ah, ¿sí? —se burló. Las palabras destilaban sarcasmo.

Entrecerré los ojos y cambié la posición del codo para estar más cómodo.

—A veces. No estoy acostumbrado a ella. Cuando están conmigo son todos muy cuidadosos y no paran de hacer reverencias, cosa que odio. Me llaman «señor» o «majestad», como si mi nombre ya no significase nada; como si, a sus ojos, mi título fuese lo único que me define. La mitad del tiempo los asusta la idea de decir algo inapropiado. Me hace sentir como si para ellos ya no fuese una persona.

—Como tú mismo has dicho, en realidad ya no eres una persona.

Asombroso. Me incorporé sobre el codo.

—Ah, ¿así que me escuchas?

Se le dulcificó la mirada y una sonrisa le alumbró el rostro. Me quedé inmóvil y por un momento me olvidé de respirar. Nunca la había visto sonreír de verdad, de corazón. Le iluminaba la cara y le daba casi la apariencia de una diosa.

—Te escucho cada vez que hablas. ¿Cómo no? Si no paras de quejarte… Y a voz en grito.

Me recosté y puse el brazo debajo de la cabeza.

—Has dicho que nada de discutir.

—No era una discusión, sino más bien un chiste, para pincharte.

—No entiendo la diferencia.

—No te preocupes, ya te enseñaré. Volviendo a la Mano y a los celestiales. Si no son seres naturales, ¿cómo es posible que tengan sentimientos? Neverra y Logan están casados. La alegría y las risas que vi en los recuerdos de Logan eran amor verdadero.

—Los celestiales son seres sentientes creados por mi padre y los otros dioses. Su objetivo primario es servir. Como ya viste, pueden amar de verdad. Su metabolismo es muy activo y les exige comer mucho. Tienen un gran impulso sexual y la misma pasión por el combate. Son valientes, muy adaptables y se les da muy bien la guerra, lo que los convierte en máquinas de matar perfectas. En una batalla son insustituibles.

Asintió a mis palabras. Podía sentir cómo me relajaba y mis nervios se asentaban. Seguimos con la conversación.

—Entonces, los que te siguen, los que quedan, ¿están a tus órdenes?

—Así es. Los elegí en persona. Estaban al servicio de otros dioses de Rashearim y yo los recluté. Digamos que necesitaba mi propia legión.

—Y así creaste la Mano.

—Sí.

—Entonces —dijo con un bufido—, ¿por qué pone Vincent esa cara cada vez que le dices algo?

Alcé las comisuras de los labios con un amago de sonrisa. Los ojos de Dianna reflejaron una fugaz sorpresa. Carraspeé.

—A Vincent nunca le ha gustado que alguien tenga poder sobre él. La culpa la tiene Nismera.

—¿Quién es? —continuó, sin mencionar el cambio súbito de mi tono y mi postura.

El recuerdo me heló la sangre y las cicatrices de la garganta y de la pantorrilla me ardieron.

—Una diosa antigua y cruel. Murió durante la guerra. Creó a Vincent y a algunos más, pero de su línea ya solo queda él.

Asintió de nuevo y luego se deslizó sobre la cama para acercarse. Debió de percibir mis recelos repentinos, porque sonrió.

—Cierra los ojos.

—¿Por qué?

—Te prometo que no te haré daño. Ni siquiera llevo encima un arma desolada.

Entrecerré los ojos ante aquel intento de humor.

—No me preocupa que puedas hacerme daño.

Ladeó la cabeza. Las hermosas ondas oscuras le cayeron por encima del hombro.

—Entonces ¿qué es lo que te preocupa?

Aguardó una respuesta, mientras nos mirábamos a los ojos. Tardé unos instantes, pero al fin hice lo que me pedía y cerré los ojos. Su respiración era como un susurro, y su aroma, intenso y especiado, se derramó sobre mí. El calor de su cuerpo me invitó a acercarme más. No estaba nervioso, pero me invadió otra sensación, como si unas agujas diminutas se moviesen sobre la piel. Sentí una extraña combinación de ansiedad y anticipación.

—¿Puedo tocarte?

Casi abro los ojos de repente, pero me mantuve inmóvil. Tenía miles de años y había hecho cosas con las que Dianna no podría ni soñar y, aun así, la pregunta hizo que me hirviera la sangre. No me moví.

—Sí —dije, con la respiración entrecortada.

Quizá necesitaba otro tipo de relajación. Me había privado de ello durante siglos, pero lo cierto es que hasta ese momento no había sentido el deseo. Dianna estaba prohibida, pero nadie tenía por qué enterarse. Era una posibilidad digna de tener en cuenta.

¿Qué? ¡No! ¿Qué me estaba pasando? ¿Por qué pensaba esas cosas? Era Dianna, no una consorte que me suplicase satisfacer mis deseos. Pensé en apartarme y decirle que la cosa no funcionaba, pero deseché la idea al notar los dedos que se entremetían en mis cabellos. Abrí los ojos al momento y ella me obsequió con una sonrisa amable.

—Mi hermana me hacía esto durante las noches en que la cosa se ponía muy mal. No era mucho, pero ayudaba. Siempre me encantó que jugueteasen con mi cabello mientras me quedaba dormida. Era un tacto reconfortante que me recordaba que no estaba sola. Como he dicho, no era mucho, pero sí suficiente.

«No estaba sola».

Esa frase resonó en mi interior y amortiguó la chispa de lujuria, a la que dio paso otra emoción. Era una sensación abrumadora. No estaba familiarizado con esa nueva emoción; era cálida y gozosa, pero también punzante y dolorosa. Llevaba tanto tiempo conviviendo con un vacío desgarrador que no tenía muy claro qué hacer con la paz y la calidez. Las palabras eran insuficientes para abarcar aquellos sentimientos. Compartíamos más de lo que se imaginaba.

—Perdón por quemarte la mitad del pelo, pero de todas formas así te queda mucho mejor. Ya no parece que tengas la sarna.

344

—Nada de discusiones —mascullé, lo que solo obtuvo una risita por respuesta.

Me pasó los dedos por el pelo. Las uñas eran como un susurro suave sobre el cuero cabelludo. No hizo falta que me volviese a decir que cerrase los ojos; lo hice por voluntad propia.

—Entonces ¿cómo conseguiste que Vincent trabajase para ti? —La voz era como un zumbido, una dulce nana que me instaba a dormir.

—Poco a poco, Logan y yo lo convencimos de que pasase tiempo con nosotros en Rashearim. Ahora es mucho más atrevido que entonces, pero tenía sus motivos. Nismera abusó de él de formas que hasta el día de hoy no nos ha contado.

—Pobre Vincent. En las leyendas, la Mano es monstruosa y mortífera, pero en realidad parecen muy humanos.

—Hummm. No los has conocido a todos. Tengo unos cuantos así. Trabajaban para mi padre y, por ley, conmigo, así que pasamos mucho tiempo juntos. Son más «humanos», como dices tú, que los otros. No quería que toda su existencia consistiese en pelear y cumplir hasta la última orden. Deseaba algo mejor para ellos.

Los dedos dibujaron una danza sobre el cuero cabelludo que no tardé en memorizar.

—¿Dónde están los demás?

Bostecé.

—En los restos de mi mundo. Lo conformé a partir de los fragmentos que no se desintegraron. No es grande, es más pequeño que este planeta, pero, como dijiste, es suficiente. Aún trabajan para el Consejo de Hadramiel, en la ciudad. Es como la Ciudad de Plata, pero mucho más grande.

Las manos se detuvieron. Abrí los ojos. Tenía una expresión casi cómica.

—¿Tú… reconstruiste un planeta?

—Sí. —Estaba perplejo—. Ah… Había olvidado que para vosotros no es algo cotidiano. —Me apoyé en el codo. Dianna no dejaba de mirarme como si me hubiese salido otra cabeza—. No es tan difícil como pueda parecer. Mi padre y su padre y el padre de su padre crearon varios. Mi tatarabuelo creó Rashearim. —Tenía la mirada clavada en mí y no hablaba ni se movía—. ¿Te encuentras bien?

Dianna sacudió la cabeza y se metió un mechón de pelo detrás de la oreja.

—Sí, perdona. Es que no sabía que pudieses hacer algo así. Quiero decir, sé que eres un dios, pero no me esperaba que fueses tan poderoso.

—Si quieres, podemos cambiar de tema.

Sus ojos se dispararon hacia los míos y luego a sus manos.

—En realidad, hay algo que quiero contarte. Sobre todo, ahora que empezamos de cero e intentamos, si no ser amigos, al menos tener un trato cordial mientras buscamos el libro.

Me puse tenso. ¿Qué otra cosa me había ocultado?

Adelante.

Respiró hondo y me miró.

—Yo no maté a Zekiel en Ofanium. Kaden lo había dejado malherido e intentó escapar. Yo lo detuve, con la intención de llevarlo de vuelta a Kaden. Invocó un puñal de plata y habló de ti y de que regresarías y... —Se detuvo, como ante un recuerdo doloroso—. Todo ocurrió muy deprisa. Traté de detenerlo, pero no pude, así que... —Dejó la frase inconclusa. La estudié, a la espera de que continuase.

Dilaté las aletas de la nariz e inspiré con fuerza para tratar de detectar algún cambio de olor que me sugiriese que mentía. Rebusqué en sus ojos la bestia que había destruido la Cofradía de Arariel y había causado tantos muertos. Pero tenía una expresión lúgubre y no vi indicio alguno de que decía otra cosa excepto la verdad.

Saber cómo había muerto Zekiel me dolió más de lo que creía posible. Me alegré de sentir algo, aunque fuese pesar, pero me estaba costando controlar mis emociones recién descubiertas.

—¿Por qué no me lo dijiste antes?

El dolor le centelleó en los ojos para dejar paso de inmediato a algo que creí que era ira, pero que no tardé en comprender que se trataba de resolución.

—¿Habría cambiado algo? No soy buena persona, Liam. Estaba decidida a arrastrarlo hasta Kaden, que le habría hecho cosas mucho peores. Aunque Gabby no lo vea, soy un monstruo. Hago lo que sea necesario para protegerla. Siempre lo he hecho y siempre lo haré, aunque eso signifique pelear con un dios —terminó, con una sonrisa forzada.

La había visto recurrir al humor o a los comentarios soeces cuando algún tema se volvía demasiado real para ella, así que al verla fingir esa sonrisa decidí darle un respiro y cambiar de tema.

—Peleaste fatal, por cierto —dije.

—¿Perdona? —Le cambió el humor. La mirada atormentada dio paso a una sonrisa burlona—. Por si se te ha olvidado, te apuñalé.

—Me pillaste desprevenido. No te hagas ilusiones, no volverá a pasar.

—Claro, claro, majestad —dijo, con una mueca—. Ahora, túmbate y cierra los ojos.

—Qué mandona —dije, pero hice lo que me ordenaba.

Se acomodó en la cama.

—¿Puedes crear un celestial? —quiso saber. Fue inesperado, pero no tanto si teníamos en cuenta las otras preguntas que había hecho.

—Por desgracia, ese poder solo está al alcance de los dioses creados a partir del Caos. ¿Por qué lo preguntas?

Oí un ligero suspiro y sentí que la cama se hundía un poco. Se había movido para acercarse a mí. Los dedos se metieron de nuevo entre mis cabellos.

—Por Gabby. He hablado con ella y parece que Logan y Neverra le caen muy bien. Hacía mucho tiempo que no la oía tan feliz. No dejaba de hablar de ellos. No sé. Creo que le habría encantado ser una celestial y que si lo fuese ya no estaría atada a Kaden o a mí. Podría tener una vida feliz y casi normal.

—Si lo desea de verdad, puede quedarse y trabajar para mí. Hay trabajo de sobra y, además, hemos hecho un trato. Tendrá una vida normal para vivirla como ella quiera.

Sentí que se ponía rígida y las caricias en la cabeza se detuvieron. Estuve a punto de abrir los ojos, temeroso de haber dicho algo que no debía.

—Gracias, Liam. —Los dedos reanudaron el movimiento.

—De nada. Hacía mucho que no hablaba con nadie, desde… Ni siquiera me acuerdo de cuándo fue la última vez.

—Pues puedes hablar conmigo siempre que no te portes como un mierda.

—Voy a suponer que eso es un eufemismo acerca de mis actos y no una extraña referencia fisiológica.

—Sí. —La risa sacudió la cama—. Ahora, a dormir.

No recuerdo cuánto tiempo pasó, ni si hablamos de algo más, pero el sueño llegó. Los terrores nocturnos, no.

XXVII
DIANNA

—E spabila, alteza. —Lo sacudí por el hombro. Estaba de espaldas a la puerta, en la misma posición en la que se había quedado dormido. Si no fuese porque veía cómo se le movía el pecho, habría creído que estaba muerto.

Me acerqué más.

—Liam —le susurré—, si te mueres ¿significa que ya no tengo que ir a una prisión divina o lo que sea?

Gimió y se dio la vuelta poco a poco. Esperé, con un brazo en jarras.

—Eh, bello durmiente.

Se desperezó. La camisa se le subió y dejó a la vista la franja de piel bronceada que cubría los músculos bien definidos del abdomen. Golpeó con las manos el espantoso cabezal y los pies le colgaron del otro extremo. La cama era demasiado pequeña para su tamaño.

—¿Qué hora es? —El sueño hacía su voz una octava más grave. Se frotó los ojos y se incorporó sobre un codo. Tenía el pelo revuelto y de punta. Era la cosa más bonita e irritante que había visto jamás. Sacudí la cabeza para apartar ese pensamiento.

—Casi las ocho.

Eso lo despertó del todo. Se sentó y plantó los pies en el suelo. Se frotó la cara otra vez y por fin me miró.

—Tenemos que irnos. ¿Por qué me has dejado dormir tanto?

—Porque apenas duermes y te hacía falta. —Cogí la bolsa que había dejado en la silla vieja y gastada cuando volví a la habitación—. Quemé las otras cosas que nos había dado Nym, así que he salido y te he comprado ropa. Las que te dio podrían estar envenenadas, y además tienes que pasar desapercibido. Quiero hacer una parada en boxes antes de que salgamos a la carretera, así que vístete rápido.

—¿«Parada en boxes»?

—Sí. Paige, la encantadora ancianita que dirige este lugar, me ha dicho que hay una estación de servicio con bar a unos cuantos kilómetros de la ciudad. Tengo hambre, y tú también necesitas comer.

Por la expresión, sabía que iba a negarse.

—Mira, si vamos a intentar todo ese asunto de «seamos amigos», tienes que comer.

Abrió la boca para decir algo, pero lo corté.

—Ah, no, no quiero oírlo. Tendrás engañados a tus amigos, pero a mí no me engañas. No te he visto tocar nada comestible desde que empezamos el viajecito, y eso fue hace casi una semana. Seguro que contribuye a esos dolores de cabeza. La verdad es que no sé cómo mantienes en forma todo eso sin comer. —Hice un gesto que abarcaba todo su físico.

—No se lo digas a los demás —dijo, con un atisbo de sonrisa—. Por favor.

—Tu secreto está a salvo conmigo, alteza.

Me miró con los ojos entrecerrados.

—Además, deja de llamarme así.

—Lo haré si comes.

Me sostuvo la mirada un segundo y luego miró la bolsa.

—No necesito la ropa. Supongo que no serán de mi talla, como todo lo que me dio Logan.

Me mofé.

—Bueno, oye, perdona, no sabía que…

La respuesta ocurrente se me murió en los labios. El aire que lo rodeaba vibró y de la nada brotaron tejidos. Su par de pantalones gastados se convirtió en otro limpio y de color oscuro que le marcaba el culo y los muslos poderosos. La camisa nueva era gris hueso y se le ajustaba al amplio pecho y a los hombros anchos. Se me secó la boca al ver aparecer sobre su cuerpo una cazadora negra que se extendía unos centímetros por debajo de la cintura. Extendió los brazos.

—¿Qué te parece?

—Estás muy bien… Está muy bien. —Tropecé con las palabras y apreté la bolsa contra el pecho. La belleza de ese hombre era simplemente ridícula—. ¿Cómo has hecho eso?

Liam se encogió de hombros y dejó caer los brazos a los costados.

—Todo eso no es más que materia. Puedo imitar el tejido de las prendas que llevas. En este plano, la manipulación es mucho más fácil. El aire de Onuna está lleno de partículas útiles.

—Ah, claro —dije, como si le encontrase algún sentido. Bastante tenía con reprimir el impulso de arrancarle esa ropa que le sentaba tan bien. Sacudí la cabeza—. ¿Y cómo se te ha ocurrido el conjunto?

—He prestado atención a lo que visten los humanos. Vuestras ropas son mucho más resistentes que las gasas vaporosas de Rashearim. Supongo que ello se debe a que los humanos tienen una piel fina y las estaciones cambian muy deprisa aquí. Has dicho que tenía que pasar desapercibido. ¿No lo estoy haciendo bien?

—No, no, la verdad es que es genial. Supongo que me sorprende que puedas hacerlo.

Me observó con atención.

—¿Tienes miedo?

—No es miedo, es más bien aprensión. Eres mucho más poderoso de lo que me esperaba.

Se puso serio. El tipo duro e inexpresivo del día anterior amenazaba con regresar y yo no quería. Prefería a este Liam. Había hablado conmigo toda la noche y le importaba lo que yo opinase de su atuendo. Me acerqué un poco a él y entrecerré los ojos. Con una sonrisa burlona, le clavé un dedo en el pecho.

—¿Hay algo que no puedas hacer?

Liam me miró el dedo y se le dulcificó la expresión. Se metió las manos en los bolsillos. Se quedó pensativo, con los labios convertidos en una línea fina. Se me escapó un bufido. Menudo teatro estaba montando. Me miró con un brillo juguetón en los ojos y se encogió de hombros.

—No puedo resucitar a los muertos.

—¿Qué? ¿Lo has intentado?

—Mi padre podía, y cuando yo era joven lo intenté con un pájaro, pero no funcionó. Supongo que ciertos dones solo los tenía él.

—No se puede tener todo. Te tendrás que conformar con crear planetas y ropa a partir de la nada. —Le di un golpecito en el brazo, con la esperanza de que el nuevo Liam se quedase un poco más conmigo—. Venga, vamos a desayunar. Me muero de hambre.

Liam dejó escapar un gruñido para indicar que aquello le divertía y me siguió.

—Qué mandona.

La cafetería era más bonita de lo que me esperaba. Era pequeña y me recordó a las películas que le encantaban a Gabby. Estaba decorada en un estilo rústico, con mesas de madera rodeadas por bancos y sillas desparejados. A través de la ventana de servicio se veía a los cocineros volteando y friendo comidas diversas mientras los camareros se apresuraban a servir a los clientes hambrientos.

En una mesa del fondo había una familia; el hijo mayor coloreaba dibujos en una tableta pequeña mientras la mujer alimentaba a cucharadas a un bebé. En el otro extremo del restaurante vi a un grupo de adolescentes que miraban la tele mientras comían. Era un local pintoresco y agradable.

—¿Qué tal la cabeza? —le pregunté a Liam mientras me tomaba un trago de café. Apenas cabía en el asiento, pero no se quejó. Le había dicho que quería estar al lado de la ventana y él había asentido y se había dejado guiar. Gabby decía que era para mirar a la gente, pero lo cierto es que solo quería estar segura de que nadie pudiese pillarme por sorpresa. Varios humanos pasaron por la acera sin ser conscientes de que dentro había un dios apuñalando los huevos del desayuno.

—Mejor —dijo, y engulló otro bocado. Me encantaba que comiese y que no hubiese discutido por la cantidad de comida que había pedido para él. Como no sabía lo que le gustaba, pedí casi todos los desayunos del menú. La camarera ni parpadeó, pero creo que fue porque estaba distraída mirando a Liam. Eso era un problema dondequiera que fuera.

—Qué raro. Cualquiera diría que sé de lo que hablo.

Tragó la comida que tenía en la boca.

—¿Y quién está fanfarroneando ahora?

—No te preocupes, tiarrón, a tu lado soy una aprendiza.

Me dedicó una mueca y luego atacó la salchicha. Estaba comiendo más de lo que me esperaba, pero tal vez porque no dejaba de insistirle. Di otro trago al café y un escalofrío me corrió por la espalda. El estremecimiento hizo que sacudiera los hombros.

—¿Qué pasa? —preguntó con la boca medio llena.

Miré por la ventana a ver si descubría lo que había disparado mis sentidos. Tenía el vello de punta y piel de gallina por todas partes, pero no vi nada que pareciese celestial o del Altermundo. Era una calle concurrida, llena de humanos normales y corrientes entregados a sus quehaceres.

—Dianna.

Comprendí que llevaba varios minutos en silencio mirando a todas partes.

—Lo siento. No es nada. Creí notar algo, pero debe de haber sido el frío.

Asintió y se terminó el desayuno con dedicación, pero se había puesto en alerta y no nos perdía ojo ni a mí ni a la ventana.

—¿Sabes? —Dejé la taza en la mesa y junté las manos sobre la mesa—. Hay una pregunta que no te llegué a hacer anoche.

—Me hiciste muchas preguntas. ¿Qué más puedes querer saber? —Le dio un trago a su café.

—Los dominios. Dijiste que están sellados. Sé que eso significa que nuestro mundo está aislado de los otros. La pregunta es: ¿cómo?

Palideció y un chisporroteo de estática interrumpió la música. Las luces del local parpadearon varias veces. La gente murmuró, confundida, y todos miraron al techo. No era un problema eléctrico, claro, sino el hombre que tenía enfrente. Mi pregunta había desencadenado un flashback y era evidente que no quería hablar del tema.

—¿Es una pregunta demasiado personal? Discúlpame. He visto muchas escenas de tus recuerdos, pero nada relacionado con ese asunto. Además, los ensueños de sangre desaparecen al cabo de un tiempo.

Liam me miró sin decir nada. Bajó la taza muy despacio y la depositó con cuidado en la mesa. Se pasó el pulgar por el puente de la nariz sin dejar de mirarme. La cafetería recuperó la normalidad.

—No te preocupes. Anoche dijiste que hablar de las cosas puede ayudarme.

—Sí, pero si no te apetece…

—Me apetece —me cortó. Metió las manos bajo la mesa. Los bíceps se le flexionaban, señal de que estaba apretando los puños—. Fue el día después de mi coronación. Mi padre estaba fuera, ocupado con algún asunto del consejo. Recuerdo que los salones estaban decorados para el festival. Iba a ser una gran celebración y a mí me apetecía divertirme. —Puso las manos sobre la mesa, cruzó los dedos y se inclinó hacia mí como si tuviese miedo de que lo oyesen los humanos de la cafetería—. Un celestial de la diosa Kryella me buscó durante el encuentro y me dijo que Kryella quería verme. Llevaba ya algunas copas de más y pensé que quería pasar un rato conmigo. Me equivocaba.

Kryella. ¿Por qué me sonaba ese nombre? Y entonces lo supe. Los últimos días había recorrido muchos recuerdos de Liam y recordé oírselo pronunciar entre gemidos. La luz de la luna se reflejaba en la piel morena y en los mechones rojizos mientras se retorcían juntos en la piscina que había en el centro del templo. Me cabreé y le lancé una patada a una de las enormes columnas doradas y todavía me frustré más al ver que mi pie la atravesaba. Más tarde, cuando descubrí el tiempo que aquella mujer podía aguantar la respiración bajo el agua, recé para que el puñetero sueño terminase.

—El celestial me sacó del gran salón y me llevó a un templo al otro lado de la ciudad —siguió Liam—. Era el que usaba Kryella para sus rituales. Creo que Logan dijo que allí había brujas. Pues Kryella fue la primera de ellas en blandir lo que vosotros consideráis magia. Su poder asustaba incluso a mi padre, aunque ella jamás lo habría traicionado. Kryella y unos cuantos más eran los únicos aliados de verdad que tenía.

Se acercó la camarera, lo que sacó a Liam de sus pensamientos y de la historia. Cuando terminó de llenar los vasos y de retirar los platos sucios, Liam continuó. Tamborileó con los dedos sobre la taza, ausente, sin cambiar de expresión.

—Mi padre y Kryella estaban allí, junto a un enorme caldero suspendido sobre unas llamas verdes. Parecían sumidos en una intensa discusión hasta que me vieron llegar. Llevaban la vestimenta del consejo y, a juzgar por sus expresiones, supe que la reunión no había ido bien. Les pregunté, pero se negaron a hablar del tema. En vez de eso, me dijeron que necesitaban que sellase los dominios.

—¿Te explicaron por qué? Me refiero a que esto fue antes de la Guerra de los Dioses, ¿correcto?

—Mucho antes.

—Entonces ¿por qué?

—Tras la muerte de mi madre, mi padre se volvió paranoico. Su mal genio fue en aumento, pero su paciencia no. Kryella me habló del hechizo que quería realizar y mi padre me aseguró que era por un bien mayor. —Liam hizo una pausa y levantó la vista. Los adolescentes pasaron a nuestro lado, despreocupados por completo. En cuanto terminaron de pasar, siguió—. Los dominios siempre han de tener un guardián. Mi padre temía la guerra y había trazado un plan de contingencia. Yo era ese plan.

Se miró las manos. Estaba sumido en sus pensamientos, y empecé a preguntarme si iba a seguir hablando.

—Hacía falta sangre —dijo al final—. Más de la que creía que podía dar. Kryella pronunció unas pocas palabras mágicas y el vínculo se creó. Recuerdo que estaba tan cansado que apenas me tenía en pie y luego todo se volvió negro. Mi padre me contó que estuve varios días inconsciente. Culpó de mi ausencia a mis costumbres disolutas, para que nadie se preocupase, pero nosotros tres sabíamos la verdad.

—¿Y la verdad era...?

—La verdad era que, si mi padre caía, yo me convertiría en inmortal. Mi vida quedaría vinculada con los dominios y jamás podría morir. Cuando ascendiese, los dominios se cerrarían y ya no podríamos viajar entre ellos.

Me resultaba imposible imaginar semejante presión. El peso de los mundos había recaído, literalmente, sobre los hombros de Liam.

—Pero ¿por qué? ¿Por qué cerrar todos los dominios solo porque él había muerto? ¿Y los seres que vivían en ellos?

—Mi padre temía una gran guerra cósmica. Tenía visiones, imágenes y sueños que lo asaltaban y que luego se hacían realidad. Vio el universo envuelto en caos, y cerrar los dominios fue la única forma que vio de alcanzar la paz. Quería proteger tantas vidas como fuera posible, si los dioses caían.

La rabia me quemó por dentro. Rabia por lo que le habían hecho a Liam. Bajé la mirada para que no se diese cuenta. Su padre lo había cargado con la tarea de protector sin darle ninguna opción. Aunque fuese cierta la necesidad de un guardián o cualquier otra mierda de las que le habían contado, lo había aislado por completo. Habían puesto a sus pies el destino de los mundos y no le habían dado ningún apoyo excepto el que él mismo había creado.

—Lo siento —dije.

Me miró un instante y le temblaron las comisuras de los labios.

—No hace falta que lo sientas. Fue hace casi un milenio. Pero gracias, de todos modos.

—Bueno, para distraerte te voy a contar algo que seguro que te cabrea. —Junté las manos.

Ladeó un poco la cabeza y se echó hacia atrás con los brazos cruzados sobre el pecho.

—¿Por qué me va a cabrear?

—¿Te acuerdas de la tienda de la estación de servicio en la que entré ayer? Bueno, digamos que una amiga mía que trabaja allí me dio una pista sobre cómo llegar a Zarall.

Cerró los ojos, tragó saliva y respiró hondo.

—Me prometiste con el dedo pequeño que no me dejarías de lado cuando tratases con tus «amigos».

—Si vamos a ser precisos, no te dejé de lado. —Levanté las manos en señal de rendición—. Estabas en el coche, a unos pocos metros.

—Señorita Mar... —Se paró, con la mandíbula tensa—. Dianna. ¿Cómo puedo fiarme de ti si me ocultas cosas y luego me pides que te desnude mi alma?

—Y por eso te lo estoy contando. Es la última vez, te lo prometo.

Su expresión me dijo que no me creía.

—Te lo prometo, ¿vale? Liam, no te ofendas, pero le das miedo a mucha gente. En teoría ni siquiera existías, ¿te acuerdas? Para nosotros eres el hombre del saco. Además, es gente nerviosa, hay que ir con cuidado. No quería arriesgar la única oportunidad que teníamos de llegar a Zarall.

Me miró a los ojos un rato sin decir nada. La intensidad que palpitaba bajo esos ojos grises despertó en mí algo femenino.

—¿A ti no te daba miedo?

Una punzada me taladró el pecho. A aquel hombre poderoso e indómito le importaba lo que pensara de él. No tenía ni idea de por qué.

—No, pero yo estoy chalada.

—En eso estamos de acuerdo.

—¡Oye!

Por segunda vez, sonrió. Solo fue una visión fugaz de esos dientes perfectos, pero me derritió. Con un gesto así de sencillo. Intolerable.

Una sonrisa bastaba para que la fuerza de la gravedad cambiara y me atrajera hacia él como si fuese un ancla. Me saqué de la cabeza todas aquellas tonterías románticas. Hasta la noche anterior había sido frío y carente de emociones. La belleza y la calidez de su sonrisa habían sido una sorpresa. Esa era la razón y ninguna otra.

—¿Y qué dijo tu informadora?

Crucé las piernas bajo la mesa.

—Tenemos que encontrarnos con un tipo en una pequeña feria a las afueras de Tadheil. Si salimos ya, llegaremos justo a tiempo.

Liam asintió y cerró los ojos para frotarse el puente de la nariz. Estaba cabreado, pero intentó controlar el mal genio.

—Te prometo que no te ocultaré nada más.

Abrió los ojos y buscó los míos.

—Vale.

Sonreí y saqué el dinero que me quedaba en el bolsillo trasero. Me levanté para irme y Liam me siguió. De repente se paró y miró el dinero.

—¿De dónde lo has sacado?

Me miré la mano mientras nos dirigíamos la caja registradora.

—De acuerdo —dije con una ligera sonrisa—, prometo no ocultarte nada más. A partir de ahora. Desde este mismo instante.

Suspiró. Juraría que oí el gruñido que le retumbaba en el pecho.

XXVIII
DIANNA

stábamos en el coche, en un aparcamiento sin asfaltar. La feria era mucho más grande de lo que me esperaba. La música se colaba por las ventanillas, y las luces rojas, doradas y púrpuras parpadeaban en la oscuridad. Había un movimiento incesante y se oían los gritos de los que se habían atrevido a subir a la montaña rusa y las atracciones más emocionantes.

La gente pasaba al lado del coche: parejas de la mano, familias que cargaban en brazos con niños agotados. Unos adolescentes pasaron corriendo; gritaban y reían señalando las atracciones.

—¿Estás bien? —le pregunté a Liam por tercera vez.

No había hecho ademán de abrir la puerta. Solo se había quedado sentado y contemplando el caos de la feria.

—¿Siempre gritan tanto?

—¿Te molesta?

—No. —Me miró y luego volvió a mirar la feria. Otro coro de gritos llenó el aire—. Sí.

Sabía que le molestaba y sabía por qué. Había visto algunas batallas en las que había combatido y era consciente de las cicatrices que arrastraba.

—Son gritos de felicidad, no llamadas a la batalla ni clamores de muerte.

Respiró hondo. El cuerpo le vibró por la tensión. Le había hecho usar su truquito y cambiarse de ropa para encajar mejor con la multitud. Cuando doblaba los brazos, la cazadora vaquera se le tensaba sobre los bíceps. Su ansiedad era casi una tercera presencia en el coche. A aquellas alturas sabía lo bastante sobre él para entender que no temía por sí mismo, sino por lo que podía ocurrir si perdía el control.

—Puedo ir sola.

—No —me cortó. Se estremeció ante su propia voz—. No. Me prometiste que no me dejarías de lado. Lo que pasa es que…

Me encaré con él.

—Cuéntame.

Liam dudó y me miró a los ojos como si quisiera asomarse a mi alma. Una mirada calculadora, no sugerente. Estaba claro que se sentía expuesto y vulnerable. Contuve el aliento, desesperada por que confiase en mí. Hasta la noche anterior habría dicho que era para sacarle información y usarla contra él. El monstruo que había en mi interior me empujaba a ello, pero la parte de mí que había disfrutado de la intimidad sabía que me llevaría sus secretos a la tumba. Era la parte de mí que existía solo porque Gabby existía. Y me aterrorizaba.

Apretó los puños, como si hubiese tomado una decisión. Inspiró de nuevo.

—Los gritos me recuerdan el pasado, como si mis sueños se hicieran realidad y estuviera de nuevo en Rashearim. Sé que no es lo mismo, pero cada vez que oigo gritos puedo oler la sangre y sentir temblar la tierra. Puedo ver las bestias monstruosas que desgarran el cielo. Vuelvo a estar allí. Siento que me va a estallar el pecho.

Puse la mano sobre la suya y le di un ligero apretón. Me miró la mano y luego a mí. Lo envolvía tal tristeza que no podía creer que no me hubiese dado cuenta antes. Cuando lo conocí, cuando no era más que el cascarón de lo que yo creía que debía ser un dios, en su mirada solo vi arrogancia, odio y desprecio. Pero había tanto más… Entonces pensé que quizá se debía al inmenso poder que contenía, o a que se había cansado de vivir. Pero, si lo miraba a través de la lente de la noche anterior, veía pesar, tristeza, ansiedad y dolor. Un dolor puro y absoluto.

—Oye, la única bestia de la que te tienes que preocupar soy yo. Y te prometo que no desgarraré el cielo.

Me miró con los labios apretados.

—No eres una bestia.

—Bueno, tengo mis momentos. —Me encogí de hombros y le apreté la mano otra vez—. ¿Nos vamos? Podemos buscar otra forma de llegar a Zarall.

—No. Si es la mejor opción, hay que intentarlo.

Apretó los dientes y apartó la mano. Casi pude ver cómo alzaba todas esas barreras que había construido con tanta habilidad con el correr de los siglos. Vació el rostro de toda expresión, abrió la puerta y salió. Yo también salí del coche; el aire fresco de la noche me dio la bienvenida. Liam se metió las manos en los bolsillos y me apresuré a ponerme a su lado. Quizá me había excedido en la manera de consolarlo, pero no podía controlar el impulso. ¡Maldito corazón humano! Todo eso era culpa de Gabby.

—Mira, vamos juntos y no me apartaré de tu lado, ¿de acuerdo?

Asintió con un gesto y se ajustó la chaqueta. Lo había obligado a cambiarse seis veces. Todo lo que había creado llamaba demasiado la atención, pero, por otro lado, igual era por el solo hecho de ser Liam. Se podría enfundar una bolsa de basura y a la gente le daría tortícolis de volverse a mirarlo. Era comprensible, pero teníamos que pasar desapercibidos. Aún llamaba la atención, pero esperaba que fuese suficiente. Respiró hondo de nuevo y miró hacia delante. Le tembló la mandíbula, pero hizo acopio de calma.

—Intenta no destruir este lugar, ni electrocutar a nadie, ni desintegrar las atracciones, ni…

—Dianna.

—Perdón. —Levanté las manos para disculparme.

Lo invité a seguirme con un gesto de cabeza en dirección a la entrada. Asintió y echó a andar. Sus pasos eran ligeros. No dejé de mirarlo. La miríada de luces le proyectaban sombras de colores sobre la cara. Cada pocos segundos tensaba los músculos de los hombros, en sincronía con las risas, los gritos y los bramidos que salían de la montaña rusa cuando los vagones aceleraban en los bucles.

—Creo que ya sé por qué tienes unas pesadillas tan espantosas —dije—. No has procesado nada de lo que te ocurrió. Lo enterraste, tú mismo te enterraste; y, ahora que te has visto forzado a volver al mundo, te supera.

Nos pusimos a la cola para comprar entradas. No me miró a mí; sus ojos exploraron la multitud.

—Ah, ¿sí?

—Sí, aunque el genio que lo ha deducido no soy yo. En realidad, fue Gabby. La culpa es de las clases de psicología a las que asistió en la universidad. Parece que algo aprendió.

Eso sí que lo hizo mirarme, confuso.

—¿Has hablado con tu hermana de esto? ¿De mí?

—Bueno, en realidad, no. Me estaba quejando porque te portabas como un completo imbécil y Gabby dijo que todo podría deberse a lo que habías pasado. En su opinión, tal vez necesitabas a alguien con quien hablar. —Me alegraba que me prestase atención, en vez de centrarse en la ansiedad de estar allí, pero no sabía muy bien cómo iba a reaccionar a mi revelación.

En vez de responder, se limitó a mirarme, lo que me puso aún más nerviosa. Entonces soltó ese pequeño gruñido que solía hacer, asintió y volvió a centrarse en lo que nos rodeaba.

—Necesitas un amigo y, por suerte para ti, yo estoy aquí.

Para aligerar el ambiente y distraerlo, le di un empujón con el hombro, como jugando. Me miró.

—Menuda suerte, ¿eh?

Al levantar la mirada, aquella extraña sensación de estar anclada a él me superó. Algo había ocurrido la noche anterior. Era absurdo, pero sabía que, cuando todo acabase, no me iría. No intentaría huir ni escapar a mi inevitable castigo.

Quería creer que la razón era Gabby. Sería el colmo del egoísmo huir y arrastrarla conmigo, para escondernos de otro hombre poderoso. Y más ahora que sabía que estaría protegida y que sería feliz con la Mano y trabajando codo a codo con los celestiales. Quizá fuera por cómo Liam hablaba de sus amigos, o por lo que había sacrificado para darles la vida que tenían ahora, pero lo creí cuando prometió que le daría una vida normal. Por tanto, no huiría y dejaría de luchar. Aceptaría mi sentencia, fuera cual fuese, y casi podía creerme que Gabby era la única razón.

—Además, a lo mejor esto me granjea una reducción de condena cuando hayamos terminado aquí —dije. Curvé los dedos sobre la palma y la cicatriz que la recorría.

La cola avanzó y nosotros con ella.

—Tal vez.

Eso me dio una chispa de esperanza y valor para insistir.

—¿Y Gabby podría visitarme de vez en cuando? Hasta los reclusos humanos tienen régimen de visitas.

La mamá joven que había delante de nosotros nos miró de reojo y empujó a sus hijos para ponerlos delante de ella. Le sonreí, pero Liam, que seguía mirándome, no pareció darse cuenta. Entrecerró los ojos.

—Quizá —repitió.

Casi sonreí de oreja a oreja. Me puse las manos a la espalda y me mecí.

—Oye, al menos no has dicho que no.

Llevábamos al menos dos horas en el parque y el único mensaje que había recibido de nuestro contacto fue que llegaba tarde. Me paré en un puesto y compré una enorme nube púrpura de algodón de azúcar. Estaba atiborrándome cuando Liam se volvió a quejar.

—¿Por qué tarda tanto? Todos tus amigos son terribles y poco fiables.

Suspiré, arranqué otro trocito de aquella delicia azucarada y me la metí en la boca. Me giré y caminé de espaldas mientras vigilaba a Liam. Un grupo de chavalas soltaron un coro de risitas al pasar y un zumbido y un griterío de hurras celebró que alguien había ganado un premio en una de las casetas.

—¿Qué pasa? ¿No te lo estás pasando bien? Creía que te gustaban los juegos de puntería y los autos de choque.

Hizo una mueca de desagrado.

—Esos cochecitos son violentos y dejan que los conduzcan niños pequeños. ¿No se preocupan por ellos? Es ridículo. Las vidas mortales son fugaces y aun así construyen artilugios que podrían acabar con ellas en cuestión de segundos.

Me reí de buena gana, una risa desinhibida y sin filtros. Cuando recuperé el control me sequé las lágrimas con la mano libre y le sonreí. Me miraba con una expresión extraña.

—Nunca te había oído reír así —dijo, y una sonrisa casi se asomó a sus labios.

Me sequé otra lágrima. Todavía se me escapaban risas que hacían que me temblaran los hombros. Acomodé mi paso al suyo y caminé a su lado.

—Eres divertido. —Le golpeé el hombro con el mío—. A veces.

—¿A veces? —Enarcó una ceja.

Me metí más algodón de azúcar en la boca.

—Sí, ya sabes, cuando no te portas como un idiota.

Su respuesta fue un gruñido con más carga de humor que de irritación. Caminamos uno al lado del otro y se hizo el silencio, pero no era incómodo. Con él nunca era incómodo, sino reconfortante y tranquilo. Bueno, tranquilo excepto por las risas y los gritos que flotaban en todas direcciones.

—¿A qué ha venido lo de la cajita con luces centelleantes?

—¿El fotomatón?

—Sí.

Me encogí de hombros con indiferencia.

—Solo quería una prueba de que el todopoderoso Destructor de Mundos se había divertido por una vez.

Se paró en seco y casi tropecé y me caí de bruces.

—No me gusta ese nombre.

—Perdona —me disculpé con una mueca. Le toqué la mano—. No lo volveré a decir.

—Te lo agradecería.

—¿Cómo te ganaste ese título? Lo he oído muchas veces en tus recuerdos.

Se quedó callado. Todo rastro de humor había desaparecido.

—No es algo de lo que quiera hablar si no es imprescindible.

—Lo pillo, jefe. —Me metí más algodón de azúcar en la boca.

—Tampoco me llames eso.

—¿Cómo? ¿No te gusta?

—No.

Su palabra favorita.

—De acuerdo. ¿Qué tal majestad? ¿Alteza? Oh, ya sé. —Me volví un poco hacia él y lo señalé—. ¿Mi señor?

Frunció el ceño y me miró desde arriba.

—Ninguno de esos, jamás. Por favor.

Solté una risita, pero me callé cuando nos cruzamos con un trío de mujeres. Miraron a Liam y sus ojos delataron un interés más que evidente. Siempre pasaba lo mismo, en todas partes. No era que Liam fuera arrolladoramente guapo, sino que desprendía un aura de poder que lo hacía irresistible tanto para mujeres como para hombres. No creo que fuese consciente de ello.

Liam no paraba de mirar hacia la multitud con atención, pero reparé en que, en realidad, no veía a la gente. Volvió la cabeza al oír un crujido seguido de una campanilla; le latía una vena en el cuello. Se frotó las sienes, pero bajó la mano al ver que lo observaba. Llevaba así toda la tarde. Intentaba mantener a raya los demonios que le pisaban los talones, pero tenía los dientes tan apretados que me daba miedo que se los rompiera. Ojalá hubiese una forma de acelerar las cosas, pero no dependía de mí, de modo que lo único que podía hacer era distraerlo con juegos, golosinas poco saludables y fotomatones; cualquier cosa para evitar que se autodestruyese.

—¿Qué tal la garganta? Espero no haberte hecho mucho daño.

Me atraganté con el trozo de algodón de azúcar que acababa de meterme en la boca. Me llevé el puño al pecho y tosí para intentar despejar las vías respiratorias. Entre su comentario y mi ataque de tos atrajimos las miradas y los susurros de un grupo de adolescentes cercanos.

Liam se paró en seco para asegurarse de que no me iba a morir. Me sujetó por la espalda y un hombro para ayudarme, hasta que conseguí despejar la garganta y recuperar el aliento.

—¿He dicho algo malo?

Le hice un gesto para señalar que estaba bien y se enderezó y apartó las manos. Traté de hacer caso omiso del hecho de que, al romperse el contacto, había tenido una inmediata sensación de pérdida.

—No. Bueno, sí, pero no. Tenemos que trabajar más en cómo formulas las frases.

Atisbé una mesa vacía entre varias atracciones menos populares y ruidosas. Guie a Liam hasta allí, me senté en la mesa y puse los pies en un banco. Liam se sentó a horcajadas en el banco y apoyó el codo en la mesa para observar la actividad frenética de la feria.

Le ofrecí el algodón de azúcar.

—¿Quieres un poco?

Frunció la nariz, a punto de rechazarlo, pero me miró de nuevo.

—Confía en mí. Es maravilloso.

Me miró con cautela y lo cogió como si fuese un animal muerto. Arrancó un trozo y se lo metió en la boca de mala gana. Hizo una mueca al notar el dulzor y cerró los ojos y enseguida los volvió a abrir. Sacudió la cabeza y a mí se me escapó una risotada.

—Es..., eh…

—¿Dulce?

Asintió, pero cogió otro trozo. La segunda vez estaba más preparado para el sabor y la tensión de los rasgos se le disipó.

—Sí, pero es agradable.

Me recliné sobre la mesa, apoyada en las manos.

—Fantástico.

Liam dijo algo más, pero no lo oí. Un escalofrío me recorrió la columna. Se me puso la piel de gallina y se me erizó el vello del cogote. Me senté y me volví para mirar detrás de mí. La ig'morruthen que habitaba en mí se había puesto en alerta máxima, preparada para atacar o defenderse. Como me había ocurrido en la cafetería de Ofanium. ¿Había un celestial por aquí? Clavé la mirada en las sombras, pero no vi nada que me llamase la atención.

—Dianna, los ojos.

Liam estaba delante de mí y me tapaba para que no me viesen. Cerré los ojos y los forcé a volver al estado normal. Luego los abrí.

—¿Qué ha pasado?

—Nada. —Volví a mirar detrás de mí. La sensación se había ido tan rápido como llegó.

—En la cafetería dijiste lo mismo. —Miró a mis espaldas como si esperase ver lo que yo no podía—. ¿De qué se trata?

—No lo sé. Me ha parecido sentir algo.

Liam siguió mirando a la oscuridad unos instantes más y luego se volvió hacia mí.

—No veo ni noto nada.

Me cogí los brazos.

—No sé, igual es frío.

—Los ig'morruthens no sienten frío excepto en climas inhóspitos, como el planeta Fvorin. No deberías tener frío. —Me pasó los dedos por la frente—. ¿Podría ser un efecto secundario del veneno que con tanta amabilidad te suministraron tus amigas?

Le aparté la mano.

—No es el veneno. No creo. Estoy bien. Es solo que, por un momento, me pareció sentir algo o a alguien.

Sabía que no se trataba de Kaden. Jamás se acercaría a Liam. Recordaba el temor reflejado en su rostro cuando murió Zekiel. Lo admitiese o no, temía a Liam. Si se hubiese tratado de un celestial, se habría acercado para adular a Liam, como hacían todos. Miré otra vez a mis espaldas. ¿Quizá Tobias? No, jamás haría nada sin la aprobación de Kaden.

Se me fue el santo al cielo cuando Liam me puso la cazadora sobre los hombros y me la cerró sobre el pecho. Parecía que estuviese envuelta en una manta vaquera. Le lancé una mirada de sorpresa.

—Vi a alguien hacer esto antes de que me obligases a entrar en uno de esos cochecitos agresivos.

Liam se había pasado todo el tiempo mirando a la gente que nos rodeaba. Creía que vigilaba en busca de amenazas potenciales o que peleaba contra sus propios demonios. Pero, en realidad, había observado y aprendido el comportamiento humano. Aunque no se había dado cuenta de que era un gesto íntimo, fue agradable.

—Gracias —respondí, y me envolví en la cazadora.

Agaché la barbilla y enterré la cara en el cuello de la prenda. Con disimulo, respiré hondo para absorber el olor limpio y masculino. La camiseta blanca le ceñía el torso y formaba un bonito contraste con la piel bronceada y los brazos musculosos. Su aspecto llamaba la atención. Se giró al oír los comentarios que susurraba un grupo de mujeres. Se sentó a mi lado sin decir nada, pero comprendí que se le había agriado el humor.

—¿No te gusta ser el centro de atención?

Se frotó las manos y agachó la cabeza.

—No me siento cómodo en público. Detesto las grandes multitudes y prefiero estar solo. Hubo una época en la que me gustaban las reuniones, como ya sabrás, puesto que has visto gran parte de mi pasado. Ahora no soporto que me miren.

Apoyó la barbilla en la mano mientras miraba pasar a la gente. Lo miraban y luego apartaban la vista, algunos de forma mucho menos sutil de lo que creían.

—¿Quieres que les prenda fuego? —Le di otro golpecito, esa vez con la rodilla.

—Ni se te ocurra —masculló sin alzar la cabeza—. Es solo que lo odio. «Odio» es la palabra correcta, ¿verdad? —Volvió la cabeza para mirarme, pero no levantó la barbilla de la mano.

Asentí.

—¿Por qué? ¿Qué motivo hay?

Liam suspiró y se encaró de nuevo hacia delante.

—No es importante.

—Si te preocupa, lo es. Además, estamos matando el tiempo. Cuéntame.

La atracción más cercana se puso en marcha con una melodía alegre que llenó el ambiente. Liam se quedó callado. No sabía si me había oído con todo el ruido.

—No lo sé. Supongo que me siento como si pudieran ver todo lo que he hecho. Cada error, cada decisión equivocada… Y me culpasen por ello.

Fruncí el ceño.

—Pero sabes que no es cierto.

—Ya te he dicho que no es importante —insistió, con el tono hosco de siempre.

—Eh. —Le di un empujón en el hombro, no tan fuerte como para que le doliese, pero sí como para que me hiciese caso. Se sentó y me miró—. Lo es, pero no por las razones que tú crees. Es importante porque es otra cosa más en la que tendrás que trabajar. Estás proyectando tus sentimientos. —Me ajusté la cazadora para envolverme mejor—. Y te voy a contar un secreto. No te miran porque sepan que • eres un antiguo rey guerrero, o por las batallas en que has peleado, o las que has perdido. Todo eso solo está en tu cabeza. Te miran porque creen que eres guapo.

Se echó para atrás y parpadeó, sorprendido.

—¿Guapo?

Lo dijo como si no pudiese imaginar nada más perturbador.

—De todo lo que he dicho, ¿solo te has quedado con eso? —Puse los ojos en blanco y me metí más algodón de azúcar en la boca—. ¿Y ahora qué? ¿Vamos a fingir que no lo eres? —Le saqué la lengua y él me clavó la mirada en los labios. Suspiré. Era una batalla perdida—. Sí, ya sabes. Atractivo, hermoso, deseable. —Eso pareció alcanzar por fin su cerebro divino, porque alzó un poco las comisuras de los labios—. Sobre todo, cuando sonríes.

Sacudió la cabeza y soltó una risita; el sonido fue como una caricia aterciopelada sobre la piel. Liam era letal en más de un sentido.

—Me dices una cosa, luego otra. Das más vueltas que una veleta.

—Te aseguro que no he cambiado de opinión. A ver, al principio tenías una pinta horrible. Y también creo que a veces eres un imbécil de cuidado y que tienes un ego más grande que la luna. Pero no soy ciega. —Su sonrisa se borró y la mía se ensanchó—. Oye, al menos soy sincera.

—Eso es verdad.

Sin dejar de sonreír, me metí en la boca los últimos trozos de algodón de azúcar.

—Ya que te he arrancado tus secretos más oscuros y profundos, igual podría contarte uno de los míos.

La curiosidad se le dibujó en el rostro. Estaba interesado.

—Me parece justo, sí.

—De acuerdo —dije. Le apunté con el palo del algodón de azúcar—. No te rías, pero, aunque suene cutre, lo que yo quiero es lo que se ve en las películas tontas y cursis que Gabby adora. Bueno, lo que quería. Una vez intenté que Kaden y yo fuésemos en serio. Su reacción fue alejarse de mí. Desde entonces se comporta de modo diferente. Está claro que es uno de esos tipos que prefieren las relaciones abiertas. O uno de esos monstruos, supongo.

Me taladró con la mirada durante una fracción de segundo de más.

—Qué lástima. Yo no compartiría.

El comentario me pilló fuera de juego y me sonrojé. Puse los ojos en blanco y le aticé con el palo del algodón de azúcar.

—Mentiroso. Te he visto compartir montones de veces. —Liam sonrió y esquivó mis fallidos ataques—. ¿Los dioses se comportan siempre así? ¿Fiestas continuas y orgías desenfrenadas?

La risa de Liam hizo que me flaquearan las rodillas.

—No —repuso. Me miró un momento y volvió a mirar a la multitud—. Es una forma de pasar el tiempo, supongo. Y no todos los dioses son así. Al menos, cuando encuentran su amata.

—¿Qué es eso?

Se encogió de hombros e hizo un movimiento de cabeza casi imperceptible.

—En tu lengua humana significa «amado». Es lo que hay entre Logan y Neverra.

—Ah. —Asentí despacio—. ¿La marca de Dhihsin?

Se volvió hacia mí y frunció el ceño mientras buscaba las palabras adecuadas.

—Sí, pero no solo eso. Es el reflejo de tu alma. No sé si es una buena traducción. La marca de Dhihsin solo es un recordatorio de puertas afuera del vínculo que ambas personas han establecido.

—En otras palabras, que es tu media naranja.

—Dicho de forma vulgar, supongo que sí, pero es más que eso. Es más profundo. Es una conexión que no se puede expresar con palabras.

—¿Todo el mundo tiene uno? ¿Tú tienes una?

No sabía por qué me interesaba tanto de repente, pero así era. Las imágenes del subconsciente de Liam me decían que no la tenía. Pero ¿y si había tenido una compañera y la había perdido? No me costaba imaginarlo sufriendo tanto que al final enterró esos recuerdos.

—No. A pesar de vuestras historias y leyendas, el universo no es tan bondadoso. —La tristeza asomó a sus ojos de color de tormenta.

Quizá Gabby tenía razón y el aterrador y poderoso Destructor de Mundos se sentía solo.

Me apoyé en él y lo arranqué de los crueles pensamientos que lo atormentaban, fueran los que fuesen.

—Si tuvieras una, ¿cómo sería? Si pudieses escoger.

Apretó los labios, pensativo. Era una distracción, claro, pero también era divertido hablar con él.

—Si pudiese elegir, si me obligaran a elegir, querría a una igual.

Una compañera en todos los aspectos de la vida; algo como lo que compartían mi padre y mi madre.

Había tratado de llevar la conversación por derroteros que lo alejasen de los fantasmas que lo atormentaban, pero no lograba escapar de ellos por mucho que lo intentase. Así que, en mi más puro estilo, hice lo que se me daba mejor: contraataqué con humor.

—No sé... —Suspiré de forma teatral para atraer la mirada de Liam—. Me parece casi imposible. Necesitarías a alguien que pudiese lidiar a diario con tu ego hipertrofiado y que estuviese a tu entera disposición. Eso, sin mencionar...

—Cierra el pico. —Bufó y me dio un empujón con el hombro.

Un zumbido en el bolsillo trasero interrumpió el enfrentamiento verbal. Saqué el móvil y leí el mensaje que aparecía en la pantalla.

«En la noria. Ya».

Se lo enseñé a Liam y señalé con la barbilla hacia la gran rueda que daba vueltas. Se puso de pie y me ayudó a bajar de la mesa. Serios de nuevo, nos dirigimos a la feria.

XXIX
LIAM

Olía fatal, pero la horda de humanos no parecía darse cuenta. He visto manadas de d'jeerns provocar menos destrucción. Y eso teniendo en cuenta que eran seres grandes y torpes con varios cuernos donde deberían estar los ojos y dientes mellados y podridos, y que además eran carroñeros.

Aunque la feria era un asalto a mis sentidos, a ratos me lo había pasado bien. Jamás lo admitiría delante de ella, pero la mujer presuntuosa de cabello oscuro que caminaba delante de mí quizá había tenido algo que ver.

Me costaba reconocerlo, pero disfrutaba de su compañía. Otra cosa que jamás compartiría con ella. Solo de pensar que podía estar cómodo, incluso feliz, junto a una ig'morruthen… Qué insensatez. Los viejos dioses habrían pensado que me había vuelto loco, pero era cierto. Cuando ella estaba cerca, ya no me sentía tan atrapado en el pasado.

Aun así, Dianna tenía que pagar por sus delitos contra mi pueblo y contra el mundo mortal. La idea de castigarla me llenaba de pesar, pero era la ley, y yo, su ejecutor. No obstante, aunque nuestro vínculo fuese temporal y engañoso, agradecía el descanso que me había proporcionado.

—Ya lo estás haciendo otra vez.

Su voz melodiosa se me filtró hasta la conciencia y me devolvió al presente. La cazadora que le había dado se le caía de los hombros y dejaba a la vista parte de su piel de bronce dorado. Decía que todos me miraban, pero me había fijado en cada par de ojos que se habían demorado sobre ella desde que entramos en ese lugar detestable. Por el momento llevaba cuarenta y cinco… No, espera…, otro…, cuarenta y seis. Me dije a mí mismo que solo llevaba la cuenta por motivos de seguridad y nada más. Tenía enemigos y no acababa de fiarme de su supuesto contacto. No quería que la envenenaran o la dejaran inconsciente otra vez.

—¿Qué es lo que hago, según tú? —pregunté mientras doblábamos una esquina.

Los humanos hacían cola y esperaban con paciencia su turno para embarcarse en unas cestas sujetas a un enorme círculo iluminado. Reían y gritaban, pero yo, que era capaz de oír cada pieza de metal que luchaba por mantenerse unida a las demás, me estremecí. Sus vidas eran muy cortas y, sin embargo, se arriesgaban a morir de manera innecesaria.

Dianna me guio más allá de la atracción, hacia las sombras. No había música ni bailes, ni tampoco humanos.

—Lo de quedarte callado y enfurruñado… —dijo.

Se agachó para pasar bajo unas barras de metal que sostenían un trozo de plástico sacudido por el aire. La seguí, cosa que de un tiempo a esa parte hacía muy a menudo.

—¿Hace falta que me prestes tanta atención?

Se volvió y la cascada de ondas y rizos le bailó sobre los hombros. Una sonrisa pícara le asomó a los labios carnosos. Estaba seguro de que su siguiente comentario sería grosero o sarcástico, pero, antes de que pudiese abrir la boca, oímos unos pasos en el camino de grava. Se puso seria y la sonrisa se desvaneció.

De las sombras salió un hombre de apariencia descuidada, con las ropas sucias y gastadas. Llevaba la camisa medio metida en unos pantalones vaqueros que le iban grandes. Lo rodeaba un hedor que formaba una nube casi visible y que era comparable a los olores que flotaban sobre el festival, si no peor. Me adelanté a Dianna para escudarla. Quizá conociese a ese hombre, pero yo no, y el último informador le había disparado agujas.

—Llegas tarde.

Los ojos del flaco hombrecillo se dilataron.

—Joder, ¡eres enorme! No es una crítica, ¿eh? Pero eres alto y, ya sabes, grande. Eres él en persona, ¿verdad? El que tiene hablando a todo el Altermundo.

Dianna se puso a mi lado y respondió sin darme tiempo a hacerlo a mí.

—Sí, es él. Ahora dime, ¿por qué has tardado tanto? Llevamos horas aquí.

Levantó las manos y miró a Dianna, que aguardaba con los brazos cruzados y la cadera ladeada. El tipo tragó saliva y luego la recorrió con la mirada con obvio interés masculino. Cuarenta y siete.

—Mira, tenéis suerte de que haya venido. Estás en la lista negra, guapita, lo que significa que no hay nadie, de aquí al Altermundo, que quiera ayudarte.

La postura de Dianna cambió y la pose arrogante que solía adoptar con tanta facilidad se diluyó en parte. Eso me molestó. Me estaba poniendo de mal humor. El aire que nos rodeaba se cargó y las nubes se hincharon a lo lejos. No iba a permitir que nada empañara su estado de ánimo.

—Sé que tus contactos son limitados, pero algo se agita en el Altermundo —siguió el hombrecillo delgado y apestoso—. Dicen que ha encontrado el libro.

La oí tragar aire y me crucé de brazos. Lo miré como si estuviese chalado.

—Tus fuentes mienten. Es imposible. El libro no existe.

Cambió el peso de un pie a otro y miró a su alrededor antes de seguir hablando.

—Mira, tío, solo os digo lo que he oído, ¿okey? Desde que volviste, todo el mundo está de los nervios. Ahí fuera hay montado un buen caos y más aún desde que le birlaste la novia.

Dianna soltó una risa burlona. El tipo la miró y se metió una mano en el bolsillo.

—Se dice por ahí que Kaden está muy cabreado y que quiere vengarse a lo grande.

—Si está tan enfadado, ¿cómo es que no ha dado señales de vida?

Se encogió de hombros. Seguía columpiándose de un pie al otro. Olí la ansiedad que le supuraba por los poros y mi desconfianza aumentó.

—Es listo. No creo que ataque hasta que no esté seguro de que puede acabar contigo. —Se acercó un paso a Dianna y se inclinó hacia ella con el cuello estirado—. Tengo entendido que no le importa cómo te lleven ante él —susurró—. Le ha puesto precio a tu cabeza, viva o muerta. Por lo que dicen, te arrastraría de vuelta hecha pedazos si fuera necesario.

Dianna no se movió ni respondió, pero noté que el pánico se apoderaba de ella. La miré. Estaba luchando por mantener la pose de frialdad que siempre proyectaba.

Casi sin darme cuenta de lo que hacía, me puse delante de ella otra vez, agarré al tipo por la sucia pechera de la camisa y lo levanté del suelo.

—Que lo intente —dije, con una voz que me pareció un gruñido amenazador incluso a mí.

Se le abrieron los ojos de par en par; agitó los pies en el aire y me agarró las muñecas para tratar de zafarse.

—Nos haces perder el tiempo con tus amenazas vacías. Si no nos dices cómo podemos llegar a Zarall, daré esta reunión por terminada.

—Eh, no quiero problemas, ¿vale? Recibí una llamada y he venido a ayudaros. Necesitáis un vuelo a Zarall y os lo he conseguido. Os reuniréis con un amigo mío. No le preguntéis su nombre. No quiere implicarse más de lo que ya lo está. Va a llevar un cargamento y vosotros iréis de paquete. Es un avión pequeño, pero os llevará allí sin que os detecten.

—¿Qué aeropuerto? —preguntó Dianna.

—El Internacional. A pocos kilómetros de aquí. Estará en uno de los hangares posteriores. —Sus ojos, pequeños y brillantes, se apartaron de mí y se posaron en ella—. El tiempo apremia, guapita. No le hagáis esperar.

Dianna se dio la vuelta y se fue. Me llegó el rechinar de sus zapatos contra las piedras. Solté a aquel hombrecillo ridículo, que cayó de rodillas. Dianna no se molestó en mirar atrás. Comprendí que le pasaba algo y eso me molestó más de lo que quise reconocer.

—Qué cosas tan raras se ven —dijo el hombre. Se había levantado del suelo y se estaba limpiando las manos en las rodillas de los vaqueros—. El hijo de Unir y una ig'morruthen, trabajando juntos. Según cuentan las historias, estáis destinados a pelear hasta que mueran las estrellas, pero se os ve muy bien avenidos.

No respondí al comentario, ni me importaba lo que pensase. Le di la espalda y seguí a Dianna.

Por primera vez desde que comenzamos nuestro largo periplo, Dianna iba en silencio. Durante el trayecto al aeropuerto me volví varias veces para asegurarme de que seguía conmigo en el coche. Tenía una expresión reservada y conducía con una mano en el volante; llevaba el codo del otro brazo en la ventanilla y se mordía el pulgar.

—Es la primera vez que estás callada desde que salimos de viaje.

No hubo respuesta.

—Lo normal es que tengas un millón de cosas que decir y las dispares sin respirar.

Trazó otra curva suave con el coche sin dedicarme ni una mirada de reojo. Su silencio era absoluto. No sabía cómo ayudarla del mismo modo que ella me había ayudado a mí en los últimos días, pero tenía que intentarlo. Estaba sumido en mis pensamientos, empeñado en encontrar una forma de empujarla a hablar conmigo, y me sorprendió que detuviese el coche.

Los faros iluminaban una carretera abandonada. A lo lejos se distinguían grandes edificios de color marrón metálico, y a ambos lados de la carretera había alambradas. La vegetación amenazaba con invadir el asfalto y los pequeños insectos bailaban en los haces de luz. Solo había otra luz a la vista, roja y parpadeante, sobre una torre muy alta. Vi un avión que aceleraba con un rugido profundo y rodaba por la pista hasta emprender el vuelo.

Dianna sacó el pequeño teléfono negro y salió del coche. Ni siquiera se molestó en cerrar la puerta. Levantó el móvil y se alejó caminando. Suspiré y salí del coche para seguirla.

—Dianna.

No dijo nada, solo dio una vuelta por la zona y luego se subió al techo del coche y sostuvo el móvil sobre la cabeza. Qué mujer tan peculiar.

—La cobertura es espantosa —dijo.

Se sentó con las piernas colgando. Me agarré con una mano al lateral del vehículo y me subí yo también. El coche se sacudió y se inclinó a un lado hasta que se estabilizó.

Me senté cerca de ella y miré lo que escribía por encima de su hombro. Tecleó un mensaje que le decía a nuestro contacto que estábamos allí, esperándolo. Luego pulsó el botón de enviar y se quedó mirando la pantalla como si de ese modo pudiese hacer aparecer la respuesta. El brillo de la pantalla le iluminaba la mitad de la cara.

—¿Tienes pensado guardar silencio durante el resto del viaje?

El móvil emitió un pitido. Leyó el mensaje y cerró el teléfono antes de que yo tuviera oportunidad de ver lo que decía. Asintió. Me quedé esperando una respuesta, desesperado por que me hablase. Anhelaba que hiciese todas esas cosas que tanto me habían fastidiado durante las últimas semanas. En vez de eso, cogió aire y juntó las rodillas contra el pecho antes de rodeárselas con los brazos.

—Llegará al amanecer, así que nos toca esperar un rato.

—Dianna. —Bajé la cabeza y traté de que me mirase—. ¿Me puedes decir, por favor, por qué estás tan preocupada?

Sin decir nada, echó atrás la cabeza y alzó la vista, sin mirarme a los ojos. Yo miré también, para ver lo mismo que ella estaba viendo. La luz tenue de las estrellas iluminaba el cielo nocturno y una luna creciente abrazaba el horizonte. No era una visión tan hermosa como la de Rashearim, pero merecía la pena. Me eché hacia atrás y estudié su perfil. La fresca brisa nocturna le agitaba los mechones sueltos alrededor de la cara.

—Entonces ¿todo eso que se ve son otros dominios?

La pregunta me pilló desprevenido, pero no dudé en responderla.

—Sí, algunos. Otros son mundos antiguos, ya muertos, que estuvieron habitados mucho antes de que mi padre naciese.

Aún llevaba mi cazadora. Se arrebujó en ella con más fuerza.

—Entonces ¿hubo otros dioses antes que tú?

Sabía que evitaba hablar de lo que realmente la preocupaba, pero no quise presionarla. Me conformaba con que me volviese a hablar.

—Oh, sí. Muchos. La verdad es que de niño lo ignoraba. Debería haber prestado más atención, pero, por lo que recuerdo, hay unos grandes seres cuya existencia precede al universo. Son gigantescos e informes. Mi padre decía que allí es donde vas cuando mueres. Otro dominio que ni siquiera nosotros podemos alcanzar, más allá de las estrellas, más allá del tiempo… Un lugar de paz imperecedera.

Asintió y sus ojos exploraron la rutilante oscuridad.

—Te envidio.

—¿Qué? —La miré con el ceño fruncido.

Se encogió de hombros. La luz de la luna se le reflejaba en los ojos.

—Nunca veré ninguno de esos mundos. Este dominio es lo único que jamás conoceré. Pero me gustaría ver más.

—Tal vez algún día.

Se volvió hacia mí con una leve sonrisa apenas sugerida. No tenía lágrimas en los ojos, pero la tristeza le marcaba las bellas facciones.

—Ambos sabemos que, cuando esto acabe, si no estoy muerta, iré a la prisión divina que me tengas reservada. No tenemos que fingir.

No dije nada. Había estado pensando qué sería de ella cuando todo terminase y las opciones me pesaban en la conciencia.

—Necesito otra promesa. —Tragó saliva con dificultad, como si le costase formular las palabras.

—Pero si ya te he hecho muchas —bromeé para animarla. Quería aliviar el dolor que radiaba de ella.

—Si Kaden me echa el guante, cuida de Gabby, ¿de acuerdo?

Sus palabras me pillaron fuera de juego.

—¿Tu cambio de emociones repentino se debe a lo que dijo el hombre de la feria sobre Kaden?

—No lo conoces como yo. Llevo siglos con él. Todo lo que dice, lo dice en serio y lo intentará llevar a cabo. No amenaza en vano, Liam. Si dice que me tendrá de vuelta, aunque sea en pedazos, lo hará.

La forma de mirarme, de hablar… Era como si su destino ya estuviese sellado. Estaba segura de que Kaden la capturaría.

—No dejaré que te capture.

Sonrió sin humor.

—Sabía lo que hacía y cuáles eran los riesgos. Cuando maté a Alistair y volví con vosotros sabía el precio que tendría que pagar. En el momento en que decidí ayudaros, mi destino quedó sellado. Con Kaden, la libertad y la servidumbre iban de la mano y acepté sus términos de buena gana. Pagué la vida y la libertad de Gabby con sangre. Tú y yo sabemos que estoy cubierta de ella. —Dianna sacudió la cabeza y se miró las manos como si pudiese ver la sangre que las manchaba. La realidad de nuestra situación había alcanzado algún rincón profundo de su interior y había hecho desaparecer a mi diablilla juguetona—. Sé que no soy una buena persona. —Calló y dejó escapar una risa desganada—. Dios, ya ni siquiera soy una persona. Conozco mi destino y me lo merezco, pero Gabby es inocente. Siempre lo ha sido. De las dos, yo era la más fuerte, la que robaba para que pudiésemos comer, la que peleaba para que sobreviviéramos; pero ella me mantenía de una pieza. Su único fallo ha sido quererme. Incluso cuando ha visto lo peor de mí, nunca ha dejado de quererme.

Merece ser feliz. La he atado a esta vida demasiado tiempo. Así que prométemelo. Si las cosas salen mal y muero, prométeme que la mantendrás sana y salva. Por favor. Prométemelo.

Me miró y sus ojos estaban mortalmente serios, su vibrante luz extinguida. Me estaba rogando en silencio, desesperada, que mantuviese a su hermana a salvo. En ese momento decidí que aquella mujer jamás debería suplicar. Comprendía que se preocupase por su hermana, pero ¿quién se preocupaba por ella? En ese momento parecía tan inocente... No era la bestia feroz que arrojaba fuego a la que había conocido. Era solo una chica que había nacido en el caos. Kaden había arrinconado y la había despojado de todas las opciones hasta que la transformó en un arma. Se había convertido en lo que tuvo que ser para proteger a la única persona que aún veía lo bueno que había en ella.

Incapaz de soportar verla tan perdida en la oscuridad, la tomé de la mano como había hecho ella conmigo durante mis terrores nocturnos. Había sido reconfortante para mí y yo quería hacer lo mismo por ella.

—Te prometo que me aseguraré de que Gabby esté a salvo. También te prometo que Kaden jamás te pondrá la mano encima. Si lo intenta siquiera, te prometo que haré que lamente haber nacido.

—Ya estamos con el ego... —Sorbió por la nariz y sacudió la cabeza.

—¿Ego? —dije, con una risa de medio lado—. No, ya has visto en mis recuerdos que tanto monstruos como hombres me han suplicado por sus vidas.

—Oh, sí que he visto muchas veces que te suplicaban...

Esas palabras me produjeron la más extraña de las sensaciones. Me estalló en el diafragma y se derramó hacia fuera. Me reí de buena gana. Se apoderó de mí con tanta rapidez que el sonido me resultó un poco chocante. La miré. Su cara de sorpresa fue muy satisfactoria.

—Sabes demasiado de mí. Me temo que hasta la Mano te va a tener envidia.

Eso me granjeó una sonrisa auténtica. Dianna miró nuestras manos entrelazadas.

—Prometo que no diré nada. —Su pulgar acarició el dorso del mío—. Eres muy dulce cuando te pones en plan homicida.

—No sé qué significa eso.

Me miró un momento y me sonrió; luego apartó la mano de la mía.

Era verdad solo a medias. Sabía lo que quería decir, pero me gustaba verla cuando trataba de explicarme palabras y frases. Se movió y se recostó en el vehículo. Me dejé caer a su lado. Se ajustó la cazadora y vi que hundía la barbilla y aspiraba con fuerza el olor del resistente material. Luego sacó una tira de papel del bolsillo.

—¿Te las has guardado? —Fue una risita breve, pero me tranquilizó—. Creía que las habías dejado en el fotomatón. —Al mirar las fotos, se le iluminaron los ojos de alegría.

—Sí, me dijiste que las cogiera.

—Nunca sé si me estás escuchando.

—Siempre te escucho.

Hizo una mueca de incredulidad y luego señaló una de las imágenes.

—Esa es mi favorita —dijo. En esa, Dianna apuntaba con una mano mientras intentaba empujarme la cara hacia la cámara con la otra. Mi mirada de absoluta confusión había quedado inmortalizada para siempre—. El poderoso rey trabando amistad con su archinémesis, la ig'morruthen.

—No eres mi némesis —dije con sorna. Se volvió a mirarme—. Para eso deberías derrotarme en un combate.

Me dio una palmada juguetona en el brazo. Sus golpecitos apenas me afectaban, pero para ella parecían representar una extraña muestra de afecto.

—Vale, de acuerdo, no soy tu némesis. ¿Qué tal tu amiga?

—Sí —concedí—. Mi amiga.

La respuesta pareció complacerla. Miró de nuevo las fotografías y acarició la imagen.

—Esta me gusta porque me recuerda lo mucho que intento obligarte a escuchar —dijo con una risotada.

Decidí que también era mi favorita.

No recuerdo cuánto hablamos, pero en algún momento de aquellas risas y carcajadas decidí que destrozaría el mundo por ella. Cuando se volvió y me rodeó el pecho con los brazos, el mundo desapareció. Su cuerpo acurrucado contra el mío fue como un breve respiro. Un momento de paz..., hasta que lo destrozaron los sueños que amenazaban con hacer trizas mi alma.

XXX
LIAM

Las sábanas de seda se me enredaron en las piernas mientras reíamos y tonteábamos y nos revolcábamos entre ellas. Apoyé los antebrazos a ambos lados de su cabeza y me sostuve para no aplastarla. Se estaba riendo y tenía y el pelo pegado a la cara sonrojada. Le acaricié la curva de la mejilla y aparté las hebras de color caramelo. No lograba acordarme de su nombre.

Se incorporó y me besó una vez más; luego se dejó caer de nuevo sobre la cama. Las ropas y los cojines estaban esparcidos por toda la cámara, prueba del placer que habíamos disfrutado la noche anterior. La luz de la mañana se derramaba en la sala y los pájaros cantaban al pasar junto a la ventana abierta.

—¿Y si se entera Imogen?

—No estoy prometido a Imogen.

Se mordió el labio inferior y me pasó un dedo por la línea de la mandíbula.

—Pues habla de ti como si fueras suyo.

Mis palabras no fueron amables, solo sinceras. Las mismas que le había dicho a Imogen y a otras tantas que creyeron que meterse en mi cama les granjearía acceso a mi corazón o a mi corona.

—No la amo como ella me ama a mí. Ni puedo amarte a ti. Al acostarte conmigo no obtendrás una corona. Si eso es lo que buscas, no puedo dártelo. ¿Lo entiendes?

—Sí —dijo. Me pasó los brazos por el cuello—. Me conformaré con lo que me des. —Apretó las caderas contra las mías y su pierna se alzó unos centímetros más por mi costado.

—Ah, ¿sí? —Mi sonrisa se ensanchó. Me incliné y acerqué la boca a la suya. Un suave gemido se le escapó de los labios antes de que se los atrapase. Le acuné la mandíbula y un lado de la cara y le eché la cabeza hacia atrás con suavidad para tener mejor acceso mientras mi lengua jugaba con la suya.

Me aparté y me relamí los labios al tiempo que abría los ojos poco a poco. El corazón me dio un vuelco y después me martilleó el pecho con fuerza. Una belleza esbelta y de piel dorada con pelo espeso y oscuro que le caía en ondas alrededor de la cara y los hombros había sustituido a las curvas pálidas y exuberantes de la mujer que había debajo de mí. Me incorporé y me aparté a rastras, estupefacto.

—Dianna. —Susurré su nombre—. No quiero soñar contigo de esta manera.

—¿Estás seguro? —Se sentó y se me acerco. Las ondas oscuras del cabello se le derramaron por la espalda y dejaron al descubierto las hermosas curvas de su cuerpo y la suave redondez de sus pechos.

Algo se quebró en mi interior. Tenía la boca seca y el cuerpo me ardía de deseo.

Dianna me pasó la mano por el brazo.

—Quédate conmigo —me susurró con una voz seductora como un canto de sirena.

Me tragué el nudo que se me estaba formando en la garganta y alcé la mano para poner en su sitio un mechón rebelde que le caía sobre la frente. Le pasé un dedo por el entrecejo que tan a menudo me fruncía. El dedo descendió y trazó la curva de la mejilla; las mismas mejillas que se iluminaban cuando sonreía. Le acaricié la cara y le rodeé la barbilla con la mano mientras le frotaba los labios carnosos con el pulgar. Oh, cómo deseaba probar aquella boca hermosa y desafiante.

Me pregunté qué haría falta para que esos labios se entreabriesen, para hacerla gritar. Ansiaba saber si me mordería y me arañaría mientras me enterraba tan dentro de ella que jamás pensaría siquiera en permitir a otro que la tocase.

—Ya ocupas todos mis pensamientos conscientes. ¿Tienes que hacerlo también con los sueños?

Echó la cabeza para atrás y le pasé los dedos por la mandíbula. El pulso se le aceleró al acariciarle la delicada línea de la garganta. Me moví muy poco a poco, memoricé cada línea y cada curva de su rostro. Deslicé la mano hacia abajo, tracé el perfil de las clavículas y la hundí en el valle entre sus pechos. Se le escapó un gemido.

Quería tocarla así de verdad, aunque estuviese mal, aunque una parte de mi cerebro susurrase que estaba prohibido. Estábamos prohibidos.

Su cuerpo se enroscó bajo el mío y me atrajo hacia ella como si fuese una ola sobre el mar y yo estuviese dispuesto a ahogarme. Mis ojos se cruzaron con sus ojos color avellana y supe que aquel momento se quedaría grabado en mi memoria hasta que me convirtiese en polvo de estrellas. Me incliné hacia delante para…

Un calor húmedo sustituyó la calidez de su piel aterciopelada y me obligó a apartar los ojos de ella y mirarme la mano; me horrorizó verme la sangre en la palma.

«No».

Tosió y alzó la cabeza; los ojos estaban llenos de lágrimas y un hilo de sangre le goteaba por la comisura de la boca.

—Me lo prometiste —dijo, pero las palabras sonaron confusas.

«¡No!».

La atraje hacia mí y le acuné la cabeza mientras tosía. Apreté la mano contra el agujero del pecho para intentar detener la hemorragia, pero no sirvió de nada. Su cuerpo se quebró y se dobló y por fin se deshizo en cenizas.

Cerré los ojos con fuerza. Mi poder interior amenazaba con entrar en ignición. El anillo oscuro que llevaba en el dedo vibró. Olvido reaccionaba a mi rabia y mi pesar, ansioso de que lo invocase. Un dolor puro y cegador me consumía, una agonía punzante que me impulsaba a destruir todo aquello que alguna vez le había hecho daño a ella. La espada oscura ansiaba hacer realidad mis deseos, y con ella podría reducir a átomos a cualquier ser vivo.

Abrí los ojos de repente y me quedé inmóvil al comprender que ya no estaba en mi cuarto. Levanté la vista y estudié los alrededores. El escenario había cambiado por completo y yo con él. Abrí los brazos y me miré. Estaba enfundado en una armadura de plata. Las manos estaban limpias, no había ni rastro de Dianna, y su pérdida hacía que me doliese el pecho. Me giré poco a poco, con los brazos aún extendidos, para mirar a mi alrededor.

Estaba en el inmenso vestíbulo de la Cámara de Raeul, el centro de comercio y reuniones de Rashearim. Las risas y las voces llenaban el espacio cavernoso, arrastradas por la brisa que sacudía los estandartes color crema sujetos a las altísimas columnas. Avancé por el corredor principal, junto a las estatuas de los dioses en varias poses guerreras, y seguí el ruido de los festejos.

Me detuve frente a la gran entrada tallada de la sala de reuniones. Varias personas, hombres y mujeres, estaban sentadas alrededor de una mesa grande y sólida. Vestían la misma armadura que yo, pero las suyas estaban sucias, cubiertas de polvo y todo tipo de restos.

Los conocía a todos. Éramos nosotros, la Mano y yo. Logan, Vincent, Neverra, Cameron, Zekiel, Xavier e Imogen. No lograba recordar qué batalla estábamos rememorando, solo me acordaba del momento. Eran tiempos más felices.

—¡Samkiel, si te vuelves más rápido en la batalla ya no nos necesitarás! —gritó Logan. Se reclinó, con el yelmo en el regazo.

—Eso es inexacto. ¡Puede que tenga la velocidad y que sea hábil, pero le falta el cerebro! —gritó Cameron. Alzó la copa y todos rieron.

—Sigue con eso y me aseguraré de que todo el mundo vea el cerebro que no tienes —sonó mi voz desde el otro extremo de la mesa. El tono era sereno y relajado, pero rebosaba un exceso de confianza. Odiaba esa versión de mí mismo. No recordaba quién era yo entonces, y desde luego ya no me sentía él. Lo único que me traían esos recuerdos era dolor. Me concentré y traté de despertarme, pero la escena se desarrolló de todos modos ante mis ojos.

—¿Cuántos ig'morruthens fueron hoy? ¿Diez? ¿Doce? —preguntó Xavier mientras le robaba comida a Cameron.

—No los suficientes —me oí responder—. Su número crece, pero los dioses ni se inmutan.

Vincent bebió un largo trago y carraspeó.

—Cuantos menos haya en este dominio, más seguros estaremos.

El Samkiel de mis recuerdos asintió y se frotó la barbilla.

—Estoy de acuerdo. Son bestias salvajes y destructivas. No tienen otro propósito que ser armas de guerra. Cuanto antes liberemos el dominio de ellos, mejor.

Los otros alzaron las bebidas y lanzaron vítores al unísono; después siguieron riendo y hablando de cualquier tontería.

—Caray. Qué bruto.

Dianna apareció en el borde de mi campo visual. No me moví. Nos quedamos uno junto al otro, viendo cómo se desarrollaba la escena.

—Eran tiempos muy diferentes. Yo era muy diferente. Arrogante. —Respiré hondo—. Creía que matar era la única forma de proteger mi hogar.

Ladeó la cabeza hacia mí. Tenía las manos pegadas a la espalda.

—Oye, no tienes que justificarte ante mí.

—¿Todo eso es parte de nuestro acuerdo? ¿Los ensueños de sangre que mencionaste? ¿Por eso sueño ahora contigo?

Se mordió el labio inferior y una sonrisa lenta y seductora se le extendió por las facciones.

—¿Te gustaría que fuera por eso? Disculparía todas las cosas desagradables que piensas de mí, ¿no?

Se me tensó la mandíbula y aparté la mirada.

—Es decir, ¿cómo podrías estar jamás con un monstruo?

—No eres un monstruo —repliqué, lo que la hizo reír.

—No te preocupes, tu secreto está a salvo conmigo. Además, no estoy aquí de verdad. Solo soy tu subconsciente, que trata de decirte algo.

Entrecerré los ojos.

—Dime de qué se trata —exigí.

Dianna se adelantó para reducir la distancia que nos separaba. Aguanté la respiración. Levantó la mano y me acarició la mejilla con suavidad. Me negué a moverme cuando el contacto amable se volvió doloroso; me clavó las uñas en la mejilla y tiró para acercar mi cara a la suya. Esos ojos que antes eran de un encantador color avellana ardían con un fuego carmesí. Se acercó tanto que sentí el aliento caliente sobre los labios.

—Así es como acaba el mundo. —La voz era un zumbido sibilante.

Me apretó la mandíbula con más fuerza y yo le aferré la muñeca. Era tan fuerte que me hizo volver la cabeza y mirar a otro lado. Tropecé y, cuando recuperé el equilibrio, la escena se había transformado de nuevo.

Me pasé la mano por la mejilla en la que me había clavado las garras. No había sangre ni arañazos que me desfigurasen la cara. Tragué saliva y miré alrededor para tratar de averiguar dónde estaba. Había un balcón cerca, pero no lo reconocí. Por las puertas abiertas vi unas pirámides que se alzaban distancia lo lejos. En torno a ellas se erigían varios edificios más pequeños construidos con la misma piedra. La luna brillaba muy alta en el cielo y proyectaba una luz plateada que se reflejaba en la armadura que aún llevaba puesta. Era un lugar magnífico, pero no era mi hogar.

Me di la vuelta al oír muchos pasos marchando al unísono. De las paredes colgaban antorchas; las pequeñas llamas apenas arrojaban luz. Miré hacia las sombras que se extendían más allá, y de ellas surgieron guerreros vestidos de plata como si la oscuridad los hubiese invocado. Portaban al costado gruesos escudos ovalados y empuñaban armas ardientes. No les quité la vista de encima mientras avanzaban como un solo hombre haciendo resonar las botas sobre el suelo de piedra. Era mi ejército.

Choqué de espaldas con la barandilla del balcón y el viento me azotó. Los soldados se detuvieron y se colocaron los escudos frente a ellos. Luego, todos a una, señalaron algo que había detrás de mí.

Volví la cabeza y vi un resplandor anaranjado que iluminaba el cielo. Me volví muy despacio y contemplé horrorizado cómo el paisaje antaño radiante y hermoso quedaba reducido a cenizas y escombros. Los relámpagos carmesíes se sucedieron sin solución de continuidad y los truenos sacudieron la tierra. Mientras los destellos cruzaban el cielo, entre las nubes apareció una silueta monstruosa. Su bramido reverberó en el aire cuajado de humo y ceniza. Era un sonido tan aterrador que una parte de mí, la más primitiva e irracional, quiso huir. Las alas gruesas y poderosas batieron en el cielo; el resto del cuerpo del ig'morruthen estaba oculto por las nubes que se arremolinaban. La bestia rugió de nuevo y lanzó una ensordecedora ráfaga de llamas sobre la tierra ya devastada.

Conocía aquella escena… Pero no sucedía en Rashearim. No, aquello era Onuna. ¿Qué intentaba decirme mi subconsciente? ¿Trataba de avisarme de la destrucción total y absoluta de otro mundo? Retrocedí dando tumbos y dejé escapar un grito de dolor y negación.

Choqué con alguien y al volverme vi que era Dianna. Tenía los ojos completamente en blanco, pero lo que me revolvió el estómago fue el hematoma de la garganta. Parecía como si alguien le hubiese roto el cuello con un tirón tan violento que casi le había arrancado la espina dorsal del cuerpo.

—¡Dianna!

Se me escapó un sollozo y quise abrazarla, pero me paré al ver moverse las sombras. Miré por encima de ella y vi que había un trono a lo lejos. La silueta que lo ocupaba no tenía rostro; solo su figura me permitió ver que era masculina. Apoyó un codo en el brazo del trono y descansó la barbilla sobre el puño. Vestía una armadura de obsidiana pura, de cuyos hombros y rodillas sobresalían púas similares a las de su corona.

Kaden.

Un gruñido atronador resonó detrás de él, y lo que yo creía que era parte del trono se movió. La punta de una cola gruesa y llena de púas azotó el aire y desapareció de la vista. Un cuerpo grande y voluminoso brotó de la oscuridad; los ojos rojos eran dos rendijas que me miraban con gesto despectivo. Era la misma bestia alada en la que se había transformado Dianna, pero más grande.

—Mira lo que has hecho —dijo Dianna. Volví la atención hacia ella. La voz le salía distorsionada del cuello roto—. Mira. Has traído aquí la destrucción.

—No. No lo he hecho. —Agité la cabeza de lado a lado.

Señaló detrás de mí y habló de nuevo con un susurro ronco.

—Eso eres tú. Destrucción.

—No.

—Ahora lo ves, Samkiel. Así es como acaba el mundo.

De detrás del trono surgió más gente, arrastrándose. Había muchos, cientos, y llenaban el templo. Todos ellos sangraban y estaban cubiertos de suciedad. A algunos les faltaban miembros, a otros las cabezas, otros eran simples esqueletos. Alzaban cualquier miembro que pudiesen y señalaban el caos que había a mis espaldas.

Empezaron a salmodiar unas palabras y me llevé las manos a los oídos para bloquear el cántico, para tratar de detenerlo. El sonido era ensordecedor y lo peor era que las palabras parecían resonar en mi cabeza con mayor intensidad a cada paso que daban.

—No, yo puedo detener esto. ¡Decidme cómo hacerlo! —grité para hacerme oír sobre las voces cada vez más fuertes.

Seguían avanzando de forma inexorable, me empujaban hacia el borde y repetían las mismas palabras una y otra vez.

«Así es como acaba el mundo».

«Así es como acaba el mundo».

«Así es como acaba el mundo».

XXXI
DIANNA

—**L**iam. —Lo sacudí del brazo otra vez a ver si conseguía despertarlo. No dejaba de murmurar como si hablase con alguien y tenía el rostro retorcido de dolor. Se había pasado toda la noche dando vueltas, por lo que yo no había podido pegar ojo—. ¡Liam! —grité.

Lo giré hacia mí y le di unos golpecitos en la cara para sacarlo del bucle en el que parecía estar atascado. Sacudía la cabeza y estaba cubierto de sudor; las lágrimas le corrían por las mejillas. No soportaba verlo tan afligido.

—Liam, por el amor de los dioses, ¡despierta, idiota! —le grité, y lo sacudí algo más fuerte.

Abrió los ojos de repente; sus iris eran plata resplandeciente. Meditaba sobre la mejor manera de dejarlo inconsciente otra vez para que no nos destruyera al coche y a mí cuando el sonido de su voz me sobresaltó.

—Como acaba el mundo. —Las palabras eran apenas un susurro.

Los ojos de Liam se enfocaron en mí y volvieron a la normalidad. En sus profundidades asomó un destello de reconocimiento.

—¿Dianna? —Me apartó un poco más fuerte de lo que creo que pretendía y me lanzó de culo al suelo—. ¿Qué haces?

Me senté, en la medida que era posible en aquel espacio angosto.

—Primero, ¡ay, imbécil! Segundo, intentaba despertarte. Volvías a tener pesadillas.

Se giró todo lo que pudo y trató de estirarse. Se dio un golpe en la cabeza y dejó escapar un gruñido.

—¿Cómo hemos llegado aquí? —preguntó al tiempo que se frotaba la cabeza. Escudriñó el interior, todavía con cara de sueño.

—Sí, estoy bien, gracias por preguntar. —Le lancé una mirada de pocos amigos—. Te quedaste dormido antes que yo y no quería que nos cayésemos del techo del coche, así que nos trasladé a ambos. El asiento trasero es lo bastante amplio como para dormir cómodos…, excepto que no he podido pegar ojo porque te has pasado la noche sacudiéndote y dando vueltas.

Miró por la ventana, en dirección al horizonte y el sol naciente.

—¿Dónde está tu siguiente informador?

Algo no encajaba.

—¿Qué te pasa?

—Nada. —Ni siquiera me miró.

—A ver, no debería tardar. Podemos ir a esperarlo. —Señalé con la mano uno de los hangares desocupados.

Liam no dijo nada. Abrió la puerta trasera sin tocarla y salió del coche. Lo seguí al exterior del coche y hacia el amanecer.

—Liam, has tenido otra pesadilla. ¿Es eso lo que te preocupa? ¿Quieres que hablemos de ello?

—No. —No me miró y no se dio la vuelta.

Vale, de vuelta a las andadas.

Unas horas después, el reactor en el que habíamos viajado tocó tierra en Zarall. Liam no me había dirigido la palabra en todo el vuelo y no sabía por qué. Era como si estuviese enfadado por mi culpa, pero yo no había hecho nada. Tal vez había hablado de más la noche anterior. Enterarme de lo desesperado que estaba Kaden por atraparme, y más con la certeza de que lo intentaría por cualquier medio disponible, me había puesto muy nerviosa. Sabía de lo que Kaden era capaz y que siempre hablaba en serio. Quizá había presionado demasiado a Liam, le había pedido demasiado, y este había decidido que no merecía la pena.

Estaba muy confusa. Nos lo habíamos pasado muy bien y habíamos hablado. Liam incluso se había reído. Creía que éramos amigos y aquella frialdad tan repentina me dolía. Me pregunté si habría hecho algo mal y luego me sentí estúpida por preocuparme tanto.

«Puñetero y estúpido corazón humano».

—Os bajáis aquí —nos dijo el piloto desde la cabina.

Liam por fin apartó la vista de la ventana y me miró. Me desabroché el cinturón de seguridad y me puse de pie, muy molesta por su repentino cambio de humor.

El piloto me detuvo junto a la escotilla.

—Recuerda que hemos hecho un trato.

Tenía manchas de café en la camisa, y el pelo revuelto. Su aspecto desaliñado hacía juego con el del avión, así que me di por contenta con haber llegado de una pieza.

Abrí la escotilla con un tirón fuerte de la palanca.

—Sí, sí. Me aseguraré de que te paguen muy bien.

Masculló algo mientras yo bajaba por los escalones oxidados. Oí a mis espaldas los pasos de Liam en el asfalto de la pista. El sol brillaba con intensidad contra el telón de fondo blanco y azul del aeropuerto abandonado. Comprendí que el piloto nos había dejado tan lejos de la terminal como había podido. No había coches ni nadie a la vista. Tendríamos que buscar por nuestra cuenta la manera de llegar a las instalaciones de Drake.

Entreví de reojo a Liam, que miraba a todas partes menos a mí.

—Recuerda que son mis amigos y buena gente, así que, por favor, no te vengas arriba con la espada.

Se le tensó un músculo de la mandíbula.

—Ya lo he prometido.

Sonreí y extendí las manos.

—Es cierto, lo has hecho. De acuerdo, ahora cojámonos de las manos.

Me las miró, luego a mí, y frunció el ceño. Sabía que estaba a punto de protestar.

—Yo no...

Le agarré las manos antes de que terminara la frase. La niebla negra bailó en torno a mis pies y, entre una inspiración y la siguiente, desaparecimos del aeropuerto.

Liam levantó otra rama grande y me agaché para pasar por debajo.

—No quiero oír ni una palabra.

—Mi única sugerencia es que, si vas a teleportarte, la próxima vez tengamos una idea más precisa de la ubicación.

Giré y se me enganchó el pie en una raíz.

—He dicho que no quiero oír ni una palabra.

No le faltaba razón. Debí haber prestado más atención cuando Drake me explicó con todo detalle dónde estaría una vez nuestra treta se hubiera saldado con un éxito. Pero habían pasado casi tres meses y lo tenía todo un poco borroso.

—Ilumíname, por favor. ¿Qué tienen de especial esos supuestos amigos tuyos para que hagamos senderismo selva a través para encontrarnos con ellos?

—Ah, vaya, ahora sí que quieres hablar. ¿Seguro que no prefieres pasarte el resto del viaje enfurruñado?

Frenó en seco.

—Yo no me enfurruño.

Puse los ojos en blanco y me incliné para apartar una liana que se me había enrollado en el tobillo.

—Claro. ¿Y cómo llamas a lo que has hecho en las últimas horas?

—Estaba... pensando. —Apartó la vista.

Volví a poner los ojos en blanco y seguí caminando, pero me aseguré de levantar más los pies.

—Da igual. Mira, si quieres puedo intentar acercarnos más.

—No. Ya lo has intentado y nos llevaste más lejos. Seguiremos a pie.

Suspiré muy fuerte; quería que supiese lo mucho que me irritaba. Liam tenía la espada ardiente en la mano y la usaba para cortar el follaje más espeso según avanzábamos. El silencio empezaba a sacarme de quicio, de modo que hice lo que mejor se me daba: hablar.

—Drake es mi mejor amigo. —Liam se paró en mitad de un tajo de espada como si mi voz lo hubiese sobresaltado. Asintió y reanudó la tarea de cortar el espeso follaje mientras yo seguía hablando—. Su título es «príncipe vampiro», pero casi nunca actúa como tal. Ethan es su hermano, el rey. Por resumir, su familia se hizo con el poder y ahora gobiernan a todos los vampiros de Onuna. Dicho así, parece mucho, pero en realidad son muy poquitos, si tenemos en cuenta la población total.

Liam abrió un camino frente a nosotros. Varias ramas cayeron al suelo.

—¿Y cómo llega uno a reunir tanto poder?

—La familia. Kaden los reclutó mucho antes de que yo apareciese. Ethan no era rey entonces, pero con la ayuda de Kaden se hizo con el poder. Hay algunas familias de vampiros que desearían que no fuese el rey, pero supongo que eso pasa siempre que alguien asume el control. Seguro que lo entiendes. —Me apoyé en un tronco bastante grande y maniobré para pasar por encima. Liam lo cogió y lo arrojó a un lado como si fuese una ramita molesta. «Fanfarrón».

Se encogió de hombros y pensé que seguiría en silencio y volvería a pasar de mí; por eso me sorprendió que respondiese.

—Hasta cierto punto, sí. —Le miré las anchas espaldas—. A nadie le entusiasmaba la idea de que me convirtiese en rey, ni siquiera a mí mismo. No es solo un título; las responsabilidades que lo acompañan pueden ser una pesada carga. Hay gente que depende de cada palabra que digas y que observa cada uno de tus movimientos… —Guardó silencio, como arrastrado por alguna parte del recuerdo que yo no podía alcanzar—. Puede llegar a ser sobrecogedor y no se lo deseo a nadie.

Eso despertó mi interés.

—Entonces, si tuvieses la oportunidad, digamos, como hipótesis, ¿renunciarías?

Dirigió los ojos a los míos y algo brilló en aquellas profundidades tormentosas.

—¿A ser rey?

Asentí.

—Al instante. Sí. Si con eso pudiera ser quien quisiera y hacer lo que quisiera, renunciaría. —La culpa asomó a sus rasgos, solo por un instante, y sacudió la cabeza. Se puso en marcha otra vez. Dijo lo siguiente en voz tan baja que apenas lo pude oír—. Pero no puedo.

Dejé que se pusiera en cabeza y lo seguí.

—Es la primera vez que se lo digo a nadie. —Me miró de soslayo—. Por favor, no lo repitas.

Levanté la mano.

—Promesa de meñique.

Ni siquiera trató de sonreír. Su gesto me recordó al Liam con quien había empezado el viaje y no al que había hablado conmigo hasta que nos quedamos dormidos.

—Ya está bien de promesas de esas.

—Vale —dije. Bajé la mano.

Liam se dio la vuelta y se alejó de mí. Otra vez el silencio. Me dolía. Pasar tiempo con él era una lata durante la mayor parte del tiempo, pero otras veces era divertido. Y diversión era algo que no había tenido en mucho tiempo y que no había sido consciente de echar en falta. Su manera de distanciarse me hacía sentirme perdida.

—¿Estás segura, al menos, de que es el sitio correcto?

Sacudí la cabeza para despejar los pensamientos.

—Sí, lo prometo. Me dijo dónde estaría, pero me olvidé de lo de la selva. —Me volví para echar un vistazo; el sudor me corría por la cara—. Detecto sus esencias, pero cada vez que creo que estamos cerca solo hay selva y más selva. Es casi como si…

Alguien me embistió desde un lado y mi parlamento quedó interrumpido por un quejido de sorpresa. Me lanzó al aire y me volvió a coger. Me quedé sin aliento. Me hizo dar una vuelta completa y unos brazos musculosos me cogieron con fuerza por la cintura. Por fin Drake me depositó en el suelo y me llenó la cara de besos.

—¡Pero cómo te he echado de menos!

Le sonreí a mi amigo con alegría. Las lágrimas se me agolparon en los ojos. Le di un fuerte abrazo. La última imagen que tenía de él era la de su rostro convertido en cenizas mientras decía: «Mejor morir por lo que crees que es correcto que vivir en una mentira».

Algo arrancó de mi lado el calor de su cuerpo. Se me dilataron las pupilas de la sorpresa. Liam había levantado a Drake por el cuello, lo tenía con los pies colgando en el aire, con la espada a la altura de sus ojos.

—¡Liam! —grité. Corrí hasta él y le sujeté el brazo—. ¡Déjalo en el suelo!

Una mirada que no había visto excepto en los ensueños de sangre asomaba al rostro de Liam. Se me paró el corazón. Era idéntico al Destructor de Mundos que proclamaban las historias. ¿Le dedicaba esa misma mirada a todos los que caían bajo su espada?

—Te ha atacado.

Tiré del brazo de Liam. Drake no se resistía, solo se agarraba a la muñeca de Liam y observaba la espada. Pasé bajo el brazo de Liam y me interpuse entre ambos.

—No, no es cierto. Solo está contento de verme. Por favor, bájalo.

La mirada penetrante de Liam se concentró en mí. El ribete de plata de sus iris me dejó hipnotizada. Le toqué el pecho con suavidad y por un instante su expresión se moderó. Bajó a Drake sin quitarme ojo, apretó el puño y la espada desapareció. Liam retrocedió con cautela para poner distancia entre nosotros. Me lamí los labios y aparté la vista, sorprendida de que el bosque hubiese desaparecido.

Drake se frotó la garganta e hizo un ademán a los guardias que nos rodeaban para ordenarles en silencio que se retirasen. Los perros que los acompañaban gruñeron y lanzaron mordiscos al aire. Los encargados de controlarlos tenían que hacer verdaderos esfuerzos. Era evidente que no les gustaba mi olor, ni tampoco el de Liam.

Drake silbó y les ordenó que regresaran a sus puestos. Los hombres asintieron y retrocedieron. Giré sobre mí misma para observar lo que nos rodeaba. No había estado antes allí, y por una buena razón: queríamos asegurarnos de que Kaden no pudiese encontrar su escondite aunque me destrozara la mente.

El camino asfaltado se bifurcaba para rodear una gran fuente. Todo era muy hermoso, pero lo que me llamó la atención fue el inmenso castillo. Sí, un castillo porque ¿cómo iba a vivir una familia de vampiros en una casa normal? Puse los brazos en jarras y retrocedí un poco para poder contemplar las vistas.

Era un edificio imponente, conformado por grandes muros de piedra gris oscura sobre los que se elevaban varios torreones; en la fachada había hileras de ventanas ovales. Se oía el rumor del agua a lo lejos y, a juzgar por el olor a rosas y a jazmines, había un jardín en algún punto a nuestra izquierda.

—Una vieja herencia familiar —me susurró Drake al oído.

Me volví hacia él y le di una palmada en el pecho.

—No soporto que hagas eso.

—Hummm. Creía que te gustaba que te susurrase palabras dulces al oído… —dijo con una sonrisa rapaz. Hablaba con un gruñido gutural, pero no dejaba de mirar a mis espaldas. Tenía a Liam detrás de mí y comprendí que Drake trataba de provocarlo. La pregunta era ¿por qué? ¿Y por qué creía que coquetear conmigo conseguiría ese efecto?

Le lancé una mirada reprobadora y la acompañé de una peineta. Me respondió con una sonrisa de oreja a oreja y enseguida se volvió y señaló con la cabeza los amplios escalones de piedra que había a nuestra derecha.

—Sentimos vuestro poder en cuanto aterrizasteis. Como te había dado instrucciones acerca de cómo llegar, creí que nos encontraríais antes; en todo caso, me alegro de que estéis aquí. Ahora, si me seguís, mi hermano nos espera.

—¿Nos espera? —pregunté.

—Sí. Es hora de cenar y tenemos muchas cosas que discutir.

Drake me dedicó una sonrisa deslumbrante y provocativa y se dirigió a la escalera. Lo seguí con un suspiro y Liam se situó a mi lado.

—¿Ese es tu amigo? —preguntó.

—Sí, un amigo de verdad que no se enfada ni deja de hablarme cuando tiene en mente algo que le molesta. —Sabía que mis palabras rezumaban ira, pero aún estaba molesta con él.

El rostro de Liam recuperó la mirada estoica que le había visto muchas veces. No dijo nada.

Llegamos a lo alto de la escalinata justo cuando Drake estaba empujando y abriendo la doble puerta de madera. Nada más cruzar el umbral, el olor de comida me asaltó y me sonaron las tripas.

—¿Tienes hambre, Dianna? —preguntó Drake mientras me miraba de soslayo.

—Sí, mucha.

Se rio, pero estaba tan boquiabierta que casi ni lo oí. El interior del castillo era mucho más impresionante que el exterior. Junto a la puerta había unos cuantos guardias en posición de firmes, con armas a los costados. No nos miraron, ni reaccionaron a nuestra presencia cuando entramos en el vestíbulo. Oía latidos por todo el castillo; debía de tratarse del personal humano y los invitados. La presencia de varias docenas de vampiros me provocó un escalofrío gélido y me puso el vello de punta.

—Este sitio es enorme —murmuré.

Giré sobre mí misma para verlo bien todo. Del techo, que se elevaba hasta una altura increíble, colgaba una lámpara de araña tan grande como un coche. A los laterales de la entrada se abrían dos grandes pasillos decorados con pinturas antiguas y modernas. Frente a nosotros había una gran escalinata cuyos escalones de piedra pulida estaban cubiertos por una alfombra roja.

—No te creas —dijo Liam—. Comparado con los salones de Rashearim, esto es como una cabaña.

—El tamaño no lo es todo —respondió Drake de inmediato, con los ojos puestos en Liam.

Le lancé una mirada de aviso, para pedirle que no provocase más a Liam. Ya estaba de mal humor y esa noche no me apetecía lidiar con ello. Drake se encogió de hombros mientras Liam no dejaba de mirarnos.

—Ethan ha ordenado que os preparen alojamiento. —Miró de reojo a Liam y luego me dedicó una sonrisa demoledora—. Puedo mostraros las habitaciones, si queréis refrescaros y cambiaros. Tenéis una pinta y un olor terribles.

—Me encantaría, gracias.

—Las damas primero. —Sonrió y me ofreció el brazo, que acepté. Drake miró a Liam—. Enseguida le digo a alguien que te lleve a la tuya.

Habría jurado que oí gruñir a Liam cuando subíamos las escaleras, pero lo achaqué al cansancio.

Drake se había asegurado de que tuviese todo lo que necesitaba. Agradecí, y usé, los productos de depilación. El vello de las piernas y del pubis se había descontrolado un poco. Había un montón de jabones, esponjas y cremas exfoliantes. No me había dado cuenta de lo mucho que echaba de menos el jabón. ¿Me estaba dejando malcriar? Casi seguro. ¿Me iba a quejar? Ni en broma.

Llené la gran bañera con demasiada espuma; después de pasarme un buen rato en remojo y frotarme bien, por fin volví a sentirme yo misma. Salí y me envolví en una mullida toalla. Luego limpié el vaho del espejo para mirarme. El cabello, aunque limpio, era una maraña. Me pasé un rato desenredando los nudos de los mechones húmedos. Me preguntaba si la habitación de Liam sería tan agradable como la mía.

Corté de raíz ese pensamiento. Había vuelto a ser seco y despectivo, así que, por mí, como si lo metían en la mazmorra.

Cerré los ojos un instante e invoqué mi fuego interior cerca de la piel para secar el pelo un poco más deprisa. Enseguida me empecé a sentir algo mareada y me detuve. El inconveniente de consumir comida humana, en vez de humanos, era que el alimento me sustentaba, pero no me daba el nivel de poder que obtenía comiendo gente. La ventaja era que no me sentía como un monstruo dentro de mentes ajenas.

Salí del baño descalza y en silencio sobre las frescas baldosas. Las luces se apagaron solas. La habitación que me habían asignado era inmensa, incluso para un castillo tan grande. Los dedos de los pies se me curvaron sobre la gruesa alfombra. Era muy suave, desde luego mucho mejor que las de los hoteles baratos en los que habíamos pernoctado. Las paredes estaban pintadas de gris oscuro. Varios cojines a juego decoraban un sofá modular encarado hacia un televisor de pantalla plana. Había una mesita de café cubierta de revistas y las flores de un jarrón redondo y anaranjado daban un toque de color. Olían como recién cortadas del jardín. Al pasar junto a ellas rocé el borde de los capullos con la punta de los dedos.

Al fondo de la sala había una cama en la que cabrían cinco adultos. El agotamiento se apoderó de mí; las suaves sábanas blancas me llamaron. Me sentí tentada de dejarme caer y dormir varios días. Sacudí la cabeza para despejar el torpor provocado por la falta de comida y me dirigí a mi parte favorita de la habitación. El vestidor me había dejado sin aliento en cuanto le puse los ojos encima. Contra la pared se alineaban más zapatos de los que era capaz de imaginar, y la variedad de colores era asombrosa. De las perchas colgaban filas y filas de vestidos, camisas y pantalones.

El placer que sentía se apagó un poco al recordar que no era una visita de cortesía y que no me podría quedar allí. Había trabajo que hacer, información que reunir, un libro que encontrar y luego, lo más probable, una cárcel divina que ocupar.

Alguien llamó a la puerta y me sobresalté. Volví la cabeza y los mechones húmedos me golpearon la espalda. Apreté los dedos sobre la toalla para envolverme mejor en ella. Respiré hondo para calmarme.

—Adelante —dije.

La cabeza de Drake asomó al momento. Sentí una punzada de decepción. Lo notó y su sonrisa se ensanchó aún más.

—¿Esperabas a alguien?

—No. —Negué con la cabeza.

Entró y cerró la puerta tras él.

—Dianna, estás resplandeciente. ¿Te han gustado los jabones? La mitad de esas cosas las hemos traído de Naaririel.

—Sí, muchas gracias. Siempre cuidas muy bien de mí. —Le sonreí, aliviada de no tener que estar en guardia con él. Había sido una constante en mi vida; su amistad era firme y sincera. Siempre me había apoyado.

Drake iba mejor vestido de lo que me esperaba para una cena. El traje de buen corte le daba una apariencia increíble y realzaba su belleza masculina. Era un hombre muy guapo, pero no me atraía... No como cierto dios molesto y maleducado.

—¿Tu vestido de esta noche será una toalla? —me preguntó Drake con una sonrisa.

Puse los ojos en blanco y me la ajusté más.

—No, y, a juzgar por lo que llevas tú, sospecho que me tendré que poner las mejores galas.

Pasó a mi lado y entró en el vestidor.

—Si quieres ir solo con la toalla, por mí encantado. Y sospecho que tu novio pensará lo mismo —dijo con una mueca burlona al tiempo que rebuscaba entre las ropas.

Se me paró el corazón.

—Liam no es mi novio.

—¿Seguro? —Me lanzó una mirada—. Porque a mí me parece muy protector...

—Para, por favor —dije, con la mano en alto—. Liam no es mi novio y nunca lo será. Lo estoy ayudando y nada más. Recuerda lo que dijiste: «Mejor morir por lo que crees que es correcto que vivir en una mentira».

Hizo un gesto de exasperación.

—No me digas que te aliaste con el Destructor de Mundos siguiendo mi consejo. Quiero verte libre de Kaden, Dianna, no encadenada a otro hombre poderoso al que tampoco le importas.

Resoplé para apartarme un mechón de los ojos.

—Ahora hablas como Gabby. Confía en mí, no estoy encadenada a nadie. Lo que él quiere es estar tan lejos de mí como le sea posible. —Lo había demostrado en las últimas horas—. Además, hemos hecho un pacto.

—Ah, un pacto. ¿Qué clase de pacto?

Me encogí de hombros y me ceñí más la toalla.

—Un pacto de sangre.

Drake se volvió hacia mí tan rápido que casi arranca un vestido de la percha, con una sombra de preocupación en la mirada.

—¿Un pacto de sangre, Dianna? ¿Con él?

Entré de una zancada en el vestidor y le tapé la boca. No quería que se enterase hasta el último vampiro de la mansión.

—Chis. No es tan grave. A ver, tú y yo hicimos uno por unas patatas fritas.

Me agarró la muñeca con suavidad y apartó la mano de la boca.

—Solo fue por unas horas porque te rendiste enseguida. ¿Cuáles son las condiciones de ese pacto? Ningún dios compartiría o derramaría su sangre voluntariamente.

Tragué saliva. No quería decirle que Liam lo había hecho por mí más de una vez.

—Eso es irrelevante. Estamos aquí —le contesté, brusca.

Soltó la muñeca y me cogió la mano con la suya.

—Me preocupo por ti, Dianna. Sobre todo, si ya estáis follando.

—La cosa no va así —respondí y aparté la mano, ruborizada ante la simple idea—. Liam no es como Kaden. No nos acostamos juntos, ni tenemos ninguna intimidad. —Lo segundo hizo que me subiese la bilis por la garganta, porque en mi corazón sentía que sí éramos íntimos. Mi conexión con él era más estrecha que con cualquier hombre con quien me hubiese acostado.

—¿De verdad? —preguntó Drake, con un vestido en la mano—. Entonces ¿por qué cada uno de vosotros apesta al otro? Vuestros olores están tan mezclados que son imposibles de diferenciar.

Me acerqué a él y le arrebaté el vestido.

—Si no me crees, allá tú. Todos me habéis animado a que le eche valor y deje a Kaden y, en el momento en que lo hago, cuando por fin he encontrado la manera, no dejáis de darme la tabarra.

Se puso en jarras.

—Solo os he visto juntos un par de minutos, pero veo cómo os miráis el uno al otro. Puedes mentirte a ti misma y mentirle a él, Dianna, pero no cometas los mismos errores. Te mereces algo mejor. Puede que no sea como Kaden, pero es igual de poderoso. No quiero verte sufrir más. Quiero que tengas la libertad de tomar tus propias decisiones y escoger qué quieres hacer con tu vida.

—No la tengo. Ambos sabemos que, en el instante en el que le entregué mi vida a Kaden, mi libertad y mi derecho a escoger desaparecieron para siempre. Lo único que puedo hacer es darle una vida mejor a mi hermana, a todos vosotros. Nada de gobernantes, ni de tiranos. ¿No es así como describiste a Kaden? Liam puede matarlo. Solo intento cumplir con mi parte lo mejor que puedo, ¿entiendes?

Aquellas palabras liberaron emociones que había mantenido enterradas con todo cuidado y de repente me sentí abrumada. Se me nubló la visión y los ojos se llenaron de lágrimas.

Drake estaba frente a mí antes de que cayese la primera. La mano descansaba en mi mentón y con el pulgar me acariciaba la mejilla.

—Lo sé, y te prometo que no intento ser desagradable. Solo…

Las palabras terminaron en un abrupto siseo, por un motivo evidente. El calor sofocante del poder de Liam se manifestó en el vestidor. La tristeza, el miedo y los remordimientos ya no me parecieron tan abrumadores. El dolor que me atenazaba el pecho se mitigó y pude respirar con más facilidad.

—¿Interrumpo?

Me separé de Drake al instante y de inmediato lo lamenté. Sabía que Liam lo interpretaría como una señal de culpa y creería que había algo entre Drake y yo.

Drake bajó la mano.

—¿No sueles llamar a la puerta? —preguntó.

—Cuando la noto angustiada, no. —La voz de Liam retumbó a mis espaldas. Las luces de la habitación parpadearon, como un aviso.

Me aparté de Drake y me volví hacia Liam para calmarlo antes de que saltasen los fusibles, los suyos y los del edificio.

Se me paró el corazón. Se había duchado y se había mudado de ropa. Yo tenía razón: el blanco no le favorecía. Llevaba un traje negro a medida, que le sentaba bien; la camisa era más oscura que la chaqueta y los pantalones. Al verlo, un cosquilleo en la boca del estómago. ¿Qué me estaba pasando?

—Tienes ropa… Eh, quiero decir… Te has cambiado de ropa —balbuceé como una idiota.

Liam dejó de taladrar a Drake con la vista y me miró.

—Sí, me la han proporcionado. ¿Dónde está la tuya?

Me miré, y de pronto recordé que aún estaba envuelta en una toalla.

—Ah, sí, eso…

—Vete —le dijo Liam a Drake, que se encrespó al oírlo.

—Estos no son tus dominios, Destructor de Mundos. No me das órdenes en mi propia casa.

Liam dio un paso al frente y yo me interpuse entre ambos de inmediato. Con o sin toalla, no iba a permitir que se peleasen. Liam se detuvo a unos centímetros de mí. El calor de su cuerpo era como una caricia contra la piel desnuda.

Liam bajó la vista para mirarme, y luego la dirigió a Drake.

—No es tu casa, sino la de tu hermano. Eres un príncipe, no un rey. Ahora vete. Deseo hablar con Dianna y no te conozco ni confío en ti lo suficiente como para que te quedes aquí.

Levanté una mano antes de que la cosa se pusiese más fea.

—¡Liam, no puedes hablarle así a la gente! —le grité. Me volví hacia Drake y pronuncié «perdón» en silencio antes de decir—: ¿Nos disculpas, por favor? Enseguida bajamos.

Un destello de oro asomó a los ojos de Drake, que tenía los dientes apretados. Se inclinó para besarme la mejilla. Lo hizo para fastidiar a Liam y funcionó. El poder de Liam latió. No me cupo duda de que estaba imaginando cómo sería hacer pedacitos a Drake.

En cuanto la puerta se cerró tras el vampiro, le di a Liam un golpetazo en el pecho.

—¿De qué coño va esto?

Liam había seguido los movimientos de Drake como un depredador al acecho de una presa. No apartó la vista de la puerta hasta que notó el golpe. Se miró el pecho y luego me miró a mí.

—No me gusta.

Suspiré, cogí varios vestidos que había seleccionado Drake y pasé junto a Liam para irme al baño.

—Ni siquiera lo conoces.

—Te toca sin permiso. Es grosero y demasiado excitable.

—¿Cómo sabes que no tiene permiso para tocarme?

Las luces parpadearon otra vez. Me siguió.

—¿Lo tiene?

Se me escapó una carcajada mientras cerraba la puerta del baño. Dejé caer la toalla y cogí un vestido. Levanté la voz para que me oyese.

—No me toca como tú insinúas. Es algo normal entre amigos que se quieren, una señal de afecto, Liam. Santo cielo.

—A mí no me lo haces.

Me quedé sin aliento. No podía decirlo en serio. No comprendía las interacciones humanas. Todavía estaba aprendiendo, ¿verdad? Los pensamientos se arremolinaban en mi mente. Me puse el vestido. Era un conjunto negro corto, de mangas largas y espalda al aire, que no enseñaba gran cosa.

Me eché el pelo por encima del hombro y las ondas me hicieron cosquillas en la espalda. No me molesté en ponerme pasadores ni horquillas. Sabía que con esa humedad no habría manera de domarlo.

Un poco de carmín, me eché una última mirada en el espejo y salí del baño.

—¿No te abrazo cada noche para ayudarte a mantener a raya las pesadillas?

Liam daba vueltas por la habitación, con la mano en la cadera y sumido en sus pensamientos. Se paró de repente y su mirada me recorrió de arriba abajo con lentitud.

—¿Qué es eso que llevas? —dijo por fin, con un tono ronco e indignado.

—¿Qué le pasa a mi vestido? —Levanté los brazos y me estudié.

La confusión de Liam era genuina.

—¿Vestido? Eso no es un vestido. Parece que quieras acostarte con él en cuanto termine la cena.

Casi se me desencajó la mandíbula.

—¿Perdón? ¡No me voy a acostar con nadie, imbécil carcamal! —Señalé el vestido, que me llegaba por los muslos—. No enseña nada.

—Enseña demasiado. Es casi un insulto.

Puse los brazos en jarras.

—¿De dónde sacas…?

Alzó la mano y el tejido del vestido me empezó a vibrar contra la piel. Lo miré y me quedé boquiabierta al verlo transformarse en un rojo resplandeciente a juego con mis labios. Se alargó y llegó hasta el suelo. El corpiño me encajaba a la perfección. Los tirantes me pasaban sobre los hombros y se me entrecruzaban sobre la espalda. Liam bajó la mano y yo me volví para mirarme en el espejo. Me quedé boquiabierta. El vestido cortaba la respiración. Y lo había hecho para mí.

El tejido sedoso y carmesí me acariciaba las curvas con suavidad y me hacía sentir majestuosa y seductora. Estaba hecho de un material muy fino, pero no transparente como lo que vestían las diosas de Rashearim.

Liam apareció a mi lado. Se me aceleró el pulso al ver la pareja que formábamos. Me sentí como una diosa, sobre todo con a él junto a mí, con ese traje elegante y el pelo recién arreglado. Parecía que íbamos a un baile de gala y no abajo a una reunión que, a buen seguro, no iba a terminar bien.

—Así está mucho mejor —dijo Liam. Sus ojos reflejaban una mezcla de satisfacción y de deseo masculino.

—Se va a cabrear. —Sonreí y lo miré en el reflejo. Deslicé la mano por el frontal del vestido y me puse de lado para admirar cada detalle y cada destello.

—Allá él. —La voz de Liam era como un gruñido suave que me llamó la atención. Me observó mientras yo me miraba en el espejo. Siempre me estaba vigilando, sobre todo si creía que no me daba cuenta—. No me importa. En las grandes ocasiones, las diosas y celestiales llevaban vestidos así en mi mundo. Algunos arrastraban por el suelo, otros apenas lo tocaban, pero todos brillaban y resplandecían como la luz de las estrellas en un cielo oscuro. Eran deslumbrantes… Y tú también. Eres una reina y deberías cubrirte con los mejores tejidos, no los materiales burdos que ha escogido él.

Se me hizo un nudo en la garganta. ¿Así me veía? Me volví a mirarlo. Unos centímetros separaban nuestros rostros y su olor me envolvía. Se me arrebolaron las mejillas. Carraspeé.

—Gracias por el vestido. Es muy hermoso.

Sonrió, se dio cuenta de que lo había hecho, y retrocedió.

—De nada.

—¿Qué querías decirme?

—¿Decirte? —me preguntó, confundido.

Salí del baño con el vestido recogido para poder andar.

—En el vestidor dijiste que querías hablarme de algo.

—Ah, sí. No, solo lo dije para que se marchase.

—Liam. —Abrí mucho los ojos y solté una risita—. Eso es de muy mala educación.

—Lo siento, pero es que aquí hay demasiada gente y puedo oírlos a todos. Es agobiante. —Se sentó en el borde del sofá y respiró hondo—. Y este palacio que tienen es demasiado sólido y estrecho. Es casi como si las propias paredes quisieran cerrarse a mi alrededor. Tú eres la única persona que soporto tener cerca.

Rodeé el sofá y me senté a su lado.

—Eso ha sido muy dulce. Estoy esperando que digas algo desagradable para compensar.

—No soy desagradable contigo.

—Hoy, desde luego, sí que lo has sido.

Se miró las manos y acarició un anillo de plata con el pulgar. No era de plata pura como los otros, sino que estaba rodeado por una franja de obsidiana.

—En ese caso, te pido disculpas. Anoche no dormí bien.

—Lo sé, estaba contigo.

—Si te he molestado, ha sido sin querer. Te prometo que no era mi intención. —La sinceridad de su voz era evidente.

—No pasa nada. Estoy acostumbrada a que a veces no seas el tipo más encantador del mundo. Pero creía que éramos amigos y que habíamos dejado atrás lo de fastidiarnos mutuamente.

—Lo somos. —Se giró para encararse hacia mí, como si hubiese dicho algo que le había molestado—. Es solo que… El terror nocturno de anoche fue excesivo.

Fruncí el ceño, preocupada.

—¿Te apetece hablar de ello?

—No.

Asentí y suspiré, a la vez que me enderezaba en el sofá. Liam se quedó callado de nuevo. Cómo me gustaría que me dejase ayudarlo.

—Pero sí quiero hablar de lo poco que me apetece ir a esa cena.

Solté una risilla entre dientes.

—Seguro que no durará mucho. Además, tienen contactos que ni siquiera Kaden conoce. Con suerte, nos darán una pista que nos ayude a localizar ese libro que según tú no existe y podremos irnos.

Levantó la mano y estiró el meñique.

—¿Lo prometes?

—Creía que ya no querías más promesas —dije, con el corazón en un puño.

—Tengo derecho a cambiar de opinión —respondió y señaló la mano con un gesto.

Sonreí y estiré el meñique y él lo rodeó con el suyo. Fue un acto tan sencillo… Y, aun así, un chispazo de electricidad me alcanzó en lo más profundo de mi ser.

—Sí, lo prometo.

XXXII
DIANNA

Un silencio pesado y cargado de tensión llenaba el comedor. Yo jugueteaba con la comida. El tenedor perforaba la carne tierna y chocaba con el plato. Nos sentábamos alrededor de una larga mesa, cuya madera pulida reflejaba la luz de la lámpara. Ethan estaba a la cabeza de la mesa y yo en el otro extremo, junto a Liam.

Nada más entrar en la sala supe que el vestido había sido un error. Ethan y Drake me vieron e intercambiaron una mirada. Tampoco ayudó el que Liam me apartase la silla y luego la ajustase hacia la mesa. Sabía lo que estaban pensando, pero Liam solo intentaba ser amable.

—Hermoso vestido, Dianna —dijo Drake. Se llevó el vaso a los labios—. Desde luego, no es uno de los míos.

«Sí, mala idea».

—No, no es de los tuyos.

—¿De dónde ha salido? —preguntó. Bebió un trago para ocultar la sonrisa.

Inspiré. Comprendí que era un cebo y que quería sonsacarme información, pero Drake ya debería saber que no le convenía venirme con jueguecitos.

—Me lo ha hecho Liam, porque los que me dejaste enseñaban mucho el culo.

Rio y asintió para aceptar la derrota.

—Es un culo muy bonito.

—Eso me han dicho.

Mientras Drake y yo bromeábamos, los ojos de Liam saltaban del uno al otro. Por un momento, el ambiente se cargó y las luces se atenuaron. La habitación quedó en silencio. Ethan lanzó una mirada penetrante a Liam. Me envaré ante la exhibición de poder y agresividad masculina y suspiré. Ni la cena ni nuestra búsqueda de información parecían ir bien.

Ethan, el Rey Vampiro, era tan atractivo como Drake. Tenía el pelo negro y rizado, pero muy corto en los lados. Vestía un abrigo negro de solapas rojas sobre una camisa negra y pantalones de vestir a juego. Habría apostado a que sus zapatos eran más caros que los míos. Ethan era más o menos igual de alto que Liam y tenía su mismo aspecto fuerte y musculoso. Ambos hombres irradiaban poder y en ese momento se estaban fulminando con la mirada el uno al otro.

—¿Qué tal está Gabby? —La voz de Drake rompió el silencio.

Tragué un bocado de carne antes de responder.

—Muy bien. Hablé con ella hace un rato. Hace poco la ascendieron en el hospital. Bueno, eso fue antes de que yo… —Perdí el hilo al comprender que la había vuelto a desarraigar. Habíamos hecho las paces tras la última pelea, pero sus palabras me seguían escociendo. Bueno, ya no importaba. Tendría la vida que deseaba. No me importaba el precio.

Drake carraspeó. Se había dado cuenta de que era un tema espinoso e iba a insistir. Antes de que pudiese hacerlo me volví hacia Ethan.

—¿Dónde está tu esposa? —pregunté—. Hace una eternidad que no veo a Naomi.

Drake se paró a medio masticar y volvió la vista hacia su hermano.

—Está fuera. Le habría gustado estar aquí, pero tenía cosas más importantes que atender. —Ethan interrumpió el duelo de miradas con Liam para responderme, como yo pretendía.

Asentí, aunque sentía curiosidad por saber qué podía ser más importante que el plan de Kaden para destruir el mundo y el regreso de

Liam, pero lo dejé correr. Liam y Ethan guardaron un sombrío silencio mientras Drake y yo reanudábamos la cena.

—¿Los vampiros comen?

La voz de Liam me pilló por sorpresa. Lo miré, con los ojos dilatados de sorpresa por la falta de tacto de la pregunta. Pero siguió con la mirada fija en Ethan.

—Sí. ¿No deberías saberlo, dada tu reputación? —lo pinchó Ethan.

Oh, dioses, aquello iba a ser terrible.

—Error. Los vampiros que gobernaban mucho antes de vosotros eran seres cuadrúpedos y malignos.

La mirada de Ethan no vaciló. Dio un golpecito en el plato con el tenedor.

—¿Desaparecieron por completo, supongo?

—Sí. La estirpe de los vampiros se originó con los ig'morruthens, pero la evolución los transformó en… Bueno, en vosotros.

—¿Evolución? Interesante. ¿Y qué les pasó a nuestros predecesores?

—La guerra. Algo que no pienso permitir que se repita.

—¿Es eso cierto? —dijo Ethan. Se llevó el vaso a los labios y bebió un trago.

—¿No es ese el objetivo que buscáis? ¿La razón por la que traicionaste a aquel al que llaman Kaden? No hay victoria en la guerra, solo muerte. Hasta el bando ganador sale perdiendo.

Me recosté en la silla y tragué saliva para deshacer el nudo que tenía en la garganta. Ethan sonrió con cortesía, pero sin humor. Drake había apoyado el codo en la mesa y seguía con atención el intercambio.

—Me gustaría creerte, pero tu reputación lo hace difícil —dijo Ethan—. Has matado a incontables seres como nosotros y como Dianna. Aunque desfiléis por ahí como amigos, ella es una ig'morruthen, tu enemigo jurado desde hace eones. No lo eligió ella, pero es una bestia. Nosotros bebemos sangre para mantenernos vivos, pero ella, también. Necesita consumir carne humana.

—La verdad es que llevo tiempo sin hacerlo —dije, con la mano alzada. Drake se rio, pero Liam y Ethan no dejaron de mirarse.

Lo había dicho para limar asperezas, pero la comparación me dolía. Sabía que Ethan no pretendía insultarme, pero tampoco hacía falta sacar a colación los aspectos más oscuros de mi naturaleza.

Ethan tenía razón. Liam representaba todo aquello que nos habían enseñado a temer. Pero yo lo miraba y veía al hombre que temblaba por las noches por el dolor de lo que había perdido: su mundo, su familia, sus amigos. Veía al hombre que hacía preguntas sobre las cosas más básicas y que, cuando empezamos el viaje, creía que me estaba salvando. Era mi amigo.

Liam se mantuvo unos instantes en silencio, la mirada posada en Ethan. Mi tensión se disparó y llegó a las nubes.

—Dianna es diferente. He visto el mal. Lo he visto nacer, he visto lo que ansía y cómo actúa. Ella es obstinada y errática. A veces grosera y maleducada, o incluso violenta y peligrosa… Pero no malvada. Ni lo más mínimo.

Parpadeé varias veces. Sus palabras me habían desconcertado por completo; y más con todo lo que yo había hecho desde que nos conocimos. Inspiré, temblorosa, y me metí un mechón de pelo detrás de la oreja. Liam no me miró, pero no hacía falta. Sabía que todo lo que había dicho era sincero, incluso las partes menos agradables. No me veía como a un monstruo. No había sabido hasta ese momento cuánto necesitaba oír esas palabras de su boca. Fue tal el alivio que me sentí como embriagada.

—¿Estás enamorado de ella?

Drake escupió el vino por toda la mesa.

—¡Ethan! —grité, y lo miré boquiabierta.

—No —respondió Liam, sin prestarnos atención ni a Drake ni a mí—. Es mi amiga y nada más.

Ethan arqueó una ceja aristocrática.

—Perfecto, porque lo último que necesitamos es a otro hombre poderoso obsesionado con ella. Pero aún queda Kaden, quien, con el objetivo de recuperarla, parece dispuesto a destruir a todo aquel que se interponga. Lo entiendes, ¿verdad?

—Kaden no está enamorado de mí —estuve a punto de gritarle a Ethan. Drake bajó la vista al plato para ocultar la expresión—. ¿Qué?

—Kaden te ha buscado hasta la frontera oriental. Cada contacto que te ha ayudado ha sufrido una muerte prematura. Ha asesinado incluso a los allegados suyos que no han conseguido devolverte a sus manos. Desde que mataste a Alistair y te fuiste, su legión se está viniendo abajo.

La cabeza me dio vueltas al oír esa información, pero tenía sentido. Por eso había enviado a los espectros a por Gabby, para usarla de señuelo. Me había convencido a mí misma de que claudicaría en algún momento, pero en el fondo sabía que me estaba dando caza. Por eso había extremado precauciones para no usar apenas mis poderes ni teleportarnos: no quería que supiese de nuestro paradero. Me agarré las rodillas por debajo de la mesa, con el corazón a mil. Había hablado con Gabby antes de la cena. Neverra y Logan se encontraban con ella y estaba rodeada de celestiales. Estaba bien. A salvo.

—Eso no es amor —dije; levanté la mirada y la dirigí a Ethan—. Para él soy una pertenencia y siempre lo he sido.

—Un arma, una pertenencia, una amante. Para él eres todo eso y mucho más. Eres la única que sobrevivió a la conversión y, por favor, créeme si te digo que, desde que te marchaste, lo ha intentado de nuevo.

El latido de mi sangre me resultaba ensordecedor. Si eso era cierto, significaba que aún tenía más bestias. Yo iba por ahí bromeando y ayudando a Liam, mientras él creaba un ejército.

—Tu presencia aquí pone en peligro todo lo que hiciste por nosotros y aun así hemos aceptado ayudarte. ¿Quieres saber por qué? —Le sostuve la mirada a Ethan y, como no respondí, continuó—: Porque tiene miedo de él. —Señaló a Liam—. No te atacará ni se arriesgará a ir directamente a por ti mientras él esté en este plano. Hemos sabido de la intentona contra tu hermana. Ahora que sabe que ella está fuera de su alcance, necesita encontrar ese libro. Cree que contiene un código o una respuesta que le permitirá detenerlo.

Liam escuchaba en silencio, concentrado en asimilar todo lo que decía Ethan. Lo miraba con las manos apoyadas en la barbilla. Me fue imposible descifrar su expresión ni calibrar los pensamientos que se formulaban tras aquellos ojos grises.

—Queríamos que vinieses. Decidimos abandonar la legión de Kaden cuando descubrimos lo que buscaba este en realidad y que las leyendas eran algo más que leyendas. Empecé a investigarte por mi cuenta a partir de fuentes que los míos ocultaron hace mucho tiempo. Drake ocupó mi lugar en las reuniones para extraer cualquier información posible. Pero algo cambió y Kaden se obsesionó con el libro; y, en su deseo de obtenerlo, cometió actos oscuros. Celebra reuniones, asesina y tortura a celestiales, todo con tal de encontrar ese libro.

—Soy consciente de ello —dijo Liam por fin—. El único problema es que el Libro de Azrael no existe.

—Kaden mata porque cree que sí.

Liam se irguió y desechó las palabras de Ethan con un ademán.

—Se confunde. Azrael está muerto. Jamás salió de Rashearim.

—Debes de estar equivocado —replicó Ethan con el ceño fruncido.

—No lo estoy. Vi el cuerpo de Azrael destrozado después de que ayudase a su esposa a escapar. Los ig'morruthens nos habían superado y lo hicieron pedazos. Se convirtió en ceniza antes de que cayese Rashearim. ¿Cómo podría equivocarme? —Algo cambió en la habitación. Las bandejas de la mesa y los cuadros de las paredes vibraban con suavidad. Los guardias se miraron entre ellos y luego a Ethan—. ¿Te gustaría ver el polvo al que quedó reducido mi mundo natal?

Las luces parpadearon, señal de que cada vez estaba más agitado, y las pesadas lámparas se empezaron a sacudir. Drake miró a ambos hombres con el cuerpo en tensión. Moví la rodilla y le di un golpecito a Liam en la suya. El breve contacto pareció arrancarlo de las garras de la cólera y el dolor crecientes. Me miró, ya más tranquilo. Soltó el aire y la sala dejó de vibrar.

—Te pido disculpas —dijo Ethan—. Si eso es cierto, alguien ha hecho una copia o una réplica. Camilla ha encontrado algo en El Donuma y se lo está ofreciendo al mejor postor. Kaden lo quiere.

—¿Camilla? —Por poco me atraganto. Drake asintió.

—Sí, encontró algo hace unos días —dijo—. No ha facilitado más información, solo que ha encontrado el libro y que sabe dónde está. Y pretende sacarle una buena suma a quien lo quiera.

—¿Y por qué no ha asaltado Kaden el aquelarre, lo ha destruido y se ha llevado el libro? —quise saber.

—Si muere, la información muere con ella… Y tú mataste a la única persona que podía extraerle esa información de la mente. Así que supongo que está esperando a ver quién se hace con él para quitárselo a continuación.

Liam se inclinó hacia delante y entrelazó los dedos.

—¿Cómo podemos ver a esa tal Camilla?

—Veré la manera de concertar un encuentro. Creo que Camilla se mostrará dispuesta si sabe que estás aquí e interesado, pero no permitirá que Dianna pise El Donuma —dijo Ethan, que evitaba mirarme.

Liam sí lo hizo.

—¿Por qué?

—Dejémoslo en que me detesta.

—Tenemos que trabajar en tus habilidades interpersonales, a ver si encuentras mejores amigos.

—¡Oye, que estoy aquí! —dijo Drake con tono ofendido.

Liam se volvió hacia él.

—Justo a eso me refiero —respondió con toda seriedad.

Me reí y Drake estalló en carcajadas. Era agradable relajarse tras la tensión de la cena y tras descubrir que la búsqueda del libro se nos había complicado todavía más.

Pasamos la siguiente hora discutiendo planes de batalla y qué hacer si Camilla aceptaba nuestra petición de acudir a El Donuma. Liam por fin se estaba comiendo la cena, pero hacía tiempo que yo no probaba bocado. Se me revolvía el estómago cada vez que pensaba en lo que había dicho Ethan. Kaden no había conseguido crear a otros como yo, pero eso solo significaba que tenía más soldados para su ejército.

Liam engullía los alimentos sin prestar atención a lo que comía mientras Ethan hablaba de los obstáculos a los que nos íbamos a enfrentar. Drake añadía algún detalle de vez en cuando, pero sobre todo escuchaba. Yo no aguantaba sentada ni un minuto más. Aparté la silla y los hombres que había a la mesa se volvieron a mirarme.

—La cena ha sido estupenda, pero estoy cansada. Hasta mañana —dije.

Abandoné la sala sin esperar respuesta. Me moví un poco demasiado deprisa y los guardias dieron un respingo y echaron mano a las armas, pero no me importó. La sangre de mis venas era como agua helada y mi mente iba disparada en un millón de direcciones a la vez. Liam tenía razón. Debíamos darnos prisa.

Tenía la esperanza de que nadie me siguiese, pero se esfumó en cuanto percibí el poder de Liam que se me echaba encima. La sensación era como si me persiguiera por una tormenta. La mano grande y callosa de Liam me cogió por el brazo y me hizo dar la vuelta.

—Dianna. Te estaba hablando.

—¿Qué? —Lo miré y me di cuenta de que me había movido mucho más deprisa de lo que pensaba. Estábamos a mitad de un tramo curvo de escalera.

—¿A dónde vas? Por aquí no se llega a tu habitación.

—Ah, ¿te has aprendido el camino de memoria?

Entrecerró los ojos. La mano aún me retenía, pero sin apretar.

—Conozco esa expresión. ¿Se puede saber qué planeas?

—Nada. —Maldito dios fastidioso.

—No puedes ir a verla. Tenemos un plan y el que te presentes allí para quemar una ciudad y exigir respuestas no encaja en él.

Solté un suspiro exasperado y me liberé de su mano.

—No es lo que iba a hacer.

Se puso las manos en las caderas.

—Entonces ¿a dónde vas, si se puede saber?

Mi plan era alimentarme con un par de mortales para conseguir el poder suficiente para volar a El Donuma. Una vez allí iba a encontrar la residencia de Camilla e iba a obligarla a darme el libro. Pero no quería decírselo a Liam y que supiese que tenía razón.

Frustrada, dejé escapar un gruñido y me cogí la falda del vestido. Pasé al lado de Liam y subí los escalones de piedra a zancadas. Él me siguió hasta el vestíbulo sin decir palabra.

Permanecimos en silencio; las palabras que se habían dicho en la mesa pendían en el aire entre nosotros. Kaden estaba creando un ejército. Estaba desesperado por recuperarme y obsesionado con encontrar el libro que según Liam no existía. Y a eso había que añadir lo que había dicho Liam. Sus palabras me habían conmovido, pero, al mismo tiempo, me sentía vacía. Y para volver la situación aún más incómoda, Ethan le había preguntado si estaba enamorado de mí. Éramos amigos. Nada más que amigos.

Me paré frente a la puerta principal y la contemplé unos segundos. Luego lo miré.

—¿Quieres salir de aquí? ¿Aunque sea un ratito?

Inclinó la cabeza a un lado y me lanzó una mirada inquisitiva, pero asintió.

Fuimos por un sendero de adoquines que discurría detrás del castillo. Del bosque llegaban el sonido de los insectos y el ruido ocasional de algún depredador de cuatro patas.

Se empeñó en prestarme la chaqueta del traje para taparme los hombros, aunque le insistí en que no era necesario. Mi temperatura corporal era unos grados más elevada que la de la gente normal y me sentí cómoda. Sin embargo, era un gesto amable y un cambio muy grato respecto a la extrema frialdad que había mostrado esa misma mañana.

Me pregunté si el cambio súbito de comportamiento sería una manera de disculparse por su actitud gilipollas tras la pesadilla de la que no quería hablar. Pero otra parte de mí susurraba que era algo más profundo. O quizá solo estaba inquieta por lo que había contado Ethan sobre los extremos a los que estaba dispuesto a llegar Kaden para tenerme de vuelta. Sabía que no lo hacía por amor; el amor no existía en nuestro mundo. Kaden lo había dejado claro a lo largo de los siglos. Yo no era más que una propiedad para él y quería que le devolviesen su juguete.

—Dianna, ¿has oído algo de lo que he dicho?

Negué con la cabeza, sin molestarme en fingir.

—No, lo siento. La cena me ha puesto de los nervios.

—Comprensible —dijo. Seguimos caminando.

Mis pies susurraban sobre el sendero de piedras. A cada paso, el vestido me revoloteaba sobre los tobillos.

—Pareces más feliz —dije.

Resopló; el sonido sonó forzado, con una nota de inquietud.

—¿En la cena? ¿En qué sentido?

Lo miré de reojo y casi tropecé. Su belleza me cortaba el aliento. La luz de la luna le teñía las facciones de plata y se le reflejaba en los ojos. Su poder era casi visible; me envolvía y hacía temblar el aire que nos rodeaba. Era casi como una caricia física y ese momento me sentí segura. Era una sensación tan ajena que tardé varios segundos en recuperar la voz.

—No, perdona, no me refería a la cena. Quería decir en general. Sonríes más. Cuando te conocí no eras así. Aunque entonces yo intentaba matarte, claro.

—Sí, es una descripción precisa.

—Tampoco se te ve tan desaliñado y salvaje como antes. El corte de pelo y la ropa de tu talla te dan una apariencia mucho mejor.

Me lanzó una mirada y frunció el ceño.

—¿Es un cumplido? Porque, en tal caso, es espantoso.

—No, solo digo que estás saliendo de la concha, por así decir.

—Ah —dijo, y seguimos con el paseo—. Supongo que es más fácil cuando tú estás cerca. No me dejas otra opción.

Le di un empujoncito con el hombro. No se inmutó.

—¿Es un cumplido?

—Supongo. —Hizo una pausa para pensar. Me estaba acostumbrando a sus amaneramientos cuando intentaba poner en palabras lo que pensaba o sentía—. En mi lengua, en mi mundo, hay un dicho. No se puede traducir del todo, pero significa «calcificarse». Los dioses corren el riesgo de llegar a un cierto punto de sus vidas en el que las emociones se disipan. Suele ocurrir después de lo que tú considerarías un suceso traumático. Pierden una parte de sí mismos y dejan de preocuparse por nadie ni por nada. Es como si nuestra luz interior se apagase, y nos convertimos en piedra.

Me detuve y él se volvió a mirarme.

—¿Piedra? ¿Piedra de verdad?

Asintió y se le tensaron los músculos de la mandíbula.

—Es imposible saber cuándo ocurrirá. Siempre pensé que el desencadenante sería una gran pérdida, la de algo que valorasen más que cualquier otra cosa del universo. Temí que le sucediese a mi padre tras la muerte de mi madre. Las señales estaban ahí. Pero no fue así. Y una parte de mí teme que me esté sucediendo ahora. —Se miró los pies; las líneas de su cuerpo reflejaban el dolor. Eso era una buena señal, pero ya llevaba con él casi tres meses. Sabía que había partes de él que seguían cerradas a cal y canto.

Había visto lo fuerte que solía ser su impulso sexual, pero desde que lo conocí no había demostrado ningún interés por el placer físico. Habíamos compartido cama con frecuencia, pero jamás había sido algo íntimo. Las manos no tanteaban para buscarme, ni se había frotado contra mí en medio de la noche buscando alivio. Si en alguna ocasión su cuerpo se apretó contra el mío, sus manos no se posaron sobre mí.

Sabía que dormir a mi lado lo ayudaba. A veces se movía y temblaba como si estuviese perdido en algún sueño. Despertaba cubierto de sudor, me miraba y volvía a dormirse. Nunca lo presioné para que me hablara de las pesadillas; daba por supuesto que, si quería contarme algo, lo haría. Y aunque no quisiera admitirlo, dormir a su lado también me ayudaba a mí. Era agradable tener a alguien. Así no me sentía tan sola.

Le puse la mano en el hombro, con una presión mínima, para no abrumarlo.

—Te prometo que no dejaré que te conviertas en piedra —le dije, con una sonrisa tranquilizadora.

Me paseó la mirada por el rostro.

—No creo que aguantase estar cerca de ti tanto tiempo. Eres demasiado entrometida.

Le golpeé el hombro de nuevo, esta vez con fuerza suficiente para que diese un salto, pero no tanto como para hacerle daño. Se le escapó una sonrisa y supe que lo había dicho para irritarme.

—Y demasiado agresiva.

Le lancé otro golpe, pero retrocedió. Estaba jugando conmigo. Me gustaba ese Liam. Cuando estaba conmigo, lejos de quienes le exigían ser un rey, era muy diferente. Casi normal.

—Bueno, tú no eres terrible del todo. —Me encogí de hombros y lo miré de reojo otra vez—. A veces.

—Me conformo con eso.

Seguimos paseando juntos, sonrientes. Levanté la vista y vi que habíamos llegado al jardín. Me había olvidado de cuánto lo amaba Drake. Me había hablado muchas veces de él a lo largo del tiempo, aunque no era una historia feliz. Lo había diseñado una mujer a la que había querido tanto como se puede querer a alguien. Ella había elegido a otro y le había roto el corazón. Pero, aunque era obra de ella, Drake lo había mantenido con esmero. Bajo sus cuidados, había florecido y se había convertido en un monumento a lo que pudo ser y no fue.

—¿Qué es esto? —preguntó Liam cuando nos detuvimos. La entrada estaba flanqueada por las estatuas gemelas de dos mujeres que sostenían grandes cuencos. Metí las manos en los bolsillos de la chaqueta de Liam y seguí la dirección de su mirada.

—Un jardín. ¿No teníais jardines en Rashearim? —le pregunté, observándolo. Se había puesto serio. ¿Se había enfadado por un jardín?

—¿Esto es un jardín? Es espantoso —dijo, con la cara arrugada por el desagrado.

—Pero si ni siquiera has entrado aún, Liam —dije con un suspiro.

Entré en el jardín. Sabía que me seguiría de cerca. Siempre lo hacía.

El camino se bifurcaba a derecha e izquierda, bordeado de flores hermosas y abundantes. Había pequeñas luces colgadas en lo alto que derramaban su cálida luz sobre las flores y creaban rincones de sombras. Era precioso, aunque Liam no dejaba de fruncir los labios viera lo que viese. No dirigimos hacia el centro, atraídos por el sonido y el olor del agua corriente. Conociendo a Drake, estaba segura de que habría una fuente y quería verla.

—Hasta sus plantas son atroces —dijo. Extendió la mano y tocó un macizo de flores violetas.

—¿Por qué te molesta todo lo que tenga que ver con ellos? Parece que estés buscando pelea.

Apartó la mano y se la limpió en los pantalones antes de mirarme.

—No me caen bien. Hasta la energía que los rodea parece trastornada. Hay algo que no encaja.

—Probablemente tu presencia los ponga nerviosos. No es que seas un don nadie, Liam. Pero Drake es uno de mis amigos más antiguos y su familia nos está ayudando.

Se metió las manos en los bolsillos.

—Sí, nos están ayudando. Lo que es extraño, ya que temen a Kaden y lo que pasaría si se enterase de que lo han traicionado. ¿Qué motivo tienen tus poderosos amigos para correr ese riesgo? No confío en ellos y no quiero que te quedes a solas con ellos demasiado tiempo.

Al pararme en seco me pisé el borde del vestido y casi me caí de bruces. Me lo subí y me volví para encararme con él.

—¿Perdona? Tú no eres nadie para decirme con quién puedo estar o no estar. La cosa no funciona así y tú no tienes voz ni voto sobre lo que yo haga. No te pertenezco, como tampoco le pertenezco a Kaden.

—No se trata de que me pertenezcas. —Bajó la vista hacia mí y frunció el ceño—. Se trata de que me preocupo por ti.

Esas palabras me pillaron desprevenida y el comentario afilado que tenía preparado se me murió en los labios. No supe qué decir, lo que para mí era una novedad.

La mirada se le serenó al posarse sobre mí. Esos ojos ya no eran duros, ni estaban jaspeados de ira e irritación. Descendió de la cara al pecho y una expresión de dolor se asomó a sus facciones antes de que se diese la vuelta. Confundida por el cambio de actitud, comprobé el elegante vestido de seda que había creado para mí, por si me había derramado algo en el corpiño, pero no vi nada.

—No tienes que preocuparte por mí. He sobrevivido solita mucho tiempo.

—A duras penas —gruñó; seguía evitando mis ojos.

Bufé y me volví para adentrarme más en el jardín.

—Y no, no tienes que preocuparte por ellos. Hace ya bastante tiempo que quieren dejar a Kaden.

—¿Y Kaden no lo sospecha?

Me encogí de hombros.

—Kaden me vio matar a Drake en Zarall. Bueno, al menos una imagen de Drake. Cree que está muerto.

La mirada de Liam se cruzó un instante con la mía.

—¿Y el hermano? ¿El que se hace llamar «rey»? ¿Kaden no teme que haya represalias por matar a un miembro de la familia?

—Supongo que piensa que se ha ocultado. Nadie iría de cabeza contra Kaden. No son estúpidos. Sería un suicidio. Pese a lo que pienses y te diga tu ego, Kaden es fuerte y poderoso. Y un psicópata.

Liam emitió ese gruñido grave al que ya me había acostumbrado.

—No le tengo miedo.

Fue mi turno para gruñir, molesta.

—Deberías. —Suspiré. Acompasamos nuestros pasos. Los animales nocturnos llenaban la oscuridad con sus llamadas—. No me digas que no hay nada que te guste aquí.

—No.

Resoplé.

—De acuerdo, intenta decir algo amable sobre ellos. La mansión. —Señalé con un gesto la hermosa construcción.

—Pretenciosa.

¿Estaba bromeando conmigo? La risa que solté le arrancó una sincera sonrisa. Parecía pasárselo en grande, aunque sin abandonar la expresión hosca.

—De acuerdo. ¿Qué hay de sus ropas?

—Demasiado ajustadas.

—Vamos, tiene que haber algo que te guste.

Levantó la cabeza y asintió mientras pensaba. Apretó los labios como si estuviese intentando por todos los medios encontrar algo. Iba a hacerle otra pregunta, pero entonces se decidió.

—Me gusta el lenguaje que hablan. Me recuerda mucho al de mi madre.

¿Su madre? El corazón me dio un vuelco. No había hablado nunca de ella y, ahora que lo pensaba, tampoco la había visto en ningún recuerdo. Lo único que recordaba era que habían mencionado su muerte, las palabras de su padre en el ensueño de sangre y lo triste que estaba Liam, pero no había visto ningún recuerdo de ellos como familia. ¿Sería algo tan terrible que lo había bloqueado? Me daba miedo preguntar; en parte porque no quería que ocultase de nuevo esa nueva faceta más jovial. Pero Liam se había abierto a mí y no iba a desperdiciar la ocasión.

—¿Cómo era? —Le tembló la garganta y apretó los dientes—. Si no quieres hablar de ello, no tienes por qué. Podemos hablar de lo divertida que ha sido la cena.

Bufó y pareció relajarse un poco.

—No. Ya has visto y sabes mucho sobre mí. No hay razón para que no te cuente eso también. Y como has dicho, puede que hablar de ello ayude. —Respiró hondo y buscó las palabras—. Por lo que recuerdo, era dulce y amable. Enfermó después de mi nacimiento. Al principio yo era demasiado joven para darme cuenta, pero a medida que crecía noté los cambios. Ella era una guerrera, una celestial al servicio de un antiguo dios, pero su luz se atenuó al quedar embarazada de mí. Cuando estuvo tan débil que ya no podía empuñar una espada, la transfirieron al consejo. Es el problema de concebir un dios: las necesidades del feto son enormes. Al desarrollarse requiere demasiada energía y poder de la madre. El riesgo es muy grande. Por eso soy el único.

—Liam… Lo que le pasó no fue culpa tuya.

Me miró a los ojos y vi que la carga de su tristeza se aliviaba en parte.

—¿No?

—No. Si conocía los riesgos, eso es que decidió asumirlos y quedarse embarazada. Y ¿sabes lo que creo? Creo que os amaba tanto a tu padre y a ti que no le importó. Apostaría todo el dinero del mundo a que jamás se arrepintió. Sé lo que digo. El amor de la familia es más grande que cualquier otra cosa.

Se quedó callado y me di cuenta de habíamos dejado de caminar. Me miró como si buscase la verdad de mis palabras. Sospecho que una parte de él anhelaba oír que no era culpa suya.

—Me sorprendes, Dianna.

—Dí que sí.

Asintió y se adelantó para seguir con nuestro paseo nocturno.

—¿Qué les pasó a tus padres? Ya que he desnudado mi alma, a cambio me gustaría saberlo.

—Me parece justo —dije, medio en broma—. En pocas palabras, mis padres eran curanderos. Les gustaba ayudar a los demás con la primitiva medicina que se conocía entonces. Los fragmentos de Rashearim que cayeron desataron una peste. Mis padres no dejaron de ayudar a la gente hasta que la enfermedad los consumió a ellos. Desde entonces Gabby y yo hemos estado solas. Siempre nos hemos cuidado la una a la otra.

—¿No teníais otra familia? ¿Nadie que pudiera ayudaros?

Sacudí la cabeza y dirigí la mirada al suelo.

—No, no había nadie. Yo me encargaba de alimentarnos y de conseguir provisiones. —Liam me escuchó sin cambiar de expresión, paciente—. Era una ladrona. No es algo de lo que me enorgullezca, pero hice lo que tenía que hacer por mi familia. Siempre lo he hecho y siempre lo haré.

—Parece lógico. En tiempos de crisis, la gente hace lo que considera necesario.

Casi esperaba que Liam me regañase y me sorprendió que no lo hiciera. Captó mi expresión y sonrió.

—No lo justifico ni digo que fuese lo correcto, pero uno no sabe quién es de verdad hasta que se queda sin opciones. Eso es todo. —Se encogió de hombros y me miró—. Además, no me sorprende. Al fin y al cabo, intentaste robarme a mí… y fracasaste.

—Qué engreído —dije. Le di un golpe de cadera y sonrió.

Había seguido el sonido del agua sin prestarle atención. De repente nos paramos. El camino terminaba en el corazón de aquel jardín de ensueño. En el centro de la fuente se alzaban varias estatuas, esculturas de personas que sostenían recipientes de los que manaba el agua que se recogía en el estanque. La escena era casi resplandeciente. Las pequeñas luces añadían un suave fulgor dorado a la plata de los rayos de luna. Era arrebatador.

—Mi madre tenía un jardín en Rashearim. —Las palabras de Liam me sobresaltaron. Me volví hacia él, ansiosa por que contase más cosas de su pasado—. Mi padre creó para ella un laberinto precioso con las más bellas plantas y artesanías. Era mágico, mucho mejor que este. Después de su muerte, nunca volvimos allí. Mi padre lo dejó decaer. Creo que le dolía demasiado verlo o visitarlo de nuevo.

—Lo siento.

Se encogió de hombros, como si el recuerdo no fuese doloroso.

—No hay razón para que lo sientas.

Dio un paso al frente y se agachó para pasar bajo un arco cubierto de enredaderas. Lo seguí sin hacer ruido. Me senté en el borde de la fuente iluminada por la luna para darle un descanso a los pies. Sean de este mundo o del Altermundo, llevar zapatos de tacón acaba doliendo al cabo de un rato.

En vez de sentarse, Liam se acercó a un gran arbusto florecido y pasó los dedos por los delicados pétalos de una flor. Arrancó un precioso lirio amarillo, lo cogió por el tallo y lo hizo girar. Me quedé traspuesta por la visión del poderoso Destructor de Mundos con una flor frágil y delicada en la mano.

—¿Sabes de dónde sale mi nombre?

Me senté más erguida, me ajusté la chaqueta y disfruté el aroma que aún perduraba en ella.

—¿Qué nombre? ¿Samkiel?

No me miró. Toda su atención estaba concentrada en la flor.

—No, ese es el nombre que me dieron al nacer. Aunque acarrea más sangre y muerte de lo que me gustaría. Con el transcurso de los siglos, he hecho muchas cosas de las que me arrepiento. He perdido muchas cosas… —Al fin se giró y nuestras miradas se encontraron—. A mucha gente.

Esa expresión sombría que cada vez odiaba más le surcó el semblante. Siempre era el preludio al dolor que se escondía tras aquellos hermosos ojos. Así que hice lo que mejor se me daba, pincharlo.

—¿Te refieres a Liam? Sí, me preguntaba por qué habías elegido un nombre tan normal.

—Qué graciosa. —Resopló por la nariz y los hombros se le sacudieron un momento. Probablemente era lo más parecido a una risa que iba a conseguir esa noche—. En Rashearim teníamos una flor incomparablemente más hermosa que esta, con anillos de amarillo y azul que, al tocarla, se movían en ondas que atravesaban los pétalos. Se llamaba orneliamus, o liam para abreviar. Era la favorita de mi madre, y también un símbolo de fuerza y protección. Se adaptaba a cualquier clima y era tan resistente que casi no había forma de acabar con ella. Solo la muerte del planeta logró erradicarla. —Me miró un momento y luego se acercó y se sentó a mi lado. Volvió el tallo de la flor hacia mí y me la ofreció. El corazón me dio un vuelco, pero la acepté. Me obsequió con una sonrisa y luego apoyó los codos en las rodillas y juntó las manos—. Yo quería ser así.

Liam me había dado una flor. Una puñetera flor y mi mundo se tambaleó. Era la primera vez que un hombre me daba flores. Era estúpido obsesionarse con eso, pero de repente esa pequeña flor amarilla era muy importante para mí. Tenerla en la mano me producía una sensación en el estómago que no acababa de gustarme. Era a Gabby a quien daban flores, no a mí. A mí, jamás.

—El grande y poderoso rey de todo se llama como una flor. Qué irónico.

Sonrió, divertido, y me quedé sin aire. Bajo el brillo de las luces y el reflejo de la luna que le proyectaba sombras sobre las facciones, su belleza era absoluta y sobrecogedora.

—Te abro mi alma, ¿y tu respuesta no es más que una ocurrencia ingeniosa? Me hieres.

Arrugué la nariz y le di un golpecito con la flor, no lo bastante fuerte para dañarla, pero sí para fastidiarlo.

—Desde luego que sí, señor invencible.

—Me has puesto tantos nombres y yo solo tengo uno para ti. Tendré que hacer algo al respecto.

—Invéntate todos los que quieras, mientras no vuelvas a llamarme lombriz.

Se le suavizó el gesto, y la comisura de los labios le tembló.

—Te acuerdas de todo lo que digo, ¿no es cierto?

—Solo de las cosas más terribles.

—También tendré que hacer algo al respecto.

Noté que me ruborizaba, de modo que me volví para que no lo viese y me metí un mechón tras la oreja. No sabía lo que decía, no entendía cómo me sonaba a mí. Pero sus palabras y la manera de decirlas me producían mil punzadas inexplicables.

—Entonces, en una escala de uno a cinco, ¿cuán probable es que muramos todos?

—Cero. El libro no existe, diga lo que diga la gente.

—De acuerdo, pero supongamos que existe. Entonces, en esa escala...

Se encogió de hombros y apretó un poco los labios.

—Quizá un uno. Si el libro es una reliquia auténtica que mi pueblo no recuperó por lo que sea, podría haber cierto motivo de preocupación, pero la probabilidad es muy, muy baja. Azrael no llegó a abandonar Rashearim y todo lo que había hecho murió con él cuando el planeta fue destruido.

Una melodía alegre rasgó el aire e interrumpió nuestra conversación. Ambos nos volvimos en dirección al castillo. No sonaba demasiado alto, pero la oíamos con claridad.

—¿Qué es eso? —preguntó Liam, con una mueca de desagrado.

—Música.

Se volvió a mirarme.

—Soy consciente, pero ¿por qué?

Yo tampoco tenía ni idea. Me encogí de hombros y luego estiré el cuello para mirar hacia la mansión.

—No lo sé. Es Drake. Estarán tocando algo para los invitados que ya se hayan despertado.

—¿Estás preocupada?

Me volví hacia Liam, que me miraba con intensidad.

—¿Por la música?

—Por morir.

Me pareció una pregunta extraña. No solo que lo preguntase, sino también la forma de mirarme cuando lo dijo. Negué con la cabeza y las ondas del pelo me rozaron las mejillas.

—No. ¿Por que muera mi hermana? Sí.

Su rostro recuperó la expresión fría, como si hubiese dicho algo malo.

—Te preocupas mucho por los demás, pero no por ti misma. ¿Por qué?

Sonreí, pero él siguió serio.

—¿Por qué me iba a preocupar? Quiero decir, siempre he dado por supuesto que moriría peleando, ¿sabes? Yo lo veo así. Pero, Gabby, en cambio… Ella es la que tiene una vida y una carrera y un novio. Yo no tengo nada de eso. Así que no me preocupo por mí misma. Yo puedo sobrevivir a casi todo. Gabby, no.

Siguió mirándome como si lo hubiese insultado.

—¿Qué pasa? —pregunté—. ¿Por qué me miras así?

Sacudió la cabeza, pensativo.

—No eres lo que me esperaba.

—¿Y qué significa eso? ¿Qué los ig'morruthens no tienen sentimientos?

—Los que yo conocía, no.

—Ah, ¿no? ¿Y cómo eran?

—Poderosos, peligrosos, feroces y ni la mitad de irritantes que tú. —Eso le granjeó un empujón que apenas lo movió, pero montó la pantomima; se agarró el brazo y se lo frotó mientras me lanzaba una mirada torva. Una sonrisa le iluminó las facciones perfectas—. Pero igual de violentos.

Seguimos charlando y saltamos de tema en tema, algunos serios y otros ligeros, pero no volvimos a mencionar el libro ni a Kaden. Cuando estaba con él, el paso del tiempo no significaba nada… y eso me aterrorizaba.

XXXIII
LIAM

Tenía la mano en el mentón y eso le levantaba un poco la mejilla. A medida que el sueño se adueñaba de ella, su ritmo cardiaco disminuía. Estaba vuelta hacia mí y unas cuantas hebras de pelo le caían sobre la cara. ¿Cómo podía tener un aspecto tan exquisito incluso cuando dormía? Al moverme para ajustar el brazo con cuidado bajo la almohada, me fijé en la flor amarilla que había en un vaso de agua sobre la mesita de noche. Una sonrisa me asomó a los labios. Había sido un pequeño gesto, pero ella se había comportado como si significase algo. Un sentimiento desconocido me tironeaba de las tripas y pensé de dónde la había sacado y que podría encontrarle mil mejores.

«Así es como acaba el mundo».

Esas palabras resonaron en mi subconsciente. Cerré los ojos. Había fingido que dormía para que Dianna no se preocupase y eso la ayudase a dormir. Me sentía frustrado e inquieto, demasiado tenso como para arriesgarme a revivir la sangre, el fuego y los cánticos. No había palabras capaces describir con precisión cómo me sentía, pero sabía que no podía dormir.

«Así es como acaba el mundo».

El maldito sueño me perseguía durante la vigilia. El horror que representaba se había enmarañado con los confusos sentimientos que tenía hacia Dianna y contribuía a mi inestabilidad emocional.

Suspiré, me tumbé de espaldas y contemplé la espantosa decoración del techo. Me tamborileé con los dedos en el pecho. No, no podía verla así. No me lo permitiría. Tras el sueño me había dicho a mí mismo que guardaría las distancias y lo mantendría todo en el terreno profesional.

Giré la cabeza hacia ella y la observé dormir en paz. Sabía que había sido una idiotez pensar que podría mantenerme alejado de ella. El corazón me dio un vuelco cuando vi que Drake la abrazaba. Luego, mientras me vestía, había notado el cambio en ella. Pequeño, una pizca de dolor y tristeza. Cuando la vi afligida y vi la mano de él sobre ella, supe que lo mataría de forma lenta y dolorosa.

Por poco lo hago pedazos allí mismo, pero ella me había calmado. La simple presencia de Dianna tenía ese efecto a menudo. No se parecía en nada a las bestias de mi hogar, en nada en absoluto. Según ella, no era tan bondadosa como su hermana, pero sí lo era. Me quedé allí, viéndola dormir, hasta que la voz me resonó de nuevo en la cabeza. Me levanté de la cama y la vi cambiar de posición; se abrazó a la almohada que le había puesto para llenar el sitio que ocupaba un momento antes. Una vez me hube asegurado de que estaba cómoda y no se iba a despertar salí de la habitación en silencio.

—Se te da bien —dijo Drake. Estaba reclinado contra una puerta, medio pasillo más abajo—. ¿Tienes mucha práctica con lo de entrar y salir a escondidas de los dormitorios femeninos?

Entrecerré los ojos y, con mucho cuidado, cerré la puerta a mis espaldas.

—¿Qué tal la última copa después de vuestra pequeña cita? ¿Os ha gustado el jardín? Hay rincones tan escondidos que si te la follas allí ni siquiera nosotros os oiremos.

Me dirigí hacia él. Se estiró, pero aun así yo era mucho más alto. Lo taladré con la mirada. Los anillos de plata me vibraban en los dedos, deseosos de que invocase una de las armas. Podría terminar con él en segundos y no quedarían más restos que un puñado de cenizas. Lo único que me frenaba la mano era que sabía que la mujer que dormía a unos pocos metros de distancia no me lo perdonaría en la vida.

—He matado a hombres por menos, así que no te equivoques. Si a ella no le importases, ya te habría convertido en ascuas solo por la forma en la que me hablas.

Drake sonrió. Fue una sonrisa lenta y pausada, una manera de hacerme saber que mi amenaza le parecía divertida y que no se sentía intimidado.

—¿Qué haces aquí, Drake? ¿Qué quieres?

Hizo un gesto hacia el techo.

—Ethan quiere verte en el estudio. Vamos.

Sin decir nada, lo seguí hasta un amplio vestíbulo. Entre las plantas había grupos de mesitas y bancos pesados y muy ornamentados. Dos vampiros se habían enfrascado en una intensa conversación, pero se callaron al vernos pasar. Se sentaron más estirados, con los ojos muy abiertos. No dijeron nada hasta que terminamos de cruzar la sala; aun así, los oí susurrar.

«El Destructor de Mundos».

Sacudí la cabeza para quitarme de la mente las imágenes que siempre conjuraba aquel título. Subimos los escalones de mármol. A llegar arriba miré a mi alrededor. Esa zona no encajaba con el resto de la mansión. Entrecerré los ojos y estudié los cuadros que colgaban de las paredes. Parecían retratos de antepasados, de muchas décadas de antigüedad. Oí movimientos en los pisos inferiores; los invitados iban despertando. Conté veinticinco latidos, pero capté la esencia de cuarenta y un vampiros del Altermundo en el castillo.

—Tenéis una enorme cantidad de invitados.

—Sí. Los que están bajo el mandato de mi hermano, pero tienen miedo de la venganza de Kaden, se sienten más seguros aquí, de modo que Ethan les ha abierto las puertas de nuestra modesta mansión.

Los comentarios punzantes de Dianna no me molestaban, pero en el caso de Drake, cada vez que hablaba me imaginaba arrancándole la lengua de cuajo.

Drake se paró delante de unas grandes puertas de ónice. En la piedra pulida se veía la talla de una cabeza de reptil; las líneas que definían a la bestia se curvaban hacia los tiradores que Drake cogió e hizo girar. Con un movimiento del brazo y una reverencia burlona, me invitó a pasar a una sala espaciosa.

Varias butacas y sillas de aspecto cómodo estaban dispuestas en grupos. Todas las paredes estaban cubiertas con librerías que se elevaban hasta el segundo piso. Al fondo había una escalera de caracol con la barandilla ribeteada de oro.

Un ascua brilló en la silla que había en el centro de la sala cuando Ethan se volvió a mirarme.

—¿Fumas?

—No. —Sacudí la cabeza.

—¿Ni siquiera por diversión?

Siglos antes, Logan, Vincent, Cameron y yo nos solíamos escapar del entrenamiento para consumir remedios ilícitos; en aquella época nos parecía divertido. Eran sustancias suaves que atenuaban la presión a la que estábamos sometidos.

—Ya no.

—Ya sabía yo que bajo esa fachada fría había un chico malo —se burló Drake—. Si no, ¿por qué se iba a sentir Dianna atraída hacia ti?

—No se siente atraída por mí. Me está ayudando —lo corregí con una mirada furiosa.

La sonrisa de Drake se ensanchó aún más. Pasó a mi lado y se colocó entre Ethan y yo. Era muy protector con su hermano; siempre lo seguía como una sombra. También era muy protector con Dianna, aunque supuse que por motivos muy diferentes. Cuando estaba cerca de ella, su olor cambiaba, lo que me provocaba una emoción que no lograba explicar.

Drake cogió de la mesa que había junto a su hermano un objeto cilíndrico marrón y sacudió una pequeña caja de plata. Brotó una llama y con ella encendió la punta del cilindro marrón mientras daba caladas por el otro extremo. El humo le envolvió el rostro.

—Puros. Así se llaman —dijo Ethan. Me escrutó con atención.

—La lectura de mentes es una práctica lucrativa. Se tarda tiempo en desarrollarla, si uno tiene el don y la habilidad —dije con los ojos entrecerrados.

Drake soltó una risilla y una pequeña bocanada de humo se le escapó entre los labios. Ethan solo se limitó a encogerse de hombros.

—Sí, puede serlo. Por suerte para ti, en mi mundo solo la poseen unos pocos. Es una de las muchas habilidades que nos transmitió mi padre, pero nuestra capacidad no es ni por asomo tan grande como la que tenía Alistair. Yo puedo captar frases y fogonazos de lo que estás pensando, pero nada comparado con lo que él era capaz de hacer. Alistair era el último tuercementes auténtico y Dianna lo redujo a cenizas.

—¿Para eso me has convocado? ¿Para tener una charla ociosa sobre asuntos de los que ya soy consciente?

Rio entre dientes.

—Sí, aunque te esperaba antes. Drake me ha informado de que Dianna y tú disfrutasteis de los jardines.

La sonrisa de Drake se hizo más amplia. Al parecer era más sigiloso de lo que yo pensaba. Era evidente que vigilaba todo cuanto sucedía allí, y con suficiente habilidad como para que yo no lo notara cuando Dianna y yo salimos a pasear por la noche.

Sentí que se me calentaban las manos y que mi cólera crecía.

—Tanto tú como tu hermano olvidáis con quién estás hablando. Te pido disculpas si te he dado la impresión de que lo que hago o a dónde voy es asunto vuestro.

Ethan se levantó con un movimiento fluido y se dirigió al escritorio de madera oscura. Caminaba como un depredador, prueba suficiente de que el vampiro moderno había evolucionado directamente de las bestias cuadrúpedas que yo recordaba. Era una mezcla de felino y reptil, silencioso y furtivo. El depredador perfecto... que mis antepasados despreciaban.

—Tu odio hacia nosotros no está fuera de lugar, ¿sabes? Por otra parte, tampoco es que nos encante la idea de que estés aquí —dijo Ethan. Era evidente que me leía la mente otra vez.

—Eso es indiscreto y muy desconsiderado, seas quien seas.

Ethan rio por lo bajo.

—Mis disculpas, alteza. Pero el tiempo apremia y esto es más expeditivo.

Depositó el puro en una pequeña bandeja de cristal que había sobre el escritorio y me hizo una señal para que me acercase. Me moví en silencio y me detuve a su lado. Encendió una lamparita e iluminó varias páginas y un gran mapa con puntos marcados encima.

—Drake logró hacerse con algunos objetos de la guarida de Kaden antes de que este nos descubriera.

Asentí una sola vez, al tiempo que estudiaba el mapa que tenía ante mí.

—¿Esa fue otra razón para que dejases de acudir a las reuniones de las que me habló Dianna?

—Sí, una de ellas. La otra es que el peligro que representa su ansia de poder supera con mucho al miedo que nos inspiras.

—Tengo una pregunta. Es evidente que Drake no está muerto. ¿Cómo pudo Kaden verlo morir? ¿Qué papel jugó Dianna en esa ilusión?

Ethan asintió.

—Fue un truco que se les ocurrió en cuanto ella vio que no nos presentábamos al último encuentro. Kaden quería la cabeza de mi hermano para vengarse de que yo, una vez más, no hubiese acudido. Dianna no podía matarlo, así que trazaron un plan. Mi hermano es popular entre algunas brujas, que de buen grado prepararon un hechizo de ocultación. Su muerte pareció muy real, pero no lo fue. Esta casa está protegida por un hechizo similar.

—Interesante.

—Mi propuesta durante la cena iba en serio. Quiero que hagamos un trato.

Ah, sí. Lo que me había propuesto mientras Drake y Dianna hablaban con libertad, ajenos por completo a la conversación telepática que tenía lugar.

Fruncí los labios con desagrado.

—No compartiré sangre contigo.

—Te dije que habían hecho un pacto de sangre —se oyó la voz de Drake a mis espaldas.

Se me tensaron los hombros, pero no desvié la atención de Ethan. ¿Se lo había dicho Dianna? De ser así, ¿por qué me hacía sentir incómodo? ¿Qué más cosas había compartido con él? Aparté aquellos pensamientos y traté de hacer caso omiso de las emociones que me provocaban.

—Si lo hago, será por el bien de Dianna, no por el vuestro. Mi lealtad está con los inocentes y vosotros os alimentáis de ellos. Lo que hacéis está prohibido, pero Dianna cree que sois sus amigos. Demostradme que tiene razón y os concederé el perdón.

El rostro de Ethan mostró una fugaz muestra de decepción. Sacudió la cabeza.

—Muy bien. ¿Hay algún vínculo o juramento divino que debamos pronunciar o firmar?

—No.

Ethan frunció el ceño.

—En ese caso, ¿cómo sé que mantendrás tu palabra?

Clavé la vista en el techo, frustrado por tener que dar explicaciones una vez más. Se me había agotado la paciencia. Lo miré a los ojos y le expuse la situación en términos que esperaba que pudiese entender.

—Me bastaría hacer una llamada de teléfono para que los míos tomaran esta mansión que tanto te gusta. Os detendrían a todos, y yo podría hacerme con esos objetos que quieres darme. Pero, como le hice una promesa a Dianna, no voy a hacerlo. Esa es la garantía que necesitas y el único trato que estoy dispuesto a hacer.

Una sonrisa iluminó poco a poco el rostro de Ethan.

—Muy bien, entonces hay trato. —Miró de soslayo a Drake—. Esa mujer es muy especial, desde luego. Fuera lo que fuese lo que le hizo Kaden para convertirla en una bestia de odio y miedo, no se quebró. Es por su corazón. Puede que sea mortal, pero es más fuerte que cualquier otra cosa con la que se haya tropezado. Come, folla y respira como nosotros, pero no es uno de nosotros. Creo que, en tu fuero interno, lo sabes. Es diferente. —Lo sabía. Dianna lo había demostrado una y otra vez, pero no iba a hablar de ella con esos dos vampiros—. Antes de que sigamos, tengo una pregunta —dijo Ethan cuando vio que no respondía.

Lo miré.

—¿Qué? —La irritación se filtraba en mi voz.

—No tienes intención de quedarte, ¿verdad?

La pregunta me dejó algo confuso, pero no vi problema en responderla. No era ningún secreto.

—No. Cuando todo esto acabe, volveré a los restos de mi mundo.

—Te lo dije —saltó Drake. La expresión burlona de antes se había transformado en dura y fría. La brasa del puro era del mismo color que el brillo anaranjado que le ardía en los ojos y revelaba su verdadera naturaleza.

La voz de Ethan perdió todo rastro de humor. Nunca lo había oído hablar con tanta seriedad, ni siquiera cuando discutimos la posibilidad de que todo acabase en muerte y destrucción.

—Un consejo, entonces, Destructor de Mundos. No le llenes la cabeza con palabras bonitas. No le hagas vestidos hermosos. No te la lleves a pasear por un jardín bajo la luz de la luna ni le regales flores que tú mismo has cortado. Diga lo que diga, es una mujer que anhela el amor. Si no tienes intención de quedarte, no la cortejes ni le llenes la cabeza de ilusiones. No la dejes caer si no vas a estar ahí para sostenerla.

No tenía ni idea de por qué no había visto a Drake en el jardín y ni siquiera lo había sentido. Me estaba empezando a enfadar. La luz de la lámpara de la mesa fluctuó. Entrecerré los ojos.

—¿Estás seguro de que no estás enamorado de ella? —pregunté, irritado.

La risa de Drake resonó por la habitación, y eso me molestó más, si cabe. La expresión de Ethan no cambio, pero levantó la mano izquierda. El complejo patrón del Ritual de Dhihsin le rodeaba el dedo.

—Por si lo olvidamos, estoy casado. —Bajó la mano y siguió—. Digamos que estamos en deuda con ella y le deseamos lo mejor. No queremos que sufra más de lo que ya ha sufrido.

—Muy bien —convine.

Levanté la mano y apunté al centro de la sala. La plata me brillaba en la piel; se me formaron gruesas líneas dobles a lo largo de piernas, pecho y brazos, y también bajo los ojos. Los anillos de plata giraron en los dedos mientras pronunciaba las antiguas palabras de invocación. Se formó un círculo y la biblioteca se sacudió; la fuerza de mi poder empujó los muebles hacia las paredes. Un haz de plata salió proyectado hacia lo alto, y Logan y Vincent lo atravesaron. En cuanto pisaron la sala, bajé la mano y la piel recuperó el color bronceado.

—¿Así que ese es tu aspecto verdadero? —preguntó Drake. Mantenía el rostro impasible, pero en las profundidades de sus ojos asomaba el miedo instintivo hacia mi auténtico yo.

Guardé silencio. Logan y Vincent caminaron hacia mí. Eran temibles guerreros y su apariencia no dejaba resquicio al engaño. Los celestiales se tomaban la guerra como si hubiesen nacido para ella, pero yo los había entrenado y les había dado una fuerza letal. La actitud de Ethan y de Drake cambió de forma sutil; adoptaron posturas defensivas. Miraron atentos a Vincent y a Logan, sin terminar de decidir si representaban una amenaza.

Logan y Vincent inspeccionaron la sala con ojos de un azul refulgente. Estaban tensos y tenían motivos para estarlo. Se habían entrenado para detectar hasta la menor amenaza y este lugar hacía arder su sangre celestial.

Verlos me liberó en parte de la tensión que me provocaba hallarme en un lugar extraño, rodeado de enemigos, y de la que no era consciente. Logan se había restablecido por completo. Y, aunque nuestro último encuentro no había sido del todo agradable, Vincent parecía alegre y contento de verme. Me sorprendió darme cuenta de que yo también los echaba de menos. Después de tanto tiempo de sentirme vacío y distante, era una sensación extraña.

Alcé la barbilla a modo de saludo.

—Esto es todo lo que tienen sobre Kaden por el momento. Quiero que haya un miembro de la Mano con Gabriella en todo momento. Ha llegado a mis oídos que Kaden está empecinado en recuperar a Dianna, y temo que pueda intentar de nuevo llevarse a Gabby. Eso exige una seguridad más estricta.

Vincent miró a los vampiros de reojo.

—Mientras estabas fuera he añadido algunas cosas a nuestras cofradías.

Miré a Ethan y señalé el mapa.

—Háblame de esto.

Se le cubrieron los ojos de chispas ardientes y le asomó la punta de los colmillos.

—El mapa identifica puntos en los que podría atacar. Son lugares que ha frecuentado en el pasado. Hay varias cavernas que creemos que pueden ser relevantes. Parece que le gusta estar bajo tierra. Todos los sitios en los que se ha instalado tenían túneles o un subterráneo.

Asentí.

—Mantened esos sitios vigilados —les dije a Vincent y a Logan—. Hay un expediente sobre Kaden. Leedlo e informadme de cualquier cosa que deba saber, o si descubrís algo más.

Logan asintió y reunió las carpetas y los documentos. Se los pasó a Vincent y luego enrolló el mapa.

—No hemos detectado ningún incremento de la cantidad de ataques, ni de la de personas desaparecidas. Parece que han optado por la discreción —dijo.

—¿Y qué hay del Libro de Azrael? ¿Hay motivos para preocuparse? —preguntó Vincent, que acunaba en los brazos los documentos que le había pasado Logan.

Logan y yo negamos con la cabeza.

—Nosotros lo vimos, Vin. Estaba muerto. Es imposible que saliese del planeta, y mucho menos que escribiese un libro.

—Entonces ¿por qué esta Kaden tan seguro de su existencia? —Vincent miraba primero al uno y luego al otro.

—Eso es lo que voy a averiguar —dije. Recapitulé acerca de las palabras de Ethan—. Creo que la está buscando a ella, en cuyo caso, vosotros estáis a salvo, pero no quiero correr riesgos. —Le puse la mano en el hombro a Vincent—. Id con cuidado y protegedlos a todos.

Me sonrió e hizo una breve inclinación de cabeza.

—Sí, mi señor.

Por una vez, el título no me molestó, y tampoco lo corregí. Pero ¿qué me estaba pasando?

Logan dejó escapar un gemido y puso los ojos en blanco.

—Por favor, ¡no le digas que está al mando! Desde que te fuiste está muy mandón y muy tocapelotas.

Hasta ese momento no me había dado cuenta de cuánto los echaba de menos. Se me dibujó en los labios una mueca burlona.

Logan se me quedó mirando con los ojos muy abiertos; por fin se controló y carraspeó.

—Nos pondremos en marcha. Llamaré si hay algún cambio.

Asentí y solté el hombro de Vincent. Abrí el portal de nuevo y los vi partir. Una vez lo cruzaron, me volví hacia Ethan. El poder que abría y cerraba el portal se desvaneció, y los libros y documentos se asentaron.

—Tienes mi palabra de que tú y los tuyos estaréis a salvo de Kaden.

Me di la vuelta y me encaminé hacia la puerta.

—¿Es cierto que empuñas la espada del Olvido? —preguntó Ethan antes de que me fuese.

Me detuve en seco y me volví a mirarlo.

—¿Cómo sabes tú eso?

Los ojos de Drake saltaron de Ethan a mí.

—Entonces, es cierto.

—¿Quién te lo ha dicho? —repetí; mi voz era apenas un susurro.

—Kaden. Dijo que era un arma forjada para la destrucción pura y la muerte verdadera, la oscuridad sin fin para toda la eternidad… Ni vida después de la muerte, ni nada. Que la energía integrada en la hoja podría destruir mundos y de ahí tu nombre: el Destructor de Mundos.

Apreté los dientes. Esa arma era otra parte de mi historia que desearía olvidar.

—¿Cómo lo sabe Kaden? —Era imposible que lo supiera, porque nadie que la hubiese visto había sobrevivido. Nadie, excepto yo.

—Es antiguo, Liam, antiguo y poderoso. Hace siglos que recopila información sobre ti.

Mi poder se desbordó. Las puertas que había detrás de mí se abrieron con un golpe, chocaron contra las paredes y se quedaron vibrando.

—Entonces, es consciente de lo que soy capaz —dije. Me di la vuelta y salí del estudio.

Lo último que oí fue la voz de Drake.

—Así que ese es Samkiel. Estamos de mierda hasta el cuello.

Mis pies casi no tocaron la alfombra barata que cubría los escalones de piedra. Los recuerdos me asaltaban y exigían que los escuchase. La sola mención de esa arma y de lo que había hecho con ella a lo largo de los siglos hacía que se me desbocara el corazón. El sonido del metal contra el metal, el suelo empapado de sangre, los rugidos y los truenos que hendían el aire, todo eso se repetía en bucle en mi subconsciente. ¿Cómo podía saberlo?

Respiré hondo y por poco derribo con el hombro a un hombre a quien golpeé sin querer. Soltó un quejido y se frotó la magulladura, sorprendido. El martilleo de mi cabeza era demasiado fuerte y no podía pararlo. Necesitaba aire. Necesitaba a Dianna.

Casi sin darme cuenta de a dónde iba me encontré ante la puerta de su habitación. Me detuve con la mano en el pomo. Se me aclaró la visión y el martilleo disminuyó. Al notarla al otro lado de la puerta respiré más calmado y la opresión del pecho se alivió. Deseaba entrar, anhelaba sentir su cuerpo contra el mío. Era un bálsamo para mi alma, pero las palabras de Ethan me resonaron en la mente.

«No la dejes caer si no vas a estar ahí para sostenerla».

Apoyé la frente contra aquella puerta normal y corriente y comprendí que la mujer que había al otro lado me era más preciada de lo que quería admitir ante nadie, y menos ante mí mismo. ¿Qué estaba haciendo? La guerra amenazaba este mundo y yo perdía el tiempo en jardines. Estaba distraído. Distraído por ella y por lo que sentía. No podía permitirlo de nuevo, no allí, no a Onuna. De modo que bajé la mano y me fui.

XXXIV
LIAM

abían pasado unos días desde mi reunión con Ethan y Drake. Ya no compartía la cama con Dianna… y, desde que dejé de hacerlo, no había tenido ni una sola noche de paz. Traté de conciliar el sueño cuando estaba a solas y al despertar hice un agujero en la pared. Por suerte, el daño se produjo en la fachada que daba al bosque y pude repararlo antes de que nadie se diese cuenta. Dieron por supuesto que había habido un pequeño terremoto que había sacudido el castillo y no sospecharon del dios del piso superior. Nadie se hizo preguntas. Nadie excepto ella.

«Así es como acaba el mundo».

«Así es como acaba el mundo».

«Así es como acaba el mundo».

Echaba de menos las noches en las que Dianna me reconfortaba, me frotaba la espalda empapada de sudor mientras yo me mecía. Cerraba los ojos con fuerza, con la esperanza de que la energía que encerraban no se escapase. El poder que apenas lograba mantener a raya no asustaba a Dianna; permanecía junto a mí y me murmuraba que solo era un sueño. Y me lo repetía como un mantra, para calmarme.

No le había dicho que ya no soñaba con la caída de Rashearim. Los muertos me susurraban una y otra vez y el sueño siempre terminaba con el cadáver de Dianna y los ojos ardientes. Cuando no era eso, soñaba con que la tenía bajo mi cuerpo, que le metía mi miembro viril tan hondo que yo casi era capaz de sentir algo. Eso me asustaba más que ninguna otra cosa. Y no sabía cómo decirle que todos mis sueños giraban en torno a ella. Así que dejé de dormir, me escapaba a mi cuarto en cuanto se distraía y me negaba a contestar si llamaba a la puerta. Sabía que quería ayudarme y que mi comportamiento la frustraba y la confundía. No quería hacerle daño, pero no podía ayudarme. Nadie podía.

Al principio se enfadó porque la evitaba, pero no tardó en permitir que Drake la distrajese. Sus risas me crispaban los nervios, así que me refugiaba en el estudio. Ethan no me molestaba allí. Nadie lo hacía. Y allí me quedaba: leía, investigaba y me comunicaba con la Cofradía, a la espera de algo que nos indicase qué hacer a continuación.

Los días se prolongaron y mi inquietud fue en aumento. Decidí que tenía que liberar energía de algún modo que no provocase más bombillas quemadas ni fallos eléctricos. Había un gimnasio en lo más profundo del castillo y, cuando no leía ni planeaba estrategias, me pasaba el tiempo allí. Si eso no funcionaba, corría durante horas a lo largo del perímetro del hechizo de ocultación para mantener las voces alejadas. Me servía un poco, pero no lo suficiente. Nunca era suficiente.

Nunca.

La pantalla de mi móvil parpadeó y apareció la cara de Logan.

—¿Hay algo? —dije a modo de saludo.

Negó con la cabeza; sostenía un libro en la mano.

—Los mismos textos que teníamos en Rashearim. Los únicos que podrían considerarse peligrosos, si acaso, son los que describen el funcionamiento y la construcción de nuestras armas. Pero no son de vital importancia. De nada sirve saber cómo se hacen nuestras armas si no hay un dios capaz de fabricarlas.

Los pájaros piaban entre la densa vegetación. Suspiré, frustrado, y me pasé la mano por la cara sudorosa. Había corrido hasta que me fallaron las piernas y luego me detuve y busqué un sitio aislado para llamar a Logan.

—Sé que te fastidia, pero ¿qué hay de la bruja?

Negué con la cabeza y me volví hacia un pequeño mamífero que me observaba desde una rama baja.

—No hemos tenido respuesta, así que esperamos.

—Cosa que detestas.

—No sabes cuánto. —Asentí—. ¿Qué hay del mapa?

Cerró el libro y se movió por el estudio; en la pantalla del móvil, todo daba vueltas.

—Envié a unos cuantos reclutas a las ubicaciones marcadas en el mapa. Son solo minas abandonadas y cuevas vacías. No hay nada.

Se me escapó una palabrota antigua que hizo que Logan soltase una risita.

—La de tiempo que llevaba sin oír esa —dijo.

—Quiero que todo este asunto acabe de una vez. Si es tan antiguo y poderoso como dice todo el mundo, ¿por qué tarda tanto? Si el Libro de Azrael es auténtico, ¿por qué ha sido tan difícil de encontrar, incluso para nosotros?

—Tal y como era Azrael… —Hizo una pausa—. Quizá no quería que lo encontrasen. Si el dios Xeohr le hizo crear el libro, puede que tuviese órdenes estrictas de no hablar de él.

—En tu opinión, ¿lo creó por orden de Xeohr?

—Es posible. Azrael no construía objetos de gran poder sin cierta dosis de coacción. Ya sabes, todo eso de «demasiado poder en malas manos». Quizá lo peligroso sea lo que hay dentro.

Me froté las sienes.

—Le das demasiado crédito. Azrael estaba metido hasta las cejas en las mismas herejías que nosotros. Era de los nuestros, aunque no conseguí apartarlo de Xeohr. No le importaban las palabras y las lecciones que sermoneaban los dioses, solo fingía.

—Cierto. —La risa de Logan resonó en el bosque y me hizo sonreír a mí—. ¿Por qué no le peguntas a la belleza morena con la que
estás ahí encerrado? Quizá ella sepa algo.

—No.

La sonrisa se esfumó y Logan se dio cuenta.

Se movió otra vez. Esperé a que se sentase tras un escritorio.

—¿Sabes?, el otro día oí a la hermana hablar con ella por teléfono
y se quejaba de que ya no dormíais juntos.

Gemí y agaché la cabeza para frotarme la frente.

—Eso no significa lo que tú crees.

—Oh, venga —rio—. Es la misma vieja historia que hemos oído
mil veces. Samkiel, el experto en amarlas y abandonarlas.

—No compares a Dianna con ninguna de mis conquistas. —Levanté la cabeza y la pantalla del móvil se apagó y luego volvió a la
normalidad. Resoplé y me esforcé en controlar el dañino poder que
me formaba olas bajo la piel—. Las cosas no funcionan así entre nosotros y no quiero volver a hablar de ello.

—De acuerdo. Entonces, explícame: ¿cómo funcionan las cosas
entre vosotros? Porque la última vez que hablamos todos estábamos
de acuerdo. Los ig'morruthens eran malos, nosotros éramos buenos,
y ahora… ¿Qué hacemos? ¿Trabajamos con ellos, como hicieron los
dioses traidores?

Aparté la mirada del teléfono al recordar lo rápido que había caído Rashearim por culpa de aquella traición.

—Mira, no estoy cuestionando tu autoridad ni quiero tocarte las
narices. A Neverra y a mí nos gusta Gabriella. Pero Dianna… No la
elijas a ella. Si tienes un picor acumulado de varios siglos, te lo puedes
rascar con cualquier mujer del universo. Que no sea con ella. Joder,
llama a Imogen. Todos sabemos que se prestará de buen grado y que
te está esperando.

—No necesito que me rasquen nada, y Dianna no es como los
ig'morruthens de nuestra época. Es diferente. Ya lo has visto.

—Sí, la he visto transformarse mediante las sombras, volar por los aires una embajada y matar a… ¿cuántos humanos? Ah, también la vi clavarle un cuchillo en el cráneo a uno de los suyos.

Me estaba empezando a ofuscar, y él lo sabía.

—Ya no podemos pensar en estos términos. ¿Sabes otro motivo por el que cayó Rashearim? Los dioses que se volvieron contra nosotros usaron a los ig'morruthens. Colaboraron con ellos para matarnos a casi todos. De modo que sí, ella me ha ayudado y sigue ayudando, pero eso es todo. Sea lo que sea lo que pensáis tú y los demás.

—Eh, yo no he dicho que los otros piensen…

Entrecerré los ojos, porque sabía muy bien que hablaban a todas horas.

—Te conozco. Os conozco a todos.

—Vale, de acuerdo. Nos preocupamos por ti. Has estado mucho tiempo fuera, Liam. —Se detuvo y se frotó la cara a la vez que se reclinaba en la silla—. Pero tienes razón. Ellos llevaban las de ganar. Así que, ordenes lo que ordenes, te seguiremos; eso ya lo sabes.

La parte lógica de mi consciencia sabía que lo movía el cariño, pero había tantas cosas que no sabía… Logan creía que yo era el hombre que conoció antes de la guerra, pero Samkiel había muerto en Rashearim en el momento que el planeta quedó reducido a polvo y fragmentos.

Logan no era injusto. Mis sentimientos hacia Dianna eran, al principio, los mismos que los suyos. Pero eso había cambiado. Me importaba y, cuanto más sabía de ella, más consciente era de lo mucho que teníamos en común. Cuando estábamos juntos las cosas eran sencillas y, a veces, no me sentía como el temible rey que se rumoreaba que era. Para Dianna solo era Liam.

—Me estaba ayudando con los terrores nocturnos.

Se sentó despacio y miró de un lado a otro para asegurarse de que no había nadie más en la sala.

—¿Terrores nocturnos? ¿De Rashearim?

Asentí.

—Y de lo que ocurrió cuando os hice marchar a todos.

—Querrás decir cuando nos obligaste a dejar nuestro mundo mientras tú te quedabas a pelear.

Alcé un hombro, como para quitarle importancia.

—El planeta entró en erupción. No habríais sobrevivido.

—Tampoco nos diste otra opción.

—No, no os la di. No podía exponeros así como así. La muerte de Zekiel es otra cosa que me perseguirá por el resto de mi larga vida.

Logan se frotó la cara. Sabía que la muerte de Zekiel le había ocasionado un profundo dolor.

—Otra cosa —dije, decidido a confiar en ese hombre que había permanecido a mi lado durante siglos, incluso cuando rechacé su lealtad.

Logan se centró de nuevo en mí.

—¿De qué se trata?

—Creo que estoy desarrollando el mismo poder de presciencia que tenían mi padre y mi abuelo.

—¿En serio? —Abrió los ojos, asombrado.

—Sí. Recuerdo lo que me contaba de sus sueños y visiones, y que me advirtió de que algún día tal vez tendría que enfrentarme a ellas. Representaban el porvenir, pero no al completo y no siempre con claridad.

—Sí, eran tan aterradoras que casi volvieron loco a tu abuelo. —Se inclinó hacia la pantalla—. ¿Qué has visto?

No podía decirle que soñaba con ella; ni siquiera quería admitírmelo a mí mismo. Así que le conté la otra parte de mis recientes terrores nocturnos.

—El mundo se acababa, igual que Rashearim. Había diferencias, pero el cielo temblaba al paso de las mismas bestias inmensas. He visto a un rey con el trono y la armadura hechos de cuernos. He visto muertos vivientes… Pero no sé lo que significa todo eso, ni cómo impedirlo.

Los ojos de Logan se tiñeron de temor y desesperación. Sacudió la cabeza y se tapó la boca con la mano.

—Maldición.

—Exacto: maldición.

Ese dolor que tan bien conocía volvió a machacarme las sienes. La luz del escritorio parpadeó. Suspiré y me estiré al tiempo que contemplaba las pilas de libros que me rodeaban. Me había escondido, enterrado en mis investigaciones, mientras esperábamos una respuesta de Camilla. En la biblioteca de Ethan había documentos que se remontaban al origen de la civilización. No había encontrado la menor mención a la caída de Rashearim, ni a los celestiales que se refugiaron en Onuna mientras yo reconstruía los restos de nuestro mundo.

Si la información que me había proporcionado Ethan era precisa y Kaden era tan viejo como aseguraba, el origen de la civilización podría darme alguna pista. Los humanos tenían antiguas narraciones que hablaban de bestias míticas. Tal vez Kaden era un ig'morruthen que había escapado a la Guerra de los Dioses y había caído en el planeta con la intención de reconstruir sus filas. Pero los actuales tenían que ser una subespecie. Había leído y releído acerca de aves fénix que bailaban en el cielo, de cambiapieles que atraían a sus víctimas a la muerte e incluso de dragones. Todos ellos encajaban y, a la vez, ninguno encajaba del todo.

Unas pisadas se acercaron y la puerta del estudio se abrió despacio. No tuve que levantar la vista para saber quién era mi visitante. Me dejó un plato sobre el libro que estaba leyendo.

—Mira, te he hecho algo. ¿Ves la cara? Malhumorada, como la tuya.

Mantuve la mirada gacha, con la frente apoyada en la mano. El plato contenía un delgado disco marrón con semiesferas rojas que representaban los ojos. La boca estaba hecha de una crema blanca y espumosa, con las comisuras curvadas hacia abajo. Dianna dejó su plato en la mesa y apartó una pila de libros. Luego cogió una silla y se sentó.

—Muy divertido. —Sacudí la cabeza y empujé el plato a un lado para seguir con la lectura.

—Esa, esa misma cara.

—No estoy de mal humor, estoy ocupado.

Cortó con el tenedor, que repiqueteó contra el plato, y se lo llevó a la boca.

—Tampoco duermes.

Cerré el libro. Sabía que con ella ahí no podría concentrarme.

—¿Y cómo lo sabes? Creía que tu amigo y tú estabais demasiado ocupados poniéndoos al día como para que te dieses cuenta.

Desde luego que se habían estado poniendo al día. En numerosas ocasiones me había tropezado con ellos en medio de alguna broma. En cuanto entraba, las risas se apagaban y la tensión se podía cortar en el ambiente.

Bajó el tenedor y se acomodó en la silla, con las piernas cruzadas.

—Uff, no sé. Será el «terremoto» inesperado, o que han tenido que arreglar tres problemas eléctricos en los últimos días… O quizá otra pista es que me has evitado y en las últimas dos semanas no me has pedido que me quede contigo.

¿Dos semanas? ¿Ya se había puesto el sol tantas veces? Sus contactos tardaban más de lo previsto, y para seguir con nuestra búsqueda necesitábamos una invitación. Mientras tanto, yo había tratado de resolver el misterio que representaba su creador.

—Tus observaciones me resultan molestas.

Hizo una mueca y soltó un bufido por la nariz.

—¿Por qué? ¿Porque son ciertas? —«Sí», me dije a mí mismo mientras cogía otro libro—. No puedes pasarte la vida haciendo como si yo no existiera. Venga, come.

Movió el libro que yo hacía valer como maniobra de distracción y empujó de nuevo el plato frente a mí. Esa vez fui yo quien frunció el ceño, pero aparté los libros y me acerqué más el plato. Cogí el tenedor, corté un trozo y le di un mordisco. Sin quitarle el ojo de encima a Dianna, lo mastiqué y lo tragué.

—¿Contenta? —pregunté.

Sonrió y siguió con su comida.

—Dime por qué no duermes. ¿Más pesadillas?

«Sí. Terrores nocturnos sobre tu muerte».

Tragué otro bocado del desayuno azucarado que me había traído.

—No estoy cansado —dije—. Es solo que no quiero dormir. Si lo que nos han contado es cierto, tenemos poco tiempo para encontrar el libro antes de que lo haga Kaden.

Pinchó la comida con desgana.

—Sí, y Camilla tarda más de lo que me esperaba en aceptar la invitación.

Asentí, con la esperanza de cambiar de tema.

—¿Por qué te odia tanto Camilla? ¿Otra amiga que no es una amiga?

—Más bien antigua amante.

Sentí otra punzada de calor, como cuando Drake le puso la mano encima. No había sentido algo así antes y no sabía lo que significaba, solo que no me gustaba. En cuanto mencionaba haber estado con otra persona, algo salvaje y violento despertaba en mi interior. No reconocía esas emociones.

Ya había dicho que su relación con Kaden no era monógama, pero, con lo obsesionado que estaba por recuperarla, me sorprendía que hubiese permitido a nadie intimar tanto con ella.

—¿Y Kaden lo permitió?

Se le escapó una risita.

—A Kaden no le preocupaba mi relación con Camilla. En realidad, iba a darle un puesto en su mesa, pero ella sentía algo por mí y eso sí que no le gustó. Así que la exilió porque le rogué que no la matase, y Santiago se hizo con el puesto. Nunca le dije lo que había hecho, pero ella supuso que la había traicionado y que fui responsable de su pérdida de poder. Y, en cierto modo, supongo que fue así.

Hace muchísimo que no hablo con ella. Kaden no me lo permitía. Me odia porque cree que no luché por ella y que preferí quedarme con Kaden. A ver, lo que había entre nosotras era estupendo y muy divertido, pero yo no la amaba como ella me amaba a mí. Y tampoco es que tuviera opciones. Jamás pondría a Gabby en peligro.

Sus palabras eran un reflejo de ciertas partes de mi vida. Me dejaba atónito que pudiésemos ser tan distintos y sin embargo tener tanto en común. Sabía muy bien lo que era tener amantes que te querían más de lo que tú los querías a ellos y lo mal que eso te podía llegar a hacer sentir.

—Pero ahora la pones en peligro al estar conmigo, ¿no?

—Contigo es diferente. —Hizo una pausa, como si se contuviera, y terminó de masticar un bocado—. Tú eres lo único que teme Kaden.

—No me llegaste a contar cómo acabaste en las garras de Kaden. Solo que diste tu vida por la de tu hermana.

Su rostro se volvió por completo inexpresivo y una sombra le nubló los ojos. Bajó la vista al plato y se encogió de hombros.

—Es largo de contar. Mejor otro día. —Asentí. Sabía que era mejor no presionarla. Me lo contaría a su debido tiempo—. ¿Te gustan las crepes?

Di otro mordisco y asentí.

—¿Se llaman así? Son sublimes. Creo que los «dulces», como tú los llamas, son mi debilidad.

Se rio.

—Así que tienes una debilidad. Tu secreto está a salvo conmigo. —Me guiñó un ojo y dio otro mordisco—. Da gracias a que Gabby me enseñó a cocinar, porque, si no, esto sería asqueroso.

—¿Has hecho desayuno para toda la mansión? —Aunque mi pregunta, en realidad, se refería a cierto vampiro que seguía cada uno de sus movimientos como un perro de Vennir en celo.

Se le escapó un pequeño bufido. Se tapó la boca y negó con la cabeza.

—No, solo para nosotros. Me das demasiado crédito. No soy tan amable.

Siguió comiendo, ajena por completo al impacto de su sencilla afirmación. Una sonrisa me jugueteó en los labios y, por primera vez en semanas, me sentí relajado. Era muy fácil hablar con Dianna y lo había echado muchísimo de menos. Cuando estaba a su lado ya no sentía sobre los hombros el peso del mundo.

Pero, por mucho bien que me hiciese, no dejaba de ser un problema si había planeado irme en cuanto recuperásemos aquel libro. Las palabras de Ethan aún me resonaban en la mente y me tragué las cosas que me habría gustado decirle.

—Gabby es buena persona, y lo digo en serio —comenté—. Los humanos y otros entes despiden cierta energía, su forma auténtica, supongo. Algunos lo llaman «alma», mientras que otros se refieren a ello como un «aura».

—¿Y tú puedes verlo? —me interrumpió con los ojos como platos—. ¿Puedes ver el alma de la gente?

No sabía si había dicho algo que la molestase o me había expresado mal, porque se quedó inmóvil y con la mirada fija.

—Sí. Depende de la persona o del ser, y a veces tengo que concentrarme, pero puedo ver la mayoría.

Dejó el tenedor en el plato, puso el codo sobre el escritorio e, inclinándose hacia delante, descansó la barbilla en la mano. Estaba claro que le interesaba.

—¿Cómo es la de Gabby?

—Amarilla y rosa, vibrante y cálida, más o menos como ella. —Dejé el tenedor, cogí la pequeña servilleta de papel blanco que había traído y me limpié la boca.

Su sonrisa era radiante.

—Sí, suena exactamente como ella. ¿Y la mía? ¿Qué pinta tengo?

—Muy parecida. —No quise decirle lo que bailaba alrededor de ella. No quería que se sintiese mal o decepcionada. Su aura era vibrante, sí, pero era una mezcla de rojos y negros con algún toque amarillo. Era un puro remolino de caos, como ver el mismísimo borde del universo.

—Genial. —Sonrió y se metió un trozo de fruta en la boca.

Carraspeé.

—Tengo entendido que antes hablaste con tu hermana. ¿Cómo está?

La pregunta hizo que se le iluminaran los ojos, como si nadie se la hubiese hecho antes. No le mencioné lo que me había dicho Logan. Su forma de expresar lo que compartíamos, o no compartíamos, no era asunto de nadie.

—La verdad es que está muy bien. Trabaja en el departamento médico de la Cofradía con varios celestiales. De modo que no cabe en sí de gozo. Muchas gracias.

Diana alargó el brazo y puso la mano sobre la mía. Al tocarme, un escalofrío me recorrió y despertó algo que creía muerto desde hacía mucho tiempo. Se me puso el vello de punta, y no supe si era una señal de alarma o el anhelo de algo más.

Deslicé la mano para sacarla de debajo de la suya y cogí el tenedor. Envarada, Dianna retiró la mano con lentitud.

La habitación quedó en silencio. No era culpa de Dianna, ni quería lastimarla. Pero no estaba acostumbrado a la manera en que me sentía cuando ella andaba cerca. El contacto con Dianna había hecho arder una parte de mi interior y descubrí que quería quemarme.

—¿Por qué repetís siempre el mismo mantra tu hermana y tú? —pregunté a toda prisa, para evitar que la conversación decayese.

Ladeó la cabeza y me miró, confundida.

—¿A qué te refieres?

—Cuando termináis una llamada, tú siempre le dices «Recuerda que te quiero». ¿Te preocupa que pueda olvidarlo?

Se rio un poco y cruzó los brazos sobre la mesa.

—Oh, no. Es solo nuestra forma de despedirnos. Mis padres nos lo decían todos los días antes de irse. Gabby y yo los imitamos y lo decimos desde que éramos unas crías. Supongo que se nos quedó. Y ahora es más importante, en vista de lo que yo hago. Por si acaso un día no vuelvo, y sé que eso suena un poco morboso.

—No. Es bonito y, además, algo que compartís entre vosotras.

—Gracias. —La sonrisa le volvió poco a poco.

Iba a preguntarle algo más, cuando oí unos pasos que se acercaban. La puerta se abrió de un portazo y ambos nos volvimos a mirar.

—¡Estás aquí! Te he buscado por todas partes —soltó Drake mientras se colaba en la sala.

Había llegado a odiar su sonrisa pícara, porque siempre iba dirigida a la mala mujer que estaba sentada frente a mí. Llevaba unos pantalones negros holgados, pero iba descamisado y exhibía el pecho musculoso y una buena extensión de piel firme y morena. Se arrodilló junto a Dianna y me fijé que llevaba las manos vendadas. Ella se reclinó en el asiento y se giró para encararlo con una sonrisa luminosa. Me dolió el pecho y descubrí que no me gustaba compartir su atención.

—Deberías venir con una advertencia —le dije, con el ceño fruncido.

—Gracias. —Me miró de reojo y sonrió. No estaba ofendido ni por asomo.

—No era un cumplido.

Dianna se rio y sentí como si me diesen un puñetazo en las tripas. Odiaba aquella manera que tenían de sonreírse. Me pregunté si ella pensaba en la piel perfecta de él y soñaba con tocarla. ¿La dejaría él hacerlo si se lo pedía? No era como la mía, llena de marcas y cicatrices de las batallas en las que me había visto envuelto toda mi vida. Sí, yo era más alto y tenía los músculos más pronunciados, pero jamás sería el ser inmaculado que era él.

Los ojos de Dianna parecieron bailar cuando él entraba en la sala. Las historias y las leyendas de mi pasado me aclamaban como un ser magnífico, pero con Dianna sentía cierto prurito de timidez. ¿Y si prefería a los hombres como Drake? Aunque sabía que no debería importarme ni molestarme, en cierto modo lo hacía.

También odiaba las palmaditas juguetonas que le daba en el pecho y en los hombros. Me parecía que estaban reservadas para mí, pero también se las hacía a él. Cuando él hablaba o hacía algún comentario grosero ella se reía de verdad. Conmigo solo la había oído reírse así una vez. Y cuando entraba en una habitación, sus risas se apagaban, y no sabía por qué me molestaba tanto, pero lo hacía.

—¿Lista para sudar y pasar calor, preciosa? Te estiraré antes. —Sonrió de forma sugerente y la sangre me hirvió.

No era capaz de decir si habían sido amantes en el pasado y me negaba a preguntarlo. No era asunto mío y tampoco debería importarme, pero en parte esperaba que él nunca le hubiese puesto la mano encima de la piel desnuda. Era una idea ridícula. Dianna no era mía y solo éramos colaboradores…, amigos. Pero si eso era cierto, ¿por qué me dolía el corazón? Cerré los puños, lo que hizo que se hinchasen los músculos de detrás de los omoplatos, y luego los relajé. Me comportaba de una manera ridícula.

Al levantarse Drake, Dianna se puso de pie y recogió los platos.

—Claro, deja que me cambie de ropa y nos vemos abajo.

—¿A dónde vais?

Por la forma de volverse y mirarme comprendí que la pregunta había sonado áspera y un poco agresiva. No quería preguntar, pero tenía que saberlo. Dianna acababa de llegar y de repente aparecía él y se volvía a marchar.

—Drake me ha ayudado a entrenarme estas últimas semanas. Cosa que sabrías si te hubieses molestado en salir de este estudio y buscarme.

Drake arqueó las cejas, pero se abstuvo de comentar nada al respecto. Al menos, no era idiota del todo.

—Te dije que teníamos que reunir toda la información que pudiésemos sobre Kaden mientras esperamos a que Camilla acepte o rechace la invitación. Por eso estamos aquí.

—¿Y qué se supone que significa eso? ¿Que no he sido útil?

—De un tiempo a esta parte, no.

Se le dilataron las aletas de la nariz. Desde mi llegada, la cosa había ido bien, pero había algo subyacente que pugnaba por estallar y mi comentario lo había despertado.

—Bueno, si te hubieses molestado en hablar conmigo, en vez de dejarme de lado, sabrías que no vas a encontrar nada sobre Kaden en un libro. Pero no, claro, prefieres pasar de mí.

—No estoy pasando de ti.

Soltó un bufido de burla y sujetó con más fuerza los platos.

—¿Estás seguro? ¿Cuándo fue la última vez que tuvimos una conversación, aparte de cuando te insisto hasta que respondes con un gruñido o con la palabra «no»? ¿Y cuando voy a tu cuarto y ni siquiera me abres la puerta?

Cerré los ojos y me froté la frente. Otra vez el maldito martilleo.

—No volveré a compartir cama contigo, si hacerlo significa aguantar que me sermoneen seres muy inferiores a mí que piensan que tengo malas intenciones hacia ti —dije con un tono de voz que no era precisamente amable.

La habitación se sacudió y se hizo un silencio inquietante. Creí que mi poder se había descontrolado, pero cuando abrí los ojos y miré a Dianna comprendí que no era mi cólera la que afectaba a nuestro entorno. Era la suya. La ira le deformaba los rasgos afilados. Me taladró con la mirada y le brotaron volutas de humo de la nariz. La última vez que la había visto así fue justo antes de que hiciese volar la sala en Arariel.

—¿Me evitabas porque la gente cree que nos acostamos? —Le salió con un tono duro y cortante.

Mi mirada se desvió hacia el hombre demasiado afectuoso que tenía a su lado.

—¿Tus queridos amigos no te han contado lo que me dijeron sobre ti?

Dianna se volvió hacia Drake, que abrió los ojos de par en par. Levantó las manos en señal de rendición.

—Oye, Ethan y yo solo queríamos protegerte.

Los platos estallaron y una lluvia de restos de comida y fragmentos de vidrio fino cayó al suelo.

—¡Vosotros dos sois como unos hermanos sobreprotectores!

Olí el fuego, aunque Dianna no había invocado las llamas aún. Drake también lo olió y dio un paso atrás sin dejar de mirar el puño apretado de Dianna.

—A quién me follo o me dejo de follar no es asunto tuyo ni de Ethan. Habéis puesto en peligro a todos los aquí presentes porque estáis demasiado preocupados protegiéndome.

—¡Dianna! —dije con voz afilada.

—¿Qué significa eso? —Drake frunció el ceño. Era evidente que no estaba al tanto de mis violentas reacciones.

—Y tú. —Se volvió hacia mí y clavó los ojos en los míos. La cólera se desvaneció y la sustituyó la tristeza, que era mucho peor—. ¿No podías decírmelo? Después de todo lo que ha pasado, ¿de repente no confías en mí? Siento mucho que me encuentres tan repulsiva que la simple sugerencia de que me puedas follar sirva para que me evites durante semanas.

Me puse en pie de un salto y planté las manos en el escritorio. Unos cuantos papeles salieron volando.

—¡No pongas palabras en mi boca! —gruñí—. ¡Yo no he dicho eso!

Avanzó un paso hasta estar en contacto con el otro lado del escritorio.

—¡Pero así es como actúas! —Un anillo rojo le apareció alrededor de los iris y luego se los inundó por completo y ahogó el color avellana—. Al parecer, sus opiniones te importan más que mis sentimientos. Ya está, se acabó. Se acabó lo de tratar de ser tu amiga. Se acabó lo de ayudarte a mitigar tu dolor y se acabó del todo lo de preocuparme por ti. Tenemos que trabajar juntos, pero ya no pienso seguir con esa mierda de toma y daca contigo. No somos amigos, Liam… Y ahora comprendo que nunca lo hemos sido.

Se giró y, sin lanzarme una última mirada, sin prestar atención al enorme agujero que me había dejado en el pecho, se marchó.

Drake se volvió hacia mí y puso los brazos en jarras. Suspiró.

—No es nada. Solo necesita calmarse un poco, ¿sabes?

Apreté la mandíbula y los labios.

—Fuera.

Se le iluminaron los ojos y esbozó una sonrisa burlona. Levantó la mano a modo de saludo y salió de la habitación tras Dianna.

En el momento en que la puerta se cerró, todos los objetos y muebles que había a mi alrededor estallaron en un millar de pedazos.

No la vi al día siguiente; supuse que prefería estar sola. El sonido de su risa estaba ausente del castillo, pero sus palabras aún me resonaban en la cabeza. Me perturbaban más de lo que quería admitir.

«No somos amigos, Liam. Nunca lo hemos sido».

Los ojos se me iban hacia la puerta cada vez que oía pasos. La esperanza de que fuese ella, que viniese a lanzarme alguna pulla de mal gusto, se negaba a flaquear. Quizá se había olvidado de decirme algo y venía a recordarme lo capullo que era. De tanto mirar la puerta, pensé que iba a terminar perforándola con los ojos, pero Dianna no vino.

No había tenido en cuenta sus sentimientos, solo los míos. Había aceptado su amistad, pero le había mostrado más respeto a Drake y a Ethan. Me había ayudado más de lo que se imaginaba y yo la había maltratado. Tenía razón y yo debía hacer las paces.

Las ropas que me prestaron eran de mejor calidad que las que me dieron a la llegada. Me puse unos pantalones negros cómodos y una camisa de manga larga que debería encajar a la perfección pero que era más ajustada de lo que me gustaría. Había perdido la capacidad de invocar tejidos debido a la falta de sueño. Cada vez necesitaba más energía para controlar las visiones que me perseguían y permanecer despierto. Por tanto, no tenía otra opción que ponerme lo que me ofrecían.

Suspiré y salí de mi cuarto. Bajé los escalones de dos en dos. Los pocos invitados que me crucé se alejaron corriendo o se apartaron y hablaron en susurros con quienes tenían más cerca. Seguí mi camino, utilizando la conexión entre nosotros que me negaba a admitir para localizar a aquella mujer ardiente. Oí un golpetazo seguido del gruñido de dolor de un hombre y lo seguí hacia un largo pasillo. Allí estaba.

—¿Por qué descargas tu ira en mí? Ya te he pedido perdón —se quejaba Drake desde el suelo cuando entré.

Era el mismo gimnasio que yo había usado, pero con algunos cambios. Unas huellas negras de quemaduras decoraban las paredes como manchas de hollín. Por el olor a humo, supe que al menos la mitad eran de hacía poco y las otras no tenían más de un día. Aún brotaba humo de las marcas recientes de la gran almohadilla roja que cubría el centro de la sala y dos maniquíes reposaban contra la pared más lejana con la mitad de la cara y parte del cuerpo fundidos. De la pared más cercana colgaban cuerdas con las puntas negras y deshilachadas. Lo único que parecía intacto eran los grandes espejos que cubrían las paredes, con un surtido de campanas de metal y placas circulares alineadas frente a ellas.

Mis ojos dejaron de estudiar la habitación en cuanto se posaron en Dianna. Nunca la había visto con ropas como aquellas. Le ceñían la figura delgada y se ajustaba demasiado bien a los músculos y a las curvas. Tenía los hombros, brazos y abdomen desnudos. Se había atado el pelo en una coleta, cuya punta le caía entre los omoplatos. Estaba impresionante… y todavía muy, muy enfadada.

—Por fin alguien a quien puedes sacudir.

Drake se levantó del suelo con esfuerzo y se sujetó el costado. La ropa estaba llena de marcas de quemadura, señal de que ella no se había contenido. Buena chica.

—Vete.

Eso me dolió.

—No.

—No tengo nueva información y estoy ocupada, así que vete.

Trataba de volver mis propias palabras contra mí, pero con más veneno. Drake cojeó hasta llegar a una fila de bancos y se sentó lo más lejos que pudo.

—No.

Me miró y las llamas le cosquillearon la punta de los dedos.

—Como pises la estera, también pelearé contigo.

Muy bien. Bajé la mirada hacia la estera y puse un pie en ella de forma deliberada. Luego la miré para retarla sin palabras. Lo vio y aceptó.

El puño de Dianna me buscó la cara. Pivoté a la derecha y lo dejé pasar. Se giró y me disparó el codo a la barbilla. Me eché hacia atrás y no logró conectar. Me lanzó una sucesión de golpes y jabs, todos los cuales fallaron el objetivo, lo que solo sirvió para ofuscarla aún más.

—Si lo que intentas es golpearme, lo estás haciendo muy mal —le dije, al tiempo que desviaba otro golpe.

—¡Eres de lo más irritante! —dijo, y trató de darme una patada ascendente.

—He venido a pedir disculpas.

—Que te den.

Dianna dio vueltas por el ring con los puños alzados cerca del cuerpo. No se rio, ni hizo comentarios sarcásticos, ni bromas. Era pura rabia, desmedida y apenas contenida. Se movía como un gran felino depredador, peligroso, calculador y absolutamente impresionante.

—No quiero hacerte daño —dijo entre dientes.

—Dice la que ni siquiera puede tocarme.

Dianna atacó de nuevo, esa vez con una combinación de golpe y rodillazo. La bloqueé con la mano. Los golpes dolieron un poco. Pegaba con fuerza, pero sin precisión. Estaba entrenada, pero no como la Mano o como yo. Si usase más las piernas sería bastante efectiva. Tenía la altura para llegar a su adversario, pero no la habilidad. Aún no.

Se me acercó y lanzó un jab que esquivé. Me pasó junto a la cabeza. El otro puño salió disparado, un gancho ascendente directo a mi mandíbula. La cogí de la muñeca y la hice girar hacia mí. Jadeaba por el esfuerzo. La sujeté con la espalda contra mi pecho. Intentó liberarse y le sujeté las muñecas contra el cuerpo.

—Tus puñetazos son fuertes, pero les falta coordinación.

—Quémate en Iassulyn.

Desde el fondo llegó la risa de Drake.

—¿De qué coño te ríes? No veo que tú estés peleando con un dios.

Drake guardó silencio y no respondió.

—No le hagas caso. Quería pedirte disculpas, Dianna, no pelear contigo.

—No tienes de qué disculparte. —Su respiración se normalizó. Retorcía los puños para zafarse de mi agarre—. No somos amigos.

—¡Deja de decir eso!

Intentó girar los puños, así que apreté con más fuerza.

—Siento haberme portado como me porté. Me están pasando muchas cosas y he dejado que me perturben. He permitido que me influyesen personas que no significan nada para mí. Desde que empezamos, tú me has ayudado más de lo que imaginas. Lo aprecio de verdad y te aprecio a ti. Lo siento.

Se quedó callada. Dejó de esforzarse por liberar los puños y parte de la tensión desapareció de su cuerpo.

—Eres muy desagradable. —La voz era poco más que un susurro.

—Lo sé.

—Y grosero.

Se me escapó un bufido que agitó varios mechones de su cabeza.

—Lo sé.

—Suéltame.

Aflojé la presión sobre las muñecas, pero no tanto como para que se liberase. Todavía no.

—Lo haré si me dices que ya no estás enfadada conmigo.

—De acuerdo. —Suspiró—. Ya no estoy enfadada contigo.

Con cuidado, aflojé la sujeción de las muñecas y las manos quedaron libres. Dio un paso al frente, se volvió y me lanzó un puñetazo demasiado rápido como para detenerlo. Oí el chasquido dentro de mi cráneo y a la vez el eco por toda la sala. Un dolor cegador me subió por la nariz y se me extendió por toda la cara. Levanté una mano y me la llevé al punto de impacto.

—¿A qué ha venido eso? —pregunté con los ojos entrecerrados para tratar de distinguir su imagen borrosa.

—Por lo gilipollas que has sido las dos últimas semanas. —Se encogió de hombros—. Ya me siento mejor.

Me apreté el puente de la nariz. La pequeña fractura se curó y el hueso encajó en su sitio con un chasquido. Una cosa había que reconocerle a Dianna: nunca se rendía. Se ajustó la goma con la que se recogía el pelo y luego hizo girar las muñecas y adoptó una pose defensiva.

—¿Todavía quieres pelear? Me he disculpado.

—¿Ya estás cansado? —Los labios formaron poco a poco una sonrisa. La energía de la sala cambió. Los ojos le brillaban con el familiar resplandor rojo de las ascuas—. Ya te he dicho que estoy entrenando. Si has terminado, Drake puede sustituirte.

No sé por qué, aquel comentario me heló la sangre.

—No, por favor, quédate. Preferiría curarme un poco más antes de que me rompa otra costilla —dijo Drake desde el banco sobre el cual estaba desplomado—. Pero no destrocéis la casa, por favor. Ethan me mataría.

Su comentario me pilló con la guardia baja y le dio una oportunidad a Dianna. No la vi moverse ni desaparecer, pero percibí el desplazamiento del aire sobre mí cuando se rematerializó con el puño directo a mi cabeza. Me aparté y los nudillos apenas me rozaron el hombro. Antes de que pudiera recuperarme y reaccionar, giró la pierna y el pie voló hacia mi cabeza. Me doblé hacia atrás mientras ella rectificaba, pero no fui lo bastante rápido como para evitar la segunda patada. Su espinilla conectó con mi hombro con fuerza suficiente para que lo notase.

Drake aplaudió, pero ni ella ni yo le hicimos caso. Dianna alzó los puños y adelantó una pierna; tenía una expresión atrevida y desafiante.

Me froté el hombro y el leve dolor desapareció.

—Los brazos están menos musculados que las piernas. Tienes más fuerza en el tren inferior debido a tus proporciones.

Miró hacia abajo.

—Creo que es su manera de decir que tienes un culo bonito —comentó Drake con sarcasmo—. Cosa en la que estoy de acuerdo.

Ambos lo miramos con cara de pocos amigos. Se echó a un lado para esquivar una bola de fuego que chocó con la pared justo donde estaba sentado un momento antes. Las llamas chisporrotearon y chamuscaron la piedra.

—¡Oye! ¿Qué he dicho sobre destrozar la casa, Dianna?

Captó mi mirada y decidió cerrar la boca.

—No le hagas caso —repetí y me volví hacia ella, que sacudía los puños para apagar las llamas que aún persistían—. Solo con tus poderes ya eres más fuerte que la mayoría de mis celestiales, pero no lo bastante para la Mano o para mí.

Bufó y sacudió la cabeza. Su mirada amenazó con incinerarme.

—No sé, yo creo que me las apañé muy bien con Zekiel y contigo.

—Que conste que no es una crítica —añadí; no quería morder el anzuelo ni discutir con ella—. Me he entrenado durante siglos, y ellos también. Tú dominas los movimientos correctos, pero no la ejecución. Creo que te entrenó alguien que no quería que fueses tan fuerte como para vencerlo. Ya eres peligrosa, Dianna. Ahora, vamos a hacerte letal.

Cuadró los hombros y el brillo carmesí de los ojos se desvaneció. Asintió.

Pasaron los días sin que hubiese ninguna novedad. Logan me informó de que no había muertes ni movimientos sospechosos. Pese a ello, o quizá a causa de ello, me sentía inquieto. Había algo que no encajaba, pero me estaba costando mucho precisar de qué se trataba.

Dianna y yo entrenábamos todos los días, pero ese era el único tiempo que pasábamos juntos. No volvimos a hablar del tema, pero había entre nosotros un distanciamiento que amenazaba no solo nuestra colaboración, sino también nuestra amistad.

No me pidió que me uniera a ella por las noches, y yo no acudí. Unas cuantas veces me detuve junto a su puerta, con la mano alzada para llamar, pero en todas las ocasiones me fui sin hacerlo. Me decía a mí mismo que era mejor así, puesto que mi estancia no iba a ser permanente. Aunque anhelaba la calidez y el consuelo que ella me brindaba, no podía permitirme depender de ello.

Así que me iba a mi cuarto cada noche y yacía en la cama, mirando por la ventana con la vista perdida. Veía ponerse la luna y salir el sol, como solía hacer en las ruinas de Rashearim. La sensación de tener un vacío oscuro y profundo en el pecho, que Dianna había logrado ahuyentar, empezaba a abrirse paso de nuevo, poco a poco.

Caminé en torno a ella. Dianna estaba de pie, con los ojos cerrados, sobre una sola pierna; la otra tenía la rodilla doblada y la planta del pie apoyada contra el muslo. Las manos, unidas por las palmas, se mantenían a la altura del pecho.

Abrió un ojo, pero no cambió de postura.

—Si me dejases usar mis poderes te demostraría lo rápido que puedo acabar contigo.

—No. —Me paré frente a ella, con las manos cogidas a la espalda—. Querías entrenarte, así que lo haremos como es debido, no con lo que intentaste con el señor Vanderkai sin demasiado éxito.

Suspiró y cerró ambos ojos.

—Piénsalo así. Tus poderes son extraordinarios, pero te quedas indefensa si haces un esfuerzo excesivo y ya no tienes acceso a ellos. Debes comprender cómo defenderte y ser consciente de los límites de tus capacidades.

—Nunca he tenido problemas —replicó, con un ojo abierto.

—Eso no significa que no pueda ocurrir, te lo garantizo. —La rodeé de nuevo y esta vez me detuve detrás de ella—. Te mostraré una técnica que me enseñó mi padre.

Giró la cabeza para mirarme. No dijo nada, solo asintió y esperó a que yo continuase.

—Extiende los brazos.

Miró hacia delante y lo hizo. Me acerqué unos centímetros más. La fragancia densa y especiada de la canela me llenó las fosas nasales. Era el olor complejo y único de Dianna. Lo había echado de menos los últimos días. Hice a un lado aquellos pensamientos y me concentré.

—No habrá contacto físico, pero cuando empiece ya verás lo que ocurre.

Inclinó la cabeza hacia atrás, con la cara a centímetros de la mía.

—¿Qué significa eso?

Levanté las manos y las palmas empezaron a relucir mientras se las pasaba sobre las muñecas. Una luz violeta y plateada saltó de mí hacia ella, con pequeñas chispas eléctricas que nos conectaron. Abrió mucho los ojos, pero no hizo el menor gesto de apartarse o detenerme. Seguí el contorno de sus brazos y dejé que mi poder le lamiese la piel.

Se estremeció y tragó saliva.

—No duele —dijo—. No es como antes.

—Se debe a que puedo controlar la intensidad. Si quisiera que doliese, te dolería.

Su mirada me dijo que estaba a punto de soltar algún comentario ocurrente, pero se controló y la expresión desapareció. La decepción me encogió el corazón. Dianna se miró el brazo.

—Ese movimiento que noto bajo la piel —dijo—. ¿Qué es?

—Tu poder. ¿Ves las sombras que se retuercen cuando paso por encima? Se está preparando para actuar, para defenderte de lo que percibe como una amenaza. Es paciente y espera a que lo llames.

—Genial. Un poco asqueroso, pero genial.

Entrecerré los ojos.

—No es asqueroso. Igual que la luz que hay en mi interior forma parte de mí, las sombras forman parte de ti. Son tú y a la vez no lo son.

Nuestras miradas se encontraron. Luego asintió otra vez. Me moví para situarme frente a Dianna. Mi mano derecha flotó a pocos centímetros de ella y su poder la siguió como una sombra que le reptase bajo la piel.

—Mi padre me enseñó este mantra. Es muy diferente del que compartes con tu hermana, pero a mí me ayudó a ganar control y a mantener la concentración. Él decía que era la mayor fuente de poder. La parte lógica de tu poder procede del cerebro. —Moví la mano hacia la cabeza de Dianna, y unos diminutos zarcillos de su poder la siguieron. Bizqueó unos instantes mientras trataba de seguir el movimiento.

—La emoción y la irracionalidad vienen del corazón.

Moví la mano hacia abajo. Sin tocarla, le pasé la palma sobre el pecho. Las sombras parecieron bailar y burlarse de las chispas de mi poder. Dianna tenía la respiración entrecortada. Algo había cambiado. El pecho ascendía y descendía bajo el tejido empapado de sudor. Me vinieron a la mente los sueños en los que deseaba tocarla. Me lamí los labios e inspiré para tranquilizarme. La mirada de Dianna captó el movimiento y yo estuve a punto de gemir. Me obligué a concentrarme. Me moví a un lado de ella, le recorrí el torso y me demoré en el vientre.

—Y, por último, tu ira, ese fuego que invocas, procede de tus tripas. —Las sombras que se movían bajo la piel se mezclaron y adquirieron un brillante color rojo.

Retiré el poder y lo hice volver a mi interior y al bajar la mano al costado la luz murió. Dianna dejó escapar el aliento como si lo hubiera retenido durante mucho rato.

—Núcleo, corazón, cerebro —dije—. Son los principales detonantes de tu poder. Uno no puede existir sin los otros. Las decisiones que se toman con uno y hacen caso omiso de los otros dos pueden ser mortales. Los auténticos maestros de esta habilidad pueden controlar y manipular los tres.

—A ver si lo adivino: ¿tú eres un auténtico maestro? —Arqueó una ceja y se puso las manos en las caderas.

—Tengo que serlo. Mis decisiones no se pueden basar solo en lo que me dice el corazón, sea cual sea el precio. No puedo romper ni retorcer las reglas solo porque quiera. El universo se desequilibraría si usase mi poder por motivos egoístas.

Por un momento, su mirada fue dulce, pero enseguida bajó la vista.

—¿Y cómo lo controlo?

—Centro, concentración, liberación. —Paré para buscar en mi mente la palabra adecuada—. O «meditación», como lo llamáis aquí.

Asintió y bajó los brazos a lo largo de los costados.

—De acuerdo, enséñame más.

—Muy bien.

Dedicamos el resto de la tarde a la meditación. La práctica me ayudaba a calmar mis nervios imprevisibles, así que decidí utilizarla más a menudo.

Cada día trabajábamos en algo nuevo, pero al quinto día volvimos a entrenar la lucha. Habíamos decidido que cada vez que Drake abriese la boca lo usaríamos de blanco. Eso lo mantuvo callado y al final dejó de venir.

Al sexto día la enseñé a sostener y empuñar una espada. Se le daba fatal. Lo odiaba y prefería la fuerza bruta y, aunque reconocía que era una habilidad útil, no dejaba de quejarse cada segundo.

—Enséñame cómo pudiste enfrentarte a Zekiel y sobrevivir —le pregunté. Estaba dando vueltas a su alrededor con un bastón de madera en la mano.

Dianna tenía otro bastón y copió mis movimientos. Estaba empapada de sudor y jadeaba.

—No fue fácil. Era rápido, como tú.

—Es una habilidad…

—Ya, ya sé. Que se tarda tiempo en dominar.

Cargó. La madera chocó con la madera con un sonoro chasquido que resonó por toda la sala. La empujé y se dio la vuelta para corregir la postura. Lanzó de nuevo el bastón en dirección a mi brazo izquierdo. Me aparté y bloqueé el golpe. Cada vez que Dianna fallaba, aprendía, se corregía y lanzaba un contraataque. Era decidida, hábil a su manera y muy resistente. Era un arma perfecta de los pies a la cabeza y se negaba a darse por vencida o rendirse por muchas veces que terminase con hematomas o silbase de dolor cuando mi arma la alcanzaba, como ocurrió en ese momento.

La cabeza de Dianna se desvió un lado y en el labio se le formó un pequeño hilillo de sangre. Bajé el arma y me apresuré a acudir a su lado.

—Dianna.

—Estoy bien —dijo.

Levantó la mano para detener mi avance. Había notado que no me quería cerca de ella. Si se lastimaba durante el entrenamiento, no quería que la reconfortase ni que la atendiese. Eso me dolía, igual que me dolía verla sufrir.

Me quedé quieto y contemplé, impotente, como se limpiaba la sangre del labio que ya se estaba curando.

—¿Ves? Ya estoy mejor.

—Déjame echarle un vistazo —casi rogué.

Levantó el bastón y me lo apuntó al pecho para mantenerme a distancia.

—He dicho que estoy bien. Empuña el arma. ¿Cuando le haces daño a un enemigo vas enseguida a comprobar qué tal está? No.

—Tú no eres mi enemiga —dije con rotundidad.

El dolor asomó a sus ojos.

—Empuña el arma —insistió.

Antes de que pudiese responder cargó contra mí. Desvié el bastón, pero eso no la detuvo y volvió a cargar. ¿No había aprendido nada? Me desplacé y me preparé para bloquear otro golpe. Los bastones entrechocaron una vez sobre nuestras cabezas, luego a mi izquierda, su derecha y luego, al darse la vuelta, me apuntó a la garganta. Con un fuerte movimiento ascendente le arranqué el bastón de la mano. En apenas un instante empujé el mío hacia ella, pero Dianna había desaparecido y en su lugar solo quedaban unos jirones de niebla.

Sentí un fuerte empujón por detrás de las rodillas y caí hacia delante. No tuve tiempo de procesar lo que había ocurrido; su pierna me golpeó en un lado de la cara y me hizo girar y caer de espaldas. Atrapó el bastón en el aire con una mano y empujó la punta contra el centro de mi pecho.

—Así es como me enfrenté a Zekiel.

Estaba jadeante. No había humor en su mirada, solo la misma mirada seca que me reservaba desde que discutimos en el estudio.

Dianna había combinado lo que le había estado enseñando con sus propios movimientos y había creado un estilo de lucha único e impredecible que me había pillado por sorpresa. Había ejecutado una perfecta patada giratoria que me había tirado de culo y ahora tenía un arma apuntada contra mi pecho. Jamás dejaba de pensar y siempre estaba calculando, tratando de buscar la manera de sacar provecho de la pelea. Esa mujer hermosa, peligrosa y magnífica me impresionaba y me asombraba.

Arrojó el bastón a un lado y cogió la toalla pequeña y la botella de agua que había traído consigo. Volvió y se sentó en la colchoneta, pero no trajo mis cosas ni se ofreció a compartir. Aquel desprecio me quemó más que las llamas que podía lanzarme.

Me incorporé para sentarme y pegué las rodillas al pecho. Apoyé los brazos encima y la miré, cautivado por el reflejo de la luz sobre su piel.

—Es impresionante todo lo que has absorbido en tan poco espacio

473

de tiempo. Aprendes muy deprisa, aunque no soportes mi forma de entrenarte, o a mí.

No pretendía decir eso último, pero cada vez me era más difícil pasar por alto lo mucho que me dolía aquella brecha que se había abierto entre nosotros. Era peor que cualquier dolor físico que hubiese experimentado.

Nuestras miradas convergieron, pero ella la apartó antes de que tuviese tiempo de evaluar su expresión.

—Cuando entrenas eres muy mandón, sin duda, pero tiene sentido.

Estiró la pierna y me golpeó el pie con el suyo. Era el primer contacto que iniciaba fuera del ring. Se dio cuenta de lo que había hecho y se puso seria. Retiró la pierna y se apartó un poco más de mí. Tuve que hacer acopio de fuerza de voluntad para no agarrarla y arrastrarla de vuelta. Echaba de menos sus palmadas y golpes juguetones. La echaba de menos.

—Te pido disculpas por mis actos recientes. Estaba frustrado por la espera, y supongo que eso me tenía un poco de los nervios.

Se encogió de hombros y dobló las piernas frente a ella. Bajó la vista y se ató los cordones de los zapatos.

—No hace falta que te sigas disculpando, Liam. En serio, estoy bien.

Fruncí el ceño y me encaré.

—No paras de decir eso, Dianna, pero no creo que sea cierto. Tú…

Las puertas se abrieron de par en par y entró Ethan dando zancadas, con Drake pegado a los talones. Como de costumbre, ambos iban vestidos de negro, aunque Drake siempre añadía un toque rojo. Apestaba a actividades ilícitas con un toque de lavanda. No me gustaban esos olores, pero al menos no olía a canela.

—Buenas noticias: han aceptado la invitación.

Dianna se levantó de un salto y se limpió las manos en las mallas que le envolvían el culo y las piernas.

—Estupendo. ¿Cuándo nos vamos?

—¿Tantas ganas tienes de librarte de mí? —bromeó Drake, pero

Dianna no le respondió como de costumbre. Tal vez yo no era el único blanco de su ira. Drake se dio cuenta y se le borró la sonrisa.

Ethan buscó a su hermano con la mirada, y luego a nosotros.

—La condición es que solo quiere que vayamos unos cuantos miembros de mi línea y yo. Creo que desea hacer las paces, porque todo el mundo cree que Drake está muerto.

Dianna asintió y se cruzó de brazos.

—No confío en Camilla, pero puedo adoptar la apariencia de cualquiera. Así que puedo llevarme a Drake y…

—Ni se te ocurra. —Todos se volvieron a mirarme, pero no me importó—. No me vas a dejar aquí mientras te metes en una trampa o algo peor.

—No puedes venir conmigo. No solo te reconocerían, sino que además eres como una supernova viviente. Tu poder por sí solo los alertaría en el momento que pisases la zona.

Aunque teníamos público, me encaré con ella.

—¿Y tu presencia no la notarían? Aunque cambies de aspecto, los seres del Altermundo pueden reconocer tu poder. No eres como ellos; estás un paso por encima, si no más.

—Dejando de lado los insultos, el Destructor de Mundos tiene parte de razón. —Ethan suspiró y me lanzó una mirada—. Por eso tenemos esto.

Drake dio un paso al frente; llevaba en la mano una gran caja grabada. La abrió y mostró dos pulseras de plata con forma de cadena.

Las estudié. Podía percibir el poder que radiaban.

—¿De qué objeto encantado se trata?

—Las Pulseras de Ofelia —susurró Dianna. Miró a Drake y vi que había recuperado la sonrisa. Se me tensó la mandíbula al comprender que era otra cosa que compartían y de la que yo no sabía nada.

—Explícate, por favor.

Dianna se volvió hacia mí y la sonrisa se le borró.

—Son un tesoro, y decir que están encantadas es quedarse corto. Son tan fuertes como para hacer que cualquier ser del Altermundo parezca un humano normal. En otras palabras: pueden ocultar el poder de alguien.

—Una amiga común me las ha prestado —añadió Drake; la mirada que le dedicó a Dianna estaba cargada de intención—. Así que, por favor, ten cuidado y devuélvemelas. Preferiría no cabrearla. —Cerró la caja y se la entregó a Dianna.

Ella lo miró y cogió la caja. Una sonrisa ligera le iluminó el rostro. Ya no aguantaba ver como le sonreía, así que me volví hacia Ethan.

—Entonces ¿en qué consiste el plan?

XXXV
LIAM

—**E**se plan es un horror —le dije a Drake, que estaba sentado en un sofá cercano. Nos encontrábamos en un piso superior, en una antigua oficina de Ethan. Sobre una enorme chimenea colgaba un enorme cuadro que representaba a una pareja que vestía con elegancia. Las sillas y sofás ofrecían multitud de opciones para sentarse y las paredes estaban cubiertas por librerías. El gran escritorio estaba repleto de papeles y pergaminos que habíamos estudiado los últimos días en busca de algo, cualquier cosa, que nos permitiese derrotar a Kaden.

La habitación estaba en penumbra. La única luz que habíamos encendido era la pequeña del escritorio. Me apoyé en la chimenea e invoqué las llamas plateadas sobre la mano y luego las sofoqué cerrando el puño. Al extraer energía para crear la llama, la luz parpadeó. En mi juventud hacía cosas como esa para calmar los nervios.

—Funcionará, confía en mí.

Dejé escapar un gruñido.

La sombra de Drake se me acercó.

—No te caigo nada bien, ¿verdad?

—¿Deberías?

—Pero ¿tú qué problema tienes? Aparte del hecho de que detestas a todos los seres del Altermundo.

—No detesto a todos los seres del Altermundo. Eso es un bulo creado por las mentes de quienes no me conocen.

Se cruzó de brazos y sonrió con ironía.

—Discúlpame, mi rey, pero ¿a cuántos has matado? ¿Cuántos murieron antes de que se sellasen los dominios?

En mis ojos brillaba la plata; la veía reflejada en los de Drake. Estaba harto de que me reprochasen mi propia historia aquellos que no sabían nada de lo que había ocurrido ni en qué me había convertido.

—No sabes nada de mí —dije.

—Ah, entonces es por Dianna. ¿Me consideras una amenaza?

—Me repele la manera en que le hablas a veces, pero ¿de ahí a considerarte una amenaza? Jamás. He conocido a muchos hombres como tú. —Hice una pausa y levanté un hombro con desdén—. Dioses, yo era uno de ellos. Chasqueas los dedos y puedes tener a la mujer que quieras, docenas a la vez si lo pides.

Drake arqueó las cejas.

—Espera. Cuando dices docenas a la vez, ¿es como…?

Levanté la mano y lo interrumpí.

—Eso no importa ahora. Lo que importa es que Dianna no se merece que le hablen así, ni que la traten como si fuese un trofeo. No es un objeto cuyo precio podáis regatear Kaden y tú. Así que no, no me caes bien, ni voy a fingir que somos amigos. La única razón por la que no te he matado aún es porque le prometí a Dianna que me portaría bien. Y aunque ahora mismo me odie, no voy a renegar de mi palabra.

Esbozó una sonrisa lenta y arrogante.

—Y luego dices que no estás enamorado de ella.

—No lo estoy, pero se merece tener a alguien en su vida que se preocupe por algo más que los actos físicos que no paras de sugerir. Alguien que la respete y la trate como a una igual, no como a un peón. No tiene a nadie excepto a su hermana.

Se cruzó de brazos y la sonrisa desapareció.

—Estoy de acuerdo. Gabby es su única familia y, aunque somos amigos, nadie podía establecer una relación cercana con ella. Kaden no lo permitía. La tenía atada muy en corto...; a veces, en el sentido literal, por lo que tengo entendido. También creo que Dianna tenía miedo de estrechar lazos con nadie porque Kaden podía utilizar a cualquiera como arma contra ella, igual que hacía con Gabby.

Tenía la mandíbula tan apretada que me dolieron los dientes. No soportaba pensar que Dianna había vivido así durante siglos, sola y reacia a crear ningún vínculo duradero. Rodeada por seres cuya única intención era hacerle daño. En vista de que no dije nada y me limité a mirarlo, siguió hablando.

—Cuando te pregunto si la amas, no pretendo molestarte, sino quizá que te des cuenta de esos sentimientos que sigues negando. También quería asegurarme de que no eres como Kaden. Convendrás conmigo en que es fuerte y hermosa, y atrae a hombres poderosos.

—¿Me estás diciendo, entonces, que no la quieres? —pregunté, con la duda obvia en mi voz.

Se inclinó sobre la repisa de la chimenea y se encogió de hombros.

—La quiero, pero no estoy enamorado de ella. Solo he amado a una mujer en toda mi existencia y se fue hace mucho tiempo. Para mí, eso del amor se ha terminado. —La pérdida y el remordimiento se asomaron a sus facciones. Era una mirada que reconocí, por diversas razones—. ¿Y qué me dices de ti? ¿Has estado enamorado alguna vez?

Me quedé mirando el fuego que crepitaba y me concentré en el brillo de una única ascua de la madera que se consumía.

—No, jamás. He sentido lujuria, me he preocupado por otros, pero jamás he amado. Mi padre me dijo una vez que habría hecho pedazos el universo por mi madre. Yo nunca he sentido algo así por nadie. Logan y Neverra están juntos desde que los conozco. Son inseparables y han puesto su vida en peligro para salvar al otro. Claro que quiero a mis amigos y a mis amantes, y me preocupo por ellos, pero jamás lo he hecho de esa forma. Quizá sea mi parte divina, pero no creo que yo esté hecho así.

—¿Hecho así?

No me volví a mirar a Drake. Había revelado demasiada información sobre mí.

—Soy un destructor, el Destructor de Mundos en todos los sentidos. Soy todo lo que deberíais temer. Lo digo desde lo más profundo de mi ser y no, como cree Dianna, por una cuestión de ego. He quemado mundos hasta los cimientos y he matado bestias tan grandes que podrían devorar este castillo. Los libros no mienten al decir eso de mí. Siempre he sido un arma para mi trono, mi reino y mi familia. Yo soy la causa de la Guerra de los Dioses. La causa de que mi mundo desapareciese. ¿Cómo va a quedar espacio para el amor dentro de mí?

Se hizo el silencio. Me pregunté si por fin me había comprendido lo bastante para no responder con chistes u ocurrencias. Lo miré de reojo. Estaba contemplando una brasa de la chimenea. Tragó saliva antes de hablar, pero no había olor a miedo en el aire. Habló con voz suave, sin atisbo del espíritu burlón del que había hecho gala las últimas semanas.

—El amor es la forma más pura de destrucción que existe, ¿no lo sabías? —Esbozó una sonrisa—. Y no tienes que preocuparte de que haya nada entre Dianna y yo. Hace siglos que somos amigos. Solo amigos. Nunca nos hemos acostado y nunca lo haremos. La quiero, pero no de la forma que piensas. Ethan ya era leal a Kaden mucho antes de convertirse en rey. Fui yo quien la encontró en aquel desierto abrasador. Llorando y suplicando. Una peste había barrido Eoria y había diezmado a sus habitantes. Kaden y los suyos se estaban aprovechando de ello. Por aquel entonces ya buscaba el libro. Llevábamos días allí. Muchos humanos se habían marchado para huir de la plaga, así que la sangre escaseaba. Yo iba de caza y pasé junto a una casa medio derruida. Una voz femenina sollozaba en el interior y rezaba a cualquiera que la escuchase. Arranqué la tela que cubría la entrada improvisada y me la encontré allí, sentada junto a Gabby.

—Drake calló, perdido en los recuerdos. Esperé, hambriento de cualquier información que pudiera darme sobre Dianna. Al cabo de unos momentos respiró hondo, como si acabase de recordar dónde estaba—. Pensé en matarlas a ambas. Eran humanas y la enfermedad se había cebado en Gabby. Se estaba muriendo. Oí como su corazón se apagaba poco a poco. Pero a Dianna no le importaba. No hacía más que rogar y suplicar. Me ofreció lo que quisiera, incluso a sí misma, a cambio de salvar a su hermana. No sé si fue la mirada, la forma de hablar, o el dolor completo y absoluto de su voz, pero algo en ella me recordó a mi amor perdido y no fui capaz de dejarla morir. Así que se la llevé a Kaden. En aquel momento no era consciente de que su sangre podría convertirla en una bestia. —Se detuvo y meneó la cabeza. Carraspeó y siguió hablando—: Kaden extrajo una parte de ella y la sustituyó por una parte de sí mismo. Siempre he dado por hecho que puso la oscuridad dentro de ella. Fue doloroso y terrible. Durante días luchó para seguir viva y humana. Y, contra todo pronóstico, lo consiguió. No es la heredera de ningún poder mítico. Solo es una chica que sobrevivió por pura fuerza de voluntad. Y eso la hace más fuerte que cualquiera de nosotros. La convirtió en mortífera. Kaden lo comprendió y, por la forma en que la miró, supe que entregársela había sido un error.

Me quedé sobrecogido. Eso explicaba tantas cosas… Por qué Dianna era como era. Por qué jamás abandonaba a sus seres queridos. Había sido una luchadora desde el mismísimo principio. Increíble. Dianna era increíble.

—Ese día las salvaste, a ella y a su hermana.

Me miró con ojos devastados por el dolor.

—¿De verdad? ¿Y si, en vez de eso, lo que hice fue crear más caos? Ethan me odió durante años por aquello. Al final se le pasó, pero me odiaba. Él cree en eso del equilibrio, como tú. Dianna y su hermana deberían haber muerto aquel día y, según él, yo había alterado el destino. Ethan cree que todo tiene un precio.

Asentí, pensativo.

—Por lo general es así.

—Entonces ¿cuál es el precio de que haya sobrevivido? —Sus ojos me suplicaron respuestas que no podía darle.

—Eso no lo sé. Pero sí que, pese a la hostilidad y los comentarios groseros, la existencia de Dianna no es lo peor del mundo.

Sonrió a desgana y se secó la cara con la manga.

—Soy amable con Dianna y le doy todo lo que puedo porque sé cómo es Kaden y porque lo sucedido es, en parte, culpa mía. Dianna dice que la sobreprotegemos, pero alguien tiene que hacerlo. Así que la respuesta es no: no deberías considerarme una amenaza… Pero tampoco deberías esforzarte tanto en negar lo que sientes por ella. Puede que sea una de las bestias que has jurado destruir, pero también es más que eso. Muchísimo más. Acepta un consejo de alguien que perdió al amor de su vida. No subestimes tus sentimientos. No hay nada más valioso.

Moví los pies para buscar una postura más cómoda.

—Las cosas no son así entre nosotros.

—Claro. Por eso sois casi inseparables, por eso no puedes quitarle ojo de encima, por eso se cabreó tanto cuando descubrió lo que habíamos dicho Ethan y yo, y por eso te niegas a compartir cama con ella.

Me pasé la mano por la nuca.

—Admito que cada vez me resulta más difícil compartir la cama con ella. Pero se merece algo mejor que yo y que esa vida a la que se ha visto abocada. Quiero para ella lo mismo que ella ansía para Gabby con todas sus fuerzas: una vida sin monstruos, ni sangre, ni peleas.

—Conque de eso se trata… Menudo mártir. Por el bien de ambos, espero que entiendas lo que estás arriesgando antes de que Kaden venga a por ella. Y no te confundas: vendrá a por ella. Lleva siglos sin quitarle la vista de encima ni un instante.

—No dejaré que se la lleve.

—Eso espero, porque de lo contrario no la volverás a ver.

Unas pisadas fuertes que se acercaban interrumpieron nuestra conversación. Se abrió la puerta y apareció Ethan. Se detuvo en el umbral y se ajustó la solapa y las mangas de la chaqueta.

—¿Preparados? —preguntó.

Eché un vistazo y dejé escapar un suspiro.

—Ese disfraz es espantoso.

La voz de Ethan adquirió una tonalidad femenina que conocía muy bien. Se puso una mano en la cadera.

—¡Venga ya! A mí me parece perfecto. Si hasta llevo las pulseras. ¿Cómo lo has sabido?

«Porque me sé de memoria cada detalle de ti».

—Por la postura y la forma de moverte. Ethan no camina así, ni se ladea de esa forma.

La grave voz masculina de alguien que estaba detrás de Dianna resonó en la sala.

—Qué conmovedor, Destructor de Mundos. No sabía que te fijabas tanto en mí.

El auténtico Ethan entró y se paró junto a Dianna. Eran muy parecidos y, a la vez, no lo eran.

—¿Y qué hacíais vosotros dos aquí? ¿De qué hablabais? —preguntó Dianna, molesta por el fracaso de su disfraz.

Drake carraspeó y caminó hacia ellos. Había recuperado su pose tranquila e irritante.

—Bah, de política nada más.

Dianna arrugó la nariz y le dio una palmada, lo que resultaba gracioso dada su apariencia.

—Qué aburridos.

Drake levantó la solapa del grueso abrigo negro de Dianna y lo olfateó. Ella lo apartó. Drake ahogó una risita.

—Tienes buen aspecto, pero vas a necesitar más colonia. Todavía puedo oler ese aroma tuyo tan sensual.

El auténtico Ethan sacudió la cabeza con hastío. Los ojos de Drake se cruzaron con los míos y, por una vez, no sentí el impulso automático de arrancarle la cabeza. Comprendí que los comentarios y las bromas tenían como objetivo hacerla reír. Era su modo de hacer penitencia.

Dianna se acercó a mí, lo que era una visión peculiar, dado lo que había bajo aquella falsa apariencia. Sacó la pulsera de cadena de plata y me indicó con un gesto que estirase el brazo. Lo hice. Me cerró la cadenita en torno a la muñeca y una ráfaga de aire me envolvió y se disipó al momento.

Drake se estremeció.

—Joder. Sí que son poderosas. Bromas aparte, podría funcionar. Ya no noto en la casa ese poder intenso y electrificante.

Ethan, el auténtico Ethan, asintió.

—Dará resultado.

XXXVI
DIANNA

No dio resultado. Habíamos cometido un error.

Di unos golpecitos con el pie en el suelo de mármol del palacete. Entraron varios seres del Altermundo, que enseguida se dirigieron hacia la gran piscina y los bares de zumos. El interior del edificio estaba iluminado con luces colgantes doradas y de fondo se oía una música suave y rítmica.

—Deja de hacer eso. —La voz de Liam me resonó en los oídos y me trajo de vuelta a la realidad.

Lo miré de soslayo. Éramos casi igual de altos; otra cosa a la que tendría que adaptarme.

—Que deje de hacer… ¿qué?

Alzó el vaso que tenía en la mano y bebió un trago.

—Moverte sin parar. Ethan no lo hace. Mantén la cabeza bien alta y pórtate como un rey.

Una mujer pasó a mi lado y me sonrió. La saludé con una inclinación de cabeza.

—Oh, perdona —masculló—. ¿Cómo se portan los reyes?

—Como tú —respondió, con gesto de incredulidad—. Presuntuosos y arrogantes porque saben lo poderosos que son.

—Tengo la sensación de que ahí, perdido en medio de esa frase, había un cumplido.

Me rasqué el entrecejo. Liam se encogió de hombros.

—Tal vez sí, tal vez no. Lo negaré todo.

Quise sonreír y quizá soltar otro comentario sarcástico, pero no pude. Seguía enfadada... ¿Dolida? No lo sabía. Lo único que sí sabía era que me importaba demasiado lo que pensase de mí. O, en general, que Liam me importaba demasiado. Gabby tenía razón, como de costumbre. Lo único que había hecho era cambiar un hombre poderoso por otro, excepto que este me encontraba repugnante.

Liam me esquivaba como si fuera una apestada, y yo no podía olvidar la pelea en el estudio. Una punzada de dolor insoportable me había atravesado el corazón al oír sus palabras, y aún no entendía por qué me estaba dejando de lado. Creía que era mi amigo y, aunque me doliese reconocerlo, deseaba que fuésemos algo más. Me pasé días encerrada en mi cuarto; ni siquiera contesté las llamadas de Gabby, porque ella lo habría notado de inmediato, se daría cuenta de lo idiota que había sido su hermana.

Tiré a la papelera aquella estúpida flor en cuanto pude. Sus pétalos, secos y marchitos, se burlaban de mí desde el otro extremo del cuarto. Soñar con hombres que me regalaban vestidos hermosos y palabras aún más hermosas, como si mi mundo no consistiese en fuego y odio y dolor... Dios, ¿tan necesitada estaba de unas migajas de amabilidad?

Vaya una cría idiota.

—¿En qué estás pensando? —Liam me miró con los ojos entrecerrados.

—En nada. —Negué con la cabeza—. ¿Por qué?

—Por un momento, tu olor y tu aura han cambiado. —No sé qué expresión me pasó por la cara, pero la notó—. Además, Ethan no se encorva.

—¿Y cómo es que sabes tanto de él? —murmuré mientras fingía mirar alrededor. No dejaban de llegar invitados vestidos de etiqueta. Sin mirar, sabía que los ojos de Liam seguían taladrándome.

—Pasé tiempo con él mientras tú tenías otras preocupaciones.

Suspiré; me daba igual si hacerlo era regio o no. Me estaba hartando de los celos de Liam hacia Drake. Había dejado muy claro que me encontraba repulsiva, así que no entendía por qué le molestaba tanto. No tenía ni idea de lo que habíamos pasado Drake y yo juntos. Drake me había ayudado a sobrevivir.

No contesté y sobrevino un nuevo silencio. Era la tónica general tras la discusión del estudio. Liam se acercó a mí y ladeó la cabeza como si quisiera susurrarme algo. Me envaré. Sentía el impulso de recostarme en él.

—¿A cuánta gente crees que ha invitado?

—A la suficiente —le susurré a mi vez.

Me aparté un poco. Liam lo notó, y juraría que lo oí suspirar. Camilla era conocida por las fastuosas fiestas que organizaba; otro motivo para que Drake y ella se llevasen tan bien. La villa solo era una de tantas. Estaba ubicada en una isla desconocida cerca de San Paulao, en El Donuma. No aparecía en ningún mapa y Camilla pagaba al gobierno para que siguiera así. No sabía cuánto le costaba, pero lo suficiente para que también pasasen por alto las extrañas desapariciones que asolaban la zona. No le dije nada de eso a Liam. Dadas las circunstancias, cuanto menos supiese, mejor.

El palacete era abierto y grandioso; lo habían construido para impresionar y maravillar. En el centro de un amplio espacio había una gran fuente circular. Varios caminos se alejaban de ese punto central como los radios de una rueda, flanqueados de arbustos frondosos y arbolillos. La planta baja y el primer piso estaban adornados con columnas, aunque mucho más pequeñas que las que había visto en los recuerdos de Liam. En ambos pisos brillaban las luces. El edificio se curvaba hacia la entrada principal y el gran pabellón de piedra que había delante. El río discurría muy cerca; las barcazas amarraban y descargaban un flujo constante de invitados. Por supuesto, nosotros habíamos llegado en helicóptero, lo que a mí me parecía excesivo, pero había que guardar apariencias y todo eso.

Mis guardias se pusieron más firmes de repente. Liam cuadró los hombros, con la espalda tensa. Un caballero alto con una camisa blanca de botones y pantalones negros se detuvo frente a nosotros. Liam iba disfrazado de guardaespaldas y fingía serlo.

—Lo recibirá ahora, mi señor —dijo el hombre con una reverencia.

Tardé un instante en comprender que se dirigía a mí. Estaba tan acostumbrada a que la gente le hiciera reverencias a Liam y lo adulase que pensé que le hablaba a él. Me recuperé al momento y asentí. Luego me erguí del todo. Si iba a interpretar a un rey, tenía que actuar como tal. Ya no había tiempo para juegos. Mantuve la cabeza alta mientras seguíamos a nuestro acompañante a través de un pequeño grupo de gente. Nos miraron e inclinaron la cabeza.

Entramos en un recibidor. Las luces eran más tenues y los sonidos de la reunión llegaban amortiguados. Un escalofrío me recorrió el espinazo y se me puso el vello de punta. Me paré y los guardias y Liam se detuvieron detrás de mí. Miré hacia atrás. Se me dilataron las aletas de la nariz, como si pudiese oler lo que cojones fuera que me había puesto en tensión. Sentí una presencia, la misma que había notado en la feria de Tadheil. No me cabía la menor duda.

«Kaden la ha estado siguiendo».

La voz de Ethan me vino a la mente. Pero fuera quien fuera, no se trataba de Kaden. Estaba muy familiarizada con su poder y no era lo que sentía en ese momento.

—¿Mi señor? —preguntó nuestro guía; miró en la misma dirección que yo.

Me volví y me ajusté la chaqueta. Sacudí la cabeza.

—Lo siento. Me ha parecido ver a alguien a quien conocía.

Me estudió unos instantes y luego torció los labios en un conato de sonrisa. Se volvió y nos indicó con un ademán que nos dirigiésemos al fondo de la casa.

—Por aquí, por favor.

—¿Qué pasa? Es la segunda vez que haces eso. —Avanzábamos por el pasillo; la voz de Liam era un susurro en mis oídos.

—No lo sé. Mantente alerta.

488

Me miró por el rabillo del ojo y lanzó una mirada rápida hacia atrás. Esperaba equivocarme. No había forma de que Kaden supiese lo que habíamos planeado, y menos aún a quién visitábamos. Era imposible. Me había asegurado de que todo el mundo creyese que Drake estaba muerto y habíamos tomado la ruta más segura posible. Pero aquel escalofrío, aquella sensación, me decía que nos estaban dando caza. Ojalá estuviese equivocada.

Entramos en una habitación tan grande que podría ser una vivienda en sí misma. Lo primero que encontramos fue una mesa alargada rodeada por sillas de respaldo ovalado. Detrás de ella había dos mullidos sofás con forma de media luna cubiertos de cojines blancos y dorados. A la izquierda se abría un ventanal; la selva casi tocaba el vidrio. Una lámpara de araña cuajada de lágrimas de cristal iluminaba la sala y unas enredaderas florecidas se enroscaban en el pasamanos de una escalera de caracol.

—Bienvenido, Rey Vampiro. —La voz rica y sensual de Camilla flotó en el aire. Apareció en el balcón y su poder colmó la estancia y me presionó la piel como el más exquisito satén.

Los labios de Camilla estaban pintados de un intenso color burdeos. Eso los resaltaba y hacía brillar sus ojos de color esmeralda. La belleza de su rostro era una trampa en la que muchos, hombres y mujeres, habían caído. La mayoría no habían vivido para lamentarlo.

Al descender las escaleras con paso grácil, las ondas castañas de cabello se le derramaron por la espalda. Una pierna bronceada y bien musculada asomó por la profunda hendidura del vestido negro y ajustado; los pies, adornados con brillantes zapatos de tacón, descendieron los escalones uno tras otro. Su perfección femenina me dejó sin aliento; me pregunté si a Liam le pasaba lo mismo. Pese a su belleza, el sonido de los tacones en la escalera me daba dentera, como el chirrido de una tiza en una pizarra. Era consciente de que Camilla poseía poder más que suficiente para convertir esta noche en una trampa mortal.

—Bienvenido a mi segunda residencia. —Sonrió con frialdad al llegar al último escalón. La mano descansaba en la barandilla. Las uñas eran del mismo tono que su vestido, y tan afiladas como su lengua.

—Gracias por aceptar la invitación. Aunque nos preocupó la demora en hacerlo —contesté.

«Pórtate como lo haría un rey, Dianna».

—Es muy difícil organizar una reunión de esta magnitud. Hacer coincidir las agendas y que todos puedan acudir a tiempo es un gran reto. Supongo que lo comprendes. —Ladeó la cabeza hacia mí y adoptó una sonrisa seductora.

—Por supuesto —murmuré. No le quitaba ojo de encima.

Camilla se dirigió al centro de la sala con una sonrisa imperturbable. Se paró junto a la mesa y tamborileó en ella con aquellas largas uñas.

—Debo admitir que me sorprendió que te interesase mi oferta. Había dado por supuesto que ni tú ni tus parientes querríais tener nada que ver con Kaden y sus asuntos. Sobre todo, después de que enviase a su zorra a matar a tu hermano.

Tragué saliva, pero no dejé traslucir que su insulto me había molestado.

—Así es, pero si puedo conseguir algo que me conceda una ventaja sobre él, mejor. La venganza es un plato, etcétera. Supongo que lo comprendes.

—Sin duda. ¿Por qué crees que hago todo esto? Ahora tengo algo que quiere. Que quiere mucha gente, en realidad.

Asentí una vez, como le había visto hacer a Ethan, y le sostuve la mirada. Ethan jamás rompía el contacto visual.

—Por lo que tengo entendido, has encontrado el Libro de Azrael —dije.

Chasqueó la lengua y agitó el índice en el aire.

—Oh, sí, lo he encontrado… Y algo todavía mejor.

Varios brujos que se encontraban en la balconada descendieron poco a poco por las escaleras. Dos hombres se dirigieron hacia la cocina, mientras que un hombre y una mujer se acercaron a Camilla. El hombre le sujetó la silla y ella se sentó. En cuanto estuvo acomodada, los dos ayudantes se sentaron junto a ella.

Liam y yo nos sentamos. Los otros dos brujos llegaron de la cocina con bandejas y varias copas llenas de un líquido rojo y brillante. Se me dilataron las aletas de la nariz… y las de los guardias, también. Sangre. Mierda. Liam no era un vampiro, ni había nacido para consumir sangre.

—¿Una bebida? —preguntó, sonriente, al tiempo que juntaba las manos bajo la barbilla. Los hombres se pararon cerca de nosotros y nos ofrecieron las copas a los guardias y a mí—. Me he asegurado de que sea fresca. Un comerciante que creyó que me podía robar. Uno de esos hombres que temen a las mujeres poderosas.

—Eres muy amable, pero me temo que ya venimos comidos. —Le ofrecí una sonrisa cortés y mantuve las manos cruzadas frente a mí.

Inclinó la cabeza a un lado, con una mirada sorprendida.

—¿Seguro? Pareces hambriento.

¿Me estaba poniendo a prueba? ¿Nos había descubierto? Sin pretenderlo, deslicé el pulgar por la pulsera de la muñeca. No, sentía su magia contra la piel. Solo estaba siendo paranoica.

Sin dejar de mirarlo a los ojos, alargué el brazo y cogí una copa. El líquido carmesí manchó el cristal y mi corazón dio un pequeño brinco. La bestia de mi interior ascendió a la superficie. Estaba sedienta, tan sedienta… Tenía que beber para guardar las apariencias.

Sonreí, con cuidado de no mostrar los dientes, y sujeté la copa por el tallo. Me la acerqué a los labios y el líquido tibio me tocó la punta de la lengua. Al tragarlo, un fuego me explotó en la boca y en la garganta. No logré reprimir un gemido suave y me acabé el contenido más deprisa de lo que pretendía.

El ansia, vieja y familiar, rugió y se multiplicó por mil. Quería…

No, necesitaba más sangre. Me picaba la piel. La ig'morruthen que habitaba en mi interior se agitó y me exigió que la desencadenara. Unos recuerdos rápidos y breves se asomaron a mi mente. Un hombrecillo de pelo revuelto que cogía algo parecido a una piedra. Dolor acompañado de una ráfaga de magia. Vi los ojos de Camilla que observaban desde un rincón en sombras y que, con una señal, les indicaba a sus hombres que actuasen. Y nada más.

Devolví la copa y los guardias hicieron lo mismo. No miré a Liam; no quería ver su cara de asco. Ya pensaba que yo era repulsiva, y ver cómo me alimentaba, aunque fuese de una copa, seguro que había contribuido a reforzar la opinión que tenía de mí.

Por el rabillo del ojo vi que depositaba una copa vacía en la bandeja. Mantuve el gesto impasible, pero me pregunté cómo se había librado de la sangre.

Camilla seguía sonriéndome y le brillaban los ojos.

—Theo, ¿podrías llevarte a los guardias del señor Vanderkai para que disfruten de la fiesta? Ah, llévate también al resto del aquelarre.

Levanté la mano.

—No será necesario.

—Oh, sí que lo es.

La mujer que había junto a Camilla se puso de pie y, con un gesto, indicó a los otros brujos que la siguieran. Se dirigieron a la puerta y les hicieron señales a mis guardias para que los acompañasen. Un hombre se detuvo frente a Liam.

—Deja a este, por favor.

El hombre asintió y salió con los demás.

—Quiero cinco millones y protección para mí y para los míos —dijo Camilla nada más cerrarse las puertas.

Me quedé algo desconcertada y fruncí el ceño.

—¿Protección? Pese a la situación de mi familia, no creo que tus brujos quieran estar...

Apartó los ojos de mí.

—No estoy hablando contigo.

Se me paró el corazón al comprender a quién se lo decía. Lo sabía. Joder.

—Todo el mundo quiere hacer tratos —dijo Liam con un suspiro. Se frotó los ojos con el pulgar y el índice.

Camilla apoyó las manos en la mesa y se levantó con un movimiento elegante. Rodeó la mesa. Sus movimientos exudaban gracia y orgullo. Miró a Liam como si memorizase cada línea y cada músculo ocultos bajo el fino tejido de su traje. Llevaba el pelo recién cortado. El gel que le había obligado a usar Drake domaba los mechones rebeldes.

Liam era consciente de su apariencia y de cómo reaccionaba la gente a ella, pero parecía usarlo como cualquier otra arma de su arsenal. Mal que le pesara, llamaba la atención adondequiera que fuéramos. Algunos habitantes del castillo de Ethan soltaban risitas tontas cada vez que pasaba por un pasillo; otros lo espiaban para echarle un vistazo. Era tan guapo que daba asco, hecho que no se le había escapado a Camilla.

—Digamos que reconocemos el poder auténtico en cuanto lo vemos. —Se detuvo cerca de nosotros, con una mano en la mesa y la otra en la cadera.

—¿Desde cuándo lo sabes? —pregunté.

En su mirada no vi el menor rastro de la falsa cortesía de antes.

—Primero, el avión que cogisteis para llegar a Zarall cruzó mi frontera. Estuvisteis en mi territorio apenas un segundo, pero fue medio segundo más de lo necesario. Entonces noté ese nauseabundo poder tuyo. Segundo, Ethan me envía una invitación mediante sus lacayos, cuando no ha contactado con nadie desde que mataste a Drake. Tercero, reconocería las pulseras de la puta Ofelia en cualquier parte. Y cuarto —recorrió a Liam con la mirada otra vez—, este es divino de la cabeza a los pies. Ningún humano tiene esa pinta. Las pulseras pueden ocultar una fracción de su auténtico poder, pero el cuerpo le vibra de energía.

—Por favor, no le alimentes el ego. Ya lo tiene bastante grande.

—Me lo imagino —dijo; fue casi un ronroneo. Estiró la mano para tocarlo.

Reaccioné de forma instintiva. Me levanté y la cogí de la muñeca. Un gruñido grave y amenazador escapó de mis labios y la bestia se preparó para saltar. Ambos se volvieron a mirarme.

—No lo toques. Soy muy consciente de lo que puedes hacer con las manos. —Mi voz sonó gutural, casi como un rugido.

—Ah, por fin tu auténtico yo —se burló Camilla; aún la tenía sujeta por la muñeca.

Liam me observó con una expresión indescifrable.

—No pasa nada, Dianna. Suéltala.

No me moví.

—Por favor —dijo con suavidad y la ig'morruthen que había bajo mi piel respondió.

Apreté los dientes, pero la solté. Se llevó la muñeca al pecho por un instante y luego la hizo girar con cuidado. La sangre que me había hecho beber me empujaba a comportarme de forma errática, o eso supuse. Tenía las emociones a flor de piel. Nada más.

Liam se puso de pie y retrocedí un paso para poner distancia entre nosotros. Camilla me miraba con una sonrisa petulante. Nada me apetecía más que borrársela de la cara. Las garras, afiladas como navajas, se me asomaron por las puntas de los dedos; cerré los puños para ocultarlas y se me clavaron en la carne.

—Interesante. Dada tu reputación, había asumido que podrías seducir incluso a un dios.

—No he seducido a nadie.

—Pero se lo has visto, ¿verdad? Debe de ser enorme, abrumador, casi demasiado para que quepa dentro de una persona, y no digamos ya para manejarlo.

La cabeza me daba vueltas, y de repente me ardía el cuerpo.

—¿Qué? ¡No! —salté, sin atreverme a mirar en dirección a Liam—. Bueno, una vez, pero fue en un sueño muy raro. —Cerré los ojos y agité las manos en el aire—. Espera… ¿Por qué hablamos de su pene?

Camilla ladeó la cabeza y arqueó una ceja.

—Hablaba de su poder.

—Oh. —Bajé las manos a los costados. Me ardía la cara. De repente, la inmensa sala me pareció muy pequeña—. Sí, también lo he visto.

Sacudió la cabeza y, sin prestarme atención, volvió a fijarse en Liam.

—He oído historias, todos las hemos oído, sobre el gran Destructor de Mundos. Se rumorea que tu padre podía crear mundos y darles forma, y sin embargo tú terminas con ellos. Tienes un poder sin igual.

Hizo un ademán con la mano. Las luces se volvieron más brillantes. Las llamas chisporrotearon en la chimenea y una brisa recorrió la sala. Las cortinas que cubrían los grandes ventanales se abrieron y la luz de las estrellas proyectó un brillo pálido en el suelo. La magia de Camilla era un remolino de zarcillos verdes que formaron una bola y le bailaron entre los dedos.

—Te he enseñado el mío, ahora enséñame el tuyo.

Puse los ojos en blanco al oírla coquetear de aquella manera. Como si le fuera a servir de algo. Liam mostraba tan poco interés por el placer físico que, de no haber sido testigo de su pasado, habría jurado que estaba hecho de piedra.

Las luces se atenuaron. En la palma de Liam se materializó un orbe de plata. Entrecerré los ojos, incapaz de mirar la pequeña esfera sin desviar la vista. Era tan brillante que casi parecía un sol en miniatura.

Liam tenía la mirada clavada en Camilla y una expresión de interés que no le había visto dedicarle a nadie hasta ese momento. Se me revolvieron las tripas.

Camilla se inclinó para mirar más de cerca y en sus ojos se reflejó el resplandor plateado de la energía de Liam.

—Es muy hermoso —dijo. Levantó la vista para mirarlo a los ojos. Su voz era un susurro jadeante—. Y poderoso. Puedo sentirlo.

Lo dijo de tal modo que apreté los dientes con fuerza y casi me rompo la mandíbula.

—Gracias. El tuyo también es impresionante. Hay algo en tu magia que me recuerda a una diosa de mis tiempos.

—¿La diosa Kryella? —Se le entrecortó la voz—. ¿La conocías?

—Oh, vaya si la conocía. Te lo aseguro —intervine, pero no me hicieron ni caso, perdidos en su particular duelo de miradas y magia.

—Sí, la conocí. Kryella fue la primera en doblegar y blandir la magia. ¿Cómo la has aprendido? ¿Eres una de sus descendientes? Pero no tuvo hijos.

Los labios carnosos de Camilla se curvaron en una sonrisa resplandeciente mientras pasaba la bola de energía verde de una mano a la otra.

—No, no soy descendiente de Kryella. Pero sus enseñanzas han pasado de generación en generación.

Liam parecía hipnotizado, y eso me ponía enferma.

—Impresionante, de verdad. Dominar una habilidad así requiere muchos años de práctica, pero tú no aparentas esa edad. —Contemplaba la masa verde de poder como hechizado.

La sonrisa de Camilla casi brillaba más que su poder. Se tomó las palabras de Liam como un cumplido, tanto si esa era su intención como si no. La bilis me subió por la garganta y la bestia de mi interior chasqueó los dientes.

—Todo es energía —dijo—. No pertenece a nadie. Nosotros la usamos y la protegemos. Practicamos, nos concentramos… —Se detuvo y se volvió hacia mí—. Pero no abusamos de ella.

Estupendo, hasta tenían mantras parecidos respecto al uso de sus poderes.

Bufé y puse los ojos en blanco. No me sorprendía que Camilla criticase el uso flagrante del poder que Kaden nos obligaba a ejercer. Sobre todo, porque resaltaba otra diferencia entre Liam y yo. Pero era lo único que yo sabía hacer, y funcionaba.

—En verdad, controlas tu don de una forma asombrosa —dijo Liam, sin mirarme siquiera.

—Gracias.

Sonrió y cerró la mano. La energía verde se disipó. Liam giró la muñeca y la bola de energía plateada se rompió. Los fragmentos salieron disparados hacia los apliques de luz que, uno por uno, recuperaron su brillo.

—Es hora de hacer negocios. —Camilla se acercó unos centímetros más a él y yo me ericé. Sabía que Liam era más que capaz de cuidar de sí mismo pero la forma de mirarlo de ella me revolvía las tripas—. Te diré dónde está el libro, por un precio.

Lancé un bufido y agité la mano en dirección ella.

—Ya nos has dicho tu precio, Camilla.

—Así es, pero quiero que lo sellemos.

—¿Sellarlo? —Me crucé de brazos y Liam me miró por fin—. Si crees que vas a establecer cualquier clase de vínculo mágico con él, eso es que estás mal de la cabeza.

Camilla arqueó las cejas, pero ya no me importaba si me estaba extralimitando. Sabía que la magia, y sobre todo la magia negra, requería a menudo el uso de la sangre para que un trato fuese vinculante. Yo no era una bruja, ni podía hacer ningún hechizo ni nada por el estilo, pero el poder combinado de nuestra sangre había amarrado nuestro trato. Bajo ningún concepto iba a permitir que Camilla hiciera lo mismo.

—Qué manera de proteger al Destructor de Mundos, Dianna. —Curvó los labios con una sonrisa maliciosa—. ¿También hablas en su nombre?

—No —cortó Liam antes de que yo pudiese responder, al tiempo que me lanzaba una mirada—, no habla en mi nombre.

Sacudí la cabeza y miré para otro lado. Liam no sabía lo que iba a pedir Camilla. Parecía dulce y tentadora, pero bajo ese pellejo había una zorra fría e intrigante. Bueno, tampoco era tan sorprendente. ¿Cuándo me había hecho caso Liam?

—Bien. —Juntó las manos y dio otro paso hacia él. Paseó la mirada entre Liam y yo, y por fin dijo—: Quiero que se selle con un beso.

—¿Qué? —salté—. ¡No pienso besarlo!

Liam se apartó para no mirarme, pero logré vislumbrar su expresión; parecía dolido. Seguro que lo había malinterpretado. Seguro que era repugnancia. Sabía que jamás aceptaría besarme, ni siquiera para encontrar el libro. Liam besaba a diosas, no a monstruos.

Yo no podía besarlo, pero por una razón muy diferente. Sabía que el beso terminaría conmigo y estaría perdida. Había una parte de mí tan hambrienta y necesitada de su tacto que no me había atrevido a reconocerla, sino que la había enterrado bajo chistes y sarcasmo. Había usado a Drake para distraerme de mis crecientes sentimientos hacia Liam. Había mantenido mi deseo oculto, pero no podía escondérmelo a mí misma. Si lo besaba, él se daría cuenta, y ya no soportaría un nuevo rechazo.

Camilla se volvió hacia mí, toda orgullo y arrogancia, con una sonrisa en los labios.

—Un beso tuyo, no. Mío.

Me hirvió la sangre.

—No.

Pensé que la palabra procedía de Liam y me llevé una sorpresa al ver que la había pronunciado yo. Mi parte oscura era cada vez más fuerte y se hacía notar. Era la consecuencia de haberme alimentado. O eso me decía a mí misma.

Camilla sonrió de nuevo, fría y cruel, porque sabía que en ese momento tenía poder sobre mí.

—No creo que dependa de ti. Ya ha dicho que tú no decides por él. —Se reclinó sobre Liam y le posó en la mejilla una mano cuidada y exquisita—. Entonces, Destructor de Mundos, ¿qué vamos a hacer? Te daré la ubicación del libro y lo único que tienes que hacer es besarme.

Liam bajó la mirada hacia los labios de Camilla. Apreté los dientes y una ráfaga de ira fría me desgarró el cuerpo.

—¿En serio te lo estás planteando? —pregunté. Ya no me importaba cómo sonaba.

Me miró a los ojos. Fue una mirada punzante y sin rastro de humor, ni tampoco del Liam con quien había compartido los últimos meses.

—No es más que un beso, Dianna. ¿Qué importancia tiene?

«¿Qué importancia tiene?».

Me dolió el corazón. Lo dijo como si no significase nada, y quizá para él fuera así. Quizá yo había sacado conclusiones erróneas de nuestras miradas furtivas y de los secretos íntimos que habíamos compartido. Era evidente que lo que yo sentía funcionaba en una sola dirección. Qué idiota había sido. Había caído en las redes de alguien que no tenía la menor intención de atraparme.

—Tienes razón. —Cuadré los hombros y traté de aliviar el dolor de todo lo que se había roto en mi interior—. No importa.

—De acuerdo.

Fue todo lo que dijo y todo lo que Camilla estaba esperando. Liam inclinó la cabeza hacia ella y Camilla le rodeó la barbilla con la mano.

Menuda cría idiota.

Agarré con tanta fuerza las mangas de la chaqueta que casi las arranqué. Esperaba que fuese un beso rápido. Liam no parecía el tipo de persona que se dejaba llevar por el deseo. Gracias a los ensueños de sangre, sabía que en el pasado había practicado el sexo con entusiasmo. Pero en las semanas que había dormido con él, nunca había intentado establecer ningún contacto íntimo y no había tenido ninguna reacción física, ni siquiera por las mañanas. Supuse que esas funciones corporales habían muerto con el trauma de su pasado.

Me equivocaba.

Empezó como un simple beso, pero pronto fue a más. Liam le ladeó la cabeza y le devoró los labios. Ella dejó escapar un suave gemido de placer que me provocó náuseas. Me negué a apartar la mirada, ni siquiera cuando él dejó escapar un ruido que solo le había oído en uno de aquellos malditos sueños. Lo estaba disfrutando.

Las lágrimas casi me cegaron, pero iba a mirar hasta el final, iba a dejar que esa visión matase lo que sentía por él. Qué equivocada estaba… Liam sí sentía esos impulsos; solo que no por mí. Supongo que para despertar su interés había que ser una diosa o una hermosa bruja manipuladora de magia. Camilla le parecía menos monstruosa que yo.

Tardaron una eternidad, pero al final se separaron.

—Eres todo lo que cuentan de ti —dijo Camilla con un suspiro.

Un solo comentario más y por los dioses que iba a perder el control de mis impulsos más homicidas. Por fin me permití mirar para otro lado; me importaba una mierda lo que eso pudiese revelar sobre mis emociones. Estaba cabreada, pero no tenía derecho a estarlo. Era de todos conocido que Liam odiaba a la gente como yo. Estaba enfadada conmigo misma y me sentía muy idiota. La única persona que quería, no podía tenerla. Liam no era mío, ni yo era suya. Ni siquiera éramos amigos. Yo era un arma. Yo tenía la culpa de ser tan estúpida como para creer que podría ser otra cosa que un arma, para Liam o para Kaden.

—¿Va todo bien, Dianna? —preguntó Camilla con un susurro ronco.

La miré, consciente de que mi cara transmitía toda la cólera y el dolor que sentía.

—*Vaski lom dernmoe* —escupí en eorlano.

Un gruñido sordo me vibró en el fondo de la garganta.

La risa de Camilla fue afilada y precisa, y abrió otra herida en mi alma.

—Así que es cierto, los ig'morruthens son territoriales.

No dije nada. La bestia de mi interior gruñía y arañaba, ansiosa por liberarse y reducirla a jirones.

Camilla sonrió con alegría. Tenía los labios hinchados tan llenos de carmín corrido como los de Liam. Había ganado. Me odiaba porque creía que le había arrebatado un puesto. Y ella me había arrebatado algo a su vez: un beso que hasta entonces ni siquiera sabía que deseaba. Para ella, estábamos en paz.

No podía ni mirar a Liam. Sentía el peso de su mirada y sabía que él quería que lo mirase a los ojos, pero me daba igual.

Camilla no había perdido la sonrisa burlona.

—Ahora que ya hemos zanjado ese asunto —dijo—, que empiece la fiesta.

Alzó las manos y dio una palmada. La puerta que había a mi derecha se abrió. No me volví a mirarla ni me moví, pero se me revolvieron las tripas en cuanto olí esa colonia tan cara.

—Hola, Dianna.

Nos habían tendido una trampa.

—Santiago. —El nombre se me escapó de los labios con un siseo.

XXXVII
DIANNA

—**P**erdona la interrupción. Por lo visto, tu nuevo novio se lo estaba pasando en grande. —La sonrisa de Santiago iba dirigida a Liam y al carmín que este llevaba en los labios.

—Santiago. El perro faldero brujo de Kaden. Se te ve bien. Espero que no te hayas vestido así por mí —me burlé— ¿Cuántas veces tengo que decírtelo? No es no.

Lo flanqueaban los miembros de su aquelarre, todos vestidos con trajes caros y aquellos putos zapatos de cuero. Odiaba los zapatos de cuero.

Sonrió y me lanzó una mirada lasciva.

—He echado de menos esa boquita. Y Kaden, también.

—Ah, ¿sí?

Tragué aire suficiente para incinerarlos a él y a todo el edificio, pero no tuve oportunidad de usarlo. Camilla invocó su magia verde y me la lanzó. Mi cuerpo salió despedido y oí gritar a Liam. Aterricé en una silla, que se sacudió con violencia, pero se estabilizó sin llegar a volcarse.

Unas lianas de luz verde me sujetaron las muñecas y los tobillos. Intenté romper los zarcillos de aspecto frágil, pero me sentía como si tuviera un ancla colgando de cada parte del cuerpo que me tocaba la luz verde. Miré a Liam y vi que estaba atado a la pared más lejana con las mismas bandas que le mordían muñecas y piernas. Camilla había usado varias más con él: una atadura más fuerte para retener a un ser más fuerte. Apreté los dientes y luché por liberarme. Mi silla se deslizó hacia la mesa arrastrando las patas por el suelo y se frenó en seco. La cabeza se me sacudió hacia delante.

—Zorra.

Mi disfraz se desvaneció en el momento en que dejé escapar aquellas palabras. Mi figura onduló y cambió. La silueta y la masculinidad que le había impuesto a mi cuerpo se disolvieron y ya no era el Rey Vampiro, sino yo misma. Las ropas se fundieron con el resto de la ilusión y dejaron a la vista el top de encaje blanco y el traje pantalón que llevaba.

Camilla me escrutó de arriba abajo.

—Vaya, qué preciosidad, vestida como una dama cuando todos sabemos que eres más bien una perra rastrera.

Giré la cabeza hacia ella. Estaba furiosa. Con todo lo que había pasado entre Liam y yo, y luego esperar esta estúpida reunión y que me tendiesen otra trampa…, estaba más que lista para hacer llover fuego.

—¿Rastrera? Por lo que recuerdo, Camilla, tú te has pasado más tiempo de rodillas del que yo haya estado jamás.

—Señoras, señoras —dijo Santiago con una sonrisa de oreja a oreja, al tiempo que se acercaba al borde de la mesa—. Ya discutiréis más tarde. Ahora tenemos poco tiempo.

Miró hacia la pared del fondo con una sonrisa demasiado engreída. Liam forcejeaba contra el poder de Camilla y sus ojos sangraban plata. Ella estaba entre nosotros, con una mano alzada hacia mí, la otra hacia Liam. Apretaba los dientes a medida que enviaba más y más poder hacia él. Se le estaban formando perlas de sudor en la frente. Liam luchaba por liberarse y, a juzgar por las apariencias, estaba a punto de lograrlo.

—¿Así que tú eres el Destructor de Mundos? —preguntó Santiago.

La mirada de Liam saltó a Santiago y le dio un buen repaso.

—Y tú eres hombre muerto si le pones la mano encima.

Santiago se rio con una mano sobre el estómago.

—Ay, Dianna, creo que le gustas. Qué mono.

En vez de responder, los miré a Camilla y a él.

—Así que ahora sois amiguitos, ¿eh? Supongo que no debería sorprenderme.

—¿Nosotros? —Santiago se rio de nuevo—. ¿Quién traicionó primero a quién, Dianna? —Alzó las cejas y me recorrió con la vista—. ¿Dónde está Alistair?

Me incliné hacia delante todo lo que pude.

—Suéltame y te lo enseño.

Chasqueó la lengua y se encogió de hombros, despreocupado.

—Kaden quiere que vuelvas y ha puesto un precio magnífico a tu cabeza. Deberías haber sido lista como Camilla. Se le ha prometido un puesto en la mesa si ayuda a capturaros a ambos y a conseguir ese maldito libro.

Se me revolvieron las tripas. Sabía lo que me esperaba una vez estuviese en manos de Kaden. Con toda probabilidad no volvería a ver la luz del día y mantendría a Gabby lejos de mí. No la volvería a ver jamás.

—Me tendrás que llevar a rastras. —Me temblaba la voz y no me importaba quién lo viera o lo oyera—. Y pienso resistirme a cada paso.

Santiago se reclinó sobre la mesa, con las manos apoyadas en ella, y la llama verde de su poder le destelló en los ojos.

—Tenemos por delante un largo viaje, y para cuando termine contigo me estarás suplicando volver. Me voy a asegurar de ello… y lo voy a disfrutar.

—Morirás si lo intentas —dijo Liam. Yo miraba a Santiago, pero sus palabras se abrieron paso a través de mi odio cegador.

—Hazlo callar, Camilla —ordenó Santiago, sin quitarme la vista de encima.

Otra hebra de magia me rodeó el cuello y me tiró de la cabeza hacia atrás con fuerza y me obligó a cerrar la boca. Me mordí la lengua con tanta fuerza que noté el sabor de la sangre. Gruñí. La falta de oxígeno hizo que me diese vueltas la cabeza y se me nublase la vista. Tan rápido como comenzó, la presión terminó.

—Como vuelvas a hablar, le arranco esa preciosa cabecita.

La voz de Camilla se filtró entre mis jadeos doloridos en busca de aire.

Liberó una diminuta fracción de su poder y pude bajar la cabeza. Tragué saliva y di un respingo de dolor.

—Dejaos… de… amenazas… vacías —mascullé entre jadeos. Los miré a ambos y me sacudí de la cara los mechones sueltos—. Él solo ha venido a por el libro, como vosotros, idiotas. Así pues, ¿qué tal si terminamos con las amenazas inútiles?

Le lancé a Liam una mirada penetrante. Pareció comprender que les estaba tirando de la lengua. La tensión de la mandíbula disminuyó y vi que relajaba un poco los músculos. Todavía empujaba y comprobaba sus ataduras, pero desvió su atención hacia Santiago.

—¿Ese es tu plan? —me preguntó Santiago—. ¿Colaborar con el Destructor de Mundos y matar a Kaden? Kaden no puede morir. Ya lo sabes. ¿Lo sabe él? —Había tanta presunción y arrogancia en su voz que un poco más y pongo los ojos en blanco.

Los ojos de Liam se entrecerraron al recibir ese pequeño fragmento de información. Todos creían que Kaden no podía morir, pero eso era porque nadie lo había intentado matar jamás.

Me encogí de hombros y no le hice caso.

—¿Dónde está, entonces? Si es inmortal y todopoderoso, ¿por qué no viene él mismo a por mí? No hace más que ordenar a sus putos lacayos que me lleven a rastras. Y eso eres para él. Lo sabes, ¿verdad? No le importas una mierda; ni tú ni nadie que no sea él mismo.

Santiago y Camilla se rieron. Santiago se ajustó el traje y se colocó entre mis piernas abiertas. Se inclinó para acercarse más y me rozó la mejilla con los nudillos. Me apartó de la cara los mechones descolocados. Mi cuerpo entero se rebeló y me alejé de él tanto como pude. Las esposas mágicas y la hebra del cuello me cortaron la piel, pero me dio igual.

—Bueno, menos mal que yo no estoy desesperado por que me ame. —Me lo susurró al oído y luego se incorporó.

Eso me escoció. Apreté los dientes y traté de encontrar una manera de desactivar el hechizo de Camilla y matar a todos los presentes.

Santiago suspiró, aburrido.

—Bravo por intentarlo, pero todos sabemos que no eres más astuta que él, y desde luego no vas a derrotarlo. Deberías haber mantenido tu precioso culo donde estaba. Bueno, qué le vamos a hacer. —Se llevó una mano a la espalda, sacó una pistola y me apuntó con ella. Le quitó el seguro, la amartilló y me la apoyó en la sien. El mordisco frío del metal me hizo sonreír.

—Eres tan débil… Me has tenido que atar para poder golpearme. Menudo hombre. —Hizo una mueca y supe que le había tocado la fibra sensible. Estupendo—. ¿Qué vas a hacer, Santiago? ¿Pegarme un tiro? Eso no me matará.

Se encogió de hombros y esbozó una sonrisa.

—No, pero nos hará más fácil llevarte de vuelta.

Me callé un momento mientras absorbía lo que había dicho. Intenté mirarlo.

—¿«Nos»?

Señaló el ventanal que había al otro lado de la habitación. Unos cuantos pares de relucientes ojos carmesíes me miraron desde la selva y se me aceleró el pulso. Había cuatro grandes figuras cerca del vidrio, con las alas coriáceas extendidas. Sus sonrisas de primate dejaban ver los afilados colmillos negros.

Uno puso la mano sobre la ventana; las gruesas garras esperaban para hacerme pedazos. Otro deslizó una ancha lengua negra sobre el vidrio, arriba y abajo, dejando un rastro de babas. Tras ellos vi varios pares de ojos más. Joder. Eso es lo que yo había estado notando. Santiago se había traído a los irvikuva. Un montón de ellos. Estábamos muy, muy jodidos.

Un trueno resonó a lo lejos y el relámpago rasgó el cielo… Una tormenta que no sabía de dónde había salido.

—¿Los irvikuva? ¿En serio?

Lo dije con voz tranquila, pero iban a ser un problema. Con las garras y los dientes me podían hacer daño de verdad, suficiente como para frenarme, y si Santiago había traído tantos como me temía, estábamos de mierda hasta el cuello.

Empujó la pistola con más fuerza contra mi sien.

—Una cosa no te puedo negar, Dianna. Tu pequeño motín lo ha puesto nervioso. Pero adoptes la forma que adoptes, o te rodees de los amigos que te rodees, siempre le pertenecerás a él. Eres la patética puta de Kaden.

Me volví hacia él y le escupí en la cara. Se apartó y se limpió con la manga.

—Los hombres de tu calaña usáis esas palabras como si doliesen, como si significasen algo. Y ¿quién eres tú? El tipo que lloró porque no quise chupársela.

El rostro de Santiago perdió todo rastro de humor y de color.

—El poderoso líder del aquelarre, que podría tener a quien quisiera, lloró como un niño porque alguien le dijo que no. Perdona, ¿quién dices que es patético?

Levantó la pistola y me la apoyó en la frente.

—Eres una zorra.

—Lo sé.

Apretó el gatillo. Vi el fogonazo, pero no llegué a oír el disparo.

XXXVIII
LIAM

L a fuerza del disparo derribó la silla. Sucumbí al pánico al ver desplomarse a un lado el cuerpo de Dianna. Mi poder, puro y cegador, sacudió los cimientos. La pared que me retenía se agrietó y crujió, y del techo llovieron escombros. Gruesas franjas de plata se me iluminaron bajo la piel y supe que los ojos me llameaban a juego. Mis músculos estaban en tensión y tironeaban de los zarcillos de magia verde que me sujetaban a la pared. Habría querido arrancar la casa de sus cimientos y destruir a todos los que la ocupaban. Pero, después de lo que me había mostrado Camilla, no podía.

Cuando me besó, las visiones se agolparon en mi subconsciente. Las imágenes de la hija de Azrael, del libro que poseía y de la ciudad donde se había alojado me llenaron la mente. Camilla llevaba algún tiempo conspirando contra Kaden. En nuestro intercambio me pidió que le siguiese el juego, o de lo contrario pondría a Dianna en mayor peligro todavía. Habría hecho lo que fuera para mantener a Dianna a salvo, pero el dolor que había visto en el rostro del disfraz de Ethan me había retorcido las entrañas. Estábamos empezando a reconectar, pero mis actos quizá habían provocado un daño difícil de reparar.

—Por eso que has hecho, conocerás el Olvido —le dije a Santiago, que todavía apuntaba con la pistola al cuerpo caído.

—Ah, ¿sí?

Santiago, con una sonrisa cruel y enfermiza en las facciones, disparó dos veces más. El cuerpo de Dianna se sacudió con cada detonación. Tiré de las ataduras y el viento aulló. El latido de la tormenta que se acercaba coincidía con el de mi corazón. Los ojos de Camilla me lanzaron una mirada de advertencia.

—¿Eso era necesario? —le preguntó a Santiago, mientras se volvía a mirarlo.

—Digamos que soy un sádico. —Se encogió de hombros; y yo decidí matarlo—. Ahora tenemos que coger un vuelo. —Dejó la pistola en la mesa y se ajustó las mangas.

Gruñí de forma casi inaudible. Sabía que no podía dejar que se la llevase. Tensé los músculos y me preparé para liberarme de la pared, pero las luces parpadearon y me detuve. La oscuridad brotó de cada rincón y todos nos quedamos inmóviles.

—¿Qué estás haciendo? —siseó Camilla.

—No soy yo.

Un humo negro se enroscó en los bordes de la mesa, de debajo de la cual brotó un gruñido profundo y salvaje. La quietud se apoderó de la sala. Una ola de poder ascendió del suelo e hizo temblar el aire como una onda de calor. Ese nuevo poder rozó el mío y, al saborearlo, el corazón me dio un vuelco. Casi rivalizaba en intensidad con mi poder. La mesa voló por los aires con tanta fuerza que se estrelló contra el techo y produjo una lluvia de cascotes.

«Dianna».

Fue lo único que pude pensar al ver la gran bestia, negra y elegante, que se lanzaba a por Camilla. Cayó sobre ella y los dientes y las garras centellearon. Camilla gritó y su sangre salpicó la pared. Las bandas verdes me soltaron; me deslicé hasta el suelo y caí de pie.

Santiago me miró con ojos desorbitados. Al verlo me consumió una rabia ciega. Nunca hasta entonces había sentido el deseo de reducir a alguien a jirones con mis propias manos. Iba a suplicar la muerte por lo que le había hecho a Dianna. Leyó la expresión de mi cara y tragó saliva. Retrocedió, levantó las manos y, al dar una palmada, desapareció de la sala en un estallido de luz verde. Puto cobarde.

Sonó un grito estremecedor, seguido de un crujido sordo. Me volví y agarré el grueso pelaje de la bestia en que se había transformado Dianna y que trataba de arañar y destrozar a Camilla. Tiré de ella para apartarla. Una de sus inmensas zarpas me lanzó un manotazo y me dejó una marca en el pecho.

—¡A ella, no! ¡La necesitamos! —le grité a Dianna.

Tiré de ella hacia atrás para separarlas. Clavó las garras en el suelo para frenarse y abrió grandes surcos en la piedra hasta que se detuvo. Me taladró con sus ojos rojos. Siseó. Un penacho de pelo negro se le erizó en el lomo. Mostró los dientes en señal de desafío. Entonces, clavó la mirada en algo que había detrás de mí y el gruñido se transformó en un rugido. Varios orbes verdes parpadeantes volaron hacia el interior de la sala en dirección a ella. Santiago se había ido, pero su aquelarre, no, y aún tenían intención de capturarla. Gruño y pasó corriendo junto a mí con las quijadas goteando sangre. Se movía a una velocidad cegadora. Me volví a tiempo de verla saltar sobre un brujo; el impulso los envió a ambos dando tumbos a través de la puerta y fuera de mi vista.

Dispuse de una fracción de segundo para formular un plan antes de que los gruesos vidrios saltasen hechos añicos. Un chillido hueco llenó la habitación y los irvikuva entraron volando. Me moví para proteger a Camilla.

Los brujos del aquelarre de Santiago abrieron fuego. Se montó un caos. Las balas me golpeaban por todas partes, pero solo conseguían cabrearme más. Las armas mortales no eran más que una molestia para mí, pero para la reina bruja podían ser mucho más. Invoqué mi escudo y un único anillo vibró. Era lo bastante alto para cubrirme todo el cuerpo, y en el centro lucía la insignia de mi padre, la bestia de tres cabezas. Me agaché y lo sostuve delante de mí; las balas rebotaron contra él.

Invoqué una pequeña fracción de mi poder y lancé las mesas, sillas y cristales en todas direcciones. Los brujos y varios irvikuva cayeron sangrando, alcanzados por la metralla. Cogí del brazo a Camilla y la arrastré. Sus pies cubiertos de sangre resbalaban mientras corríamos. Nos abrimos paso hasta el exterior, seguidos por un fuerte estruendo; el piso superior había volado por los aires. Olí las llamas, seguidas de inmediato por el humo. Todo el edificio se sacudió. Las luces parpadearon y los aspersores rociaron agua.

«Dianna».

Tenía que llegar hasta ella, pero primero tenía que encargarme de Camilla. Devolví el escudo al anillo y me agaché junto a la figura malherida. La plata me iluminó las manos y el brillo se movió sobre el cuerpo de Camilla y le curó los cortes y desgarros que le había hecho Dianna. Las heridas se cerraron y Camilla siseó de dolor.

—Me has ayudado con el libro, así que respetaré nuestro acuerdo. Coge a quienes te sean más preciados y abandona la isla. Yo tengo que ir a buscar a Dianna.

Oí unos rugidos detrás de mí; de un salto me puse de pie y me giré hacia el sonido. Alcé la mano. En el antebrazo se dibujaron líneas de plata. Disparé una bola de energía contra las bestias que estaban cargando contra nosotros desde la puerta. Se desintegraron. En un abrir y cerrar de ojos, sus cuerpos se convirtieron en ceniza que se dispersó arrastrada por el viento.

Noté un tirón en la manga y miré a Camilla. Estaba agarrada a mí mientras luchaba por incorporarse. Cuando logró ponerse de pie, le temblaban las piernas; se apoyó con una mano contra el árbol más cercano.

—A ella le gustas. Tendrás que recordarlo si quieres superar lo que tiene planeado Kaden.

No comprendí lo que intentaba decirme, pero asentí.

—Creo que lo has echado a perder.

—No. —Sonrió, con los dientes manchados de sangre—. Solo la he forzado a verlo.

Un grito resonó por la villa y atravesó el ruido de la batalla. Al mirar hacia arriba vi a un hombre que salía despedido desde el balcón. Cuando me di la vuelta, Camilla había desaparecido.

Entré de nuevo en la mansión en el momento en que la sacudía una nueva explosión. Monstruos y humanos gritaban de dolor y pánico. Las llamas lamían el techo y una gran nube de humo crecía y descendía escaleras abajo.

«Dianna».

Me volví y me protegí los ojos del resplandor anaranjado. La vegetación del exterior ardía y varias personas corrían envueltas en llamas; no habría sabido decir si amigos o enemigos. El edificio se sacudió otra vez. A la explosión le siguió un alarido de dolor y una maldición. Estaba herida.

No pensé ni dudé. Me propulsé a través de varias toneladas de piedra y ladrillos y aterricé en el piso superior. Tuve una fracción de segundo para decidir si invocar la Espada del Olvido, pero no podía arriesgarme. Apreté los dedos y llamé a la espada ardiente. La empuñé con fuerza y entrecerré los ojos para intentar ver algo a través del humo.

—¡Dianna! —grité—. ¿Dónde estás?

Se produjo un movimiento a mi izquierda y percibí el latido del corazón de un ser antinatural. Golpeé con la espada y la cabeza de la bestia rodó por el suelo despidiendo un fuerte hedor. Entre el humo aparecieron varias más que la estaban buscando. La habían perdido, pero al verme cargaron contra mí. Me dejé caer y me deslicé por el suelo cubierto de ceniza. Les corté las patas a la altura de la rodilla. Cayeron entre gritos. Me levanté y les atravesé el cráneo a las tres. Un momento después, sus cuerpos eran indistinguibles del hollín del suelo.

Sentí la presencia de Dianna y corrí hacia el sonido de una refriega casi sin ser consciente de ello. Frené en la puerta de lo que solía ser un estudio. La sala estaba revuelta y cubierta de restos de mobiliario. El viento agitaba las cortinas. Los irvikuva luchaban contra una bestia mucho más hábil y rápida que ellos. Ya estaban muertos, solo que aún no lo sabían. Las sombras aparecían y desaparecían y los golpeaban con patadas y puñetazos.

«Dianna».

Los desmembró con precisión quirúrgica. Alas, patas y brazos volaban por la habitación. Las cabezas rodaron, con los negros dientes apretados y los ojos carmesíes abiertos de par en par. La sangre salpicaba el suelo, el techo y las paredes. Estaba impresionado, pero ella siempre me impresionaba. Hice una mueca al ver que, al final, no iba a necesitar mi ayuda.

El edificio tembló de nuevo y me agarré al marco de la puerta para mantener el equilibrio. La infraestructura del edificio cedía entre crujidos; la casa estaba a punto de derrumbarse.

Un aliento caliente me hizo cosquillas en el cogote. Me giré, con la espada vuelta hacia arriba, y le corté la cabeza a otra bestia. El cuerpo se desplomó y yo terminé de dar la vuelta hasta alcanzar la posición inicial.

Dianna salió de entre las sombras. El traje pantalón de encaje color crema estaba cubierto de sangre y suciedad. Levantó una mano con garras y se limpió la sangre de la boca con el dorso. Los ojos que se posaron en los míos eran pozos de furia carmesí. Por un instante yo, el matador de monstruos, el destructor de mundos, le tuve miedo.

—Dianna. —Pronuncié el nombre como un susurro, una súplica.

—¿Qué? —La palabra le salió afilada y llena de ira.

Le tendí la mano.

—El edificio se va a derrumbar. Nos vamos.

Miró la mano extendida como si le ofreciese algo putrefacto. Se apartó con una mueca de desagrado. No tenía tiempo de responder a su repulsión; se oían los gritos de varios irvikuva que venían a por nosotros.

—Destructor de Mundos. —El siseo me enervó y me volví a mirar. El vestíbulo estaba envuelto en llamas y las siluetas demoniacas se recortaban contra el espeso humo. Sonrieron y chasquearon los dientes mientras cruzaban el fuego sin que les afectase. Por supuesto. Eran creaciones de Kaden y los poderes de Dianna también procedían de él.

Dianna se lanzó hacia el vestíbulo con las garras extendidas y lista para pelear. La agarré por la cintura, tiré de ella hacia mí y nos propulsé a través del techo. Acuné la cabeza de ella contra mí para protegerla de lo peor del impacto, pero aun así se le escapó un «ufff» cuando atravesamos las vigas del tejado.

El cielo nocturno nos dio la bienvenida un instante, pero mi intención era ponernos a cubierto en la selva. Al alejarnos del edificio en llamas salimos del humo y se me aclaró la visión. Descendimos en la selva con un fuerte impacto. En el momento que nuestros pies tocaron el suelo, Dianna me apartó de un empujón. Me tambaleé, pero enseguida encontré apoyo. La cogí del brazo y la volví a atraer hacia mí, quizá algo más fuerte de lo necesario.

Dianna me golpeó el pecho.

—¿Qué estás…? —balbuceó.

Le tapé la boca con la mano y miré hacia atrás. Las bestias salían de la casa entre alaridos y alzaban el vuelo para buscarnos. Le quité la mano de la boca y me llevé el índice a los labios para hacerla callar. Me miró furiosa y sus ojos siguieron siendo llamas carmesíes, pero no hizo el menor ruido.

Levanté un brazo y la energía se derramó de mí en pequeñas olas. La temperatura descendió y el viento se incrementó poco a poco. De todos los rincones brotaron jirones de niebla; era lo bastante espesa para confundirlos y ocultarnos. La neblina cubrió el bosque que nos rodeaba. Los truenos retumbaban cerca y ahogaban cualquier sonido de conversación; era la tormenta que había invocado en mi furia al verla herida. Ya no serían capaces de encontrarnos. Bajé la vista hacia Dianna y aparté el brazo.

—De acuerdo, ahora podemos…

Me empujó con tanta fuerza que retrocedí un paso.

—No me toques. —Se dio la vuelta y se alejó pisando fuerte—. No me toques jamás. —Se le hundían los zapatos en el suelo blando y espeso. Se diría que huía de mí.

—Dianna, ¿a dónde vas? —la llamé. Los relámpagos bailaban en el cielo.

Levantó las manos, exasperada. Los truenos ahogaron su voz.

—¡Pues no sé! ¡Igual a buscar una salida de esta maldita niebla que has creado y escapar caminando de esta selva, porque no puedo volar con esos putos bichos por ahí!

Al seguirla tropecé con una gruesa liana y casi me caigo.

—¿Quieres hacer el favor de esperar? No conozco este lugar.

—Genial. Con un poco de suerte, lo mismo te pierdes.

—Eso es una grosería.

—Créeme si te digo que me importa bien poco, Liam.

Me detuve en seco al percibir el veneno indisimulado de su voz.

—Comprendo tu hostilidad. Consumir sangre intensifica las emociones de los ig'morruthens y dado que tú, por lo que sé, llevabas un tiempo sin hacerlo, tu cuerpo sufre una sobrecarga sensorial.

Se volvió con un movimiento tan repentino que resbaló en el barro. Agitó los brazos para recuperar el equilibrio y, una vez estable, me miró.

—Qué buena idea, Liam, dame una puta lección de historia mientras estamos aquí atascados —siseó—. Cuéntame algo más sobre mí misma. ¿Sabes qué más se olvidaron de contarte tus prestigiosos tutores? ¡Que tenemos sentimientos, joder! No voy a ser tu peón, ni de Kaden, ni de nadie. ¿Entendido? Tienes suerte de que no pueda volar ahora mismo sin arriesgarme a que me vean, porque, que los dioses me ayuden, te dejaría tirado aquí tan, pero tan rápido... Me llevaría a Gabby y no volverías a verme nunca más.

Sus palabras me escocieron y el corazón me latió con fuerza. ¿Dejarme? No me gustaba cómo sonaba, ni que hubiese pensado en ello.

Resoplé para disimular el súbito dolor que me revolvió el estómago y me estrujó el corazón.

—Te encontraría.

Levantó la cabeza, con la misma cara de asco que antes.

—Mejor preocúpate de ese estúpido libro que os pone a todos tan cachondos.

Me crucé de brazos mientras ella aún trataba de marcharse.

—Hicimos un pacto, Dianna. No puedes abandonarme ni romperlo, por muy malhumorada que estés.

Apretó los puños y su mirada se tornó mortífera.

—¿Malhumorada? No sabes la suerte que tienes de que no te pueda lanzar una bola de fuego a la cabeza ahora mismo.

—Mira, ya sé que la sangre fresca en las venas te…

—¡Esto no tiene nada que ver con la sangre! —casi me gritó.

—Entonces ¿de qué va? ¿Es por tu amiga Camilla?

Los ojos se le entrecerraron hasta formar dos ranuras y, en ese momento, temí que me incinerase allí mismo.

—¿Amiga? ¡Ja! —Dianna soltó una carcajada burlona—. ¡Bien querrás decir amiga tuya, ahora que le has metido la lengua hasta la campanilla! —me gritó.

Se alejó con la intención de adentrarse más en el bosque. Casi resbaló otra vez y tuvo que agarrarse a una rama para no caerse.

La combinación de palabras me dejó confuso, pero entonces todo encajó y lo entendí. Me invadió el alivio. Temía haber destruido lo que había entre nosotros, pero Camilla tenía razón. Si Dianna hubiese terminado conmigo, se habría marchado pese al peligro. En vez de eso, me estaba echando una bronca. Estaba cabreada, sin duda…, pero no había cerrado la puerta del todo. Sacudí la cabeza, pero no fui tan estúpido como para mostrarme divertido ni aliviado. No tenía intención de dejarme. Estaba enfadada porque había besado a Camilla. Sin moverme ni un centímetro, me crucé de brazos.

—Te estás poniendo en ridículo —le dije.

—¡Pues tú eres ridículo siempre!

—Vaya respuesta digna de una cría pequeña.

Se detuvo, se dio la vuelta y volvió a zancadas hacia mí. Cerró los puños y las llamas le rodearon las manos. Sin detenerse, me arrojó una bola de fuego a la cabeza. La esquivé, aunque me rozó y me chamuscó el pelo. Me lanzó no una, sino dos más, que también tuve que esquivar y que chisporrotearon y se apagaron en el suelo húmedo del bosque.

—¿Me acabas de llamar cría?

Me burlé de ella, sabiendo que lo interpretaría como lo que era: un reto.

—Te comportas como si lo fueses.

Entrecerró los ojos. Levantó la mano y se apuntó a la frente. Las llamas que todavía la rodeaban se le reflejaron en los iris carmesíes.

—Perdona, pero… ¿A quién le han disparado en la cabeza mientras tú estabas muy ocupado metiéndole la lengua en la boca a Camilla?

Me dolió el pecho al recordar el sonido, la caída del cuerpo y la sonrisa de Santiago. Una sonrisa satisfecha, como si dispararle a una mujer atada fuese algo de lo que sentirse orgulloso. Pagaría por eso en cuanto le pusiera las manos encima, pero antes tenía que abordar los celos y el dolor de Dianna.

—Santiago morirá por lo que te hizo. Y no hubo nada de… —Paré, porque no quería mentirle—. Hubo muy poca lengua. Y, para que lo sepas, me mostró dónde está nuestro siguiente objetivo.

Se cruzó de brazos y extinguió las llamas. El dolor le desfiguró otra vez las hermosas facciones. Miró para otro lado.

—Vaya, pues qué bien. Me alegro de que tus besuqueos nos hayan ayudado a resolver un acertijo. Felicidades. ¿Quieres un premio?

—¿Por qué estás tan enfadada?

Giró la cabeza con gesto brusco y se me acercó otra vez.

—¿Enfadada? ¿Que por qué estoy enfadada? La elegiste a ella en vez de a mí… Ya sabes, tu socia. Sé la fuerza que tienes. Te podrías haber escapado de su control. Pero no, me tenían que disparar varias veces. Y luego, en cuanto intento matarla, me apartas de ella como si fuese… —Se calló como si se le atragantasen las palabras. Estaba a muy pocos metros de mí—. Como si yo no significase nada, cuando soy yo quien estoy arriesgando la vida, y a mis amigos, y a la única familia que me queda, para ayudarte. Tendría que haber dejado a Logan en aquella puta calle en llamas y haber ido yo misma a matar a Kaden.

Se dio la vuelta otra vez y se marchó a zancadas. En vez de seguirla, aparecí delante de ella, la sujeté de los brazos y la hice detenerse.

—Oye, no he elegido a nadie en vez de a ti.

Los ojos le ardían de nuevo.

—Suéltame.

Lo hice, y se fue, así que seguí hablando.

—Dianna, cuando me besó, me mostró visiones y cuál debía ser nuestro siguiente movimiento. Ha trabajado de incógnito todo este tiempo. Eso es todo. Es la única razón por la que me besó.

Me miró; el dolor aún le asomaba en el fondo de los ojos.

—¿Por eso ha traído a Santiago?

—De eso no sé nada. Lo que sí sé es que prometo que, la próxima vez que mi camino se cruce con el de Santiago, lo desmembraré. Y ya sabes que cumplo mi palabra.

Se quedó callada y sentí la tentación de apartarme, temeroso de que quisiera prenderme fuego. Sabía que el mal genio seguía ahí. Podía sentirlo.

—No —dijo. Se cruzó de brazos y apartó la vista.

—¿No?

—Quiero desmembrarlo yo. —Lo dijo con tanta calma que sonreí. Pero seguía sin mirarme, con la mirada perdida en la distancia. Con sumo cuidado, alargué la mano y le quité una de las hojas que tenía en el pelo.

—Ya lo discutiremos.

Dianna me miró la mano y luego la apartó con un golpecito.

—No me toques, y no intentes ser amable conmigo ahora mismo. Te huele el aliento a Camilla.

Mi sonrisa se ensanchó al comprobar que estaba perdiendo parte del fuego intenso que la consumía.

—No veo el problema. No es peor que el coqueteo constante que os traéis Drake y tú, o las risas que compartís por chistes que no entiendo. Al menos, yo he reunido información.

Inclinó la cabeza y sus ojos escrutaron los míos.

—¿De eso iba la cosa? ¿Venganza? ¿Querías ponerme celosa?

La manera de preguntarlo hizo que despertasen terminaciones nerviosas que no usaba desde hacía siglos. Era un tono más suave que el que solía usar conmigo y la parte de mí que había silenciado para sobrevivir se despertó con un grito.

Cuando rechazó con asco la idea de besarme me había dolido. Nunca me habían rechazado. Y tal vez fuese solo una cuestión de ego, pero tenía la sensación de que había algo más. Dianna no tenía ni idea de cuánto había deseado que fuesen sus labios los que besaba. Aún notaba el sabor del carmín de Camilla en los labios y quería borrar hasta la última traza con el sabor de Dianna. Era un deseo ardiente e intenso que desgarraba mi ser.

—¿Estás celosa? —le pregunté, y parte de mí rogó a los antiguos dioses que la respuesta fuese «sí».

Dianna se acercó un paso más como sin darse cuenta. Nuestros cuerpos estaban separados por unos pocos centímetros y su olor se grababa en mi mente con cada inspiración. La distancia entre nosotros era casi inexistente, no solo en el sentido físico, sino también en el mental. Consumía mis pensamientos y me hacía sentirlo y cuestionarlo todo.

—¿Quieres que lo esté?

La voz de Dianna era un susurro sensual que nunca había empleado para dirigirse a mí. Su respiración, un jadeo entrecortado. Bajó la vista a mis labios. La lengua se asomó un instante y dejó el carnoso labio inferior húmedo y reluciente. Me moría de ganas de aceptar la invitación, de saborearla hasta que lo único que quedase sobre mi piel fuese su olor. Quería reclamarla como mía.

No sabía nada del amor, pero sabía que la quería, que la necesitaba y que soñaba con ella. Era lo más inapropiado e irresponsable que podría desear para mí mismo. Solo quería sentir y hasta el más mínimo contacto de ella me incendiaba. Quería que sus manos recorriesen cada parte de mí y lo quería más de lo que jamás había querido nada. Era el deseo más egoísta del mundo, pero la necesitaba más que una corona, más que un trono, más que el aire. Tenía la confirmación de que el Libro de Azrael existía y la amenaza de la guerra se cernía sobre nosotros, pero todos mis pensamientos estaban centrados en

Dianna. Camilla tenía razón. Me había seducido. Más que eso, me poseía..., y ella ni siquiera lo sabía.

Me acerqué una fracción de centímetro más y levanté las manos para sostenerle la cara. Mis dedos la rozaron detrás de las orejas, el pulgar le acarició la mejilla. Bajé la cabeza.

Los labios de Dianna se separaron en una invitación..., pero, de repente, antes de que pudiese aceptarla, su cuerpo sufrió un espasmo y sus rasgos se retorcieron de dolor. Frunció el ceño y la boca se le llenó de sangre. Miró hacia abajo y yo seguí su mirada. Unas garras largas y curvas le perforaban el abdomen. Levanté de inmediato la vista y me encontré mirando los ojos color rojo sangre de un irvikuva. Su sonrisa triunfal reveló una boca llena de dientes negros y puntiagudos.

—¿Liam? —consiguió decir Dianna.

Fui demasiado lento. El monstruo la arrastró a la espesa maleza; los dedos de Dianna rozaron los míos... y desapareció de la vista.

XXXIX
LIAM

«J oder». La palabra que tanto usaba Dianna me pasó por la mente. Había estado tan distraído que no había percibido la presencia de la bestia hasta que fue demasiado tarde. Me martilleaba la cabeza y las imágenes de las pesadillas se me agolpaban en la mente. Tenía sangre en el pecho, mucha sangre, y las cenizas… No, no podía morir, no iba a morir. Antes reduciría a átomos el tejido mismo del mundo.

—¡Liam!

Dianna gritó mi nombre y el sonido reverberó en el bosque y me empujó a correr más rápido. El dolor que reflejaba la voz hizo que algo se rompiera cn mi interior.

«Con el objetivo de recuperarla, parece dispuesto a destruir a todo aquel que se interponga. Lo entiendes, ¿verdad?».

Las palabras de Ethan resonaron dentro de mi cráneo mientras corría por el bosque.

—¡Dianna! ¿Dónde estás? —grité. Mi voz hizo que los pájaros posados en los árboles emprendieran el vuelo, asustados.

El poder me atravesaba y nada podía interponerse en mi camino, ni árboles ni matorrales. Me abrí paso a través de la selva a un ritmo frenético y tras de mí solo dejé un rastro de vegetación aplastada.

—¡Liam! —Oí la voz de nuevo, esta vez a la derecha. Derrapé para frenar y el suelo se onduló bajo mis pies.

—¡Liam! —No, estaba por delante de mí.

Sonó otra vez, a mis espaldas.

—¡Liam! —A la izquierda.

«No dejaré que se la lleve».

«Eso espero, porque, de lo contrario, no la volverás a ver».

—¡Dianna! —grité, haciendo bocina con las manos.

No oí nada excepto a los animales que huían. Cerré los ojos y traté de recordar todo lo que había aprendido sobre cómo concentrarme. No contemplaba la posibilidad de fracasar. Por Dianna era capaz de todo. Me esforcé por respirar más despacio, por controlar cada inspiración y cada espiración. El bosque se quedó de nuevo en silencio; una rama se quebró en lo alto y sonó como un disparo.

—¡Liam! —Al grito lo siguió una risa enfermiza.

Abrí los ojos, que se cruzaron con un par de ojos rojos que brillaban en la copa de un árbol. El ser clavó las garras en la corteza del árbol y descendió con la cabeza hacia abajo, reptando, como un lagarto deforme, mientras abría y cerraba las alas gruesas y pesadas. Sonrió. Tenía los dientes manchados de sangre. La sangre de Dianna.

—¡Liam!

Me volví. Otra bestia me acechaba desde los matorrales y plegaba las alas como si acabase de tomar tierra.

Estaban imitando su voz.

—¿Dónde está? —pregunté con una voz que me era ajena. El poder pulsaba con cada latido del corazón y hacía vibrar los árboles y el follaje en sincronía. Los pájaros chillaron y alzaron el vuelo hacia el cielo nocturno.

La primera bestia saltó y el impacto de sus pies en el suelo del bosque hizo temblar la tierra. Cambié de posición para mantenerlos a ambos a la vista.

El irvikuva se alzó sobre mí con una enorme sonrisa que dejaba a la vista dientes negros y mellados que goteaban fluidos.

—Demasiado tarde, Destructor de Mundos. Has vuelto a fracasar.

Ahora ella regresa con el amo. —La inmensa cabeza se acercó; el hedor de su aliento era insoportable—. En pedazos.

Sonó un coro de risas repugnantes. Las palabras me atravesaron y despertaron algo oscuro que había mantenido oculto durante eones.

«Por lo que dicen, te arrastraría de vuelta hecha pedazos si fuera necesario».

La sonrisa de la bestia se heló y dejó paso a la sorpresa. Se miró el abdomen, confuso. Su cuerpo se convulsionó en silencio. Dio un paso atrás y se convirtió en polvo negro y espeso.

No sabía que podía invocar la Espada del Olvido a semejante velocidad, pero tampoco tenía tiempo para ponerme a pensar en ello. Las líneas de plata me recorrieron el cuerpo y formaron dibujos que se retorcieron y zigzaguearon hacia la cara. La segunda bestia me miró y luego miró el arma que yo empuñaba y que rezumaba un humo negro denso y purpúreo. La espada no era de plata ni de oro como las lanzas de mi padre y de los otros dioses. Era la ausencia de color y absorbía la luz. Era una auténtica espada de la muerte.

El Olvido era el arma que forjé durante mi ascensión al trono. Su leyenda se había transmitido a través de los siglos. Una historia que hablaba de mundos destruidos y del arma que lo había hecho posible. Los mismos dioses la temían. Me había prometido a mí mismo no volver a invocarla jamás. Estaba convencido de que nada podría forzarme a romper esa promesa, pero el dolor de Dianna, su destino y el modo en que esas criaturas se habían burlado de ella habían demostrado que me equivocaba. Dianna lo merecía y lo iba a arriesgar todo por ella.

Sonreí y me dejé ir. Rocé un anillo y la armadura de plata me rodeó el cuerpo y me cubrió de los pies a la cabeza. Iría a la guerra por ella.

El ser huyó volando hacia el cielo.

—No corras. Si no hemos hecho nada más que empezar. —Salí disparado hacia el cielo y lo seguí. Chilló como un animal herido; el miedo y el pánico atravesaron la noche. Me proyecté más lejos y más deprisa. Al pasar junto a la bestia giré de lado la hoja y la corté en dos. Se convirtió en ceniza y los gritos se apagaron.

Recorrí el cielo en círculos, en busca de otro objetivo. A lo lejos estalló un penacho de espesas llamas anaranjadas. «Dianna». Sin dudar, me lancé hacia allí y volé tan rápido como me fue posible. Mi única meta era salvarla, ayudarla.

El impacto de mi llegada sacudió el suelo y sobresaltó a cuatro de esos seres espantosos. El suelo estaba cubierto de trozos medio quemados de sus hermanos. Dianna había luchado, y muy bien, pero no había sido suficiente. Estaba herida y la superaban en número. Pero yo había llegado.

Las cuatro bestias restantes estaban arrastrando a Dianna hacia un enorme agujero en el suelo. Ella se resistía con uñas y dientes. Del hueco brotaban llamas que arrojaban al cielo un espeso humo negro. La llevaban de vuelta a Kaden.

No

Al verme redoblaron sus esfuerzos. Desplegaron las alas poderosas y saltaron para intentar llegar al agujero con ella. Arrojé la espada como si fuese una lanza. Alcanzó al irvikuva que la sujetaba con más fuerza, que se desintegró con el impacto. Dianna cayó y yo salté y traje la espada de vuelta al anillo. Aterricé con un golpe seco junto al pozo ardiente. Dianna estaba agarrada al borde con todas sus fuerzas; las otras tres bestias tiraban de ella, decididas a arrastrarla con ellos. Oí un chasquido y algo que se rasgaba y Dianna lanzó un grito de desafío. Esa era mi chica.

La sujeté por las muñecas mientras las bestias arañaban y le tiraban de las piernas. Dianna se retorció y, con una de las patadas que le había enseñado, golpeó a una de ellas y la envió pozo abajo. El ser desapareció entre las llamas.

Tiré con todas mis fuerzas y la saqué del pozo. La estreché entre mis brazos, quizá demasiado fuerte, pero no estaba seguro de ser capaz de soltarla.

Dos cabezas monstruosas se asomaron. Los irvikuva, empeñados en cumplir su misión, trataron de asirla con las garras. Acuné a Dianna contra mi cuerpo e invoqué una vez más la Espada del Olvido.

—Cierra los ojos.

Asintió y enterró la cara entre las placas de armadura del hombro. Se aferró a mí. Lancé la espada al aire para darle la vuelta y la pillé al vuelo por la empuñadura con la hoja hacia abajo. Me arrodillé y apuñalé el suelo con tanta fuerza que retembló. Una telaraña de vetas color negro y púrpura corrió hacia el pozo y mató todo lo que encontró a su paso. La energía devastadora avanzó como un rayo hacia las bestias. Los alaridos de terror cesaron de repente al alcanzarlos el poder del Olvido y un viento furioso dispersó las cenizas. El agujero ardiente se sacudió y las llamas se cristalizaron. El portal escupió una última bocanada de humo y quedó inactivo. Arranqué del suelo la Espada del Olvido antes de que pudiese hacer más daño y la mandé de nuevo al éter.

Aún de rodillas, sujeté a Dianna con un brazo y la aparté un poco de mi lado para evaluar su estado y sus heridas. Con la mano libre le quité los mechones de pelo de la cara, ensangrentada y llena de cortes.

Los ojos de Dianna me recorrieron de arriba abajo.

—Ca… ballero de bri… llante arma… dura.

—¿Qué? —Las palabras salían con dificultad a causa de las laceraciones de la garganta, pero al fin las comprendí. La armadura. Todavía la llevaba puesta. Sacudí el pulgar y la armadura desapareció en el anillo.

—¿Estás herida? ¿Dónde? ¿Estás bien?

Negó con la cabeza, con los dientes apretados y la boca cubierta de sangre. Al mirarla me estremecí. Tenía marcas de garras y heridas abiertas por todo el cuerpo. Casi le habían arrancado un brazo a la altura del hombro. La exploré con las manos. Los huesos de una pierna estaban retorcidos de forma espantosa.

Siseó y me detuve. La miré a la cara.

—¿Por qué no te estás curando?

—Irvi… kuva.

Claro. Estaban hechos de la misma sangre que ella y podían causarle heridas espantosas.

Me disponía a desenfundar la espada ardiente para ofrecerle mi sangre, pero hizo un gesto casi imperceptible de negación y señaló la garganta medio desgarrada. Me cambié de posición y se estremeció de dolor. Me fijé en lo retorcida que tenía la cadera. Al contemplar las heridas, numerosas y profundas, saboreé mi propio miedo. Había dado por supuesto que las heridas de la pelea anterior se curarían enseguida gracias a sus poderes de regeneración, pero me había equivocado. Estaba muy malherida y sangraba con profusión.

—Aguanta, ¿de acuerdo? Vamos a ir un sitio seguro. No te rindas.

Intentó asentir, pero no le quedaban fuerzas. Salté hacia el cielo, desesperado por alejarme de aquel lugar.

XL
LIAM

Llegué a un barrio poco iluminado de una ciudad llamada Chasin. Quería ir más lejos, pero si volaba a mayor altitud la nieve me frenaba y Dianna estaba cada vez más débil. Mientras surcábamos el cielo extendí los sentidos en busca de cualquier señal del poder de los celestiales.

La pequeña ciudad estaba situada a la sombra de una cordillera nevada. Era un lugar tranquilo, con hileras de casitas y coches aparcados en las calles adoquinadas. Los árboles se elevaban hacia el cielo y una ligera capa de nieve en polvo lo cubría todo.

Cuando puse los pies en el suelo, Dianna emitió un quejido y se estremeció. Tenía el pecho empapado de su sangre y, al sentir que su corazón se ralentizaba, me atenazó el temor. Parte de mí sabía que no iba a morir, pero quedaba un rescoldo de duda. ¿Y si se equivocaba y no era consciente de los límites de su poder?

Centré la vista en cada casa para tratar de detectar a los celestiales que había sentido desde el cielo. Mi visión cambió y me permitió ver las siluetas de los humanos y el latido constante de sus corazones. Me detuve al observar la tercera casa. La pareja que la ocupaba resplandecía con la distintiva firma de color cobalto de los celestiales.

Ah, era ahí. Perfecto.

No me molesté en caminar. En pocos segundos llegué al porche.

Di una patada suave en la puerta para llamar, receloso de soltar a Dianna ni siquiera un segundo.

Se oyeron los chasquidos de varios cerrojos y luego la puerta se abrió. En el umbral apareció una mujer menuda que, a ojos humanos, parecía octogenaria; pero yo la conocía bien y sabía que no bajaba de varios millares de años.

—Samkiel —dijo con voz ahogada. El otro ocupante de la casa vino a toda prisa y ambos se me quedaron mirando con un brillo azul en los ojos.

—¿Puedo usar vuestro hogar, por favor? Mi... —Me paré. Dianna gimió y se me agarró con más fuerza. Las palabras se abrieron camino a trompicones en mi mente para tratar de explicar lo que significaba para mí, pero no pude usarlas. Opté por una que, aunque verdadera, se quedaba muy corta—. Mi amiga está malherida.

Asintieron ante la visión de la figura ensangrentada que sostenía en brazos y se hicieron a un lado. La calidez de su hogar nos envolvió como un abrazo. El fuego de la chimenea lamía los tizones. El hombre me guio; dejamos atrás una pequeña sala de estar y llegamos a la cocina. Mientras él apartaba cosas para hacer espacio, la mujer llegó con varias toallas y las dispuso sobre la mesa. Deposité a Dianna encima. El contacto de la espalda con la superficie dura le arrancó un siseo de dolor.

—Lo siento —me disculpé. Estudié la pequeña cocina en busca de algo que pudiera ayudar.

—¿Tenéis hierbas de nuestro mundo? ¿Algo que hayáis guardado? —pregunté a ambos. La mujer se escabulló en dirección a una estantería y empujó la madera pulida. La pared cedió y reveló una sala oculta repleta de sencillos tesoros cotidianos de Rashearim. Abrió un pequeño refrigerador que guardaba en su interior varios frascos cuyos contenidos estaban casi agotados. Escogió uno y se apresuró a dármelo.

Hojas de secci. Eran amarillo-verdosas y olían fatal, pero calmaban el dolor. Abrí la tapa del bote y extraje una sola hoja. Pasé el brazo por la espalda de Dianna y, con todo cuidado, la incorporé un poco y le acerqué la hoja a los labios.

—Abre la boca, Dianna. Necesito que te comas esto. Se disuelve en la boca, como aquella nube dulce de colores que me hiciste probar. Te ayudará a soportar el dolor. —Tensó los músculos de la mandíbula, pero fue incapaz. Los cortes eran demasiado profundos. Cambié de posición la mano para echarle la cabeza hacia atrás y levantar la barbilla. Hizo ademán de resistirse. Sabía que le estaba haciendo daño, pero no me quedaba otra alternativa—. Sé que duele y lo siento de veras, pero tienes unas heridas muy profundas y cuando te cure te vas a sentir como si te estuviese despedazando. Tienes que comerlo.

Los ojos inyectados en sangre se cruzaron con los míos y pude ver en ellos la aceptación. Se relajó. Le alcé un poco la cabeza para que no se atragantase y le metí la hoja en la boca. Me aseguré de que tocase el fondo de la lengua. Cerró la boca y tragó. El movimiento de la garganta le provocó una nueva oleada de dolor que la hizo estremecerse. Le acaricié el pelo y la recliné en la mesa con todo cuidado.

Me arremangué y levanté la mirada hacia los dueños de la casa. La mujer se fijó en el desastre carmesí en el que se había convertido el traje pantalón de Dianna y sus ojos se llenaron de pena y compasión.

—Buscaré algo para que se lo ponga cuando esté curada —dijo. Cogió a su marido del brazo—. Os prepararemos vuestros cuartos.

—Gracias —dije.

Salieron de la cocina y sus pasos resonaron por el pasillo.

—Esto te va a doler. Te pido disculpas de antemano.

Asintió casi sin fuerzas, pero atenta a todos mis movimientos. Cerré el puño y, cuando lo abrí, un arco de luz plateada bailó sobre la palma, como si los pequeños filamentos de energía estuviesen ansiosos por alcanzarla. Empecé por los pies magullados y sucios; no quedaba ni rastro de los zapatos. Dirigí la energía hacia donde hacía falta; los dedos se agitaron un poco y la piel se curó.

Extraje energía de las fuentes más cercanas. Las luces de la cocina parpadearon varias veces, el televisor y la radio se apagaron y encendieron y la electricidad estática llenó la habitación. Seguí la línea de las piernas. Se quejó cuando se cerraron varios cortes profundos de los muslos. Un chasquido restalló en la habitación y Dianna se retorció de dolor. La cadera volvía a estar en su sitio.

—Lo siento, lo siento —murmuré. Le aparté el pelo ensangrentado de la cara.

Dianna se relajó y descansó de nuevo sobre la mesa. Volvió a asentir con esfuerzo. Me enderecé y absorbí más energía para poder continuar. Mientras la mano seguía su viaje, la electricidad se fue por completo. Oí a la pareja murmurar en el pasillo.

Extraje más energía. Las luces del exterior parpadearon y pronto toda la calle se sumió en la oscuridad. Bajé la palma y se la pasé sobre el abdomen. La mano de Dianna salió disparada y me sujetó la muñeca. Me detuve.

Sus ojos permanecieron cerrados, pero era evidente el dolor que sentía. Inspiró y espiró muy despacio, a la espera de que pasase la ola de dolor. Le acaricié el pelo con la mano libre y aguardé hasta que me soltó con un jadeo entrecortado. Me volví a concentrar y recorrí con la mano las costillas, el pecho, las clavículas y la garganta. Luego subí la mano para asegurarme de que desaparecía hasta el último arañazo y hematoma de aquella preciosa cara.

En cuanto reabsorbí mi energía volvieron las luces. La cocina se llenó de ruido: el televisor se encendió y de la radio brotó una canción alegre. Retrocedí y Dianna se incorporó. Me miró y sus ojos se suavizaron; luego dirigió la vista hacia su propio cuerpo. Levantó los brazos poco a poco y los hizo rotar para examinarlos y luego se inspeccionó las piernas. Tragó saliva y me miró.

—¿Cómo te sientes? —Sabía que estaba demasiado cerca, pero no era capaz de dar otro paso atrás.

Se frotó los brazos con las manos.

—Tengo frío, pero estoy entera.

—Bien, bien. —Tenía muchas cosas que decirle, pero no sabía

cómo, ni por dónde empezar. Ella iba a decir algo, pero se calló al oír pasos apagados en el pasillo.

—Las habitaciones de invitados ya están preparadas. —La mujer sonrió con timidez y se retorció las manos—. Hay un baño en cada una, no a la altura de lo que tú estás acostumbrado, mi señor, pero bastarán. Las dos habitaciones están al final del pasillo. He buscado unas cuantas ropas que creo que servirán.

Dianna respiró hondo y se bajó de la mesa con una expresión indescifrable.

—Mucha gracias, señora…

—Llámame Coretta.

—Muchas gracias, Coretta.

La mujer sonrió de nuevo y juntó las manos delante de sí. Dianna asintió y se estiró la ropa hecha jirones. Me lanzó otra mirada y salió al pasillo y desapareció de la vista.

Al salir de la ducha le eché un vistazo a las ropas que me había prestado la pareja de celestiales. La camisa a cuadros y los pantalones de pijama grises eran más o menos de mi talla. Me apoyé en el pequeño lavabo y miré el espejo empañado. Inspiré hondo y me concentré; enseguida dibujé un círculo y tracé los antiguos símbolos en el espejo. Brilló y se onduló como cuando cae una piedra en un estanque en calma. En cuanto se asentó apareció la cara de Logan.

—Liam. Llevo horas llamándote. ¿Dónde está tu móvil?

De repente caí en que hacía tiempo que no lo veía ni lo llevaba.

—No lo sé. ¿Qué ha pasado?

—Dímelo tú —bufó Logan—. Parte de El Donuma está en llamas. Una extraña tormenta apareció de la nada, por no mencionar el terremoto que se ha notado hasta Valoel.

Bajé la vista. No había dejado la Espada del Olvido en el suelo mucho tiempo, pero, al parecer, lo suficiente para que los efectos se notasen muy lejos.

—Joder —dije con un suspiro de cansancio.

Logan arqueó una ceja con sorpresa.

—¿Dónde has aprendido esa palabra?

—No importa. —Me pasé la mano por los rizos cortos y húmedos—. Kaden lanzó un ataque contra nosotros. Dispone de unas alimañas idénticas a las bestias legendarias: dientes, garras, alas, todo. La única diferencia es que son más pequeñas. Las envió a por Dianna y yo intervine.

Asintió sin pedirme que entrase en detalles.

—Así que ese es el poder que sentimos. Supongo que Dianna está a salvo.

—Sí.

—Mejor. Gabby es menuda, pero nos despellejaría vivos a todos si le pasase algo a Dianna.

—Seguro que Dianna la llamará en breve. —Me froté un lado de la cara.

—Oh, alabados sean los antiguos. —Suspiró—. Me gustaría recuperar a mi esposa. La secuestra cada noche para ver esas películas ridículas. Las oigo llorar en el salón y me pongo en lo peor, pero me dicen que es normal y que lo están disfrutando. Es muy confuso. ¿Por qué les gusta tanto llorar a las mujeres?

Oír despotricar a Logan me arrancó una sonrisa. Logan hizo una pausa al verme.

—Vuelves a sonreír. Lo noté en el castillo de los vampiros. Eso está bien. Incluso vuelves a tener una pinta pasable. Y has ganado peso, así que estás comiendo.

Fruncí el ceño.

—¿Te habías dado cuenta de mi inapetencia?

—Hermano, yo me doy cuenta de todo. Lo que pasa es que me niego a que me sueltes la bronca por echártelo en cara, como hacen Vincent y la belleza morena con la que estás atrapado. —Sonrió. La imagen parpadeó. No aguantaría mucho más—. Has recuperado tu luz interior. Es agradable.

—Sí.

Me quedé serio y Logan, consciente de mi cambio de humor, carraspeó.

—Aparte de lo que ha pasado en El Donuma, no hemos experimentado nada que tenga ni la más remota relación con el Altermundo. Ningún ataque y nada de actividad. Se diría que Kaden está reservando su poder y sus esfuerzos para vosotros dos.

Noté un tic en la mandíbula.

—Eso parece. Necesito que investiguéis a dos brujos: Santiago y Camilla. En cuanto averigües algo de ellos, házmelo saber. Santiago dirigía un aquelarre en Ruuman. Supongo que Vincent sabrá algo de él. Camilla tenía el suyo en El Donuma.

—Dicho y hecho, señor.

Sacudí la cabeza y me aparté del lavabo con un leve empujón.

—No me llames así.

—Fíjate, hasta tu forma de expresarte está cambiando —se burló Logan—. ¿Y qué me dices del libro? ¿Alguna pista?

—Lo cierto es que sí. La hija de Azrael está viva.

Logan dio un paso atrás con los ojos muy abiertos.

—Ni de puta coña.

—Ese lenguaje… —Le sonreí con sorna.

—Eh, llevo mucho más tiempo que tú en este plano. Sus expresiones son contagiosas. —Se acercó al espejo—. ¿Dónde está? Azrael murió, pero si Victoria sobrevivió deberíamos haberlo sabido.

—Eso es lo que voy a averiguar.

Se pasó la mano por la cara.

—Eso lo cambia todo.

Sentí un vacío en el estómago, porque sabía que las cosas habían cambiado más de lo que Logan se imaginaba.

—Sí, así es.

—¿Crees que puede acabar con el mundo? ¿De verdad?

Bajé la cabeza y me aparté un poco, sin soltar el lavamanos.

—No lo sé. Si mis visiones aciertan, es lo que va a ocurrir.

—Liam, tu padre decía que eso era lo que podía pasar, no lo que tenía que pasar. Incluso él tuvo visiones que nunca se hicieron realidad.

—Pero ¿por qué son tan fuertes? ¿Por qué se repite la misma versión? Tiene que ser una señal. —Las palabras me salieron de la boca al mismo tiempo que me volvía hacia la puerta del baño.

Alcanzaba a escuchar el latido de su corazón desde allí; ahogaba el resto del mundo. Dianna se había convertido en una prioridad para mí y no era capaz de dejar de monitorizar los sonidos que demostraban que seguía viva. Había soñado con su muerte y había visto como la bestia le abría un agujero en el cuerpo. Y eso había sucedido, así que lo otro también iba a suceder.

Me giré hacia el espejo y el resto del mundo volvió de repente. El televisor y los murmullos del piso de abajo me inundaron los oídos. Calle abajo, alguien abrió la puerta de un coche. Los sonidos de la gente durmiendo en las casas cercanas me llegaron con claridad.

Logan suspiró.

—¿Qué necesitas de mí? —dijo.

—Transporte mañana por la mañana. Una caravana que nos pueda llevar a donde queremos ir sin ser detectados. Y otro teléfono.

—Dicho y hecho.

Hablamos unos minutos más. Por fin corté la conexión tras prometerle que estaríamos en contacto. Logan informaría a los otros y yo comunicaría las noticias al Consejo de Hadramiel en cuanto tuviese oportunidad.

XLI
LIAM

Estaba parado frente a la puerta, con la mano levantada para llamar. Lo mismo que hacía en la mansión Vanderkai cuando no podía dormir, pero me negaba a quedarme con Dianna. En ese momento estaba dudando por razones similares. Las luces del piso inferior parpadearon. La pareja celestial estaba haciendo té, a juzgar por el olor, y poniéndose cómodos para la noche. Dejé que los nudillos cayeran y llamasen a la puerta con suavidad.

—Dianna.

—Estoy bien. —Oí el roce de las sábanas y un sollozo. Abrí la puerta. La preocupación me retorcía las tripas. Solo tuve un fugaz atisbo de sus ojos antes de que se acomodase bajo el grueso edredón. Encima del edredón había otra gruesa manta de piel sintética. Se enroscó sobre sí misma y el pelo oscuro se derramó por la almohada. Habló con voz queda, pero distinguí las palabras—. He dicho que estoy bien.

—¿Qué pasa? ¿Estás llorando?

—No.

Entré y cerré la puerta. Era una habitación pequeña, como la mía. Una cama ocupaba el lado derecho. A través de una puerta abierta se veía un diminuto baño y a la izquierda había un armario. En la pared del fondo se abría una ventana; las cortinas eran de tejido fino y no impedían ver cómo caía la nieve. Sentí una corriente y me pregunté si tendría frío.

—Dianna.

—Te he dicho que estoy bien. Vete a la cama. Tenemos que levantaros temprano, ¿no? ¿No es lo que le has dicho a Logan?

Di otro paso hacia ella.

—¿Nos escuchabas a escondidas?

—La casa es pequeña.

Miré a mi alrededor.

—Sí, lo es, y hay corrientes de aire. No sabía que nevaba en esta época del año. Fuera hace frío. —Sabía que estaba divagando como un demente, pero diría y haría lo que fuera para quedarme con ella, por idiota que sonase.

—Liam, estoy cansada. Vete a la cama. Ya hablaremos por la mañana —dijo. Se acurrucó más en el nido de mantas.

Quería que me marchase. Después de todo lo que había pasado, ¿me estaba evitando? Bueno, lo sentía, pero de ningún modo iba a permitir que nos distanciásemos de nuevo. Me fui al otro lado de la cama, levanté el edredón y me metí dentro.

Se volvió a mirarme, con los ojos embotados de cansancio.

—¿Se puede saber qué haces?

—Me has dicho que me vaya a la cama, y es lo que hago.

—Aquí no. Tienes tu cama.

—No quiero ir a la mía. —Y no quería. Necesitaba estar cerca de ella. Había estado a punto de perderla. ¿No se daba cuenta?

Me estudió y una expresión dolorida le asomó a las facciones.

—¿No tienes miedo de lo que puedan pensar tus queridos celestiales?

¿De eso se trataba?

—No. Y, además, tengo frío.

Soltó un bufido y se recostó con tanta fuerza que la pequeña cama crujió y se sacudió.

—Los dioses no tienen frío.

Imité su postura: tumbado de cara a ella, cerca, pero sin tocarla.

—Ah, ¿sí? Entonces ¿sabes mucho de nosotros?

Encogió un hombro.

—Solo de uno que es un coñazo.

Mis labios esbozaron una sonrisa. Aceptaría cualquier broma o pulla de Dianna siempre que ella estuviese bien.

—¿Has llamado a tu hermana?

—No. —Desvió la mirada.

—¿Por qué?

—No quiero preocuparla y esta noche estoy demasiado cansada para fingir que estoy bien.

Nos quedamos callados un rato. Odiaba esos silencios entre nosotros más que nada en el mundo. Quería arreglar lo que se había roto, pero, pese a toda mi fuerza y mi poder, no sabía cómo hacerlo.

Tuve visiones fugaces del bosque, antes del ataque. Las cosas que me dijo Dianna, cómo me miró y los labios abiertos justo antes de que se la llevaran. Las palabras que quería decirle me borboteaban en la garganta, pero se quedaron allí atrapadas. Intenté forzarlas a salir, pero cuando hablé, lo que dije no tenía nada que ver con cómo me sentía.

—Deberíamos dormir. Tenemos que irnos al amanecer. Logan nos conseguirá pasaje en una caravana mañana por la mañana. La hija de Azrael no vive muy lejos de aquí y, con todo lo que ha pasado, ambos necesitamos descansar.

Los ojos de Dianna me observaron con atención y me recorrieron el rostro como esperando que dijese algo más. No lo hice. Asintió, se dio la vuelta y se apartó de mí.

Me maldije en silencio. ¿Qué me pasaba? Dianna no se parecía a nadie a quien conociese. Yo había matado fieras del tamaño de estrellas y, sin embargo, esa mujer ardiente y testaruda me ponía nervioso. Me hacía sentir confuso, incapaz de explicarme. Necesitaba decirle lo que sentía, pero primero tenía que averiguar qué sentía. Hice una mueca. Casi podía oír la risa burlona de Cameron si se enteraba. Dioses, lo que se iban a reír todos.

Mientras le miraba la espalda me froté la cara con la mano, pensativo. Dianna se había envuelto con todas las mantas que había podido y no me había dejado casi ninguna. Levanté la manta más cercana y me hice un ovillo contra su cuerpo.

—¿Qué haces? —Tenía el cuerpo tenso.

—Me acerco a ti para calentarme. Ya te he dicho que tengo frío.

Soltó un bufido; luego un quejido de sorpresa cuando le rocé los tobillos con los pies.

—¡Dioses! No era mentira, estás helado.

Sonreí y no le expliqué que podía controlar la temperatura de mi cuerpo. Necesitaba estar cerca de ella y si para eso hacía falta una pequeña mentira por omisión, podría vivir con esa culpa. Cuando Dianna desapareció, me había aterrorizado pensar que jamás la volvería a ver.

—No, no mentía.

Con un suspiro, se acurrucó contra mí. Me cogió la muñeca y la pasó sobre ella para que mi mano descansase sobre su vientre. Habíamos dormido antes en esa posición, cuando mis terrores nocturnos se volvían muy violentos. La abracé, enterré la cara en su cuello y conté cada latido y cada respiración. Por primera vez en semanas me relajé, y la tensión de los hombros desapareció. Los antiguos hablaban de la paz absoluta que reinaba más allá de los mundos, más allá de los dominios. Cuando abrazaba a Dianna, era capaz de sentirla. Era una sensación que llevaba siglos buscando. Dianna se estremeció e inhalé su olor.

Me estaba permitiendo a mí mismo volver a intimar con ella, pero ya no me importaba. Saboreé la sensación de tenerla a mi lado, sana y lejos de Kaden. Habían estado a punto de tener éxito, de arrastrarla de vuelta con él. Casi la había perdido. El miedo todavía me provocaba escalofríos. Levanté la cabeza para mirarla y asegurarme de que estaba bien.

La camisa que llevaba era demasiado grande y dejaba al descubierto la curva del cuello. Le pasé la mano por encima y moví a un lado el cabello. Se estremeció y me detuve; temí haberle hecho daño. ¿Estaría dolorida? No sabía si la había curado del todo.

—¿Qué te pasa? —pregunté, preocupado—. ¿Te duele algo? ¿Estás herida?

—No. —Su voz era como un susurro—. Tus anillos están fríos.

—Perdona —dije. Me inundó el alivio.

Esboce una sonrisa de satisfacción. Las puntas de mis dedos contactaron con la piel suave y le acaricié el cuello siguiendo la parte de su cuerpo que estaba a la vista. En mi cabeza volví a ver las lágrimas y la sangre. Me dolía el pecho de pensarlo, pero ya estaba bien. Estaba a salvo. Su piel estaba intacta. Ya no tenía cortes en los hombros ni en el cuello.

—Lamento haberte hecho daño mientras te curaba.

Por encima del hombro distinguí el borde de su sonrisa. Fue corta, pero suficiente.

—Para ser de la realeza, pides muchas disculpas.

—Ya me lo habías dicho. —Mi sonrisa era sincera.

Nos quedamos en silencio. Le aparté los últimos mechones sueltos que le caían sobre la mejilla e inspeccioné el perfil del rostro. No había marcas, ni contusiones, ni agujeros de bala. Mi mente traidora me brindó la imagen de la detonación, el cuerpo que se desplomaba y la sonrisa de Santiago. Una vez terminase con él, la muerte le iba a parecer un regalo.

Dianna se giró de costado, encarada hacia mí. Le puse la mano en el hombro y acaricié la calidez aterciopelada de su piel.

—Viniste a por mí —dijo. Me miró a través de las pestañas y juro que me derretí—. Me salvaste, aunque no tenías por qué. Ya habías conseguido la información que necesitabas y podrías haberte ido a por el libro. Pero viniste a por mí.

Aquellas palabras me dejaron asombrado. Era una idea ridícula; nunca había contemplado esa posibilidad. ¿Quién sería capaz de abandonarla? Aunque, con las compañías que frecuentaba, no me sorprendió que pudiese pensar así.

—Jamás te abandonaría.

Un conato de sonrisa le iluminó el rostro. Levantó la mano y me pasó los dedos por el pelo. Lo había hecho muchas veces desde aquella primera noche en la que casi destruí el hotel. Moví la cabeza en busca de un mayor contacto y ella me rodeó la cara con ambas manos. Apoyé la frente sobre la suya y cerré los ojos para saborear la sensación. El olor a canela de Dianna me envolvió y se me filtró por todos los poros. Mi nariz rozó la suya y nuestros alientos se mezclaron. De pronto fui consciente de la perfección con la que encajaban nuestros cuerpos y también de que iba a ser mi perdición. Guardábamos silencio; el trauma de las últimas horas era un gran peso entre nosotros.

—Traté de luchar, pero eran demasiados —dijo.

—Estuviste perfecta.

Negó con la cabeza. Su frente se agitó sobre la mía y nuestras narices se rozaron.

—No, no lo estuve. No soy tan fuerte.

Abrí los ojos y me aparté para cogerle la cara. Le acaricié los pómulos con los pulgares hasta que levantó la mirada hacia mí.

—Dianna. Eran muchos y tú estabas sola. He visto a los mejores guerreros caer bajo el ataque de demasiados enemigos. —Rebusqué en sus ojos color avellana, feliz al comprobar que estaban sanos y no inyectados en sangre como antes. Eran plenos, puros, perfectos. Como ella.

—No soy una guerrera —bufó.

—Sí, lo eres. Además de ser valiente, terca, grosera y volátil, eres una de las personas más fuertes que conozco. Me lo discutes todo, lo que dice mucho de ti, dado que todo el mundo tiembla cuando entro en la sala. —Se rio entre dientes y cerró los ojos—. Oye, lo digo en serio. Solo un idiota ignorante se negaría a ver lo extraordinaria que eres, Dianna.

Me miró y en sus ojos avellana se produjo un cambio, pequeño pero trascendental. Sus labios rozaron los míos y, por primera vez en toda mi existencia, me quedé paralizado. Fue un beso suave, tentador… y todo lo que no sabía que me había estado perdiendo.

Se apartó y me miró al tiempo que recorría con los dedos la línea de mi mandíbula. Una sonrisa lenta y traviesa le asomó a los labios.

—Aún te huele el aliento a bruja.

Algo se rompió en mi interior y temí que fuese mi autocontrol. El deseo se enroscó y me quemó por dentro y yo lo permití.

—Pues arréglalo —la reté.

Me cambié de posición y la moví debajo de mí. Nuestras bocas se juntaron con tanta fuerza como para sacudir los cielos. No podría explicarlo, aunque los dioses me diesen un siglo para ello. No había palabras que pudiesen describir la sensación de los labios de Dianna sobre los míos, pero con ese primer beso mi centro de gravedad cambió. Quizá no tuviese palabras para hacerle justicia a ella o a lo que sentía, pero supe que, si me dejaba, de buena gana me pasaría un milenio intentándolo.

Pasé las manos por los mechones sedosos con los que había soñado cada vez que me había permitido a mí mismo soñar. Me dolió el cuerpo al volver a la vida una necesidad eterna que no sabía que tenía y que exigía ser satisfecha. Cada terminación nerviosa de mi cuerpo despertó de repente y gritó, exigiendo tocar y ser tocada.

Ladeé la cabeza para profundizar el beso. Mi lengua se abrió paso por sus labios y bailó entre ellos. Dianna gimió. Le metí las manos entre el pelo, con la esperanza de que no se apartase, de que no cambiase de opinión. Había besado, y sido besado, miles de veces a lo largo de mi vida, pero nada podía compararse con ese momento. Con la persona adecuada, un beso era mucho más que un beso. Era un éxtasis puro y sin barreras. Una parte de mi alma había aguardado a esa mujer, y un beso suyo me había derrotado. Una voz que no podía ignorar me insistía en silencio que ella era lo que había estado buscando.

«Es ella».

«Es ella».

«Es ella».

Por primera vez en siglos, experimenté una sensación vieja y familiar que me corría por las venas. La excitación, cortante, intensa y ardiente, se abalanzó sobre mí y mi cuerpo reaccionó con tanta fuerza que la cabeza me dio vueltas. Se me escapó un gemido cuando Dianna me rodeó con las piernas y levantó las caderas en dulce exigencia femenina. La cogí del culo y la apreté contra mí y la retuve allí mientras empujaba contra ella. Gimió mientras nuestras bocas permanecían juntas y su lengua jugueteaba con la mía y supe que movería planetas para oír ese sonido una y otra vez.

Dianna tiró de mí para tenerme más cerca y sus uñas me arañaron la nuca. Me chupó el labio inferior y luego lo mordisqueó, como si reclamase para sí todo lo que había tocado Camilla. El pequeño destello de dolor hizo que mi pene se sacudiera y que me ardiera la sangre. El pensamiento crítico se hizo a un lado. Quería... No, necesitaba más.

Le sostuve los pechos a través del fino tejido de la camisa y le rocé el pezón con el pulgar. Gimió e hizo rotar las caderas. Presionó su suave calidez con tanta fuerza contra mi palpitante erección que casi me corrí al momento.

El sonido de unos pies que se arrastraban y un televisor que se ponía en marcha nos hizo separarnos. Giramos la cabeza hacia la puerta y luego volvimos a mirarnos. Dianna me dio un travieso empujón en el hombro.

—Haces demasiado ruido —susurró.

—¿Yo hago demasiado ruido? —me burlé en voz baja. Levanté el brazo—. Tú sí que haces demasiado ruido.

Y entonces me dedicó la primera sonrisa auténtica que le había visto en semanas.

Miró la puerta de reojo y luego me miró a mí mientras se mordía el labio inferior hinchado. La mirada se me quedó atrapada en su boca y me atrajo de nuevo. Bajé la cabeza, pero me puso la mano en el pecho y me detuvo.

—Probablemente no deberíamos montárnoslo y hacer tanto jaleo en una casa donde viven superseres.

Asentí, aunque cada fibra de mi ser se estaba rebelando.

—Tienes razón.

—Quiero decir que nos han ofrecido su hogar y nos han ayudado.

Me parece una grosería mantenerlos despiertos porque haces demasiado ruido.

Dianna jugaba conmigo y sus ojos rebosaban picardía. No habría podido quitarme la sonrisa de la cara por mucho que lo hubiese intentado. Con ella me era imposible.

—¿Yo?

Asintió y se deslizó de debajo de mí. La sensación de su cuerpo rozando con el mío me obligó a contener otro gemido. Con una sonrisa cómplice, Dianna se dio la vuelta y se puso de cara a la puerta.

Carraspeé.

—Es muy grosero.

Me coloqué detrás de ella, le rodeé la cintura con los brazos y la atraje hacia mí. Dianna se contoneó y se acomodó. La curva de su culo se frotó contra mi pene y una descarga de placer me recorrió el cuerpo. Me dolía todo y casi ni me había tocado. Esa mujer era malvada. Cerré los ojos y apoyé la cabeza en su cuello. El intenso placer hizo que se me escapase un pequeño gemido.

—Dianna.

—¿Hummm? —preguntó mientras se frotaba otra vez contra mí. Le sujeté la cadera con la mano para terminar con la tortura.

—Chica mala.

—¿De qué hablas? Yo solo me pongo cómoda.

Le di un cachete en el culo, no tan fuerte como para que doliese, pero sí para arrancarle un gritito.

—Ya sabes lo que estás haciendo —le susurré al oído mientras le sujetaba la cadera con más fuerza.

—No sé de qué hablas —dijo sin aliento.

Muy bien. Ese era un juego al que podían jugar dos, y me encantaban los retos.

Abrí la mano que tenía en su cadera. Las puntas de los dedos rozaban la enorme camisa que llevaba.

—Antes me dijiste que no querías que te tocara. ¿Sigues pensando lo mismo?

Giró la cabeza hacia mí y su aliento me hizo cosquillas en los labios. Tragó saliva y me miró. Echó el brazo hacia atrás y me acarició un lado de la cara.

—No.

—Muy bien. —Deslicé la mano bajo el fino tejido de la camisa. Separé los dedos y los dejé vagar sobre sus costillas y más arriba—. Pero tendrás que ser silenciosa. Esta casa es muy pequeña.

Pasé la mano sobre la curva de un pecho, y luego el otro, envolviéndolos y apretándolos con firmeza. Su sonrisa se desvaneció poco a poco. Se le entreabrieron los labios y cerró los ojos con un aleteo de pestañas. Le pasé los dedos por los pezones, que se endurecieron. Gimió, aunque sonó casi como si expulsase aire.

Cambié de opinión. La risa de Dianna era mi segundo sonido favorito.

Presionó la cabeza contra mí. Le tironeé y le pellizqué los pezones, uno tras otro. Se apretó contra mí y gimió de nuevo. Era apenas un susurro, comparado con lo que yo sabía que podía hacerla sentir. Un placer puro y exquisito estallaba en mi interior cada vez que se movía y sus nalgas me rozaban el pene dolorido. Lo disfrutaba, pero esa noche no estaba interesado en mi placer. Solo quería darle algo de alegría entre todo el dolor que había sufrido a manos de Kaden, de mí y de todo el mundo.

—¿Sabes? No he sido del todo sincero contigo —le susurré mientras sacaba la mano de debajo de la camisa.

—¿Hummm?

—Tienes un culo sensacional. —Metí la mano bajo la cintura del pantalón de pijama y le cogí una nalga, lo que le arrancó otro gemido de placer—. Casi me da vergüenza admitir cuántas veces lo he mirado y he fantaseado con él.

Hizo presión contra mi mano y se le aceleró la respiración. Mi sonrisa se ensanchó. Así que eso era lo que le gustaba a mi Dianna. Que le dijeran cosas. Muy bien.

—¿Quieres saber por qué te evitaba? ¿Por qué no podía pasar ni una noche más a tu lado?

Apartó los labios de mi cuello, y al mirarme la nariz rascó contra la barba incipiente. Las ascuas ardientes que yacían en las profundidades de sus ojos avellana iluminaban la habitación y mi mundo entero. Asintió una vez, con la mano todavía sobre mi cara.

—Porque no podía estar ahí tumbado, a tu lado, y no desear estar dentro de ti.

Metí la rodilla entre sus muslos y empujé para tener mejor acceso. Bajé la mano a la entrepierna, lo que la hizo jadear. Estaba más que húmeda.

—¿Todo esto es para mí, Dianna? —pregunté. Cada vez la notaba más lubricada.

Asintió con desesperación. Cerró los ojos con fuerza cuando le rocé el clítoris con los dedos y luego los retiré. Movió las caderas en tándem conmigo y se mordió el labio inferior para ahogar los gritos de placer. Poco a poco, jugué con ella hasta que le metí un dedo. Su sexo se cerró sobre el dedo a la vez que se le escapaba un gemido bastante más fuerte.

—Chis. —Subí la otra mano hasta sus labios y le tapé la boca—. ¿Quieres despertar a todo el barrio? —le susurré al oído.

No le di oportunidad de responder. Metí el dedo más adentro. Dianna estaba muy húmeda, pero me moví con lentitud. No quería hacerle daño. Me aseguraría de que no hubiese dolor. Ya había sufrido demasiado.

Dianna se apretó contra mi mano. Se detuvo un momento cuando saqué el dedo hasta la punta y metí otro en su interior. Echó la cabeza hacia atrás y dejó expuesta la línea vulnerable de su cuello mientras gemía y presionaba contra mi mano. No pude resistir la tentación y le deslicé la boca por el cuello. La chupé y la besé; noté el pulso que latía bajo mis labios. Subió la mano y se me agarró al brazo, a la vez que presionaba contra la mano para pedir más.

Le rocé la oreja con los labios.

—Te gusta, ¿verdad?

Un gemido ahogó la respuesta, pero la presión alrededor de los dedos me dijo todo lo que necesitaba saber.

—¿Te gustaría ver qué más puedo hacer, Dianna?

Asintió con un movimiento brusco. Sentí que el poder emanaba de mis venas como un latido cálido.

—Te dije que podía hacer que mi tacto doliese…, pero también puedo hacer que lo sientas así.

Se quedó inmóvil al notar el poder invisible que le cubría los pechos como un segundo par de manos. Jadeó, como un pequeño soplo de aire contra mi mano, a la vez que cerraba la vagina con fuerza en torno a mis dedos. Envié la fuerza invisible al clítoris y sus ojos se dilataron y luego se pusieron en blanco.

Quería ver si Dianna tenía el mismo punto sensible que mis otras amantes. Curvé los dedos dentro de ella y los moví más rápido. La mano que me sujetaba el brazo apretó con más fuerza. Un gemido ronco vibró contra la mano que le tapaba la boca y sus movimientos se volvieron febriles.

—Sí… —Le mordisqueé el cuello. El sonido de mi voz la hizo gemir—. Siente mis dedos como sentirás mi polla cuando te posea bajo las estrellas.

Lo hizo. Subí un poco más la rodilla para abrirla más y Dianna apretó las nalgas contra mí. Al empujar, le temblaba el cuerpo. Mis dedos respondían a cada embate y se adentraban en ella. Mi magia jugueteaba con el clítoris, se lo lamía y se lo succionaba. Respiraba con jadeos cortos y rápidos, y la presión de la mano sobre mi brazo era casi dolorosa. Al correrse, se arqueó y tensó el cuerpo.

Se estremeció y se dejó caer sobre mí. Su vagina me siguió apretando con fuerza los dedos y yo continué moviéndolos para aprovechar el orgasmo tanto como fuera posible. La cabeza de Dianna cayó hacia atrás, sobre mi hombro. Los párpados aletearon y puso los ojos en blanco. Contemplé, fascinado, como la atravesaban ola tras ola de placer. Desesperado por satisfacerla al máximo, volví a estimularle el clítoris con mi poder, lo que hizo que gimiese de nuevo y que otro estremecimiento la sacudiese. Juraría que gritó mi nombre bajo la palma de la mano.

Verla sentir placer y saber que aquello estaba reservado para mí era adictivo.

Esperé unos instantes y luego le saqué los dedos. Le quité la mano de la boca y la besé en el cuello y en el hombro. Descansó sobre mí y por fin volvió la cabeza para mirarme.

—Jamás admitiré lo asombroso que ha sido —dijo, entre jadeos—. Ya tienes el ego demasiado grande.

Sonreí, saqué la mano de debajo del pijama y luego se lo subí.

—Eso solo ha sido con las manos. Estás muy necesitada, Dianna.

Algo pasó por sus ojos y su sonrisa se desdibujó. Me buscó con la mirada.

—¿Qué? —pregunté. Solo era una broma; esperaba no haberla ofendido.

Sacudió la cabeza.

—Nada.

Se volvió hacia mí con un brillo travieso en los ojos. Sus dedos trataron de colarse bajo mis pantalones, pero la sujeté por la muñeca para detenerla.

—Esta noche no. Tenemos que levantarnos temprano, ¿te acuerdas?

—¿Estás seguro? —Parecía confundida—. Solo me llevaría cinco minutos.

No pude evitar reírme.

—Dianna, te prometo que si me tocas ninguno de los dos dormirá esta noche. Me está costando horrores controlarme y la primera vez que te posea no quiero que tengamos que preocuparnos por no hacer ruido. —La besé en la frente—. A dormir.

Sonrió, sonrió de verdad otra vez, y puso las manos cerca de la cabeza, bajo la almohada.

—Sí, alteza.

Cerró los ojos y yo la observé durante unos instantes. Luego cogí la manta y nos tapé a ambos. Me acosté mirando hacia ella y me quedé viéndola dormir y oyendo el latido rítmico del corazón.

Dianna estaba sana y salva. Mis sueños se habían hecho realidad, pero no la había perdido ni había muerto. Una parte de mí cantaba de felicidad porque estaba bien, mientras que otra parte se agitaba con emociones que apenas reconocía. La vi dormir tanto como pude hasta que se me cerraron los ojos.

Pese a la paz que había encontrado esa noche, los terrores nocturnos acudieron a mi encuentro.

XLII
DIANNA

escubrí que me encantaba despertar con Liam... Sobre todo, si yo me despertaba antes y podía despertarlo haciéndole una mamada. Su verga me llegó al fondo de la garganta y el rugido que se le escapó del pecho me derritió. Me agarró con fuerza del pelo y se mordió el labio para ahogar los gemidos.

¿Estábamos aún en la casa de los amables celestiales que nos habían acogido? Sí. ¿Me preocupaba lo más mínimo que nos oyeran? No. ¿Creía Liam que podía provocarme un orgasmo múltiple y que yo no le devolvería el favor? Pues por lo visto.

Lo miré y deslicé la lengua desde la base a la punta con un movimiento muy lento. Con la mano libre se sujetaba con fuerza al cabezal de la cama. Me miraba con atención; la plata de sus ojos ardía bajo los párpados entrecerrados.

Me habría gustado tener más tiempo para explorarlo. Quería encontrar cada rincón que le hiciese gemir y descubrir qué pasaría si se dejase llevar por el deseo. Pero el ruido de los dueños de la casa que trasteaban en la cocina me indicó que se nos acababa el tiempo.

Cerré la mano sobre la base de su miembro, tan grueso que los dedos no se tocaban. Lo sujeté con fuerza y moví la mano, maravillada por su tamaño. Poco a poco giré la mano y la deslicé de la base a la punta y viceversa, sin dejar de mirarlo.

Liam era espectacular y no pude resistirme a explorar las partes de él que alcanzaba. Deslicé la mano libre por sus abdominales y por la piel sensible del interior de los muslos. Levantó las caderas y me empujó la verga contra la mano. Me sentí poderosa por ser capaz de obligar a un dios a retorcerse.

—Voy a hacer que te corras muy rápido —susurré, y me lamí los labios. Liam gimió tan bajo como pudo; la cabeza hundida en la almohada asintió—. Te prometo que la próxima vez lo haré durar más. Ahora no hagas ruido. —Me encantó que empezásemos a desarrollar nuestras propias bromas privadas, lo que ahondaba la intimidad entre nosotros.

Lo obsequié con una sonrisa diabólica y luego dejé revolotear la lengua sobre la punta de su miembro. Sus ojos plateados me buscaron de nuevo mientras yo daba lametones cortos en la sensible parte inferior del tronco.

—Dianna. —La voz era un gruñido ronco de necesidad.

Me reí por lo bajo y cerré la boca sobre su falo. Con una mano la acariciaba en toda su enorme longitud y con la otra le masajeaba los huevos. Oí que se tapaba la cara con la almohada para tratar de apagar los gemidos, sin éxito. El sonido, y el saber que era yo quien lo provocaba, me volvía loca. Aumenté la velocidad y él empujó con las caderas para acompasarse a mi ritmo. Ya no me sujetaba el pelo con la mano, sino que tenía el puño apretado y agarraba con fuerza.

Gemí y el sonido hizo vibrar el miembro duro que me llenaba la boca. Él reaccionó empujando con más fuerza. Sentí que me daba con la punta en el fondo de la garganta, pero no lo detuve. Quería más.

Liam gimió de nuevo y tuve la sensación de que ya no le importaba quién lo oyese.

—Es una puta gozada, mi Dianna.

«Mi» Dianna.

De nuevo esa palabra. No supe si fue por la posesividad que indicaba, o por la forma de decirlo, pero me recorrió una ola de calor y me quedé sin aliento. Como no se corriese pronto, no me iba a importar una mierda quién hubiese en la casa. Quería sentirlo dentro de mí y lo iba a montar sin dudarlo.

—Mírame.

Casi no reconocí la voz, pero supe que jamás podría ignorar la necesidad que había en ella. Levanté los ojos. Se había quitado la almohada de la cara y me miraba con ojos de plata fundida.

—Eso es, cariño. Joder, qué hermosa eres. Me encanta mirarte mientras me la chupas.

Liam sabía el efecto que esas palabras obraban sobre mí. Se había dado cuenta e iba a usarlo. Tras una última y amorosa caricia en los testículos, le agarré el miembro con ambas manos y apreté los dedos para tratar de hacerle sentir cómo sería si me montaba a horcajadas sobre él y me lo metía bien adentro. Quería que supiese que lo iba a exprimir para que me susurrase hasta la última palabra soez.

Apretó los labios y noté que se crispaba. El miembro se hinchó y me tiró de los labios. Le faltaba poco.

—Más fuerte. Por favor, nena, por favor.

Lo hice, y deslicé la lengua por la parte inferior del miembro mientras las manos trabajaban por todo su cuerpo. Disfruté de su sabor y del placer que estaba experimentando, y quería darle más.

—Estoy muy cerca —dijo con un gemido entrecortado. La mano me tiraba del pelo con fuerza—. Muy cerca. Ven aquí.

Gemí y mantuve el ritmo. Si creía que no quería que se corriese en mi boca era un idiota. Quería saborearlo. Debió leérmelo en la cara, porque su cuerpo se sacudió y las intrincadas líneas de plata de sus tatuajes se le dibujaron sobre la piel. Solo fueron visibles un instante, como si Liam hubiese perdido el control de su apariencia. Las caderas empujaron con fuerza y me cogió el pelo con las dos manos. Echó la cabeza para atrás y todo su cuerpo se tensó. Luego se corrió dentro de mi boca.

De sus labios se escapó mi nombre en un grito perfecto que ningún televisor sería capaz de tapar. Me gustó. Me quedé callada y ronroneé, satisfecha. Esperé a que saliese hasta la última gota de semen antes de tragar. Respiraba con jadeos entrecortados y le temblaba el cuerpo por las réplicas del orgasmo. Se relajó y se acomodó en la cama. Le lamí el miembro para limpiar cualquier gota que hubiese podido escapar. Me cogió por los hombros y tiró de mí para apartarme. Luego me estrechó contra su cuerpo mientras trataba de recuperar el aliento.

—¿Hasta los dioses están demasiado sensibles después? —Me reí.

—Mucho.

Se lo veía satisfecho y relajado. Me gustaba este Liam. Pero no, no era cierto: me gustaban todas las versiones de él, incluso las gruñonas, incluso las que no deberían gustarme.

Me pasé el dorso de la mano por los labios, pero me sujetó la muñeca para detenerte.

—No te limpies de mí.

Me pilló por sorpresa.

—Aquí vuelve el hombre-dios mandón y arrogante —resoplé—. Y no lo estoy haciendo, pero tengo saliva por toda la cara.

—No me importa. No vuelvas a hacerlo. —Me atrajo a su pecho y me besó con fuerza.

—¿Nos convierte esto en follaenemigos mortales? —dije, sonriente, sin separar los labios de los suyos. Frunció el ceño—. O quizá en follamigos.

Me miró como si le hubiese dado una bofetada. Me aparté sin quitarle las manos del pecho, para poderle leer mejor la expresión de los ojos.

—¿«Amigos»? ¿Como Drake y tú?

—Puaj, no. Nunca he hecho nada parecido con Drake.

—Entonces, no me compares con él.

Volví a descansar la cabeza sobre su pecho.

—No lo he hecho. Lo que decía…

Se oyó un timbre estridente y no terminé lo que iba a decir. Miramos hacia la puerta. El sonido se repitió. Recordé que llevaba toda la mañana sonando de vez en cuando, pero tal vez habíamos estado demasiado ocupados como para fijarnos.

La realidad se nos echó encima. Me aparté de Liam y le di espacio para moverse. Se levantó de la cama y se ajustó la ropa. Luego abrió la puerta y cogió el teléfono.

—Es Logan. Hemos perdido la caravana.

—Ahí va.

Estaba en el comedor, sentada a la mesa con nuestros encantadores compañeros de piso, y engullendo otra tostada. Coretta hacía las mejores tostadas del mundo. Ni me había dado cuenta de que tenía hambre hasta que bajé por las escaleras y olí el desayuno. Su marido estaba sentado enfrente de mí y leía en una tableta información sobre el caos de la noche anterior, con el que ni confirmo ni desmiento que yo tuviera algo que ver.

El recuerdo de las garras sobre la piel aún era vívido y me hizo estremecer. Pero estaba bien. Viva y de una pieza y no me habían capturado. Estaba bien.

—¿Qué tal dormiste anoche? —me preguntó Coretta. Con el sobresalto me mordí la lengua.

Gemí de dolor y me llevé la mano a los labios. ¿Nos habrían oído? Liam me había tapado la boca, pero habían bastado unos cuantos lametones a cierta parte de su anatomía para que se dejara llevar. Los ruidos que hacía eran mi nueva adicción favorita y me moría de ganas de volver a oírlos tan pronto como fuese posible, pero no iba a discutir mis pasatiempos matinales con aquella dulce pareja.

—Bien —conseguí decir por fin. El marido arqueó las cejas y una sonrisa se le insinuó en la comisura de los labios, pero no me miró—. ¿Y vosotros?

La mujer regresó del horno con una bandeja de huevos con salchichas.

—Muy bien, querida. —Me sonrió. Se sentó junto a su marido y cogió la taza de café—. Estaba preocupada por ti. Los cortes eran muy profundos y no me imagino qué fiera te los pudo hacer. Creía que cualquiera capaz de hacer algo así había muerto con Rashearim.

Hablar de las garras que me habían atravesado la carne me produjo dolores fantasmas. El temor que había experimentado al ver que me arrastraban de vuelta con Kaden me iba a perseguir durante mucho tiempo.

Antes de que me diera tiempo a responder se oyó el crujido de los escalones, y luego unos pasos que se acercaban. Como de costumbre, lo percibí antes de verlo. Mis sentidos estaban en alerta... No por miedo, sino por una necesidad atávica de poseerlo, de poseerlo de verdad. Acudió a mi lado y al sentarse bloqueó mi visión periférica.

Los dos celestiales le dieron la bienvenida con una sonrisa. Yo seguí comiendo mientras lo miraba como una idiota. ¿Siempre había sido así de atractivo? Estaba muerta de hambre, y no tenía nada que ver con el desayuno que había en la mesa.

Al sentarse me pasó la mano por la espalda; me estremecí y presioné contra su contacto. Tras lo de la noche anterior, había llegado a la conclusión de que la forma de mostrar afecto de Liam era, sin duda, el contacto físico. Y esa mañana lo había vuelto a demostrar.

—Muchas gracias por dejarnos usar vuestro hogar. Pido disculpas por la emergencia repentina.

—No hay de qué. Es lo mínimo que podemos hacer. —Coretta le sonrió—. ¿Encontraste el teléfono? Un mensajero lo trajo esta mañana a primera hora.

Liam estaba sentado a centímetros de mí y nuestros muslos se rozaron bajo la mesa. Se fijó en que le había preparado una bandeja y esbozó una sonrisa. Me rozó la pierna otra vez en un silencioso «gracias» y cogió el tenedor sin pensárselo dos veces. Era muy agradable ver que comía y que se sentía mejor.

Me colmaba una sensación de plenitud que, por un lado, me resultaba ajena y que, por otro, me aterrorizaba más que ninguna otra cosa con la que me hubiese enfrentado jamás. Liam tenía el poder de destruirme.

—Sí, gracias por dejármelo a la vista. Nos tenemos que marchar pronto para llegar a la siguiente caravana.

Liam me miró de reojo y bebió un trago del zumo recién exprimido. El «ya que nos hemos retrasado por tu culpa» quedó implícito entre nosotros. Asentí. No me avergonzaba ni siquiera un poquito de lo sucedido a primera hora.

—Estupendo.

—Ah, mi señor. Quería daros las gracias una vez más a ti y al amable Vincent por todos los encantadores regalos y los mensajes que nos habéis enviado.

Liam y yo la miramos. Nos sonrió con alegría y su marido hizo lo mismo.

—Sí —dijo él. Extendió la mano y apretó la de su mujer—. Nuestro hijo murió, pero hemos oído que se portó como un héroe durante el ataque de Arariel.

Me obligué a tragar otro trozo de tostada, que de repente me sabía a arena. Aquello me había afectado; al fin y al cabo, yo había sido la atacante.

Liam, que había notado mi incomodidad, carraspeó y les dedicó una sonrisa hermosa y resplandeciente de las suyas.

—Bien, sí, solo queremos ayudar en lo que podamos. Pero sabed que ahora está en paz en Asteraoth.

Asteraoth era el dominio más allá del espacio y del tiempo a donde iban los muertos y al que era imposible acceder.

La mujer sonrió y se secó una lágrima.

—Eso es todo lo que deseamos para nuestro dulce y querido Peter.

Una de mis rodillas se sacudió y golpeó la mesa con tanta fuerza que hizo temblar los platos. Liam me lanzó una mirada llena de preocupación y la pareja de celestiales se volvieron hacia mí.

—Perdón. —Me ardía el estómago, pero logré forzar una sonrisa—. Un dolor muscular residual por el ataque de ayer. Espasmos ocasionales.

—No pasa nada, querida. Antes de que os vayáis, voy a hacerte una infusión de hierbas. Es milagrosa con el dolor. —Se levantó sin sospechar nada y se dirigió hacia donde estaban el fogón y el cazo.

Liam me rozó la rodilla con la suya, como había hecho yo con él en la cena en el palacio de Drake. Fue un contacto breve pero reconfortante que me ayudó a centrarme. Me quedé allí viendo como la madre del hombre al que casi había matado a palos y luego había entregado a Alistair me hacía una infusión para aliviarme el dolor, cuando yo le había provocado a ella el mayor pesar de su vida.

Mis alas, pequeñas y cubiertas de plumas, batían el viento. Volaba lo bastante alto para ver sin ser vista y había adoptado la forma de un pájaro habitual en la zona, lo que me hacía aún menos llamativa. Tracé un último círculo y aterricé en un claro que quedaba fuera de la vista de la entrada del templo. Había kilómetros y kilómetros de bosques, pero localicé sin problemas al Destructor de Mundos; estaba acomodado contra un árbol. Volví a mi forma original y me acerqué a él.

—Ya veo por qué los viejos dioses estuvieron a punto de ganar la guerra. —Me miró de arriba abajo con un gesto que se diría de admiración—. Tus poderes son muy útiles.

Liam acompasó el paso al mío. Nos dirigimos al templo donde íbamos a reunirnos con la hija de Azrael.

—Ah, ¿sí? ¿Estás pensando hacer algo conmigo?

Pretendía ser un chiste sugerente, pero, al parecer, Liam no lo pilló.

—Eso nunca —respondió con voz contrita—. Nunca sugeriría siquiera algo similar. Valoro lo que haces. De verdad.

Al oír aquello, el corazón me palpitó. Quizá fuese una idiota, pero nadie me había hablado así jamás. Nadie. O hacía lo que esperaban de mí, o la cagaba y entonces me daban la lata con ello sin parar. Nadie «valoraba» lo que hacía.

—¿Ha visto algo? —preguntó Liam cuando el templo quedó a la vista. Estaba cubierto de musgo y los turistas se movían de aquí para allá charlando y riendo.

—Nada. —Negué con la cabeza.

Una tenue sonrisa le iluminó la hermosa cara.

—Te lo dije. Estás un poco paranoica.

Nos detuvimos en el límite del recinto del templo, resguardados en la sombra. Le di un golpe en el hombro por el comentario. Respondió con una mirada ardiente y una sonrisa traviesa. Empezaba a creer que le gustaba que lo tocase con cualquier excusa.

—No soy paranoica, pero no descarto que Camilla nos haya tendido otra trampa.

—No te va a pasar nada. —La sonrisa desapareció y los ojos reflejaron una furia helada—. Nunca más.

Esbocé una sonrisa, aunque los dolores fantasmas sugerían otra cosa. El dolor no se había ido, pero no se lo había contado. Me vino, como un fogonazo, la imagen de Liam tocando tierra con estruendo, cubierto con la armadura que le había visto usar en los ensueños de sangre. Samkiel, el rey temible, había acudido a rescatarme, un caballero de brillante armadura, en carne y hueso. Me moría de ganas de llamar a Gabby y contárselo todo. Le iba a encantar. Parecía sacado de los libros y películas que tanto le gustaban.

Le estaba sonriendo cuando pasó un grupo de turista que charlaban y hacían fotos y me dieron un buen susto. Nos encontrábamos a las afueras del gran templo de Ecleon, en el continente Nochari. La edificación estaba construida con piedras verdes talladas y se alzaba en las profundidades de otra selva cuya vegetación amenazaba con invadirla. El cartel informativo de la entrada decía que se había construido en recuerdo de la fundación de esa zona.

Me di una palmada en el brazo y otro insecto diminuto cayó al suelo de la selva. Me había quedado callada y Liam también, lo que no era nada infrecuente. Habíamos viajado varias horas en un espacio pequeño y atestado, rodeados por un montón de gente. Ambos habíamos terminado de los nervios. Las sacudidas constantes y el chocar con unos y con otros había sido incómodo, pero era la única caravana que habíamos conseguido con tan poca antelación.

Suspiré y me crucé de brazos.

—¿Por qué no les habéis dicho la verdad Vincent y tú? —solté por fin.

—Ya sabía yo que estabas dándole vueltas a eso.

Me volví hacia él.

—Pero ¿por qué mentirles?

No lo preguntaba porque me sintiese culpable. Sabía lo que era, aunque Gabby y Liam me viesen de forma muy distinta. Hacía lo que debía y siempre haría lo que fuese necesario para mantenerla a salvo. Pero en parte me preocupaba lo que él pensase de mí y eso me asustaba más de lo que quería admitir. No dejaba de preguntarme si se sentía culpable por lo de la noche anterior, aunque no lo parecía.

—A veces una pequeña mentira es mejor que una verdad cruel. Y la verdad es que murió en combate. Pero la decisión de no contarles los detalles no ha sido mía, sino de Vincent. Yo no era consciente de la relación cuando nos detuvimos allí la noche pasada. De haberlo sabido, te habría llevado a otro sitio.

—¿Por qué?

Se volvió hacia mí y le presté atención. Sabía que quería decir algo que consideraba importante.

—Porque estás perdida en tus pensamientos desde que descubriste quiénes eran. No hace mucho que te conozco, Dianna, pero se te nota cuando estás preocupada. Te sumes en un silencio sombrío que te aparta de mí, que me excluye.

—No lamento lo que hice, Liam. Lo sabes, ¿verdad? —No mentía—. Haría lo que fuese para mantener a salvo a Gabby. Pelearé para destruir cualquier cosa que la amenace. Ella es todo lo que me queda.

—Soy consciente de ello —dijo, pero eso no despejó mi preocupación. No me gustaba nada que de repente me importase tanto lo que pudiese pensar de mí.

—¿Y cómo te hace eso sentir… ahora?

Vi con claridad el momento en que cayó en la cuenta de lo que le estaba preguntando en realidad. Se le encendieron los ojos; el hambre y la necesidad desnuda que se reflejaron en sus profundidades fueron asombrosos. Se inclinó hacia mí, me puso la mano en la espalda y me apretó contra su cuerpo. Al hablar, su aliento me hizo cosquillas en la oreja.

—Si no estuviésemos tan ocupados buscando el libro, te mostraría de siete formas distintas lo poco que cambia lo que siento por ti.

El corazón me martilleó en el pecho y se me escapó una sonrisa pícara. Le acaricié con los labios la curva de la mandíbula y disfruté del roce de la barba incipiente.

—¿Solo siete?

—Veamos primero cuánto puedes aguantar. —Sonrió y me agarró el culo tan abajo que me rozó el sexo con los dedos. Solté un gritito y su risa me provocó otra oleada de calor. Se irguió y se dio la vuelta para mirar hacia el frente. Al hacerlo tiró de mí de forma que mi espalda quedó contra su pecho—. Entonces ¿eso es lo que te tenía preocupada?

—No. —Suspiré—. Sí.

—¿Crees que debería cambiar mi opinión sobre ti por algún motivo? No es que antes no supiese de lo que eras capaz.

—Yo lo maté, o al menos contribuí a matarlo. Y he matado a varios de los tuyos.

—Y yo ayudé a exterminar a todos los tuyos. —Me estrechó en un pequeño abrazo—. A ambos nos cegaba una ignorancia que no poníamos en duda. He hecho cosas cuyos recuerdos me arrancaría de la mente, si pudiera. Pero crecemos, aprendemos y tratamos de mejorar como personas. No pretendo excusar tus actos ni los míos, pero sé hasta dónde llegarías para proteger a tu hermana. Y sé las cosas que te obligó a hacer Kaden. Por lo visto, me consideras un ser bondadoso y puro, cuando en realidad los antiguos dioses me enseñaron a destruir mundos.

—Para mí lo eres.

Oí la risita a mis espaldas y noté la sonrisa en su voz.

—Dianna, estás siendo amable. ¿Te encuentras mal?

—Cierra el pico. Yo soy siempre un encanto —dije, con un codazo travieso en las costillas—. Por cierto, tú también tienes algo que te delata.

Su aliento me hizo cosquillas en la cabeza.

—Ah, ¿sí? Explícate.

—Das patadas.

—¿Qué quieres decir? —preguntó.

—Me di cuenta las primeras veces que compartiste cama conmigo. Cuando las pesadillas son muy malas, tiemblas y a veces das patadas. No tan fuerte como para hacer daño. Parece más bien como si trataras de huir de algo. Esta noche pasada también lo has hecho.

Permaneció callado algo más de lo que me esperaba y me temí haber metido la pata.

—Creí que los sueños desaparecerían de forma gradual, pero van a peor.

—¿Las pesadillas?

Asintió, pero me di cuenta de que empezaba a levantar de nuevo las barreras.

Me di la vuelta en sus brazos y lo miré.

—Liam. Cuéntamelo.

Tragó saliva y dejó vagar la vista hacia el templo, con la mirada perdida.

—Mi padre, su padre y los que lo precedieron tenían visiones, imágenes que profetizaban lo que iba a suceder. Se dice que mi bisabuelo se volvió loco por culpa de estas visiones, y tengo miedo de que me esté pasando lo mismo.

—¿Se volvió loco?

Asintió.

—Mi padre me contó que su abuelo perdió la razón por miedo a no poder impedir las cosas espantosas que iban a suceder. Y me temo que yo voy por el mismo camino, porque no soy capaz detenerlas. Tu ayuda ha sido inestimable, pero no puedo controlar este nuevo sueño ni siquiera con tu presencia. —Su sonrisa forzada me dejó muy preocupada.

—¿Son las mismas pesadillas que tuviste en Morael?

Asintió a modo de respuesta.

—Has dicho que anoche tuviste un sueño. ¿Es el mismo? ¿Qué pasa en él?

El dolor y el horror asomaron a sus ojos grises como si se desatase una tormenta.

—No es importante.

—Lo es si te preocupa.

—Lo que me preocupa es que aún estemos esperando, pese a haber llegado tarde. —El tic de la mandíbula dejaba claro que ya no quería hablar de sueños. Al menos se había sincerado en parte, pero me preocupaba lo que no quería contarme. No iba a presionarlo, no le pediría más que lo que quisiera decirme.

—Entonces ¿a qué hora dijo esa chica? —pregunté, para aceptar el cambio de tema.

—No es «esa chica». Se llama Ava.

—Perdón. —Puse los ojos en blanco—. «Ava».

Se le escapó un resoplido.

—Es la hija de Azrael. Lo que significa que es, de nacimiento, una celestial del más alto rango. Voy a fingir que eres mi segunda al mando para guardar las apariencias. Por favor, sé respetuosa y trata de no resultar amenazadora. —Al decirlo me miró con los ojos entrecerrados.

Levanté las manos con un gesto de inocencia.

—Oye, si lo que te apetece es un jueguecito de rol, no tengo inconveniente.

Hizo un gesto de exasperación, pero pude ver la sonrisa, aunque intentó esconderla.

—Dijo que nos veríamos aquí a las cuatro y media, que es cuando cierran.

Correcto. En la caravana, yo había usado el móvil de Liam para llamar a Gabby y hacerle saber que estaba viva y bien. Luego lo cogió Liam y llamó a la mujer con la que, en teoría, teníamos que reunirnos. Se negó a decirle dónde vivía, lo que me pareció raro, pero pensé que, si alguien tenía derecho a ser paranoico, era ella.

El sol estaba cada vez más cerca del horizonte.

—Puede que no venga. Igual se ha acobardado o algo así.

Liam echó la cabeza para atrás, frustrado por la situación.

—¿Podríamos centrarnos en certezas y no en hipótesis?

—Sí. Tengo la certeza de que detesto la selva.

Liam iba a decir algo, pero se calló al ver aparecer una mujer menuda y morena que se acercaba cimbreante por el sendero. Se abrió paso entre los turistas que se dirigían a la salida. Liam y yo nos erguimos y di un paso para poner un poco de distancia entre nosotros. Nos saludó con la mano mientras se acercaba. Vestía de forma parecida a la mía, con una camisa blanca y pantalones claros. Llevaba unas botas gruesas y una mochila colgada del hombro.

—Perdonad que os haya hecho esperar —se disculpó al detenerse frente a nosotros.

Sacudió las coletas cortas. Tras ella apareció un hombre con la espalda doblada por el peso de la mochila que llevaba. Nos escudriñó a Liam y a mí.

—Ava, ¿verdad? —preguntó Liam al tiempo que se adelantaba.

—¿Te conozco? —pregunté yo al mismo tiempo. Tenía todos los sentidos en alerta, y una sensación extraña pero familiar me retorcía las tripas.

—Cielos, no. Creo que me acordaría de alguien como tú —dijo Ava con una risa.

Restó importancia a mis palabras con un gesto y se volvió hacia Liam. Sonrió más y se adelantó para abrazarlo. Él se quedó inmóvil, con los brazos atrapados a los costados. La fuerza de su abrazo lo sacudió. Me moví de inmediato y la aparté de él y la obligué a retroceder.

Comprendió lo que había hecho y se quedó quieta. Yo seguía entre Liam y ella.

—Lo siento mucho. —Se tapó la boca con la mano para reírse—.

Es que mi madre hablaba mucho de ti. Y ahora estás aquí y es tan irreal…

Arqueé una ceja.

—¿Tienes por costumbre tocar a los desconocidos?

Liam cambió de postura.

—Bueno, no… —tartamudeó la chica. Su mirada saltó de Liam a mí y viceversa—. Lo siento.

—No pasa nada. Dianna es… —Hizo una pausa—. Muy protectora.

Lo miré y él me devolvió una mirada suave que pareció decir que me lo agradecía.

Ava carraspeó y de repente Liam pareció recordar dónde estábamos. Se volvió hacia ella, pero a la vez se me acercó un paso.

—Tu madre, Victoria… ¿Dónde está? Tenía la esperanza de verla también a ella hoy.

Los ojos de Ava brillaron. Estiró el brazo y rebuscó en la mochila. Me envaré y vi que Liam se quedaba inmóvil. Como nos habían atacado dondequiera que fuésemos, estábamos un poco en vilo. Pero no sacó un arma, sino un brillante tejido blanco y azul. El material relucía de una forma que no parecía de este mundo. Liam, con gesto indescifrable, se acercó y lo tocó.

—Me confió esto. Supongo que se lo dio mi padre para mí, como una mantita de bebé. Me dijo que tú se lo habías dado a papá antes de que cayese Rashearim. —Se le llenaron los ojos de lágrimas—. Murió hace mucho tiempo.

—Lo siento de verdad —susurró Liam. Le devolvió la manta resplandeciente—. Guárdala. Tal vez se la puedas dar a tus hijos algún día.

Asintió y la volvió a guardar. Luego hizo un gesto hacia el hombre que la seguía.

—Perdón por mis modales. Este es Geraldo. Es mi guardián celestial. Lleva conmigo muchísimo tiempo.

Geraldo hizo una leve reverencia. Sus ojos brillaban de color azul y no se apartaban de mí.

—Disculpen, Geraldo no habla mucho. Y menos con ella aquí.

—¿Perdón?

—Una ig'morruthen, ¿cierto? Puedo sentir tu poder. Mi madre me dijo que habían exterminado a los tuyos en la Guerra de los Dioses, pero es imposible negar tu poder; casi se diría que te hace vibrar. Además, Camilla nos informó.

Liam se quedó rígido. Bueno, adiós plan.

Intentó sonreírme, pero más bien parecía asustada.

—Disculpa, no pretendía ofenderte.

—No tienes nada que temer de Dianna, te lo prometo. Es mi… —Liam se calló y esperé. La verdad es que no había pensado qué éramos ahora. Si es que éramos algo.

—Amiga —dije, puesto que a Liam se le había trabado la lengua—. Somos amigos.

Geraldo no había dejado de mirarme y no me cupo duda de que había visto el hambre en mi expresión, aunque traté de ocultarlo. Incómoda, levanté la vista hacia Liam y vi que me estaba taladrando el alma con la mirada.

—Pero está con Kaden, ¿sí? —dijo Geraldo con un fuerte acento.

—No. —La voz de Liam sonó como un gruñido amenazador.

—No estoy con Kaden, ni le pertenezco. —Me miraron con una incredulidad tan profunda que era casi graciosa—. Es largo de contar.

—Lo siento, pero no es lo que he oído —dijo Ava mientras miraba de reojo a Geraldo.

—Pues es la verdad. Y ahora, ¿podríamos darnos prisa? Me están comiendo viva los insectos —dije. Le di un manotazo a una de esas molestas bestezuelas.

Liam señaló hacia la selva.

—Muy bien —dijo.

Sin decir más, nos encaminamos hacia el templo, con Geraldo y Ava a la cabeza. Nos mantuvimos bajo los árboles rodeados de enredaderas y arbustos mientras se iban los últimos turistas. Liam me sujetó el brazo y frenó el paso para dejar que Ava y Geraldo nos sacasen un poco de ventaja. Se inclinó sobre mí y me habló al oído con un susurro cálido y tan bajo que ningún mortal podría oírlo.

—¿«Amigos»? —siseó con los dientes apretados.

—¿… Qué? —pregunté, confusa.

Lo miré y luego miré a Ava y Geraldo, que seguían caminando. Entonces lo entendí: estaba cabreado porque había dicho que éramos amigos.

—Ocho formas, porque cuando salgamos de aquí te voy a follar hasta que se te olvide la palabra «amigo».

Me soltó y se adelantó a zancadas sin darme tiempo a responder. Me olvidé de respirar y me quedé ahí plantada viéndolo alejarse. El deseo me derretía por dentro. Cuando me volvió a funcionar el cerebro, casi tuve que correr para alcanzarlos.

El paso estaba cortado con tiras de cinta plástica y señales de advertencia de varios colores que avisaban del peligro. Habían bloqueado una sección de la parte posterior del templo, donde habían caído piedras y cascotes. No había guardias a la vista. Lo más probable era que primero se asegurasen de que se habían ido los visitantes, antes de acudir a comprobar esta zona.

—¿Y cómo os hicisteis amigos Liam y tú? —Al oír la pregunta de Ava sentí la mirada penetrante de Liam. No lo miré. Nos agachamos para pasar bajo la cinta y llegamos hasta un portal tallado en la pesada piedra. Dioses, sí que odiaba la palabra—. Por lo que tengo entendido, vosotros sois más de «matar primero y preguntar después».

Ava y Geraldo sacaron linternas de las mochilas y nos ofrecieron otras a Liam y a mí. Liam cogió una, pero yo no hice caso. Me concentré y sobre la palma de la mano me bailó una llama brillante.

Las ruinas de aquella parte del templo olían a moho y a agua estancada. Qué alegría. Con un suspiro, me volví y empecé a bajar por las escaleras cubiertas de musgo y enredaderas, un peldaño roto tras otro.

—Aún soy muy capaz de matar, te lo aseguro.

¿Por qué me resultaba Ava tan irritante? ¿Porque había abrazado a Liam? ¿Me había vuelto tan posesiva? O quizá solo estaba hambrienta.

—No va a matar a nadie. Dianna, intenta ser amable.

Hice una mueca de burla a espaldas de Liam y Ava, que caminaba a mi lado, soltó una risita.

—Te pido disculpas, Ava. Lo que pasa es que no sabemos nada de ti. En realidad, ni siquiera sabíamos que existías hasta que Liam le metió la lengua en la boca a una bruja. —Lo dije mientras llegábamos ante un muro de piedra tallada. Liam se giró y me hizo un gesto con la cabeza—. ¿Qué pasa? Es la verdad. —No le hice ni caso y al pasar a su lado le di una palmadita en el pecho.

—Hummm, vaya —dijo Ava con los ojos muy abiertos.

—Oh, vamos, que ya eres mayorcita. —Sí, me irritaba, pero algo iba mal. Lo sentía. Lo sabía. Mis instintos estaban en alerta y me decían que tenía que proteger a Liam, pero no sabía de qué.

—Es largo de contar —dijo Liam después de fulminarme otra vez con la mirada.

Si han estado en contacto con Camilla, ¿no deberían saberlo ya? —pregunté, suspicaz. Los ojos de Geraldo ardieron con un fuego de cobalto, lo que le granjeó una sonrisa por mi parte. Sabía que llevaba una espada ardiente; todos las llevaban. Dejé que creciesen las garras de la mano que llevaba colgando del costado. Él lo notó y mi sonrisa se ensanchó—. Por favor, por favor, dime que eso es una amenaza.

Geraldo dio un paso al frente. Los anillos de plata le vibraban en los dedos. Liam me agarró del brazo y tiró de mí.

—¿Qué te pasa? —Estaba muy serio—. Os pido disculpas. Suele tener mejores modales. —Me clavó la mirada—. A veces.

—¿En serio? ¿Aparecen, nos dan un poco de información y confías en ellos? ¿No sientes la más mínima curiosidad por saber cómo han logrado ocultar el libro? ¿Por qué no lo ha encontrado Kaden? ¿Cuánto tiempo los ha tenido Camilla ocultos? ¿Son celestiales, pero nunca han acudido a ti o a la Mano? ¿Confías en ellos solo porque son celestiales?

Arqueé una ceja y retraje las garras. Ojalá no menospreciase mi comentario. Liam me observó un momento con atención.

—Pese a su actitud hostil, Dianna tiene razón —dijo Liam—. ¿Dónde os habíais metido y por qué ninguno de los dos había contactado con la Cofradía?

Ava miró a Geraldo y esperó a que él asintiese. Luego respiró hondo.

—La verdad es que nos ocultábamos —dijo—. Mi madre insistió en que nos mantuviéramos aislados. Un amigo de un amigo conoció a un socio de Camilla hace unos meses. Así nos enteramos de la insurrección de la que Camilla forma parte. Para no alargar la historia: Camilla tiene tan pocas ganas como nosotros de que el libro caiga en manos de Kaden. No es un libro cualquiera. —Clavó en Liam una mirada intensa—. Conociste a mi padre y estás familiarizado con las armas y las máquinas que diseñó. Azrael creó un manual, por así decir. En el libro hay más de mil secretos de Rashearim. Era un plan de emergencia para los celestiales, por si algún día volvías. Contiene los secretos de muchísimas cosas…; pero, lo más importante, cómo matarte.

—¡¿Qué?! —Me adelanté—. Liam no puede morir. Es inmortal. Inmortal de verdad.

—No, no lo es. —Ava me miró con una expresión dulce y amable—. Puede morir. Por eso Kaden lo desea tanto. La finalidad del libro es abrir dominios y destruir mundos. Y todo ello comienza con su muerte. —Señaló a Liam con la barbilla.

¿Muerte?

Nunca había pensado en la posibilidad de su muerte. Era único, indómito e insustituible. Era su rey, pero su gente había creado algo para matarlo.

—Me encantaría ver a alguien intentarlo. —Me volví hacia Geraldo—. Eso sí que es una amenaza.

Una amenaza que iba a respaldar con cada fibra de mi ser. No sabía por qué me sentía de repente tan protectora hacia Liam, ni tan posesiva, y tampoco tenía demasiadas ganas de analizar mis emociones muy a fondo.

Liam me apretó el brazo y me atrajo hacia él. Solo entonces me di cuenta de que había dado un paso hacia ellos.

—No pienso permitirlo. —Nuestras miradas se cruzaron y mis palabras fueron un juramento.

Me había dicho eso en numerosas ocasiones, y siempre había mantenido su promesa. Era Liam, el irritante, el hermoso, el brusco Liam. Me había hablado de sus pesadillas, de su pasado. Me había creado un estúpido vestido y me había dado flores. Me había salvado la vida y había impedido que me llevasen de vuelta con Kaden. Me veía, a mí, a la auténtica Dianna, y no apartaba la vista. Me había curado. No sabía en qué momento había ocurrido, pero era mío y haría pedazos a quien se atreviese siquiera a tocarlo. Le debía como mínimo eso.

Sus labios esbozaron la sombra de una sonrisa.

—Lo sé.

—Lo siento —dijo Ava—. De verdad que sí, pero…

—Para ya. Tu padre hizo un libro para matar a alguien a quien debía proteger. No hay excusa posible. Acabemos con esto.

Ava asintió, incómoda, y luego seguimos adentrándonos en el templo. Por fin comprendía lo que me había tenido en vilo.

«Muerte».

La palabra se quedó suspendida en el aire y tuve la sensación de que nos acompañaba por el templo mientras se ponía el sol.

Los ojos de la calavera eran dos huecos tallados que me devolvieron la mirada. Mi llama la iluminó e hizo bailar las sombras sobre las paredes. Las linternas se habían agotado y yo había encendido antorchas de madera para Geraldo y Ava. Liam hacía retroceder la oscuridad con su luz plateada.

—Este templo es espeluznante.

—Ni siquiera es el principal —sonó la voz de Ava detrás de mí.

Me volví con la llama en la palma. Se inclinó sobre la mochila y sacó un mapa. A la luz de las antorchas el papel era grueso y de un tono gris azulado. Lo desdobló y lo desplegó sobre una roca.

—¿Ves esto? Estamos aquí. Mi madre hizo construir catacumbas en el subsuelo del templo, que lo conectan con otros edificios cercanos.

—¿«Cercanos»?

La antorcha que había dispuesto entre dos piedras torcidas proyectaba su resplandor sobre la mitad de la cara de Ava; el resto se perdía en las sombras. Geraldo se mantenía detrás de ella, pero cerca, y Liam lo observaba todo de brazos cruzados.

—Sí. En esta selva hay miles de templos y construcciones que los humanos aún no han descubierto. A la mayoría les da miedo adentrarse demasiado. Es muy fácil perderse y que te mate algún animal venenoso, o sucumbir al hambre.

—Entonces ¿a dónde tenemos que ir? —preguntó Liam. Su intervención fue inesperada y nos sorprendió a todos. Llevaba casi todo el viaje en silencio y solo habló cuando Ava resbaló en una piedra lisa y húmeda, o cuando Geraldo estuvo a punto de quedar empalado en una antigua trampa.

—Dame un momento. —Siguió varias líneas con el dedo y se detuvo sobre un cuadradito.

—¿Por qué este templo, este lugar en concreto?

Ava paseó la vista por la sala a oscuras.

—A mi madre le gustaba este sitio, el país y la gente. Le encantaban la historia y la cultura. Cuando cayó aquí tras la caída de Rashearim, decidió quedarse. Le resultó fácil aprender el idioma, porque se parecía bastante al de Rashearim.

—Eso es cierto —confirmó Liam.

Ava sonrió y una sombra de tristeza le nubló las facciones.

—Le gustaba estar aquí y creía que a mi padre también le habría gustado.

—Pero ¿por qué un templo?

—A Victoria se le daban muy bien la arquitectura y el combate.

Imagino que ayudó a construir muchos edificios y quería permanecer cerca de la gente que amaba —dijo Liam.

—Así es. —Ada asintió para mostrar su acuerdo—. Como he dicho, le encantaba estar aquí. Luchó en varias rebeliones y cuando murió quiso que la enterrasen cerca de quienes le eran más queridos. Creo que sabía que el libro era demasiado peligroso para dejarlo desprotegido y que construyó muchas de esas estructuras con esa idea en mente. Las catacumbas son un laberinto de túneles inmersos en una selva salvaje y primitiva. El escondite perfecto.

—Si Dianna ha terminado con sus preguntas, ¿puedo saber hacia dónde tenemos que ir? —Liam estaba muy tenso y sospeché que era por algo relativo a la parte del sueño de la que no quería hablarme.

Ava miró el mapa que tenía en la mano. Cogió la antorcha y señaló un túnel oscuro.

—Por ahí.

La seguimos sin decir palabra. El túnel era más húmedo que el anterior, quizá porque la selva trataba de abrirse paso hacia su interior. Ava giró en una encrucijada, y luego en la siguiente. La seguimos durante lo que parecieron horas. Nos agachamos para pasar bajo un espeso dosel de telarañas y doblamos una esquina para encontrarnos el camino bloqueado por una gran masa de piedra.

—Genial. Nos hemos perdido —dije con un suspiro exasperado.

Todos se volvieron a mirarme con caras de pocos amigos. Me encogí de hombros y dije con los labios: «¿Qué?».

Liam sacudió la cabeza. Luego echó un vistazo por encima del hombro de Ava, que estaba muy concentrada.

—No, es el camino correcto. Lo sé. —Geraldo se acercó para iluminar mejor el mapa—. ¿Ves? Las líneas siguen más allá de este pasadizo.

Me acerqué un poco y miré más de cerca. Ava no se equivocaba: una delgada línea atravesaba esa inmensa roca. Hummm. Me adelanté a Ava y estudié la piedra sólida con atención.

—¿Se puede saber qué haces?

Le indiqué a Liam con un gesto que se callara y pegué la oreja a la piedra. Alcé los nudillos y di unos golpecitos contra la barrera sólida. Seguí moviéndome a lo largo de la pared y dando golpes que producían vibraciones apagadas en la piedra. Al cabo de unos metros me respondió un sonido hueco. El cambio fue tan brusco que di un salto.

—¡Lo encontré! —grité con una sonrisa.

Todos me miraron como si me hubiesen crecido cuernos. Me pasé las manos a toda prisa por la cabeza para asegurarme de que no era así.

—¿Nunca habéis visto una película de aventuras? —les pregunté—. ¿Un muro misterioso que no es un muro? ¡Venga ya!

Liam me miró como si creyese que me había vuelto loca. Suspiré.

—Es una puerta oculta. Una pared falsa. No hay película de aventuras en la que no aparezca. —Todos aquellos ojos comenzaron a dar muestras de que lo habían entendido—. Supongo que lo habrán cerrado con magia celestial, así que ven aquí, grandullón. Te toca. —Llamé a Liam con un ademán.

Liam se acercó a zancadas y no pude reprimir un suspiro de placer al verlo moverse. Se detuvo frente a la puerta y me miró de arriba abajo. Le respondí con una mueca arrogante y engreída.

—Sin mí estarías perdido. Puedes decirlo. De nada.

Liam alzó la mirada, que era su forma de poner los ojos en blanco, pero no dijo nada. Se volvió y levantó la mano. Entrecerró los ojos y, cuando los volvió a abrir, le brillaban con el color etéreo de la plata. Puso la palma sobre la pared y murmuró en un idioma que no conseguí identificar. Unos hermosos símbolos azules y plateados que estaban grabados en la piedra cobraron vida. Formaban un hexágono reluciente con marcas que zigzagueaban hacia dentro y hacia fuera. El muro se deslizó hacia atrás y luego a un lado. La falta de sonido me resultó sorprendente. Dado el peso y la antigüedad del mecanismo, me había preparado para un estruendo. Ava y Geraldo se acercaron enseguida, casi aturdidos por lo que habíamos encontrado.

Liam me miró de reojo, agachó la cabeza y cruzó la puerta recién descubierta. Lo seguí, y Ava y Gerardo cerraron la marcha detrás de mí.

Bajo los pies de Liam aparecieron escalones con un sonido como de piedra triturada que resonaba en la oscuridad. Todas las antorchas montadas en los muros se encendieron a la vez con un silbido. Las telarañas y las enredaderas que colgaban del techo se balancearon como si las empujara un viento místico. Extendí la mano y me agarré a la manga de Liam para asegurarme de que no se me enredaban los pies y me hacían caer de bruces. Miró hacia atrás con una expresión que no fui capaz de interpretar. ¿Seguía cabreado conmigo por lo de «amigos»?

—Mira, tú eres el que está haciendo aparecer escalones de la nada, ¿vale? Yo no quiero caerme —dije.

Era verdad, en parte, pero el viento que soplaba allí me había provocado un escalofrío. Era la misma sensación que tuve en la feria y el mismo frío que sentí en la fiesta de Camilla justo antes de que nos atacasen.

Llegamos al final de la escalera y encontramos otro túnel a oscuras. Dos antorchas gemelas con forma de garras de metal iluminaban la boca del túnel, pero el interior era más negro que la medianoche. A lo largo de las paredes había monstruos tallados en la piedra con los rostros congelados en medio de un grito. Levanté la mano para proyectar una esfera de luz más grande e iluminar mejor las figuras talladas. Eran seres creados para la guerra y llevaban las armaduras que había visto en los sueños de Liam. Tragué saliva. Cada vez estábamos más cerca.

El sonido del agua que goteaba me llamó la atención y me di cuenta de que el suelo se había vuelto resbaladizo. Los olores del moho y del agua estancada me asaltaron los sentidos. Varias zonas de la pared supuraban humedad. Genial, me iban a oler los pies a muerto. Al menos, gracias a mi sistema inmune no me pondría enferma.

—Siempre me había preguntado a qué profundidad llegaba este

templo. Mi madre no me dejaba venir tan abajo. Decía que estaba prohibido. Ponía guardias aquí para que vigilasen el lugar, para que no entraran los humanos. Pero hace mucho que se fueron —dijo Ava. Miró el mapa y entrecerró los ojos.

Me acerqué para darle más luz, pero me aseguré de que la llama quedase lejos del viejo pergamino.

—Gracias. —Sonrió y siguió otra línea en el mapa—. Debería ser por aquí —dijo, y se adentró en las negras fauces del túnel.

Solo llevábamos unos minutos caminando cuando Ava se detuvo en seco. El camino terminaba en un precipicio. Varios guijarros se deslizaron y cayeron en medio de un silencio ominoso hasta que golpearon el agua, mucho más abajo. Tragué saliva y pasé la mano sobre el vacío para ver qué altura había.

—¿Qué te parece? ¿Dos metros y medio, tres? —pregunté. Me incliné un poco más y Liam me sujetó sin demasiada fuerza, solo lo suficiente para estabilizarme y que no me cayera. Le miré la mano, luego la cara.

—Por lo menos, diez —respondió.

Me asomé de nuevo al agujero.

—Bueno —dije—, menos mal que somos todos inmortales.

—Por el ruido de las piedras al caer, es bastante profundo, quizá una caverna submarina, pero no lo sabremos hasta que bajemos.

Nos volvimos a mirar a Ava y Geraldo, que asintieron. Ava dobló el mapa y lo guardó.

—¿Vamos? —Liam señaló con un gesto hacia el espacio abierto.

—Las damas primero. —Sonreí y puso los ojos en blanco.

XLIII
DIANNA

Lo peor no fue el salto. Lo peor fue el agua gélida. Salimos del estanque gateando y, antes de continuar, nos sacamos el agua de las botas y tratamos de secarnos lo más posible. El mapa de Ava estaba arrugado y los trazos eran algo borrosos, pero aún se podía leer.

Chapoteamos a lo largo de más de un kilómetro de agua asquerosa, con los pies sumergidos en solo los dioses sabían qué. El avance torpe me tenía cada vez más frustrada y Liam tampoco parecía muy contento. Tropecé y me enganché con raíces, piedras y grietas, pero conseguí no romperme la cabeza.

Ninguno de nosotros sabía cómo de largo era el túnel y estábamos cada vez más cansados e irritables. Pasaron horas, si no un día entero; era imposible saberlo. Se me enganchó el tacón en una roca y mi cuerpo salió dando tumbos hacia delante. Me sujeté al muro más cercano y mascullé una sarta de tacos mientras sacaba de la bota una masa de filamentos verdes y la tiraba a un lado.

—Odio… —resbalé y logré agarrarme— La selva.

Liam se paró y me esperó.

—A juzgar por el mapa de Ava, es un poco más adelante.

Resoplé y me erguí.

—Eso mismo dijiste hace una hora.

No le había contado lo mucho que me había dolido aterrizar en el puñetero estanque helado. Me negaba a hacerles caso a los dolores fantasmas de la noche anterior. Las molestias y la lentitud al curarme se debían a que no me alimentaba como era debido.

Ava y Geraldo se pararon y miraron atrás. Liam suspiró.

—Tu capacidad de curación es casi como la de un dios. ¿Cómo es que no puedes seguirnos el ritmo? —preguntó.

Levanté las manos, exasperada.

—¡Oh, disculpe usted! ¿Han estado a punto de despedazarte? ¿Te han arrastrado unas bestias por la selva, y luego te han recompuesto mediante magia? No, creo que no. Solo estoy un poco dolorida, ¿vale? Dame un respiro. —Sin contar que me costaba seguirles el ritmo cuando cada camino que tomábamos era desigual o tenía algún tipo de obstáculo.

Traté de erguirme y mis abdominales protestaron. Ahogué un gemido y me llevé la mano al costado por un momento.

Me inspeccionó de arriba abajo y sus facciones se tornaron sombrías.

—No me lo habías contado.

—Bueno, estábamos… —Me callé al darme cuenta de que Ava y Gerardo nos miraban—. Ocupados. —Invoqué otra llama y me forcé a moverme.

La regeneración no servía de nada si los que me habían desgarrado compartían la misma sangre. Claro, me había podido curar gracias a Liam, pero por dentro aún me sentía débil y dolorida. No se lo había dicho la noche anterior porque no quise que dejase de tocarme.

Liam me observó, estudió mi postura y mi expresión. Dejó que la esfera de energía de la mano se desvaneciese y se acercó a mí dando zancadas. Sus botas resonaban a cada paso.

Lo vi acercarse. Su poder lo precedía y me envolvía en una burbuja cálida. Antes de que me diese cuenta de cuáles eran sus intenciones, me levantó del suelo. Con un brazo me acunó la espalda y con el otro me sostuvo las piernas.

Cuando me alzó se me escapó el aire de repente.

—Liam, ¿qué estás haciendo? —gruñí.

—Todavía nos queda un trecho. No puedes caminar si no te estás curando como debieras.

Liam me apoyó contra su pecho. Ava y Geraldo se miraron, pero no dijeron nada. Le pasé un brazo sobre los anchos hombros. El dolor de piernas y pies empezó a desvanecerse.

—De haber sabido que me ibas a llevar en brazos, me habría quejado mucho antes.

Soltó un bufido y me acarició la frente con los labios. Luego se volvió conmigo en brazos.

—¿Falta mucho?

Ava y Geraldo nos contemplaron con idénticas expresiones de asombro. A la pregunta de Liam, Ava sacudió la cabeza.

—Eh… Hummm… Es un poco más adelante —fue su respuesta.

Liam asintió, se giró sobre los talones y fue directo al camino señalado.

Seguimos avanzando con dificultad sin que nadie abriera la boca. Me sujeté al cuello de Liam con las manos entrelazadas. Mi cuerpo respiraba aliviado. Liam me llevó en brazos al menos una hora. No se quejó ni pareció cansado, ni tampoco actuó como si fuese una carga. Era un cambio agradable.

El silencio del grupo era ensordecedor, pero no tenía fuerzas para decir nada inteligente o sarcástico. Ava no hablaba, solo apuntaba en la dirección que teníamos que seguir.

No había nada que indicase que el siguiente giro iba a ser diferente de los mil anteriores, pero cuando nos guio por una pequeña rampa y doblamos una esquina, los rayos de luz solar iluminaron varios monumentos de piedra derruidos. Nos detuvimos y parpadeamos para adaptar los ojos a la súbita luz.

Liam me dejó en el suelo con suavidad y me tomó de la mano. Lo seguí y pasamos bajo una gran columna caída contra la pared opuesta. Nos paramos al ver cuatro sarcófagos de piedra en la sala siguiente. Estaban dispuestos en diagonal unos respecto a otros y cubiertos de grabados muy detallados. El techo era muy alto y rematado por una punta en el centro de la cripta. Como todo el resto de ese maldito templo olvidado por los dioses, los mohos y las enredaderas cubrían las paredes. A través de las puertas de arco se distinguían otras habitaciones más pequeñas, todas con sepulcros en el centro.

—¿Por qué querría Victoria que la enterrasen tan lejos de la civilización? —pregunté. Me giré para observar el mausoleo en su totalidad—. Y en un sitio tan húmedo y lúgubre.

—No quiso poner en peligro la ciudad que amaba. Era mucho más seguro ocultar el libro y sus restos lejos del sitio que consideraba su hogar —respondió Liam. Dio un paso al frente—. ¿Cuál es la tumba de Victoria, Ava?

Ava negó con la cabeza.

—No lo sé. No quiso decírmelo para no exponerme al peligro. Lo único que me dejó fue el mapa, y este termina aquí.

—Muy bien. Separémonos, y a ver qué encontramos.

Liam inspeccionó los dos primeros sarcófagos y yo los restantes. No tenían nada especial, parecían sepulcros antiguos normales y corrientes. Las figuras talladas en las tapas representaban guerreros que aferraban la empuñadura de la espada con manos de piedra.

Ava y Geraldo se habían separado y cada uno de ellos registraba una sala pequeña. Al moverse, sus antorchas proyectaban sombras sobre los muros de piedra. Invoqué la llama y entré en la habitación que había más lejos de la entrada.

Nada más entrar en la sala a oscuras me recibió un silbido. Una serpiente, enroscada y lista para atacar, se movió a mis pies. Me puse de rodillas y la cogí con cuidado. Silbó y escupió, y por fin se acomodó con el largo cuerpo enroscado en mi brazo.

—Oye, pequeña, ¿sabrías decirme dónde está el antiguo libro mágico?

Un rayo de sol atravesó un pequeño agujero del techo y cayó sobe un sarcófago que había al fondo. Me acerqué más y vi que, a diferencia de los otros, este reproducía una figura femenina. La serpiente que tenía en el brazo pareció retroceder. Perfecto. Los animales eran sabios. La puse en el suelo y dejé que se marchase. Luego volví al sarcófago.

Las manos de la mujer estaban cruzadas sobre el pecho. El mármol era imponente y parecía intacto. Tenía el pelo suelto y su rostro mostraba una expresión dulce y pacífica. Los dedos estaban adornados con anillos, y la marca de Dhihsin se veía con claridad. Pese a lo que había querido trasladar el artista a la piedra, perduraba una obvia melancolía. Me dolió el corazón; ahora comprendía mejor lo que debía de ser perder a tu pareja. Era la esposa de Azrael. Me acerqué para ver mejor y me apoyé encima de la tapa.

El dolor me atravesó y me eché atrás con un siseo. La piel de la palma se cubrió de ampollas y burbujeó antes de curarse.

—¡Joder! —grité.

Sentí el movimiento del aire detrás de mí.

—Dianna, ¿qué pasa? —Liam se fijó en la mano que se curaba y me cogió de la muñeca y tiró de mí—. ¿Te has hecho daño? ¿Cómo…? —Se le murieron las palabras en la boca cuando vio el sarcófago.

—Creo que la he encontrado —dije.

Liam me miró la mano, ya curada del todo, y besó la palma antes de soltarme la muñeca. Se me cortó la respiración y cerré los dedos en un puño mientras él rodeaba el sarcófago.

Liam pasó la mano sobre la tapa, casi sin tocarla. Le centelleaban los ojos y los anillos de plata de los dedos resplandecían. Diminutas lenguas de electricidad le brotaban de las manos y lamían la piedra. El sarcófago crujía y siseaba y los grabados emitían ese azul cobalto con el que ya estaba tan familiarizada. La tapa se deslizó a un lado con un sonido de piedra sobre piedra que resultó casi obsceno en el silencio reinante.

Me puse de puntillas para tratar de ver por encima del hombro de Liam. Dentro del sarcófago había una figura momificada con las manos cruzadas sobre el pecho.

—No es Victoria —murmuré.

Liam negó con la cabeza.

—No, no lo es. Cuando los celestiales y los dioses morimos, la energía de la que estamos hechos vuelve al lugar de donde salió. No hay cuerpo que enterrar. Debe de tratarse de uno de sus súbditos de confianza.

Se acercó para mirar mejor y yo me situé a su izquierda. En la tumba yacían los restos de lo que casi seguro que era un hombre. El desgaste del tiempo lo había convertido en un cascarón grisáceo cubierto con un chal blanco. Tenía el cuello adornado con cuentas y joyas, y en las manos sostenía un libro viejo y desgastado. Era grueso, al menos mil páginas, pero no estaba hecho de ningún papel que yo hubiese visto antes. En la cubierta de piel marrón había varios símbolos grabados y unos pestillos de plata lo mantenían cerrado.

El Libro de Azrael.

Lo habíamos encontrado. Y no solo eso, sino que además habíamos dado con él antes que Kaden y Tobias.

Liam metió las manos en la cripta y con mucho cuidado liberó el libro de los dedos del hombre mientras murmuraba una disculpa. Le brillaron los ojos y su hermosa sonrisa centelleó sobre la barba oscura que se le insinuaba en la mandíbula. Me lo quedé mirando, de nuevo asombrada ante su belleza, y supe que haría cualquier cosa con tal de verlo feliz. No sabía cómo había podido atravesar mis defensas con tanta rapidez, pero no cabía duda de que había despertado en mí emociones que creí que jamás sentiría.

—Lo logramos —dijo, y posó los labios sobre los míos. Fue un beso breve pero ardiente. Se apartó y sonreí; le pellizqué la barbilla. Me rodeó con el brazo y me estrechó contra él.

—Mas bien lo has logrado tú —lo corregí—. Yo no soy más que una gorila a sueldo.

—No, hemos sido los dos, Dianna. Tienes razón. Siempre la has tenido. No podría haberlo hecho sin ti —dijo. Me buscó la mirada.

Sentí que me faltaba el aire.

—Estoy segura de que, tarde o temprano, ese cráneo duro tuyo habría acabado por resolverlo.

—Siempre con tus chistes y tus ocurrencias. —Sonrió y me besó otra vez.

—Por supuesto. Si no, ¿quién te va a mantener humilde?

Miré el libro atrapado entre nosotros. La energía que despedía me mordisqueaba la piel. Me liberé de su abrazo con suavidad. Liam, que siempre parecía darse cuenta de todo lo que me pasaba, se cambió el libro de mano de inmediato. Por fin comprendí a qué se refería Kaden cuando dijo que si Alistair y yo encontrábamos el libro lo sabríamos al instante. No podía describir la sensación, pero nos habríamos dado cuenta.

—Joder, ese chisme es potente. Emana energía en oleadas. —Me estremecí.

Liam dio otro paso atrás con desgana para alejarlo de mí como si temiese que me fuese a hacer daño.

—Perdona. Mira, vamos a llevarlo a la Cofradía. Tengo que llamarlos e informarles —dijo. Pasó por delante de mí y se puso en cabeza—. Además, necesitas una ducha. Hueles fatal.

—¡Oye! le grité—. Seguro que tú no hueles mucho mejor. —Aceleré el paso y lo seguí para salir de la habitación.

—A estas alturas no me importa. Aunque seguro que he olido peor. Aquellas largas batallas con bestias cuyas secreciones tardabas días en quitarte por mucho que te lavaras… —dijo, con una sonrisa traviesa.

—Vale, tienes que dejar de sonreír. Me estás empezando a asustar. —Lo miré de reojo.

—¿Qué quieres que te diga? Soy feliz. Tenemos el Libro de Azrael. A partir de ahora, podemos enfrentarnos a lo que venga. ¿Qué es lo peor que puede pasar?

Le di un golpe en el hombro con el dorso de la mano y se sobresaltó.

—¡Ay! ¿A qué ha venido eso? —preguntó mientras se frotaba el hombro.

—¿Estás loco? ¡No puedes decir eso! —siseé.

Liam sacudió la cabeza y sonrió si dejar de frotarse el brazo con la mano libre.

—Qué mandona.

Sonreí y le iba a responder cuando oímos pasos que venían hacia nosotros. Giramos la cabeza y vimos llegar a Ava y Geraldo, que se unieron a nosotros en la antecámara.

—Lo habéis encontrado. Es ese, ¿verdad? —preguntó Ava, y se acercó.

Liam lo levantó un poco en el aire.

—Sí. Y por lo que parece, tu madre le puso a la tumba un sello que solo yo podía abrir.

Geraldo asintió. Ava suspiró y puso los brazos en jarras, sonriente.

—Bueno, eso explica por qué no pudimos abrirlo las otras veces que lo intentamos. Hemos quemado un montón de celestiales aquí.

Abrí los ojos como platos cuando procesé el comentario.

—¿Qué has dicho?

Ava no se movió ni respondió. Su cuerpo estaba inmóvil y la carita dulce se había congelado en un amago de sonrisa. La mirada de Geraldo estaba fija en el libro que sostenía Liam. Nos quedamos así medio segundo hasta que comprendí que estábamos jodidos. Muy, muy jodidos.

Liam debió de notar el cambio en el aire antes que yo, porque se quedó rígido. El cuerpo de Ava se sacudió a un lado, con el brazo doblado en un ángulo imposible, y el cuello se giró y dejó a la vista el hueso. Estábamos viendo cómo había muerto.

El cuerpo de Geraldo cayó al suelo con la espina dorsal deformada; la piel se le desprendió a trozos y dejó expuestos los tejidos. Aparecieron cortes y mordiscos, como si una fiera salvaje lo hubiese mutilado. Se levantó de un salto. Tenía los ojos como los de Ava, abiertos de par en par y de un blanco opaco. Entonces supe que lo que había olido antes no era solo agua estancada, sino también a ellos. Llevaban todo ese tiempo muertos, pudriéndose.

Me aparté y cogí del brazo a Liam, que miraba estupefacto.

—¡Tenemos que irnos ahora mismo! —grité.

—¿Qué es esto?

—La muerte. Y solo una persona tiene poder sobre ella.

Las cabezas de Ava y de Geraldo se volvieron para mirarnos. Las mandíbulas rotas se abrieron de forma inhumana. Solo un ser tenía suficiente control sobre los muertos como para mantener a los celestiales atados a sus cuerpos. Era demasiado tarde. De sus gargantas escapó un aullido hueco que llenó el mausoleo; una señal para llamar a su amo.

El horrible lamento nos perforó los tímpanos. Me tapé los oídos. Liam se estremeció. Distinguí un breve fogonazo de plata y la espada ardiente seccionó el cuello de Geraldo. La cabeza cayó y rodó por el suelo, pero el cuerpo permaneció de pie.

Tiré del brazo de Liam.

—Eso no va a funcionar. Ya están muertos y lo que los controla solo los está usando como baliza.

Como para darme la razón, el maldito lamento de Geraldo no solo no cesó, sino que encima brotó del muñón del cuello. Por primera vez desde que lo conocía, Liam parecía en estado de choque. Devolvió la espada a uno de los anillos que le adornaban las manos.

Las grietas que dejaban pasar los rayos de luz se llenaron de barro y roca cuando intenté abrirme camino a través ellas. Las uñas se me habían convertido en garras. Estaba buscando otra salida, otra puerta secreta. Teníamos que salir de allí y rápido.

—¡Dianna, para! —Liam reaccionó por fin y me detuvo—. No hay otra forma de entrar o salir. Ya te lo he dicho.

—¡Tenemos que intentarlo! —grité; me zafé de él.

Vio el terror que me atenazaba y la preocupación asomó a sus ojos.

—¿Qué es lo que viene, Dianna? ¿Quién viene?

Geraldo y Ava dejaron de aullar y en la sala se hizo un súbito silencio. Oí unos pasos que procedían del pasillo; alguien venía silbando una melodía. Me volví en esa dirección mientras el sonido de las pesadas botas se acercaba más y más. Liam se puso a mi lado. Tragué saliva.

No podía apartar la vista de la entrada. La energía de la sala cambió y el silbido cesó.

Tobias entró en el mausoleo con las manos en los bolsillos, como si diera un paseo matutino. Llevaba una chaqueta oscura ceñida a la cintura y pantalones a juego. Cuando se acercó a la luz comprendí que el color oscuro de la ropa se debía a que el tejido estaba empapado de sangre. Se detuvo y se sacó las manos de los bolsillos. Le brillaban los ojos mientras se limpiaba los restos que manchaban las garras oscuras. Había matado y consumido a todos los guardias de la entrada del templo. Podía olerlo.

—Vaya, vaya, vaya, pero si resulta que la zorra sirve para algo.

—Tobias —respondí con tono despectivo al tiempo que me ponía delante de Liam.

Si me situaba bien, Tobias no vería el libro que Liam sostenía en la mano izquierda. Teníamos que salir de allí antes de que apareciese Kaden. Era muy probable que pudiese acabar con Tobias por mi cuenta, pero si Kaden se presentaba como artista invitado íbamos a estar muy jodidos.

—Samkiel. El Destructor de Mundos. El rey temible —se mofó Tobias sin quitarle la vista de encima a Liam—. Tantos y tantos nombres para un mismo ser…

Percibí las oleadas de energía que desprendía Liam y no me hizo falta mirar atrás para saber que le brillaban los ojos. Las palabras de Tobias parecían haberle afectado. ¿Qué sabía Tobias sobre él que yo ignoraba?

—¿Y cómo te llaman a ti? —preguntó Liam con la voz rebosante de furia.

—Oh, perdona. ¿Dianna no te ha dicho quién soy? —Tobias se llevó una mano al pecho y fingió sentirse ofendido—. Me imaginaba que te lo habría dicho, puesto que… ¿Cómo dijiste?

Alzó la mano, y el cuerpo de Ava se incorporó y su voz repitió mis palabras.

—Somos amigos. —Las palabras salieron de la boca de Ava con mi voz, pero desafinada y distorsionada. Tobias bajó la mano y el cuerpo de Ava se desplomó.

—Ha sido una buena marioneta —dijo Tobias mientras miraba el cuerpo que se pudría—. Ambos lo han sido, pero no iban a aguantar mucho más. La culpa la tiene ese remojón en el estanque. La carne muerta no dura nada si se moja —añadió. Se acercó a un sarcófago. Pasó los dedos por el polvo acumulado en la tapa y luego se los frotó.

—Puedes controlar los muertos —dijo Liam con un deje de sorpresa en la voz—. Hace siglos que se prohibió la nigromancia.

—No soy el único ser antiguo que ha cometido atrocidades, Rey Dios —dijo—. ¿Le has contado a Dianna todo sobre ti? ¿Le has hablado de la Espada del Olvido? ¿Le has dicho a cuántos de los nuestros has asesinado con ella? ¿Le has contado la verdad, o saltasteis directamente a la parte en la que se te abría de piernas?

—Que te den, Tobias —gruñí. Tenía las garras clavadas en las palmas.

—Es un monstruo, Samkiel, y de los peores —respondió Tobias—. Que no te engañen esas miradas tímidas y esas sonrisas dulces. Ha matado y ha disfrutado matando. No se convirtió en la segunda al mando de Kaden solo porque se le dé bien ponerse de rodillas.

Liam se envaró y, por un instante, me preocupó lo que pudiese pensar de mí después de oír ese comentario. Sabía hasta dónde llegaría por Gabby, pero no lo sanguinaria que podía ser. Pero lo que debería preocuparme en realidad era el ig'morruthen que nos bloqueaba la única salida y la posibilidad de que se hiciese con el libro. Que Liam y yo no hubiésemos compartido cada detalle de nuestro pasado era irrelevante en ese momento. Lo era, pero a una parte de mí sí le importaba.

—Vaya, qué calladita te has quedado de repente —me pinchó Tobias—. ¿No quieres que tu nuevo juguetito sepa lo que eres en realidad? Es bonita, Destructor de Mundos. Lo sé. Pero da igual lo que murmuren esos labios bonitos cuando te la chupan. Es como nosotros. —Se acercó a otro sarcófago—. Puedo oleros a cada uno en el otro, ¿sabéis? Es asqueroso. No quiero ni imaginarme lo que hará

Kaden cuando descubra esa traición. A lo mejor le arranca los miembros a Gabby uno a uno y te obliga a escuchar sus gritos.

No pude aguantar más y salté sobre él. Apenas tuve tiempo de oír a Liam gritar «¡No!» antes de estrellar a Tobias contra la pared con tanta violencia que cayeron trozos de piedra.

Reparé demasiado tarde en que solo quería provocarme y yo había picado. Me cogió de los brazos y con un giro nos intercambió de posición y me dejó contra la pared. Los ojos rojos y brillantes de Tobias resplandecían en la oscuridad de la sala. Me agarró del cuello y me levantó. Las garras se me clavaron en la piel y me arañé la espalda contra la pared.

¿Dónde se había metido Liam? La sala estaba sumida en sombras y los hombros de Tobias me dificultaban la visión. Yo no encajaba en el estereotipo de damisela en apuros, pero no me habría venido mal algo de ayuda mientras Tobias estaba entretenido.

—Estás muy débil, Dianna. ¿No comes como es debido? ¿Has reducido la cantidad de proteína de tu dieta? —preguntó Tobias, sonriente. Los dientes se le afilaron hasta acabar en punta. Ladeó la cabeza y olfateó—. Ah, no estás comiendo, no. Por eso no te curas. ¿Qué estás haciendo? ¿Otra vez quieres fingir que eres humana? ¿Ya no te acuerdas de cómo salió la última vez?

Al instante, Liam apareció detrás de Tobias con ojos de plata ardiente y lo agarró del hombro. Tobias trató de sujetarme con más fuerza por el cuello, pero salió volando de repente por los aires, atravesó una pared que separaba dos cámaras y aterrizó con enorme estrépito entre una pila de cascotes.

—¿Te has olvidado de lo que te he enseñado sobre las emociones? Control, Dianna —dijo Liam. Me ayudó a incorporarme. Me llevé la mano al cuello y los dedos se me quedaron pegajosos de sangre.

—Sí, puede que me haya precipitado un poco —convine con voz ronca. Me puse de pie y me apoyé en el brazo de Liam—. Ahora es más fuerte que yo, Liam. Se ha alimentado de los guardias del templo. Tenemos que irnos.

Un sonido procedente del punto donde había caído Tobias nos hizo volver la cabeza. Apareció entre la oscuridad y se sacudió el polvo y los fragmentos de piedra de la ropa como si atravesar la pared no hubiese sido gran cosa. Nos taladró con la mirada mientras se estiraba la chaqueta y recuperaba el aplomo. No tenía ni un rasguño.

—Eso ha sido muy desconsiderado por tu parte. —Hizo crujir el cuello y salió de entre los cascotes—. Me has preguntado quién soy, Samkiel. —El timbre de la voz de Tobias cambió e hizo vibrar las paredes. Supe lo que estaba a punto de suceder—. Permíteme que te lo muestre.

El cuerpo de Tobias se dobló y se resquebrajó. Le crecieron protuberancias óseas en los codos y en los hombros. La piel se volvió negra como la tinta, pero con un resplandor rojizo, y sus rasgos perfectos se volvieron más afilados y angulosos. Sobre la cabeza, cuatro cuernos apuntaron al cielo. Las garras crecieron y se curvaron y, cuando sonrió, en la boca brillaron unos dientes de sierra afilados.

El aire se volvió más denso. El poder de Liam colmó la sala y me oprimió. Lo miré de reojo; su rostro denotaba un asombro incontenible. Le rodeé la muñeca con la mano, pero no me hizo caso.

—Haldnunen —murmuró Liam.

—Hacía milenios que no oía mi verdadero nombre, Samkiel. —La sonrisa de Tobias era gélida.

—No es posible —dijo Liam con la voz entrecortada—. Mi abuelo y tú perecisteis juntos. He visto las narraciones, las he leído. Las conozco bien.

—¿Eso te contó tu padre? —Tobias chasqueó la lengua—. Qué mentirosos sois en tu familia, Samkiel. Lástima que no vayas a vivir lo suficiente para comprobarlo.

Liam clavó la mirada en Tobias y cuadró los hombros.

—No importa quién seas o lo que seas. Haría falta un ejército para detenerme.

La risa de Tobias fue gélida, letal. Alzó los brazos separados del cuerpo y apretó los puños. Las garras se le clavaron en las palmas e hicieron brotar sangre fresca. Habló en la antigua lengua de los ig'morruthens. La sangre se le acumuló entre los dedos y goteó hasta el suelo; al contacto con las piedras chisporroteó y despidió volutas de humo negro.

—Bueno, Samkiel —dijo con voz ronca y amenazadora—. Por suerte, tengo cadáveres de sobra.

La piedra absorbió la sangre y el mausoleo entero se sacudió. Liam y yo contemplamos con horror cómo se deslizaban poco a poco las tapas de los sepulcros. La cripta se llenó de lamentos y gemidos, y el suelo se resquebrajó a nuestros pies. Los muertos se alzaron.

¡**Z**as!

Le di otro golpe a Liam en el hombro mientras corríamos.

—«Haría falta un ejército para detenerme» —me burlé—. No podías quedarte calladito, tenías que tirar de ego hipertrofiado, ¿no?

Otro «zas».

—No me habías dicho que Tobias era un Rey de Yejedin —replicó Liam mientras corríamos por el túnel medio derruido. Los no-muertos nos seguían a la carrera entre aullidos.

—¿Un qué? —Jadeé y lancé otra bola de fuego hacia atrás. En la siguiente esquina, Liam tiró de mí y me empujó contra la pared, con el cuerpo apretado contra el mío.

—La corona que lleva incrustada en el cráneo —dijo en voz baja una vez los muertos pasaron de largo.

Nos habíamos abierto camino hasta la salida de la cripta y estábamos cubiertos de barro, restos y fluidos variados.

—A ver, no lo sabía —susurré—. Creía que eran cuernos.

Me miró como si a quien le hubiesen salido cuernos fuese a mí.

—No son cuernos. Es una corona. Es uno de los Cuatro Reyes.

—¿Cuatro? —Lo miré con la boca abierta y los ojos como platos.

Liam me miró con expresión aturdida a medida que la comprensión se abría paso en su mente.

—Eso explica muchas cosas. Su poder. Quién es Kaden. Por qué pueden esconderse de mí. Dianna, ¡son más antiguos que yo! Muchos siglos más. —Frenético, se frotó la cabeza con una mano sucia y luego me clavó la mirada—. Eso te convierte en reina… ¡Una Reina de Yejedin! Si Kaden es uno de los cuatro, eso explica por qué es tan perverso, tan territorial. Por qué hará lo que sea para recuperarte.

Las palabras de Liam me revolvieron el estómago y la bilis me subió por la garganta. No, no podía tener razón. Y con todo, el corazón me atronaba en el pecho.

—No, no soy de Kaden. No soy su reina.

Liam me miró. Su respiración era un jadeo entrecortado.

—Tenemos que volver a la sala principal. Cuando empezó la pelea guardé el libro en la tumba y no quiero dejarlo allí.

Le di un manotazo en el pecho. Aunque estaba cubierto de cualquiera sabía qué, pude ver que fruncía el ceño.

—¿Te refieres a la misma sala en la que está Tobias?

—Sí. —La voz era poco más que un susurro—. Yo mato a Tobias y tú te haces con el libro. La tumba está rota y podrás acceder sin que te haga daño.

No me dio la oportunidad de discutir el plan. Se acercó con sigilo al borde de nuestro escondrijo mientras yo me aguantaba las ganas de darle otro manotazo. Liam me apoyó la mano en el vientre y me sujetó contra la pared. Se asomó a la esquina y asintió. Me cogió de la mano y me guio a la carrera de vuelta hacia el mausoleo. Yo no dejaba de mirar atrás para asegurarme de que no regresaban los no-muertos. Por el momento no había peligro.

Según nos acercábamos, nos llegaban el ruido de las piedras y los gritos de frustración de Tobias que buscaba el libro desesperado.

Nos paramos junto a la puerta maciza. Liam me miró muy serio.

—Recuerda lo que te he enseñado. —Asentí e invoqué las llamas. Se me encendieron las manos. Me asomé con cuidado y vi varios no-muertos que se tambaleaban de aquí para allá—. Seas o no una reina, por favor, ten cuidado.

Lo miré a los ojos, pero fui incapaz de interpretar la emoción que traslucían. Liam rozó un anillo con el pulgar e invocó la armadura. Un arma ardiente se le materializó en la mano, mucho más grande que cualquier otra que hubiese invocado antes. Me dio un beso rápido y luego cargó al interior de la habitación, hacia Tobias. Chocaron entre gruñidos y el mausoleo entero tembló.

Joder.

«Venga, Dianna, está distraído. ¡Coge el libro!».

Entré en la sala corriendo; del techo llovían cascotes. Me pegué a la pared y los no-muertos se lanzaron sobre mí para morderme y arañarme. Le di un rodillazo en la cabeza al más cercano y le reduje el cráneo a polvo; luego incineré a unos cuantos más. Apoyé el pie en el muro y me impulsé delante con fuerza suficiente para decapitar a unos pocos más.

Caí de pie frente a la sala que me interesaba. Por los gruñidos y el sonido de pies a la carrera pude deducir que aquellos a los que no había matado se acercaban. Maldición. Tenía que coger el libro para que pudiéramos irnos. Entré y busqué por la sala con los ojos entrecerrados. Aparté a un no-muerto de un codazo. Se le cayó la espada oxidada y yo la cogí antes de que tuviese tiempo de reaccionar.

El sonido de piedras que caían me hizo levantar la mirada. Tobias y Liam se peleaban a puñetazos en el aire; cada vez que uno de ellos arrojaba al otro contra las paredes o el techo, el templo entero se sacudía. «Concéntrate, Dianna». Liam aún era inmortal. Inmortal de verdad. No le iba a pasar nada. Me giré y corté en dos a todo no-muerto que se acercó demasiado. Seguí rebuscando por la habitación.

Aquello era el caos. ¿Cómo iba a encontrar la tumba de Victoria? Tiré hacia el lado derecho varios restos dispersos. Otro no-muerto intentó agarrarme. Lo atravesé con la espada y entonces algo me saltó a la espalda. Un brazo esquelético me rodeó el cuello. Lo sujeté y di un salto en el aire. Caí de espaldas contra el suelo y lo aplasté debajo de mí. Sin darme tiempo a levantarme, otro no-muerto trató de sujetarme. Sus uñas podridas me agarraron por la pechera de la camisa y me alzaron del suelo. Levanté los brazos y dejé caer los codos con fuerza sobre los brazos huesudos para seccionarlos. Luego eché mano a la espada y le atravesé el cráneo a uno que se arrastraba hacia mí.

Bajé la vista y vi que los brazos todavía me colgaban de la camisa. Los arranqué con un escalofrío de asco. «Puaj». Los tiré al suelo y los pisoteé hasta hacerlos pedazos.

Tobias gritó y la sala se sacudió de nuevo y me derribó. Se me cayó la espada y vi, consternada, que se colaba por una grieta y desaparecía.

El poder de Tobias debió de interrumpirse por un momento, porque los no-muertos se pararon y se llevaron los brazos al cuerpo para darse palmaditas, como si quisieran asegurarse de que seguían de una pieza.

Me incorporé sobre los codos y vi un acabado de mármol que me resultó familiar. Me puse en pie de un salto y corrí hacia allí. Algo me golpeó por detrás y me tiró al suelo. Caí de cara contra el suelo frío y me quedé sin respiración. Los no-muertos me desgarraban la espalda. Cada vez que intentaba erguirme, más cadáveres se sumaban a la pila. Los no-muertos que disponían de un arma atravesaban a los suyos para tratar de destriparme y sus espadas chocaban con el suelo. Una de ellas me alcanzó en una herida que aún se me estaba curando y me arrancó un grito.

El mausoleo se sacudió todavía con más fuerza y una fina grieta dividió el suelo. Parecía que se hubiese caído un enorme pedazo del templo, pero las palabras que siguieron al choque me permitieron suponer que Tobías había lanzado a Liam contra el muro.

—Has perdido la espada, Destructor de Mundos. Se te ve distraído. ¿Estás preocupado por Dianna? —Tobías rio con frialdad—. La tienes metida en la cabeza, ¿no? ¿Te gustaría que te la arrancase?

Otra grieta hendió el suelo, que tembló como si lo atravesase una caravana a toda velocidad. El aire se iluminó con el poder de Liam; la descarga desintegró a varios no-muertos. Liam saltó al aire. La fuerza de sus pies al darse impulso contra el suelo lo hizo temblar y me quitó de encima a unos cuantos cadáveres más.

Me saqué la espada del abdomen y me levanté con los labios apretados en una mueca. Tres no-muertos cargaron contra mí. Sujeté la empuñadura de la espada y me giré como me había enseñado Liam, aprovechando la inercia del torso para blandir la espada sobre la cabeza, dejarla caer y decapitar a tres con un solo golpe fluido. Vinieron más y también acabé con ellos. Era como una danza que no sabía que conocía. Después de destruir a diez no-muertos, la antigua espada se quebró y un trozo se quedó incrustado en el cráneo de uno de ellos.

Me había ganado un pequeño respiro, pero no duraría mucho. Me giré para buscar el ataúd de mármol, pero había desaparecido. Mierda, mierda. La pelea de Tobias y Liam no ayudaba. Cada vez que chocaban con una pared todo el templo temblaba y provocaba una lluvia de cascotes.

Liam lanzó a Tobias hacia la otra punta del mausoleo y aproveché el momento. Corrí hacia Liam mientras él acechaba a Tobias y lo cogí del brazo. Se volvió a mirarme a través de la delgada rendija del yelmo; los ojos eran plata fundida y ardían con la furia del combate. Aquella mirada, combinada con los restos y la sangre que le cubrían la armadura, le otorgaban un aspecto terrorífico. Casi me eché atrás, pero sus rasgos se hicieron más amables en cuanto me reconoció. Tiré de él y lo arrastré al extremo más apartado de la cripta antes de que Tobias pudiera liberarse.

Liam y yo nos resguardamos junto a un muro de piedra. Habíamos luchado, pero no había supuesto mucha diferencia. Por muchos cadáveres animados que quemase o reventase a patadas, o por muchos que Liam sajase en dos, seguían llegando más. La caverna tembló otra vez. Sobre nosotros, los no-muertos se abrían paso a golpes; otros muchos se agolpaban en la entrada. Temí que Tobias hubiese invocado a cada humano enterrado en kilómetros a la redonda. Los que no intentaban matarnos buscaban el libro entre nubes de polvo.

—¿Dónde te has metido, Destructor de Mundos? ¡Ahora que empezaba a divertirme…! —rugió Tobias.

Estaba arrancando sepulcros del suelo y tirándolos contra los muros, lo que provocaba aún más polvo y más restos. Si no nos hacían pedazos, no tardaríamos en quedar enterrados vivos. Nos rodeaban al menos treinta no-muertos. Todos eran esqueletos envueltos en jirones de ropa; la piel putrefacta se les pegaba a lo poco que quedaba de ellos. Otros estaban destrozados por las batallas, con miembros amputados y yelmos oxidados. No podía arriesgarme a que nos decapitasen mientras destruían el edificio. Necesitábamos otro plan.

—¿Cuántos muertos hay enterrados aquí? —le susurré a Liam al tiempo que me asomaba por la esquina con sigilo. Algunos tiraban restos de un lado a otro mientras nos buscaban. Me moví y apreté la espalda contra la pared. Flexioné la mano. Todos los músculos gritaban de dolor. Estaba muy débil y lo sabía.

—Muchísimos. Demasiados —dijo Liam. Se giró a un lado y al otro para estimar nuestras posibilidades. Luego me miró y evaluó mi estado físico. Tocó el anillo y el yelmo desapareció. Tenía el pelo sudado y pegado a la cara—. ¿Durante cuánto más tiempo consideras que podrás pelear?

—No lo suficiente. —Sacudí la cabeza—. Cada vez que creo que tengo ventaja, aparecen más. Es demasiado fuerte. Alistair era igual. Por eso Kaden no dejaba que nos apartásemos de su lado. La única diferencia era que ellos aceptaban su naturaleza y yo no. ¡No soy tan fuerte, Liam!

—Sí, lo eres. —Su mirada no vaciló.

Otro estrépito nos hizo agacharnos. Me arrastré a toda prisa para ocultarme tras una columna medio destruida. Sabía que estábamos jodidos, sobre todo si Tobias era el rey ese que pensaba Liam. Enfrentarse a Tobias ya habría sido un reto, pero había levantado a todos los muertos de los alrededores y su número era avasallador. No veía la manera de impedir que se hiciese con el libro. Sabía que Liam podía usar la espada ardiente para acabar con Tobias, pero el ejército de no-muertos lo arrollaría si tenía que ocuparse de mí. Y Liam no podría evitar pensar en mí, porque era bueno y amable y todo lo que yo quería que fuese. Solo se me ocurría una alternativa y no iba a terminar bien para mí. Odiaba la idea, pero era consciente de lo que tenía que hacer.

—Liam —dije, sin preocuparme de si Tobias o los no-muertos me oían—, tienes que irte. Busca el libro, cógelo y márchate. No vamos a salir los dos vivos de este templo.

—Sí que saldremos.

—Estamos en minoría y maltrechos. Yo no me he recuperado aún al cien por cien tras lo de la selva, y esta caverna se nos va a caer encima tarde o temprano. Necesitamos ese libro. —Me callé y tragué saliva para deshacer el nudo que tenía en la garganta—. Tú necesitas ese libro. Y eso es lo único que importa.

Era cierto, aunque me doliese. Era cierto.

Sus ojos cansados de la guerra buscaron los míos.

—No.

—No hay otra manera.

Apretó con fuerza la espada de plata y se inclinó hacia delante.

—Estoy trabajando en ello.

—¿Por qué no usas la espada oscura? ¡Mata en un visto y no visto!

Entrecerró los ojos.

—Te dije que no mirases.

—Ya sabes que no hago mucho caso. —Sonreí, con lágrimas en los ojos. Sabía que, si el plan funcionaba, Tobias me arrastraría de vuelta con Kaden y nunca volvería a verlos ni a él ni a mi hermana.

Negó con la cabeza y se volvió hacia la horda de no-muertos que se arrastraban por todos lados.

—No puedo usarla aquí. Hay muy poco espacio. Acabaría con todo, pero también contigo. No puedo arriesgarme.

Lo que me daba la razón. Suspiré; sabía lo que venía a continuación.

—Puedo distraerlo durante el tiempo suficiente para que cojas el libro y te marches.

—No.

—Qué sorpresa… Tu palabra favorita. Escucha, este ha sido el plan desde el principio. Lo primero y más importante es que tú consigas el libro. Para eso hicimos un trato. Tienes que cuidar de mi hermana. Por favor. —Lo sujeté por la coraza y lo atraje hacia mí. Nuestras frentes se tocaron. Cerré los ojos y aspiré su olor una vez más. Quería tenerlo grabado en la mente hasta después de que mi cuerpo se convirtiese en cenizas. Quería recordar cada día que había pasado con él, incluso cuando nos odiábamos. Sentí una opresión en el pecho y las lágrimas amenazaron con desbordarse, porque sabía que era una despedida—. Lo prometiste.

—No —insistió de nuevo. Lo dijo para cortar cualquier respuesta que yo pudiese tener preparada—. No te voy a abandonar.

Le pasé la mano por la cara sudorosa y le di un beso final.

—Quizá en otra vida —murmuré en sus labios.

No le iba a dejar otra opción. Me puse de pie de un salto y salí corriendo hacia la derecha. Escarbé con la mano entre los restos, cogí unos cuantos huesos desechados y los envolví en un trozo de tela. Esperaba que Tobias estuviese tan obcecado por conseguir el libro que se tragase el engaño como un estúpido y creyese que lo tenía yo.

Me sujeté el vientre, que no terminaba de curarse, y todas las cabezas se giraron hacia mí. Oí maldecir a Liam, pero no me siguió. Los no-muertos dejaron escapar un aullido ululante y se lanzaron a por mí. Corrí por el túnel en penumbra y gané cierta ventaja; entonces me volví y lancé un muro de fuego que iluminó el túnel. Los no-muertos que iban en cabeza atravesaron las llamas y cayeron hechos pedazos, pero no fue suficiente. Los que los seguían saltaron sobre los cuerpos para ocupar su lugar. Me agaché y salté. Atravesé varias losas y aterricé en un piso superior.

—Mala idea —musité. Me dolía la cabeza y por la frente me caía un reguero de sangre. El cráneo se curaría, pero poco a poco. Me puse de pie y me abrí camino. El espacio era cada vez más pequeño y tuve que gatear para seguir avanzando. Más adelante se oía el goteo del agua. Estaba en una antecámara por encima de donde habíamos empezado. No oía ni a Tobias ni a Liam.

Miré atrás al oír unos arañazos. Los no-muertos se arrastraban en mi persecución haciendo chasquear las mandíbulas podridas. Joder. Debían de haber formado una pila para alcanzar el techo y seguirme. Me estaba preparando para lanzarles otra andanada de fuego cuando la piedra sobre la que me encontraba cedió. Una mano llena de garras me cogió del abdomen y de un tirón me sacó por el agujero.

—¿A dónde crees que vas?

Me tiró contra el suelo. El fuerte impacto me dejó sin aliento. Sin darme tiempo a reaccionar, se abalanzó sobre mí y me quitó el trapo de las manos. Los huesos cayeron rodando y desvelaron mi artimaña.

—Te engañé —susurré. Me dio un rodillazo en las costillas—. Has perdido.

Un odio absoluto y cegador le anegó los ojos carmesíes. Me sujetó por la camisa hecha jirones.

—Ya veremos.

Me mordió el cuello con los dientes afilados. Grité, pero me absorbió la poca energía que me quedaba y me dejó seca.

Se me había llenado la boca de sangre. Tobías me arrastró por el pelo y me llevó a la sala. Le arañé los brazos, pero no sirvió de nada. Me había dejado sin poder y sabía lo que iba a hacer.

—¡Eh, Destructor de Mundos! —llamó con voz cantarina, medio burla y medio provocación—. Tengo una cosa tuya.

Los no-muertos se hicieron a los lados arrastrando los pies. No veía a Liam, pero la lucha se había parado en el momento que entró Tobías.

Me soltó por una fracción de segundo, pero antes de que pudiese escurrirme me cogió por el cuello destrozado.

Me obligó a girar y me encaró hacia Liam. La armadura de este desapareció, como si verme así lo volviese vulnerable en más de un sentido. Tobias rio entre dientes y me clavó las garras en el pecho para estrujarme el corazón. La intensa presión me hizo tambalear. El dolor era desgarrador, pero no podía gritar. Me ardían los pulmones; el simple hecho de inspirar era demasiado esfuerzo. Estaba mareada y sentía menguar mi poder. Un estrujón, un movimiento, y estaría muerta.

—No, no. No tan rápido, Destructor de Mundos. Como des otro paso, ese corazoncito tan lindo… —amenazó Tobias—. Y ambos sabemos que ni tú eres tan rápido como para salvarla.

Liam estaba frente a mí. Tenía una expresión abatida. Lo único que tenía que hacer era coger el libro y marcharse. Tobias no me iba a dejar escapar, sobre todo después de lo que le había hecho a Alistair. Si no me mataba allí mismo, me llevaría con Kaden, que me haría cosas mucho peores.

Agarré la mano de Tobías y conseguí que la aflojase lo suficiente para poder hablar.

—Vete… de aquí… —logré articular.

Los ojos de Liam saltaron de Tobias a mí, calculadores. Estaba trazando algún plan, aunque no me imaginaba cuál podía ser. Idiota. No había esperanza para mí. Nunca la había habido. Lo único que necesitaba era que se marchase.

Tobias me cogió la barbilla con la mano libre.

—¿Dudas por ella? —Me sacudió la cabeza y me estremecí de dolor—. Es patético. Te has bañado en nuestra sangre durante siglos, igual que tu padre, y su padre antes que él. Y de repente ves una cara bonita ¿y resulta que tienes corazón? No me lo creo.

—Suéltala. —Las palabras no sonaron duras, ni crueles, sino suaves; las pronunció como si supiese que Tobias lo haría sufrir si decía lo que no debía.

«Liam, Liam, idiota. ¿Por qué no me dejas y te vas?».

Tobías lo notó también y soltó una risotada.

—¿Sabes qué? Tengo una idea. Podrías atravesarnos a ambos con esa puñetera espada. Vamos, Destructor de Mundos. Te ahorrará un montón de tiempo. Piénsalo: dos ig'morruthens, una espada, y te quedas el libro. Puedes hacer que parezca un accidente. De todas formas, nadie la va a echar de menos —lo provocó Tobias. Para darle mayor efecto, usó la mano, dispuesto a sacudirme la cabeza.

Se me escapó un quejido de dolor, que hizo que Liam se estremeciese y diese un paso al frente. A Tobias no le faltaba razón. Si Liam nos mataba a ambos, Kaden se quedaría solo y sin el libro. Perdería a sus ejecutores. Sus filas ya estaban divididas y sumidas en el caos. Liam y sus amigos estarían a salvo por un tiempo. Sí, me perdería, pero el mundo estaría seguro. Y en eso había consistido el plan desde el principio. El dolor me atormentó de nuevo, pero la causa no era el trato tan poco amable de Tobias.

—No puedes hacerlo, ¿eh? —se mofó Tobias—. ¿Es debilidad lo que percibo? Después de tantos siglos, ¿al fin tiene el poderoso destructor una debilidad?

—Si te doy el libro, ¿la dejarás ir? —La pregunta de Liam fue casi inaudible.

Tobías se puso rígido. Acercó la cara a la mía y una sonrisa diabólica le se le dibujó en los labios.

—Sí.

—¿Me das tu palabra? —preguntó Liam.

—Sí. Entrégame el libro y te devolveré a tu querida Dianna —dijo Tobias con cierto tono de fastidio.

No, no lo iba a hacer. «¡Liam, no seas idiota!». Intenté decirlo, pero solo me salió un jadeo ahogado.

Liam frunció el ceño.

—Muy bien. Está en el sarcófago cerrado que hay más cerca de ti. —Lo señaló con la espada.

—No soy imbécil. Sé que está sellado y solo lo puedes abrir tú —saltó Tobias—. Así que ábrelo.

—Lo haré —dijo Liam. Levantó una mano en señal de derrota—. Pero tendré que acercarme.

Tobias miró el sepulcro y luego a Liam. Asintió y se movió a un lado para dejarle espacio a Liam para coger el libro sin que pudiese atacarlo. Liam se dirigió con lentitud hacia el sepulcro sin apartar los ojos de los míos ni un momento. Rozó el lateral con la mano y, de un solo movimiento, lanzó la tapa al otro lado de la sala. Había hablado con suavidad, pero por la forma en que lo tiró supe que no estaba de humor para juegos.

Metió la mano y, con la mirada aún centrada en mí, sacó el libro y lo agitó en el aire.

—Ahora, suéltala y te lo daré.

No podía creer lo que veían mis ojos. Liam no podía hablar en serio. No era cierto. Todo lo que habíamos trabajado, todo lo que habíamos sufrido en ese estúpido viaje, ¿y ahora lo iba a entregar? ¿Por mí? No. No podía hacerlo.

—Liam. No… —jadeé. Tobias me apretó el corazón con más fuerza y mis palabras se convirtieron en un gemido.

—Vénga, pórtate como un buen Rey Dios y tíramelo —lo apremió Tobias.

—Cuando la sueltes —dijo Liam con un gesto de la mano.

Vi a Liam dar un paso al frente, solo unos centímetros, pero supe que estaba dispuesto a hacer lo impensable. Iba a intentar salvarme, porque era bondadoso. Era todo lo que Tobias y yo no podríamos ser jamás.

No. Kaden no podía hacerse con el libro. Mi vida a cambio del mundo no era un intercambio justo. Yo no lo valía. Hice acopio de toda la fuerza que pude reunir y me agarré al brazo de Tobias. Incluso ese ligero movimiento me hizo escupir más sangre, pero sostuve la mirada de Liam.

—Lo prometiste —dije, casi atragantada. Lo señalé con la barbilla y él entendió lo que le estaba diciendo: «Cuida de Gabby». Me lo había prometido, con o sin trato.

Una emoción que no le había visto antes se traslució en sus rasgos. Era la misma que había dejado entrever Kaden el día en que murió Zekiel.

Miedo.

Abrió mucho los ojos de plata brillante y trató de llegar hasta mí. Sus labios formaron una palabra.

No llegué a oírla. Antes de que pudiese pronunciarla, le di un tirón a la mano de Tobias y la arranqué de mi pecho... y, con ella, mi corazón.

XLV
DIANNA

scuridad. Era lo único que había… Y, sin embargo, sentía el cuerpo cálido y entero, sostenido en un estrecho abrazo como si me rodeasen los brazos de un amante. No me podía mover, pero tampoco quería. ¿Estaba en Asteraoth? ¿Había encontrado por fin la paz?

El centro del pecho me palpitó y estalló en un dolor feroz y penetrante que se extendió por cada parte de mi ser. Era un calor líquido que me empapaba de dentro a fuera. Traté de moverme, pelear, dar patadas, cualquier cosa para librarme de esa agonía horrible y cegadora. Era como si alguien hubiese derramado lava en el espacio donde antes tenía el corazón. ¿No me lo había arrancado? ¿Estaba terminando el trabajo Tobias? No, tampoco era eso. Había sentido a Tobias desgarrarme el pecho y destrozarlo. Entonces ¿dónde estaba? ¿Qué me estaba pasando?

—Vamos, vamos…

Oí rogar a alguien, una mezcla de sollozo y súplica. Dejé de pensar en nada cuando un líquido cálido me entró por la garganta. Ambrosía. Era la única forma de describirlo. De pronto todo mi ser se sentía vivo. Era, sin lugar a duda, lo mejor que había probado jamás. Me cosquillearon las terminaciones nerviosas, me chisporrotearon, estallaron de vida. Con cada sorbo recuperaba más y más el control de los miembros.

No estaba muerta, ni nada parecido. ¿Cómo iba a estar muerta si me sentía así? Bebí otro largo trago y el mundo real volvió a mí en tromba. Los sonidos del viento, los pájaros y un gruñido me llenaron los oídos. Me agarré a la fuente de ese asombroso elixir, fuese cual fuese, y la sostuve con avidez contra la boca.

Abrí los ojos de par en par y la visión se me aclaró. Poco a poco logré enfocar las estrellas y también la silueta de alguien de gran tamaño acuclillado junto a mí. Distinguí la plata pura de sus ojos y comprendí que el líquido maravilloso era, en efecto, sangre. La sangre de Liam.

Estaba apoyado en una rodilla, con el otro pie contra el suelo, y me acunaba contra él. Mi cabeza descansaba sobre un muslo poderoso y tenía su muñeca encima de la boca. A medida que mis ojos se adaptaron a la oscuridad pude distinguir el dolor de su rostro. El gruñido que había oído antes procedía de él. Estaba muy necesitada y no bebía de él con cuidado. Aparté los dientes de su carne y giré a un lado la cabeza.

—No. —Intenté empujarlo para apartarlo de mi lado.

—Dianna, te he metido el corazón en el pecho con mis propias manos —cortó Liam—. Así que ¡bebe! —Me puso el puño otra vez en la boca sin darme tiempo a responder.

Mordí de nuevo, pero con más suavidad. Sostuve la muñeca con ambas manos y el dulce sabor me llenó la boca. Gemí al notar que se curaban partes de mi cuerpo que ni siquiera sabía que tenía heridas. Di otro sorbo y Liam tragó saliva con fuerza.

Sabía lo que se sentía cuando te mordían. Nuestros colmillos tenían veneno. Los humanos describían la sensación como una calidez que los hacía vibrar por dentro con unas ondas de choque semejantes al deseo. Era más fácil alimentarse si la persona cuya sangre bebías sentía placer y no dolor, y podía llegar a ser una sensación muy íntima. Los vampiros y otros seres que consumían sangre habían heredado esa cualidad de nosotros. La evolución era una cabrona muy astuta. Teníamos que alimentarnos, como los seres inferiores que habíamos engendrado, y la sangre era portadora de vida. Contenía la magia más pura y poderosa del mundo. Era lo único que distinguía a los vivos de los muertos de verdad.

—Cuidado —murmuró Liam.

Levanté la vista hacia él. Abrí los labios y pasé la lengua por las heridas que había hecho; después me aparté la muñeca de la boca.

—Ya es suficiente. Ahora estoy bien. De verdad.

—Dianna… —Quiso decir algo, pero yo luchaba por levantarme y no le dejé.

Liam me sujetó por el brazo y me ayudó a ponerme de pie. Le miré el puño; se estaba curando, pero más despacio de lo normal.

—Gracias. —Hice una pausa y le señalé la muñeca—. Por eso y por volverme a meter el corazón en el pecho.

Liam me miró; el ceño no llegaba a estar fruncido bajo la capa de mugre y suciedad que le cubría los rasgos, aunque se intuía. Me respondió con un breve asentimiento de cabeza, pero su expresión estaba tensa y traslucía algo que semejaba cólera. Lo inspeccioné con la mirada en busca de heridas. Parecía que le habían pasado la ropa por una trituradora. Estaba cubierto de cenizas, sangre seca y fluidos varios, y tenía el pelo empapado de vete tú a saber qué y pegado a la cabeza. No le vi ninguna herida crítica, pero el brillo de plata que me había acostumbrado a verle en la piel había desaparecido.

Me miré las ropas rotas y hechas jirones. Había un agujero en el pecho de la camisa, cubierto de sangre. Me aparté del cuerpo la tela destrozada y vi la carne nueva, brillante, entre los pechos, donde me habían arrancado el corazón. Toqué el punto con cautela. Aún estaba sensible tras la curación. ¿De verdad me había vuelto a meter el corazón? Antes de que me alimentase tuve que estar muerta algunos instantes. Me había salvado. Siempre me salvaba.

Las estrellas brillaban sobre nosotros en el cielo nocturno. Estábamos en un prado; nos llegaba el susurro de la brisa sobre los árboles que bordeaban el campo. A unos cuantos metros de distancia había un agujero gigante en el suelo.

—¿Qué ha pasado? —pregunté.

—¿Qué parte, Dianna? —Sí, estaba muy enfadado. Puso los brazos en jarras—. ¿La parte en la que no dudaste en suicidarte, o la parte en la que Tobias consiguió la última reliquia conocida de Azrael?

Miré hacia el suelo y apreté los labios.

—¿Ambas, supongo?

—No tiene gracia. —Se pasó la mano por la cara, cansado y frustrado.

—No estoy bromeando. Hice lo que tuve que hacer. Ibas a arriesgar el libro por mí. Lo vi, te vi dudar. Sé la cara que pones cuando estás sopesando probabilidades.

Dio un paso hacia mí y, aunque no se dio cuenta de que se tambaleó, yo sí.

—No tenías ni idea de lo que iba a hacer y no deberías haber tratado de adivinar mis intenciones. A todos los efectos, hace cinco minutos que me conoces y no deberías suponer que sabes lo que voy a hacer o dejar de hacer.

—Entonces ¿no ibas a salvarme? —Me crucé de brazos con el ceño fruncido.

—Sí, te habría salvado a ti y también el libro, pero no me diste opción. Tú elegiste por mí.

—No habrías podido —protesté—, y Tobias se habría quedado con el libro y...

—¡Tú no sabes de lo que soy capaz!

Liam nunca me había levantado la voz. Me sobresalté. No porque me hubiese asustado, sino por lo que oí en esas palabras. Liam no me gritó como hacía Kaden, ni me despreció como habían hecho otros. Gritó y le tembló la voz de miedo.

—Liam...

—¡No me diste opción! ¡Ninguna! Dejaste que Tobias te arrancase el corazón. Cogió el libro y yo salí volando del edificio que se derrumbaba con tus restos. Ya está, ese es el resumen.

—Hice lo que creí que era lo correcto.

—¿Correcto para quién?

Me erguí, sorprendida.

—Para ti, para el mundo, para mi hermana. Todos vosotros, tú el primero, no habéis hecho otra cosa que sermonearme sobre lo importante que es ese libro.

—¿«Sermonear»? ¡Como si tú hubieses hecho otra durante toda esta debacle aparte de sermonearme sobre nuestra colaboración! Y, sin embargo, no confiaste en mí lo suficiente como para creer que podía salvarte y hacerme con el libro.

—Lo siento, ¿de acuerdo? ¿Es lo que quieres oír? Lo siento, pero te di la oportunidad perfecta de que terminases con esto. No lo tergiverses todo para dejarme como la mala. Estás cabreado, pero yo no te pedí que me salvaras. Di mi vida a sabiendas, para que tú y todos los demás pudieseis conservar la vuestra.

—¿Y qué hay de la tuya, Dianna? ¡Siempre haces lo mismo! Tiras tu vida por la borda como si no significase nada. Como si tú no significases nada. —Dejó de hablar y se dio la vuelta, como si fuese incapaz de mirarme. El dolor me traspasó, pero solo fue un momento, porque enseguida se volvió hacia mí y me apuntó con el dedo—. Tendrías que haber confiado más en mí, Dianna. Con todo lo que hemos pasado, ¿cómo podías creer que permitiría que te ocurriese algo?

No contesté, porque, a decir verdad, no encontré palabras. Jamás se me ocurrió pensar que Liam intentaría traerme de vuelta a la vida y, sin embargo, así había sido.

Miró el terreno arrasado.

—Tenemos que marcharnos enseguida. No sé cuánto tardará Tobias en llegar hasta Kaden. —Me miró con ojos cansados.

—Con esta oscuridad, puedo sacarnos a ambos de aquí volando sin que nadie nos vea.

Negó con la cabeza y alzó la mano para frotarse la sien.

—Demasiado arriesgado. Además, has estado… muerta. —Se le rompió la voz al decirlo.

Iba a discutir, pero me interrumpí al ver que se tambaleaba.

—Liam, ¿estás bien?

—Sí, estoy bien —dijo. Y tal como lo dijo, puso los ojos en blanco y cayó hacia delante. Lo atrapé con esfuerzo y sostuve su peso muerto para impedir que se diese de bruces contra el suelo.

XLVI
DIANNA

—¿**D**ónde estás ahora?

Me aparté de la ventana, con el móvil sujeto entre la cara y el hombro.

—A las afueras de Charoum. Quería volver volando, pero salió el sol y una bestia alada que acarrea a un hombre entre las garras no habría quedado bien en las noticias. Eso sin contar con que estoy cansada.

Al otro lado del móvil se oía la gente que estaba con ella, las máquinas y el ruido de pisadas en el suelo.

—¿Y pasó por todo esto en El Donuma? En las noticias no han parado de hablar de los terremotos. Logan y Neverra están tensos y actúan como si esperasen el fin del mundo de un día para otro. Me han dejado en el trabajo y se han ido. Así que estoy con los guardaespaldas celestiales y todo el mundo tiene un comportamiento muy extraño.

Me llevé la mano al pecho y percibí el ritmo de los latidos bajo la piel. Tenía una cicatriz entre los senos. Yo sabía dónde estaba y la veía, pero no iba a llamar la atención salvo que alguien se fijase. Era solo una pequeña marca, pero, para mí, sería siempre un recordatorio de hasta dónde estaba dispuesto a llegar Liam por mí.

—Ah, sí, hablando de eso… Tuvimos un tropezón con Tobias.

—¿Qué? —Gabby estuvo a punto de gritar, pero logró controlarse. La oí que le pedía disculpas a alguien y luego susurró—: ¿Qué? ¿Estás bien? Bueno, claro, supongo que estás bien puesto que estamos hablando. Menos mal. ¿Está muerto?

Me volví a mirar Liam, que dormía en la cama. El pecho le subía y bajaba, pero el movimiento era más lento de lo habitual.

—No, pero yo sí que lo estuve. Eso creo. A menos por un segundo. No sé…

—¡¿Qué?! Espera, espera… ¿Qué significa eso, Dianna? —Gabby gritaba y ya no le importaba quién pudiese oírla.

Me pasé la mano por la frente.

—Es largo de contar, pero básicamente nos engañaron para que encontrásemos el libro. Tobias apareció y levantó todos los muertos como en cinco kilómetros a la redonda. Luchamos, perdimos, Liam me trajo de vuelta...

—¿«De vuelta», en el sentido de resucitarte? ¿Como en…?

La interrumpí.

—Chis. No lo digas muy alto. Me parece que no debió hacerlo. Liam me contó que la nigromancia está prohibida. Es lo que hace Tobias, carne reanimada, como en las películas de zombis, ¿sabes? Lo que hizo Liam fue diferente. No creo que cuente; ni siquiera me convertí en cenizas. Supongo que eso significa que no morí de verdad.

—Me senté junto a la ventana, a ver jugar a los niños del barrio. Gabby se quedó un rato callada—. Di algo.

—Lo siento, es que estoy algo aturdida. No es ninguna broma, murieras de verdad o no. Estás diciendo que Liam te devolvió el corazón, Dianna. Lo único que no te vuelve a crecer. —Se calló otra vez, lo que no ayudó nada a mis nervios a flor de piel—. ¿Cómo ha ido la cosa entre vosotros en el viaje, Di?

Me volví a mirar a mi salvador dormido.

—Es complicado.

—¡Dianna! Dime que no habéis… —Casi se le escapó un grito.

—Las cosas han cambiado, ¿vale? Liam es diferente. Mira, te lo explico cuando vuelva, ¿de acuerdo? Prométeme que no me odiarás hasta entonces.

—Vale, de acuerdo. —Carraspeó y habló en voz baja—: Entonces ¿Tobias tiene el libro?

—Sí, pero no se lo digas a nadie. Todavía no. Creo que Liam tiene que resolver una cuenta pendiente.

—De acuerdo. —Una vez más, se quedó callada.

—Oye, no me va a pasar nada, así que no te preocupes. Voy a intentar dormir un rato y salir en cuanto oscurezca. Espero que Liam despierte pronto. —Cada vez había más ruido al otro lado del teléfono—. Te llamo más tarde, ¿de acuerdo?

—Claro. Recuerda que te quiero.

—Yo también te quiero. —Sonreí y colgué.

Sonaron unos golpes suaves en la puerta del dormitorio y el dueño de la casa asomó la cabeza. Era un caballero atractivo con una gran familia. Lo había manipulado para que nos permitiese quedarnos. Gracias a la sangre de Liam, esa parte de mis poderes funcionaba a toda máquina. Nos alojábamos en el dormitorio de uno de los hijos adolescentes.

—¿Va todo bien, señorita Dianna?

—Sí. —Asentí, sonriente—. Usted y su familia deberían ir a cenar o a ver una película. Salir de casa y disfrutar un poco de la vida.

—Tiene razón —dijo, con los ojos vidriosos y la mirada perdida por un instante—. Ir al cine es una gran idea.

Salió y cerró la puerta. Hubo una pequeña conmoción, niños que gritaban emocionados, pasos que subían las escaleras a coger las llaves y volvían a bajar. La puerta principal se abrió y se cerró, y la casa quedó en silencio.

Me metí en la cama con Liam. A duras penas cabíamos los dos. Me acurruqué contra él para aprovechar aquel espacio tan reducido. Cuando llegamos y nos instalamos en el cuarto, me había duchado y había limpiado a Liam tanto como me había sido posible. Había tomado prestadas prendas más o menos de nuestras tallas. Le pasé los dedos por el pelo y le peiné hacia atrás las ondas oscuras alborotadas sobre la frente. No se movió. Respiraba con un ritmo lento y profundo.

—¿Por qué lo has hecho? —susurré. Eran las mismas palabras que había susurrado la primera vez que me alimentó con su sangre, cuando creía que iba a morir.

Me acurruqué contra él, le pasé el brazo por encima y le puse la cabeza en el pecho. Cerré los ojos y escuché el lento latido del corazón de Liam, acompasado con el mío.

Me dolía todo el cuerpo. Me estiré en la cama y rebusqué a Liam entre las mantas… pero no lo encontré.

Estaba sola.

Me incorporé y me quedé parada. Pero ¿qué cojones…? Lo que veía a mi alrededor no era el cuarto de un adolescente aficionado a los deportes que vivía en una urbanización con sus padres. El viento agitaba las cortinas del dosel, que se arremolinaban sobre una cama de buen tamaño. Gran parte de la habitación estaba ocupada por muebles que no eran de este mundo. Por la ventana abierta se colaba el canto de los pájaros. Oh, no. ¿Otro ensueño de sangre? Me llevé la mano a la pequeña cicatriz del pecho y la froté con los dedos por encima de la camisa.

Un estrépito fuera de la habitación me sobresaltó. Oí el sonido apagado de varias voces emocionadas. Aparté las cortinas, bajé de la cama y caminé sobre el frío suelo. Atravesé la pared sin molestarme siquiera en abrir las puertas. Por el ruido parecía que se había reunido mucha gente, pero ¿para qué? Mientras recorría el inmenso pasillo me paré a mirar los grabados de las paredes. Eran tan hermosos como la primera vez que los vi.

—¡El muchacho nunca escucha lo que le dicen! —oí gritar a alguien; la voz me sacó de mi ensimismamiento.

—El «muchacho» está delante de ti. —Era la voz de Liam, y diría que muy cabreado.

Eché a correr y dejé que el sonido de los gritos me guiase. Entré en un espacio que me recordó una catedral y me detuve en seco. El techo era tan alto que me pregunté cómo habrían colgado la inmensa araña que se movía y danzaba y emitía destellos de azul, púrpura y plata. Me recordó una pequeña galaxia.

Los soldados que hacían guardia junto a la puerta sujetaban las armas con fuerza y varios cientos más formaban contra las paredes. Aquel sitio era descomunal. No me sorprendía que Liam le hubiese dicho a Drake que había visto sitios más grandes cuando nos enseñó la mansión. Unos cuantos guardias se volvieron hacia donde yo estaba; me quedé inmóvil ante el temor de que pudiesen verme, pero me relajé cuando me atravesaron varios celestiales y comprendí que los miraban a ellos y no a mí.

«Vamos, Dianna, que es un recuerdo».

Respiré hondo y avancé. Los celestiales estaban reunidos en torno a un estrado. Sobre él había una hilera de grandes sillas que permitían a sus ocupantes contemplar la sala al completo y a cualquiera que estuviese en ella. Los tronos estaban hechos de oro puro y las tallas de las patas representaban diversas criaturas extrañas.

Había al menos veinte deidades presentes. Muchos dioses y diosas tenían marcas como las de Liam, largas líneas de luz semejantes a venas que parecían confluir en los ojos. La luz de los demás dioses fluía de ellos en oleadas y no parecía proceder de la piel. Eran muy hermosos, pero de un modo inhumano; demasiado perfectos, demasiado nítidos. Los celestiales escuchaban con atención. Las líneas azules de su piel contrastaban con las de los dioses.

Mientras lo observaba todo, por puro instinto me moví hacia la pared más lejana. Sabía que se trataba de un sueño, pero cada fibra de mi ser me decía que huyese. Me paré junto a una silla vacía y me agarré a ella para mirar por encima. Desde mi posición podía ver a Liam. Llevaba el pelo como la última vez que estuve aquí. Largos rizos desordenados que le caían sobre la armadura, enmarcados por dos trenzas, una a cada lado de la cara, y sujetos con pequeñas bandas metálicas cubiertas de joyas.

Fuera lo que fuese lo que estaba ocurriendo, sin duda era posterior a la creación de la Mano, porque reconocí a varios de ellos que vestían armaduras a juego. ¿Acababan de volver del campo de batalla?

Logan pasó por delante de unos cuantos celestiales y se detuvo junto a Liam. Iba con la cabeza erguida y sujetaba el puño de un arma ardiente, listo para golpear si era necesario.

Rebusqué entre la multitud y vi a Vincent. Estaba al final del grupo, sentado junto al estrado. Parecía aún más cabreado de lo habitual. Tenía marcas de garras en el pecho y en un brazo, pero no sangraba.

—No nos has escuchado, Samkiel, y has estado a punto de perder a varios celestiales. ¡No son tus juguetes, imbécil insolente! —le espetó una mujer.

Me volví a mirarla. La diosa tenía un cabello largo y blanco y los dedos cubiertos por anillos de plata. Bajo la armadura llevaba un vestido resplandeciente; cada vez que se movía las hombreras emitían destellos de luz. Las líneas de plata de su cuerpo latían de furia. Señaló a Liam.

—Pero ya está, ¿no es así, Nismera? —respondió Liam. Limpió la sangre de la espada.

Así que esa era Nismera, la diosa que había creado a Vincent y que le había hecho daño, según había dicho Liam.

—Sí, estoy bastante bien —gruñó Vincent.

Liam se volvió hacia Vincent y movió la mano en dirección a él.

—¿Ves? Está bien.

Estalló un tumulto. Todo el mundo gritaba tratando de hacerse oír. Las puertas que había detrás de mí se abrieron y entraron varios guardias seguidos por un puñado de celestiales. Aquello estaba lleno hasta la bandera. Los recién llegados vestían armaduras relucientes, más gruesas que la que llevaban Liam y sus guerreros. En los petos llevaban la enseña de un pájaro con muchas alas.

Según se abrían camino hasta el estrado y se quitaban los yelmos, el alboroto se fue apagando. Uno de los guerreros más altos arrojó una gran cabeza sangrante a los pies de los dioses; la sangre se siguió derramando alrededor del cuello y formó un charco reflectante. Tenía dos gruesos cuernos que se curvaban hacia atrás en forma de espiral. Incluso en la muerte, de las escamas se escapaban destellos de luz verde esmeralda. La boca se abría en cuatro direcciones a la vez y dejaba a la vista unos dientes ganchudos que relucían de veneno.

—Traigo la cabeza de un ig'morruthen —dijo una voz femenina—. Uno de los muchos que Samkiel y sus guerreros derrotaron en la batalla.

Sabía que cazaban ig'morruthens y todo lo que se terciase, pero me asombró lo fácil que les resultaba decapitar a un ser que a mí me provocaría pesadillas.

Para mi sorpresa, reconocí a la guerrera que había lanzado la cabeza: Imogen. Hasta cubierta de la sangre de uno de los míos era arrebatadora. Se detuvo junto a Liam y lo saludó con un beso. Sentí un vacío en el estómago y aparté la vista. Así que además era una líder.

«Genial. Todo estupendo. ¿Celosa, yo?»,

—Lady Imogen, ¿puedes dar fe de los actos de Samkiel?

Reconocí la voz y a quien había hablado, el padre de Liam en toda su gloria resplandeciente, aunque en ese momento tenía cierto aire de frustración. Estaba sentado en el trono central y se frotaba la sien con una mano. Sonreí. El Liam que yo conocía se parecía mucho más a su padre que la versión más joven.

—Con el debido respeto, majestad, la tarea se ha llevado a cabo —dijo Imogen con una ligera reverencia.

Liam, con expresión engreída, extendió los brazos como para decir: «Ves, te lo dije».

Puse los ojos en blanco. Los dioses se enzarzaron en discusiones airadas; gritaban sin escucharse unos a otros. Suspiré. Era inútil.

—¿Preferiríais que el dominio Hynrakk siguiese abierto? ¿Que siguiesen causando estragos y asesinando a incontables inocentes? —Liam tuvo que gritar para hacerse oír.

Varios dioses se giraron hacia él. Hasta yo me di cuenta de que el latido de las luces que los envolvían no presagiaba nada bueno.

El dios que ocupaba la silla del extremo derecho había estado mirando a Liam con expresión maligna. Saltó del trono y se dirigió hacia él; su postura radiaba amenaza. Era alto y delgado, de facciones angulosas; apretó los puños y los músculos se movieron bajo la piel. Las cuchillas de oro circulares que llevaba a la espalda brillaron en sintonía con su actitud agresiva.

—¡Eres un crío estúpido y arrogante! —escupió. Su poder hizo temblar el suelo.

Para ser justos con Liam, hay que decir que no retrocedió ni pareció siquiera un poco acobardado. Se cruzó de brazos y se mantuvo firme, mientras se lamía el interior del labio.

—Un crío ha hecho lo que tú has sido incapaz de hacer, Yzotl.

Yzotl levantó la mano para golpearlo y una sirena atronadora resonó en la sala. Me tapé los oídos y me agaché. El sonido me hizo apretar los dientes. Se acabó tan de repente como había empezado. Cuando miré de nuevo hacia los tronos, el padre de Liam se había levantado. Tenía el bastón de mando clavado en el suelo entre los pies y por las grietas recién abiertas se derramaba una luz plateada.

—¡Silencio! —dijo, con una voz que rezumaba poder. Todos los presentes lo obedecieron—. Se acabaron las discusiones. Lo que ha hecho mi hijo es arrogante, impulsivo y, sobre todo, egoísta. —Se calló y clavó la mirada en Liam.

Liam sacudió la cabeza con fastidio, no muy sorprendido de que su padre no lo apoyase. Pero también estaba dolido. Quise consolarlo, pero sabía que era imposible.

Los otros dioses asintieron y murmuraron para mostrar su conformidad, pero se pusieron serios al oír las siguientes palabras.

—No obstante, la amenaza ha sido eliminada. Gracias a sus acciones, la gente está a salvo. ¿A dónde vamos a ir a parar si condenamos los medios usados para lograr esa seguridad?

—Típico —se burló Nismera. Se levantó del trono—. Haga lo que haga el muchacho, siempre te pones de su parte, sean cuales sean las consecuencias de su desobediencia. Empieza hacerse cansino, Unir.

Unir taladró con la mirada a Nismera y el brillo de sus ojos se hizo más intenso, pero no hizo nada. Otros asintieron en silencio, de acuerdo con ella. Nismera no dijo nada más, se limitó a salir disparada de la sala en un rayo de luz. Muchos miraron a Unir y a Liam con desagrado y se fueron. No me había dado cuenta de cuánto iluminaban la sala hasta que se fueron todos excepto Unir. La estancia quedó sumida en una tenue penumbra. El dios levantó el bastón de mando del suelo agrietado sin apartar la vista de Liam.

—Tu orgullo, tu egolatría y tu insolencia serán la razón de que se vuelvan contra ti. —Unir sacudió la cabeza—. No puedes liderarlos, ni a ellos ni a nadie, si no te respetan. ¿No te he enseñado nada? Años de entrenamiento y educación, y tú recurres a esas tácticas bárbaras. ¿Cómo puedes siquiera pensar en guiarlos algún día?

—Padre, yo… —empezó Liam, pero su padre levantó una mano para hacerlo callar.

—Me avergüenzo de ti. Tenía tantas esperanzas, y ahora me toca arreglar tus desaguisados. Otra vez.

Clavó la mirada en Liam, pero, al ver que no decía nada, sacudió la cabeza otra vez y desapareció.

Me dirigí hacia Liam. Ya no me importaba que solo fuese un sueño. El suelo empezó a temblar y me tambaleé.

Me miré los pies. El suelo de mármol había desaparecido y en su lugar había una extensión rocosa y manchada de sangre. Oí gritos a mis espaldas y me agaché justo a tiempo; un haz de luz dorada se proyectó por encima de mi cabeza. Los gritos y el entrechocar del metal me ensordecían. Eran los dioses…, y estaban luchando entre sí.

Cabalgaban en bestias colosales, de ojos brillantes y garras afiladas. Al principio creí que los cuerpos de esos seres estaban cubiertos de pelo, pero, al mirarlos más de cerca, vi que eran diminutas plumas que se mecían y ondulaban. Eran hermosos, pero también terroríficos. Uno de ellos vino hacia mí. Me olvidé de que era un sueño y me escondí tras una formación rocosa.

Vi como atravesaban a un dios con una de esas armas grabadas.

Cayó al suelo y se sujetó el abdomen con las manos. Soltó un único quejido; luego la luz que bailaba sobre él estalló en una ola de energía proyectada desde el punto que había ocupado un instante antes.

Un rugido aterrador sacudió el cielo y las espesas nubes negras se arremolinaron sobre nosotros. Unas alas muchísimo más grandes que las que yo podía conjurar batieron el cielo; de las bocas abiertas de las bestias se derramaba el fuego. Ig'morruthens. Un escalofrío me atravesó. Me daba miedo ver en lo que podría llegar a convertirme. No quería ser un monstruo.

El suelo se sacudió de nuevo y vi otra luz dorada que salía disparada hacia el cielo, seguida de varias azules. Kaden tenía razón. Los libros tenían razón. Era posible matar a los dioses.

Hora de despertar. Me di la vuelta… y me quedé boquiabierta. Liam estaba frente a mí, con el pelo y la armadura cubiertos de sangre, y una larga capa orlada de verde y oro ondeaba a sus espaldas. Miraba con atención algo que había detrás de mí.

—¿Contento, Samkiel? Esto es lo que querías, ¿no? —dijo Nismera. Incluso en la vorágine de la batalla, su voz era sensual.

Liam se movió hacia mi izquierda e hizo girar la espada dos veces. Miraba a la diosa.

—Yo nunca he querido esto. —No empuñaba la espada oscura que le había visto usar, sino un arma ardiente.

—Eres un idiota si crees que alguna vez dejaremos que nos lideres. —Me volví y la vi aparecer. Tenía la armadura manchada de sangre y sostenía una espada roja con una empuñadura de oro cubierta de joyas—. Mira a tu alrededor. Obtendrás la fama que de manera tan desesperada deseas, Samkiel. Ese título que tanto ansías. Te conocerán por lo que realmente eres: el Destructor de Mundos.

Liam se lanzó hacia ella y estampó la espada en el lugar que había ocupado Nismera.

—Vamos, Destructor de Mundos. Invoca tu espada mortífera. Muéstrales quién eres. —Atacó, con una sonrisa que destilaba veneno.

El mandoble de Liam atravesó mi forma incorpórea y casi alcanzó a la diosa.

—No.

—Cobarde.

Nismera lo esquivó justo a tiempo y alzó su arma. Las espadas chocaron una y otra vez. Ambos eran luchadores expertos. Liam paraba cada movimiento de la diosa, y viceversa. Se oyeron más gritos y el suelo tembló otra vez.

Un fogonazo en el cielo y supe que otro dios había muerto. Debió de distraer a Liam, porque Nismera lo aprovechó y le lanzó un golpe a las piernas. Intentó evitarlo, pero fue demasiado tarde. Un largo corte le cruzó la pantorrilla izquierda y la sangre se derramó de la profunda herida. Gritó de dolor y cayó de rodillas. Nismera avanzó y Liam levantó la espada para bloquear el golpe. La espada de Nismera cortó la de Liam por la empuñadura y le hizo un tajo en la palma de la mano.

¿De verdad pensabas que podrías derrotarme, idiota presumido? Soy más fuerte que tú.

Nismera le dio una patada en el pecho y él se tambaleó y cayó de espaldas. Quise acercarme a ayudar, hacer algo, pero era como si ya no tuviese control de mi cuerpo.

Le apoyó la gruesa bota blindada en el pecho. El afilado tacón se hundió en el peto. Se inclinó sobre él y le puso la espada en el cuello. La sangre manó alrededor de la punta.

—Ya lo ves, Destructor de Mundos. Este es tu legado. Espero que, cuando mueras y la luz te desborde el pecho, lo hagas sabiendo que toda esta destrucción es obra tuya.

Nismera alzó la espada, dispuesta a abatirla sobre el cuello de Liam. Entonces, una luz brillante la golpeó en el pecho y la hizo salir despedida por los aires.

Unir bajó la lanza, cuya punta chisporroteaba de poder. Estaba herido y la sangre le cubría la armadura.

De nuevo podía moverme, así que corrí hacia ellos. Quería ayudarlos, pero mis manos los atravesaron. Mierda.

Unir se derrumbó, pero Liam llegó a tiempo de sostenerlo. Con un esfuerzo lo incorporó y lo reclinó contra un muro. Unir se llevó la mano al costado y se sorprendió al ver la sangre.

—¿Padre? —dijo Liam. Se le rompió la voz al mirar a Unir.

Otra explosión de luz cerca; el temblor del suelo se repitió y casi los tiró a ambos. Unir se esforzó por mantener el equilibrio y se le escapó un quejido contrariado. Estaba perdiendo mucha sangre y no le quedaba mucho tiempo.

—Tú… —La voz estaba cargada de dolor—. Lo siento mucho. Yo solo quería salvarte. Salvaros a todos.

—Padre. —Liam sacudió la cabeza para apartar las lágrimas que le corrían por la cara. Reconocí ese sentimiento de desesperación. Sabía que a su padre solo le quedaba un suspiro de vida y trataba de mostrar fortaleza.

El suelo tembló y hubo otra erupción de luz. Oí pasos que se acercaban y me volví a mirar. Nos rodeaban varios celestiales con armaduras parecidas a la de Nismera. No habían venido a ayudar.

—Padre —susurró Liam—, no me dejes, por favor. Lo siento mucho. Te haré caso, lo juro. Por favor, padre, no puedo seguir sin ti. No sé lo que estoy haciendo. —Le temblaba la voz y le daba igual que lo estuvieran oyendo.

—Sí lo sabes. —Unir se esforzó por pronunciar las palabras—. Siempre lo has sabido.

Liam vio con creciente horror que el rostro de su padre empezaba a brillar.

—Qué bonito. Un padre moribundo que se preocupa de algo más que su enfermiza ansia de poder.

La voz llegó desde detrás de los otros celestiales. Era el dios Yzotl. Estaba empapado de sangre desde la cimera del yelmo hasta la punta de la espada; lo cubría una mezcla de plata y azul cobalto. La sangre de los suyos.

Unir cogió la lanza y, con las últimas fuerzas que le quedaban, apartó a Liam y se puso en pie. La hizo girar sobre la cabeza y disparó un rayo de luz dorada al dios. Yzotl lo hizo rebotar con la espada; redirigió el poder y lo mandó de vuelta a Unir. Le acertó en el pecho y le hizo un enorme agujero en la coraza.

El mundo se detuvo un instante. El padre de Liam lo miró y sonrió; una lágrima solitaria le corrió por la mejilla.

—Te quiero, Samkiel. Sé mejor que nosotros.

Se le abrieron grietas por todo el cuerpo. Inspiró una última vez y estalló en un millar de luces púrpuras y amarillas.

El grito de Liam resonó por todo el campo de batalla. Su aullido de dolor y de furia hizo vibrar hasta el último rincón de la asolada Rashearim. Su tristeza me rompió el corazón. Enterró la cabeza entre las manos y sollozó, inconsolable. Varios dioses más aterrizaron con una sacudida y lo rodearon. Liam no pareció darse cuenta y, si lo hizo, no le importó.

Yzotl se adelantó con una sonrisa de puro odio y se paró enfrente de la figura arrodillada de Liam.

—¿Así que este es nuestro rey? ¿Un niño lloroso? —gritó Yzotl; los otros dioses rieron—. Es patético. —Se inclinó y lo cogió del pelo; luego tiró para obligarlo a ponerse de pie. Las facciones de Liam eran una máscara de odio y de pesar.

La sonrisa de Yzotl dio paso a un jadeo de sorpresa; al instante, todo su ser se convirtió en una fina capa de ceniza.

Todos se quedaron inmóviles, sin entender muy bien lo que había ocurrido. Liam no se movió ni avanzó. Solo se quedó allí con la cabeza gacha.

No pasó mucho rato antes de que otro hiciese acopio de valor. Cargó, y Liam rotó sobre la pierna sana y le atravesó el cráneo con la espada negra y púrpura. No liberó energía como los otros dioses que habían muerto. Se le puso la piel de un profundo color negro y luego se desintegró. Otros dioses se atrevieron a atacarlo y todos corrieron la misma suerte. Era tan rápido que yo ni siquiera lo veía moverse. Pronto no quedó otra cosa que ceniza y arena.

Sin dudar ni un instante, Liam cogió la espada con las dos manos, le dio la vuelta y la clavó en el suelo. Una energía como la que sentí al conocer a Liam sacudió el planeta y se extendió en todas direcciones. El poder de la hoja se desató con un ruido sordo que expulsó el aire como si hubiera estallado una bomba. Todo lo que tocaba esa ola de poder se transformaba en cenizas, hasta que solo quedó Liam en un campo de batalla desierto y polvoriento. Eso fue lo último que vi antes de que Rashearim se consumiera en una explosión.

XLVII
LIAM

brí los ojos y casi al instante los volví a cerrar. Me llevé la mano a la cara para protegerme del sol que entraba por la ventana. Miré a mi alrededor. La pequeña habitación me resultaba desconocida y no conseguí ubicarme. De las paredes blancas colgaban camisetas cuyo significado no entendí; cada una tenía un número impreso en el tejido. Dianna, que dormía a mi lado, gimió y me volví a mirarla.

Dianna.

No paraba de moverse en sueños y de fruncir el ceño. Le acerqué la mano y la mantuve por encima del pecho. El latido del corazón era fuerte. Casi lloré de alegría.

Eché un vistazo bajo las sábanas y vi que las ropas que llevaba eran nuevas y estaban limpias. ¿Se había encargado de trasladarnos y de atenderme? Moví la cabeza en un gesto de asombro. Decía ser una bestia espantosa, pero lo único que hacía era cuidar de los demás.

Me hizo feliz saber que seguía viva, pero estaba enfadado por lo que había ocurrido. Mi sueño se había hecho realidad tal y como lo había visto. Cerré los ojos y reproduje en la mente el recuerdo de verla morir. Oí las palabras que se me escaparon de los labios mientras se me nublaba la visión. Había sido mi terror nocturno, convertido en real. La había visto sacar de un tirón la mano de Tobias de su cuerpo y había visto cómo se le iba la luz de los ojos. Me había lanzado hacia ella y había atrapado el cuerpo antes de que cayese al suelo. Tobias había sonreído con cruel satisfacción, había cogido el libro y se había elevado en el aire, pero yo casi ni había llegado a oír el batir de sus alas. Al abandonar Tobias la cripta, cientos de no-muertos habían caído al suelo con estrépito. Luego, nada más. Sin ella, el mundo se había quedado en completo silencio.

No fui capaz de dejar de llorar, ni de entender tanto dolor. Hacía siglos que no me sentía así, desde la muerte de mi padre. Acuné la cáscara vacía en que se había convertido el cuerpo de Dianna, traté de encontrar alguna luz en su hermoso rostro. Ya no se reiría en los momentos más inoportunos, ni me corregiría por los motivos más absurdos.

Se había ido, y parte de mí lo había hecho con ella. Solo hacía unos meses que la conocía, pero, en ese breve tiempo, me había encariñado con ella más de lo que me habría podido imaginar. Me había ayudado en mis peores momentos y poco a poco me había alejado del odio profundo que sentía hacia mí mismo. Me había ayudado incluso cuando yo no había sido demasiado amable con ella. Y ahora se había ido.

Me acordé de que le había cogido el corazón y se lo había vuelto a meter en el pecho. Y recordé cuando crucé volando la tumba vacía y salí a la noche con ella acunada en los brazos. Todo lo que había sido capaz de pensar era que no podía perderla, no sin luchar por ella. No podía dejarme así. Me había concentrado en imaginarla entera una vez más, risueña, feliz y descarada. La había visto reír de nuevo. ¿Es que no comprendía lo importante que era? Sabía que no podía alzar a los muertos ni devolverles la vida, pero tenía que intentarlo.

Se lo había prometido.

Bajo mi mano, la carne había empezado a curarse de dentro a fuera. Su cuerpo había saltado al insuflarle más poder. Las venas, los músculos y los tejidos habían vuelto a crecer y el corazón se había curado; había latido una vez, dos y una tercera antes de arrancar con un ritmo regular. Luego, los tejidos que lo cubrían, las costillas y el esternón. Los músculos se repararon y la piel se alisó, sedosa e intacta.

A medida que derramaba más y más poder sobre ella, el dolor de mi cuerpo había ido en aumento. La luz que me brotaba de la mano parpadeaba, pero no me había importado.

Retiré la mano asegurándome de no tocarla.

Había funcionado, pero me preocupaba cuál sería el coste.

Me levanté de la cama con mucho cuidado de no despertarla y avancé unos pasos hacia la puerta. Salí de la habitación y me encontré en un pasillo con las paredes llenas de fotografías de humanos sonrientes. Dianna debía de haberse hecho con el control de un hogar. No se oía a nadie más en la casa. Tenía que darme prisa, antes de que volviese la familia.

Bajé por las escaleras y me dirigí a la sala de estar. Había un gran sofá gris y todos los trastos y el desorden típicos de un ambiente familiar. Me detuve en el centro de la sala, respiré hondo y cerré los ojos. Me concentré en Logan, para tratar de establecer contacto con él. Noté el tirón familiar, pero se interrumpió. Qué extraño. Eso no me había pasado en la vida. Lo intenté de nuevo, pero choqué con un muro que mi poder no podía penetrar.

«La resurrección tiene un precio».

La voz de mi padre me resonó en la mente. Joder. Flexioné los dedos. Si no podía hablar con Logan del modo normal, tendría que hacerlo al estilo humano.

Encontré la cocina bien iluminada y busqué el teléfono. Cogí el pequeño dispositivo negro y marqué el número que Logan me había obligado a memorizar.

Sonó una vez y alguien descolgó.

—¿Diga? —sonó una voz seca.

—Logan, soy Liam. Tenemos que vernos. A solas.

Se lo conté todo a Logan, como había hecho años antes en Rashearim. Todo lo que había pasado en El Donuma, hasta el último detalle.

Le hablé de la lucha, la muerte de Dianna, su resurrección y de la nueva amenaza a la que nos enfrentábamos.

—Hace eones que nos enfrentamos a una auténtica amenaza. Y esas no son las típicas bestias sin alma con las que hemos luchado. No, esto es mucho peor —dije.

Estábamos sentados en la sala de estar. La mirada de Logan buscó la mía y luego apuntó hacia el techo y el cuarto donde dormía Dianna.

—Liam, lo que has hecho es inconcebible.

—Lo sé.

—Aunque no estuviese muerta de verdad, la resurrección es tabú. Está prohibida. Las historias terroríficas que nos han contado, el daño que podría provocar.... Si hubiese salido mal, podrías haber terminado convertido en un cascarón vacío.

—Lo sé. —Lo dije con un tono algo más irritado de lo que pretendía.

—¿La amas?

Suspiré y recliné la cabeza en el respaldo del sofá.

—¿Por qué me lo pregunta todo el mundo?

—Bueno, es una mujer muy atractiva con un vocabulario muy persuasivo y a la que algunos.... —alzó una ceja— hombres que no han disfrutado de la atención femenina durante un tiempo podrían encontrar seductora. —Hizo un ruidito con la garganta, incómodo.

—¿A tu esposa no le importa que hables de otras mujeres en términos tan elogiosos?

—Yo... No... ¡Estoy hablando de ti! —replicó, frustrado.

No dije nada. Logan comprendió que estaba nervioso y suspiró.

—Lo único que digo, Liam, es que tú no eres así. No lo arriesgarías todo por una mujer. Te conozco. Ese poder... No sabes el daño que podría causar, y no solo a ti o a ella, sino a todo el universo. Siempre se ha hablado de un catalizador que podría desequilibrarlo todo. Ya lo sabes.

Estaba muy equivocado. Si supiese lo que le había hecho a Rashearim, a los dioses de allí, me vería con otros ojos. Sabría que yo era muy consciente de mi naturaleza destructiva y de lo peligroso que era para quienes me rodeaban.

—Lo sé —dije. Me pasé la mano por el pelo.

Logan se sentó en el sofá y el peso se redistribuyó.

—Gracias por contármelo. Echo de menos los tiempos en los que hablabas conmigo. —Rio, pero era una risa forzada—. ¿Y ahora qué hacemos?

—¿Sabes algo de los vampiros que envié?

Logan asintió.

—Sí, no se puede decir que pasen desapercibidos. A Gabby le gusta mucho el más charlatán y parece que son amigos por no sé qué historias a las que no presté atención.

Resoplé y me crucé de brazos. Era evidente que Logan y yo compartíamos opinión sobre él.

—Ese es Drake —dije.

Logan se encogió de hombros.

—Neverra está con ellos. Creo que dijo algo de tomar un café. Hice que los acompañasen varios celestiales. Aunque a Gabby le gusten, a mí, no. No sé por qué, pero no quiero dejar a las chicas a solas con ellos demasiado tiempo. Y si lo que me has contado es cierto y los Cuatro Reyes están vivos…, en ese caso no podemos fiarnos de ellos.

Esbocé una sonrisa. El impulso protector de Logan hacia Gabby haría muy feliz a Dianna.

—Drake es cargante, pero inofensivo. Solo es un coqueteo irritante.

Un gruñido grave se abrió camino por el pecho de Logan.

—Si coquetea con Neverra, lo haré pedazos.

Me reí un poco. Luego suspiré y me rasqué la cabeza.

—Me parece justo. No sé. Siento algo raro, algo que no encaja.

—¿Podría ser un efecto secundario?

—Quizá…, o quizá haya algo más. Parece que no salgo de un problema y ya me he metido en otro. —Exhalé con lentitud—. Tengo que hablar con el Consejo. Si Victoria trajo de Rashearim otros textos o pergaminos de Azrael, es posible que ellos lo sepan.

—Si acudes al consejo, Imogen, Cameron y Xavier te bombardearán a preguntas en el momento en que pises la ciudad.

—Lo sé. Por eso vas a venir tú también. —Hice una pausa y me froté la barbilla antes de mirar hacia las escaleras—. Y Dianna.

Se le abrieron los ojos de par en par.

—¿Cómo piensas meter allí a una ig'morruthen sin que se entere el consejo?

—No es una ig'morruthen. Es Dianna. En tiempos fue humana. Un poco de respeto.

Logan asintió, pero le vi un brillo en la mirada. ¿Me estaba poniendo a prueba?

—Disculpa —dijo con sinceridad. Esbozó una sonrisa. Una prueba, sin duda.

Asentí y seguí.

—Ahora que lo dices, tengo un plan. Para empezar, voy a necesitar que nos encuentres algo que ponernos para que podamos pasar desapercibidos. Ahora mismo estoy demasiado agotado como para crear ropas.

—Hecho —dijo Logan, sin hacer ninguna pregunta.

Miré al techo. Tenía la sensación de que pasaba algo por alto.

—Aquí hay algo que no va bien, Logan.

—Ya averiguaremos de qué se trata. Si las cosas se complican, tienes una reina de tu parte.

Me reí por lo bajo y lo dejé estar. Tenía razón. Dianna nos otorgaba una ventaja, pero exigua. Era muy poderosa, pero rechazaba su naturaleza y eso la ponía en desventaja. Quizá tuviese una solución para eso, pero no la quería compartir con él.

—Tienes razón —repliqué. La mirada de asombro de Logan casi me hizo sonreír—. Sus poderes superan con creces los de cualquier otro ser del Altermundo. Hasta mi padre temía a los Reyes de Yejedin.

Logan respiró hondo al oírlo.

—Lo que no entiendo es cómo han llegado aquí. Los dominios y los portales llevan tanto tiempo cerrados que no debería existir nada con tanto poder.

—Empiezo a pensar que quizá lleven aquí mucho más tiempo de lo que creemos, moviéndose entre bambalinas, planeando y esperando... algo —dije.

—Pero ¿esperando qué? —preguntó Logan.

—Excelente pregunta.

Logan se puso de pie y se limpió las manos en los pantalones.

—Voy a buscar algo de ropa para los tres y vuelvo enseguida.

—Necesito otro favor —dije sin levantarme.

Se detuvo y se volvió a medias.

—¿Sí?

—Voy a necesitar que distraigas a Imogen.

—Que los antiguos dioses me protejan. —Suspiró y desapareció en un fogonazo de luz cobalto.

Se hizo el silencio en la sala de estar. Me froté la cara. Debería haber sido más rápido y haber matado a Tobias cuando tuve oportunidad. Tendría que haber actuado y haber llegado hasta él antes de que le pusiese las manos encima a Dianna. Se había sacrificado por mí, por el mundo, y yo la había resucitado sin pensármelo dos veces. Mi propio padre no había querido resucitar a mi madre, la única persona a la que amaba con cada fibra de su cuerpo. Y yo había traído de vuelta a una listilla de mal carácter que se preocupaba por todos. Decían que yo era egoísta y débil, y no se equivocaban, porque no la traje de vuelta por el bien del mundo, y ni siquiera por ella. La resucité porque dudaba de poder seguir viviendo sin ella.

«Un dios no piensa en sus propias necesidades y deseos, sino en las necesidades de aquellos a los que debe proteger».

Casi podía oír a mi padre decirlo. Tenía razón entonces y aún más razón ahora. Hasta Tobias se había dado cuenta, y no le faltó razón cuando dijo que tenía a Dianna metida en la cabeza. Mi curiosidad inicial por ella se había transformado en un interés profundo y protector que no podía controlar. Y que me había costado el Libro de Azrael. Lo que más me asustaba era que, en parte, no me importaba. Dianna lo merecía.

Un grito recorrió la casa. Antes de que se apagase el eco ya me había levantado y había subido las escaleras. Entré en tromba en la habitación y me encontré a Dianna sentada en la cama, con la mano en el pecho. Me miró con ojos muy abiertos y fijos.

—Eres un Destructor de Mundos. En el sentido literal.

XLVIII
DIANNA

Liam entró en la habitación con el ceño fruncido y los ojos entrecerrados. Me puse de pie y retrocedí casi sin darme cuenta de lo que estaba haciendo.

—No te acerques. —Levanté la mano y se detuvo.

—Dianna, soy yo. —Alzó las manos como si a quien hubiese que temer fuese a mí—. Apaga las llamas, por favor.

Miré y vi que me ardían las manos. No lo había notado ni me había dado cuenta de que había invocado el fuego.

—Tú destruiste Rashearim. Por eso te llaman el Destructor de Mundos. No es solo un título altisonante y pretencioso. Destruiste un planeta entero con tu espada. Lo he visto.

Liam me miró con el rostro desencajado. Estaba tenso. Comprendió que ya no había más secretos entre nosotros, más mentiras. Que lo sabía todo.

—Sí.

—Masacraste a incontables ig'morruthens.

—Sí.

—¿Era lo que pretendías hacer conmigo al principio?

Buscó mi mirada y supe que era incapaz de mentirme.

—Si hubiera sido necesario.

El corazón se me aceleró. El instinto anuló el pensamiento lógico; la bestia de mi interior se movió, desconfiada.

—¿Es necesario ahora?

—No. —Negó con la cabeza y me miró con gesto dolido—. ¿Cómo puedes preguntarme eso?

Apreté los puños para extinguir las llamas.

—He visto morir a tu padre. —Por primera vez desde que entró en la habitación, apartó la vista. Una expresión fugaz de pesadumbre le cruzó las facciones; luego se serenó y me volvió a mirar—. He visto la agonía en tus ojos y he oído tu grito, que hizo temblar el mundo. La espada que llevabas, la misma que empuñaste la noche en que me salvaste. —Cerró el puño y yo fijé la vista en el anillo negro y plateado—. Quiero verla.

Nuestras miradas se cruzaron. Sin decir palabra, sacudió la muñeca e invocó la Espada del Olvido. En su interior se movía un humo negro y púrpura. Su poder era perceptible desde el otro lado de la habitación.

—Este es el Olvido. La forma más pura de «para siempre». La creé tras la muerte de mi madre, a partir de mi propia agonía, mi dolor y mi remordimiento. Murió poco antes de mi ascensión. Dicen que, cuando forjas tu arma, debes acudir con la mente despejada. Yo no lo hice. La tristeza es una emoción poderosa que los dioses no pueden permitirse sentir y mucho menos expresar. Igual que el amor. Convierte incluso al más poderoso en imprudente, errático e impredecible. —Hizo girar la espada, que desapareció en el anillo oscuro—. La muerte de mi padre me quebró por dentro. Por eso me fui. Por eso me escondí y por eso me había transformado en el hombre que era cuando nos conocimos. Has sido testigo de la destrucción de Rashearim. La destrucción de mi hogar. No hay otra alma viva que sepa lo que ocurrió aquel día, y preferiría que las cosas siguieran así.

Por fin lo entendí. Asentí. Los hombros se me relajaron.

—Eso es lo que ves cuando sueñas.

—Sí. —Iba a decir algo más, pero se contuvo.

—Por eso odias tanto ese nombre. Es un recordatorio constante de lo que has perdido.

Asintió, despacio.

—El bastón de mando de mi padre, el que has visto, ayudó a dar forma a algunos planetas y a sanar otros. A Unir se lo conocía por todo el cosmos como el Creador de Mundos, y yo, Samkiel, seré conocido para siempre como el Destructor de Mundos.

El temor que me había atenazado al despertar se desvaneció y se me suavizó la mirada. Había visto el combate y sabía cómo lo habían tratado. Una parte de mí sentía compasión por él. Debería estar atemorizada o, como mínimo, reaccionar con cautela y desconfianza. Él y los suyos habían matado a millares de seres como yo. Pero solo sentía tristeza.

Me acerqué. Sus ojos me escrutaron con ansia, pero vi que se estaba preparando para el rechazo.

—¿Por eso te afectó tanto que muriese? ¿Porque tu padre dio la vida por ti?

Un breve asentimiento.

—Entre muchas otras razones, pero sí. No quiero que muera nadie más por mí. Estoy harto de que ocurra, Dianna; y además, no lo merezco.

Apartó los ojos, como asqueado. No de mí, sino de los dolorosos recuerdos que yo había sacado a la luz.

—Liam, ¿qué consecuencias tiene? —Se frotó los ojos con dos dedos—. Lo vi en tus recuerdos: «La resurrección tiene un precio». ¿Qué precio tendremos que afrontar?

—No lo sé.

Intercambiamos una mirada, y en ese momento una brillante luz azul iluminó la habitación. En un parpadeo, Logan apareció entre nosotros. Se tomó unos segundos para ver dónde estaba y luego me miró; los ojos se detuvieron en mi pecho y se tiñeron de pesar. Comprendí que estaba al tanto de lo que había ocurrido. Puso sobre la cama un fardo de ropas de color crema.

—He traído lo que me pediste —le dijo a Liam.

—Gracias, Logan.

—De nada. —Logan me sonrió—. Bueno, ¿estás lista para colarte en el consejo y, si los dioses nos ayudan, que no nos pillen?

Los miré a ambos, estupefacta.

—Un momento… ¿Qué?

—Es una pésima idea. ¿Por qué tenemos que colarnos sin que nos vean? Tú estás al mando. Pídeles la información y ya está —susurré. Logan, Liam y yo nos escondíamos detrás de una enorme columna.

—No puedo. Si alguien de aquí sabía que Azrael había escrito un libro cuyo contenido podría acabar conmigo y no compartió esa información, eso significa que no todos son de fiar —me respondió Liam con otro susurro. Su respiración me hizo cosquillas en la cabeza.

Tenía razón.

Logan se volvió hacia mí, enfundado en un ajustado traje negro que le sentaba como un guante. Unas cintas de oro viejo le cruzaban el pecho y los hombros y formaban un chaleco. Sobre los hombros llevaba un delicado chal negro que aleteaba con el viento. Me dijo que era lo que vestía la Mano cuando acudían a los salones del consejo.

—Todo irá bien. Yo distraeré a Imogen y a los otros miembros del consejo. Interpreta tu papel y recuerda: cuanto menos hables, mejor.

Entrecerré los ojos.

—Yo no tengo la culpa de que me hayáis dado menos de una hora para aprender vuestra lengua —respondí con otro susurro.

Se acercaron unos pasos que levantaron ecos por el gran vestíbulo. Era un espacio abierto y lujoso a la sombra de unas montañas que casi taladraban el cielo, mayores y más majestuosas que cualquier cosa que hubiese visto antes. Los árboles de los bosques circundantes eran altos; el follaje, exuberante y los colores, asombrosos. El techo estaba abierto y enmarcaba todo lo que la galaxia podía ofrecer. En ese lugar todo era más brillante, más claro, más nítido. Me habría gustado dedicar más tiempo a admirarlo, pero teníamos trabajo.

—Ahí viene —le dijo Logan a Liam. Miraba por encima de mi cabeza—. La distraeré todo lo que pueda, pero daos prisa.

Liam me puso la mano en la espalda y yo respondí con una ligera presión contra la mano. Desde que desperté en aquel minúsculo cuarto, Liam me había tocado cada vez que había tenido ocasión. No por diversión, como antes, sino más bien como si temiese que fuese a desaparecer si no estaba en contacto conmigo.

Logan se acercó a un pequeño grupo de celestiales. Cuando se unió a ellos, el grupo se abrió y entonces la vi. Llevaba el pelo rubio recogido en trenzas a los lados y un precioso vestido blanco de tejido muy fino, pero no transparente. Al ver a Logan se le iluminaron los ojos y la sonrisa añadió un toque de color a los pómulos. En persona era aún más atractiva que en los sueños de Liam. «Maldición».

Memoricé su aspecto e invoqué el poder de transformación. Me concentré unos instantes y enseguida tuve la misma apariencia que ella, vestido y todo. Miré a Liam, quien asintió en señal de aprobación y me guio alrededor de varias columnas más. Las suelas blandas del calzado susurraron sobre el suelo reluciente.

Una vez fuera de la vista aceleramos el paso y recorrimos al trote un laberinto de pasillos y escaleras.

—Las salas del consejo están en el tercer piso —dijo Liam, sin que el esfuerzo se reflejase en su voz—. Una vez dejemos atrás unos cuantos guardias apostados allí, todo irá bien. Logan ha comprobado que hoy no hay reuniones.

Al llegar al segundo piso dejamos de correr y adoptamos un paso tranquilo para no llamar la atención. Saludé con la mano a varios celestiales que nos cruzamos y Liam les dedicó una breve inclinación de cabeza. Al vernos casi se les salieron los ojos de las órbitas, lo que supuse que se debía a la nueva apariencia de Liam. Con toda probabilidad, ninguno lo había visto jamás con el pelo corto. Además, con la camisa color crema y los pantalones a juego, parecía que le brillaba la piel; las líneas de plata que le silueteaban los contornos del cuerpo relucían a través del tejido.

Cruzamos varias salas y rodeamos las anchas columnas como si no tuviésemos ninguna prisa por llegar a nuestro destino. De repente

Liam cambió de dirección y tiró de mí hacia un pasillo escondido tras una cortina ribeteada de rojo y dorado. Choqué con él y me di con la nariz contra su pecho musculoso.

—Joder —dijo. Apartó la cortina con una mano para poder mirar a hurtadillas. Estaba vigilando el extremo más alejado de la habitación como si hubiese visto a alguien.

—¡Liam, estás diciendo tacos! ¿Dónde has aprendido a hablar así tú, el tipo que siempre sigue las reglas? —Le taladré el pecho con el índice para burlarme de él.

—Probablemente me lo habrá pegado la morena malhablada cuyo vocabulario es un catálogo de obscenidades.

Me miró de reojo una fracción de segundo con un esbozo de sonrisa en los labios y enseguida volvió a centrar la atención más allá de la cortina. Me giré. Nuestros cuerpos estaban tan pegados que casi se me escapó un gemido. Inspiré hondo para controlarme y atisbé por debajo del brazo de Liam.

Un celestial alto y musculoso de piel morena con un uniforme idéntico al que solía usar Logan le sonreía a una mujer con un jersey de color hueso. Vale, un miembro de la Mano que aún no conocía. Dioses, ¿por qué eran todos tan guapos? Este llevaba el pelo recogido en una espesa coleta doble que se le derramaba sobre la espalda poderosa. Las luces azules le corrían por los brazos y el cuello en dirección a los ojos penetrantes. La mujer dijo algo y él rio con un destello de dientes blanquísimos; enseguida se volvieron para irse.

—Es un miembro de la Mano. ¿Por qué nos hemos escondido? ¿Te preocupa que nos vea?

Liam negó con la cabeza.

—No, no me preocupa Xavier. Me preocupa alguien que no suele andar lejos de él.

Salimos de detrás de la cortina y Liam señaló con un ademán la gran escalera.

—¿Por qué?

Cuando Liam iba a responder, alguien lo placó por un costado. Oí que se le escapaba el aire de los pulmones y a continuación una risa grave y alegre. Me volví con llamas en las palmas. Me quedé boquiabierta al ver a un hombre rubio que levantaba del suelo a Liam y lo sostenía con los pies en el aire. No parecía costarle el más mínimo esfuerzo, como si no fuesen del mismo tamaño.

—Cameron, déjame en el suelo si en algo valoras tu trabajo y tu vida.

Cameron. Zekiel lo había mencionado en Ofanium. Y si no recordaba mal, Liam también había hablado de él. Cerré los puños para extinguir las llamas y me los oculté a la espalda.

Cameron lo soltó y Liam le lanzó una mirada seria mientras se ajustaba la ropa.

—¿Creías que te ibas a colar en los grandes salones y que no te olería?

¿Oler? Fruncí los labios. ¿Había sido capaz de oler a Liam en todo el edificio? ¿Podía olerme a mí? La inquietud me revolvió las tripas. Lo bueno era que Liam y yo no nos habíamos acostado ni hecho nada siquiera parecido antes de ir allí. Y lo malo… ¿Funcionaría mi engaño con Cameron? Parecía un tío majo y seguro que me caería muy bien si no estuviese a punto de echar a perder nuestro plan.

Su risa me llamó de nuevo la atención. Vestía las mismas ropas que Logan, pero eso no era nuevo; ya sabía que formaba parte de la Mano. La emoción de ver a Liam le teñía de rosa la piel clara. Llevaba el pelo rubio peinado en una espesa cresta cuyo extremo le llegaba hasta la mitad de la espalda.

Se volvió hacia mí y me observó con parsimonia. Me quedé helada, preocupada por si había visto las bolas de fuego que casi le tiré, o porque oliese que no era Imogen. Ladeó la cabeza y miró detrás de mí. Torció los labios con una sonrisa pícara.

—Ah, ya veo. ¿Estabais jugando otra emocionante ronda de «esconde la espada de combate»?

Una risa fuerte y alegre sonó a mis espaldas. Miré de reojo y vi que había vuelto Xavier.

—Te tomas demasiadas libertades, Cam. Un día de estos, Samkiel te va a arrancar la cabeza.

—Que va —se burló Cameron—. Le caigo demasiado bien.

—Eso es discutible —dijo Liam, que se puso a mi lado—. ¿Dónde habéis aprendido a hablar así? El onuniano no es nuestra lengua preferida.

Cameron se encogió de hombros.

—Logan viene a menudo. Nos mantiene al corriente de las andanzas de los humanos y también nos trae lo mejor de su cocina. ¡El chocolate es un puro orgasmo!

—Ah. —Liam me cogió de la mano y se volvió hacia las escaleras—. Muy bien, pues. Imogen y yo tenemos otros asuntos que atender y estoy seguro de que vosotros dos también tenéis cosas que hacer.

Cameron se puso frente a nosotros, cortándonos el paso.

—Hummm. Asuntos. ¿Qué asuntos? Acabo de verla irse con varios miembros del consejo y con Logan, que ni siquiera ha saludado. ¿Qué os pasa? Imogen dice que los problemas en Onuna van a más. Logan cada vez viene menos. Se han celebrado reuniones secretas del consejo y tú de repente sales de tu cueva tras siglos de ausencia. Y lo más sorprendente es esa nueva apariencia. Si hay novedades, nos lo deberíais decir.

Liam y yo nos quedamos inmóviles. Empecé a idear excusas, pero Liam se me adelantó.

—Si hubiera novedades, ya estaríais avisados. Ahora, aparta.

—Qué susceptible —dijo Cameron, y Xavier soltó una risita por lo bajo—. Imogen, cuando tenéis una cita, después suele estar de mejor humor. ¿Qué pasa, has perdido el toque?

Camerón se me acercó con las manos cogidas a la espalda. Se paró y sonrió de oreja a oreja. Me subió la temperatura y tuve que cerrar los puños y concentrarme en mantener el fuego apagado. Liam no era mío, pero lo que estaba oyendo no me gustaba nada. ¿Sería así de fácil, así de normal, que Liam volviese a caer en los brazos de su examante? ¿Por eso tenía tantas ganas de volver a casa? El mero hecho de pensar esas cosas hacía que me doliese el corazón.

—¿Perder el toque? Qué tontería. ¿Por qué crees que ha vuelto?
—Les dediqué mi mejor imitación de la sonrisa de Imogen. Traté de acordarme de cómo se movía a partir de lo poco que la había visto y recé por que me saliese bien.

Xavier estalló en carcajadas y Cameron me sonrió. Sin embargo, a Liam no le hizo ninguna gracia.

—Ya basta. —Tiró de mí hacia las escaleras—. Tenemos cosas más importantes que hacer que aguantar tus torpes intentos de resultar gracioso. Xavier, no lo animes.

—Eh, hago lo que puedo. —Levantó las manos en señal de impotencia.

Cameron le guiñó un ojo a Xavier, lo que hizo que se le acentuara la sonrisa al temible guerrero. Había algo entre esos dos. Lo sentía.

—Sé amable, Samkiel —dijo Cameron—. Solo estaba bromeando. Tampoco es que te veamos tan…

Mientras pasábamos a su lado, se interrumpió y dejó de sonreír. Al principio no me di cuenta, pero de repente estaba frente a mí y supe que lo sabía. Había visto o sentido algo que le había hecho sospechar que yo no era quien fingía ser.

Me estudió con ojos un poco más brillantes y me olfateó no una, sino dos veces. Liam se puso rígido. Cameron frunció el ceño, sin rastro de humor, y por primera vez pude ver lo peligroso que era en realidad. Xavier se puso a su lado y me miró como si me hubiesen crecido cuernos.

—¿Qué pasa? —Xavier tocó el brazo de Cameron.

Eso pareció sacarlo de su trance. Si tuviese que escapar, ¿podría enfrentarme a dos miembros de la Mano? Liam estaba abierto a la posibilidad de que una ig'morruthen pudiese ayudar, pero ellos no.

Liam se movió con deliberación para ponerse delante de mí y que sus anchas espaldas bloqueasen la visión de los otros.

—Cameron. —Fue una orden, no una pregunta.

—Hueles diferente, Imogen. —Cameron se giró para poderme mirar—. Hueles a especias.

Xavier me miró y entrecerró los ojos. No sabía a qué venía esa obsesión con los olores, pero al parecer eran muy importantes para ambos.

—Le he regalado perfume —explicó Liam. Eso consiguió que Cameron apartase la vista de mí.

Fue como darle a un interruptor. La sonrisa divertida regresó y por fin pude respirar.

—Bueno, tiene sentido. —Cameron se encogió de hombros y Xavier se relajó—. Por fin ha hecho caso a tus mensajes, ¡menos mal! Tanto suspiro y tanto amor no correspondido empezaban a crisparme.

Liam, harto ya, tiró de mí para alejarnos de ellos en dirección a las escaleras. Mientras bajábamos los escalones de dos en dos volvió la cabeza para dirigirse a ellos.

—Tendréis la notificación de despido al terminar el día —les dijo.

—Un momento —oí que le susurraba Cameron a Xavier—, lo dice en broma, ¿verdad?

—Sí, aunque parece que te encanta provocarlo.

—Es mi don y mi maldición.

Vi que Liam ponía los ojos en blanco y sonreí; ese gesto me lo había copiado a mí.

—Venga, vosotros dos, haced algo productivo para variar. Enseguida —les grité.

Liam se volvió a mirarme con una mezcla de sorpresa y diversión.

—Logan me dijo que interpretase mi papel —susurré.

Xavier y Cameron rieron y yo me volví a sonreírles. Nos seguían mirando, Cameron apoyado en Xavier. Parecían encantadores, pero sentí el poder que radiaba de ellos. No me quitaron ojo de encima, y casi habría jurado que sabían la verdad. Tragué saliva y se me pusieron los pelos de punta.

Estaba aterrada.

—¿**D**e qué va el rollo ese de Cameron con los olores? Liam apareció en la esquina con unos cuantos libros y los depositó en la mesa.

—Cameron tiene los sentidos particularmente agudos, incluso para nuestros estándares. Es un pequeño regalo del dios que lo moldeó y otro motivo por el que lo dejó partir y aceptar mi liderazgo.

—Así que es un rastreador excelente. Es bueno saberlo —dije—. ¿Qué has encontrado sobre los Reyes de Yejedin?

—De todo —contestó Liam. Rebuscó entre los documentos y pergaminos que había sacado de las enormes pilas que nos rodeaban. Había visto otras bibliotecas, pero aquello… Aquello eran palabras mayores. Las estanterías llegaban hasta el techo y envolvían la sala por completo. Unas escaleras del mismo rojo y dorado que había visto en los sueños de Liam llevaban a los niveles superiores y sobre nosotros se entrecruzaban las pasarelas.

Liam paseaba de un lado para otro mientras estudiaba un libro. Agitó la mano libre para traer más documentos, que se depositaron por sí mismos sobre los montones que se acumulaban encima de la gran mesa de piedra que había en el centro de la sala. Ese uso casual del poder me hizo sonreír. Me encantaba mirar a Liam, así que me sorprendió un poco que se me fuese la mirada una y otra vez hacia el paisaje más allá del balcón, casi como si tirase de mí.

—Vuestras montañas y bosques brillan con unos colores que no había visto jamás. Casi parecen iridiscentes. Es una vista espectacular. Me gustaría ver más, sobre todo de noche.

—Te volveré a traer en otro momento —dijo Liam, distraído.

Me molestó un poco que lo dijese tan a la ligera. Era un lugar especial, sagrado. Lo notaba en el latido del planeta y en el aroma del aire. Pero él me ofrecía traerme de nuevo para visitarlo como si, día sí y día no, paseara por aquí a monstruos y enemigos mortales de su pueblo.

—Ah, ¿sí? ¿Y cómo lo vas a hacer una vez esté encerrada? ¿Piensas secuestrarme cuando todo esto termine? —Nunca se me iba de la cabeza lo que podía ocurrir al terminar nuestro acuerdo.

Dejó el libro sobre la mesa y pasó el dedo por una sección, mientras cogía otro pergamino.

—Kaden tiene el libro, así que esto va a durar más de lo que nos esperábamos. Sospecho que volveremos aquí a menudo.

Me acerqué a la mesa mientras me mordisqueaba el labio, insegura de mí misma. El asombro y la esperanza batallaban en mi interior. Yo no pertenecía a ese lugar, pero su salvaje belleza me atraía y anhelaba explorarlo con Liam.

—Me encantaría ver las estrellas desde aquí —me obligué a decir, en voz baja y dubitativa—. Quiero ver si es tan bonito como en tus sueños.

Liam levantó los ojos del libro y me miró.

—Así será.

No parecía de humor para bromas. Normal. Volvió a sus investigaciones. Me senté en una silla tallada a mano, cogí el primer libro que pillé y lo abrí. Las páginas eran ásperas al tacto y el papel de un tono marrón parecía muy resistente e inmune a los estragos del tiempo. El libro estaba inmaculado, pero se sentía en él el peso de los años. No pude leer el texto; apenas reconocí una o dos palabras. Así que pasé las hojas y miré las ilustraciones. Al no encontrar ninguna de interés, lo dejé y cogí otro.

—Entonces, si soy reina, ¿tengo mi propio castillo o algo? —La pregunta, que me sorprendió incluso a mí misma, interrumpió el silencio.

Levantó la vista. Entre las cejas tenía surcos de concentración.

—No estoy seguro. Supongo que serás uno de los gobernantes del dominio Yejedin —dijo Liam. Se hundió en la silla.

—Guay. Tengo mi propio dominio. —Tenía los nervios destrozados y la inquietud me volvió a agarrotar las tripas—. ¿Nos convierte eso en enemigos?

Se le aplacó la mirada, como si supiese por qué lo preguntaba.

—No. Todavía tendrías que derrotarme.

Esbocé una sonrisilla y luego cogí un gran libro de color crema. Parecía muy antiguo, a juzgar por lo desgastadas que estaban las páginas. Lo abrí al azar y me encontré con la imagen de una gran bestia, dibujada con tinta gris. La imagen, de alguna forma, se elevaba sobre la página. Recorrí con los dedos las líneas del dibujo. La bestia tenía el cuerpo cubierto de escamas blindadas y carecía de miembros. La cola en abanico tenía un aspecto casi delicado en comparación con el pesado cuerpo. Abría la boca, que dejaba a la vista unos dientes ganchudos y afilados como navajas. No entendí las palabras escritas bajo la ilustración, excepto una: «Ig'morruthen».

—¿Esto es lo que soy? —Las palabras se me escaparon como un susurro.

Liam se acercó y se detuvo detrás de mí. El calor de su cuerpo calentó el mío, que se había quedado frío de repente. Pasé varias páginas, cada una de ellas una ilustración detallada de una bestia distinta. Me angustiaba más y más con cada nueva imagen. Algunas fieras tenían más dientes o garras y otras, largos tentáculos, mientras que unas cuantas carecían por completo de rasgos faciales.

Liam estiró el brazo y cogió el libro. Volví la cabeza hacia atrás para mirarlo. Lo cerró con una mano y se le suavizaron las facciones.

—En cierto modo, sí. De ahí es de donde procedes. Pero tú no eres eso, Dianna.

—¿Crees que me crecerán cuernos? ¿La corona esa? ¿Y si me ensancha la frente para siempre?

Sonrió con dulzura. Me pasó la mano por la frente y me apartó el pelo de la cara con delicadeza.

—Ya es bastante ancha; nadie se daría cuenta.

Agarré otro libro y traté de golpearlo con él. Se rio con un sonido grave y retrocedió. Sostuve el antiguo volumen y lo blandí como un arma mientras lo fulminaba con la mirada.

—Lo digo en serio.

Sujetó el libro, pero, en vez de quitármelo, se acercó más.

—Si quieres que te sea sincero, no estoy seguro de lo que eres. Me has sorprendido; eres totalmente diferente de cualquier cosa que yo haya experimentado antes. Así que, en respuesta a tu pregunta: no lo sé.

—Eso ha sido agradable. —Esbocé una sonrisa—. Más o menos.

—Soy un tipo agradable. —Me la devolvió.

—En el dormitorio, quizá. Fuera de ahí, no tanto —lo provoqué, y le lancé otro golpe juguetón.

Esquivó el ataque y luego soltó el libro. Me acarició el pelo y dio un paso atrás. Me fijé en que se quedaba el que tenía los dibujos.

—Céntrate, Dianna.

Hojeé el nuevo libro que había cogido y descubrí que era un tratado de armas. La mente aún se me iba a las imágenes de las bestias legendarias, pero las aparté con un esfuerzo. Apoyé la barbilla en el puño y seguí pasando páginas.

Liam escogió otro libro y volvió a pasearse por la sala.

—Muchos de estos registros tienen fechas que detallan los artefactos que se hicieron, otros que se perdieron hace muchísimo tiempo, o los que mi padre hizo guardar bajo llave. Pero no encuentro los últimos archivos conocidos de Azrael, y eso es muy raro.

—Lo más probable es que los destruyeran —repuse sin darle importancia, con la mano en la mejilla. Pasé página. La siguiente mostraba una especie de espada-cadena muy chula—. Los que sabían algo. A ver, ¿para qué vas a crear un arma capaz de matar dioses y luego mantener registros de ella en un planeta en el que vive un dios? —Lo miré de medio lado.

Liam se había detenido y me estaba mirando. Abrí mucho los ojos al ver que se quedaba rígido, y luego en su rostro dibujó una sonrisa.

—Dianna, tu inteligencia a veces me asusta.

—Gracias. Si es un piropo, digo.

Miró el cielo despejado que se dibujaba detrás de mí y luego la puerta.

—¿Qué opinión te merecen los vórtices?

—¿Cómo dices? —pregunté. Cerré el libro y fruncí los labios.

Dejé de gritar como una posesa cuando por fin nos posamos con suavidad en una masa negra espesa y ondulante. Me aparté de Liam y me di la vuelta. Incapaz de mantenerme de pie, me doblé y apoyé las manos en las rodillas.

—Ni se te ocurra… —Paré. Tenía el estómago revuelto—. Volver a hacerlo.

—Te pido disculpas, pero ya te avisé de que sería todo un viaje.

Me aparté de él otra vez y me tapé la boca para tratar de mantener la última comida donde le tocaba. Tardé unos segundos.

—Sí, un viaje. Una cosa breve —dije, cuando estuve segura de que no me iba a desmayar—. Me he sentido como si me disparasen desde la catapulta más grande del mundo y luego me parasen de golpe.

Me observó con atención. Las líneas de plata de la piel le palpitaron.

—¿Te encuentras bien?

Asentí y puse los brazos en jarras.

—Sí. No. Tal vez. Dame un minuto, a ver si consigo no vomitar.

Se lo veía preocupado, pero, cuando la gruesa masa negra que había sobre nosotros se onduló, eso acaparó toda su atención. Parecía como si estuviésemos en el borde del universo. Unas estrellas de color púrpura, oro y plata parpadeaban sobre el tapete aterciopelado.

—¿Dónde estamos?

—El ser con quien nos vamos a reunir hoy es el último de los suyos. Su especie jugó un papel crucial en las mitologías de miles de civilizaciones. Los llamaban «hados», y los persiguieron y exterminaron porque mucha gente, a lo largo y ancho de los dominios, temía sus poderes. Mi padre creó un hogar para el último superviviente. Soy el único que tiene acceso a este sitio porque no lo necesito para nada, ni tengo motivos para hacerle daño. Como habrás podido deducir a partir de mis recuerdos, tenía la atención puesta en otras cosas.

Me di la vuelta poco a poco para ver los alrededores y procesar el paisaje alienígena.

—Roccurrem, vengo a pedirte consejo. —La voz de Liam reverberó en aquel espacio vacío antes de apagarse. Extendí la mano y lo cogí del brazo. Varias masas pequeñas, parecidas a estrellas, nos sobrevolaron. Me miró la mano y luego a mí—. Estás a salvo.

—Si, claro, porque tú lo digas.

La luz se precipitó hacia un borde de la extensión de negrura, que pareció crecer. Se oyó un estallido apagado y apareció un ente. Tenía forma, y a la vez no la tenía. Tres orbes negros daban vueltas donde debería estar la cabeza; no tenía piernas, ni definición ninguna en la parte inferior del cuerpo. Era nebuloso, etéreo; giraba y se retorcía. Las luces danzaban y flotaban a su alrededor como si estuviese hecho del propio tejido del universo. Se deslizó hacia nosotros y me saltaron todas las alarmas. Había algo que no encajaba.

—Samkiel, Rey Dios, Destructor de Mundos, buscas que te aconseje sobre información que ya has obtenido. —La voz era un susurro que venía de todas partes a la vez. Su sonido flotó en la sala y me atravesó; entró por un oído y salió por el otro. Me estremecí. Llamarlo «espeluznante» habría sido quedarse corto—. Y traes contigo una bestia cuyo sustento es la muerte.

—No es una bestia. Además, este se porta bien. —Se paró y me miró de reojo—. A veces.

Le apreté el brazo con más fuerza.

—Necesito saber qué contiene el Libro de Azrael —siguió Liam.

—Ya lo sabes.

—Si hay un arma diseñada para matarme, ¿por qué no se guardan registros de ella? ¿Por qué no se menciona en ningún lado?

—Uno cuya sangre es de plata se llevó lo que buscas hace mucho tiempo.

—¿Un dios?

—Sí.

Liam frunció el ceño. Aquella especie de extraño genio flotante hablaba con acertijos, lo que aún me confundía más.

—Ya no quedan dioses —dijo Liam—. Y aunque uno de ellos hubiese borrado los archivos, quedaría algún rastro. Azrael murió en Rashearim mucho antes de que yo destruyese el planeta. ¿Cómo lo consiguió Victoria sin morir ella también?

—Hay secretos en tu familia que llevan largo tiempo enterrados, Destructor de Mundos. Muy anteriores a tu creación. El celestial de la muerte tenía un amo... Un amo que predijo la Gran Desaparición. Los textos que buscas se escribieron y ocultaron para mantener el equilibrio; porque si los dominios se desbordan, el caos volverá.

—¿A causa de su resurrección? —Tragó saliva al hacer la pregunta.

Las cabezas flotantes se desplazaron hacia la derecha y luego volvieron, girando, en dirección a la izquierda.

—No.

—¿Es su resurrección...? —Se paró, con una expresión de angustia—. ¿Está bien?

No había reparado en lo preocupado que estaba por mi regreso. Me sorprendió que hiciese preguntas sobre mí, en vez de centrarse en el libro. Le apreté un poco el brazo. El hado habló.

—Te preocupas por una abominación que rezuma muerte. Qué interesante.

—No es una abominación —respondió Liam, molesto.

—Lo es, y resulta imposible matarla por medios convencionales. No resucitaste nada.

Había llegado el momento de intervenir.

—Entonces ¿no me voy a convertir en un zombi putrefacto ni nada por el estilo?

Las cabezas se desplazaron a la derecha y luego a la izquierda, como confusas por mi pregunta. La masa flotante que las rodeaba se expandió ligeramente y luego volvió a su tamaño normal.

—Eres una ig'morruthen, una bestia creada para la destrucción. Eres una agente de la muerte, la desesperación, el fuego y el caos. Los antiguos que te precedieron hicieron que los mundos se estremeciesen, los dioses temblasen y los Primigenios se avergonzasen de su creación. Eres una bestia legendaria, pero vistes un traje de carne y tejidos.

Eso enfureció a Liam. Dio un paso al frente y tuve que sujetarlo con más fuerza para impedir que se alejase más de mí.

—Dianna no es una «bestia», y, si vuelves a hablarle así, no quedarán más hados en este universo ni en ningún otro.

—Aún más interesante.

Me encogí de hombros y le di otro apretón al brazo de Liam.

—No le hagas caso. Se pone de mal humor si no come. —Liam sonrió y me miró entre frustrado y divertido. Le di una palmada en el brazo.

—¿Cómo podemos averiguar lo que hay en el libro?

—Lo sabréis muy pronto.

—¿Cómo es posible que los Reyes de Yejedin sigan vivos? ¿Cómo pudieron atravesar los sellos de los dominios tras la Guerra de los Dioses?

Percibí la frustración de Liam, se la oí en la voz. Roccurrem respondía a todo con acertijos y él no estaba de humor para que le escamoteasen las respuestas que buscaba.

—Tu familia está llena de secretos, Samkiel. Secretos que se extienden más allá de este mundo.

—¿Qué?

La masa oscilante brilló con más fuerza y luego se atenuó de nuevo.

—Eres la llave que conecta a los que buscan venganza. Siempre tiene que haber un guardián. Unir percibió el fin, comprendió las consecuencias y tomó medidas. Se cerraron los dominios… Tu muerte los abrirá todos. Así está anunciado. El caos volverá y el caos reinará. Tú has visto una fracción de ello.

Liam se puso rígido y se le escapó un jadeo entrecortado.

—¿Lo ha visto? ¿Cómo que lo ha visto? —Paseé la mirada del uno al otro—. ¿Estás hablando de las pesadillas?

—Ve como vio su padre, y el padre de su padre antes que él. Aunque sea una visión distorsionada, sigue siendo cierta. Los dominios se volverán a abrir.

—Pero si se abren, eso significa que Liam morirá.

—Así está escrito. Así ocurrirá.

—No. —Alcé los ojos hacia Liam, que tenía la mirada fija en la lejanía. No sabía a qué se refería el tipo de las cabezas flotantes, pero fuera lo que fuera, había despertado algo enterrado muy profundo en su interior. Le apreté el brazo con fuerza para que me mirase. Sus ojos reflejaban dolor—. Mientras yo esté aquí, no te pasará nada. Te lo prometo, y ni siquiera me hace falta el meñique.

Forzó una sonrisa casi irreconocible como tal. Me volví hacia Roccurrem.

—¿Alguna noticia positiva?

Una cabeza pareció mirar directamente hacia mí; las otras siguieron girando. Al instante lamenté haber abierto la boca.

—La profecía permanece. Uno cae, uno se eleva y el fin comienza. Fue anunciado y permanecerá. Uno tallado en la oscuridad, uno tallado en la luz. El mundo se estremecerá.

El poder de Liam se desbordó y la sala tembló.

—¿Ha sido todo esto parte de otra puñetera prueba?

—Una prueba, sin duda, pero para consolidar los dominios. Es como es y como será. El universo necesitaba ver, necesitaba saber.

—¿Necesitaba saber qué?

La sala tembló otra vez y las cabezas giraron en una dirección; luego, en la otra.

—Se te acaba el tiempo, Samkiel.

Le solté el brazo a Liam y avancé. Ya no me asustaba aquel ser giratorio con don de lenguas.

—¿Eso es todo lo que haces en esta tierra mítica? ¿Hablar con acertijos todo el rato? Entonces ¿para qué leches sirves?

—Dianna.

La voz de Liam era poco más que un susurro. La angustia que relucía tras sus ojos de plata me dio ganas de hacer el mundo pedazos.

—No lo sabes todo —dije, con cólera creciente.

—Parece que el Rey de los Dioses ha encontrado un nuevo hogar.

El ser cambió de forma. Una cabeza giró y se dirigió a mí mientras las otras dos asentían al unísono.

—Esto tampoco tiene sentido. ¡Sabes que su mundo quedó destruido, imbécil flotante! —Me harté y cogí a Liam de la mano—. Vámonos. Aquí no vamos a obtener ninguna ayuda.

La voz de Roccurrem resonó una vez más en el espacio vacío, en todas partes y en ninguna a la vez.

—Habrá un crujido estremecedor, un eco de lo que se ha perdido y de lo que no se puede curar. Entonces, Samkiel, sabrás que así es como acaba el mundo.

Me paré y me volví muy despacio. Me brillaban los ojos de color rojo y estaba dispuesta a tirar tantas bolas de fuego como fuese necesario para hacerlo callar. Pero ya era tarde. El hado no dijo nada y se fundió con las sombras; su cuerpo se desvaneció y se reintegró en el fondo estrellado y el peso de su presencia se desvaneció.

Nos teleportamos y la biblioteca se nos echó encima a toda velocidad. La fuerza de nuestra entrada hizo aletear las páginas de los libros que habíamos dejado abiertos. El viaje de vuelta no me produjo tantas náuseas; me recuperé tras unas cuantas inspiraciones profundas. Los soles seguían altos en el cielo. Nuestra ausencia no había debido de durar más de unos pocos minutos.

—¿Por qué no acudimos al tipo flotante desde el principio, en vez de pasearnos por medio mundo? —pregunté.

Liam se paseaba de un lado a otro y movía las manos.

—Primero, porque habla en pasado, presente y futuro, así que la mitad de la información que ofrece ya ha ocurrido, u ocurrirá. Y segundo, porque no creí que el libro fuese real, y mucho menos, importante.

Asentí y me mordisqueé el labio inferior.

—Vale, tiene sentido. ¿Y ahora qué hacemos?

Liam se encogió de hombros y siguió paseándose.

—No lo sé.

—¿Cómo que no lo sabes?

Se paró de repente y echó la cabeza para atrás para mirar el techo.

—Lo he visto. Así es como acaba el mundo. Es lo que decía el sueño. El mismo sueño en el que te… —Se calló y bajó la cabeza para mirarme. Tenía los ojos cubiertos de lágrimas.

—¿Liam? —pregunté con voz queda, interrogante.

—Lo he visto. El cielo se rompía, como en Rashearim. Cuando volví, Logan habló de guerra y yo creí que no volveríamos a enfrentarnos a algo así. Pensé que lo peor ya había pasado y que podía descansar. Pero estaba tan equivocado… Siempre me equivoco, o llego tarde por unos segundos. No fui lo bastante rápido para salvar a mi padre. Todo lo contrario, él murió para salvarme a mí. —Se le rompió la voz y el sonido me sobresaltó. Por primera vez desde que lo conocía, parecía inseguro, con las emociones a flor de piel. Me señaló—. No fui lo bastante rápido para salvarte. Así pues, ¿qué estoy haciendo, Dianna, aparte de joderlo todo?

—Liam. —Traté de acercarme, pero retrocedió.

—Solo sirvo para eso. Por algo me llaman Destructor de Mundos. Supongo que es justo lo que soy. Y ahora caerá Onuna. Ya serán dos, ¿no?

Soltó una risa estridente y despectiva, y supe que lo estaba perdiendo. Las emociones que había mantenido enterradas amenazaban con escapar y despedazarlo. Todo el dolor y la depresión empezaban a hacer mella en él.

La sala se sacudió y me tambaleé, pero logré recuperar el equilibrio. Las hileras de estanterías que cubrían las paredes vibraron y todos los objetos que no estaban sujetos empezaron a levitar.

Miré a mi alrededor. Los temblores aumentaron poco a poco.

—Liam, cálmate, por favor. Encontraremos la solución juntos, como siempre.

—No hay ninguna solución, Dianna. No miente. Todo lo que ha predicho ocurrirá. ¿No lo entiendes?

—¡Vale! —Alcé los brazos, exasperada—. Entonces nos enfrentaremos al fin del mundo los dos juntos.

Quería atravesar el vacío ensordecedor que intentaba adueñarse de él. El suelo se sacudió otra vez y los pájaros, asustados, saltaron de las ramas de los árboles próximos y huyeron volando. Me aterrorizaba pensar que, si Liam no respiraba hondo y se calmaba, todo el edificio se derrumbaría.

—He fracasado —le oí murmurar—. Otra vez.

—No es cierto.

—¡Sí, lo es! Ya lo has oído. Tuve una oportunidad de conseguir ese maldito libro. —La voz se hizo más aguda—. Y fracasé porque te elegí a ti antes que el libro… ¡Antes que el mundo! Fui egoísta por ti. Te me has metido dentro como un parásito. Me has infectado y eso me ha costado el mundo. Así que ahora tengo que preparar una vez más mis ejércitos para la guerra. La guerra, Dianna.

El corazón se me desbocó y sentí que se me enrojecían las mejillas. Estaba enfadada y molesta y triste por él, todo al mismo tiempo.

—Tienes razón. No valía la pena, no lo merezco.

—Pero es que es justo eso, Dianna. Para mí, tú lo mereces. Y eso me convierte en un cabrón egoísta y en el dios más peligroso que haya existido jamás. Tomé la decisión de manera precipitada, sin pensar en las consecuencias ni preocuparme por ellas. Y lo volvería a hacer, una y otra vez. Lo que siento por ti es arrollador y no puedo detenerlo. No sé lo que hago. ¿Lo entiendes? Cargo sobre los hombros con el peso del universo entero. Tenía un plan hasta que te cruzaste en mi vida y me olvidé de toda lógica. Tú me haces viajar por toda Onuna, me llevas a sitios con música muy alta y golosinas demasiado azucaradas. Me haces alojarme en castillos con vampiros pretenciosos. Me haces reír, me haces sonreír, me haces tener emociones. Me haces sentirme normal y me permites olvidar que soy el gobernante absoluto del mundo, porque, cuando me miras, no ves el título, solo me ves a mí. ¡Es intolerable, Dianna! Es intolerable, apenas te he conocido durante lo que otros considerarían unos minutos. En el gran esquema universal, el tiempo que hemos pasado juntos no significa nada. He conocido a otras personas, me he acostado con ellas, mucho más tiempo del que tú llevas en mi vida, pero lo único que siento por ellos es cariño. Odio que me afectes tanto, que valores tanto cuando en realidad no lo merezco.

Esa confesión repentina me dejó parada. Mi mundo se puso patas arriba, porque aquel sentimiento que había descrito era recíproco. Me había encariñado mucho con él. Me gustaba más que nadie a quien hubiese conocido antes. Y eso me asustaba. Me acerqué a él, con lágrimas en las mejillas, y le puse las manos en el pecho.

—Yo también lo odio. —Se me quebró la voz—. No me esperaba algo así… Llegar a sentir por ti lo que siento ahora. La verdad es que al principio te odié.

Se le escapó una risita. Asintió. Las lágrimas le corrían por las mejillas.

—Me pasó lo mismo.

—Capullo. —Le di un empujoncito, lo que hizo que se me nublase aún más la vista—. Mira, lo entiendo. Sé que podrías haber cogido el libro y el mundo estaría a salvo. Pero ¿qué clase de elección sería esa?

¿Cómo va a convertirte eso en egoísta? ¿Qué sentido tiene todo, si te ves obligado a tomar esa clase de decisiones?

La habitación tembló una vez más. Le posé la mano en la mejilla y lo obligué a mirarme. Las lágrimas y el miedo anegaban sus penetrantes ojos de plata.

—Oye, para. Mírame. Me da igual lo que diga la cosa flotante esa. Liam, tu padre vio en ti algo que tuvo que salvar. Unir vio un futuro y, fuese el que fuese, creyó con todo su ser que tú lo harías realidad. Tus amigos ven lo mucho que vales. Por eso te son tan leales, por eso te quieren, incluso ahora. Los salvaste sin saberlo. Les diste un propósito que trascendía el simple acto de seguirte. Te seguirían a Iassulyn si se lo pidieras, porque les diste la posibilidad de elegir. Les diste el libre albedrío y una razón para existir. He visto los recuerdos, Liam. Entiendo que creas haber fracasado, pero no es así. Ni lo será.

Habló con voz quebrada, insegura. Un dios derrotado y cansado.

—¿Cómo puedes estar tan segura? Ya he fracasado antes.

—Porque eres fuerte y tenaz. A veces eres un completo gilipollas, otras veces eres irritante y mandón. Pero, por debajo de todo eso, te importa la gente, te importan las cosas. Amas, tanto si quieres admitirlo como si no. Liam, no eres un ente desprovisto de razón. Nunca lo has sido. No escuchas lo que dicen los demás y haces bien en no hacerlo. Si esos seres todopoderosos que estaban por encima de ti de verdad lo hubiesen sabido todo, Rashearim no habría caído. No me importa lo que digan. Sigue tu corazón. Debes hacerlo. El mundo no necesita más gente como ellos. Necesita más como tú. Oí lo que te dijo tu padre. Quería que fueses mejor… Mejor que ellos. Y eso significa que no te importe una mierda lo que piensen, Liam.

Negó con un cabeceo mientras yo le limpiaba las lágrimas con los pulgares.

—No sé qué estoy haciendo. No creo que pueda pasar otra vez por lo mismo y sobrevivir.

Le recorrí las mejillas con los dedos.

—No te preocupes. Lo resolveremos juntos, ¿vale? Haremos lo

de siempre: yo tengo una idea, y tú no estás de acuerdo, y la discutimos hasta que por fin aceptas mis planes asombrosos e infalibles. —Bufó, como si la risa por sí sola no fuese suficiente, pero los temblores que hacían estremecerse la habitación remitieron poco a poco—. Además, eres una de las personas más fuertes que conozco. Antepones el bienestar de los demás al tuyo propio. Incluso el de las sanguinarias ig'morruthens que te ponen los nervios de punta y te vuelven loco. —Sonreí y le froté la mejilla una última vez con el pulgar.

—No siempre me pones los nervios de punta. A veces puedes llegar a ser divertida. Pero sin pasarse.

Sonreí y le retiré las manos de la cara.

—«Divertida, pero sin pasarse», ¿eh? Me vale. Recuperaremos el libro. Te lo prometo. Pero no destruyas también este mundo.

Inhaló y exhaló unas cuantas veces, con dificultad.

—Lo siento de veras. No sé por qué no puedo controlarlo.

—Un ataque de pánico.

—¿Qué?

—Ya sé que parece una locura, pero es lo que me recuerda. Después de salvar a Gabby, me despertaba sudando y el corazón parecía que se me quisiera salir del pecho. Tenía la sensación de que no había conseguido salvarla, pero no era real. Fue un periodo muy difícil, pero lo superé porque la tenía a ella. Ella me ayudó… Y yo te ayudaré a ti.

Me pasó los dedos por el pelo, lo mismo que había hecho yo por él las noches en las que las pesadillas se volvían insoportables. Era una sensación suave, reconfortante, afectuosa.

—No te merezco.

—Desde luego que no. Y no entiendo por qué, pues tienes millones de ojos posados sobre ti que te admiran y buscan tu guía y tu consejo. A decir verdad, es una enorme responsabilidad. Hasta el más fuerte flaquearía ante tanta presión, Liam.

—No te haces idea. —Guardó silencio unos segundos. Su expresión se suavizó y los ojos me recorrieron la cara—. No puedo hacerlo sin ti.

Sorbí por la nariz y parpadeé para detener las lágrimas; aún tenía las mejillas húmedas.

—Evidentemente.

Estudié sus rasgos a la luz menguante de los soles. Parecía agotado, pero le brillaba el cuerpo casi como si estuviese absorbiendo energía de esas estrellas. No sabía cuánto tiempo llevaba así, manteniendo el mundo en equilibrio, pero hasta un dios acabaría exhausto.

Liam cargaba en los hombros el peso de los mundos y era imprescindible para mantener el orden del universo. Sin él reinaría el caos. Ese era el objetivo de Kaden y solo Liam se interponía en su camino. Llevaba esa carga sin garantías de poder aliviarla jamás. Era un milagro que no se hubiese roto antes para mandarlo todo a la mierda. Aunque yo sabía que no sería capaz de hacerlo. Y no lo haría. Pelearía hasta exhalar su último aliento.

—El peso del mundo —susurré, antes de darme cuenta de que lo había dicho en voz alta.

Bajó la mirada hacia mí, con expresión sombría. Me soltó, con un suspiro y esbozó una breve sonrisa.

—Esa es la sensación que tengo, sí.

—Lo siento.

Me estudió por un instante, como si mis palabras lo sorprendiesen. Joder, incluso me sorprendían a mí misma.

—No lo sientas. Es mi derecho de nacimiento.

Resoplé.

—Eso solo significa que no tuviste elección. —Forcé una sonrisa y él asintió.

—En realidad, así es.

Me pasaron por la mente las imágenes de los ensueños de sangre. El Liam de esos sueños era despreocupado, pero comprendí que se debía a que estaba perdido. Había luchado contra un destino que se le venía encima, tanto si quería como si no. Deseé poder protegerlo, mantenerlo a salvo y ayudarlo.

—Pase lo que pase, y decidas lo que decidas, te apoyaré y estaré a tu lado. Lucharemos juntos. No estarás solo y haré todo lo que esté en mi mano para protegerte.

Cerró los ojos por un instante y luego me miró de nuevo.

—Ya has hecho demasiado. Arriesgaste tu vida para que yo consiguiese el libro. Dianna, ¡salvaste a Logan y ni siquiera lo conocías! Me ayudaste sin que te prometiese nada a cambio. Te enfrentaste a uno de los tuyos para tratar de salvar el mundo y al hacerlo diste tu vida —dijo.

Me miró el pecho. El vestido de Imogen que formaba parte de mi disfraz me iba suelto en el tórax, ya que no éramos de la misma talla. No dejaba mucho a la vista, pero se me veía el esternón. Sabía que Liam no me estaba mirando los pechos, sino la cicatriz casi invisible.

Tragó saliva y una expresión de pesar le asomó a las facciones. Di bujó la cicatriz sobre mi corazón y mi cuerpo respondió. La sensación fue como una descarga eléctrica en todas las fibras de mi ser. Me estremecí y se me erizó el vello en brazos y piernas. No dolió; el contacto me excitó más que el de cualquier otro hombre que me hubiese puesto las manos encima. Me quedé sin respiración. No reculé ante la sensación, sino que la busqué. Liam había tenido mi corazón en las manos, de la forma más literal posible; tenía permiso para tocarme como quisiera.

Respiré hondo.

—Pero tú me salvase a mí —dije con voz trémula.

—Por poco. —Al darse cuenta de lo que estaba haciendo, retiró la mano poco a poco y cerró el puño. Alzó la vista y la paseó sobre mí como intentando memorizar cada detalle de mí. Me hacía sentir vulnerable, lo que era una reacción infantil. Me había acostado con hombres y mujeres, pero siempre que Liam me miraba o me tocaba era como si jamás hubiese estado con nadie. El mero hecho de verlo me encendía la sangre como si avivase un fuego en las profundidades de mi alma… Y yo quería quemarme. Quería más. Lo quería a él—. Creí que te había perdido. —Lo dijo en un susurro y clavó los ojos en los míos como si estuviese sorprendido de haberlo dicho en voz alta.

—Ya deberías saberlo. Es imposible librarse de mí. —Sacudí la cabeza y le devolví sus palabras con una sonrisa juguetona—. Como una infección.

Me clavó la mirada. No se rio ni sonrió, ni trató de hacer un chiste.

—Si eso es cierto… —El temor de su mirada se transmutó en otra emoción primaria—. Entonces quiero que me infectes.

Me bajó las manos por las clavículas. La aspereza de las palmas callosas me provocó una descarga eléctrica que me atravesó. Estaba atrapada en su mirada. Las grandes manos me rodearon el cuello y el corazón me latió con fuerza. Me subió la barbilla con el pulgar y yo entreabrí los labios, expectante. Los ojos de Liam eran plata fundida y, cuando bajó la mirada hacia mi boca, me derretí por dentro. Se inclinó y yo me puse de puntillas; a ninguno de los dos nos importaba la frontera que estábamos a punto de cruzar.

Ambos sabíamos que no deberíamos. No había futuro para nosotros y nunca lo habría. Liam era un guardián, un salvador, el protector de este dominio y de todos los demás. Yo era una ig'morruthen, la bestia legendaria que cazaban él y sus amigos. Yo era el monstruo que se esconde debajo de la cama. Se contaban historias sobre mí para asustar a los seres divinos y mantenerlos a raya. Estábamos destinados a pelear entre nosotros hasta que el cielo sangrase y la tierra se estremeciese. Pero, cuando me tocó, cuando me acunó el rostro como si yo fuese el ser más hermoso y frágil del mundo, me derretí. Con él no me sentía como un monstruo; comprendí que, en realidad, con él nunca me había sentido un monstruo. El aliento cálido me acarició los labios y mi cuerpo vibró en sintonía… Y, en ese momento, la puerta se abrió de par en par.

Liam y yo nos separamos y nos volvimos para enfrentarnos a la amenaza desconocida.

Era Logan. Tenía una mirada salvaje y la furia restallaba a su alrededor.

—Tenemos un problema —dijo.

—Te aseguro que ya me encuentro bien.

Logan no dio crédito a las palabras de Liam con un gesto que abarcó el desorden de la sala.

—No, no me refiero a eso. Se han llevado a Neverra y... —Volvió la mirada hacia mí—. Gabby ha desaparecido.

L
DIANNA

Abrí la puerta de obsidiana de una patada, la arranqué de las bisagras y la lancé volando al otro lado de la habitación. Entré como una tromba con las dos manos envueltas en llamas salvajes. No había nadie, pero ya me lo esperaba porque nada más llegar Liam y yo le había prendido fuego a toda la isla de Novas.

—Está vacía —dijo Liam. Pasó junto a mí con un arma ardiente en la mano.

—Te dije que invocases al Olvido.

Se miró la mano y luego volvió la vista hacia mí.

—No.

—No se merecen tener una vida después de la muerte, Liam.

Esperaba cólera, pero lo que cruzó el rostro de Liam fue preocupación.

—Dianna, sabes muy bien lo que puede hacer esa espada. Tú estás aquí y tu hermana podría estar también. No voy a poneros en peligro a ninguna de las dos.

Sacudí la cabeza y pasé a su lado en dirección al vestíbulo.

Subimos las escaleras y, al llegar a la sala del trono, golpeé la puerta doble con ambas manos, e hice volar piedras y cascotes hacia el gran espacio abierto.

—Si hay alguien aquí, el ruido los va a alertar, Dianna. Sé más sigilosa.

No dije nada, porque no quería admitir lo que ya sabía. La isla estaba abandonada, lo que significaba que ella no estaba allí. Me dolía el pecho y la respiración me salía con jadeos entrecortados. Cuadré los hombros.

—Busca por aquí. Volveré.

Pasé frente a las sillas y los portalámparas vacíos que decoraban las paredes de la sala. Los muros no se movían como lo hacían cuando Kaden estaba en el castillo. Estaban fríos y vacíos... Justo como yo me sentía sabiendo que Gabby estaba en alguna parte, con él. Me obligué a no pensar en lo que le podría estar haciendo, pero apreté el paso. Alcancé las habitaciones del piso superior y arrasé las de Alistair y Tobias, pero no encontré nada.

Pisoteé las astillas de madera, las sábanas hechas jirones y los muebles rotos. Me apoyé en el marco de la puerta con una mano y me volví a mirar el final del pasillo. Buscar en esas habitaciones había sido una pérdida de tiempo. Ya había imaginado que no encontraría nada. Pero era una cobarde y estaba tratando de evitar cierta puerta.

Era la misma puerta que había golpeado cuando Kaden me encerraba. Había suplicado que me perdonase porque sabía cuál era el coste de mi fracaso. Al mirarla sentía una opresión en el pecho. Era mi pasado. Ya no tenía que ser aquella bestia. No noté que se me movían los pies hasta que estuve frente a la puerta con la mano en el pomo. Lo giré y empujé. La puerta se abrió poco a poco.

Mis pasos resonaban en el silencio opresivo. La habitación estaba inmaculada, como a la espera de que alguien la ocupara. Me detuve frente al armario y pasé las manos por la madera. La fotografía enmarcada donde salíamos Gabby y yo, que Kaden me había dejado conservar a regañadientes, seguía allí. Habíamos ido a la playa porque era su lugar favorito. En la foto, yo la abrazaba y ambas sonreíamos a la cámara. Se sujetaba el sombrero y las finas camisas que llevábamos sobre los biquinis se agitaban al viento. Era la única foto que había tenido en este maldito lugar, porque había suplicado que me permitiese quedármela. Kaden la odiaba. Prefería no recordar lo que me había exigido a cambio de darme permiso.

Cuando cogí el marco, las manos me temblaron. El vidrio se rompió y distorsionó la imagen, la convirtió en un mosaico. Me giré y la tiré contra la pared. Grité y destrocé el maldito armario. Arranqué los cajones de la parte baja y los arrojé en todas direcciones. El suelo quedó cubierto de ropas, mías y de Kaden. A continuación, cogí el espejo y lo tiré hacia la puerta. El vidrio estalló y el polvo resplandeció en el aire. El ruido fue un áspero crescendo que resonó por la casa. «Casa». Menudo chiste de mierda; era una prisión.

Mi respiración se había convertido en un jadeo doloroso. Contemplé la cama, la misma cama en la que Kaden me había follado. La misma cama en la que me dormía entre llantos cuando me quedaba sola y no podía ver a la única persona que me quería. Arranqué los postes de la cama, los partí sobre la rodilla y los tiré a cualquier sitio, uno de ellos con tanta fuerza que se quedó clavado en la pared. Los gruñidos y los gritos salpicaron el ataque de furia.

Algo me sujetó los brazos como una prensa. Me volví, lista para atacar, pero me detuve al enfocar la vista en la cara de Liam.

—¡Dianna! Dianna, detente. Esto no nos ayuda.

—No está aquí —respondí con sequedad; lo empujé con tanta fuerza que me soltó los brazos.

Se quedó parado, atónito.

—¿Qué?

—No está aquí. Kaden la tiene y está muerta. Lo sé. —No podía respirar, ni pensar.

—No está muerta, Dianna.

—Sí lo está. Lo sé. No están aquí. ¡Mira a tu alrededor! Hace tiempo que se fueron. ¿No lo ves? La puta caverna entera está en hibernación. No han tocado las habitaciones desde que me fui.

—Oye, para. Mírame. No está muerta. —Me sostuvo la mano con la palma hacia arriba. La fina cicatriz de nuestro pacto aún era visible—. Si hubiese muerto, lo sabríamos. Además, Kaden no va a matarla. Es la única ventaja que tiene sobre ti, la última cuerda de la que tirar. Sabe que es lo único que puede usar para mantenerte controlada. Si Gabby muere, él pierde el control y ya no tiene poder sobre ti. ¿Lo entiendes? La ha secuestrado para obligarte a salir, para que actúes de modo irracional. Y le está funcionando. Necesito que te centres, ¿de acuerdo?

—Pero ¿cómo quieres que me centre? —Las palabras sonaron como un gemido. Me apreté la frente con la mano y le di la espalda.

Liam intentó tocarme otra vez, pero retrocedí. Me miró con atención al ver que me apartaba de él y frunció el ceño. No estaba acostumbrado a ver esa parte de mí. No quería que me reconfortaran. Quería encontrar a mi hermana.

—No sabes si tienes razón —dije—. No lo conoces.

—Sé cómo son los hombres poderosos. Tú formas parte de todo esto, tanto como Kaden o como yo. Quiere tener poder sobre ti, los dioses sabrán por qué, pero no romperá ese vínculo. Confía en mí. Por favor.

Las palabras me atravesaron y sentí un pinchazo de culpa. Confiar en él. Me lo había pedido cuando perdimos el libro, después de que me resucitara, y yo debería haberlo hecho. Suspiré y asentí despacio. La expresión de Liam se relajó.

—Vamos, ayúdame a buscar en el resto de la isla —dijo al tiempo que se encaminaba a la puerta.

Respiré hondo y lo seguí. Mis pies aplastaron los fragmentos de vidrio. Me paré y vi la foto de Gabby conmigo. Al cogerla, me tembló la mano. Recorrí con los dedos las líneas de su alegre sonrisa. Aquel viaje a la playa con el que estuvo tan obsesionada…

—¿Qué es eso? —Liam apareció a mi lado.

—Un viaje que hicimos. Nos tiramos al agua desde un acantilado, pero me hizo saltar antes que ella porque tenía miedo. Yo siempre iba primero, para asegurarme de que no había peligro. Ella depende de mí para protegerla, y yo… —Apreté con fuerza la foto y dejé la frase sin terminar.

—La encontraremos.

—Liam. —Me volví hacia él, con lágrimas en los ojos y la vista borrosa—. Estoy asustada.

Me senté en la enorme cama de la habitación de Gabby en la Ciudad de Plata, con una pierna flexionada bajo el cuerpo. El edredón estaba tirado a un lado. Debía de haber salido con prisa para no llegar tarde a trabajar, que era la única ocasión en la que Gabby no hacía la cama. Era demasiado ordenada para dejar las cosas fuera de sitio. Sostuve uno de los jerséis verdes que le encantaban y froté el tejido entre los dedos.

Hacía una hora que Liam y yo habíamos regresado. Novas había sido un callejón sin salida. Kaden había abandonado la isla y, al parecer, hacía ya un tiempo de eso. El mapa de Ethan era otro callejón sin salida. Comprobé en persona cada ubicación y no encontré más que cavernas vacías y minas. No se me ocurría a dónde más ir, dónde buscar. Era como si se hubiesen desvanecido.

Me llevé el jersey a la cara e inhalé con fuerza su olor. Se me llenaron los ojos de lágrimas. Si Gabby hacía lo que Kaden le pedía, viviría, y de ese modo podría salvarla. Nunca dejaría de buscarla. Iba a encontrarla y salvarla como ella me había salvado a mí tantas veces. Cuando Kaden era demasiado duro, demasiado maligno, demasiado lleno de odio, siempre había tenido un sitio en el que refugiarme.

Un hogar. Gabby fue siempre mi hogar.

«Por una vez, déjame que te salve yo, Gabriella. Déjame salvarte».

Alguien dio un golpecito en la puerta. Dejé caer el jersey sobre el regazo y miré hacia la puerta abierta del dormitorio. Era Liam. Me di la vuelta. No quería verlo y en parte creía que él era consciente. No quería que me reconfortaran ni que me tocaran.

—¿Habéis encontrado a Drake o a Ethan? —pregunté—. Logan dijo que estaban con ellas.

—No.

Asentí. Al mirar el jersey que tenía en el regazo, suspiré. Quizá Kaden se los había llevado también a ellos.

—Parece que muchos de tus antiguos contactos han desaparecido, y no solo ellos.

Dejé a un lado el jersey y me levanté.

—De acuerdo. Entonces busquemos en otro sitio.

Estiró la mano y me agarró cuando traté de pasar a su lado.

—¿Dónde buscamos? Hemos comprobado todos los lugares que conoces. Tus informantes han desaparecido. ¿A dónde más podemos ir?

—¡No lo sé! —Me solté de un tirón—. Eres un dios. ¡Haz algo divino! ¿No podrías sentir si está cerca, o algo?

Sacudió la cabeza y apretó los labios.

—No funciona así.

—Entonces, seguiremos buscando.

Salí de la habitación y oí sus pasos que me seguían de cerca.

—Pero ¿dónde buscamos, Dianna? ¿Qué queda?

—No lo sé.

—Debe de tener algún otro escondrijo, algún sitio donde te pueda haber llevado, aparte de la isla. Es imposible que se esconda tan bien en este dominio.

Sacudí la cabeza y continué caminando hacia la puerta.

—Déjame ayudarte, Dianna. Párate y piensa. ¿A qué otro lugar podría haberla llevado?

Me giré sobre mí misma. Mi mal genio y mi dolor habían alcanzado el punto de ebullición. No dejaba de hacerme preguntas, como si yo tuviese todas las respuestas.

—¡No lo sé! —salté. Agité los puños en el aire. El mundo entero se había vuelto confuso y endeble. Y me di cuenta de que no era solo eso; la habitación se movía de verdad—. No lo sé, ¿de acuerdo? —Los ojos de Liam se dilataron un instante y luego recorrieron la habitación. No entendía por qué me miraba como si yo hubiera tenido la culpa de la sacudida. Era cosa suya. Siempre era cosa suya. Respiré hondo y luego dejé salir el aire como un suspiro lento y estable—. Necesito pensar.

Pero pararse a pensar dejó de ser una prioridad. La electricidad estática iluminó la habitación y el televisor se encendió solo.

—Dianna.

LI
LIAM

Los ojos de Dianna se volvieron carmesíes mientras me gritaba. Estaba habituado a su cólera; ya la había visto antes. Pero el poder que radió de ella y sacudió la habitación era nuevo. Estaba perdiendo el control. Lo percibí. Rebosaba miedo y en su interior acechaba algo más oscuro que esperaba una oportunidad. La estaba perdiendo.

El aire se cargó de electricidad estática y el televisor que había en el centro de la habitación se encendió. Nos volvimos a mirarlo y nos acercamos un poco más. Un pequeño recuadro rojo en la parte inferior nos informaba de que era una transmisión en directo. Un hombre y una mujer, los presentadores, estaban reclinados en las sillas, con los trajes arrancados y manchados de sangre. Estaban muertos... Lo que significaba que Tobias estaba allí.

—Buenas noches, y bienvenidos a las noticias de la noche de KMN. La principal noticia de hoy es «un rey con una corona rota que, para empezar, ni siquiera era suya». —La mujer pasaba las páginas que tenía delante mientras hablaba y sus palabras me hicieron apretar los dientes.

El hombre se volvió hacia ella. Tenía hematomas en el cuello y al sonreír parecía que la mandíbula se le sujetaba a duras penas.

—Jill, esa noticia circula desde hace siglos. Hablamos de un hombre con un título y un trono, pero también con ideales infantiles y que no termina lo que empieza.

Jill se mostró de acuerdo.

—Si lo piensas bien, es triste, Anthony. Un planeta entero, destruido porque él no supo estar a la altura.

Sabía que intentaban pincharme, pero me daba igual. Todo eso ya lo había oído antes. Lo que me preocupaba no era yo, sino Dianna. Todos mis instintos me decían que estábamos al borde de una catástrofe.

—Bueno, eso es lo que pasa cuando envías a un crío a hacer el trabajo de un hombre. Y hablando de trabajos, demos paso a Casey, que nos dará la previsión meteorológica.

La cámara se giró hacia el otro extremo de la sala y enfocó a una mujer que tenía en la mano un pequeño dispositivo. Su traje también estaba hecho jirones y no era difícil ver que lo único que la mantenía en pie era la magia de Tobias. La pantalla que había tras ella se convirtió en un gran mapa con algo parecido a nubes que se movían a través de ciertas áreas.

—Gracias, Anthony y Jill. La previsión es de cielos despejados y tiempo soleado para los próximos días, pero el apocalipsis que se avecina podría ponerle punto final. En ese caso, podríamos encontrarnos con nubes tormentosas al abrirse los dominios. Las precipitaciones serán abundantes y con olor a cobre cuando su sangre llueva del cielo. Se prevén algunos terremotos, pero deberían cesar antes de que el planeta se haga pedazos por sí mismo. ¡Sigues con las noticias, Jill!

—Gracias, Casey. ¿Cuándo tendrán lugar estos cambios tan dramáticos?

—Muy pronto, muy pronto —se oyó su voz fuera de cámara.

La sonrisa de Jill se ensanchó algo más de la cuenta.

—Estoy impaciente.

Anthony rio entre dientes y la mandíbula se le sacudió de un modo espantoso. Juntó las manos y miró a la cámara.

—Quizá sería buena idea que todo el mundo se resguardase, ¿no te parece?

—No, Anthony, no va a haber forma de esconderse. Pero tenemos un invitado especial esta noche.

Anthony la señaló.

—¿Sabes qué, Jill? Tienes razón. Demos la bienvenida a nuestro copresentador de esta noche, Kaden.

La cámara cambió de orientación otra vez. Fue como recibir una descarga. Kaden llevaba un traje oscuro y tenía los pies sobre la mesa. Lo había visto antes, en un trono hecho de huesos y enfundado en una armadura con cuernos. Sonrió con gesto burlón. Se le veía la cara entera y por fin tuve una imagen clara de mi enemigo. Se mostraba relajado, como si las manos y la camisa blanca que lucía bajo la chaqueta no estuviesen manchados de sangre. Llevaba los primeros botones de la camisa desabrochados y en el cuello le brillaba una cadena de plata. Kaden se lamió los dedos para limpiarlos y sonrió a la cámara.

La aparición súbita de Logan y Vincent hizo moverse el aire de la habitación. Hablaron entre ellos. Dianna siguió mirando la pantalla, paralizada.

—Liam, está en todos los canales, en todas las cadenas.

Kaden miraba a la cámara como si pudiese ver a Dianna.

—¿Qué? —pregunté, sin apartar la vista de ella ni un momento.

—En todo el mundo. Lo hemos comprobado.

—¿De dónde viene la señal? ¿Podéis localizar su ubicación?

—De eso se trata. —Vincent negó con la cabeza—. Es como si la frecuencia viniese de todas partes a la vez y de ninguna. No hay manera de interferirla.

Mi siguiente pregunta murió en los labios al empezar a hablar Anthony otra vez.

—Bueno, Kaden, ¿puede explicarnos qué es el Altermundo?

Se me disparó la adrenalina. No era algo que necesitasen saber los humanos, y menos así. Vincent acababa de decir que habían intentado parar la transmisión, sin éxito.

—Parece algo sacado de una película, ¿verdad? —rio Jill.

Kaden se incorporó, con las manos juntas, y se reclinó sobre la mesa.

—Estoy de acuerdo, pero es mucho más que eso. Verás, todos

creéis que los monstruos no existen, que son un producto de la imaginación humana. Pero estáis muy equivocados. Todos los monstruos tienen una base real.

Jill asintió, como si pudiese comprender lo que estaba pasando. Era una marioneta de Tobias, como los no-muertos de El Donuma. Como todos los presentes en el plató.

—¿Estás diciendo que todos los seres sobrenaturales son reales? —preguntó.

—Todos ellos y muchos otros. El único problema es que en este dominio la población es casi inexistente.

Era el turno de Anthony, que se colocó la mano bajo la mandíbula que amenazaba con caerse.

—¿A qué se debe eso?

Kaden sonrió; no había apartado la vista de la cámara en ningún momento.

—Te voy a contar una historia. Hace mucho tiempo, en un mundo muy, muy lejano, vivía un rey malvado y cruel, gobernador de todos y adorado por muchos, pero que guardaba secretos. Unos secretos oscuros y terribles que mantenía ocultos incluso de aquellos a quienes decía querer más. Creía que la paz se ganaba mediante la fuerza. Usaba y abusaba de los que estaban bajo su mando hasta que ya no le servían de nada. Una vez conseguido su objetivo, los descartaba como si fuesen basura. Un día, el rey tuvo un hijo, un ser como él, hermoso y radiante y todo lo que se podía desear para el nuevo mundo. Su hijo era el primero en la línea sucesoria, pero a muchos les causaba cierta preocupación.

—¿Preocupación? —preguntó la voz disonante de Jill.

—Sí, sí. Preocupación por si al final era igual que los que lo habían precedido, igual que su padre. La verdad salió poco a poco a la luz y los amigos se convirtieron en enemigos. Hubo un alzamiento. La sangre de los dioses se derramó en estrellas que ni siquiera se pueden ver ya. Fue la Guerra de los Dioses, pero también fue mucho más que eso.

—Los ojos de Kaden brillaron como si hubiese estado presente y se hubiese deleitado en el caos.

—¿Y qué pasó después?

Kaden suspiró y se acomodó en la silla, con las manos recogidas frente a él.

—Bueno, vuestras leyendas hablan de Samkiel, el grande, el poderoso… Salvó al mundo, dicen, ¿no? A todos los que se le enfrentaron a él los encerraron gracias a su sangre. Cada dominio, cada mundo… quedó sellado. —Hizo una pausa para rebuscar algo. Luego depositó el Libro de Azrael sobre la mesa con un sonoro golpe. La sonrisa que presentó a la cámara destilaba rabia y veneno—. Hasta ahora.

La electricidad estática chisporroteaba en el ambiente y volvía el aire denso, pesado, agobiante. Estaba empezando a perder la paciencia. Hablaba de mi padre y de mi mundo como si los conociese en persona y, sin embargo, ni él ni su nombre me despertaban ningún recuerdo. Me volví hacia Logan y Vincent.

—Tratad de averiguar dónde está. Necesito que lo busquen todos los celestiales de aquí a Ruuman. Si está saliendo en todos los canales del mundo, no podrá ocultarse de nosotros. Invocadme en cuanto lo encontréis.

Ambos asintieron y desaparecieron con un fogonazo de luz azul. Desde la pantalla se filtraban las palabras de Kaden. Miré de reojo el televisor. Tenía las manos embutidas en unos gruesos guantes negros. Hojeó el Libro de Azrael como si no fuese un artefacto antiguo, deteriorado y poderoso que contenía la forma de matarme.

Jill se llevó una mano al pecho como si pudiese sentir.

—Qué historia tan triste.

—¿Eso te parece? Yo la veo más bien como un renacimiento. Un nuevo comienzo, que dirían algunos. ¿Veis esto? —Señaló una página, y Jill y Anthony se inclinaron a mirar—. Esa es la clave para abrir los dominios.

—Qué arma más bonita.

—Estoy de acuerdo; y una vez la construya, este mundo se desangrará. Apuesto a que hay millares de seres, por no decir millones, muy cabreados y que quieren venganza.

Anthony inclinó la cabeza.

—Y si todo se desarrolla tal como dices, ¿qué nos sucederá a los humanos?

Kaden rio y cerró el libro de golpe. Al oírlo no pude evitar una mueca.

—Bueno, moriréis. —Se encogió de hombros como si no acabase de condenar el mundo entero—. O bien os esclavizan a todos. Una de las dos cosas.

Jill y Anthony se rieron como si fuese el mejor chiste que hubiesen oído en su vida.

—Eso suena muy bien —dijo Jill cuando pudo controlarse—. ¡Estoy impaciente!

Anthony carraspeó con la garganta destrozada.

—Solemos hacer una ronda de temas de actualidad, presentados por Jeff; pero dado que lo has desmembrado, vas a tener que encargarte tú. Así que dinos, Kaden, ¿cuál es el tema de actualidad de hoy?

—El amor, por supuesto.

—¿El amor?

Todos los ojos se volvieron hacia la cámara. Esta parte estaba dedicada a Dianna. Me acerqué más a ella.

—Sí, desde luego.

Jill le indicó que se acercase con un gesto.

—Pues lo dejamos en tus manos.

Anthony y Jill se quedaron inmóviles. Tobias empezaba a soltar el control que tenía sobre ellos. Miraron al frente y los ojos adquirieron el blanco vidrioso de los muertos.

—Ya sé que estaréis todos pensando que soy el mal personificado, pero os equivocáis. Amo el amor, y nadie ama con más intensidad que Dianna.

La pantalla mostró una imagen de Dianna y de mí, y comprendí que lo habíamos tenido más cerca de lo que creíamos. ¿Cómo podía no haberlo sentido? Observé a Dianna. Estaba de brazos cruzados, con la mirada fija en la pantalla, e irradiaba puro odio. Al estudiarla comprendí que ella lo había percibido cada vez que tuvo uno de aquellos escalofríos. Había detectado su presencia, pero no había entendido lo que significaba.

Kaden se puso en pie y se acercó a la cámara; sus ojos adquirieron un brillo rojizo bajo las luces del estudio. Se quitó los guantes, dedo a dedo.

—Le di todo lo que le podía dar. Un intercambio, podría decirse, por lo que ella pidió.

Se frotó la mandíbula con una mano manchada de sangre.

Una fotografía de Dianna apareció en la pantalla y se quedó allí, ocupando una esquina.

—Todo lo que es, todo su poder, me lo debe a mí; y sin embargo he conocido perros mucho más fieles que ella. Es incapaz de mantener las piernas cerradas. No es que me queje. Solo tuve que salvar a su hermana para que ella me dejase hacerle lo que me diera la gana. Seguro que contigo es igual, Samkiel. —La fotografía dio paso a otra de Dianna sonriéndome en la feria—. Te recomiendo que la disfrutes mientras puedas porque, no te equivoques, también se volverá contra ti.

Miró por un instante a alguien que estaba fuera de cámara. Las fotografías se desvanecieron y la actitud de Kaden cambió. Dianna siguió en la misma postura, como si se hubiera quedado petrificada. Yo estaba a su lado, con las tripas revueltas, y alternaba la mirada entre ella y el televisor. No tenía ni idea de qué planeaba Kaden, pero no podía irme a buscarlo; no cuando Dianna me necesitaba.

Kaden chasqueó la lengua.

—Dianna, Dianna… Tendrías que haberlo imaginado. Sabes que tengo ojos en todas partes. Este mundo me pertenece, amor mío, y nunca he estado lejos de ti. ¿No me has sentido?

Tenía el estómago revuelto y el corazón en un puño. Era verdad: Dianna lo había percibido. Era inconcebible que yo no hubiese sido capaz de hacerlo. ¿Cómo había podido no darme cuenta de que estaba tan cerca? Y no solo una vez.

—Pero siento curiosidad —continuó—. ¿Qué intenciones albergabas respecto a esa relación fallida? ¿Fue por diversión? ¿Para detenerme? ¿Para salvar el mundo? ¿Y luego, qué? ¿Crees que él te ama? ¿Que le importas? Pregúntale a cuantos hombres y mujeres les ha susurrado esas mismas palabras. Cuántos han caído rendidos a sus pies, con la esperanza de permanecer a su lado. Para él no eres nada, y nunca lo serás. Eres un monstruo, te diga lo que te diga y por mucho que finjas lo contrario. ¿Crees que puedes ser su reina y gobernar a su lado, Dianna? Incluso si yo desaparezco, ¿crees que ellos te van a aceptar, con todo lo que has hecho? Es inmortal; inmortal de verdad. ¿Lo has pensado? Nosotros no lo somos. ¿Te odias tanto a ti misma que te sentirías cómoda siendo su manceba el resto de tu vida mientras él se casa con una auténtica reina? Necesitará una igual, alguien que pueda gobernar a su lado, que dé a luz a sus hijos en ese mundo perfecto suyo.

Se le dilataron las aletas de la nariz. Apretó los puños. La ira burbujeaba bajo la fachada tranquila. Los ojos eran dos ascuas rojas. Pero entonces miró de reojo tras la cámara y pareció recordar que no estaba solo. Se encogió de hombros y entrecruzó los dedos sobre la mesa.

—Vamos a jugar a un juego. Supongamos que tenéis éxito. Los dominios se salvan y la gente canta y vitorea por las calles. En lo más profundo de tu ser, Dianna, ¿de verdad crees que, una vez se haya acabado todo esto, te escogerá a ti? Sé realista. —Hizo rechinar los dientes y sacudió la cabeza con lentitud—. A mí me parece que no. Creo que, incluso si yo no gano, tú perderás de todos modos.

Kaden hizo una pausa; quizá se dio cuenta de que había revelado demasiada información. Miré de soslayo a Dianna. Tenía el cuerpo tan rígido que parecía que se fuese a romper con solo tocarla. Estaba tan encerrada en sí misma que no me llegaba nada de ella, y eso era terrorífico. Dianna jamás se contenía.

—Así pues. —Kaden dio una palmada y luego se frotó las manos dos veces—. Sigamos con lo que tenemos entre manos. Verás, Dianna, la cosa funciona así. Yo te quería a mi lado, ¿sabes? Quería que fueses mi arma hermosa y perfecta para hacer frente a lo que se avecina. —Suspiró, decepcionado, y se frotó el mentón; luego señaló la cámara—. Por desgracia, has escogido el bando equivocado. Pero no pasa nada. Puedo perdonarte y dejar que vuelvas a casa. Pero antes, tengo que darte una lección.

Se detuvo e hizo un gesto a alguien para que avanzase. La cámara retrocedió y se giró un poco. El nuevo encuadre permitía ver a Kaden, un pasillo cerrado con una cortina y el público. Al mirar con atención vi que las gradas estaban llenas de seres del Altermundo. Se veían brillar ojos de varios colores, entre ellos más de una docena de pares de relucientes ojos rojos. Los irvikuva se mantenían al fondo del pasillo con las alas desplegadas para asegurarse de que nadie trataba de irse.

Hubo un movimiento y Drake se levantó y se encaminó hacia Kaden. Fruncí los labios en un gesto de desprecio ante la idea de que hubiese traicionado el amor y la amistad de Dianna. ¿Cómo había podido hacerlo? Y yo había confiado en él, en contra de lo que me dictaba el sentido común, porque ella lo consideraba un amigo. Se paró junto a Kaden, pero el muy cobarde rehusó mirar a la cámara.

—Ven, Drake. El escenario es tuyo, colega —bromeó Kaden; le dio una palmada en la espalda como si fuesen viejos amigos—. Drake me lo ha contado todo sobre el viajecito que hicisteis tu nuevo novio y tú a El Donuma. Me dijo cuándo llegaríais, cuánto tiempo permaneceríais allí y qué haríais a continuación. Del resto me informó Camilla.

Señaló a la audiencia y Camilla asintió, con la cabeza bien alta. Reconocí a otros cuantos. Santiago estaba allí, y su aquelarre y el de Camilla estaban entremezclados. Elijah ocupaba un sitio junto a varios humanos de la embajada de Kashvenia. Al parecer no solo la habían traicionado a ella; algunos humanos bajo mi jurisdicción también se habían cambiado de bando.

La rabia, auténtica y absoluta, hizo que me vibrasen los anillos y que se despertase el fuego que había tras mis ojos. Puse la mano sobre el brazo de Dianna. Bajo la camisa, la piel parecía arder. Tracé pequeños círculos con el pulgar, muy despacio, para traerla de vuelta y hacerle saber que, aunque aquellos en quien más confiaba no la habían apoyado, yo siempre lo haría.

—Lealtad auténtica desde el principio, Dianna —dijo Kaden. Le dio una palmadita en la espalda—. ¿Por qué no te sientas con la familia?

Drake se alejó sin mirar a la cámara ni una vez. Se reunió con Ethan y una mujer de pelo oscuro que supuse que sería la esposa de Ethan, la que había estado demasiado ocupada para saludarnos cuando nos alojamos en Zarall. Las piezas empezaron a encajar y no me gustó la imagen resultante. ¿Habían vendido a Dianna a cambio de la esposa de Ethan?

—Verás, Dianna… —Su voz era como un zumbido.

Tenía que sacar a Dianna de allí y apartarla de la atracción que ejercía sobre ella. Con cada palabra, le infligía nuevas heridas y se habría camino por su alma. Era como si unas garras bañadas en ácido hurgasen en su interior, incluso desde la distancia.

—Dianna. —Hablé en voz baja y percibí un cambio en ella. El aire se volvió más denso, como si fuese a estallar una tormenta en la habitación—. Recuerda lo que te enseñé. No te dejes atrapar por sus señuelos.

No estaba seguro de si me había oído o no. Respiraba con pequeños jadeos y miraba hacia delante con los ojos vidriosos y desenfocados.

La voz de Kaden intervino de nuevo, seguida de un silbido. Miró directamente a la cámara.

—Tobias, ¿serías tan amable? —dijo—. Hay una última cosa que me gustaría enseñarle a mi chica.

La cámara tembló. Tobias salió de detrás de ella y se volvió un momento para lanzar una sonrisa gélida que iba dirigida a Dianna. Desapareció tras la cortina oscura y, al regresar, arrastraba tras de sí una figura encapuchada. La mujer se resistía y daba patadas, pero no lograba encontrar tracción en el suelo liso. Tobias la tiró a los pies de

Kaden, que se inclinó y la levantó por el brazo con una mano, y le arrancó la capucha con la otra.

Gabriella.

Entonces lo oí: el ritmo de nuestros corazones, el de Dianna y el mío, en sincronía. Latían muy rápido; el mío golpeaba tan fuerte contra las costillas que me pareció que me iba a estallar. Intenté respirar hondo para frenar mi corazón y, a la vez, el suyo. Vimos como Gabriella daba una patada y Kaden la dejaba caer. Intentó escapar, pero varios irvikuva gruñeron y chasquearon las mandíbulas detrás de ella, lo que la hizo detenerse.

Dianna se zafó de mí y se tiró al suelo junto al televisor. No creí que fuese consciente de lo cerca que estaba y de que agarraba los lados de la pantalla con ambas manos.

Kaden silbó; una señal a un irvikuva. La bestia cogió del brazo a Gabby, que gruñó de dolor. Miró a Kaden y, cuando este asintió, le lanzó a Gabby. Kaden la atrapó y la sujetó con tanta fuerza que le provocó una mueca de dolor. La arrastró más cerca de la cámara.

—¿Te gusta el regalo que me ha hecho Drake, Dianna? Incluso me ha traído a una miembro de la Mano —dijo. Una sonrisa letal le retorció los rasgos. Apretó la cara de Gabby mientras miraba a la cámara y decía—: Dile hola a tu hermana mayor.

—¡Ojalá te pudras en la dimensión de la que has salido! ¡Para siempre! —escupió Gabby, el desafío evidente en cada célula de su cuerpo.

Kaden se rio y miró a la audiencia.

—Menudo carácter, ¿no? Igualita a su hermana.

La multitud rio y yo sentí ganas de desmembrarlos a todos y a cada uno de ellos. Una rabia al rojo vivo se abrió camino por mi cuerpo en respuesta a la flagrante falta de respeto. Pagarían por ello. Sí, se lo haría pagar.

Kaden, cuyos ojos brillaban de color carmesí, acercó a Gabby hacia él. Aunque tenía lágrimas en los ojos, ella miró a la cámara con toda la furia que pudo reunir.

—¿Le quieres decir algo a tu hermanita mayor? Ya sabes que te está viendo. —Estrujó la cara de Gabby un poco más y le acarició la mandíbula con el pulgar. Su sonrisa era ponzoñosa.

Los ojos de Gabby taladraron la pantalla con silenciosa desesperación. No por ella, sino por la persona que sabía que la estaba mirando, la persona que había dado su vida por ella. Los ojos se le llenaron de lágrimas no derramadas y el mundo contuvo el aliento. Hasta las bestias que había cerca de Kaden permanecieron en silencio. Fue un momento definitorio de lo que se avecinaba. Kaden tenía el mundo en vilo y se deleitaba con ello.

—Recuerda… —Gabby tragó saliva y una única lágrima le corrió por la mejilla—. Recuerda que te quiero.

Kaden se levantó de un salto y arrastró a Gabby con él. Rio al ver que Gabby exhalaba un suspiro y que el pecho se le agitaba con el mismo miedo que sentíamos todos.

—¿Veis? —Se volvió hacia el público y agitó la mano libre. La otra rodeaba el cuello de Gabby y la inmovilizaba—. No ha sido tan difícil. Y luego dicen que soy cruel. —Le sonrió a la cámara sin dejar de acunar la barbilla de Gabriella, y esta vez su mirada iba a dirigida a mí—. ¿Te gustaría ver a la auténtica bestia que se esconde bajo la hermosa piel de Dianna, Samkiel? ¿Crees que la seguirás queriendo? Vamos a averiguarlo.

Lo hizo tan rápido que incluso a mí me sorprendió. Pero todos oímos el crujido. Lo sentí resonar a través de los vínculos que me convertían en protector de este dominio. Nadie se movió. Nadie respiró. Fue como si el tiempo se hubiese ralentizado. Vimos como la luz abandonaba los ojos de Gabby. Kaden la soltó y se apartó con una sonrisa de satisfacción. El cuerpo cayó al suelo, con el cuello retorcido. Una mano, pequeña y sin vida, quedó extendida como si intentase atravesar la pantalla, desesperada por alcanzar a quien más amaba.

Siseé y flexioné la mano. Un calor blanco y cegador me quemó la palma. La miré y mi corazón perdió un latido. Una línea brillante e iridiscente me atravesó la palma y a continuación desapareció.

El pacto de sangre se había completado de la forma más espantosa posible.

«Sangre de mi sangre, mi vida y la tuya están selladas hasta que se complete el acuerdo. Te entrego la vida de mi creador a cambio de la vida de mi hermana. Ella permanecerá libre, viva e indemne, o el acuerdo se romperá».

Lo olí antes de verlo. Inclinó un poco la cabeza y un estallido estremecedor llenó la sala. No, no un estallido: un grito, tan fuerte y doloroso que sacudió el edificio, y no me cupo duda de que se oyó a través de los dominios. Las alas y las escamas sustituyeron a la piel y a los miembros; la bestia se abrió camino hasta el mundo. Las llamas que brotaban de ella eran tan calientes y brillantes que me cegaron. La fuerza de su inmensa cola me hizo atravesar paredes, hormigón y cristal. El incendio engulló el edificio.

La cabeza me martilleó con fuerza. Me incorporé y me puse las manos sobre los oídos para detener el rugido. Las palmas de las manos se me cubrieron de humedad mientras los tímpanos se me curaban. Tenía ropa rota y quemada, y en algunos sitios se me había fundido con la piel. Me apagué varias chispas de la manga a manotazos. Otro grito desgarrador rasgó el cielo. El sonido abrió una grieta en el mundo. Era puro dolor, y rabia, un eco que presagiaba ruina y destrucción. Recordé de golpe todos los sueños y me di cuenta de que los había malinterpretado. Me había equivocado al traducirlos. Había demasiados lenguajes y palabras en mi cerebro.

«Así es como acaba el mundo». Eso es lo que había dicho Roccurrem. «Habrá un crujido estremecedor, un eco de lo que se ha perdido y de lo que no se puede curar. Entonces, Samkiel, sabrás que así es como acaba el mundo».

Pero no era este mundo.

No, era el mío.

Era Dianna.

AGRADECIMIENTOS

En primer lugar, quiero daros las gracias a todos vosotros, los lectores. Solo el hecho de que hayáis elegido este libro ya significa mucho para mí. ¡Gracias, mil gracias! Y gracias también a todas esas personas que he conocido y con las que he trabado amistad en el proceso. Espero que hayáis disfrutado con la primera entrega de las aventuras de Liam y Dianna.

También quiero dar las gracias a Rose & Star Publishing por creer en mí. Jeanette, Ally, sois un tesoro. Os agradezco que me hayáis permitido reventaros el teléfono con mil mensajes estos últimos meses. Liam habrá perdido su hogar, pero yo he encontrado el mío con vosotras. Ha habido momentos difíciles, y tengo mucha suerte de que mis personajes enloquecidos, caóticos y adorables hayan encontrado un hogar.

Aisling, mi increíble editora, muchas gracias por ver mi mundo y por quererlo. Gracias por creer en mí y gracias por no tener miedo de Dianna y de su caótica manera de actuar. Y te pido perdón de antemano por los cinco libros.

Siobhan, Alex y Kaven, ¿por dónde comienzo? Para empezar, tenéis que desbloquearme, porque el mundo entero debe de estar de vuestro lado con lo de Gabby. Lo siento, pero os quiero mucho, de verdad. Gracias por ser los mejores lectores beta que nadie pueda pedir. Vuestros comentarios y reacciones han sido vitales, y os lo agradezco de verdad.

Kaven, gracias por escucharme siempre, y gracias por tu apoyo infinito.

Alex, gracias por dejar que me desahogara y llorara en tu hombro en la distancia, aunque en Escocia fueran las dos de la madrugada.

Siobhan, gracias por disfrutar con la lista de reproducción y por seguir escuchándola hasta después de terminar. Gracias por tus aportaciones y por no hartarte de mí cuando no paraba de hablar del tema. ¡Me muero por verte en Nueva York estas Navidades!

Gracias a mi madre y a mi hermana, a las que quiero tanto. El concepto de familia que aparece en toda la serie es un reflejo de ellas, del amor imperecedero y de la capacidad de hacer lo que sea por aquellos a los que amas. Hemos pasado muchos trances juntas. Espero que las dos sepáis que os quiero con locura.

Y, para terminar, quiero dar las gracias otra vez a todos los que habéis leído esto. Lo sois todo para mí y os merecéis el mundo, y ojalá encontréis a alguien (si no lo tenéis ya) que se desharía de un viejo libro por vuestro amor. Gracias, gracias, ¡gracias!

Un *thriller* muy adictivo
repleto de giros inesperados,
oscuros secretos familiares
y apuestas letales.

DESCUBRE LA HISTORIA
QUE HA CAUTIVADO A MÁS
DE CUATRO MILLONES
DE LECTORES.

Descubre el universo Magnolia Parks

UNA CIUDAD, DOS CHICAS Y MUCHOS ROMANCES

«Para viajar lejos no hay mejor nave que un libro».

EMILY DICKINSON

Gracias por tu lectura de este libro.

En **penguinlibros.club** encontrarás las mejores
recomendaciones de lectura.

Únete a nuestra comunidad y viaja con nosotros.

penguinlibros.club

Penguin
Random House
Grupo Editorial

 penguinlibros

Este libro se terminó de imprimir
en el mes de noviembre de 2024.